山东师范大学中国语言文学山东省高水平学科·优势特色学科建设经费资助

古典小说论集

杜贵晨 著

中国社会科学出版社

图书在版编目(CIP)数据

古典小说论集/杜贵晨著. —北京：中国社会科学出版社，2021.9
ISBN 978-7-5203-8678-4

Ⅰ.①古… Ⅱ.①杜… Ⅲ.①古典小说—小说研究—中国—文集 Ⅳ.①I207.41-53

中国版本图书馆CIP数据核字(2021)第127207号

出 版 人	赵剑英
责任编辑	史慕鸿　王小溪
责任校对	刘　娟
责任印制	戴　宽

出　　版	中国社会科学出版社
社　　址	北京鼓楼西大街甲158号
邮　　编	100720
网　　址	http://www.csspw.cn
发 行 部	010-84083685
门 市 部	010-84029450
经　　销	新华书店及其他书店

印刷装订	北京君升印刷有限公司
版　　次	2021年9月第1版
印　　次	2021年9月第1次印刷

开　　本	710×1000　1/16
印　　张	40
字　　数	656千字
定　　价	198.00元

凡购买中国社会科学出版社图书，如有质量问题请与本社营销中心联系调换
电话：010-84083683
版权所有　侵权必究

目　录

自序 ··（1）

叙事与数理

"天人合一"与古代小说结构的若干模式 ································（3）
古代数字"三"的观念与小说的"三复情节" ····························（18）
中国古代小说"三复情节"的流变及其美学特点 ·······················（24）
《三国演义》等七部小说叙事的"二八定律"
　　——一个学术上的好奇与冒险 ··（32）
中国古代小说婚恋叙事"六一"模式述略
　　——从《李生六一天缘》《金瓶梅》等到《红楼梦》 ················（43）
章回小说叙事"中点"模式述论
　　——《三国演义》等四部小说的一个艺术特征 ····················（57）
"五世而斩"与古代小说叙事
　　——从《水浒传》到乾隆小说的"五世叙事"模式 ·················（72）
《儒林外史》的"三复情节"及其意义 ··（85）

原型与模仿

一种灵石，三部大书
　　——从《水浒传》《西游记》到《红楼梦》的"石头记"叙事模式 ······（97）
三位女神，一种角色
　　——从《水浒传》《西游记》到《红楼梦》的
　　　"女仙指路"叙事模式 ··（113）

目 录

从"西门"到"贾府"
　　——从古代拆字术、"西方"观念说到《金瓶梅》
　　　对《红楼梦》的影响 …………………………………… (136)
《西游》向"西",《红楼》向"东"
　　——《红楼梦》《西游记》叙事之"方位"学和"倒影"论 ………… (145)
论西门庆与林黛玉之死
　　——兼及《红楼梦》对《金瓶梅》的反模仿 ………………… (159)
《红楼梦》是《金瓶梅》之"反模仿"和"倒影"论 ………………… (171)
试说中国古代小说以"物"写"人"传统的形成与发展
　　——以"紧箍儿"、"胡僧药"与"冷香丸"为例 ……………… (186)
试论《红楼梦》从"顽石点头"故事所受"直接的影响" ………… (198)

质证与新读

近百年《三国演义》研究学术失范的一个显例
　　——论《录鬼簿续编》"罗贯中"条资料当先悬置或存疑 ……… (215)
古代小说考证同名交错之误及其对策
　　——以《三国演义》《西游记》考证为例 ………………… (224)
《三国演义》徐庶归曹故事源流考论
　　——兼论话本与变文的关系以及"三国学"的视野与方法 ……… (234)
论中国古代小说"雅"观"通俗"的读法
　　——以《水浒传》"黑旋风沂岭杀四虎"细节为例 …………… (244)
"传奇"名义与文言小说的分类 …………………………………… (256)
《李娃传》不是"爱情主题"小说
　　——兼及文本解读的"证实偏见"或曰"偏好接受" …………… (261)
人类困境的永久象征
　　——《婴宁》的文化解读 ………………………………… (273)

"罗学"与《三国演义》

"罗学"新论
　　——提出、因由、内容与展望 …………………………… (283)

《三国演义》成书年代新考…………………………………………（291）
《三国志通俗演义》作者罗贯中为元人及原本管窥
　　——试说庸愚子《序》的考据价值……………………………（303）
论《三国演义》的文学性及其创作性质……………………………（311）

泰山与《水浒传》考辨

《水浒传》名义考辨
　　——兼与王利器、罗尔纲先生商榷……………………………（331）
试说泰山别称"太行山"
　　——兼及若干小说戏曲之读误…………………………………（341）
略论泰（太）山与太行山、华山等之互称及其对文学的影响…………（363）
《水浒传》为"石碣记"试论………………………………………（381）
永恒之女性，引领水浒上升
　　——《水浒传》对女性与婚姻的真实态度……………………（389）
《水浒传》"王婆卖茶"考论…………………………………………（403）

《西游记》与泰山考述

《西游记》与泰山关系考论…………………………………………（425）
泰山周边孙悟空崇祀遗迹述论
　　——《西游记》对泰山文化的影响一例………………………（446）
《西游记》写猴与《聊斋志异》写狐之"尾巴"的功能
　　——兼及"人身难得"的文化意义……………………………（461）
《西游记》写孙悟空对妖精自称"外公"说之辨误与新解…………（471）
"孙悟空"名义解……………………………………………………（483）
唐僧的"紫金钵盂"…………………………………………………（492）

《儒林外史》考论

试说《儒林外史》为"儒林""写实"小说
　　——兼及对鲁迅"讽刺之书"说的思考………………………（499）
传统文化与《儒林外史》人物考论…………………………………（509）

目 录

"功名富贵为一篇之骨"
　　——论《儒林外史》的结构主线 …………………………（521）
《儒林外史》"假托明代"论 …………………………………（528）

《红楼梦》等"家庭小说"研究

《红楼梦》的"新神话"观照 …………………………………（541）
《红楼梦》"大旨谈情"论 ……………………………………（553）
《红楼梦》"通灵宝玉"的本事或原型新说 …………………（564）
论武大郎之死 …………………………………………………（569）
《歧路灯》简论 …………………………………………………（578）
李绿园《歧路灯》的佛缘与"谭(谈)"风
　　——作者、书题与主人公名义考论 …………………（593）
关于《歧路灯》的几个问题 …………………………………（613）

自　序

　　本集共50篇，选编笔者主要有关明代"四大奇书"和所谓清代"乾隆三大小说"（《儒林外史》《红楼梦》《歧路灯》）以及《聊斋志异》研究的部分论文，故也可以说是中国古代小说"八大名著"的论集。

　　"八大名著"中有七种为世所公认，唯李绿园《歧路灯》成书于《儒林外史》稍后，约与《红楼梦》同时，却长期流传未广，直至20世纪80年代以来才广为人知，或疑其不配。其实近百年来，凡读过《歧路灯》的重要学者多以为此书与《儒林外史》《红楼梦》在伯仲之间，为"鼎足而三"，故可并称"乾隆三大小说"①。而中华书局资深编审、著名学者程毅中先生答记者问说："在我的研究中，比较关注的……除了'六大名著'外，我最希望推荐给青年人能够多读的，就是李绿园的《歧路灯》。"②他是就古代通俗小说而言的，笔者深服其论，而有"七大名著"之说③。今因本集又有一二篇涉及《聊斋志异》之故，故曰"八大名著"云。

　　如上有关名著集合称名诸说，以及当今更为流行的"四大名著"（《三国演义》《水浒传》《西游记》《红楼梦》）说，虽主要是为了指称的方便，但名号的差异与诸书"排座次"中的取舍，当然包含多方面考量下的不同的价值判断，兹不具论。这里提及的原因，除了又很欣赏"八大名著"这一说法之外，还因为"八大名著"在中国古代小说中拥有最广大的读者和研究者，笔者能以本集更进一步参与其阅读和研究，深感荣幸！

---

① 参见杜贵晨《李绿园与〈歧路灯〉》（增改本），中州古籍出版社2019年版，第14—27页。
② 杜贵晨：《李绿园与〈歧路灯〉》（增改本），中州古籍出版社2019年版，第82—83页。
③ 参见杜贵晨《李绿园与〈歧路灯〉》（增改本），中州古籍出版社2019年版，第533—536页。

自　　序

　　这些论文大体分为两类，一是就一书全面或某一方面的讨论，二是就几部书异同的比较并进一步引申的讨论。又因各篇内容上的区别与联系可厘为八组。各组内容与特点虽从目录大概可知，但还是稍做梳理如下。

　　第一组"叙事与数理"8篇，分别是从"天人合一"到叙事模式的形成、从"三而一成"到各种以"数"为控驭的叙事模式特征的探讨。这是笔者提出而为山东大学文学院终身教授袁世硕先生所赏重为"最富创造性、堪称独步的研究"的所谓"数理批评"①的基础和应用。"数理批评"提出20年来，在古今中外文学研究中都有应用，并有学者谬奖称"杜贵晨先生的文学数理批评"，"其方法与术语的独到性与便利性却是不容置疑的，文学数理批评之路才刚刚开始，其理论建设和批评实践任重道远"②，等等。这个理论笔者另有讨论③，但这里所涉及的"三复情节""三极建构""二八定律""'六一'模式""'中点'模式""五世叙事"等，均属"文学数理批评"的"新名词"。固然"杜撰"，但皆缘事生法、斟酌再三而为之，乃有原有本，非故弄玄虚。

　　第二组"原型与模仿"8篇，主要探讨"四大奇书"与《红楼梦》诸作间在总体构思、人物原型、情节设计、物象运用等诸方面的后先承衍与模仿，从中总结提炼出"石头记""女仙指路""方位学""反模仿"等说，皆借以探讨相关名著间的后先模仿和推陈出新之特点，与第一组相配合，共同揭示诸书所谓"奇书体"的传统，从而也带有一定理论思考的意义。

　　第三组"质证与新读"7篇，分别从一书或一个具体问题等个案研究引申，尝试提出古典小说研究中资料鉴定、应用和解读的一些原则、思路或方法，具体涉及对若干名著书名与作者的考证，对"通俗"小说的"治经"态度的解读，阅读中主观"偏见"或"偏好"的影响，等等。

---

① 参见袁世硕《序》，载杜贵晨《数理批评与小说考论》，齐鲁书社2006年版。
② 参见苏文清、熊英《〈哈利·波特〉的第三空间及其意义——兼论文学数理批评》，《江南大学学报》（人文社会科学版）2012年第2期；苏文清、熊英《"三生万物"与〈哈利·波特·三兄弟的传说〉——兼论杜贵晨先生的文学数理批评》，《广州大学学报》（社会科学版）2012年第4期。
③ 杜贵晨：《中国古代文学的重数传统与数理美——兼及中国古代文学的数理批评》，《中国社会科学》2002年第4期；杜贵晨：《"文学数理批评"论纲——以"中国古代文学数理批评"为中心的思考》，《山东师范大学学报》（人文社会科学版）2004年第1期等。

第四组"'罗学'与《三国演义》"4篇，包含两个方面的内容，一是提出"罗（贯中）学"的概念，当然是基于罗贯中对中国古代小说的伟大贡献和进一步突出与深化罗贯中研究的需要，但也不无借鉴"莎（士比亚）学""曹（雪芹）学"等以文学家个人姓氏命名一种研究之意；二是在"罗学"的框架下，本组有关《三国演义》成书于"元泰定三年（1326）"、"罗贯中《三国演义》是我国古代第一部文人创作的长篇小说"以及《三国演义》"原本"面貌诸说，都是或曾经是《三国演义》研究的"热点"，至今未有共识。

第五组"泰山与《水浒传》考辨"和第六组"《西游记》与泰山考述"各6篇，分别主要就泰山与《水浒传》或《西游记》的关系进行考证，前者考证《宣和遗事》中所谓"太行山梁山泊"（这是《水浒传》等小说研究中的"钉子户"）所称"太行山"实即泰山之别称，破解了若干古典小说戏曲中类似说法的悬疑；后者揭蔽《西游记》大量采用了明嘉靖即今百回本《西游记》成书以前泰山上即有的40余处景观之名，显示泰山是《西游记》写"花果山"和"三界"的地理背景，而孙悟空亦"泰山猴"的文学因缘。另外各就若干具体问题进行了探讨，如"《水浒传》对女性与婚姻的真实态度"，《西游记》中孙悟空的"如意金箍棒"和唐僧的"紫金钵盂"的新解，等等。有关发现和认识当时或偶然得之，但至今重理，犹以为灵感之助也。

以下第七组4篇、第八组7篇，两组分别就《儒林外史》或《红楼梦》等"家庭小说"的某些问题做具体探讨，如《儒林外史》是不是应该被认为是"儒林小说"和某些人物原型的考证及其"结构主线"，《红楼梦》是"现实主义"还是"新神话"，等等，多与前人论断有较大差异，甚至对立。

综上八组之文，虽各组拟题不尽吻合，或说个别篇目的归属未尽确当，但已可见大略之别，即前三组偏于合说，是就诸书的某些共性做联系的考察；后五组偏于分说，诸文各是就八大名著之一部的一个或几个方面问题的探讨，均为笔者的古典小说研究在不同时段所曾关注的重点。

如果本论文集能体现出笔者的古典小说研究总体还有些特点的话，那么第一是面向最广大读者的最大需求，与所谓"冷门"的学术取向有异；第二是由一部一部书的学问发展为诸名著后先承衍和横向比较研究，而不

自　序

主一家；第三是努力从全部文化和文学看小说，从全部小说看"八大名著"，有不少从外国理论、诗文研究得益的发现，如对"二八定律"的移植，从明代人张宪诗窥测《三国演义》成书，参照欧美小说传统论罗贯中《三国演义》为第一部文人创作的长篇小说，等等；第四是既就事论事以求其实，又注重理论上的概括或研究方法的总结，乃至实际涉及中国人处事"原理上是一分为二，操作上是一分为三"的哲学思考，等等。

虽然如此，但面对"八大名著"以至更广阔的文学海洋，本论集所得，至多不过如一勺之饮或偶尔拾贝，而且有所自得的感觉也并不见得准确，尤其本论集中颇不缺乏的理论与方法上的"新名词"之类。但学术研究的本质就是发现与创新，并且准备着和不怕失败。因为在笔者看来，当今我国的文学理论与研究方法固然需要"古为今用""洋为中用"，但是更需要与时俱进、"采铜于山"的"中国制造"，犹如高科技领域里不单纯因能买到现成的"芯片"之类而放弃"核心技术"的自主创新。笔者这一潜滋暗长的追求，早在20年前（2001年），就被当时我刚识荆不久的著名学者章培恒教授发觉，他在慨然为本人的《传统文化与古典小说》一书所作的《序》中指出：

> 而在杜贵晨先生这部论文集中，我就看到了这样的追求。他似乎总在希望有所发现，而不满足于别人嚼过的馍；但又绝不以新的学说与中国古代文学任意捏合。因此，其所贡献给读者的发现虽然似乎并不广大、辉煌，但却实在而有用。①

今章先生早归道山，重温并再一次感谢先生的鼓励，希望本论文集在先生指引的方向上又有进步，更多一些"实在而有用"的价值。

诸文为笔者所作古代小说研究论文的约三分之一，写作的时间自1982年至2020年跨近40年之久，大都曾先后发表或又经转载、摘介。值此结集出版之际，谨向有关期刊、报纸编辑师友们致以衷心感谢！尤其感谢王小溪博士为编辑本书所付出的智慧与辛劳！她对《〈西游记〉与泰山关系考论》等文的质疑促使我做了重要修订和补充。还要感谢内子侯玉芳女士

---

① 杜贵晨：《传统文化与古典小说》，河北大学出版社2001年版。

承担了大部分家务，使我能专心于此，以及儿子杜斌在刚刚出版了他译注的《茶经·续茶经》的间歇帮助核查和统一了注文体例等。

选编中对原文有个别观点、词句或注释的修订或补充，不妥与谬误仍恐未免，则请读者、专家不吝赐正。

杜贵晨序于泉城历下
二〇二一年二月十七日

叙事与数理

"天人合一"与古代小说结构的若干模式

"天人合一"是中国古代文化、哲学的基本精神。① 作为对世界存在与运动方式的基本认识，它广泛而深刻地影响了中国人的生活和思维表达方式，从而使其论事为文都注重"究天人之际，通古今之变"②，也就是寻求"天人合一"的境界。这一点对中国古代小说创作总体构思和情节布局的影响之大，远过于其他任何个别的观念和方法，却从来很少有人谈到过。

这个问题之所以很少被研究，大约是因为"天人合一"思想与小说的结构看起来关系太过遥远。其实，小说结构说到底是作者心目中现实世界存在与运动方式的文学显现，它体现的是带有作者个人特征的人类对世界构造的一般理解。所以，作为中国古人把握世界的基本方式之一，"天人合一"自然成为小说构思布局的指导思想，从而深刻影响了中国古代小说的结构艺术。

如同一切伟大的思想，"天人合一"具有被永久阐释的可能性。今人对它的解释，多强调其人与自然和谐的合乎现代科学走向的一面。其实，中国古代所谓"天人合一"，特别是汉代以后对小说影响日渐深入的"天人合一"思想，是一种带有浓厚神学色彩的哲学观念。它的内涵各家说法虽有不同，而实质都不过是在"唯天为大"（《论语·泰伯》）的前提下讲天—人的同一性。这种同一性大约有两个要点，一是天人同构，人为取法天道；二是天人感应，天命支配人事。它肯定了天—人的谐和与互动，却

---

① 中国古代也有"天人相分"的观点，代表人物如荀况、王充、柳宗元、刘禹锡等，但不占主导地位，故云。

② （西汉）司马迁：《报任少卿书》，载（梁）萧统编，（唐）李善注《文选》，中华书局1977年版，第581页下。

带有神秘主义和机械比附的缺陷，从而给古代小说构思布局带来的影响，往往是造成某些世代沿用的结构模式。

所谓天人同构，是说天人同类，人副天数、合天象。这一思想虽然晚至汉儒董仲舒才最后形成系统的理论①，却早在先秦就已酝酿发生。《吕氏春秋·有始览·有始》："天地万物，一人之身也，此之谓大同。""大同"就是相类，高诱注："以一人身喻天地万物。《易》曰'近取诸身，远取诸物'，故曰'大同'也。"② 即"一人之身"类同"天地万物"，也就是"人"与"天"同构。故天之道即人之道，人为应该并且只能取法于天道。《老子》云："人法地，地法天，天法道，道法自然。"其中就包含天道是人为根本法则的道理。而儒家六经之首的《周易》曰："天垂象，见吉凶，圣人象之。"（《系辞上》）"象之"，就是模拟天道以成人文。《礼记·礼运篇》也说："故圣人作则，必以天地为本。"郑玄注："天地以至于五行，其制作所取象也。"③《韩非子·扬权》曰："若天若地，是谓累解。若地若天，孰疏孰亲。能象天地，是谓圣人。"④《吕氏春秋·圜道》云："天道圜，地道方，圣王法之，所以立上下。"⑤ 总之，儒、道、法家等对"人为"的观念虽有很大或根本的不同，但肯定人为取法天道这一点完全一致，从而共同奠定了中国人法天行事的传统观念。

同时，以《周易》为代表的中国古代哲学认为，天道有"象"有"数"，《易传·系辞上》："参伍以变，错综其数，通其变，遂成天下之文；极其数，遂定天下之象。"这就是说，人为取法天道，"拟诸其形容，象其物宜"（《易传·系辞上》），其具体操作是"错综其数"以成"文"，"极其数"以定"象"。可以说，中国文化的基本面貌就是这样被确定下来的。世人可以很清楚地看到，从华夏民族的象形文字、"天子"以下的政治制度到世俗礼节仪式、音乐舞蹈，从明堂、辟雍、天坛、地坛等建筑到辇车、古币的造型，世间无处不是合天数、肖天象的制作，而作为古代保存

---

① 《春秋繁露·人副天数》："人有三百六十节，偶天之数也；形体骨肉，偶地之厚也；上有耳目聪明，日月之像也；体有空窍理脉，川谷之象也。"又同书《阴阳义》云："以类合之，天人一也。"这一思想也见于约同时成书的《淮南子》卷三《天文训》。
② （战国·秦）吕不韦：《吕氏春秋》，上海古籍出版社1989年版，第93页下。
③ 陈澔注：《礼记》，上海古籍出版社1987年版，第127页。
④ （战国·秦）韩非：《韩非子》，上海古籍出版社1989年版，第18页下—19页上。
⑤ （战国·秦）吕不韦：《吕氏春秋》，上海古籍出版社1989年版，第30页上。

和传播文化基本载体的书籍的编纂自然也不能例外。《易传·系辞上》曰："《易》与天地准。"又曰："与天地相似。"就是说《易》法天地以成文。而所谓"圣人设卦观象","八卦成列,象在其中",就是说《周易》八卦为宇宙最简的模型。这个例子也许太过费解,但是我们看《周礼》的六官（天、地、春、夏、秋、冬），就更容易知道古之作者法天地四时以为全书结构的用心。他如先秦古史多以《春秋》命名，也是取象于四时。《吕氏春秋》"事之伦类与孔子所修《春秋》相附近焉"①（孔颖达疏），所以也名曰"春秋"。并且它的十二纪，依次以一年四季十二个月令为题，以其天象、物候领起，为编排之序，更显得像是一部标准的"天书"；再如司马迁《太史公自序》说明作《史记》三十"世家"的根据："二十八宿环北辰，三十辐共一毂，运行无穷，辅拂股肱之臣配焉，忠信行道，以奉主上，作三十世家。"② 而研究者认为，《史记》十二本纪拟十二辰，十表拟天之十干，八书拟地之八方，也是按"天"之象数建构的。这种取法天数、天象以为著作体式的传统延伸至小说的构思布局并积淀为一定的模式，乃是中国人思维和表达方式的自然趋向。

首先，是法天之"数"。中国古代小说构思布局很注重"错综其数"和"极其数"，以成全书之"文"、定全书之"象"。这类表现可见于大大小小的许多方面。大略而言，中国古代小说在构造故事、布局全书上用数字最多，无论分卷、分回、记人、记事、记物、纪时、纪程，都往往有明确的数字。其数量之大，地位之突出，只要与西方古典小说稍加对比，就可以看得出来。例如《水浒传》开篇"诗曰"以后"话说大宋仁宗天子在位，嘉祐三年三月三日五更三点，天子驾坐紫宸殿"③ 云云，如此设时的叙述，在西方小说中是难以见到的；而"一百单八将""十二金钗""百花仙子"等成群结队的人物设置，在西方小说家看来也难以想象。夸张一点说，中国古代小说在构思布局上有近乎"数字化存在"的特点。这一特点更为突出地表现于以下几个方面。

（一）结卷尚偶数，通俗小说尚"10n"之数。关于结卷尚偶，只需浏

---

① （东汉）郑玄注，（唐）孔颖达疏：《礼记正义》，载《十三经注疏》（下册），中华书局1980年影印本，第1424页下。
② （西汉）司马迁：《史记》，中华书局1998年版，第1188页上。
③ （元）施耐庵、罗贯中：《水浒传》，人民文学出版社1984年版，第5页。

览有关书目的著录即可知道①：在古代几千种小说中，除不分卷或只有一卷（实际也是不分卷）者外，很少以奇数结卷（回、则）的。如果说文言小说中还有些分为三卷、五卷的书例，那么在通俗小说中就极少见到回目以奇数结卷的了。这就是说，中国古代小说大致遵循了以偶数结卷的原则，无论分卷分回（则），其组织结构都以偶数也就是 2n 之数为尚。这不限于小说，从清代的金和跋《儒林外史》称"先生著书，皆奇数，是书原本仅五十五回"②云云逆想可知，古人著述有约定俗成以偶数结卷的传统，小说结卷尚偶数只是这一大传统的表现。其根源应在于古人对数字"二"的认识。《易传·系辞上》："一阴一阳之为道。"即二偶为道。宋儒蔡元定曰："数始于一奇，象成于二偶。"（《宋史·蔡元定传》）即二偶成象。古称命运多舛为"数奇"，今俗云"好事成双"，反映的都是中国人尚偶数的传统。所以古人著书以偶数结卷之习，就根源于数字"二"有"为道"和成"象"的象征意义，形成于以"成双"为好的民族心理，从而一部书只有以偶数结卷才算结构圆满。

但是，作为结构圆满的标志，各个偶数象征的意义是不一样的。所以，在几乎是千篇一律以偶数结卷的古代通俗小说中，我们可以看到以若干个十回即"10n"为度的情况较为普遍；而在代表了中国古代小说最高成就的长篇名著中，以百回结卷者占了一个颇大的数量。出现这一现象的原因，除却作品内容客观需要的大致长度之外，还包括人们传统上对数字"十"的特殊认识。《易·屯》："十年乃字。"孔颖达注曰："十者，数之极。"又，《说文》曰："十，数之具也。一为东西，丨为南北，则四方中央备矣。"又，《史记·律例书》："数始于一，终于十。"因此，在中国古人的观念中，"十"有全备终极之义，成语"十全十美"生动地反映了华夏民族以"十"为圆满的心理共识，其偏至乃形成日常生活中的非"十"不为满足的"十景病"。而从《战国策》述苏秦说秦"书十上而说不成"、陶潜《闲情赋》的"十愿"到《水浒传》写王婆的"十分挨光计"，我们也可以看到古人属辞述事以"十"为法的一线传统。同时，正是在《水浒

---

① 如袁行霈、侯忠义编：《中国文言小说书目》，北京大学出版社 1981 年版；江苏省明清小说研究中心编：《中国通俗小说总目提要》，中国文联出版公司 1990 年版。
② （清）金和：《儒林外史跋》，载朱一玄、刘毓忱编《儒林外史资料汇编》，南开大学出版社 1998 年版，第 281 页。

传》的认知中,有"林(冲)十回""宋(江)十回""武(松)十回"等以"十回"为小说叙事单元的现象。所以,古代通俗小说的"10n"结卷度数,特别是以《水浒传》打头,《金瓶梅》《西游记》《封神演义》《三宝太监西洋记》《隋唐演义》《女仙外史》《醒世姻缘传》等作品"百回"结卷模式的文化心理依据,应是以"十"之倍数为圆满,而"百"作为"十"的十倍之数,比其他任何偶数更具有象征圆满的意义,它们是建立在传统取法天数、以"十"为全、以"十"为美的文化心理之上的。

(二)"三复情节"和"三极建构"。中国古代小说以"数"定"象",更多地用到数字"三"。关于古代尚"三"观念的产生和"三复情节",笔者已撰文进行说明①,兹不复述。但是,"三复情节"体现的是时序上尚"三"的观念,而古人在空间关系上也同样有尚"三"的传统,并影响到小说的构思与布局,还需要有补充说明。

空间关系上尚"三"意识的形成,除源于《易》学"三才(天、地、人)"思想,大约还受了上古科学知识萌芽的影响。古代天文学以日、月、星为"三光",《说文》释"示"字为"天垂象……从二。三垂,日月星也",以"二"下的部分为"日、月、星"之象征,这个认识可以加强空间位置上"三"的意义。而相传大禹铸鼎,三足两耳——鼎用三足,所谓"三足鼎立"的三角形具有稳定性的事实,同样可以加强古人在空间关系上尚"三"的意识,并渗透和作用于社会生活。

古人在空间关系上尚"三"的观念应用于人事,大约最先表现于战争。早在商周时期军队的编制,一辆战车上甲士三人按右、中、左成"品"字形布列;全军也遵循右、中、左三分制,以便于用兵布成"品"字形(古人称"三才阵",今人称"前三角")或倒"品"字形(古人称"鱼丽阵",今人称"后三角")阵势。② 在政治制度上,周朝和汉、唐天子以下最高长官为三公,南北朝以后又形成三省制。所以设三公、三省,应当是由于三者并立的设置最便于折中决事和相互制衡。其运作原理,在现代军事、政治中也还可以看到它的应用③,但早在《淮南子·说林训》

---

① 杜贵晨:《古代数字"三"的观念与小说的"三复情节"》,《文学遗产》1997年第1期;杜贵晨:《中国古代小说"三复情节"的流变及其美学意义》,《齐鲁学刊》1997年第5期。
② 参见吴如嵩《孙子兵法新论》,解放军出版社1989年版,第82—83页。
③ 参见杜贵晨《毛泽东与〈三国演义〉》,《海南大学学报》(社会科学版)1991年第4期。

和《史记·越王勾践世家》中都曾出现的兔死狗烹的比喻中，已经可以见到这一认识的萌芽，而《史记·淮阴侯列传》载武涉说韩信的一段话，讲得更为明白：

> 足下所以得须臾至今者，以项王尚存也。当今二王之事，权在足下。足下右投则汉王胜，左投则项王胜。项王今日亡，则次取足下。足下与项王有故，何不反汉与楚连和，参分天下王之？今释此时，而自必于汉以击楚，且为智者固若此乎？①

蒯通也对韩信表示过大致相同的看法：

> 当今两主之命县于足下，足下为汉则汉胜，与楚则楚胜。……诚能听臣之计，莫若两利而俱存之，参分天下，鼎足而居，其势莫敢先动。②

而韩信不听。后遭云梦之祸，韩信始悔不当初，曰："果若人言'狡兔死，良狗烹；高鸟尽，良弓藏；敌国破，谋臣亡'。天下已定，我固当烹。"③ 这些议论和韩信最后被害于长乐钟室的结局，从正、反两面体现了人事运作通于几何学上"三点成面"（即经过不在一条直线上的任意三点，可以作一个平面，并且只能作一个平面）和三角形（不在同一直线上的三点间的线段围成的封闭图形）具有稳定性的原理。它传达了中国先民早就意识到"势不两立""三足鼎立"等人事制衡通于天道的历史信息。这一认识要在古代小说的构思中体现出来，是顺理成章的。

"鼎足而居"的三者从几何学的观念看是三角形的三个顶点。因此，笔者把这种与空间关系上尚"三"观念密切相关的"三足鼎立"式的小说结构现象称为"三极建构"。

"三极建构"由三方"鼎立"而成，三方互动又互为制衡。其状态有三种样式：一是三方循环相生，如《三国演义》中刘、关、张三者的关

---

① （西汉）司马迁：《史记》，中华书局1998年版，第931页上。
② （西汉）司马迁：《史记》，中华书局1998年版，第931页下。
③ （西汉）司马迁：《史记》，中华书局1998年版，第933页上。

系，他们结义的誓言"不求同年同月同日生，只愿同年同月同日死"①，是三者循环相生（实际是共生）的说明；二是三方循环相克，如《三国演义》"入西川二士争功"，写邓艾反司马氏，司马昭令钟会收邓艾，又以钟会"后必反"为由，自己统兵于后收钟会，成循环制胜态势；三是两方相克或相生，第三方居参与地位。两方相克，第三方居参与地位的，如《三国演义》写魏、蜀、吴之争；两方相生，第三方居参与地位的，则如才子佳人小说中的才子、佳人、（其间拨乱的）小人，等等。

第三种情况的"三极建构"在古代小说中最有意义。我们先来看《三国演义》的例子。此书写三国之事，蜀、魏作为对立的两极构成全书叙事主线，吴国作为主构之外的第三极，成为蜀、魏之争的牵制因素。这种互动又互相制衡的三角态势在《三国演义》艺术结构上的优越性是明显的，章培恒、骆玉明主编的《中国文学史》说它："由三方鼎立而彼此间组合分化、勾心斗角所形成的关系，较之双方对峙（如南北朝）或多方混战（如战国），有一种恰到好处的复杂性，能够充分而又清楚地显现政治作为利益斗争的手段的实际情状。"② 但是，罗贯中首先意识到的并不是这种结构的好处，而是这一"鼎立"态势顺应了"天人合一"，《定三分隆中决策》有如下描写：

> （诸葛亮）言罢，命童子取出画一轴，挂于中堂，指谓玄德曰："此西川五十四州之图也。将军欲成霸业，北让曹操占天时，南让孙权占地利，将军可占人和。先取荆州为家，后即取西川建基业，以成鼎足之势，然后可图中原也。"③

这可以看作"鼎足之势"即"三极建构"上升到"天人之际"的说明，实际就是把"三国演义"的故事构架定位在天时、地利、人和三者的对立和依存。联系《三国志通俗演义》卷七《刘玄德三顾茅庐》写崔州平

---

① 陈曦钟、宋祥瑞、鲁玉川辑校：《〈三国演义〉会评本》（上），北京大学出版社1986年版，第6页。
② 章培恒、骆玉明主编：《中国文学史》（下卷），复旦大学出版社1996年版，第178页。
③ 陈曦钟、宋祥瑞、鲁玉川辑校：《〈三国演义〉会评本》（上），北京大学出版社1986年版，第478页。

论世道治乱相仍、"如阴阳消长,寒暑往来之理"一段话,可以看出罗贯中自觉地把"天人合一"作为《三国演义》布局的指导思想,应当是合乎实际的。《水浒传》写宋江等只反贪官不反皇帝的总体构思——梁山好汉、贪官、皇帝的鼎峙关系也暗合了"三极建构"的原理,就不细说了。

我们再来看才子佳人小说的例子。这类小说布局的一般情况是:在作为故事主构的两极相生的才子与佳人之外,总有一个作为情节中介的第三者,即曹雪芹于《红楼梦》第一回所说"故假拟出男女二人名姓,又必旁出一小人其间拨乱"①。值得注意的是,曹雪芹虽然对才子佳人小说的造作颇致不满,但他的《红楼梦》其实还是暗用了才子佳人小说中已成腐朽的"三极建构",只是绝无声张而又能化腐朽为神奇罢了。这自然是指书中宝、钗、黛三者的关系。读者每有把《红楼梦》看作写宝、钗、黛"三角恋爱",宝钗为"第三者"抢"宝二奶奶"宝座的,固然失之浅薄。但是,宝玉、黛玉为理想情侣,宝钗(有意无意)插足其间;或者说钗、黛双峰对峙而又一体互补,宝玉居间相生(见了姐姐就忘了妹妹),三人纠葛为《红楼梦》一部大书之中心,却是不争的事实。《红楼梦》艺术的成功,很大程度上就是在贾府大家族的背景上写好了这三个人物,写好了他们之间的关系。第八回下《探宝钗黛玉半含酸》写宝玉正在宝钗处嬉玩:

> 忽听外面人说:"林姑娘来了。"话犹未了,林黛玉已摇摇的走了进来,一见了宝玉,便笑道:"嗳哟,我来的不巧了!"宝玉等忙起身笑让座,宝钗因笑道:"这话怎么说?"黛玉笑道:"早知道他来,我就不来了。"宝钗道:"我更不解这意。"黛玉笑道:"要来一群都来,要不来一个也不来;今儿他来了,明儿我再来,如此间错开了来着,岂不天天有人来了?也不至于太冷落,也不至于太热闹了。姐姐如何反不解这意思?"②

这一段描写,特别黛玉所说"间错开了来着"一语,可以使我们感到

---

① (清)曹雪芹、高鹗:《红楼梦》,中国艺术研究院红楼梦研究所校注,人民文学出版社1982年版,第5页。
② (清)曹雪芹、高鹗:《红楼梦》,中国艺术研究院红楼梦研究所校注,人民文学出版社1982年版,第126页。

曹雪芹很懂得用"三极建构"敷衍故事的奥妙。

　　以上各例表明,"三极建构"的特点是两极主构和第三方作为情节中介的动态的组合。一般来说,这种组合必须并且只能有一个第三者。没有这个第三者,或者多至第四者、第五者,都不能使情节有"恰到好处的复杂性"。但是,第三者必须有一,不能有二,不等于说它只能是一个参与对象。作为中介的第三者可以有两个、三个甚至更多。问题只在于,作家在确定了作为主构的两极之后,把任何其他的人物或方面都作为两极的中介,也就是"第三极"对待,使之始终处于"三"即"参(与)"的地位,就不会有布局散乱的毛病。因此,在得以正确把握和灵活运用的情况下,"三极建构"对于小说的创作有普遍意义。它的实质是一点为中心,两极为主线,第三极为参照。参照乃所以反作用于两极。有参照,两极之主构之关系以至三极之成面才有变化。其在原理上是一分为二,操作上是一分为三。《老子》曰:"道生一,一生二,二生三,三生万物。"(第四十二章)"三极建构"逻辑上就是这种动态的开放性的组合。它是"天人合一"在小说构思上的投影,一切好的小说故事或简或繁,都是或者可以约简为这样的组合。因此,作为小说情节结构艺术的基本形式,"三极建构"有普遍和永久的意义。

　　中国古代小说运用"三极建构"的情况各异,有的只在局部,有的贯串全书。熟悉这些小说的读者不难知道,上举各书"三极建构"的组合中,在不降低作品艺术水准的前提下,任何一方都是不可或缺的。同时任何一方的艺术生命,都以另外两方的存在为前提,三方既成"鼎足"之势,又在情节的发展中不断调整相互的关系,把情节推向高潮。其运作原理应当就是上述三点成面和三角形稳定性的公理。这些公理在小说艺术上的应用,不嫌生硬地作一类比说明的话,"可以作一个平面",在文学的意义上就是说"有戏",或说易于情节的展开。俗云"三个女人一台戏",就包含这个道理,而"二人转"只是曲艺;"只能作一个平面",在文学的意义上就是说故事集中于三极的矛盾和斗争,一切超出于"三极建构"的内容都是多余的;"稳定性",在文学的意义上就是说只要三极共存,情节就持续发展或处在高潮。而三极的形状、大小和相互间位置关系时时变化,从而形成各种不可预拟之局面。"三极建构"的这三个特点使小说情节有了"恰到好处的复杂性",如果有一方退出(失败或毁灭),"面"就萎缩为"线",故事的高潮就将过去,从而只能很快结束全书。例如《三国演义》写诸葛亮(蜀国的支柱和象征)死后,《红楼梦》中黛玉死后,才子佳人小说中"小人"被揭露后,等等。

其次,是法天之"象"。最突出的是中国古代小说结构的团圆结局和圆形框架。

关于团圆结局,近人多有论列褒贬,不必细说。总而言之,中国古代小说结局几乎没有悲剧,各种末回回目就表明"团圆"的小说自不必说,即使从故事发展看硬是不能团圆的情况,作者们也往往要使之"团圆",众多《红楼梦》的续书是突出的例证。还有《三国演义》《水浒传》《儒林外史》(五十六回本)等书,依其主要故事而言固然是悲剧,但作者总要使正面的人物死后成神或受到封赠,以减少其悲剧的色彩,也可以看出作者企盼团圆的意向。

所谓圆形框架,是指中国古代小说叙事重照应,刻意追求一种往复回环的效果,从而大量作品形成后先呼应、首尾关合的结构样式。如《三国演义》是"合久必分""分久必合",即毛评所谓"叙三国不自三国始……始之以汉帝。叙三国不自三国终……终之以晋国"[①]。《水浒传》(百回本)始于"洪太尉误走妖魔",放了"三十六员天罡星,七十二座地煞星,共是一百单八个魔君"下世,中经第七十一回"石碣天星"的排座次,结于宋江等一百零八人死后赐庙成神,末段且有诗曰:"天罡尽已归天界,地煞还应入地中。千古为神皆庙食,万年青史播英雄。"《西游记》结末数列八十一难。《封神演义》结末有封神榜。《女仙外史》结末有"忠臣榜""烈女榜"。《儒林外史》(五十六回本)起于"百十个小星"降世"维持文运",结于"幽榜"。《红楼梦》起于青埂峰,结于"青埂峰证了前缘"(见于传抄的靖本第六十七回、第七十九回批语),并且前有薄命司名册,后有"情榜"(据脂评)。《镜花缘》前有百花仙子谪世,第四十八回有"花榜",结于武则天有旨"来岁仍开女试,并命前科众才女重赴红文宴"。《品花宝鉴》起于《曲台花选》的八咏,结于"品花鉴"和"群仙领袖"榜。还有,《金瓶梅》(说散本)起于玉皇庙"西门庆热结十兄

[①] (清)毛宗岗:《读三国志法》,载陈曦钟、宋祥瑞、鲁玉川辑校《〈三国演义〉会评本》(上),北京大学出版社1986年版,"各本序言总论"第7页。

弟",终于永福寺"普静师幻度孝哥儿",据张竹坡说是"一部大起结"(第四十九回回评),又说"玉皇庙发源,言人之善恶皆从心出;永福寺收煞,言生我之门死我之户也"(第一百回回评);《醒世姻缘传》的前世因与后世果的对应更是丝毫不爽,等等,故事的结局都可以说回到了它的起点,从大的方面说绝无未了之憾,其结构样式无疑很像一个"圆"。

显然,世代作家对团圆结局和圆形框架的偏爱和执着不是偶然的,它体现的是华夏民族对世界存在和发展过程为"圆"即"圆满"的理解与企盼。这种民族文化心理的渊源不止一端,但在笔者看来,应主要是由于古代的天道观——"天道圆"——的影响。

古代生产力低下,人类对自然的认识每停留在感性阶段,故认为天是圆的,地是方的,正如《敕勒歌》所谓"天似穹庐,笼盖四野";并且因为寒来暑往、日出月落、昼出夜伏、秋收冬藏等有规律的自然与人事活动,古人逐渐形成天道循环的观念。《易·说卦》云:"乾为天,为圜。"《吕氏春秋》曰"天道圜",称天道为"圜道"。"圜"同"圆",通"环"。"天道圜"即"天道圆";"圜道"即"圆道"。并且这"圜道"是"圜通周复""轮转而无废"的循环。即《易·泰·九三》所谓"无往不复",《老子》所说"(道)周行而不殆","大曰逝,逝曰远,远曰反",《鹖冠子》所谓"环流",《文子》所谓"轮转",等等。至"周敦颐《太极图》径以圆圈中空为'无极而太极之象'"[①]。这些造成中国人以世界万物发展轨迹为圆、为循环的观念,宋儒朱熹就直接说:"今日一阴一阳,则是所以循环者乃道。"[②] 所以,以循环为特征的"圆"乃成为中国人思维与表达的心理根据和模拟对象。《易传·系辞上》曰:"蓍之德,圆而神。"张英《聪训斋语》卷上曾明确指出中国人以"圆"为法则的传统:"天体至圆,万物做到极精妙者,无有不圆。圣人之至德,古今之至文、法帖,以至一艺一术,必极圆而后登峰造极。"[③] 这应该就是中国古代小说团圆结局和圆形框架的文化渊源。虽然中国古代小说的团圆结局和圆形框架往往要借助释道"转世""谪世"之说,但从根本上看,释道"转世""谪世"之说能为中国人所接受,部分也是由于它至少在形式上近乎"天道圆",

---

① 钱锺书:《管锥编》(第三册),中华书局1979年版,第922页。
② (宋)黎靖德编:《朱子语类》(五),中华书局1986年版,第1896页。
③ (清)张英:《聪训斋语》,青年协会书局1927年版,第13页。

从而仍然显示着古代小说家以"天道圆"的观念把握生活、自觉追求"团圆结局"与"圆形框架"的努力。

所谓"天人感应",就是说天定人事、人从天命。这个说法虽然也晚至汉儒董仲舒才明确提出,但它的思想内核也早在先秦就存在了。《易传·系辞上》"天垂象,见吉凶,圣人象之"之语,实际就包含了天人感应的思想。不过,只有到了西汉董仲舒把它提出来并加以论证,并得到统治者的提倡以后,这一思想才真正通行于社会和深入人心,形成论事为文总要揣测天意、以天命对应人事的思维模式。明代陈献章有《天人之际》诗云:"天人一理通,感应良可畏。千载陨石书,《春秋》所以示。客星犯帝座,他夜因何事?谁谓匹夫微,而能动天地。"① 这显然是荒诞迷信的东西,但在古代科学不发达的情况下,却是最容易为人接受因而能广为流行的观念,也就很容易成为小说情节构思的基础。而那个时代,社会上每天都在大量生产这样的故事传说,也为小说家采为书中的点缀提供了方便,有时甚至成为小说总体构思的基础。

例如《三国演义》是一部历史小说,尽管为了"拥刘反曹"故事有不少虚饰,但是全书基本情节发展仍根据于史实。这就产生了一个矛盾:"拥刘","刘"未能兴汉一统天下;"反曹","曹"却一直居"挟天子以令诸侯"的地位并最终代汉自立。对此,作者一委之于"天命",即"炎汉气数已尽"。全书开篇写汉末失政,灵帝建宁年间上苍降下种种灾异,如青蛇堕殿、雌鸡化雄、黑气冲宫……董仲舒说:"国家之失乃始萌芽,而天出灾害以谴告之;谴告之而不知变,乃见怪异而惊骇之;惊骇之尚不知畏恐,其殃咎乃至。"② 显然,这些灾异是上天的"谴告"和"惊骇",这就使全书笼罩在浓重的"天命论"即"天人感应"的气氛里。而接下来的黄巾起义、董卓肆虐、曹操擅权,就是"殃咎乃至"了。至第三十七回"刘玄德三顾草庐",又重提汉朝的"数"与"命":

> (崔)州平笑曰:"公以定乱为主,虽是仁心,但自古以来,治乱无常。自高祖斩蛇起义,诛无道秦,是由乱入治也;至哀、平之世二

---

① (明)陈献章:《陈白沙集》(外三种),湛若水校定,上海古籍出版社1991年版,第142页。
② (西汉)董仲舒:《春秋繁露》,中华书局1992年版,第259页。

百年，太平日久，王莽篡逆，又由治而入乱；光武中兴，重整基业，复由乱而入治；至今二百年，民安已久，故干戈又复四起：此正由治入乱之时，未可猝定也。将军欲使孔明斡旋天地，补缀乾坤，恐不易为，徒费心力耳。岂不闻'顺天者逸，逆天者劳'、'数之所在，理不得而夺'；命之所在，人不得而强之'乎？"玄德曰："先生所言，诚为高见。但备身为汉胄，合当匡扶汉室，何敢委之数与命？"①

这就可以看出作者置刘备、诸葛亮的努力于与"天命"对立地步的设计。第九十七回写诸葛亮上《出师表》中曰："凡事如是，难可逆见。臣鞠躬尽瘁，死而后已；至于成败利钝，非臣之明所能逆睹也。"毛评曰："虽云非所逆睹，已预知有五丈原之事。"② 这就是说，诸葛亮乃"知其不可而为之"。至第一百十六回诸葛亮显灵于钟会就直接说"汉祚已衰，天命难违"了。书末《古风》一篇，历数汉兴至三国归晋历史，结末总评也有句云："纷纷世事无穷尽，天数茫茫不可逃。"所以《三国演义》具体描写的主线虽然是"拥刘反曹"，但根本上是"究天人之际"，终极要说明的是"天命""天数"与"人事"、人心的关系。其总体构思即诸葛亮在上方谷火烧司马懿不成之后所感叹的："'谋事在人，成事在天'，不可强也。"所以书中一面浓墨重彩写"谋事在人"，写出三国人物奋发有为的历史主动性；一面写"成事在天"，随时不忘点出"天命""天数"对世事和人物命运的主宰：凡一人有庆、一事当成、一国当兴，往往有祥瑞；凡一国将帅国君之死、一事之当败、一国之将亡，往往有凶兆。一部书中"天垂象，见吉凶"之描写络绎不绝，俯拾皆是。孤立来看，每处描写似乎只是随意点染的怪诞迷信色彩；联系起来看，实在是作者有意把"天命"作全书的主宰，以"天人感应"为全书"圆形框架"内在联系的表现。

又如，《水浒传》中不仅"洪太尉误走妖魔"是"天数"③，而且第七十一回《忠义堂石碣受天文，梁山泊英雄排座次》用"石碣天星"坐实一

---

① 陈曦钟、宋祥瑞、鲁玉川辑校：《〈三国演义〉会评本》（上），北京大学出版社1986年版，第465页。

② 陈曦钟、宋祥瑞、鲁玉川辑校：《〈三国演义〉会评本》（下），北京大学出版社1986年版，第1186页。

③ （元）施耐庵、罗贯中：《水浒传》，人民文学出版社1984年版，第13页。

百零八人都是天上星宿下世，从而都有一个"神"和"人"的双重身份，形成"天人感应"的格局；另外，全书写宋江等人的命运还有一个九天玄女时时指导和护佑，第四十二回和第八十八回有具体描写。在这两回书中，九天玄女指示宋江过去未来之事，说是"玉帝因为星主（指宋江）魔心未断，道行未完，暂罚下方，不久重登紫府"，这就大幅度地整合了首尾和中间现实部分的描写，实现了全书的"圆形框架"。九天玄女则是这个框架中代表天命而居高临下的人物。从构思的角度，这个人物所起的作用有似于《红楼梦》中的警幻仙子，是不可忽视的。

再如，《封神演义》起于纣王进香，题诗亵渎神灵，女娲认为："殷受无道昏君，不想修身立德以保天下，今反不畏上天，吟诗亵我，甚是可恶！我想成汤伐桀而王天下，享国六百余年，气数已尽；若不与他个报应，不见我的灵感。"于是降下三妖，曰："成汤望气黯然，当失天下；凤鸣岐山，西周已生圣王。天意已定，气数使然。你三妖可隐其妖形，托身宫院，惑乱君心；俟武王伐纣，以助成功，不可残害众生。事成之后，使你等亦成正果。"作者并引古语云："国之将兴，必有祯祥；国之将亡，必有妖孽。"① 很明显，这也是以"天人感应"为基础设定全书的"圆形框架"。

还有《红楼梦》的绛珠仙子"还泪"的故事，《儒林外史》"百十个小星"的降世，等等，古代长篇说部很少不是以这类天人感应的象征性故事框定全书的，而书中大多今天被视为荒诞迷信的情节和细节也在结构上有上下交通的意义。我们从这里可以看到"天人感应"如何结合于"天人同构"的"圜道"观建构并整合全书叙事，形成各具特色的圆形结构，那简直可以称之为"圆体网络系统"。总之，我们可以认为"天人感应"与"天人同构"一样并且一起，在很大程度上支配了中国古代小说结构艺术的发展。

"天人合一"思想对古代小说结构艺术的影响是全方位多层面的，读者可以在任何一部用心经营的小说的结构中看到它的影痕，并且远不止于上述若干模式。但是，这些模式无疑是此种影响的最突出的方面。它们成为千古小说作家和读者约定俗成反映生活的图式，体现的是中国古人对世

---

① （明）许仲琳编著：《封神演义》，上海古籍出版社1991年版，第4—5页。

界"天人合一"状态的认知与感悟。指出这些结构模式的渊源,从哲学方面说,可以看到"天人合一"思想影响中国人生活无所不在的深刻性;在文学的意义上,可以成为进一步研究的基础。因为很明显,这些模式的形成和世代沿用,不单纯有形式的意义。形式总包含一定的内容,某种程度上,事物的结构,特别是其总体结构,总要体现事物的性质。因此,上述各种模式的应用实在又是对作品内容和思想倾向的规范与制约。由此追寻,我们可以对相关古代小说作品的思想内容作新的分析和考量,加深对哲学与文学、传统文化与古代小说关系的认识。

(原载《齐鲁学刊》1999年第1期)

古代数字"三"的观念与小说的"三复情节"

中国古代小说多有从形式上看来,经过三次重复才能完成的情节,最著名的如"刘玄德三顾茅庐""宋公明三打祝家庄""孙行者三调芭蕉扇",等等。这种情节的特点是:同一施动人向同一对象作三次重复的动作,取得预期效果;每一重复都是情节的层进,从而整个过程表现为起—中—结的形态。《论语·先进》曰"南容三复白圭",借此我们把这种情节称为"三复情节"。"三复情节"在戏曲中也可以见到,但是中国戏曲发生较晚,其中"三复情节"多是从小说借鉴来的,论小说也就包括了戏曲。至于小说中"三英战吕布""关公约三事""三山聚义打青州"之类并写三面的情况,不属于我们所说的"三复情节",当作别论。

中国古代小说情节也有重复至三次以上的,晋代葛洪《神仙传》中早就有了张道陵七试赵升,后来《三国演义》中有"六出祁山""七擒孟获""九伐中原"等,但这样累累如贯珠的情节设计,在后来小说中并不多见,远不如"三复情节"的运用广泛,并且一般都较为成功。可以说"三复情节"是中国古代小说一种耐人寻味的模式,一个突出的美学现象,其渊源流变,值得研究。

"三复情节"的关键在于一个"三"字。何以古代作家要他的人物做一件困难的事情,必经三次才能完成,并且不多不少,三次就能完成?论者或以为取材于史实,诚然有这种情况。例如较早又最著名的"三顾茅庐"就有《蜀书·诸葛亮传》"先主遂诣亮,凡三往,乃见"的根据。但是生活中何以要"三往乃见"?而且早在"三顾茅庐"之前,《三国志通俗演义》就已经虚构了"陶恭祖三让徐州",何以并无历史根据的内容也要虚构为"三"让,并且后世有众多作家亦步亦趋地模仿它?这些问题的关键都在于古代对数字"三"的理解,其根源则应追溯到先民对"数"的认识。

无论中外,人类"数"的观念当起源于长期生产生活的经验,它首先反映的是事物的自然属性,后世谓之"自然数"。但是,诚如著名史学家吕思勉先生在《先秦学术概论》中所说:"人之思想,不能无所凭藉,有新事物至,必本诸旧有之思想,以求解释之道,而谋处置之方,势也。"①"数"的观念产生以后,在人类思想的发展中也曾不止于自然科学的意义,同时还被作为沟通天人、把握世界的一种哲学观念,从而在古希腊出现了著名的毕达哥拉斯学派,在中国则有了先秦的阴阳数术家。在哲学上,毕达哥拉斯学派认为万物最基本的原素是数,数的原则统摄着宇宙的一切现象,从而导致神秘主义;中国的数术家认为物生而有象,象生而有数,也有相反地认为先有数后有象的,总之是万物莫不有数,进而以"数"行占验之"术",以"术"占验其"数",推测人事之吉凶。所以,《汉书·艺文志》数术家类序曰:"数术者,皆明堂羲和史卜之职也。"先秦"数术"大体就是巫卜之术。但是,先秦用"数"的观念说明世界的不止"数术"一家,道家、儒家等也致力于用"数"的观念构造宇宙生成、存在和发展的图式。《老子》第四十二章有言:"道生一,一生二,二生三,三生万物。"《庄子·齐物论》曰:"一与言为二,二与一为三,自此以往,巧历不能得,而况其凡乎?故自无适有,以至于三,而况自有适有乎?"儒家用"数"以解释世界的努力则集中表现于一部《周易》。《周易》之为书,揲蓍以求数,因数以设卦,由卦而观象,依象而系辞,"数"为全部六十四卦的基础。所以《周易》以阴阳两爻错杂所组成的六十四卦系统整合一切自然现象和社会关系,实质上是用"数"显示一个生生不已的宇宙图式。《周易·系辞上》说:"参伍以变,错综其数,通其变,遂成天下之文;极其数,遂定天下之象。"就是讲这个道理。早期的《易》本就是数术,在以"数"行占验之"术"一点上,《周易》与数术家所为本质上没有什么不同。总之,"天下同归而殊途,一致而百虑",中外早期哲学家用"数"解说自然,构造宇宙图式,乃是一普遍现象。

在中国先秦诸多以"数"构造的宇宙图式中,我们注意到"一"

---

① 吕思勉:《先秦学术概论》,中国大百科全书出版社1985年版,第9页。

"三""五"三个数字最具重要意义。这里"一""五"可不必说了。"三"在老庄哲学中,如上引文所示,为"生万物"和"自此以往,巧历不能得"的临界点,也就是说,"三"为有限之极,又为无限之始,其为万物生化之关键,是显然的。而《周易》六十四卦的基础是八卦,八卦取奇画为阳,取偶画为阴;三画成列为一基本卦。而三画取义:一画开天,在天成象;下一画为地,在地成形;中一画为人,人为万物之灵。《周易·乾卦》孔颖达《正义》曰:"必三画以象三才,写天地雷风水火山泽之象,乃谓之卦也。"所以八卦的原理乃是合天、地、人"三才"以包罗万象。八卦重而为六十四卦,成六画卦,其意义也正同三画卦。《周易·系辞下》说得明确:"《易》之为书也,广大悉备,有天道焉,有人道焉,有地道焉,兼三才而两之,故六。六者非它也,三才之道也。"总之,《周易》"广大悉备",其内容不过三画所代表的天、地、人,其旨归乃贯通"三才",以整合万象,阐明宇宙人生变易的规律,故称"天人之学"。在这里,我们看到数字"三"作为卦爻三画之"三",即"三才"之"三",成为中国"天人合一"哲学这一最高智慧的基数,具有以有限寓无限、包罗万象、总括一切的意义,从而在中国人的观念中有特殊重要的地位,受特别的重视。宋儒邵雍甚至称"三"为"易之真数",即天地之正数,这里都不必详说了。

数字"三"这种带有神秘的哲学意义渗入中国古代生活的各个方面。例如官以"三公"为尊,学有三老为长,伦常以"三纲"打头,等等。但是,它对中国人生活方式和习俗的广泛影响,主要是通过落实为礼的度数而实现的。这一点从上古卜筮之法可以看出。《礼记·曲礼上》曰:"卜筮不过三。"孔颖达疏:"卜筮不过三者,王肃云:'礼以三为成也,上旬,中旬,下旬,三卜筮不吉,则不举也。'"① 这里"三(次)"成为卜筮求吉的限度。但是从疏引王肃的话可知,"卜筮不过三"乃"礼以三为成"的一个体现,《春秋公羊传》僖公三十一年也记曰:"三卜,礼也;四卜,非礼也。"② 所以"礼以三为成"应是周礼的制度。而这里的"三",其前身就是易卦"三才"的"三",与《礼记·乐记》所说"礼者,天地之序

---

① 《礼记正义》,《十三经注疏》(上册),中华书局1979年影印本,第1251页中—1252页中。
② (汉)公羊寿传,何休解诂,(唐)徐彦疏:《春秋公羊传注疏》,载《十三经注疏》(下册),中华书局1979年影印本,第2263页上。

也"正相合。总之，礼本天地之序，由"三才"思想制礼之度数"以三为成"，然后才有"卜筮不过三"及种种以"三"为度之礼数。这一点王肃或有更直接的根据，而我们从《周礼》等书的记载也可以确信。例如《周礼》特多"三揖三辞""三揖三让""三请三进""三献""三飨"等语，《礼记》中"三辞三让"之类话更不胜枚举，还有《论语·泰伯》称泰伯"三以天下让"，等等，率以"三"为礼之度数，都可以证明周礼本"天地之序""以三为成"是一个通则。

"礼以三为成"作为礼数的制度，在周代很严格，兹结合"先主遂诣亮，凡三往，乃见"的问题，就往来授受的方面举数例如下。以上临下，"三命""三往"为限。《尚书·周书》："我惟时其教告之，我惟时其战要囚之，至于再，至于三。乃有不用我降尔命，我乃其大罚殛之。"① 这是天子三命不从，则知其必不受命而杀之；又《韩非子·外储说右上》："太公望东封于齐。海上有贤者狂矞，太公望闻之往请焉，三却马于门，而狂矞不报见也。太公望诛之。"② 这是诸侯三请不见，则知其必不为我用而杀之。又《韩非子·难一》："齐桓公时，有处士小臣稷，桓公三往而弗得见……五往乃得见之。或曰：'桓公不知仁义。'"③ 这就是说，诸侯求贤，三往不得见，则应知其不爱己而不必再往。以下事上，以"三谏"为限。《礼记·曲礼下》："为人臣之礼不显谏，三谏而不听则逃之；子之事亲也，三谏而不听，则号泣而随之。"此诚如《荀子·礼论》论三年之丧所说："三年之丧，人道之至文者也，夫是之为至隆……三年事之犹未足也，直无由进之耳。"总之，"礼以三为成"，"三"是标准，也是极限，过或不及，对于交往的双方，均为失礼，甚至导致严重后果。

春秋以后，"礼崩乐坏"，"礼以三为成"的传统自然随之削弱；但是秦汉以降，礼教不断被重整以延续，"礼以三为成"的许多规则，仍在实际生活中保持了下来，例如三跪九叩、山呼万岁（"山呼"即三呼）、酒过三巡等，就很明显是"礼以三为成"的传习。而"礼以三为成"的实质，就是一件事情可以重复做到三次，但是不能超过三次；三次不成，则不必做第四次。这在客观上就成了"事不过三"。所以春秋以降，实际生活中

---

① 《尚书正义》，《十三经注疏》本（上册），中华书局1979年影印本，第229页中。
② （战国·秦）韩非：《韩非子》，上海古籍出版社1989年版，第106页下。
③ （战国·秦）韩非：《韩非子》，上海古籍出版社1989年版，第122页上。

"礼以三为成"的传统,更多的是积淀为"事不过三"的意识支配人的行动。《左传》庄公十年,曹刿曰:"一鼓作气,再而衰,三而竭。"就是"事不过三"的显例。"事不过三"可能是从"筮不过三"音转而来,然而它最后的根据仍是"礼以三为成"。明白了这点,结合前举数例,也就容易理解"先主遂诣亮,凡三往,乃见"的道理了。刘备与王肃同时稍早,曾师事同郡经学家九江太守卢植,自然知道"礼以三为成"之数,还可以认为他熟悉上述那些"三往""五往"一类故事——《三国志通俗演义》正是这样写的,所以他请诸葛亮出山,能"三往","三往"而后申足尊贤之礼;诸葛亮则待其"三往",礼成而见,自是贤者身份。刘备当然希望一往、二往即见,但诸葛亮必不使如此。毛宗岗评曰:"孔明决不如此容易见也。"然而刘备既已"三往",诸葛亮有出山之意,则必见。所以一般说来,"三往乃见",不可多亦不可少,少则礼不至,多亦不必要。礼数如此,"三往"不见,大约刘备也不会再去,结果对于双方都至少是一个不快。总之,"三顾茅庐"根据史实,但是史实的社会根源是"礼以三为成"的传统。同样,"三让徐州"虽然是虚构的,但是虚构为"三"让,也是受了"礼以三为成"观念的支配所致。如果说它还有一个具体的模拟对象,则应该是《论语》等书所载泰伯"三以天下让"的古传。当然,"三复情节"成为中国古代小说的一种模式,还有它形式美的原因,但是中国古代以"三复"为美的艺术观念的形成,也主要是"礼以三为成"的古代生活孕育的结果,最终仍然是由于古人对数字"三"的特殊理解,结论是一样的。

　　如上所述,"礼以三为成"既是周秦以来中国人生活的一种法则和习惯,《史记·留侯世家》载张良为黄石老人三次进履的故事,虽在史书,实乃太史公"好奇"之笔,已明显是"三复情节"的雏形。后世"近史而悠谬"的一类杂史传小说中,更是或明或暗有了"三复情节"的故事。如"颜驷三世不遇"(《汉武故事》),"年少未可婚冠"(《西京杂记》),都极为近似,但均极简略,小说性较弱,可以不计。汉魏六朝小说真正意义上的"三复情节",见于葛洪《神仙传》中的《左慈》。这篇仙传故事的前半部分写左慈三次戏弄曹操,曹操无可奈何,基本上合于我们所说"三复情节"的标准。但也很明显,它的运用是不够自觉的。

　　自唐人始有意为小说,技巧也达到成熟,从而第一次出现自觉运用

"三复情节"的作品,这就是牛僧孺《玄怪录》中的《杜子春》。这篇小说写杜子春得老人三次赠款,才愧感发愤,治家成功,而且在行文中借杜子春之口说"独此叟三给我",点出了"三复"的特征,表明了自觉运用这一模式的意识。但是真正奠定并发扬这一模式的是《三国志平话》,它写了并且有图目标明的"三复情节"就有"张飞三出小沛"和"三顾孔明";写了而未曾标题明确的还有"曹操勘吉平"等。这些情节虽然还比较简略,但是已经可以看出,当时说话人有意运用"三复情节"加强说话艺术的魅力。不过,使"说三分"的这些"三复情节"成为经典之作,乃是罗贯中《三国志通俗演义》的功劳。《三国志通俗演义》在平话原有"三复情节"的基础上做了调整和加强,把这一情节模式发挥到淋漓尽致。此后,《三遂平妖传》、《水浒传》、《西游记》、《列国志传》、《女仙外史》、《醒世姻缘传》、《好逑传》、《歧路灯》、《红楼梦》以及"三言二拍"等,诸书明里暗里运用这一情节者不胜枚举,蔚为大观。但是清乾隆以后小说运用这一模式的现象就少见了,这大约与近代中国社会生活、文学风习的急剧变化不无关系。

(原载《文学遗产》1997年第1期)

中国古代小说"三复情节"的流变及其美学特点

中国古代小说多有从形式上看来,经过三次重复才能完成的情节,著名的如"刘玄德三顾茅庐""宋公明三打祝家庄""孙行者三调芭蕉扇",等等。这种情节的特点是同一施动人向同一对象作三次重复的动作,取得预期效果,因而笔者称之为"三复情节"。

"三复情节"源于中国先民对数字"三"的特殊认识。世界各古老民族一般在很早就有了"数"的知识,并且至少有古希腊罗马的毕达哥拉斯学派和中国先秦的数术家曾尝试用"数"的观念来把握世界。在中国,儒家六经之首的《周易》称"万物之数"(《系辞传》),则万物莫不有"数";又说:"天数二十有五,地数三十,凡天地之数五十有五。此所以成变化而行鬼神也。"即是说万物变化莫不由"数"。由此产生"数术",通晓用"数"之"术",就能掌握其规律。《汉书·律历志》有言:"伏羲画八卦,由数起。"《周易》设卦成象,"参天两地而倚数",就是一种"与天地准,故能弥纶天地之道""广矣大矣""至矣"之"数术",故有"宇宙代数学"之称。易数之中,"三"有多种意义和特殊地位。它除了是八卦成象的基础数(三爻成卦)之外,还代表天、地、人"三才",为"三才"之数。在实际生活中,"三才"被理解为崇高和囊括一切的概念。从而作为"三才"之数,"三"逐渐演为极限的象征,成为中国人多方面行动原则的一个定数。即以先秦人最重的卜筮而言,《周易·蒙卦》曰:"初筮告,再三渎,渎则不告。"就是说卜筮只有第一次是灵验的,第二次、第三次就不行了。又,《穀梁传》僖公三十一年:"四告,非礼也。"关于卜筮的这一思想在《礼记·曲礼上》简括为"卜筮不过三",郑玄注:"求吉不过三。"孔颖达疏:"卜筮不过三者,王肃云:'礼以三为成也。'""礼以三为成"就是说

"三"为成礼之数，过或不及都是非礼的行为。而中国古代社会是一个礼教的社会，无往而不有礼数，所以"筮不过三""礼以三为成"实行的结果就是"事不过三"。"事不过三"即是周秦以来中国人生活中一个重要而突出的习惯法则，它表现了中国人处事原则性与灵活性相统一的作风。先秦典籍中例证颇多，不妨只从《左传》举出三个来。《僖公二十三年》记载，公子重耳对曰："晋楚治兵，遇于中原，其辟君三舍。若不获命，其左执鞭弭、右属櫜鞬，以与君周旋。"《宣公十五年》记载："郑人囚而献诸楚，楚子厚赂之，使反其言，不许，三而许之。"《襄公二十二年》记载："他日朝，与申叔豫言。弗应而退。从之，入于人中。又从之，遂归。退朝，见之，曰：'子三困我于朝，吾惧，不敢不见。'"总之，中国人"礼以三为成"——"事不过三"的文化传统，也就是一件事可以做三次，并且最多做到三次的观念与习惯，乃是中国小说"三复情节"的生活渊源。

作为"礼以三为成"——"事不过三"民族传统的反映，汉代以来"近史而悠谬"的一类杂史传小说中，就或明或暗有了近似"三复情节"的故事，如"颜驷三世不遇"（《汉武故事》），"年少未可婚冠"（《西京杂记》），但均极简略，小说性较弱，可以不计。稍后六朝小说中带有"三复情节"特征的作品，还有《幽明录》"新鬼觅食"和《续齐谐记》"阳羡书生"。这两个故事都很优美，但是前一个写新鬼三往觅食，三次去了三个人家；后一个写三次吐人，却不出于同一人之口，所以这两个故事只是各具"三复情节"的一个或两个方面，都还不是完整意义的"三复情节"。汉魏六朝小说真正意义上的"三复情节"，见于葛洪《神仙传》中的《左慈》。这篇仙传故事的前半写左慈三次戏弄曹操，曹操无可奈何，基本上合于我们所说"三复情节"的标准。这个故事后来被罗贯中采入《三国志通俗演义》。但在《神仙传》中，这个故事还未经文字点明"三复情节"的特点，这也许可以说明，汉魏六朝小说家运用这一模式还不是自觉的。

唐人始有意为小说，技巧也达到很高的程度，于是乃有了自觉运用"三复情节"的作品，这就是牛僧孺《玄怪录》中的《杜子春》（一说出于《续玄怪录》）。对于《杜子春》的故事，向来研究者只注意它的后半来源于佛籍《大唐西域记》的一面，却未见人注意到它的前半乃是中国人创造的一种比较典型的"三复情节"。小说的前半写杜子春"嗜酒邪游，资产荡尽"，先后两次得老人赠以巨款而挥霍之，第三次得老人赠款，才愧感发愤,治家成功。小说中杜子春已说到"独此叟三给我",点出了"三复"的特征,至明代《三言》演为《杜子春三入长安》,进一步从题目上把这一特征揭明了。因此,《杜子春》应是今见最早典型的"三复情节"故事。宋代罗烨《醉翁谈录》公案类有《三现身》一目,当即《警世通言》卷十三《三现身包龙图断冤》所本,应是宋代说话中具"三复情节"的故事,可惜失传。此外,三国故事中"三顾草庐"等"三复情节",在宋代"说三分"中也应该形成了,但是,我们能见到的相关文字材料,却是晚至元代的《三国志平话》。

在中国通俗小说中,《三国志平话》奠定了"三复情节"的模式。它写了并且有图目标明的"三复情节"就有"张飞三出小沛"和"三顾孔明";写了而未曾标题明确的还有"曹操勘吉平"等。这些情节虽然还比较简略,但是已经可以看出,当时说话人在有意运用"三复"的手法加强说话艺术的魅力。不过,使"说三分"的这些"三复情节"成为经典之作,乃是罗贯中《三国志通俗演义》的功劳。《三国志通俗演义》在平话原有"三复情节"的基础上作了调整和加强:"三复情节"通过有关则的标题被突出了,如卷三第三则"陶恭祖三让徐州",卷五第六则"曹孟德三勘吉平",卷八第三则"刘玄德三顾茅庐",卷十二第二则"诸葛亮三气周瑜"。虽然平话中有过的"张飞三出小沛"不见了,但是"三复情节"在全书的地位得到了加强。至毛本《三国演义》则去"曹孟德三勘吉平",增"荆州城公子三求计"。至于故事的委曲,描写的充分,读者尽知,无须赘说。显然,罗贯中意识到了"三复情节"模式的美学价值,才如此自觉地下大力气,把由《三国志平话》草创的这类情节发挥得淋漓尽致。

《三国志通俗演义》把"三复情节"的运用推到成熟,明清小说模仿这一形式的,笔者就粗略检得,表列如下:

书目	卷回	回(卷)目	书目	卷回	回(卷)目
三国志通俗演义	3	陶恭祖三让徐州	水浒传（百回本）	30	施恩三入死牢
	5	曹孟德三勘吉平		50	宋公明三打祝家庄
	8	刘玄德三顾茅庐		80	宋江三败高太尉
绣榻野史	12	诸葛亮三气周瑜	西游记	27	尸魔三戏唐三藏
	上	金氏三战皆北		61	孙行者三调芭蕉扇

续表

书目	卷回	回（卷）目	书目	卷回	回（卷）目
三遂平妖传	10	蛋和尚三盗袁公法	三宝太监西洋记	27	张天师三战大仙
	34	刘彦威三败贝州城		31	姜金定三施妙计
飞剑记	10	吕纯阳三醉岳阳		62	陈堂三战西海蛟
南游华光传	4	华光三下酆都	封神演义	72	广成子三谒碧游宫
警世通言	3	王安石三难苏学士	春秋列国志传	5	晋升先轸三气子玉
	13	三现身包龙图断冤	醒世恒言	11	苏小妹三难新郎
	18	老门生三世报恩		37	杜子春三入长安
拍案惊奇	23	江陵郡三拆仙书	二刻拍案惊奇	37	三救厄海神显灵
达摩出身传灯传		达摩三授慧可	扫鬼敦伦东渡记	62	道古三施降怪法
续西游记	69	悟空三诱看经鹤	十二楼		失新欢三遭叱辱
梁武帝西来演义	20	拼庄墓三筑涯山堰	女仙外史	6	嫖柳妓三战脱元阳
	37	梁主三舍身同泰寺		78	吕军师三败诱蛮酋
刘进忠三春梦	2	刘总兵三番赈济		94	燕庶子三败走河间
醒世姻缘传	93	峄山神三番显圣	说唐演义全传	26	因劫牢三搅杨林
说唐后传	23	赠令箭三次投军	金石缘	19	慕原夫三偷不就
红楼梦	40	金鸳鸯三宣牙牌令	反唐演义	62	薛刚三祭铁丘坟
征西说唐三传	21	宝同三困锁阳城	飞龙全传	36	三折挫义服韩通
	30	三擒三放薛丁山	海游记	25	擒降将三破铁瓮山
	35	程咬金三请樊梨花	岭南逸史	9	三请兵激怒督府
	77	薛刚三扫铁丘坟	粉妆楼全传	8	玉面虎三气沈廷芳
瑶华传	3	三请明师特地来	荡寇志	84	苟恒三让猿臂寨
飞跎全传	24	飞跎子三进簸箕阵		110	陈希真三打兖州
争春园	35	三进开封索宝剑		124	汶河渡三战黑旋风
善恶全图	25	汤经略三闹李府	三续施公案	44	黄天霸三进薛家窝
五续施公案	38	次夜战三打殷家堡	六续施公案	14	求勇士三顾万家庄
七续施公案	8	细推诗句三解冤情	九续施公案	35	贺人杰三入殷家堡
	30	盗御马三进连环套	全续施公案	18	黄天霸三探齐星楼
三王造反	26	李昌赖三设奇计	忠孝勇烈奇女传	8	木兰山天禄三祈嗣
绿牡丹	48	鲍自安三次捉淫		17	木兰三败番兵
云中雁三闹太平庄	51	小英雄三闹太平庄		32	木兰三上陈情表

续表

书目	卷回	回（卷）目	书目	卷回	回（卷）目
锋剑春秋	19	白猿三盗装仙盒	忠烈全传	42	交趾国三次进取
	53	海潮三动锁仙楼	宋太祖三下南唐	12	硬拒战三阵却配
绣云阁	13	查良缘三请月老	龙图耳录	105	三探重霄玉堂遭害
	28	白鹿洞雪中三顾	一层楼（蒙文）	30	白老寡三进贲侯府
金台全传	4	蛋和尚三盗天书	青史演义（蒙文）	4	依山要隘三报深仇
绘芳录	8	平海寇羽报连三捷		12	可耻的伊拉国三次放毒克鲁伦河
吕纯阳三戏白牡丹	15	吕纯阳默认三戏			
三侠五义	3	隐逸村狐狸三报恩	续小五义	88	三盗鱼腥剑大盗起身
	33	美英雄三试颜查散	永庆升平前传	81	倭侯爷三探峨眉山
彭公案	37	杨香武三盗玉杯	再续彭公案	65	众英雄三打连环寨
	94	众英雄三探画春园	七续彭公案	24	报弟仇三探红桃山
续独生女英雄传	21	问迷津三闯仙柬		27	徐鸣振三次上金山
仙侠五花剑	10	白素云三探卧虎营	七剑十三侠	65	徐鸣皋三探宁王府
海上繁华梦	35	赌龟三卖叶蓁蓁		101	运筹帷幄三次骄兵

以上共 67 部 97 次，应当还有遗漏。此外，不曾有回目标明而实际暗用这一模式的也还有不少。例如《醒世姻缘传》第四十五回《薛素姐酒醉疏防，狄希陈乘机取鼎》，写狄希陈新婚之夜被薛素姐两拒于房外，第三次才得与新娘同房①；《好逑传》写过公子强娶水冰心为妻，三次用计，都被水冰心挫败；《歧路灯》写乌龟三上碧草轩勾引谭绍闻赴赌；《红楼梦》写刘姥姥三次进荣国府②，等等。也有于细微处大量运用"三复情节"的，如《水浒传》（百回本，下同）第二十二回《景阳冈武松打虎》说村酒"却比老酒的滋味"为"三碗不过冈"，后又有第二十八回《武松醉打蒋门神》写武松"无三不过望"闲闲相对；还有第十一回《汴京城

---

① 这一回叙事中说到"狄希陈等他不来同吃，心里有了那薛三娘子的锦囊"，"锦囊"当是从《三国演义》写赵云保护刘备东吴招亲，诸葛亮送给赵云三个锦囊的故事而来，这可以加强对本回描写是暗用"三复情节"的判断。

② 《红楼梦》第六回目标有"刘姥姥一进荣国府"，甲戌本脂评曰："此回借刘妪，却是写阿凤正传，并非泛文，且伏二进、三进及巧姐着眼。"但二进、三进没有标目，今本"巧姐归着"即高鹗续一一三回"忏宿冤凤姐托村妪"，实际已是第四进。不过，从"一进"的标目及脂评透露的情况，曹雪芹原著应是"三进"，"巧姐归着"只是"三进"的余波，所以仍然应当看作是暗用"三复情节"模式。

》写牛二逼杨志验证宝刀三件好处……诸如此类，别种书中大约亦不难找到。总之由元明至清末，无论长篇短篇、世情、神魔、英雄传奇、侠义公案等各体各类，中国通俗小说对"三复情节"模式的运用普遍深入而且持久。大略而言，最初是历史演义、英雄传奇用之较多，而愈到后来则几乎成了侠义公案类小说的专利，像《施公案》及其续书的不厌其烦，简直就是将这一模式用作把小说做得长而又长的戏法。

各书运用"三复情节"的方式均有不同。有的一部书不惮反复运用，有的甚至直接出现于书名。有的只在一回书中，多数作三回书出现（这种情况上表只标出了第三回）。有的是接连三回书，也有的三回书中间插入其他情节隔断，如评点家所谓"横云断山"者，从而各种不同运用的"三复情节"的长度、跨度和张弛的程度各有不同，其意义也自不同。大凡作一回或者作接连三回者妙在"三复情节"本身，插入其他情节间断者有调节叙事节奏的作用。《三国演义》第五十六回毛评曰："三顾茅庐之文，妙在一连写去；三气周瑜之文，妙在断续叙来……参差入妙。"此外似乎有时还可以起到局部或一定程度上加强组织结构的作用，如《红楼梦》中刘姥姥三进荣国府；甚至有用作全部的框架的，如《云中雁三闹太平庄》《宋太祖三下南唐》。这最后一种情况比较少见，一般并用前几种方式的较为成功，而最成功的正就是中国章回小说打头的《三国志通俗演义》，后来这一方面总体上没有超过它的。后世各书运用这一模式也不同样成功。不过具体到一部书中，这一模式的运用一般都使其描写增色，从而受到读者的欢迎。这只要对照同是《三国志通俗演义》创造得最好的"六出（祁山）""七擒（孟获）"一类更为繁复的情节样式后世并未成为一种模式，就可以知道；同时也就知道，一个算不上很成功的"三复情节"，也可以有相当的艺术魅力，因而较其他形式的"重复"有更多存在的理由——"三复"最好，这真正是中国古代文学上的一个奇观。

这应当是有原因的。窃以为根本原因有四：

首先，"三复情节"本是古代中国人独特的思维方式和生活习俗的创造，自然而然地合乎其审美心理和习惯。十七八世纪之际，英国经验主义哲学家休谟认为：对象各部分之间的某种"秩序和结构适宜于使心灵感到快乐和满足"，这就是美的特征之一；休谟又说，"由于内心体系的本来构造，某些形式或性质就能产生快感"①。根据这个道理，由于前述"三复情节"的文化渊源，对于古代中国人说来，"三复情节"模式正就是具有"美的特征"，即"能产生快感"的形式，而具有了独特的美学价值。

其次，"三复情节"合乎美的比例和尺度。亚里士多德《诗学》认为："一个有生命的东西或是任何由各部分组成的整体，如果要显得美，就不仅要在各部分的安排上见出一种秩序，而且还须有一定的体积大小，因为美就在于体积大小和秩序。一个太小的动物不能美，因为小到无须转睛去看时，就无法把它看清楚；一个太大的东西，例如一千里长的动物，也不能美，因为一眼看不到边，就看不出它的统一和完整。同理，戏剧的情节也应有一定的长度，最好是可以让记忆力把它作为整体来掌握。"② 显然，与定数"三"的绝对量度相联系，"三复情节"最合乎审美在"体积大小和秩序"上的要求。它既不太大，又不太小，对于读者来说，正是有一定长度，又便于"让记忆力把它作为整体来掌握"的那种美感形式。《三国演义》中"三顾茅庐""三气周瑜"，比"六出祁山""七擒孟获""九伐中原"更脍炙人口的事实，正可以证明"三复情节"形式美的这种优越性。

再次，"三复情节"合乎寓变化于整齐、统杂多于单一的美学理想。"三复情节"写一件事重复做三次而成功，一般情况下，故事主要在两个人物（或方面）之间展开，有头、有身、有尾，相对独立，具有单纯和整一的特点；而在高明的作家笔下，情节内部每一重复的内容都有变化深入，使一个可能很简单的情节得以宽展、延长而局面不可预拟，如金圣叹评《水浒传》曰："三打祝家，变出三样奇格，知其才大如海。"从而以"三复"单纯整一的形式，寓变化杂多的内容，引起阅读的兴趣。十七八世纪之交英国美学家哈奇生认为："寓变化于整齐的观照对象，比起不规则的对象较易被人更清晰地认出和记住。"③ "三复情节"正合乎这一美学原理。

最后，一般情况下，"三复情节"的发展表现为进展→阻塞—进展→阻塞—进展→完成的三段式形态。与上述三点相联系，这种螺旋上升的三段完成模式，强化了矛盾双方的对立，合比例而又有节奏地把故事推向高

---

① 转引自朱光潜《西方美学史》，人民文学出版社 1980 年版，第 227 页。
② 转引自朱光潜《西方美学史》，人民文学出版社 1980 年版，第 90 页。
③ 转引自朱光潜《西方美学史》，人民文学出版社 1980 年版，第 224 页。

潮，在把情节可能有的戏剧性发挥到极致的同时，抑而更张地加强了读者的期待心理即企盼结局的情绪，并最后使读者得到满足。从接受美学的角度看，这种处理情节的手法推迟了高潮的到来，使读者期待的心弦绷到最紧，而又未至于滥用读者的耐心，在读者急不可待的顶点，恰到好处地呈现结局，无疑是叙事艺术的一个妙着。这正如筑堤遏流，筑到可以承受的极限突然放开，才能造成水流宣泄的最壮观场面。

总之，正如"黄金分割"是几何图形最美的比例，"三复情节"是古代小说（其实戏曲等叙事文学都是如此）情节设计最合乎中国人审美理想的造型，同时合乎普遍的美学原理。它植根于中华民族早期的认知方式和美感体验，既有中华民族精神文明的特殊性，也有人类审美意识的普遍性。它一旦形成，就具有了一定的稳定性，成为中国古代千余年间小说广泛应用的情节模式，一个具体而鲜明的民族特色。

但是，人类在不断进步，社会在不断发展，任何民族的基本生活状况及其影响下的思维和表达方式、审美趣味都会有所改变，从而美的具体形式也只能是变动不居的。因此，"三复情节"模式作为一定时期和范围内社会生活和文学的产物，作为中国古代周期缓慢的农业文明的一朵小花，也不可能永久地生生不已。所以近代以来，随着我国社会的变革与工业文明的成长，生活的色调更加多变，节奏逐渐加快，"礼以三为成""事不过三"等旧有生活方式及随之产生的认知与审美习惯，都有了一定根本性的改变，小说创作中的"三复情节"模式，也就逐渐失去其产生和存在的条件。因而现在看来，"三复情节"只是作为古代突出的文学现象，作为不可重复的典范，仍具有不朽的艺术魅力。对于作家来说，自然也还会有一定可资借鉴的经验。

（原载《齐鲁学刊》1997年第5期）

《三国演义》等七部小说叙事的"二八定律"

——一个学术上的好奇与冒险

一 关于"二八定律"

"二八定律"是关于社会财富占有不平衡的理论，又名"二八法则""80/20 法则""不平衡原则"等。"二八定律"的发现者是意大利经济学家维弗雷多·帕累托（又译巴莱特），所以也称"帕累托法则（定律）"。1897 年，帕累托在对 19 世纪英国人的财富和收益模式的调查取样中，发现由全社会生产的大部分财富流向了少数人手中，造成社会上约为 20% 的人占有 80% 的社会财富，也就是说 80% 的人只占有 20% 的社会财富。他的这一发现后来被约瑟夫·朱兰和其他人先后概括为"二八定律""帕累托法则""20/80（或 80/20）法则"等，并进一步发现不仅是英国和经济领域，其他国家和经济领域以外的其他领域也普遍存在这种微妙的"二八"即"80/20"或"20/80"的不平衡关系，进而扩大了"二八定律"应用的范围。

"二八定律"的本质是在人类社会各个领域都存在"关键的少数，次要的多数"原则，从而社会问题的解决要更重视"关键的少数"之作用。这一思想在中国的传统文化中似无直接相关的论述，但是，《孟子·离娄上》载："孟子曰：'为政不难，不得罪于巨室。巨室之所慕，一国慕之；一国之所慕，天下慕之；故沛然德教溢乎四海。'"虽然不是讨论管理学上的"二八定律"，但是其所体现正是"二八定律"应用于管理学之"关键的少数"原则。

"二八定律"有很大的普遍性，但是"二八"并非数学意义上精确的比例。在无论哪一领域里,"二八定律"的表现正好是"二八"的概率都是极小的,绝大多数被认为符合于"二八定律"的现象都是较"二八"之比大或小了一点,唯是总体看来,"二八"之比具有数学上的稳定性,恰到好处地表达了"关键的少数,次要的多数"的原则。因此,"二八定律"自19世纪末被揭示以来,逐渐为越来越多的学者所检验认证和接受,在人类社会广泛的领域里得到应用,成为认识与掌控各种不平衡关系的重要理论。

"二八定律"大约自二十多年前引入中国。从中国知网(CNKI)查到我国最早应用这一理论的是张仲梁题为《二八律和文献计量学的三个定律》一文。虽然至今题含"二八定律"或"二八法则"的学术论文不过300余篇,但是应用这一理论的范围却已十分广泛,举凡经济学、社会学、管理学、图书馆学、医疗健康等领域的研究中都有所应用,近几年更是与后起的"长尾理论"一并成为EMBA、MBA等主流工商管理教育的重要内容。

但是,"二八定律"至今未见推广应用于传统文化与文学研究。包括中国古代章回小说的研究在内,似乎还没有任何文学研究论著引入"二八定律"的探讨。这当然不是什么奇怪的现象,相反看来极为正常。在文学创作——文本的领域里,也还有如帕累托所说社会财富占有之不平衡那样的规律性?不是太不可思议了吗?所以,虽然本文拟引入"二八定律"解释《三国演义》等七部著名或比较著名的古典小说叙事前后分界的现象,也并非由于完全的自信,而还部分是一个学术上的好奇与冒险。读者若以为过于标新立异,则恕我有一点狂狷可也。

同时,笔者还要事先声明的是,本文所拟引入"二八定律"解惑的对象既限于《三国演义》等七部小说叙事前后分界现象,就并无把"二八定律"的应用推广到全部古典小说进而文学叙事研究之更广大领域的意思。换言之,本文仅就个人阅读所见《三国演义》等七部章回小说叙事前后分界似有合于"二八定律"的现象及其相互间的联系以就事论事,意在表明即使在古典小说叙事艺术的领域里,"二八定律"也是一个偶尔可见的现象。这也就是说,古典小说叙事艺术也偶尔可以从"二八定律"得到解释。至于古典小说和文学叙事以外的其他领域是否也有应用"二八定律"的可能,还有待更广泛的考察与深入的研究。

然而，以笔者的文章多年来极少有被认真批评过的荣幸，这一次的顾虑也许仍属多余，还是尽快在七部小说的范围内试作"二八定律"现象从"个别"到"一般"的探讨吧。

二 七部小说叙事"二八定律"表现述略

这里所指《三国演义》等七部小说的另外六部，依次是《水浒传》《西游记》《金瓶梅》《醒世姻缘传》《红楼梦》《歧路灯》。其各自叙事前后分界线似有合于"二八定律"的表现述略如下。

（一）《三国演义》

是书一百二十回。学者皆知其一反陈寿《三国志》的"帝魏寇蜀"而"拥刘反曹"，所以叙事虽以曹（操）、刘（备）之争为主线，但是有关主线发展的叙写，却是以刘为主，以曹为宾。从而有关刘备及其蜀汉政权命运的描写是《三国演义》叙事前后界限的真正体现。由此着眼《三国演义》有关刘备及其蜀汉政权命运的描写，最值得关注的当然首先是刘备，其次是诸葛亮。全书之中无论刘备或诸葛亮，以其各自的命运为叙事关键的描写固然不止一处，如"三顾草庐"和"秋风五丈原"等都是，但是都无如第八十五回《刘先主遗诏托孤儿，诸葛亮安居平五路》写刘备伐吴遭猇亭之败，病危于白帝城，临终托孤于诸葛亮一回书最为关键。毛宗岗于这一回前著评曰：

> 高祖斩白帝子而创业，光武起白水村而中兴，先主入白帝城而托孤，二帝始于白，一帝终于白，正合李意白字之义。自桃园至此，可谓一大结局矣。然先主之事自此终，孔明之事又将自此始也。前之取西川、定汉中，从草庐三顾中来。后之七擒孟获、六出祁山，从白帝托孤中来。故此一篇，在前幅则为煞尾，在后幅则又为引头耳。①

上引毛评"高祖斩白帝子而创业"至"正合李意白字之义"除了显示

---

① 陈曦钟、宋祥瑞、鲁玉川辑校：《〈三国演义〉会评本》（下），北京大学出版社1986年版，第1030页。

其会牵合为说之外，其判断显然不足为训。但是，接下来的对此一回在全书叙事中地位与作用的解读就很值得注意了。他先是论人物命运与全书的叙事，一是说"自桃园至此，可谓一大结局矣"，也就是"先主之事自此终"；二是说"孔明之事又将自此始也"。这两点的意思合起来，就是说《三国演义》以蜀汉之事为叙事主线分为前后两截，前半截以刘备为主，由此回结；后半截以诸葛亮为主，由此回始。后又论事说"前之取西川、定汉中，从草庐三顾中来。后之七擒孟获、六出祁山，从白帝托孤中来"，也就是说前后两个半截的关键都在刘备对诸葛亮的信任与倚重。但毕竟前后的情况不同，前者是刘备以礼义求辅，后者是诸葛亮忠信报主。从而无论以人或以事论，这一回书都应该被视为《三国演义》叙蜀汉事，也就是其主线前后两端最合理的分界。所以，毛评以前、后半截为前、后幅，说"故此一篇（按即此回），在前幅则为煞尾，在后幅则又为引头耳"数语，以此回为《三国演义》叙事前、后两截之分界线，完全是实事求是的判断。而以此回为分界线的《三国演义》叙事前后幅回数之比则为"85/35"。其比值虽然较"80/20"略高一些，但也庶几近之矣。

（二）《水浒传》

是书有一百二十回本、一百回本和七十回本。这里对学者比较公认接近原作面貌的一百回本进行讨论。是书自开篇写因为"洪太尉误走妖魔"而入世流落各地的宋江等一百零八人，由于各自不同的机缘而先后汇聚梁山，自觉或被动地依随宋江"借得山东烟水寨，来买凤城春色"①，后乃被招安下山"护国安民"的"忠义"故事。故事的发展虽然可以分为多个阶段，然而如果依上引毛宗岗评《三国演义》的前、后幅论，则无疑是以"宋公明全伙"的"上梁山"和"下梁山"为真正根本性的分界。尽管这个分界是逐步形成的，但是最具标志性的叙事当即第八十二回《梁山泊分金大买市，宋公明全伙受招安》。这一回叙事在前幅的八十一回（"九九"之数）为"宋公明全伙"中人单独或呼朋引类以"上梁山"并据梁山以待"招安"的"煞尾"，在后幅的一十八回（"二九"之数）则为这"全伙"人马的"下梁山"及其下梁山后"一枪一刀博得个封妻荫子，久后青史上

---

① （元）施耐庵、罗贯中：《水浒传》，人民文学出版社1984年版，第998页。

留得一个好名"①之归宿的"引首"。但是，这一回叙事毕竟是"下梁山"，所以其作为前幅之"煞尾"的意义远不及作为后幅之"引首"的作用更为积极和明显。从而我们可以认为，百回本《水浒传》叙事前、后幅章回数之比为"81/19"。

（三）《西游记》

是书一百回。其叙事虽然实际以孙悟空的命运为主线，但在一定程度上也还是沿用了唐僧"西天取经"的传统叙事格局。至少在第八回取经之事经佛祖最早提出以后，有关唐僧取经的故事便貌似逐渐地排挤和代替孙悟空的主线地位直到"五众归真"，终于在相当大的程度上消解了全书开篇以孙悟空出世和"大闹天宫"等情节为引首，所造成孙悟空故事为全书叙事主线的看似不真实的现象，而保持了一般读者以《西游记》仍为写唐僧取经之"西游记"的认知。这应该不是百回本《西游记》作者的初衷。但是，作者也的确以唐僧取经为全书叙事的中心而有叙事节奏上的特别安排。这除了开篇以后每七回自为一叙事单元之外，还在此基础上似又有看来合于"二八定律"的设置。那就是从唐僧取经队伍的形成看，第十四回收了孙悟空，第十五回收了小白龙，第十九回收了猪八戒，至第二十二回《八戒大战流沙河，木叉奉法收悟净》，也就是第三个七回书以后收了沙和尚，才"五行攒簇"，使菩提祖师对取经"攒簇五行颠倒用，功完随作佛和仙"（第二回）的预言有了可靠的基础。所以第二十二回写收沙僧事毕，作者乃有诗云：

> 五行匹配合天真，认得从前旧主人。
> 炼己立基为妙用，辨明邪正见原因。
> 金来归性还同类，木去求情共复沦。
> 二土全功成寂寞，调和水火没纤尘。②

这首诗等于为唐僧等五众历经坎坷汇聚于取经之事做一总结。其在全书叙事的意义诚如清人黄周星于本回前所评曰：

---

① （元）施耐庵、罗贯中：《水浒传》，人民文学出版社1984年版，第432页。
② （明）吴承恩：《西游记》，（明）李卓吾、黄周星评，山东文艺出版社1996年版，第275页。

流沙河畔收悟净，则四象和合矣，五行攒簇矣。此一部《西游》之小团圆也。到后来五圣成真，方是大团圆。然设无此廿二回之小团圆，顾安得有一百回之大团圆乎？①

由此可以认为，以上引毛评《三国演义》前、后幅之论，此回书大体上正是《西游记》前幅写"取经"缘起和全面完成筹备之"煞尾"，又是后幅写西游自唐僧上路至此乃全面启程之"引首"。因此，如果上引黄周星之评和本文的这一分析可以成立，则《西游记》叙事前、后幅章回数之比为"22/78"。

（四）《金瓶梅》

是书一百回。其叙西门庆发迹变泰、纵欲无度以致暴亡的命运及其一家的盛衰，至第七十八回《林太太鸳帏再战，如意儿茎露独尝》张竹坡批评已经指出：

此回特特提笔写一重和元年正月初一，为上下一部大手眼，故极力描写诸色人等一番也。②

继而第七十九回《西门庆贪欲丧命，吴月娘失偶生儿》张竹坡又评曰：

此回乃一部大书之眼也。看他自上文重和元年正月初一写至此，一日一日写至初十，今又写至看灯。夫看灯夜楼上嘻笑，固金莲、瓶儿皆在狮子街也。今必仍写至此时此地，见报应之一丝不爽。③

上引张竹坡评"此回乃一部大书之眼"，实是以第七十九回为全书叙事前、后两幅的分界线。《金瓶梅》第七十九回写西门庆之死，从此一家命运急转直下，由盛而衰，是稍能瞻前顾后的读者都不难发现的事实。从而上引张竹坡以之为《金瓶梅》前、后幅之分界线固然是正确的，但也不过是道出了《金瓶梅》阅读的一个常识。那么，我们说《金瓶梅》叙事

---

① （明）吴承恩：《西游记》，（明）李卓吾、黄周星评，山东文艺出版社1996年版，第265页。
② 黄霖编：《金瓶梅资料汇编》，中华书局1987年版，第203页。
③ 黄霖编：《金瓶梅资料汇编》，中华书局1987年版，第203页。

前、后幅回数之比为"79/21",就可以是不假思索的结论了。

(五)《醒世姻缘传》

是书一百回。其前二十二回写晁源、计氏夫妇、姜小珍哥与仙狐等一干人物的前世非礼乱为,结下夺命之冤,并先后死去;后七十八回写晁源、仙狐等后世分别投胎为狄希陈、寄姐、珍珠、薛素姐等,各施手段报前世的冤仇。这部书所写全书主要人物的两世之分,显然也就是全书叙事的前、后幅之分,其回数之比也极为显然是"78/22"。

(六)《红楼梦》

是书一百二十回。其叙事写"贾、史、王、薛"四大家族,以贾府为主;写贾氏宁、荣二府,以荣府为主;写荣府以宝(玉)、(宝)钗、黛(玉)三角之"情"为主;写宝、钗、黛三角之"情"以"二玉"即宝、黛为主;写宝、黛之情至"情极"(第二十一回脂评)而灭,标志性事件当推第九十八回《苦绛珠魂归离恨天,病神瑛泪洒相思地》所写黛死钗嫁,为"梦"断"红楼"无可逆之转折。准此,则《红楼梦》叙事前、后幅回数之比亦甚明显,即"98/22"。

(七)《歧路灯》

是书一百零八回,写"五世乡宦"之家的独生子谭绍闻浪子回头、家业重兴的故事。谭绍闻的失足堕落和改过自新,固然有社会影响和他本人修为上的原因,但家庭中起了关键作用的,是在他的父亲去世后母亲王氏糊涂不明的溺爱。所以,小说写谭绍闻的改邪归正与家道重光,也就是全书叙事盛而衰之后衰而复兴的转折,也要从王氏艰辛备尝后的幡然悔悟写起,即第八十二回《王象荩主仆谊重,巫翠姐夫妇情乖》开篇曰:

> 次日正是清明佳节,家家插柳。王氏坐在堂楼,绍闻请安已毕,王氏便叫王象荩来楼上说话。这王象荩怎肯怠慢,急上堂楼,站在门边。王氏道:"前话一句儿休提。只是当下哩过不得。王中,你是个正经老诚人,打算事体是最细的。如今咱家是该怎么的办法呢?你一家三口儿,都回来罢。"王象荩道:"论咱家的日子,是过的跌倒了,原难翻身。但小的时常独自想来,咱家是有根柢人家……大相公听着,如今日子,原是自己跌倒,不算迟也算迟了;若立一个不磨的志气,那个坑坎跌倒由那个坑坎爬起,算迟了也算不迟。"王氏道:"王

中，你这话我信……真是你大爷是好人。争乃大相公不遵他的教训，也吃亏我见儿子太亲。谁知是惯坏坑了他。连我今日也坑了。王中你只管设法子，说长就长，说短就短，随你怎的说我都依，不怕大相公不依。"这正是：无药可医后悔病，急而求之莫相推。①

虽然后来谭绍闻的改悔以至谭宅的复兴还靠了其他种种外部的机缘，但是上引王氏在与王中这一番推心置腹的交谈后痛下决心，却是谭家绝地新生的最大转机。因此，依上引毛评《三国演义》前、后幅之说，这一最大转机的出现在《歧路灯》的前八十二回即前幅叙谭绍闻由好而坏、家道由盛而衰为"煞尾"，在《歧路灯》的后二十六回即后幅则为谭绍闻浪子回头、家道复兴的"引首"。从而《歧路灯》叙事前、后幅回数之比为"82/26"。

三　七部小说叙事"二八定律"现象论析

以上所述《三国演义》等七部小说前、后幅回数不平衡之比例关系表示如下：

三国演义	水浒传	西游记	金瓶梅	醒世姻缘传	歧路灯	红楼梦
85/35	81/19	22/78	79/21	78/22	82/26	98/22

从上表可以概见，以《金瓶梅》叙事前、后幅章回数之比最接近"80/20"之比例为基准上溯《三国演义》和下探及《红楼梦》，虽然可以见得渐行渐远，但是在不能也不必求统计学意义上之精确的前提下，包括《三国演义》《红楼梦》在内，这七部小说前、后幅章回数不平衡之比约为"80/20"或"20/80"，而符合于前述帕累托所发现并为世界诸多领域研究者所广泛认可的"二八定律"。这一现象不是值得古典小说研究者深思的吗？

又以中西地域之悬隔，"二八定律"之被发现上距中国七部小说成书数百年之久远，章回小说创作前、后幅之分界与社会人口财富占有不平衡

---

① （清）李绿园：《歧路灯》，栾星校注，中州书画社1980年版，第786—787页。

现象，一出于个人创作之自由随意，二出于社会自然的运转，这二者的关系岂非风马牛之不相及？这七部实即几乎全部中国古代章回小说名著前、后幅的叙事都合于一位西方哲人所发现的"二八定律"，岂不是人类文化与文学上的一个奇迹！而面对这一奇迹，读者对本文作为一个学术上的好奇与冒险可能有更多的宽容与谅解了吧！

以笔者多年观察才发现中国古典小说中仅有此七部文本合于"二八定律"论，这固然可说是一个真正的奇迹。但是，若以这七部小说文本所有"二八定律"各自的表现论，却又有某些共同特点和一定规律性可寻。

一是七部小说之中，《水浒传》《西游记》《金瓶梅》《醒世姻缘传》四种均一百回，其前、后幅回数之比都在量度近乎精确的意义上合于"二八定律"。由此推想，这四部小说在叙事分回后先相承的联系上，应该不徒为了沿袭百回之数的表面一致性，而是在百回内部结构的安排上，也还各自独具匠心，有着不少先模拟而又有创新的变化。从而如同笔者所论"三复情节""三极建构"①"反模仿"② 等，事实上形成了以这四部小说为代表的中国古代章回小说叙事的"二八定律"现象。作为这一现象的始作俑者，无论作者有意无意，《水浒传》都是接近严格意义上古典小说创作"二八定律"的首创之作。后来《西游记》等三部小说合于"二八定律"的表现，则很有可能是受到了其前作，最早是《水浒传》的影响。

二是七部小说之中，大略而言，《三国演义》《水浒传》《歧路灯》《红楼梦》分别写三国、梁山或各自一家之兴（盛）亡（衰）。又各百回或一百二十回的规模，开篇以大部分篇幅写兴（盛），剩余少部分篇幅写亡（衰），从而不同程度地合于"二八定律"之数，即"80/20"；《西游记》与《醒世姻缘传》均百回，各写因果，开篇均以少部分篇幅写"因"，其后大部分篇幅写"果"。从而这两部小说虽与《三国演义》等都合于"二八定律"，但数值正相颠倒为"20/80"。但是无论如何，上述七部小说叙事的实际均合于"二八定律"关键少数决定的原则，即作为"二"（即"20"）的部分即"亡（衰）"为"兴（盛）"之结穴，或作为"因"的部

---

① 杜贵晨：《中国古代文学的重数传统与数理美——兼及中国古代文学数理批评》，《中国社会科学》2002 年第 4 期。
② 杜贵晨：《〈红楼梦〉是〈金瓶梅〉之"反模仿"和"倒影"论》，《求是学刊》2014 年第 4 期。

分为"果"之起始或根由。

　　三是七部小说叙事合于"二八定律"的共同基础，是所叙事各为一个前后一体并相对单纯和统一的过程，前后有上述"兴（盛）亡（衰）"或"因果"的线性逻辑关系。从而作者构思中不得不有对前、后幅的考量和对两幅分界线的斟酌，进而实际操作中极有可能与"二八定律"不谋而合。所以，包括上论《水浒传》等四部最接近于"二八定律"的情形在内，七部书的作者都不会是先有了"二八定律"的意识，而后才有其创作上合于"二八定律"的写法。更可能的原因是上述写"兴（盛）亡（衰）"或"因果"题旨的要求和章回小说创作的特殊规律以及具体情势使然。若《儒林外史》作者吴敬梓，虽然"有《水浒》、《金瓶梅》之笔之才"①，创作中"用笔实不离《水浒》、《金瓶梅》"②，但是笔者从《儒林外史》文本尚不能分析出"二八定律"的体现。这就如《孟子·离娄下》所说："禹、稷、颜子易地则皆然。"《三国演义》七部小说叙事之合于"二八定律"，也正如"二八定律"在多个其他领域的存在，都不必或不仅是作者个人主观有意识的追求，而更多由于所表达生活内在规律的引导，基本上属于不期然而然。也就因此，笔者暂时能够举出的文本叙事前、后幅之比合于"二八定律"的古典小说只有旨在写"兴（盛）亡（衰）"或"因果"的《三国演义》等七部，实在说不得多，也说不得少，而是古典小说发展的一个必然。

　　四是七部小说之中，至少《三国演义》《西游记》《金瓶梅》等三部在符合"二八定律"的同时，又有叙事"中点"的设置，以体现各自叙事"执中"的意图。③ 加以《三国演义》《西游记》等书中连绵不断之如"三顾草庐""三打祝家庄""七擒孟获""九伐中原""八十一难"等复沓情节的设置，笔者就更加坚信自己多年前以中国古代文学特别是章回小说有"倚数编纂"传统的判断④。这一传统的表现形式多样，更多变化，而已经

---

① 朱一玄、刘毓忱编：《儒林外史资料汇编》，南开大学出版社1998年版，第255页。
② 朱一玄、刘毓忱编：《儒林外史资料汇编》，南开大学出版社1998年版，第293页。
③ 参见杜贵晨《章回小说叙事"中点"模式述论——〈三国演义〉等四部小说的一个共同艺术特征》，《学术研究》2015年第8期。
④ 参见杜贵晨《中国古代文学的重数传统与数理美——兼及中国古代文学数理批评》，《中国社会科学》2002年第4期。

揭蔽发明者尚少。现在看"二八定律"的发现，不仅跨时空地暗合了西方学人的哲思，而且为中国古代小说的"倚数编纂"传统揭蔽了一个新的样式，并再一次证明了笔者所提出的"文学数理批评理论"① 的合理性及其应用的广阔前景。

总之，《三国演义》等七部小说合于"二八定律"的事实表明，"二八定律"纵然不能全面应用于中国古典小说以至全部文学的研究，但在局部的探讨中未必不可一试；既然于《三国演义》等七部小说叙事前、后分界线的探讨能有此一试，那么在文学更广泛的研究中也至少可以想一想有无应用"二八定律"之可能；笔者绝无鼓励文学研究可以想入非非甚至与狼共舞的企图，但是总以为学者最大的失败不是尝试创新而无结果，而是缺乏好奇心并画地为牢。

（原载《甘肃社会科学》2015 年第 6 期）

---

① 苏文清、熊英：《"三生万物"与〈哈利·波特·三兄弟的传说〉——兼论杜贵晨先生的文学数理批评》，《广州大学学报》（社会科学版）2012 年第 4 期。

中国古代小说婚恋叙事"六一"模式述略

——从《李生六一天缘》《金瓶梅》等到《红楼梦》

中国古代婚姻制度虽屡经变迁,但是除了皇室另有规定者外,一般臣民传统实行一夫一妻并准纳妾的实质是一夫多妻的婚姻制度。在这种制度下的中国小说婚恋故事叙述,其中男主角对应的女性人物往往不止一个,从一夫一妻到一夫双美、五美、六美、七美、八美甚至"十美""十二钗"的组合都可以见到,却似乎没有一夫"三美""四美""九美"之说,应该各有取舍上的道理,并各有所谓,兹均不具论。而单说其中一夫"六美"即一个男人与六个女人的故事,笔者所见至少有《李生六一天缘》《金瓶梅》《肉蒲团》《桃花影》《林兰香》《野叟曝言》《红楼梦》七部,是一个值得注意和深入思考的现象。对此,笔者曾有《论"一个男人与六个女人"的叙事模式——中国"情色"叙事自古及今的一个数理传统》[①]一文讨论,但当时所知仅《金瓶梅》《林兰香》《野叟曝言》《红楼梦》四种而有所未尽;又当时所论,侧重在这一模式的渊源及诸作之间的承衍,而且统作为"婚恋叙事"虽无不可,但是或因"天缘",或以"情"感,整体上还可以更具体说属于古代婚恋题材一类。因此有本文再论改称"婚恋叙事",并就《李生六一天缘》而取其"六一"之说,作为这一模式的概括,对诸作"婚恋叙事的'六一'模式"述略如下。

---

① 杜贵晨:《论"一个男人与六个女人"的叙事模式——中国"情色"叙事自古及今的一个数理传统》,《燕赵学术》2009年春之卷,四川辞书出版社2009年版。

一 《李生六一天缘》

《李生六一天缘》（以下或简称《天缘》）二卷。明代佚名撰。文言中篇小说。问世以来流传不广，今亦鲜为人知。石昌渝编《中国古代小说总目》（文言卷）中陈益源撰本篇条目曰："作者不详。孤本惟见万历一二十年间的《绣谷春容》卷七、卷八上层收录。大连图书馆藏清抄本《艳情逸史》第一、二册之《李生六一天缘》，亦迳据《绣谷春容》过录而已，内容没有不同……依《绣谷春容》习惯看，其所录者多有删节，《李生六一天缘》原作极可能比现存的三万五千字还要更长。"又说："本篇明显受到《剪灯新话·鉴湖夜泛记》《双卿笔记》《花神三妙传》《寻芳雅集》和《天缘奇遇》的影响，约于嘉靖末至万历初之间成书。"① 因此，若以"嘉靖年间有艺人创作并讲演《金瓶梅词话》"②，那么《天缘》的成书当与《金瓶梅》同时或稍有先后。二书间有无或有怎样的影响关系，乃无可考论。

今本叙浙籍书生李春华为商人之子，承父业经商，舟行江上，以受小孤山神女之托为之辩诬有功，得神女赐予六个锦囊，保佑其因缘际会，中进士，入翰林。后以得罪权奸，受诬外放岭南，历仕多省州县，先后娶佳丽留无瑕、许芹娘、金月英、赛娇、桂娟友，以及最早私订终身的叶鸣蝉共六女为妻。权奸事败，李生奉旨回京，复因"文武全才，讨苗有功"，官至兵部尚书兼翰林院学士、太子少保，诸妻受赠"六夫人"，"遂领敕归家祭祖"。由此不出，优游林下，享尽艳福。终乃因小孤山神女之助，与六夫人一起升仙。临去，"诸夫人将平日吟咏，集为一册，李标其名曰《六一倡合》"③。

由上述可知，《天缘》是中国明朝一代书生醉心于荣华富贵的"白日梦"及一夫多妻、夫贵妻荣的畅想曲。这在书中李生于情或可原，而于两性关系之理则一般看来显然不公，所以其题旨思想，笔者以为无足称道。加以仙人护佑、天子作合，才子佳人、诗词唱酬等情节，荒诞不经，又矫揉造作，从而整体艺术境界亦较为平庸。但是，其叙一夫多妻"大团圆"

---

① 石昌渝编：《中国古代小说总目》（文言卷），山西教育出版社2004年版，第170页。
② 石昌渝编：《中国古代小说总目》（白话卷），山西教育出版社2004年版，第231页。
③ （明）佚名：《李生六一天缘》，起北赤心子辑《绣谷春容》本，建业世德堂刊，上海古籍出版社1990年版《古本小说集成》影印本，第801页。

的人生理想与美满结局,却正中科举时代读书人下怀,从而成了后世才子佳人小说竞相模拟的俗套。至于一夫多妻必以"六一"的比数似信笔所至,见于篇中写李生殿试翰林之后,已奉旨定了四个夫人,所以后来桂太守感李生之德,坚持以女妻之,李生推脱,太守却笑曰:"夫人可四亦可五"云云。其说等于代作者声明叙事以"六一"的组合并非数量上有什么讲究。但是,读者若参以篇题特标"六一天缘",篇中又有"六一倡合"之说,就不能不怀疑其特就娶妻之数的议论,实乃作者巧用欲盖弥彰之笔,提示其写"李生六一",不仅因有女神的冥中护佑而为"天缘",而且因"六一"比数之理而合于"天缘"。

如上以《天缘》所标"六一"之数理合于"天缘"的理解虽嫌臆测,但从后世能有六部"婚恋叙事"的两性人物设置沿循此比数看,"六一"之比数有合于小说"婚恋"叙事之义理的推论,虽曰不中,亦不为远矣!而至少是古代小说"婚恋叙事"的一个异象!

其次,《天缘》故事终于"一男六女"的大团圆,虽然不过如才子佳人小说中多见的俗套,但作为婚恋叙事的"六一"模式,这样以喜剧结束既属首创,后来也只有《野叟曝言》才复制并登峰造极。

二 《金瓶梅》

《金瓶梅》一百回。兰陵笑笑生著。作者真实姓名、家世生平等无考。《金瓶梅》叙西门庆与有性关系者虽多,但以有妻妾名分者计,却只有六个,依次为其妻吴月娘,妾李娇儿、孟玉楼、孙雪娥、潘金莲、李瓶儿等,书中常并称"六房"[①]。书中叙事于西门庆之命运关系最密者就是常峙

[①] 至于书名中就嵌有的"梅"即潘金莲之通房丫头庞春梅的存在,除了古代女仆制度上的根据之外,还应当是由于《金瓶梅》自《水浒传》"武松杀嫂"故事而来,受《水浒传》影响写西门庆"六一"之数,部分地取自《水浒传》第十六回写"七星聚义"之前,晁盖"梦见北斗七星直坠在我屋脊上,斗柄上另有一颗小星,化道白光去了",是对写天象北斗七星上有一道白光的模仿。这一道"白光"所象征的就是晁盖、吴用、公孙胜、刘唐、三阮"七星"之外的白日鼠白胜,即吴用所说:"北斗上白光莫不是应在这人?"(第十五回)《金瓶梅》故事从《水浒传》引发而来,春梅与西门庆及其妻妾的关系,大约就相当于《水浒传》"七星"之外的白胜。但与《水浒传》中白胜不同的是,《金瓶梅》写春梅在西门庆死后一花独放,由先前叙事中的附庸成了大国,则已与一男六女的叙事渐行渐远,所以当别论。

节所说这"六房嫂子",与西门庆构成"婚恋叙事"的"六一"组合。

按说《金瓶梅》欲写西门庆致病而暴死之"淫",并不必拘于其妻妾之数的多少。事实也是,《金瓶梅》虽然写了西门庆有妻妾六人,但是一方面六人之外西门庆淫过的女人更多;另一方面六人之中以淫而致西门庆得病的只有一个潘金莲,其他都是六人以外的;再说即使以多为胜,也不难如后世小说写至"七美""八美"等。而其必在西门庆所淫众女子中写有妻妾之名分是六个,当是因为作者于其写"情色二字"叙事的考量上,以为"六一"是最佳的安排。

这方面的证据就是西门庆为"一",而有关西门庆及其女人的婚恋叙事则多突出"六"之一数。证据有四:一是如其写西门庆暴亡的第七十九回之前,在各种不同情景下先后提到他的"六房"总共也是六次①。二是于潘金莲的描写,比《水浒传》增写了她"排行六姐",乳名也叫"六儿"(第一回),后来写吴月娘抬举她也称"六姐"。乃至于潘金莲给西门庆的帖子,也自署"爱妾潘六儿拜"(第十二回),而西门庆对李桂姐褒贬潘金莲,则称"这个潘六儿"。还有如张竹坡所评:"读《金瓶梅》须看其人入筍处……六回金莲才热,即借嘲骂处,插入玉楼。"如此等等,比较《水浒传》,《金瓶梅》多方强调潘金莲之为"六"的做法,既未见有何等具体描写上的必要,就应该主要是为了显示潘金莲虽然为妾是"五娘",却在对西门庆的意义上合于"六"之数理。三是写李瓶儿虽先前身名无"六",却在被纳为西门庆之妾后居"五娘"潘金莲之次成了"六娘",从而也占了一个"六",是于"潘六儿"之后又加一"六"。四是《金瓶梅》还于"金""瓶"之外又写了一个与西门庆通奸的女人名叫"王六儿"。这个"王六儿"是"金""瓶"二"六"之外不可小觑的人物。她是韩道(谐音"撼倒")国的老婆,自与西门庆成奸之后,"西门庆……替他狮子街石桥东边使了一百二十两银子,买了一所房屋居住"(第三十九回),实已成了西门庆的外室。第七十九回写西门庆暴亡,就是他在外与"王六儿"纵欲回来,又为潘金莲所惑淫纵过度,并误服过量春药所致。这个"王六儿"作为最终致西门庆于死地之潘金莲的前驱,对西门庆的最后"杀伤力",实与潘金莲不相上下。应是因此,作者也给她以"六儿"的小

---

① 分别在第二十一回、五十四回、五十五回、五十六回、五十七回、七十四回。

名。总之，这些集中于西门庆周围女人描写的基本上都不具有直接叙事意义的"六"的故用，无非表明这些女人与西门庆关系的实质是"六"与"一"，从而《金瓶梅》写西门庆的两性关系也是一个"六一"组合。

三 《肉蒲团》

《肉蒲团》四卷二十回。别名《觉后禅》等。署"情痴反正道人编次，情死还魂社友批评"，别题"情隐先生编次"。清康熙间刘廷玑《在园杂志》以为李渔（1611—1680）所作，大体可信。

《肉蒲团》叙元代致和年间儒士未央生生性风流，发愿要"做世间第一个才子"，"娶天下第一位佳人"。所以在娶了一位"有名的宿儒"铁扉道人的女儿玉香为妻后，一面不满在家受老丈人的管束，一面为了猎艳纵欲，借口外出游学，先后与有夫之妇艳芳、香云、瑞珠、瑞玉和寡妇花晨肆其淫荡。却又被艳芳的丈夫权老实，为报夺妻之恨，改名换姓到未央生的老丈人家勾引上了未央生的妻子玉香，并把玉香拐带到京师，卖入妓院，被客居在京的香云、瑞珠、瑞玉诸妇的丈夫嫖宿。及至后来玉香成了京师的名妓，偶然接了不明底细而慕名来嫖的丈夫未央生，真相败露，羞愧自尽。至此而未央生自己"如今打算起来，我生平所睡的妇人不上五六个，我自家妻子既做了娼，所睡的男子不止几十个了。天下的利息那里还有重似这桩的？"乃知因果报应，一饮一啄，丝毫不爽，从而大彻大悟，遁入空门，苦修二十年后，终成正果。

《肉蒲团》写未央生自道"生平所睡的妇人不上五六个"是含糊语，其实准确的数字并不难计数，除了他自己的妻子和上述艳芳、香云、瑞珠、瑞玉和寡妇花晨之外，还有艳芳的邻妇、瑞珠的丫鬟（第十五回）、花晨的"两个长丫鬟"等，实已达十个之多。但是，《肉蒲团》作者写未央生如此自道却不是他心中无数，而是有意含糊作"五六个"说，使读者感到本书写未央生"所睡的妇人"即其"性伴侣"并无一定数量上的考虑，而是信笔所至，随意布置。这其实是作者叙事的技巧，目的是为了模糊其对两性关系数理的讲求。例如书中写晨姑独占未央生，香云等三姐妹屡次索还，"花晨没奈何，只得说要睡到七日，到第七日后送去还他"（第十七回），定是"七日"，可见其此一描写有取《周易》"七日来复"的用心。以此例彼，可知其写未央生所"睡的妇人"，除艳芳的邻妇、瑞珠和花晨各自的丫鬟之外，就只有其结发之妻玉香和外遇之艳芳、香云、瑞珠、瑞玉和花晨有"妻妾"之说，"大小"之论（第十五回），应该不是无谓的安排，而是有意取"六女共一男"即"六一"的组合。

四 《桃花影》

《桃花影》四卷十二回，题"檇李烟水散人编次"。檇李烟水散人即徐震。徐震字秋涛，浙江嘉兴人。他是明末清初一位多产的通俗小说作家，另著有《春灯闹》（即《灯月缘》）、《赛花铃》等才子佳人小说八种。

《桃花影》叙明代成化年间，松江旧家子弟魏瑢貌美有才，父母双亡，十五岁私家仆之妻山茶，又与邻居寡妇卞二娘私通，因二娘家丫鬟兰英撮合，得与小姐非云定情。后避地城郊邹家为私塾先生，与东家主人之妾瑞烟及房客之妻小玉私通。复因应试江阴，与尼姑了音宣淫。又试金陵，结交布商丘慕南，得其以美妻花氏相赠，又因半痴和尚赠钗，得以私通年轻寡妇婉娘。却青云有路，不久中进士，选授钱塘知县，收了音、婉娘、小玉为妾，聘赵太守之女为妻，竟是被赵家收为义女的旧好非云。后又迁官江西巡按，找回兰英、花氏为妾。终于得半痴和尚点化，出家云游，与妻非云，妾了音、小玉、婉娘、花氏、兰英六妇，终日淫乐。一年之后，内召为工部侍郎，忽得半痴和尚指点迷津，遂淡泊功名，与一妻五妾泛舟太湖，俱成神仙。原来魏生本为天上香案文星，其一妻五妾均系瑶台仙子。

这也明显是一个"六一"组合的婚恋故事。其所写"一"男亦为儒生，他一路科举做官与艳遇并行和最后与妻妾一起升仙的结局，与前述《天缘》同；而于滥淫多人之中娶一妻纳五妾，与《金瓶梅》同，其滥淫无度而后能出世升仙乃由于得僧人之助，则与《肉蒲团》同。总之，《桃花影》可说是一部合《天缘》《金瓶梅》《肉蒲团》"六一"组合之异于一体的"婚恋叙事"。唯是若就所写两性即"六"与"一"关系的和谐与结局美好而言，《桃花影》"六一"组合的特点与《天缘》更为接近。

五 《林兰香》

《林兰香》八卷六十四回，题"随缘下士编辑"。随缘下士当即作者，真实姓名不详。此书写成年代也颇有争议，或不晚于清初。

《林兰香》写主人公耿朗先娶林云屏为妻，后娶燕梦卿为侧室，继纳任香儿、宣爱娘、平彩云为妾；梦卿死后，又纳婢女田春畹为妾，称"六娘"，后扶正为夫人，为一夫二妻四妾的"六一"之数。这部书写耿朗与其妻妾为"六一"之数并非泛设，而是明确根据于《易经》"六""一"之数理。这一方面见于《林兰香》八卷六十四回之卷、回数是倚《周易》八卦与六十四卦之卦数，显示了其章回布局对传统"数之理"[①]的讲求；另一方面，《林兰香》出《金瓶梅》流行之后，其从以"林云屏（林）""燕梦卿（兰）""任香儿（香）"为三女子命名到写耿朗一夫六妻妾的"六一"组合，明显是对《金瓶梅》"六一"组合的承传，乃就《金瓶梅》主要人物设置模仿脱化而来。另从其书与《续金瓶梅》同为六十四回之数，也隐约可见其布局谋篇实与《续金瓶梅》同一机杼，而上承《金瓶梅》"倚数编纂"[②]的痕迹。《林兰香》与《周易》和《金瓶梅》的上述联系，表明其写耿朗与二妻四妾的婚姻是本文所谓的"六一"组合，乃人物设置上有意取"六一"之比数的安排。

六 《野叟曝言》

《野叟曝言》二十卷一百五十四回，夏敬渠撰。夏敬渠（1705—1787），字懋修，号二铭，江阴（今属江苏）人。为诸生，交游广泛，而屡踬科场，终身不遇，坎坷以终。一生杂学旁收，以才学自负，著作丰富，而《野叟曝言》则不啻夏氏坎坷一生中的"白日梦"。

[①] 汉代刘向《说苑》卷六《复恩》"东闾子尝富贵而后乞"条引孔子之言曰："物之难矣，小大多少，各有怨恶，数之理也。"（汉）刘向：《新序·说苑》，上海古籍出版社1990年影印本，第50页下。

[②] 杜贵晨：《中国古代文学的重数传统与数理美——兼及中国古代文学数理批评》，《中国社会科学》2002年第4期。

◆◆◆ 叙事与数理

《野叟曝言》叙主人公文素臣一介书生，虽科举不利，但"奋武揆文，天下无双"，于朝廷立有大功盖世的同时，先后又娶田氏与公主红豆主二妻和素娥、璇姑、湘灵、天渊四妾，也显然为两性关系布置上的"六一"组合。

《野叟曝言》之为"六一"组合，作者于书中有所提点，见于卷十七第一百二十五回《素臣无外两释疑城，红豆天渊双生贵子》写文素臣与其第六个妾天渊饮酒云：

> 宫女们便就斟酒，湘灵便就逼饮。天渊涨红了脸，说道："妹子的心事如今说一个明白……那时公主已在皇妃面前，极口赞叹老爷为天下第一人，齿颊之间，津津若有馀慕。愚妹因家父曾述老爷之相貌才略，亦称为当今一人，私心亦在仰慕。便先替公主起一数，竟与老爷有姻缘之分。数系六合发传，主老爷有六房妻妾……"①

上引"数系六合发传，主老爷有六房妻妾"的占断由名为"天渊"之妾发出，可见《野叟曝言》作者写文素臣有"六房妻妾"之数不仅是有意的安排，还特别强调了这一安排之合于"六合发传"的"天数"，与《李生六一天缘》一样，也是一种"天缘"。

七 《红楼梦》

《红楼梦》一百二十回。曹雪芹、高鹗著。其书"大旨谈情"。然而情莫先乎男女，所以《红楼梦》写贾宝玉之"以情悟道"，乃集中于男女之情的体验。却又要"守理衷情"（甲戌本第五回），所以又不可能乱伦，而只限于贾宝玉与一班女子在贾府又主要是大观园中"名教"许可的交流。这一交流中最可注意的是男女主要人物的比数有两种情况。

第一，最初入住大观园，只有贾宝玉一个男子与黛（玉）、（宝）钗、迎（春）、探（春）、惜（春）、李（纨）六女各有居处，成"一"与"六"的关系。但是，由于六位女子中有四位是贾府人，所以不可能是本

---

① （清）夏敬渠：《野叟曝言》（下），黄克校点，人民文学出版社1997年版，第1527页。

文所说的"六一"组合,可以不论。

第二,以彼时伦理与《红楼梦》实际所写,诸钗之中与宝玉有今所谓性或爱情或婚姻关系的,只能是由于各种不同原因来贾府寄居的六个外姓女子。根据书中描写或脂砚斋评点的揭示,这样的外姓女子中最容易确认的,一是与贾宝玉有"木石前盟"(第五回)的林黛玉;二是与贾宝玉为"金玉良姻"(第五回)的薛宝钗;三是"因麒麟伏白首双星"(第三十一回)的史湘云;四是被批评家认为是"宝钗之影子"[①],曾经与"贾宝玉初试云雨情"(第六回),后来做了宝玉之妾的袭人;五是被批评家认为是"黛玉之影子"[②],为贾宝玉而死,宝玉为之撰《芙蓉女儿诔》的晴雯;六是"为人孤癖",为"世难容",因痴情于贾宝玉而"走火入邪魔"的女尼妙玉。《红楼梦》写贾宝玉虽然"爱博而心劳"[③],但是从今本描写或曹雪芹原作的设计看,贾宝玉已经或必将与之发生性、爱情或婚姻关系的就只有这六位女子。

对于这第二种情况,著名红学家梁归智在所著《石头记探佚》一书中恰是讨论过贾宝玉与这六位女子的关系,并特别说明"湘云和宝玉后来确曾有爱情和婚姻之事"。他说:

> 再细看看第五回中的金陵十二钗正副册判词和"红楼梦"曲子,作一个小统计,就会发现一个有趣的现象。其中元、迎、探、惜四春,李纨、凤姐、巧姐、秦可卿、香菱分别是宝玉的姐妹,嫂子,侄女儿,侄儿媳妇,表嫂,她们都不可能和宝玉发生爱情婚姻关系("贾宝玉神游太虚境"所暗示的秦可卿对宝玉的引诱属于另一种性质,又当别论)。可是其余的几个人的判词或曲子中却都提到了她们和宝玉的爱情或婚姻关系。宝钗……黛玉……妙玉……晴雯……袭人……她们的命运全以和宝玉的关系为核心。那么湘云呢?如果说"厮配得才貌仙郎"不是指贾宝玉,而是指宝玉以外的其他人如卫若兰,那么可以肯

[①] (清)涂瀛:《红楼梦问答》,载一粟编《古典文学研究资料汇编·红楼梦卷》,中华书局1963年版,第143页。

[②] (清)涂瀛:《红楼梦问答》,载一粟编《古典文学研究资料汇编·红楼梦卷》,中华书局1963年版,第143页。

[③] 鲁迅:《中国小说史略》,人民文学出版社1973年版,第199页。

定，湘云的册子判词或《乐中悲》曲子中总会有慨叹"公子无缘"一类话头的，可是她的判词和曲子中却根本没有这一类话！"幸生来英豪阔大宽宏量，从未将儿女私情略萦心上"，"儿女私情"显然是指和贾宝玉的关系，但这里只是表现湘云"英豪阔大"的，丝毫也没有涉及她将来和宝玉的关系。明确指出湘云和宝玉将来关系的是后面几句："厮配得才貌仙郎……何必枉悲伤"。可是，"才貌仙郎"非宝玉莫属，湘云和宝玉后来确曾有爱情和婚姻之事，只是不久就"云散高唐、水涸湘江"了。[①]

湘云之外，第六位与贾宝玉有性爱或婚姻关系的女子妙玉虽似不可理解，却无可置疑。这从书中有关她与宝玉交往的描写中即可看得出来。作为"天生成孤癖人皆罕"（第五回）的出家人，除了曾经主动向贾宝玉送花庆贺生辰之外，在与宝玉的交往中明显有动情的表现。第八十七回《感秋声抚琴悲往事，坐禅寂走火入邪魔》写贾宝玉观妙玉与惜春下棋后为妙玉带路，二人一起离开一节云：

> （宝玉）一面与妙玉施礼，一面又笑问道："妙公轻易不出禅关，今日何缘下凡一走？"妙玉听了，忽然把脸一红，也不答言，低了头自看那棋。宝玉自觉造次，连忙陪笑道："倒是出家人比不得我们在家的俗人，头一件心是静的。静则灵，灵则慧。"宝玉尚未说完，只见妙玉微微的把眼一抬，看了宝玉一眼，复又低下头去，那脸上的颜色渐渐的红晕起来。宝玉见他不理，只得讪讪的旁边坐了。惜春还要下子，妙玉半日说道："再下罢。"便起身理理衣裳，重新坐下，痴痴的问着宝玉道："你从何处来？"宝玉巴不得这一声，好解释前头的话，忽又想道："或是妙玉的机锋？"转红了脸答应不出来。妙玉微微一笑，自合惜春说话。惜春也笑道："二哥哥，这有什么难答的？你没有听见人家常说的'从来处来'么？这也值得把脸红了，见了生人的似的。"妙玉听了这话，想起自家，心上一动，脸上一热，必然也是红的，倒觉不好意思起来。因站起来说道："我来得久了，要回庵

[①] 梁归智：《石头记探佚》，山西人民出版社1983年版，第31—32页。

里去了。"惜春知妙玉为人,也不深留,送出门口。妙玉笑道:"久已不来这里,弯弯曲曲的,回去的路头都要迷住了。"宝玉道:"这倒要我来指引指引何如?"妙玉道:"不敢,二爷前请。"①

这一段描写中宝玉与妙玉的对话暗含禅机,"机锋"所在是宝玉与妙玉各都意识到彼此夙有而竟一时被隔绝了的情缘,因妙玉辗转来至贾府大观园得有重续的可能。妙玉在因此而"脸上的颜色渐渐的红晕"和"心上一动,脸上一热"之后,虽然还想着"回庵"即回归禅佛的境界,但"回去的路头都要迷住了",而此时的宝玉心机尚明,所以主动提出为她"指引指引"。然而即使如此,妙玉回庵之后仍"走火入邪魔"。惜春因此论妙玉"尘缘未断",一语中的,却不说"未断"的"尘缘"具体是什么,留给读者去想。而读者应该不难明白,就是她与贾宝玉前世种下而今世未了之情——也是一种"意淫"。以往研究,有学者认为栊翠庵品茶,妙玉把自己用的杯子给宝玉饮茶,"此系妙玉已许宝玉之意,奈宝玉不知,负妙玉也"②,诚为灼见。但亦有未尽,即宝玉非真正不知,乃故为不知。何以见得?让我们先回顾第二回写贾雨村潦倒之中游至一处庙宇:

这日,偶至郭外,意欲赏鉴那村野风光。忽信步至一山环水旋、茂林深竹之处,隐隐的有座庙宇,门巷倾颓,墙垣朽败,门前有额,题着"智通寺"三字,门旁又有一副旧破的对联,曰:

身后有余忘缩手,眼前无路想回头。

雨村看了,因想到:"这两句话,文虽浅近,其意则深。我也曾游过些名山大刹,倒不曾见过这话头,其中想必有个翻过筋斗来的亦未可知,何不进去试试。"③

---

① (清)曹雪芹、高鹗:《红楼梦》,中国艺术研究院红楼梦研究所校注,人民文学出版社1982年版,第1251页。
② 张笑侠:《读红楼梦笔记》(节选),中国艺术研究院红楼梦研究所、人民文学出版社编辑部编《红楼梦研究稀见资料汇编》,人民文学出版社2001年版,第232页。
③ (清)曹雪芹、高鹗:《红楼梦》,中国艺术研究院红楼梦研究所校注,人民文学出版社1982年版,第25页。

以此对照宝玉答妙玉"回去的路头都要迷住了"说:"这倒要我来指引指引,何如?"就可以明白宝玉虽有负妙玉暗送俗世之痴情,却愿意承担指引妙玉"眼前无路想回头"的责任。但是,毕竟妙玉对宝玉一往情深之痴难以斩决,又于回路上与宝玉一起听黛玉弹琴,辨音而知其"恐不能持久",深受刺激,所以回庵之后,仍"坐禅寂走火入邪魔",实是与黛玉一样,因溺于对贾宝玉之情而未能"回头"。只是妙玉真情伪作,所以"到头来依旧是风尘肮脏违心愿,好一似无瑕白玉遭泥陷"(第五回),比黛玉的结局还更惨。曾扬华说"黛玉乃是'在家'的妙玉,而妙玉则是'出家'的黛玉了"[①],真一语中的,而妙玉在《红楼梦》叙贾宝玉婚恋"六"女之数乃无可置疑。

结　语

综上之述略,可以得出如下认识。

(一)"六一"组合是中国古代婚恋小说客观存在的一种模式。本文所述"六一"组合,虽然仅见于《李生六一天缘》《金瓶梅》《肉蒲团》《桃花影》《林兰香》《野叟曝言》《红楼梦》七部小说叙事,数量不是很大,又显然只是一男与"双美""四美""五美""六美""七美"等诸多组合中的一种,似没有很充分的理由认定其为一种叙事模式并特别强调其价值与意义。然而,一是"六一组合"在古代小说中有七部已不算甚少;二是这七部小说包括了《金瓶梅》与《红楼梦》这两部中国婚恋叙事最具代表性的名著,以及《肉蒲团》《林兰香》等极有特色的作品;三是这七部小说集中产生于明中叶至清中叶的二百年间,多有后先承衍的联系(详后)。这些特点都非一男与"双美""四美"等其他比例的组合可比,所以值得特别注意,而可以命名为一种叙事模式,并探讨其作为一种叙事模式的价值与意义。

(二)中国古代婚恋叙事的"六一"模式是中国古代文化,特别是数理文化传统的产物。笔者曾经提出讨论中国古代小说叙事人物设置的所谓"七子模式"[②],这里所说的"六一"模式则是"七子模式"的一种,是出

[①] 曾扬华:《黛玉与妙玉》,《贵州民族学院学报》(社会科学版)1986年第1期。
[②] 杜贵晨:《〈西游记〉的"七子"模式》,《福建师范大学学报》(哲学社会科学版)2005年第5期。

于对易数"一"与"六"对立统一种种可能性认识之某种概念化的表现。但就存在与意识、生活与艺术的因果关系而言，仍不能不认为它是中国历史文化，特别是数理哲学对小说艺术影响的产物。至于这一叙事模式只在明中叶以降至清中叶大行其道，除了前代文学数理传统的影响之外，还因为经过了宋元以至明初理学对人性的禁锢之后，社会从士绅到市井之民对婚恋的追逐与思考，成为了一种潮流，反映到小说叙事，就有了这种从《金瓶梅》"单说着情色二字"到《红楼梦》"大旨谈情"之婚恋叙事的"六一"模式。

（三）中国古代婚恋叙事的"六一"模式很大程度上决定了作品的主旨、框架结构、人物配置、情节主线等的安排，有近乎全方位控驭的态势。具体来说，因其必为"一男六女"之故，所以如同孙悟空在打死六贼的故事中居"主人公"之地位，婚恋叙事中的"一男"必然成为故事的核心，而"六女"就主要是围绕"一男"而存在的罢了。其结果是，无论书中写有多少女人，又无论其写得如何，这一部书都应该是以探讨男人的生活与命运为主旨的书，所谓"婚恋叙事"，也就成了男人在婚恋面前接受考验的故事。例如，《金瓶梅》崇祯说散本改万历词话本第一回"景阳冈武松打虎"为"西门庆热结十兄弟"，并改开篇"一个好色的妇女，因与了破落户相通……命染黄泉"，为"只为当时有一个人家……有一个风流子弟"云云，就是看清了原作主要为男人说法的真实意图并加以突出。而《红楼梦》虽标榜为"金陵十二钗"，又声明"为闺阁昭传"，但实际上贾宝玉才是"诸艳之贯（冠）"（《红楼梦》第十七回、第十八回脂评），诸钗不过是陪他下世不可少之人，其各自的命运都是贾宝玉"下凡历劫"的伴奏，只不过有先后主次而已。

（四）中国古代婚恋叙事"六一"模式的作品应该或至少可以从其为"六一"即"一"与"六"及其数理关系的意义上理解和把握。例如，《金瓶梅》《林兰香》的"六"胜于"一"的一男早亡，其意在教男人戒"色"，而《野叟曝言》的"一"因"六"而盛，却是证明"一"男刚健至极之"阳"可得尽享"六"女"坤元……滋生"之"阴"的配合，是"（女）色"之可畏必戒与否，关键在于男性是否更为阳刚，有"一"阳统驭"六"阴的功能。总之，无论在哪一种情况下，"一"与"六"之数理都决定了故事形式的独特意味。

（五）中国婚恋叙事的"六一"模式的存在表明，时至明中叶以后，小说艺术对两性关系的关怀空前地达到了哲学层次的思考，而古代数理哲学对小说艺术的渗透，已无远弗届，无隙不入。即使其所暗用"一"与"六"比例之数隐喻的"一阳"与"六阴"对立统一的意义，主要是作者的主观意识的图解，今天读者已经很少能够如张竹坡一类评点家那样从具体描写中注意和理解这一模式的存在及其数理意义，但作为一个讲述婚恋故事的俗套，在古代读书人那里，特别是对于被视为九流十家之末之"小道"的小说家如兰陵笑笑生和曹雪芹来说，却很可能只是做小说的一种"百姓日用而不知"（《周易·系辞上》）的戏法。从而兰陵笑笑生能顺手拈来，曹雪芹以至高鹗也能够先后会心袭用，翻新出奇。乃至今天也有作者搬用这一古老的俗套①，虽不知其为有意还是无意，但客观上总在显示这一模式的工具性仍有一定的生命力。而当今读者对"六一"模式叙事现象的阅读，如果能够识其数而知其理，必将对作品思想与艺术有深一层的理解，在认识与审美上有新的收获。

这也就是说，对中国古代婚恋叙事"六一"模式的解读本质上是一个古代数理哲学问题。其所根据的是以"八卦"为象征的阴阳推移消长过程中，一阳（男）与六阴（女）的对立统一，也就是一阳能够顺利统驭六阴的始终平衡的和谐，还是虽曾为六阴所抑却毕竟"一阳来复"达到新的平衡与和谐，抑或一阳虽一度有效统驭六阴，却因为六阴之强戾，终于为其所抑制以至于毁灭。这决定了以"一阳"即男主人公为主导的"六一"模式叙事结局是否圆好，自然是以男主人公之得失衡量的，有三种情况：一是喜剧的，即《天缘》《桃花影》《野叟曝言》；二是跨在悲喜剧之间的，即《肉蒲团》《林兰香》《红楼梦》；三是悲剧的，即《金瓶梅》。《金瓶梅》是中国古代婚恋叙事"六一"模式应用唯一彻底的悲剧。

（原载《学术研究》2018年第9期）

---

① 参见灵秀《李真秘密档案：李真与六个女人》，华夏出版社2006年版。

章回小说叙事"中点"模式述论

——《三国演义》等四部小说的一个艺术特征

《说文解字》曰："中，内也。"段注："……然则中者，别于外之辞也，别于偏之辞也。"①"中"的本义是居"内"而不"偏"。这在平面与立体是指中心，在直、曲或弧形的线段是指其两端间距离相等之位置，即中点。"中"的地位使"中心"与"中点"是其所对应范围内取得平衡的唯一支撑，从而是外力掌控的关键。而"中"之义自古为圣贤、学者所重。《尚书·大禹谟》曰："人心惟危，道心惟微，惟精惟一，允执厥中。"《周易·乾文言》曰："大哉乾乎，刚健中正。"《临卦·六五》载："象曰：大君之宜，行中之谓也。"《礼记·中庸》曰："中也者，天下之大本也。"又载孔子曰："君子而时中。"宋代朱熹《中庸章句序》曰："君子时中，则执中之谓也。"因此之故，"执中"不仅是古代儒家，同时也是华夏民族共同崇尚的基本理念和行事原则之一。这一理念与原则必然影响、渗透到文学创作。中国古代某些章回小说，于全书叙事线索匠心独运，有"中点"情节的安排和精心描写，以为全书叙事之中间大锁钥，并寄其小说结撰谨行"执中"之道的用心。笔者即以《三国演义》《西游记》《金瓶梅》《林兰香》四部小说（以下或简称"四部小说"）的"执中"设置与"中点"描写为例，探讨中国古典章回小说叙事的"中点"模式。

---

① （汉）许慎撰，（清）段玉裁注：《说文解字注》，中州古籍出版社2006年版，第20页下。

一 四部小说"中点"述略

(一)《三国演义》之"曹操梦日"

罗贯中《三国志通俗演义》传世较具代表性的版本,一般认为是明嘉靖壬午本《三国志通俗演义》。而清初以降最流行的是毛纶、毛宗岗父子评改的《三国志演义》,俗称"毛本"。明嘉靖壬午本《三国志通俗演义》二十四卷二百四十则,毛本六十卷则是承前人合壬午本相邻的两则为一回共一百二十回。从而这两个版本虽有分则与分回的不同,但是两本居中的位置一致,在前者为第十二卷之末或第十三卷之首,在后者为第六十回之末或第六十一回之首,在这一共同的居中之位置上,两本的情节完全一致。因此毛本对其中心情节的评点可原封不动地移作壬午本中心情节之评。毛宗岗于第六十一回回前评曰:

> 前卷与后卷皆叙玄德入川之事,而此卷忽然放下西川更叙荆州,放下荆州更叙孙权,复因孙权夹叙曹操。盖阿斗为西川四十余年之帝,则取西川为刘氏大关目,夺阿斗亦刘氏大关目也。至于迁秣陵应王气,为孙氏僭号之由;称魏公加九锡,为曹氏僭号之本。而曹操梦日,孙权致书,互相畏忌,又鼎足三分一大关目也。以此三大关目,为此书半部中之眼。又妙在西川与荆州分作两边写,曹操与孙权合在一处写,叙事用笔之精,直与腐史不相上下。①

毛宗岗评以第六十一回描写内容上有"三大关目,为此书半部中之眼",于揭示第六十一回为全书叙事中分和转折的关键诚是正确的见解。但是,即使以毛氏所论简单说来,"三大关目"也应是指刘备入川、孙权迁秣陵和曹操称魏公,但毛氏似乎自己也搞糊涂了,把"曹操梦日,孙权致书,互相畏忌"也算在了"三大关目"之中。其实,以"关目"论,"孙权致书"并不足以当之。反而"曹操梦日"是真正的"三大关目"象

---

① 陈曦钟、宋祥瑞、鲁玉川辑校:《〈三国演义〉会评本》(上),北京大学出版社 1986 年版,第 752 页。

征性的概括，在更高层次上"为此书半部中之眼"。《三国志通俗演义》卷之十三第二则《曹操兴兵下江南》所写云：

> 且说曹操大军至濡须……就濡须口排开军阵……却被吴兵劫入大寨。杀至天明，曹兵退五十余里，却才收军，下定寨栅。操心中郁闷……伏几而卧，忽闻潮声汹涌，如万马争奔之状。曹操急视之，见大江中推起一轮红日，光华射目，天上两轮太阳对照。忽然江心推起红日，拽拽飞来，坠于寨前山中，其声如雷。倏然惊觉，在帐做了一梦。帐前军报道午时。曹操教备马，引五十余骑，径奔出寨，犹如梦中所见落日山边。正看之间，忽见一簇人马，当先一人，浑身金甲金盔。操视之，乃是孙权……操还营，自思："孙权非等闲人物。红日之应，久后必为帝王。"操心中有退兵之意……进退未决。忽报东吴有使赍书到。拆开观之……看毕，大笑曰："孙权不欺我也。"遂赏使者令回。操令军退……回许昌去讫。①

我们看上引一段文字写曹操梦日，正当全书叙事之半，即其"中点"，又其醒来正当"帐前军报道午时"，也就是当白昼之半的"中点"，就不难窥见作者欲以此回"三大关目"为全书叙事"执中"的意图。唯是在笔者看来，悬浮于"三大关目"之上并为其象征的"曹操梦日"才真正是"此书半部中之眼"。读者倘能谅解此一情节有涉梦验的荒诞因素在古代作者、读者十分正常，就应该认可罗贯中《三国志通俗演义》叙事"执中"的描写，确实是一个成功的艺术创造。

（二）《西游记》之通天河"老鼋"

这里先要说明的是《西游记》之"中"有异于上述《三国演义》篇幅与叙事同步之"中"。《西游记》一百回②，以全书章回论其"中点"应该在第五十或第五十一回，但以叙事论就有所不然。按《西游记》叙事与《三国演义》等一线到底的进展不同，即其"西游"作为一个完整的故事是有去有回的，百回叙事中包括了"西游"和"回东"以及"五众"了

---

① （元）罗贯中：《三国志通俗演义》，上海古籍出版社1984年版，第590—592页。
② （明）吴承恩：《西游记》，（明）李卓吾、黄周星评，山东文艺出版社1996年版。

◆◆◆ 叙事与数理

断尘缘后归真的"回西"三个过程。但是,"西游"叙事的重心在自东向西的单程中,所以这部分内容占了全书一百回的前九十八回,而"回东"与"回西"仅第九十九和第一百共两回书而已。这最后的两回书虽然也是《西游记》叙事首尾完整必不可少的文字,但是就唐僧等"西游"乃至达"西天"取得"真经"的具体目标而言,其所叙已属余事。这也就是说,《西游记》写"西游"之事,第一回至第九十八回从"西游"队伍的形成到所历"十万八千里"途程才是正传,而"回东"与"回西"的两回虽在《西游记》百回之数,却不应包括在叙事"中点"描写考量的范围内。换言之,以包括"回东"与"回西"内容在内的全部《西游记》而论,叙事中并不可能有本文所谓"中点"的存在。而《西游记》叙事中若不作"执中"的描写则已,有意而作则只能就前九十八回的"正传"而设。作者也正是作了这样的处理,《西游记》前九十八回书中缝之前一回的第四十九回所写"老鼋",虽然至第九十九回还再次现身,但其在本回的首次出现,正是《西游记》叙"西游"之事"执中"的"中点"。何以见得?

首先,已如上述,这一回书所写通天河"老鼋"的故事,虽然未居全书篇幅之半,却居于《西游记》叙"西游"的九十八回书之正中的位置,而且适为从"东土"至"西天"的"西游"单程"十万八千里"全部途程之半①,有关描写正好获得了《西游记》正传叙事"执中"的地位。

其次,有关"老鼋"形象的描写象征性地表明《西游记》所写唐僧等"五众"之"西游"为"返本还元"之旅,亦《西游记》"归真"之旨,寄托了作者"执中"之意。《西游记》写孙悟空等既"弃道从僧"随唐僧以"西天取经"为事和最后与唐僧一起"五众归真"成佛,则其题旨千说万说不过如黄周星评云:"《西游记》,一成佛之书也。"(第九十八回黄周星评)这是《西游记》所写基本的事实。但是,《西游记》"三教归一",总体构思与具体描写内容大率三教混一,而集中体现于唐僧"五众"的"成佛"之路,是为了儒教的"大唐东土",经由道教"七返还丹"的"金丹大道"(《西游真诠》第五十回),而达于佛门"九九归真"的"悟

---

① 这里需要说明的是,就"东土"至"西天"的距离说,第四十七回就已经写唐僧等至"通天河"似已完成了"西游"行程的一半,但是依小说写仅通天河之阔就有"八百里",即使不说俗以"河中心为界",也只能是唐僧等开始真正渡河了,才可以说完成了"西游"直达"西天"之半程的跋涉,故本文以第四十九回有关"老鼋"的描写为"执中"。

空"成佛。

"返本还元"指的是忘了或背弃了本原的人，通过内外的修炼，使其心性得到澄清净化，回归原生本来的状态。其中包括了已经得道之仙佛人物因过失或罪愆被贬谪人世，却由于一点真性未泯，能够幡然悔悟，修心行善，将功折罪，又回复到仙、佛的地位。以此对照《西游记》所写唐僧"五众"，除却唐僧在见到如来之前还不甚明了其前世本为因过谪世的佛祖弟子"金蝉子"，此番取经可以将功赎过以回复其本位之外，其他孙悟空等四徒却早就明白自己"弃道从僧"以护持唐僧取经是"将功折罪"，即孙悟空所谓"借门路修功，幸成了正果"（第九十八回）。从而唐僧"五众"的取经之旅都是"返本还元"。作为"西天取经"之旨，"返本还元"在《西游记》中得到充分的强调。书中除多次直接引用外，还以各种方式不止一次特笔提点，如第三十六回《心猿正处诸缘伏，劈破傍门见月明》写唐僧吟诗有句云："今宵静玩来山寺，何日相同返故园？"孙悟空答曰："我等若能温养二八，九九成功，那时节，见佛容易，返故田亦易也。"《西游真诠》评曰："可见非金丹成功，万难见佛面、返故园也。'返故园'，即返本还元之义，不可以思乡浅窥阐发。"[①] 而且因为全书以孙悟空为中心人物之故，书中又以"还元"为"归根"，定第一回的题目为"灵根育孕源流出，心性修持大道生"，第九十九回的题目则曰"九九数完魔灭尽，三三行满道归根"，以首尾照应，明示全书叙事中心是孙悟空从"灵根"出来又"归（灵）根"的过程，即《西游真诠》第二十六回评所提示："岂非返本还元、归根复命之明验？"[②]

总之，正如《西游记》第九十九回诗句云"幸喜还元遇老鼋"，作为《西游记》"正传"即其"还元"之旅的"中点"，"老鼋"才是《西游记》"西游"主要过程"半部中之眼"，乃作者叙事"执中"用意的鲜明象征。

（三）《金瓶梅》之西门庆"试药"

《金瓶梅词话》[③]一百回，以章回论全书之中缝为第五十回与第五十一回之间，其实际描写的中点则是第五十回写西门庆"试药"。按《金瓶梅》

[①] （清）陈士斌诠解：《西游真诠》第九册，第三十六回，第八页，清康熙翠筠山房刊本。
[②] （清）陈士斌诠解：《西游真诠》第七册，第二十六回，第十页，清康熙翠筠山房刊本。
[③] （明）兰陵笑笑生：《金瓶梅词话》，梅节校订，陈诏、黄霖注释，香港梦梅馆1993年版。

写西门庆,自第一回至第四十九回以一个"七七"之数的篇幅将西门庆财色双收、发迹变泰的过程推至高潮,同时也写了西门庆因纵欲过度而身体感觉日渐乏力,以至于天从人愿般地有了显然涉神异之迹的胡僧送来"老君炼就,王母传方"的"一枝药"(第四十九回)。笔者曾著文讨论此药在《金瓶梅》叙事中的作用,认为"'胡僧药'间接或直接致李瓶儿、西门庆先后死,官哥亦间接死于此药,是决定西门庆及其一家落败命运的关键之物","'胡僧药'虽然自第四十九回始出,至第七十九回西门庆死即罄,只在全书偏后半部的前三十回中有具体描写,却承前启后,是故事进入高潮并发生逆转的关键"[①]。但是现在看来又很显然的是,"胡僧药"作为《金瓶梅》叙事逆转之关键,其实际发力并不始于第四十九回,而是第五十回所写西门庆与王六儿、李瓶儿的"试药"。正是西门庆"试药"开启了其走向纵欲暴亡的不归之路及其一家命运由盛而衰的转折,而西门庆"试药"的情节也就成了《金瓶梅》叙事的"中点"。更具体有以下两点证据。

一是"胡僧药"得名在此回。"胡僧药"虽在第四十九回末已由胡僧施与西门庆,但是除了尚未正式派用之外,有关此药的称名在此回中也还没有出现,这在作者应该不是无意的安排。因为进入第五十回以后,不仅首次有了"胡僧药"之称,而且包括本回三次称"胡僧药"在内,接下另有第五十一回二次,第五十二回、第六十九回、第七十八回、第七十九回各一次,共九次提及"胡僧药"之名,可见作者对此药之称名乃有意留待第五十回当全书之半西门庆第一次试用才郑重推出,并接连九次称名以示此药助推西门庆之死的作用。这样的安排应能显示作者叙事重"胡僧药"而更重"胡僧药"之用即"试药",从而不是第四十九回的胡僧"施药",而是第五十回的西门庆"试药"才是《金瓶梅》全书叙事"执中"的"中点"。

二是西门庆"试药"是使《金瓶梅》叙事达至高潮并发生逆转的关键。虽然第五十回写西门庆"试药"当下只见其"畅美",似与后来西门庆之死无大关系,但是书中"此后断续每特笔写此药,有第五十一回(与潘金莲)、第五十二回(与李桂姐)、第五十九回(与郑月儿)、第六十一回(与潘金莲)、第六十七回(与如意儿)、第六十九回(与林氏)、第七

---

① 杜贵晨:《试说中国古代小说以"物"写"人"传统的形成与发展——以"紧箍儿""胡僧药"与"冷香丸"为例》,《河北学刊》2012年第3期。

十八回（与林氏、来爵儿媳妇）、第七十九回（与王六儿、潘金莲）等，总计九回书中写西门庆有十次服用'胡僧药'，包括西门庆九次自服和最后一次潘金莲给他一服三粒的过量服用，以致其脱阳而死，实以结西门庆一案"①。这样一个使西门庆加速堕入地狱之势的形成，就正是始于第五十回的"试药"。这一点张竹坡评说得很清楚："文字至五十回已一半矣。看他于四十九回内，即安一梵僧施药，盖为死瓶儿、西门之根。""此回特写王六儿与瓶儿试药起，盖为瓶儿伏病死之由，亦为西门伏死于王六儿之由也。瓶儿之死，伏于试药，不知官哥之死，亦伏于此。"② 这就是说，《金瓶梅》第四十九回写胡僧"施药"只是"为死瓶儿、西门之根"，而第五十回写西门庆"试药"才是瓶儿、西门乃至官哥死由之"伏"。"伏"即潜伏，这里指三人死机已萌而未发之状。从而此回所写"试药"成为《金瓶梅》叙西门庆及其一家命运必将发生逆转的关键。事实上正是围绕西门庆"试药"，第五十回于叙西门庆"试药"的过程中或同时，已屡有暗示其人其家以后的命运，如李瓶儿有"我到明日死了"的预感，吴月娘也得了"王姑子把整治的头男衣胞并薛姑子的药"，只要"晚夕与官人同床一次，就是胎气"，以及"单表"了后来代西门庆而为一家之主的奴才玳安等，多方显示此回叙事当全书之半而西门庆及其一家命运盛极而衰之转折特征。张竹坡又评曰："故前五十回，渐渐热出来。此后五十回，又渐渐冷将去。而于上四十九回插入，却于此回特为玳安一描写生面，特特为一百回对照也。不然，作者用此闲笔为玳安叙家常乎？"③ 这里论及前、后"五十回"和"一半"，并揭示前、后五十回"渐渐热出来"与"又渐渐冷将去"的对比等，都颇中肯綮。但是，其未能明说西门庆"试药"的描写才是由"热"转"冷"发生的关键，则与揭示《金瓶梅》叙事"中点"擦肩而过，是一个遗憾。

（四）《林兰香》之燕梦卿"割指"

《林兰香》④六十四回，准于《周易》六十四别卦之数。其"中点"

---

① 杜贵晨：《试说中国古代小说以"物"写"人"传统的形成与发展——以"紧箍儿""胡僧药"与"冷香丸"为例》，《河北学刊》2012年第3期。
② 黄霖编：《金瓶梅资料汇编》，中华书局1987年版，第164—165页。
③ 黄霖编：《金瓶梅资料汇编》，中华书局1987年版，第164—165页。
④ （清）随缘下士：《林兰香》，春风文艺出版社1985年版。

布置在第三十二回《温柔乡里疏良朋，冷淡场中显淑女》。这一回书继第三十一回写燕梦卿梦中代夫赴死之后，仍被丈夫耿朗有意疏远，无由亲近。而耿朗则因"酒色过度，精神散耗，感冒风寒，一卧不起……医药无效，气息奄奄"，百医罔效。梦卿救夫心切，毅然断指入药，使耿朗沉疴顿起，转危为安。而梦卿因此得病，且又怀孕，深虑"恐继后有人，而此身莫保。则后来之保护孩提，绵我血脉，皆惟春娘是赖"，乃嘱咐春畹将来之事。而时当宣德五年除夕，翌年元日，"群仆称贺，耿朗入朝……这一来有分教，天上麒麟，降作人间骐骥。闺中翡翠，变成海内鸾凤"，等等。寄旅散人于上述叙事中夹评曰："收此一回，且收上半部。此书前三十二回为一开，后三十二回为一合，看则自知。"① 此评揭明《林兰香》叙事有前后各"一半"，为"一开一合"的特点，但是他没有注意到此书叙事"开""合"的关键也就是全书叙事的"中点"是对燕梦卿"割指"疗夫的描写。然则何以见得此一描写就是《林兰香》叙事的"中点"呢？答案是除了这一描写在篇幅与叙事位置的正中之外，还有以下两方面的根据。一是燕梦卿割指疗夫使全书叙事中心人物耿朗和燕梦卿的命运发生根本性转变，即耿朗因梦卿"断指"而生，梦卿因断指疗夫致病，后并终于不治而死。二是写梦卿断指疗夫后接叙的梦卿怀孕，虽然本身与前事无关，但梦卿因"断指"而致病并自知不久于人世，不得已而托付春畹将来抚养照顾儿子的安排，却是梦卿"断指"一事的延伸，属"中点"有关下半部情节走向之描写的内容。这一部分内容直贯全书下半部描写，无疑也标志了耿、燕二人及其家族命运的重大转变。

二　四部小说"中点"描写之同异

四部小说"中点"的同异也就是它们之间的联系与区别，表现在彼此相似与各有所创新。相似中存在传统继承中可能的借鉴，创新则显示继承传统中某些应有的变化，共同体现着章回小说叙事"中点"手法的艺术生命力。

四部小说"中点"之同，除了最明显的各为"居中"并起"中心"

---

① （清）随缘下士：《林兰香》，春风文艺出版社1985年版，第252页注37。

作用外，另有如下四个较为突出的方面。

　　第一，作为"中点"设计与描写的基础，四部小说叙事都可以而且适合被作者处理为一个必有逆转的过程。这一过程在《三国演义》为汉朝一分为三国与三国合一为晋朝，在《西游记》为唐僧五众"返本"以为"还元"之目标由晦而显，在《金瓶梅》为写西门庆及其一家由"热"而"冷"或曰由"盛"而"衰"，在《林兰香》为写耿朗及其一家由盛而衰和衰而复振等。这些过程虽在各自具体处不能无异，但明显的共性是在价值意义上后者对前者做了彻底的否定，从而就表现的合理性而言，最有可能达至循环往复无欠无余之效果的，就是使这一叙事过程依"分—合""晦—显""盛—衰"等分为前后相等的两个半部，从而引出叙事有与"头""尾"呼应之"中点"的描写，造成叙事走向前后逆转的效果。否则，除了《红楼梦》未经曹雪芹一手完成而不便具论之外，其他如《水浒传》等更多小说叙事，虽然在理论上也可以有"中点"的描写，但是由于各自为书题材与宗旨的种种不同，或作者本来就见不及此，从而它们或有别样叙事节奏的布置，却未见其有"中点"描写的表现，以至于本文所能够讨论"中点"描写的仅此四部而已。

　　第二，四部小说的"中点"描写各有关乎主题的象征意义。如"曹操梦日"除写其梦于魏、吴大战僵持之某日"午时"象征全书至此已是"中点"之外，其梦日而有三——三日并照无疑即全书叙事中心魏、蜀、吴三国将兴的象征；对通天河"老鼋"的描写以老鼋之还归"水鼋之第"和负渡唐僧等过通天河，暗寓唐僧等的西天取经同时是他们自身"修心"以"还元"之旨；西门庆"试药"作为其由一般的纵淫伤身一转而走上纵欲暴亡之路的开始，其实突出了《金瓶梅》写性的主题；燕梦卿"割指"入药果然救其夫耿朗一命，情节虽属不经，但燕梦卿之"指"实象征其形象之旨，突出了"兰"即燕梦卿在《林兰香》一书所写耿家诸妇中的中心地位，为家有贤妻而不知爱重的耿朗之辈说法。总之，四部小说的"中点"既是各自前后情节自然生发的一环，又不同程度地有象征点题的意义，非寻常情节可以比拟，故有命名为"中点"并特别揭示和探讨的必要。

　　第三，四部小说的"中点"描写具后先模仿之迹。除《西游记》以叙事主要过程计为"中点"描写的情形另作别论之外，《三国演义》《金瓶梅》《林兰香》之"中点"在文本中的取位，各为该书全部章回"中缝"

之内侧一回，或不是偶然。至于《金瓶梅》与《林兰香》两书"中点"描写之事象，则显见有密切的关联。如《金瓶梅》第五十回写西门庆"试药"由王六儿至李瓶儿，后者有预言"我到明日死了"云云，对比《林兰香》写"割指"入药，同样是"药"，而燕梦卿于"割指"之后也一样虑及"此身莫保"；又《金瓶梅》写吴月娘得助孕之药和《林兰香》写燕梦卿道出自己怀有了身孕等，则除了"胡僧药"与"割指"为药等细处的不同之外，其他如丈夫服药、妻子（或妾）虑死或有关于怀孕的大略，几乎如出一辙，后先相承之迹甚为明显。

第四，四部小说的"中点"在使各自文本"一分为二"的同时，也成为全书"倚数编撰"[①]的基础。如"曹操梦日"既使《三国演义》文本"一分为二"，又以其写所梦之日有三象征汉朝将分裂为魏、蜀、吴国，而应于《周易》所谓天、地、人"三才"关系的"三极之道"（《系辞上》）。事实上《三国演义》写诸葛亮"隆中对"以"天时""地利""人和"分谓曹、孙、刘三家，也正是以"三国"之互动比于"三极之道"。在此基础之上，乃有"三顾茅庐""三气周瑜""六出祁山""七擒孟获""九伐中原"等各种"倚数编撰"的情节组合。《西游记》以"中点"分全书前九十八回为两个"七七"之数，完成从"东土"至"西天"全部"西游"即修道成仙的途程，又于第九十九回以补足"八十一难"和"八天"之数，使"九九数完魔灭尽，三三行满道归根"，即"五众"由仙而进阶成佛的终极结果[②]。可见通天河"老鼋"作为"西游"的"中点"，同时是《西游记》写道、释修炼"七返九还"之数理的重要一环。《金瓶梅》虽然设西门庆"试药"于第五十回为全书叙事的"中点"，但是若仅以西门庆一生论，则其得"胡僧药"于第四十九回为"七七"之数，而暴死于第七十九回为有"七"而又有"九"之数。"九"为老阳，阳极而阴，则为西门庆必死和其一家必然衰败之数。由此可见，《金瓶梅》之"中点"亦

[①] 杜贵晨：《中国古代文学的重数传统与数理美——兼及中国古代文学数理批评》，《中国社会科学》2002 年第 4 期。

[②] 关于"五众成真"为由凡、仙而"进阶成佛"的道理，清代黄宗周于第九十八回前有评曰："由玉真观至灵山，不出山门，即从中堂而出后门，明乎仙佛同门；道为堂宇，而禅为阃奥也。且大仙所指者，不在平地而在高峰，又明乎仙佛同旨：道为入门升堂，而禅为登峰造极也。两家会合之妙，明白显易无过于此。不然，《西游》一成佛之书也，何以前有三星洞之神仙，后有玉真观之大仙耶？"

如《三国演义》《西游记》之"中点",在各自文本中均非孤立的存在,而同为诸书创作"倚数编撰"传统的一个表现。至于《林兰香》"中点"在一书之数理中的地位与作用,则更为特异,需要联系《周易》相关卦理才可以得到说明。《林兰香》章回的设置倚《周易》别卦六十四之数,其"中点"在第三十二回,数位当《周易》别卦之第三十二的恒卦(震上巽下)。王振复《周易精读》于此卦名下注曰:"'恒,久也',夫妇'久于其道也'。"① 马振彪《周易学说》则云:"《象》赞九二能久中……为恒卦之主。"② 分别注意到恒卦关乎夫妇之道和以"久中"为主之义理。由此可知,比较《三国演义》等其他三书,《林兰香》以"中点"在第三十二回的布置更与其全书数理机制密切无间。

四部小说"中点"之异或曰后继者的变化创新则体现于以下三个方面。

第一,从"中点"的取位看,四部之中,《三国演义》《金瓶梅》《林兰香》三书皆取全书中缝之侧某回,前后并无大的变化,实是由于三书叙一大事体之始终,如大江东去,一泻千里,不能不就其全部而取中位;但《西游记》之叙事已如上述,是"西游"之事为主占前九十八回书,而最后的两回属"西游"之后事,所以没有并且不可能依全部书之章回,而只能就其叙"西游"一路向西过程之前九十八回取中位于第四十九回之末,从而其"中点"之设势必有异于《三国演义》等三书,是谓不得不有之变化或曰创新。这种或变或不变或部分变化的情况均不可一概而论其高下优劣,而应该看到,再高明的作者为之,都不过是创作中之事所必至,理有必然而已。

第二,四部小说之"中点"各自象征的意义不同。"曹操梦日"象征"三国鼎立"之势将成,其用在预告未来;通天河"老鼋"象征《西游记》"还元"之旨,其用在揭明当下;西门庆"试药"与燕梦卿"割指",二者虽后先模仿,但是前者以促官哥乃至李瓶儿和西门庆之死,后者以救耿朗之生和导致燕梦卿之死,其为用竟完全相反,是知《林兰香》对《金瓶梅》之模仿为对象的反面,笔者以为似可称之为"反模仿"。如此等等都深度表明,四部"中点"之设虽相沿而有共同的模式特点,但后先之间

---

① 王振复:《周易精读》,复旦大学出版社2008年版,第172页。
② 马振彪遗著,张善文整理:《周易学说》,花城出版社2002年版,第326页。

并非简单因袭或机械偷套,而是有所师承中又有不同程度的匠心独运,此正是古代章回小说"中点"手法作为一种模式的艺术生命力之所在。

第三,四部小说之"中点"各为一书叙事之逆转的意义亦有不同。"曹操梦日"所关前半为汉朝一分为三国,后半为三国合一而为晋,由"分"而"合"的逆转极为明显,可以不必具论。但是,《西游记》之"中点"通天河"老鼋"所示逆转的意义,却需深究乃见。按《西游记》第四十九回写老鼋"爬上河崖。众人近前观看,有四丈围圆的一个大白盖","白盖"作为比喻实透露有关"老鼋"描写之深意。据辞书查考,"白盖"之称至晚起于西汉,原谓白色的车篷,亦指白篷的车。后世佛家多用指出行或高座上张如伞或覆盖于受法人头上的法物,以示庄严。如《佛本行经集》载"童子(引者按指佛)生已,身放光明,障蔽日月。上界诸天,持其白盖,真金为柄,大如车轮,住虚空中"① 云云即是。这里又是以如"大白盖"者为筏以渡"通天河",则更是合以彰显唐僧等此番渡河在修行有关键性意义。又"鼋"谐"原",即"本",即"元"。合此诸义,则如上"中点"以"老鼋"为"大白盖"以渡"通天河"的描写,实有意谓唐僧五众之取经至此之前不过各自赎其前愆,至此"十万八千里"之半途得通天河"老鼋"负渡,才真正由"返本"而进阶至"还元"的学佛境界。我们看此一回书中,作为"三悟"(悟空、悟能、悟净)之师父的唐僧被困于"水鼋之第"的"石匣","似人间一口石棺材之样",就可以知道出生即为"江流儿"之肉体凡胎的"俗人"唐僧,至此又于"水厄"中"死"了一次,却又得救活了过来,岂非生死已了?又写观音菩萨出行施救,"不坐莲台,不妆饰","手提一个紫竹篮儿出林",是个"未梳妆的菩萨",也是以法相示"五众"明悟取经为"返本还元"之意。总之,如黄宗周评"过此以往,江流水厄将终"所示,此一回书通过并围绕对通天河"老鼋"的描写点明了唐僧等"西游"之将功赎罪和"修真悟道"之途,自此以后而别开生面,是一大层进之转折,在"归真"的意义上亦可以说是逆转。至于《金瓶梅》《林兰香》两书,虽后先相承都是写盛衰的,但是二者叙事的取向相反:"试药"所成为盛极而衰,"割指"所

---

① (隋)阇那崛多译:《佛本行集经》,载《永乐北藏》第64册,线装书局2000年版,第906页。

成乃衰而复振。总之，四部小说各自"中点"的布置，既在各自本文中非孤立的存在，又相互间不免有形式上的联系与内容本质上的区别。

三 章回小说叙事"中点"模式的意义

四部小说叙事"中点"描写的意义，除各有自己的特点之外，综合看已经构成章回小说叙事的一个被有限应用的特殊模式，具有叙事艺术与美学上若干特殊的意义。

第一，使"中位"突出造就全书叙事"执中"之象，体现了中国先民以"中"为美的思想观念。前引《尚书》曰"允执厥中"不仅是实践理性的判断，而且具美学的意义。这一点可见于《周易》的发挥："君子黄中通理，正位居体，美在其中，而畅于四支，发于事业，美之至也。"（《坤·文言》）"黄中通理"，程《传》曰："黄中，'文在中'也。"[①] 由此可见，我国先民自上古即已发现"执中"可致"文在中"之美。"中点"描写使叙事"执中"之象得到突出，从而在中国人看来无疑是一种美的表现。尽管这不应该导致作家创作和读者阅读必要刻舟求剑寻求"中点"，但是毕竟在应有可有之处以绘"执中"之象是在中国人看来合乎美的一种创造。这也就是读者若熟视无睹则已，而一旦发现如本文所论《三国演义》等诸书之"中点"或更进一步有所赏鉴，则大概都会由衷地感到某种愉悦，有所谓"正位居体，美在其中……美之至也"的感觉也是很自然的吧。

第二，有"中分"之效使全书叙事有前后平衡美。"中点"于全书叙事篇幅与事体进程的作用，首在使后者整体在被等分为二的同时具有了合二为一的形态。其前后对称，比简单的浑一增加了一种平衡美，容易引起或加强读者对文本叙事前后顾瞻的兴趣，进而通过前后情节的对比推进对叙事总体意象乃至一书宗旨的深入把握。例如明清评点家于四部小说虽无"中点"之论，但各自就相关描写处"半部"效应的评点，大概就不单纯由于阅读至篇幅或叙事的半途，而还因为此间有作者特笔描写之"中点"的提示或感染，使其能有此种前后顾瞻，做出有关全书总体叙事意象的思

[①] 转引自（清）李光地《周易折中》（下），李一忻点校，九州出版社2002年版，第630页。

考与评论。

第三，使叙事走向逆转形成结构的往复美。文贵曲致，而曲折之极致是逆转，逆转之极致是往复，往复之效则产生一种循环之美。"中点"描写即以其平地波澜的曲折—逆转—往复之效，造就全书叙事有如日出日没、潮涨潮落之终归于原点的循环美。如作为象征，"曹操梦日"所体现《三国演义》叙三国一而三、三而一的"分—合"之致，通天河"老鼋"所标示唐僧五众之"西游"的"还元"之致，西门庆"试药"所关系其本人及其一家的"盛—衰"与燕梦卿"断指"疗夫所关耿朗及其一家命运的"衰—盛"之机等，都以"中点"描写的逆转之力为对前半叙事彻底否定的往复效果，使叙事在形式的总体上具有了"折中"逆转的往复之美。《周易》曰"一阴一阳之谓道"，《老子》曰"无平不陂，无往不复"，这些古人关于事物发展规律的认识，在章回小说叙事的"中点"模式中得到了甚为集中和生动的体现。

第四，合于"太极生两仪"或曰"一生二"之道，为全书叙事数理机制的纲领。《周易》曰："是故《易》有太极，是生两仪。两仪生四象。四象生八卦。八卦定吉凶，吉凶生大业。"（《系辞上》）《老子》曰："道生一，一生二，二生三，三生万物。"两者所拟宇宙发展的数理模式趋向虽异，但后世学者却多合二者之初始，以"太极"为"一"，"两仪"即"二"，视"太极生两仪"与"道生一，一生二"同为《周易》所谓"一阴一阳之谓道"之义。那么无论其后来的发展是"两仪生四象"还是"二生三，三生万物"云云，"一分为二"作为道之初分，都是后来万象生发的基础与纲领。以此而论章回小说的"中点"描写，其等分一书为前后两个"半部"的作用，也就是作者设为全书叙事数理机制的基础与纲领，其他种种数理的表现就都在"中点"描写数理的架构之内，统率之下。从而"中点"也就成为把握此一部书数理机制的最佳入口。如四部小说各有笔者所谓"三复情节"、"三事话语"、"三极建构"、"七复"甚至"九复"情节，以及"七七""九九"等数的运用等，[①]各在微观或中观的层面上错综通变，既络绎不绝，又立体网通，若无头绪。其实不然，若能从"中点"之等分入手，则显而易见全书描写所倚之种种数理，无不基于这个体

[①] 参见杜贵晨《数理批评与小说考论》，齐鲁书社2006年版。

现了"一生二"或"太极生两仪"的数理结构之上,进而对全书数理机制有全面准确的把握。

第五,是中国古代叙事艺术为西方所无的一个亮点。与西方大多数小说叙事无段落性标题相比,我们不妨承认中国古代小说分章回标题是一种"缀段性"叙事,但这不完全是相对于西方小说的一个缺陷,而是中国古代历史文化所自然产生出来的具有独创性的民族特色①。这一独创性手法发生在《三国志通俗演义》的作者罗贯中笔下或为偶然,但其在《西游记》《金瓶梅》《林兰香》诸作叙事中的后先承衍和变化出新却更像是一个必然,由此形成章回小说的"中点"艺术则是中国叙事艺术为西方小说所无的一个亮点。

(原载《学术研究》2015年第8期)

---

① "缀段性"是早期西方汉学家所认为中国古代小说缺乏"结构"的最致命弱点,浦安迪为中国小说的这一特点作了最早也是迄今最有力的辩护。见[美]浦安迪讲演《中国叙事学》,北京大学出版社1996年版,第55—62页。

"五世而斩"与古代小说叙事

——从《水浒传》到乾隆小说的"五世叙事"模式

一 引言

"五世而斩"出自《孟子·离娄下》，曰："君子之泽五世而斩，小人之泽五世而斩。"本意是说无论君子、小人，其对家族后世的影响必然呈递减规律，至第五世也就该绝灭了。这是孟子时代考察家族文化遗传兴衰历史的一个重要看法，深受后世儒者乃至今人的重视。古今流行"富不过三代"的说法，理论上可能就是由"五世而斩"说变异而来的。所以，"五世而斩"是一句古话，却在今天也不失某种现实意义。从而古代文学因"五世而斩"形成的"五世叙事"，也是值得关注和研究的现象。

"五世叙事"是指文学写一姓王朝或名门望族之兴衰必要上溯其五世的做法。这一做法的社会性远源或起于我国古时历代相沿和至今仍实际传承的父系血缘宗法制度。在这种社会制度下，敬天尊祖，守先待后，成为无论天子庶民，尤其是作为家庭嫡长子的每一位男性的首要责任。《孟子·离娄上》所谓"不孝有三，无后为大"，本质上就是讲男性为家庭以至家族传宗接代负首要的责任。这种传承向来不变的是以父子相继为一世，或说三十年为一世，近今则多称为一代。而人生苦短，代际能相见的一般只如顾炎武所说："凡人祖孙相见，其得至于五世者，鲜矣。寿至八九十而后可以见曾孙之子，百有余年而曾孙之子之子亦可以见也。

人之寿以百年为限,故服至五世而穷。"① 所以,《礼记·丧服小记》称"有五世而迁之宗",《孔子家语·本性解》称周有"五世亲尽,别为公族"之制。而《孟子》所谓"五世而斩"就是基于"五世亲尽"对家族文化传承规律的一个判断。这一规律绝难破解或摆脱,对于古代一姓王朝或世家大族来说不啻是一个魔咒,甚至有今人称之为定律。"五世叙事"就是这一魔咒或定律在古代小说中的反映。

从今存文献看,"五世叙事"滥觞于先秦史传文学,如《左传·庄公二十二年》有"五世其昌,并于正卿"之说。至汉代《史记》《汉书》叙事继之,而有更多关注和运用。如《史记·封禅书》:"祖己曰:'修德。'武丁从之,位以永宁。后五世,帝武乙慢神而震死。"《史记·晋世家》:"自唐叔至靖侯五世,无其年数。"《史记·吴太伯世家》:"自太伯作吴,五世而武王克殷。"《史记·留侯世家》:"留侯张良者……为韩报仇,以大父父五世相韩故。"《汉书·地理志下》:"宋自微子……至景公灭曹,灭曹后五世亦为齐、楚、魏所灭。"如此等等,虽在史传不过修饰传主之余事,但很可能是后世小说叙事溯及"五世"写法的渊源。

我国自两汉经学和史学几乎同时兴盛,小说受到二者强烈的影响,在渐以被赋予"野史"或"史之余"特点的同时,也大量采择化用图解儒家的学说或观念。而至元明清章回小说出现,在主要涉及一姓王朝或一个世家名族之兴衰题材的小说叙事中,注重家世的史的观念与《孟子》"五世而斩"之说在作家的创作中不谋而合,便有了关于该一姓王朝或一个世家名族叙事以"五世"为度的做法。具体说来,就是从该王朝或家族的高祖辈说起,依次叙及曾、祖、父、子辈,以父或子辈也就是第四代或第五代人物故事为全书的中心。这种写一姓王朝或一个世家名族之兴衰必要上溯"五世"的做法,相比于古今中外小说多是仅就人物自身绘形绘色的情况,显然是一个特别的文学现象,因名之曰"五世叙事"。

我国古代章回小说叙事中"五世"一词的用例固然不少,但是被作为叙事的成分乃至文本要素而称得起"五世叙事"的运用较少,有之也都不曾受到过读者、专家应有的重视,当然也就未见全面系统的讨论。但是,

---

① (清)顾炎武著,黄汝成集释:《日知录集释》,秦克诚点校,岳麓书社1994年版,第198—199页。

我国古代章回小说"五世叙事"的现象也并非是个别的,据笔者粗略考察,至少有《水浒传》《歧路灯》《红楼梦》《绿野仙踪》《野叟曝言》等数种程度不同的可称得上有"五世叙事"的艺术表现,构成一个颇具特色的文学现象,值得给予一定的关注和适当的讨论。《水浒传》等诸作"五世叙事"值得关注与讨论的原因,一在于诸作都是我国古代重要或比较重要的长篇说部,数百年来读者甚众,至今发挥着强大的艺术影响力;二在于除《水浒传》约成书元末或元明之际以外,《红楼梦》等四种均集中在清乾隆年间,从而本文所谓"五世叙事"的现象,实际只是于元末或元明之际由《水浒传》创始,而至清乾隆中《歧路灯》《红楼梦》等诸作与之隔代相望,群起效仿,暂显于一时。乾隆年间小说"五世叙事"这一似乎"井喷"的表现也是一个值得玩味的文学现象。

二 《水浒传》为"五世叙事"创始

关于《水浒传》之为"五世叙事",这里拟以百回本的明容与堂刻本为考察对象。该本书前有《引首》,《引首》于一词一诗之后,由"五代残唐"说到宋太祖赵匡胤生有异兆,后来发迹变泰,"一条杆棒等身齐,打四百座军州都姓赵",建立了宋朝,先后传位太宗、真宗,至仁宗朝"天下太平,五谷丰登,万民乐业,道不拾遗,户不夜闭……一连三九二十七年,号为'三登之世'。那时百姓受了些快乐,谁想到乐极悲生。嘉祐三年上春间,天下瘟疫盛行……文武百官商议……奏闻天子,专要祈祷禳谢瘟疫。不因此事,如何教一十六员天罡下临凡世,七十二座地煞降在人间,轰动宋国乾坤,闹遍赵家社稷",然后结以"有诗为证"云云。[①]《引首》后才是全书一百回的目录以及正传。[②]

笔者一向认为,一书的体制倘若非同一般,那么其独特处一定是作者别有用心。《水浒传》文本"《引首》——目录——正传"的编排就是如

[①] (元)施耐庵、罗贯中:《水浒传》,李永祜点校,中华书局1997年版,第1—3页。以下引本书只说明或括注回次。

[②] 今整理本为方便读者阅读改为目录、《引首》接第一回的顺序。但容与堂本置《引首》于目录之前,显然强调《引首》的独立性,同时也就强调了正传故事包括叙事时间自为起讫的完整性,有助于该书"五世叙事"特点的确认。

此。这先要绕一步说，《水浒传》有上述《引首》实相当于宋元话本之"入话"，而自第一回《张天师祈禳瘟疫，洪太尉误走妖魔》起才是全书的"正传"。但是，有清三百年流行的是金圣叹评改本。这个本子不仅"腰斩"了《水浒传》，而且在全书开头的部分也大做了手脚，即分《引首》开篇诗以为弁首，把余后部分与原第一回合为《楔子》，以下接以百回本第二回为第一回并以次推延。金本《水浒传》的流行遮蔽了原百回本"《引首》——目录——正传"编排的特点，进而影响了读者由这一特点对作者所寄寓用心的发现。至于近世读者虽然多能读到百回本了，却又在以《水浒传》所写宋江三十六人故事乃"英雄传奇"并于史有据的同时，往往因为对"英雄"的偏爱而忽略了《引首》至第一回"祈禳瘟疫"和"误走妖魔"故事作为全书正传叙事框架的结构意义；进而也就忽略了《水浒传》全部文本叙事时间的跨度，并不限于历史上宋江故事实际发生的"大宋宣和"年间，而是仅仅《引首》即已上溯赵宋之初，下至北宋第四代皇帝仁宗嘉祐年间"三登之世"的"嘉祐三年"，乃为"乐极悲生"。这在实际上已是历叙了北宋前后百年四朝由兴盛向衰落的转折。此后才列出目录，分出章回，继以全书正传第一回的开篇。这个非同寻常的文本编排不仅把《水浒传》正传所叙宋江故事置于全部北宋历史"乐极悲生"即天道循环之反转的背景之上，而且以目录的隔断突出了作者正传所叙以宋江故事所标志的北宋盛极而衰之事，乃自为起讫的意图。这一编排的意图是使全书既是合《引首》与正传以观北宋九朝盛衰之概，又突出了《引首》之后《水浒传》主要是由正传以见仁宗朝以至徽宗宣和年间由盛而衰之转折。作者拟于正史，"欲以究天人之际，通古今之变，成一家之言"（司马迁《报任少卿书》）之意，乃由此而显。至于读者既由《引首》而思及北宋开国至仁宗朝盛极而见"乐极悲生"之兆，又中经目录为一隔顿后重启阅读，则有第一回开篇于"诗曰"一首之后以"话说大宋仁宗天子在位"云云提起，才是《水浒传》正传叙事实际开端的感觉。这里正传叙事时间终始的跨度，就是本文当下关注的焦点。

《水浒传》正传叙事以仁宗（1023—1063）朝置顶为故事缘起，下距历史上宋江起义的徽宗宣和（1119—1125）年间有五十余年，显然不是由于历史上仁宗朝政与后来宋江之事真的有什么实际联系。事实上，若从历史上可能的联系出发考虑，《水浒传》正传叙事应是于仁宗朝以后无论哪一朝开始都更容易捏合牵扯。而作者却不前不后，必要以仁宗朝为断，这就使我们不能不怀疑是作者的一个出于特殊考虑的安排。因为接下来第二回起首承上叙"误走妖魔"余事已毕，乃曰：

> 后来仁宗天子在位共四十二年晏驾，无有太子，传位濮安懿王允让之子，太祖皇帝的孙，立帝号曰英宗。在位四年，传位于太子神宗天子。在位一十八年，传位与太子哲宗皇帝登基。那时天下尽皆太平，四方无事。

再接下来就是叙浮浪子弟高俅因"踢得两脚好气球"受宠于端王，和端王即位为徽宗而高俅发迹变泰，贵为太尉，迫害王进等，渐次拉开水浒故事的大幕。这里读者不难由上引一节文字看到，此前从仁宗、英宗、神宗到哲宗四朝之事，虽仅一带而过，但至水浒故事发生的宋徽宗一朝，恰好就是"五世"。这不能不使我们认为，这个在宋徽宗之前与列朝同是无关水浒故事的仁宗之世，就被作为《水浒传》写北宋盛衰的转折点，同时是《引首》与正传叙事的间隔或粘连之点，也就是正传"五世叙事"的起点。换言之，《水浒传》叙事《引首》与正传衔接的"大宋仁宗天子在位"，是作者作为北宋盛衰之转折和形成正传"五世叙事"框架而精心设置的时间点。

总之，《水浒传》叙宋江等一百零八人故事源流，虽本历史上宋江史事与传说，但是作者对这一历史题材的艺术叙事时间的处置分两层出落：一是从《引首》开始的全书看，总体是把它放在了自太祖开国至徽宗宣和年间几乎整个北宋九朝（末代钦宗仅在位一年）历史的背景之上，以见赵宋一代之兴衰；二是从《引首》与正传第一回叙事的衔接看，以仁宗朝"乐极悲生"之盛极而衰的"嘉祐三年"为节点，带下历叙英宗、神宗、哲宗三朝，至于徽宗宣和年间，乃为叙事描写的时空中心，形成《水浒传》正传"五世叙事"的心理框架。这无疑是《水浒传》作者在叙事艺术领域的一个创造。因为很明显，如果《水浒传》作者仅是为了"究天人之际，察古今之变"，那么他自宋太祖起历叙七朝直至徽宗宣和年间为之正传也就罢了，却为何又要有什么"引首"先叙宋初四朝至仁宗"嘉祐三年"？而且历史上哪里有什么"嘉祐三年上春间，天下瘟疫盛行"？所以作者必要虚构仁宗嘉祐三年有"祈禳瘟疫""误走妖魔"之事，无非是为了把水浒故事溯源至自徽宗朝以上五世的仁宗一朝，以演义《孟子》"五世而斩"之说，成本文所谓的"五世叙事"。

三 《歧路灯》《红楼梦》等诸作的拟用

《水浒传》正传"五世叙事"的"五世"，对于该书叙事中心的宋江故事来说，除了使读者可以想象为给了"妖魔"转世为宋江等一百零八人的成长期之外，主要的作用恐怕还是以"五世"的形式配合"误走妖魔"为正传写宋江故事，建立起一个"天人合一"的因果关系框架，而从历时性来看，则有了为宋江故事向"天数"溯源的意义。从而《水浒传》中本文所谓"五世叙事"而的应用，也就不可能不是在全书的开篇，一般来说就是作者创作一书开笔部分的文字。这是"五世叙事"性质所决定的，以致后世模仿者们也都没有大的改变。因此，本文论述清乾隆朝诸作的模仿，也大体按照诸作开笔先后的顺序，即《歧路灯》《红楼梦》《绿野仙踪》《野叟曝言》的次第，对其各自师法《水浒传》"五世叙事"之迹论说如下。

（一）《歧路灯》。据栾星编《李绿园年谱》，《歧路灯》开笔约在乾隆十三年（1748）。① 其开篇第一回《念先泽千里伸孝思，虑后裔一掌寓慈情》首叙主人公家世：

> 这话出于何处？出于河南省开封府祥符县萧墙街。这人姓谭，祖上原是江南丹徒人。宣德年间有个进士，叫谭永言，做了河南灵宝知县，不幸卒于官署，公子幼小，不能扶柩归里……即葬灵宝公于西门外一个大寺之后……谭姓遂寄籍开祥……这公子取名一字叫谭孚……孚生葵向。葵向生诵。诵生一子，名唤谭忠弼，表字孝移，别号介轩。忠弼以上四世，俱是书香相继，列名胶庠……自幼娶周孝廉女儿，未及一年物故。后又续弦于王秀才家……到了四十岁上，王氏又生一子，乳名叫端福儿……②

---

① 参见栾星编著《〈歧路灯〉研究资料》，中州书画社1982年版，第52页。
② （清）李绿园：《歧路灯》，栾星校注，中州书画社1980年版，第1—2页。

端福儿即《歧路灯》的主人公谭绍闻。自谭孚"寄籍开祥"为谭氏祥符始祖，以下至谭绍闻正是五世。而且为了突出谭绍闻为第五代的世次，作者于叙其父谭忠弼字孝移之后，特加一句总说"忠弼以上四世"。《歧路灯》作者有意以"五世叙事"写谭家兴衰，于此可见一斑。至于全书不止三番五次强调谭宅是"一家极有根柢人家"，也都是从开篇"五世叙事"来。而《歧路灯》"五世叙事"更重要的作用，是因写谭宅的五世而自然及于谭氏丹徒族人之子谭绍衣，这就方便为后来谭绍闻改过向善、重振家声埋伏下了一个能够提携他的人，是全书故事大开大阖的关键之一。由此可见，《歧路灯》的"五世叙事"虽然很可能与作者对《水浒传》的暗相学习模仿有很大关系，但是除了已经完全摆脱了《水浒传》"五世叙事"所负载的"误走妖魔"之类的神话内涵与色彩，而更合于世俗所谓"忠厚传家远，诗书继世长"的齐家之道之外，还在与全书总体结构的关合上有了更多的加强。这无疑是小说艺术上的一个进步。

（二）《红楼梦》。红学界一般认为，曹雪芹《红楼梦》未完稿，其绝笔时间据甲戌本脂批"壬午除夕，书未成，芹为泪尽而逝"[①]（第一回），应即乾隆二十七年壬午（1762）。而由书中脂评《凡例》云"十年辛苦不寻常"，可推得曹雪芹《红楼梦》开笔时间约在乾隆十七年（1752），晚于《歧路灯》约四年之久。

《红楼梦》写所谓"四大家族"重在贾府，于贾府又重在荣宅，于荣宅又重在贾宝玉一人。但是以贾宝玉为中心人物，书中叙贾府世系仍并宁、荣二府一起追溯。第二回《贾夫人仙逝扬州城，冷子兴演说荣国府》叙写"子兴叹道：'正说的是这两门呢。待我告诉你。'"他先说宁府：

> 当日宁国公……生了四个儿子……宁公死后，贾代化袭了官，也养了两个儿子。长名贾敷，至八九岁上便死了；只剩了次子贾敬袭了官，如今一味好道，只爱烧丹炼汞，余者一概不在心上。幸而早年留下一子，名唤贾珍，因他父亲一心想作神仙，把官倒让他袭了。他父亲又不肯回原籍来，只在都中城外和道士们胡羼。这位珍爷倒生了一

[①]（清）曹雪芹、高鹗：《红楼梦》，脂砚斋评，山东文艺出版社1993年版。以下引本书均据此本，只括注回数。

个儿子,今年才十六岁,名叫贾蓉。(第二回)

以上引文所述宁国公自然是第一代,所以至"贾代化袭了官"句下甲戌本脂砚斋侧批曰"第二代",于"贾敬袭了官"下甲戌侧批曰"第三代",于"名唤贾珍"下甲戌侧批曰"第四代",于"名叫贾蓉"甲戌侧批曰"至蓉五代"。后说荣府:

> 自荣公死后,长子贾代善袭了官,娶的也是金陵世勋史侯家的小姐为妻,生了两个儿子:长子贾赦,次子贾政……这政老爹的夫人王氏,头胎生的公子名唤贾珠,十四岁进学,不到二十岁就娶了妻生了子,一病死了……不想后来又生一位公子……取名叫作宝玉。(第二回)

以上引文所述荣国公自然也是第一代,所以至"贾代善袭了官"句下甲戌本脂砚斋侧批曰"第二代",于"长子贾赦,次子贾政"下甲戌侧批曰"第三代"。接下说贾政的长子贾珠也就是第四代,他虽然早死,但"不到二十岁就娶了妻生了子",所以句下甲戌侧批曰"此即贾兰也。至兰第五代"。几经曲折,然后才出"不想后来又生一位公子……取名叫作宝玉"。

脂砚斋于以上叙事总评曰:"正是宁、荣二处支谱。"但这里还应该指出的是,虽然作为全书中心人物的贾宝玉居于贾府第四代,但书中叙贾府谱系首尾已是五世,所以也属本文所说的"五世叙事"。

《红楼梦》作者于"五世叙事"似不厌其烦,除了叙"宁、荣二处支谱"的五世之外,接下第二回叙林黛玉出身,也说到林氏家族的五世:"原来这林如海之祖,曾袭过列侯,今到如海,业经五世……命中无子……只有嫡妻贾氏,生得一女,乳名黛玉,年方五岁。"(第二回)这林家真正是"五世而斩"的了。

由上述《红楼梦》于贾府及林家叙事先后及于五世看,可信作者曹雪芹叙宝、黛家世乃有意为"五世叙事"。其艺术上的用心,则在于为全书叙事中心的贾宝玉故事设以背景,著为铺垫,并引出警幻仙子述宁、荣二公托付警戒贾宝玉之意曰:

偶遇宁、荣二公之灵，嘱吾云："吾家自国朝定鼎以来，功名奕世，富贵传流，虽历百年，奈运终数尽，不可挽回者。故遗之子孙虽多，竟无一个可以继业者。其中惟嫡孙宝玉一人，禀性乖张，生性怪谲，虽聪明灵慧，略可望成；无奈吾家运数合终，恐无人规引入正。幸仙姑偶来，万望先以情欲声色等事警其痴顽，或能使彼跳出迷人圈子，然后入于正路，亦吾兄弟之幸矣。"如此嘱吾，故发慈心，引彼至此。先以彼家上、中、下三等女子之终身册籍，令彼熟玩，尚未觉悟。故引彼再至此处，令其再历饮馔声色之幻，或冀将来一悟，亦未可知也。（第五回）

然后甲戌侧批云："一段叙出宁、荣二公，足见作者深意。"这也就是说，宁、荣二公之意也就是作者深意。由上引宁、荣二公所云，可知二公分别作为贾家东、西二府的五世祖所虑，正是要自己身后所遗之家族能够打破"五世而斩"的魔咒，避开"五世而斩"的厄运。这就使"五世叙事"不能不成为《红楼梦》写贾宝玉故事不可或缺的背景或铺垫，同时也使小说具有了反思与凭吊百年望族"盛席华筵终散场"之悲剧命运的内涵。又按据上引宁、荣二公所称"吾家……乃运终数尽"，又"无奈吾家运数合终"，因此请于警幻仙姑警宝玉之"痴顽"，以为家族能够"继业"之人。书中先是写警幻仙姑从二公之请警醒宝玉的努力不能成功，而后又写宝玉于人世间历经情幻，终于打破情关出家，从而宁、荣二公以为"略可望成"的贾宝玉也未能继业。此乃以人力挽回"天数"，结果自然是如《三国志通俗演义》卷终诗所谓"天数茫茫不可逃"，人力不可能回天。由此可见，《红楼梦》之大结局必然是贾府彻底衰败，"落了片白茫茫大地真干净"。而程本《红楼梦》后四十回拟为"兰桂齐芳"，明显与宁、荣二公所论不合，从而不会是原作者曹雪芹手笔。此说虽然无关本文宗旨，但也只有如此理解，方可见《红楼梦》一书实在也是一部欲破"五世而斩"魔咒却终于无可奈何的"泪笔"（脂评语），或者说是关于贾府"五世而斩"命运的一首无尽的哀歌。

（三）《绿野仙踪》。卷首有作者李百川友人侯定超、陶家鹤各为序，一署"乾隆二十七年"，一署"乾隆二十九年"，因知作者李百川为乾隆中期人。又李百川《自序》是书于乾隆二十七年壬午（1762）"苟且告完"，又云其初创于"癸酉……冬十一月,就医扬州……草创三十回"。[①] 乾隆十八年癸酉为1753年,这就是说,李百川于是年冬十一月开始并写成了《绿野仙踪》的前三十回。这比《歧路灯》开笔晚了大约五年,而与《红楼梦》的开笔几乎同时或至多晚了一年。

《绿野仙踪》第一回《陆主管辅孤忠幼主,冷于冰下第产麟儿》于"词曰"一首后写道:

> 且说明朝嘉靖年间,直隶广平府成安县有一绅士,姓冷名松,字后凋。其高祖冷谦,深明道术……发家……遂成富户。他父冷时雪,弃医就学,得进士第,仕至太常寺正卿,生冷松兄妹二人……冷松接续书香,由举人选授山东青州府昌乐县知县,历任六年,大有清正之名。只因他赋性古朴,不徇情面,同寅们多厌恶他,当面都称他为冷老先生,不敢以同寅待他,背间却不叫他冷松,却叫他是冷冰。他听得冷冰二字,甚是得意。后因与本管知府不合,两下互揭起来,俱各削职回籍。这年他妻子吴氏方生下一子……起个官名,叫做冷于冰。[②]

如此平淡无奇的开篇,必不能立即引人入胜,作者是否意识得到,固然无可考证。但有一点似可以相信,就是在作者看来,《绿野仙踪》叙冷于冰一家,如此上溯其高、曾、祖、父,然后引出全书主人公冷于冰本人,乃事属必然,理有必至。否则,他应该可以想到并且不难避开如此平庸的开篇。这也就是说,李百川写《绿野仙踪》纵然不一定自觉运用本文所说的"五世叙事",但是在他学养与知识的引导下也不由自主地走向了"五世叙事"一途。然而,由于毕竟不是出于完全的自觉,所以与《水浒传》《歧路灯》《红楼梦》不同,《绿野仙踪》实在只是述及冷于冰一家的五世,而并没有真正使冷家五世的历史成为全书叙事的要素,直到构造推动情节发展的作用,视为仅具"五世叙事"之迹可也。

(四)《野叟曝言》。夏敬渠《野叟曝言》之成书,赵景深《〈野叟曝言〉的作者夏二铭年谱》据《夏氏宗谱》定夏敬渠生于康熙四十四年

---

① 参见(清)李百川《绿野仙踪》(上册),李国庆点校,中华书局2001年版,第1页。
② (清)李百川:《绿野仙踪》(上册),李国庆点校,中华书局2001年版,第3—4页。

(1705),"疑此书成于七十以后"①。夏敬渠70岁时当乾隆四十年（1775），也就是《野叟曝言》的成书不早于1775年。但台湾学者王琼玲认为"保守的推断，……夏敬渠六十八岁时已完稿"②，也就是不晚于乾隆三十八年（1773）。可见两说差距较大，今折中而言，《野叟曝言》开笔或在乾隆三十九年（1774）前后，晚《歧路灯》二十余年。

《野叟曝言》第一回《三首诗写书门大意，十觥酒贺圣教功臣》介绍主人公文素臣家世出身云：

> 这文素臣名白，是苏州府吴江县人，忠孝传家。高曾祖考俱列缙绅。父亲道昌，名继洙，敦伦励行，颖识博学，由进士出身，官至广东学道，年止三十，卒于任所。夫人水氏……生子二：长名真，字古心；素臣其仲子也。③

以上引文于文素臣父亲以上三世虽仅一语带过，但是包括其父一辈在内，所叙至主人公文素臣也是五世。虽然《野叟曝言》于文氏五世的叙述也如《绿野仙踪》中仅具迹象，但是也不能不说这部小说与"五世叙事"有了真正的关系。

总之，自乾隆十三年（1748）至乾隆三十九年（1774）的二十余年间，先后有《歧路灯》《红楼梦》《绿野仙踪》《野叟曝言》四部重要的或比较重要的章回小说开笔运用"五世叙事"或带有"五世叙事"的痕迹。这一文学现象产生时间上的密集，使从那时书籍传播相对较慢的情况来看，不大可能是诸作之间先后仿效的结果。而且无论上述乾隆诸作间有无先后追摹的情形，我们可以肯定诸作者都读过《水浒传》，而且入清后最为流行的金圣叹评改本《水浒传》的《楔子》也大体就是合容与堂本《引首》与第一回的文本，所以最大的可能是各自所受都来自《水浒传》正传部分"五世叙事"的影响。这也就是说，由《水浒传》所首创的小说"五世叙事"手法，至乾隆年间《歧路灯》《红楼梦》等诸作不约而同地模拟

---

① 参见赵景深《中国小说丛考》，齐鲁书社1983年版，第445页。
② 王琼玲：《夏敬渠著作论》，载《海峡两岸夏敬渠、屠绅与中国古代才学小说学术研讨会论文集》，江阴，2009年，第66页。
③ （清）夏敬渠：《野叟曝言》，黄克校点，人民文学出版社2006年版，第3页。

发扬，而可以称得上我国古代小说的一种叙事模式，或者说"俗套"了。

四　几点思考

元明至清乾隆间小说叙事言及"五世"者颇多，但如上述《水浒传》等诸作不同程度为"五世叙事"的作品则不多。而且即使题材为一姓王朝或世家名族兴衰之事的章回小说，也不尽有"五世叙事"的应用，如历朝的演义和写一家之盛衰的《林兰香》等，就都不曾有涉及"五世而斩"的描写。这既证明了所谓"五世而斩"影响小说出现的"五世叙事"，只是在一个有限范围内应用的模式，同时也衬托出《水浒传》等诸作的"五世叙事"，乃是作者在可有可无之间的一个有意的选择，是完全明确地作为一种特殊的叙事模式看待并应用的。这种应用前后的变化也很明显，即《水浒传》是就北宋王朝兴衰而设，至清乾隆间诸作的仿效，就一变而统为一家之盛衰。《水浒传》等诸作"五世叙事"的不同应用与前后变化进一步引发我们对这一现象作历史与美学之合理性的思考。

第一，"五世"观念本是人生常态的反映，格式化为以"五世而斩"为中心内容的儒家礼教的教条，进而成为部分史传以至古代某些章回小说叙事的尺度乃至"俗套"，实质是小说家把握生活、处理题材的一个模式。这一小说叙事模式的形成表明，生活条件与方式决定人们看待世界的观念，而世界观决定文学家处理题材的思路与手法；"五世叙事"是我国古代小说艺术一个虽然不够普遍，却较为突出的民族特点，是儒家血缘宗法制度和礼教观念影响古代小说创作的一个生动例证。

第二，一如人生苦短，"五世亲尽"实为人之自然生命的局限和无奈，"五世而斩"所蕴含的是人生在世对家国命运不能永远存续的忧患意识，"五世叙事"则是这种意识在古代小说创作中的深刻反映，也唯有有心人才能够写得出和体会得到。因此，《水浒传》等诸作的"五世叙事"在各自文本虽然不尽占显要突出的地位，并且都从来不为研究者所重，但是倘若读者或评论家能体会到人生短暂以至"五世亲尽"的无奈和家国"五世而斩"——今谓之"'五世而斩'定律"——的忧患，必能深味诸作"五世叙事"悲天悯人的家国情怀和良苦用心，而有助于求索会通文本之旨。如《水浒传》叙事之必及于"九朝八帝"和仁宗以下五世，岂不有些"古宋遗民"之思吗?《周易·系辞下》曰:"作《易》者,其有忧患乎?"我等于诸作"五世叙事",也当作如是观。其意欲努力打破"五世而斩"定律之魔咒乎?

第三,自《水浒传》首创"五世叙事"以写北宋王朝,整个明代及清初小说似都无显著模仿的表现,以至清乾隆诸作乃转为写家族之"五世叙事",而如遍地开花。"五世叙事"经历长期的沉寂而后突然转变,其原因必然是复杂的。但是,若以《文心雕龙·时序》曰"兴废系乎时序,文变染乎世情"而论,则主要恐怕是《水浒传》以后数百年,唯至清乾隆年间,儒学经乾嘉"汉学"诸老的提倡更为复古,而以学问为小说之风正盛,又适会大清帝国由盛而衰的转折之时,所以作家们最容易想到和体味"五世而斩"的悲凉,浸淫而群起接受《水浒传》"五世叙事"的影响,并各自在小说中效仿之。当然,"五世叙事"只适用于涉及一姓王朝或世家大族兴衰题材的作品。所以如《金瓶梅》写西门庆虽然也及于一家之兴衰,但西门庆本市井之徒,起家寒微,未施以"五世叙事"的手法,非作者不能也,是不可为也。

第四,"五世叙事"手法的艺术本质是以学问为小说,从而一则表明小说的作者是不同于市井说书人的学者,二则表明作者以此为小说有对学问人阅读的期待。《水浒传》首创"五世叙事",表明其作者以学问加诸改造话本的企图,而乾隆间诸作的群起效仿,则进一步表明以包括经学在内的学问为小说,已成一时之盛,乃至渐渐发展出所谓"才学小说"一派。这是乾隆间通俗小说学问化或曰雅化的一个迹象。其给予今天读者的启发,应该是在把这一时期的章回小说作通俗小说阅读的同时,也可在一定程度上以"治经"考证态度给予审视,加以研讨。笔者曾把这种以"治经"的态度解读通俗小说的方法概括为"'雅'观'通俗'"[①]。这个意见是否有些许可取,敬请读者专家批评。

(原载《学术研究》2014年第4期)

---

① 杜贵晨:《试论中国古代小说"雅"观"通俗"的读法——以〈水浒传〉"黑旋风沂岭杀四虎"细节为据》,《东岳论丛》2012年第3期。

《儒林外史》的"三复情节"及其意义

笔者曾著文把"三顾茅庐"(《三国演义》)、"三打祝家庄"(《水浒传》)、"三调芭蕉扇"(《西游记》)一类小说情节模式称为"三复情节",并论列明清小说章回标目有"三复情节"的"共67部97次,应当还有遗漏。此外,不曾有回目标明而实际暗用这一模式的也还不少",然后举到《醒世姻缘传》《好逑传》《歧路灯》《红楼梦》诸书暗用"三复情节"的例子。[①] 名著中当时忽略了《儒林外史》,以为是个例外。近日重读,乃知向来习焉不察,此书非但不乏暗用"三复情节",而且不止一处;某些堪称经典的描写片段,正赖"三复情节"的表现而熠熠生辉;另从"三复情节"的角度看,《儒林外史》有的经典性描写可得新解。特拈出与学人共赏。

第三回《周学道校士拔真才,胡屠户行凶闹捷报》,写周进升了御史,钦点了广东学道,自想"我在这里面吃苦久了,如今自己当权,须要把卷子都要细细看过,不可听着幕客,屈了真才。主意定了,到广东上了任。次日,行香挂牌,先考了两场生员",第三场就有范进应试:

> 落后点进来一个童生来,面黄肌瘦,花白胡须,头上戴一顶破毡帽。广东虽是地气温暖,这时已是十二月上旬,那童生还穿着麻布直裰,冻得乞乞缩缩,接了卷子,下去归号。周学道看在心里,封门进去。出来放头牌的时节,坐在上面,只见那穿麻布的童生上来交卷,

---

[①] 参见杜贵晨《古代数字"三"的观念与小说的"三复"情节》,《文学遗产》1997年第1期。

那衣服因是朽烂了，在号里又扯破了几块。周学道看看自己身上，绯袍金带，何等辉煌。因翻一翻点名册，问那童生……①

这里范进形象的描写，意在表现他正如周进当年，"在这里面吃苦久了"。这引起早就"主意定了"的周进因曾是同病而相怜。所以先是"周学道看在心里"，接着是"周学道看看自己身上"云云，两番写他见了范进后感慨平生的心理变化，一次比一次动情。作者藏锋不露，却入木三分，画出周进"校士"貌似公正，实已于不自觉中掺入私情的隐衷，尽管这与一般官场的徇私不同，甚至是可以观过知仁的。

应是为了确认范进是否真如自己当年一样"在这里面吃苦久了"，周进加意问过，范进连现年54岁虚报为30岁、考过二十多次都照实说了，并自认连年未取"总因学生文字荒谬"。而周进已有个"看在心里"的初念，却道："这也未必尽然。你且出去，卷子待本道细细看。"如果范进善解人意，当知学道已有个要照应他的念头横在心中。但是，小说接下来写道：

> 那时天色尚早，并无童生交卷。周学道将范进卷子用心用意看了一遍，心里不喜，道："这样的文字，都说的是些甚么话！怪不得不进学！"丢过一边不看了。

这是周进第一次评阅范进的试卷，虽是"用心用意看了"，却"心里不喜"，只能"丢过一边"不取。

但是，这与周进"看在心里"的初念和亲对范进说过他"文字荒谬"是"未必尽然"的意向不合，所以，他当是心有未甘。小说接下写道：

> 又坐了一会，还不见一个人来交卷，心里又想道："何不把范进的卷子再看一遍？倘有一线之明，也可怜他苦志。"从头至尾又看了一遍，觉得有些意思。

---

① （清）吴敬梓著，李汉秋辑校：《儒林外史（会校会评本）》，上海古籍出版社1984年版。本文引此书均据此本，说明或括注回数。

还是"可怜他苦志"的念头使周进有第二次阅范进之卷,竟"觉得有些意思"了。眼见得要"柳暗花明","正要再看看,却有一个童生来交卷"。

这上来交卷的童生是魏好古。小说略作交代之后接写道:

> 又取过范进卷子来看,看罢不觉叹息道:"这样文字,连我看一两遍也不能解,直到三遍之后,才晓得是天地间之至文,真乃一字一珠!可见世上糊涂试官不知屈煞了多少英才!"忙取笔细细圈点,卷面上加了三圈,即填了第一名。

以上周学道拔取范进生员三阅卷的描写,明是演绎旧时读书知人"三覆乃见作者用心"的套语,但在这里却构成不露声色的讽刺:乍读之下,好像周进果然是在尽职"校士拔真才";而细加寻味,方知使周进阅卷三遍的出发点和动力,并不是为国家悉心品士,而是他从范进身上看到、想到自己当年淹蹇场屋之苦,"可怜他苦志"。这个同病相怜,与第六回的写妾生的汤知县和有妾的府尊,驳了严贡生的呈文,回护已故严监生由小妾扶正的夫人赵氏,是同一逻辑。所以张文虎评语有云:"恐怕别人做试官,不肯看第三遍。"当然也有凑巧"又坐了一会,还不见一个人来交卷"的机缘。否则,范进这"英才"多半又被"屈煞了"。这自然是地道的"三复情节"。但是,由于作者用笔深微精细,作许多铺垫,委曲写来,匠心不露,读者唯觉其妙,却不大想到这妙笔的曲折跌宕,有赖于"三复情节"模式。即清人诸家评点,也未见有人指出过。

同回写范进中举喜报到,邻居去集市上寻他回家:

> 邻居道:"范相公,快些回去!你恭喜中了举人,报喜人挤了一屋里。"范进道是哄他,只装不听见,低着头往前走。邻居见他不理,走上来就要夺他手里的鸡。范进道:"你夺我的鸡怎的?你又不买。"邻居道:"你中了举了,叫你家去打发报子哩。"范进道:"高邻,你晓得我今日没有米,要卖这鸡去救命,为甚么拿这话来混我?我又不同你顽,你自回去罢,莫误了我卖鸡。"邻居见他不信,劈手把鸡夺了,掼在地下,一把拉了回来。报录人见了道:"好了,新贵人回

来了！"

　　这一节文字写邻居一再说他"中了举"，而范进不信；第三次便动手不动口，拉他回家。这动手不动口，乃是以手代口。所以，实际描写是邻居三复相告，而范进到底不信，只待到家看了报帖才信。这里"三复情节"的运用起到了加强范进困窘之状和绝望心态描写的作用，使后文范进喜极而疯如水到渠成。

　　同回接写范进看报帖后，喜极而疯：

　　　　范进不看便罢，看过一遍，又念一遍，自己把两手拍了一下，笑了一声道："噫！好了！我中了！"说着，往后一交跌倒，牙关咬紧，不省人事。老太太慌了，慌将几口开水灌了过来。他爬将起来，又拍着手大笑道："噫！好！我中了！"笑着，不由分说就往门外飞跑……一直走到集上去了。众人大眼望小眼，一齐道："原来新贵人欢喜疯了。"

　　这里写范进"笑了一声道""大笑道""笑着"，三次写"笑"，加以堕入泥塘而不顾的反常行径，然后由众人给他下一个结论："原来新贵人疯了。"就写照传神，自然贴切地完成了范进由极度压抑的常态到喜极疯狂的精神转变。这同样是笔者所谓"三复情节"具体而微的表现，于刻画人物的效果大有作用。试想，如果写他拍着手一笑跌倒，醒来之后就谓之"疯了"，固然不合常理；即"又拍着手大笑"之后，若不再一次提及"笑着"，也觉笔力未至于畅达，文气未至于充足。所以，这里三写范进之"笑"及相关动作，画出其"疯"态，无过无不及，恰到好处。

　　第五回《王秀才议立偏房，严监生疾终正寝》至第六回《乡绅发病闹船家，寡妇含冤控大伯》，所写严监生临死伸着两个指头不肯断气的情节，论者一般只注意到它讽刺的效果，却往往忽略了这效果产生的过程：

　　　　严监生……一声不倒一声的，总不得断气，还把手从被单里拿出来，伸着两个指头。大侄子走上前来问道："二叔，你莫不是还有两个亲人不曾见面？"他就把头摇了两三摇。二侄子走上前来问道："二叔，莫不是还有两笔银子在那里，不曾吩咐明白？"他把两眼睁的溜圆，把头又狠狠摇了几摇，越发指得紧了。奶妈抱着哥子插口道："老爷想是因两位舅爷不在跟前，故此记念。"他听了这话，把眼闭着摇头，那手只是指着不动。赵氏慌忙揩揩眼泪走近上前道："爷……只有我晓得你的意思……"

这一情节虽然据考袭自前人记载，但经《儒林外史》点化，才堪称经典。它写严监生弥留之际不改吝啬本性，显然因三问之后，才由赵氏说破，而得到了强调。否则，一问而知，便成了俗笔；二问而知，也欠精彩。必三问之后，由赵氏说破，才使情节的反讽意味达到极致。所以，这一情节能成为古代小说描写的经典片段，除所写将死之严监生的两个指头与两根灯草的强烈反差外，基于"三复情节"原理的三问，也起到了重要作用。

以上两回书有四处"三复情节"的用例，频繁而集中。但是，由于作者能从生活实际出发，第一例作了应有的较长的铺垫，并轻巧而合理地利用了"天色尚早，并无童生交卷"和"还不见一个人来交卷"等描写空间。其他三例又几乎是细节，似信手拈来，绝无《三国演义》"三顾茅庐"一类用法的引人瞩目，更不带模仿前人的痕迹，如山光水影，不显突兀和累赘，唯见其自然从容，从而读者浑然不觉。这在中国古代小说"三复情节"发展的历史上是明显的进步。

但是，《儒林外史》对"三复情节"的运用还有更进一步创造性的表现。第十四回《蘧公孙书坊送良友，马秀才山洞遇神仙》，写马二先生游西湖，历时三天。第一天的描写最为精彩。此节文字，读者向以传统眼光囫囵来看，大都以为作者若无安排，顺笔直寻，随意挥洒，不过写马二先生西湖上一路游来，只是渴饿得紧，满眼吃食之物，而于西湖景致全无会心，等等；或者只以"迂腐"二字概括了事。但是，此节文字却不可囫囵去看。它写马二先生一天游程，中间"又羡慕了一番"——"又"字其实提醒读者照应前面的"喉咙里咽吐沫"看，因知作者于此节文字用笔实具匠心，内部颇有安排。试以马二先生不时吃喝起坐为律，分述如下：

马二先生独自一个，带了几个钱，步出钱塘门，在茶亭里吃了几碗茶，到西湖沿上牌楼跟前坐下，见那一船船乡下妇女来烧香的，都梳着挑鬏头，也有穿蓝的，也有穿青绿衣裳的，年纪小的都穿些红绸单裙子；也有模样生的好些的，都是一个大团白脸，两个大高颧骨，也有许多疤、麻、疥、癞的。一顿饭时，就来了有五六船。那些女人后面都跟着自己的汉子……上了岸，散往各庙里去了。马二先生看了一遍，不在意里。

这是第一段。写马二先生刚出门来到西湖之上，并不看那"天下第一个真山真水的景致"，而是吃茶、看女人。因为看的是"乡下妇女"，"礼不下庶人"，可以放胆去看；又因为那些妇女模样平平，装束土气，所以能不动心地看，以至于"看了一遍，不在意里"[①]。

小说接下写道：

起来又走了里把多路，望着湖沿上接连着几个酒店，挂着透肥的羊肉，……盛着滚热的蹄子……极大的馒头，马二先生没有钱买了吃，喉咙里咽吐沫，只得走进一个面店，十六个钱吃了一碗面。肚里不饱，又走到间壁一个茶室吃了一碗茶，买了两个钱处片嚼嚼，倒觉得有些滋味。吃完了出来，看见西湖沿上柳阴下系着两只船，那船上女客在那里换衣裳……那些跟从的女客，十几个人也都换了衣裳。这三位女客，一位跟前一个丫鬟，手持黑纱团香扇替他遮着日头，缓步上岸。那头上珍珠的白光，直射多远，裙上环佩叮叮当当的响。马二先生低着头走了过去，不曾仰视。

这是第二段。写马二先生在西湖上"走了里把多路"后，又是吃喝、看女人。这一回看的是马二先生心所向往之富贵人家的"女客"，单是心艳"富贵"，就有些"在意里"了，何况客又是"女"的。但对这一类"女客"要讲"礼"，当其"缓步上岸"来得且近，就不便看了。同时还大约为其珠光宝气所慑，"腰里带了几个钱"的马二先生不免羞涩，只好

[①] 与同回第三天游西湖的描写"马二先生正走着，见茶铺子里一个油头粉面的女人招呼他吃茶。马二先生别转头就走"情景相参观，可知马二先生对"乡下"女人"不在意里"，对市井女人却怀有抗拒之心，大约怕污了他的"君子"行。前后联系来看，乃知作者写马二先生心中有女人，是这一人物形象性格刻画的一个重要侧面。

"低着头走了过去,不曾仰视",似灭了"人欲",却实际因为"心艳功名富贵"而感到了比看"乡下妇女"更大的刺激。

接下插写马二先生礼拜宋仁宗的御书,然后写道:

> 拜毕起来,定一定神,照旧在茶桌上坐下。傍边有个花园,卖茶的人说是布政司房里的人在此请客,不好进去。那厨房却在外面,那热汤汤的燕窝、海参,一碗碗在跟前捧过去,马二先生又羡慕了一番。出来过了雷峰……(到了净慈寺)那些富贵人家的女客,成群逐队,里里外外,来往不绝,都穿的是锦绣衣服,风吹起来,身上的香一阵阵扑人鼻子。马二先生……只管在人窝子里撞。女人也不看他,他也不看女人。前前后后跑了一交,又出来坐在那茶亭内……不论好歹,吃了一饱。

这是第三段。仍然是吃喝、看女人。这一回又都是"富贵人家的女客",所以"女人也不看他,他也不看女人"。"他也不看女人",是"人窝子里"离得太近,连"身上的香"都闻到了,于"礼"上更不便看。而以为更不便看,心中也还不是没有"女人",所以也是一种"看"。① 或者就那"身上的香"一句说,是视觉转移于嗅觉的一种"看"。至此结束第一天游程,"马二先生也倦了……到了下处关门睡了"。

如上分说,便可清楚看到,本节文字看似散漫,其实中心突出地再三写了马二先生吃喝和看女人,强调了他不免"食色,性也"的人欲。这也是暗用"三复情节"的模式。只是作者手法又见高明,比较前述四例用得更为灵活和不露声色,可说是入了化境。本节文字从"三复情节"角度看,作者不厌繁复而层层深入的描写所要显示的,就不只是马二先生的迂腐,更刻画出了这位讲理学的八股文选家,在"食色"面前情不自禁,而又终不能直任性情的困窘相,显示了《孟子》所谓"食色,性也"(《告子上》),亦即《礼记》所谓"饮食男女,人之大欲存焉"《礼运》的普遍性。

这里,作者用笔更为深微。他写马二先生囊中羞涩,于充口腹之欲能

---

① 关于"女人也不看他,他也不看女人"的分析,可参考章培恒、骆玉明主编《中国文学史》(下册)(复旦大学出版社1996年版,第540页)的论述。

做到的只是吃茶、吃面,"不论好歹,吃了一饱",却绝不能吃好,禁不住望屠门而大嚼,先是"喉咙里咽吐沫",后来"又羡慕了一番";于性的欲求,却只限于"看"和不敢看的"看"。而敢不敢"看"和"看"的方式,既因着对象身份不同,又因着距离远近有异。总之是要保证自己不因"看女人",尤其是近看那"富贵人家的女客"而有失"君子"风度,在人面前不好看。这样三复描写,或虚或实,或正或侧或反,都着意在马二先生"食色"之人性和他穷窘作富贵之想、理欲内搏的灵肉之苦的刻画,从来小说写人性之深入腠里,而又举重若轻,反复披览,没有这样大手笔,即便后来《红楼梦》中也难得几见。

这一节文字,从"食色"角度写马二先生,旧时评点家似已有所觉察。张文虎于"一船一船乡下妇女……马二先生看了一遍"下评曰:"马二先生实不曾看,休要冤他。"于"……蒸笼上蒸着极大的馒头"下评曰:"此则马二先生眼睛里、心坎里没齿不忘。"于三位女客来前之际,"马二先生低着头走了过去"下评曰:"可知以前亦不曾看。"于"风吹起来,(女客)身上的香一阵阵的扑人鼻子"下评曰:"此香作者曾闻之,看书者曾闻之,当时马二先生实未闻之也。"于"女人也不看他,他也不看女人"下评曰:"好看!看书的又看女人,又看马二先生。"这里张文虎所谓"不曾看""亦不曾看"一类都是调侃的反话,是知张文虎对作者欲揭马二先生心中八股学问无奈饥渴,又眼中不看女人而心中实有女人的讽刺之意有所会心。但是,他没能总体考察这一节文字的用笔技巧,不知其看似顺笔写来,纯用白描,不求理路,其实暗设机关,用"三复情节"模式做了艺术上的强调,有浑然天成之妙;同时,他对于作者用孟子"食色,性也"之教以反理学之虚伪的用心,也还没有具体深入的认识。

《儒林外史》中虽然也有"猪八戒吃人参果——全不知滋味"的话(第六回),但全书并无正面提到《三国演义》等"奇书"的地方。而且迄今为止的研究表明,学者一般认为这部书在题材、构思、艺术手法及语言运用上较少受到"四大奇书"的影响;又,以上《儒林外史》暗用"三复情节"诸例中,邻居三次告诉而范进不信已经中举和范进看报帖后三笑而疯似出于作者无意,诸人三问严监生乃有所本。读者也许因此以为吴敬梓未必是自觉地应用"三复情节"模式,这可能是人们往往对《儒林外史》中这一现象有所忽略的根本原因。其实这是一个错觉。我们看作者写周进阅卷，一阅再阅之后，插入魏好古之事；马二先生第一天游西湖的描写，一再吃喝和看女人以后，插入礼拜宋仁宗御书之事。诚如闲斋老人评曰："于阅范进文时，即顺手夹出一个魏好古，文字始有波折。"便知这插入他事的写法，是作者有意隔断以成文章波折，乃自觉运用"三复情节"；而逆想上述并无隔断处，也应同样是有意运用"三复情节"的表现，而非偶合。

这有无隔断两种用笔，正是毛宗岗评《三国演义》"三顾茅庐之文，妙在一连写去；三气周瑜之文，妙在断续写来"之法。但是，《儒林外史》的"三复情节"与《三国演义》《水浒传》诸书有明暗和规模大小的不同，更有具体内容上英雄传奇、神怪色彩和日常细故的不同，差异颇大。所以，我们既然没有资料可以实证《儒林外史》"三复情节"的运用主要是继承和发扬前代小说的传统，那就应该想到这可能更多地是受到了中国古代的思想和风俗的影响。

笔者曾经指出，"三复情节"的思想渊源是古代"三才"思想发展为重数字"三"的观念，进而发展为"礼以三为成"和"事不过三"等习俗影响的结果。[①] 吴敬梓博览群经，又"晚年好治经"。《儒林外史》中他写过范进中举后一起报录的三个人，而且一报之后"又是几匹马，二报、三报到了"（第三回），蘧公子赴府署与王太守交代"换了三遍茶"（第八回），鲁编修请女婿蘧公孙回家"来过三次人了"（第十一回），庄绍光面君三次（第三十五回）、"祭泰伯祠"三献（第三十七回），都是关于"礼以三为成"制度的描写。另外，梅三相公、胡三公子、邹三、娄三、潘三、唐三痰等等的命名，也显示出作者似乎对"三"之为用情有独钟，就可以知道上述诸例《儒林外史》中"三复情节"的运用，或许不无前代小说"三复情节"模式的影响，而更多地还应当是古代礼数观念和社会上"事不过三"等重"三"的世俗风习潜移默化的结果。当然，这一切又都最后附丽于吴敬梓化腐朽为神奇的艺术天赋，从而成就了《儒林外史》运用"三复情节"的卓越的叙事技巧。

总之，《儒林外史》自觉地暗用"三复情节"是一个客观的存在，而

[①] 参见杜贵晨《中国古代小说"三复情节"的流变及其美学意义》，《齐鲁学刊》1997年第5期。

且不止一端,并能变化出奇,以之构造佳境,深化文心,取得了相当的成功。它在这方面的成功,可以从其运用"三复情节"之处都属于全书描写的最佳部分并使之格外增色而得到初步的证明,也可以从它"似花还似非花"(苏轼《水龙吟·次韵章质夫杨花词》)的艺术效果得到更进一步的证明。其所深藏作者的艺术匠心隐微,使包括笔者本人在内的以往读者研究者的忽略已经说不上是多大的缺陷,而只是还欠深入的表现而已。但是,却生动说明伟大文学名著可以常读常新。在这个意义上,指出《儒林外史》"三复情节"的运用及其内涵和表现特点,对于进一步深入理解这部名著会有些微帮助;在期待引起更具洞察力和更为周到细致的思想艺术探讨的同时,笔者自以为关于《儒林外史》的这一发现,使中国古代小说"三复情节"模式的普遍性获得了新的证明,也使"三复情节"概念对于中国古代小说叙事艺术研究的理论意义得到了加强。这后一点对于总结中国古代小说艺术的民族特点,建立有中国特色的关于中国古代文学的理论也应当能有所帮助,故拈出此义,以就正于方家。文中用例未必全面,还可能偶有近于时贤所论者未一一注出,非敢掠美,请谅我读书未遍可也。

　　本文草成之明日为2001年元旦,已当吴敬梓诞辰三百周年,谨以此对这位"伟大而永久"的小说家表示诚挚的纪念。

(原载《殷都学刊》2002年第1期)

原型与模仿

一种灵石，三部大书

——从《水浒传》《西游记》到《红楼梦》的"石头记"叙事模式

引 言

从《水浒传》《西游记》到《红楼梦》（以下或统称"三书"），三书因题材内容、主旨倾向、叙事风格等迥异而分别被视为不同流派小说的代表。但三书叙事中各依托有一个扮演了极重要角色的物象，即《水浒传》[①]中"伏魔之殿"上镇压妖魔的"石碑"又称"石碣"（以下通称"石碣"），《西游记》[②]中"花果山正当顶上"内育"仙胞"化生孙悟空的"仙石"，《红楼梦》[③]中女娲补天所弃于"大荒山无稽崖青埂峰下"通灵思凡的"顽石"，即都有一块石头在总体建构中居枢要地位，却又是引人注目之大同。

如上三书迥异中之大同，无疑是值得研究的文学现象。事实上也早就有学者探讨《红楼梦》"顽石"与《西游记》"仙石"的关系[④]，但论及

---

① （元）施耐庵、罗贯中：《水浒传》，李永祜点校，中华书局1997年版，本文以下引此书如无特别说明，均据此本，只括注回数。

② （明）吴承恩：《西游记》，（明）李卓吾、黄周星评，齐鲁书社1996年版，本文以下引《西游记》均据此本，只括注回数。

③ （清）曹雪芹、高鹗：《红楼梦》，中国艺术研究院红楼梦研究所校注，人民文学出版社1982年版，本文以下引《红楼梦》如无特别说明，均据此本，只括注回数。

④ 如余英时《红楼梦的两个世界》的注中说："胡适说情榜大似《水浒传》的石碣（见《胡适文存》第四集，台北远东图书公司1971年版，第405页），是有道理的，曹雪芹也许受了《水浒》的暗示，而把宝玉安排了一种近乎托塔天王晁盖的地位。"[余英时：《红楼梦的（转下页）

◆◆◆ 原型与模仿

《红楼梦》"顽石"或《西游记》"仙石"与《水浒传》"石碣"关系的甚少，以"石碣""仙石"与"顽石"三者并观考察其异同等联系者更少，尤以从总体构思与叙事层面考察三书共同依托于"石头"叙事，并最终有《红楼梦》本名《石头记》一书之现象的，似不曾有过。

这粗粗看来，可能只是三书研究中区区未尽之细枝末节。其实不然，乃三书间本质性联系的一个重要方面，即三书共用"石头"叙事的构思与手法，实后先相承，消息暗通。笔者把这一现象称为"一种灵石，三部大书"，并概括命名为中国古代小说叙事的"石头记"模式，而试作通观的考察与较为深入的讨论。由于前此笔者曾分别节取《西游记》《水浒传》写"石头"之略，以论其或为"仙石记"或为"石碣记"的特点著文发表，①这里仅参以历来"红学"家论《石头记》之"石头"诸说②，做三者

（接上页）两个世界》，上海社会科学出版社2002年版，第47页。] 朱彤认为："两块石头，一块在花果山上，一块在大荒山下，上下交辉；一块在明中叶，一块在清前期，前后互映，一块象征着孙悟空的异端，一块象征着贾宝玉的叛逆，相因相承，均以石性顽硬坚固为其异端性格气质的基调，完成了历史新人在不同发展阶段上同中有异的性格塑造。"（《从猿到人——孙悟空与贾宝玉思想性格纵横谈》，《红楼梦学刊》1985年第3期。）姜超认为贾宝玉与孙悟空"来历相通""性格相通""归宿相通"，"生动地告诉我们：一个民族文学史上所创造出来有巨大影响的艺术典型，无论其个性如何特殊，纵观之，他们之间不可能是彼此绝对孤立而毫无任何联系的。找出他们之间某些内在的联系，对我们从宏观角度来理解文学的发展过程是不无裨益的"。（《贾宝玉与孙悟空》，《红楼梦学刊》1986年第1期。）另有张宝利《石中诞育　禀性各异——孙悟空与贾宝玉形象比较》[《辽宁师专学报》（社会科学版）2003年第5期]，李彬霞、李德恒《贾宝玉和孙悟空形象悲剧意蕴探微》[《陕西师范大学学报》（哲学社会科学版）1995年第3期] 等文可以参看。但是，这些文章侧重在比较"石头"之象征意义的异同，而非从叙事角度的讨论，且未见有同时言及三者的。

① 参见杜贵晨《〈西游记〉为"仙石记"试论》，《福州大学学报》（哲学社会科学版）2010年第3期；杜贵晨《〈水浒传〉为"石碣记"试论》，《黑龙江社会科学》2010年第3期。

② 《红楼梦》甲戌本《凡例》中已揭出"《石头记》，是自譬石头所记之事也"。他如解盦居士以"石头"为《红楼梦》中神瑛侍者即贾宝玉之心，他说"石头"即"通灵宝玉，即宝玉之心……神，通灵也；瑛，宝玉也，故曰神瑛侍者"（《石头臆说》，见《悟石轩石记集评》，光绪十三年红藕花盦刊本卷三，一粟《红楼梦资料汇编》，中华书局1964年第1版，第186—187页）；茅盾以"石头"即通灵宝玉为全书中心线索，他删节《红楼梦》认为"只有贾宝玉口里衔来的那块玉因为全书中屡屡提及，好像是一根筋，割了就不成样子，只得让它留着"（茅盾：《节本红楼梦导言》，《申报》1936年1月1日）；[美] 翁开明以为《红楼梦》是"石头的回忆录"；孙逊认为，"综观脂批对小说人物的称谓，除了如称宝钗为'宝卿'、黛玉为'阿颦'、袭人为'袭卿'等外，比较集中的还有两个：'玉兄'和'石兄'，前者通常就指贾宝玉，后者除了有时也借指宝玉外，一般则是分别指顽石——通灵玉——那个亲身经历的小说故事的实录者亦即所谓的'作者'。"宋键认为，"'通灵宝玉'虽然是贾宝玉的'身外之物'，其与贾宝玉实在是不可分割的一体。贾宝玉一旦失去'通灵宝玉'将没有'真性情'而仅剩一副'好皮囊'，然而当贾宝（转下页）

的比较，寻求三书倚"石头"叙事的一贯之迹，揭示此一"石头记"叙事模式的特点、意义及其文化渊源等，聊为中国古典小说名著比较以至中国叙事学研究之助。

一 一种灵石

从《水浒传》《西游记》到《红楼梦》，三书所分别叙写的"石碣""仙石""顽石"虽形象各异，韵致迥别，但横向比较而言，却颇多相通、相近乃至共同之处，约有以下六个方面。

（一）都得之或成之于天，或为天生，或为天然，或为补天。从而石头的入世均因天命。其故事的背景即在"天人之际"，乃天之有意以此石作用于人世，演出以石或为确证、或为主角的故事来。

（二）都在山上，形质相近。一在龙虎山，一在花果山，一在大荒山；一为石碑（碣），一为仙石，一为顽石；均有尺寸，除"石碑"只简单地写了"约高五六尺"之外，"仙石""顽石"都详著尺寸，其尺寸均合于天地之数；都"通灵"能变。

（三）均为全书托始重要意象。均出现于第一回，即《水浒传》始于洪太尉开碣走魔，《西游记》始于花果山正当顶上仙石裂而生猴，《红楼梦》始于石头思凡下世等，都为全书叙事托始之主要或重要意象。

（四）均表明或隐喻全书主旨。如《水浒传》第七十一回写石碣"侧首一边是'替天行道'四字，一边是'忠义双全'四字"。《西游记》第一回写仙石"上有九窍八孔，按九宫八卦"句下李卓吾评曰："此说心之始也，勿认说猴。"黄周星评曰："不过是说心耳……"《红楼梦》因石头思凡而引出"二仙师听毕，齐憨笑道：'善哉，善哉！那红尘中却有些乐事，但不能永远依恃，况又有"美中不足，好事多磨"八个字紧相连属，瞬息间则又乐极悲生，人非物换，究竟是到头一梦，万境归空。倒不如不去的好。'""到头一梦，万境归空"句下甲戌本侧批曰："四句乃一部之总

（接上页）玉有了自己的'真性情'，'通灵宝玉'便也完成了它的'随行记者'和'贾宝玉之真性情'的双重使命。从此种角度上说，'石头传'也即是'贾宝玉传'"。（以上均转引自杜贵晨主编，李正学编著《贾宝玉》，中华书局 2006 年版，第 58—63 页。）如此等等，均以"石头"为《红楼梦》之主旨体现者、叙述者、主人公、中心线索等。

纲。"又甲戌本第二十五回"只因他如今被声色货利所迷"下双行夹批云："石皆能迷，可知其害不小。观者着眼，方可读《石头记》。"

（五）均与主要人物形象密相契合甚或合一。如《水浒传》写石碣"前面有天书三十六行，皆是天罡星；背后也有天书七十二行，皆是地煞星。下面注著众义士的姓名"，实即一百零八人宿命的总括与象征；《西游记》因悟空为仙石所化之故，后来虽然"石猿高登王位，将'石'字儿隐了，遂称美猴王"，但其本为"有灵通之意"的一块"仙石"之质，并无真正改变。其最后成斗战胜佛，在"心猿归正"的背后，实亦"石点头"之意，为"佛法无边"的进一步证明；① 而《红楼梦》之"顽石"即"通灵宝玉"，也正如解盦居士所说"即宝玉之心"，与贾宝玉一而二、二而一，为"幻来新就臭皮囊"（第八回）的身心合一。

（六）均为全书叙事中心线索。金圣叹评《水浒传》曰："石碣天文……重将一百八人姓名一一排列出来，为一部七十回书点睛结穴耳。"此虽就七十回本而言，但百回本从开篇"石碑"倒而妖魔出，至第七十一回"石碣天文"点破全书主旨与人物宿命，以下都不过是"石碣天文"进一步的落实。从而"石碣天文"虽在第七十一回后不再出现，但其所昭示，实已直达全部故事的结局，为百回本一大中心线索；《西游记》从仙石→石猴→美猴王→孙悟空→齐天大圣→孙行者终至斗战胜佛之从石到佛的历程，实即放大了的"石点头"故事。从而《西游记》作为"悟空传"，其实是"仙石"以"将'石'字隐了"之猴像出现的"成佛记"，孙悟空是"心猿"，而本是"石猴"，乃"仙石"所化之"仙石记"，"仙石"乃贯穿全书中心线索。

但如上三书写"一种灵石"的相通、相近与相似性，实非不谋而合，乃是诸书历史纵向地后先学习借鉴、继承创新的结果，这可以从三书有关"石头"意象的具体描绘中获得直接的证据。

第一，《西游记》写"仙石"模仿《水浒传》"石碑（碣）"。其细节可证处，一是《西游记》中也不止一次写到石碣，如水帘洞、云栈洞、火云洞前都有石碣，灵台方寸山斜月三星洞前、通天河、流沙河等处都有石碑等。这固然可以视为古代小说故事环境描写之常，但在《水浒传》写石

---

① 宋咸淳四明东湖沙门志盘撰《佛祖统纪》卷第二十六《莲社十八贤·道生法师》："师被摈南还入虎丘山，聚石为徒讲《涅槃经》。至阐提处则说有佛性，且曰：'如我所说契佛心否。'群石皆为点头。"本此。

碣为全书重要意象之后,《西游记》大量突出地写及石碣,包括其托始"仙石"的手法,也不排除是受到了《水浒传》的影响。二是《西游记》一书特别是其开篇七回写孙悟空故事,有明显模仿《水浒传》之迹。如第一回开篇不仅依样与《水浒传·引首》同引了邵雍的诗,还进一步引了邵庸《皇极经世书》中的话;又《水浒传》写朝廷围剿梁山不成,三次"招安"使得宋江等下山降顺,《西游记》也写了玉帝两度"招安"孙悟空不成,最后不得不请如来佛压孙悟空于五行山之下。如此二者虽有结局的不同,但都有"招安"的情节,《西游记》还径直用了只有《水浒传》中用得最多又最引人注目的"招安"一词为说,可见其写玉帝招安花果山孙大圣,实自《水浒传》写朝廷招安梁山好汉脱化而来。如此等等,使我们有理由认为《西游记》作者细心揣摩研究过《水浒传》的开篇并有意效仿之。在这种情况下,《西游记》以"仙石"化猴故事打头与《水浒传》推倒"石碑"以"走妖魔"之共同托始于"石头"手法等的相通、相近与相似性,就只能是后先模拟变化的结果了。

第二,《红楼梦》写"顽石"追摹《水浒传》写"石碣"。其细节可证处,首先是与《水浒传》写"石碣"比较来看,《水浒传》所写一百零八个"妖魔"出世,是"只见一道黑气……冲上半天里,空中散作百十道金光,望四面八方去了"(第一回);《红楼梦》写"顽石"下世,乃随"一干风流冤家……投胎入世……但不知落于何方何处"(第一回)。如此结合了书中后来又说"如今虽已有一半落尘,然犹未全集"(第一回),"这一干风流冤家"的"投胎转世"的方式情景,也正是如《水浒传》"误走妖魔"的"望四面八方去了"。由此认为,《红楼梦》写"一干风流冤家"下世,乃从《水浒传》写"误走妖魔"模仿变化而来,是很有可能的。①

其次是如上已论及,《水浒传》有"石碣天文"为一书点题并叙事标目,《红楼梦》写"顽石"幻化为宝玉,也是被认为"须得再镌上数字,使人一见便知是奇物方妙",因有篆文曰"通灵宝玉"与"莫失莫忘,仙寿恒昌"等语,在形式上与"石碣天文"几乎完全对应。即使以"石碣天文"与"石头记"为全部《红楼梦》相比,虽然一为大纲,一为全文,但

---

① 参见本文首页注④余英时引胡适语。

都在"石头"上著"文"作"记"一点,也是同一机杼。

最后是《水浒传》"石碣天文"中诸义士名册,实为"忠义榜"。而据脂批透露,《红楼梦》结末有"情榜"。"情榜"或认为直接模仿《封神演义》之"封神榜",但其根源乃在《水浒传》的"忠义榜",即"石碣天文"中诸义士名册。

由以上三点推想,《红楼梦》托始一块"顽石"为女娲"补天"所弃,是从《水浒传》写"石碣"曾自天而降模仿变化设想而来,岂不也是很有可能?

第三,《红楼梦》写"顽石"追摹《西游记》写"仙石"。其细节可证处,一是如《西游记》写"仙石"云:"盖自开辟以来,每受天真地秀,日精月华,感之既久,遂有灵通之意。"其所谓"灵通"即"通灵",书中又频用"通灵"一词(第四十一回、第四十八回),首创"通灵"之说;而《红楼梦》"顽石"的正名即"通灵宝玉","通灵玉"(第十五回、第十九回、第二十九回、第六十二回)、"通灵"等,除于第一回、第八回、第二十五回等回目都径称"顽石"为"通灵"以标举之外,还与《西游记》写"仙石"的"遂有灵通之意"的解释性话语方式几乎完全一致,写"顽石"为"谁知此石自经煅炼之后,灵性已通"。特别是从其全书开篇明确宣告"借'通灵'之说,撰此《石头记》一书也……云云"来看,倘"通灵之说"不是另有来历,特别是在小说中没有早于《西游记》之来历,则就应该相信《红楼梦》所谓"借'通灵'之说",即自《西游记》"借"来,是就《西游记》写"仙石"意象模拟变化而来。

二是《红楼梦》中多有提及《西游记》(第二十二回)、孙行者(第五十四回)、孙大圣(第七十三回)等,表明作者对《西游记》甚为熟悉和印象深刻。进而在从《西游记》"借'通灵'之说"的同时,还借用小说中只有《西游记》才特别强调的一个"关键词",即指皈依佛教的"入我门来"。第九十五回写宝玉失玉,岫烟央妙玉扶乩云:"那仙乩疾书道:'噫!来无迹,去无踪,青埂峰下倚古松。欲追寻,山万重,入我门来一笑逢。'"这一段话又在第一百十六回《得通灵幻境悟仙缘,送慈柩故乡全孝道》有照应云:

那时惜春便说道:"那年失玉,还请妙玉请过仙,说是'青埂峰下倚古松'，还有什么'入我门来一笑逢'的话。想起来'入我门'三字，大有讲究。佛教法门最大，只怕二哥哥不能入得去。"

我们知道《红楼梦》写贾宝玉早曾先后两次对黛玉誓言"你死了，我做和尚去"（第三十回、第三十一回），结局也毕竟出家，所以这个"石头"即贾宝玉皈依佛教的"入我门"，在《红楼梦》中是落实了的，从而"'入我门'三字"在全书叙事走向及其意蕴内涵上也"大有讲究"。但是稍能熟悉《西游记》的读者都能够知道，这三字并非曹雪芹的自创，而是《西游记》写佛祖、菩萨的套语，即第八回写佛祖向观音菩萨传授金、紧、禁三箍儿及其咒语，说用上之后"管教他入我门来"；又同回写菩萨收服沙僧后对其说"你何不入我门来，皈依善果，跟那取经人做个徒弟，上西天拜佛求经"；又第四十二回写菩萨对妖王道："你可入我门么？"

由此可见，上引《红楼梦》写石头、宝玉的"入我门"三字正从《西游记》而来，进而可知程乙本《红楼梦》写"顽石"能够幻形为神瑛侍者，与《西游记》写"仙石"化猴之相似，也可能不无关联。

综上所论，《红楼梦》开篇写"顽石"故事很大程度上得力于对《水浒传》《西游记》以灵石开篇的借鉴，从《水浒传》之为"石碣记"、《西游记》之为"仙石记"到《红楼梦》本名"石头记"，有明显后先相承之迹。尽管这种相承不是后来者成功的唯一条件，乃是其各自生成存在如今所谓"网际"关系中的一种[①]，但以《水浒传》为"石碣记"打头，后来《西游记》《红楼梦》三书一以贯之的"石头记"叙事模式的内在联系，却是后来二书"网际"联系中最具本质性的方面之一，是明清章回小说艺术演变中应予以高度重视的现象。

[①] 如有的学者研究所表明，三者各自意象手法的形成，还有其他多种因素的介入。其中《水浒传》"石碣"在前，是不必说了；《西游记》"仙石"甚至有现实中的原型（参见拙文《孙悟空"籍贯"、"故里"考论——兼说泰山为〈西游记〉写"三界"的地理背景》，《东岳论丛》2006年第2期）；《红楼梦》写"顽石"为女娲补天的弃石，除有神话中女娲炼石补天的源头之外，清初笔炼阁主人撰《五色石》，自序其书为"以文代石"，为"学女娲氏补天而作"，首次把写小说与补天石联系起来。另因学者所周知的佛教"生公说法，顽石点头"故事的影响，著名色情小说《肉蒲团》中亦早就有了"皮肤滥淫之徒"未央生幡然悔悟后出家法名"顽石"的描写。关于《红楼梦》"顽石"与《肉蒲团》的关联，可参见余国藩《〈红楼梦〉、〈西游记〉与其他——余国藩论学文选》，生活·读书·新知三联书店2006年版，第117页注[77]。

换言之，后来二书作为"石头记"的成功，主要取决于三者共同托于"石头"叙事之后先相承的联系。这一联系的形成，固然是《红楼梦》作为"石头记"自觉取法《西游记》《水浒传》，和《西游记》作为"仙石记"自觉取法《水浒传》的结果。但其所以取法和不能不取法，虽为创始者艺术的感召与后来者的抉择，但也正如马克思所说："人们自己创造自己的历史，但是他们并不是随心所欲地创造，并不是在他们自己选定的条件下创造，而是在直接碰到的、既定的、从过去承继下来的条件下创造。一切已死的先辈们的传统，像梦魔一样纠缠着活人的头脑。"① 乃人类艺术发展的必然性使然。

总之，《水浒传》首创为"石碣记"的艺术魔力引发后来《西游记》"仙石记"到《红楼梦》"石头记"叙事模式形成的历史动因。从《水浒传》之"石碣记"到《西游记》之"仙石记"以至《红楼梦》大写特写，推出"石头记"为一书"本名"，客观上不啻宣告了我国小说史上以"石头"意象为叙事依托之"石头记"叙事模式的形成。这一模式的形成为现实生活中随处可见的"石头"进入小说描写以后，至章回说部中确立了一个无与伦比的显著地位。这个地位就是在包括《三国演义》《金瓶梅》《儒林外史》在内的我国古代最重要的六部章回小说代表作之中，就有"半壁江山"，即从《水浒传》到《西游记》《红楼梦》三部大书，堪称不同意义上的"石头记"，岂非文学史上的一个奇观！

二 三部大书

如上从《水浒传》《西游记》到《红楼梦》，由一种石头"通灵"而变化出之的三部大书，其后先相承之"石头记"模式，固然使人惊为传统之树常青的典范，但三者之异，或曰后先因故为新、推陈出新之变化，也并不是很小。而且正是因此，三者才各成其大，使彼此虽实有一贯，但貌若不相关。从而其相异之处，更值得作具体的考察。

首先，从"一种灵石"之三种现象即其各自的形迹看，大略而言，

---

① [德] 马克思：《路易·波拿巴的雾月十八日》，《马克思恩格斯选集》第1卷，人民出版社1972年版，第603页。

《水浒传》中的"石碑"——"石碣"是上天入地的,《西游记》中的"仙石"是天生在花果山正当顶上的,《红楼梦》中的"顽石"是女娲炼石补天弃而未用的,三者来历不同;又依次一个是仅有"天文"的,一个是无声无文唯擅化育的,一个是有声有文能幻形入世的;一个始终只是灵石神物,一个先为仙石而后化为猴与圣等,一个始终兼具神物与人形,既是"通灵宝玉"又是"贾宝玉";一个现世主要为宣示天意,一个主要为化出石猴入世,一个主要为幻形"通灵宝玉"入世历劫;一个神龙无尾不知所终,一个终以猴相成佛,一个历劫已满重归山下无灵气。如此等等,虽同为灵石,但三书因各自总体构思要求的不同,而所托始其形貌迥然有异,运动之迹也明显不同。这些差异很大程度上遮蔽了其都为"石头"而"通灵"的共通本质,乃至三书叙事都起于"石头"、结于"石头"之框架的近乎雷同,也被有效地排除于一般读者的视野之外,而使三书叙事虽均为"石头记",但总体风格迥异,各有千秋。

其次,从"一种灵石"在三书中各自的作用与方式看,《水浒传》中"石头"无论从"误走妖魔"或"石碣天文"的角度,都主要是点明题旨和一百零八人前世本为"妖魔"身份的证明。有关描写虽与一百零八人命运关系极大,但毕竟其始终为无生命特征之物,与一百零八人现世故事人、物各别,仙、凡隔绝。它的被供为神明的崇高,同时是被束之高阁的冷落;它的超然神秘,同时是与人物形象关系的疏离,终于只是作为一个"天文"的载体独立特出而已。《西游记》中的"仙石"则不然,虽然它在书中仅如昙花一现,又似无生命的,却因其能孕育"仙胞",而实际成为生命的存在形式,是全书中心人物孙悟空形象本质性的起点。其因"仙胞"的过渡而根本上与石猴——孙悟空为一,成为《西游记》根本性质上的主人公。至于《红楼梦》中的"顽石",则因与主人公贾宝玉一而二、二而一或二而一、一而二的身份"造历幻缘",既是《红楼梦》故事的主人公,又是这一故事的亲历见证与记述者,即《石头记》的"作者"。从而"顽石"的意象就与前此"石碣"与"仙石"鲜明地区别了开来,而多姿多彩,乃至使人不容易想到其或有所依傍的了。

最后,从三书各为托始"石头"所成之"石头记"的内容与题旨看,《水浒传》作为"石碣记"可说是一部写"替天行道""忠义双全"的"英雄记";《西游记》作为"仙石记"也似乎是一部"英雄记",但实质是一部以"仙石"为喻,以"心猿"为托,以"修心"为宗的"成佛"①记;《红楼梦》以"顽石"为"大旨谈情"的载体,既是记"石头",又是石头"记",并终于是一部"以情说法,警醒世人"(曹雪芹《石头记》蒙府本第三十五回末总批)的"情空录",或曰"情悟记"②。三书作为"石头记",各在不同程度上借助于"石头"入世与出世的方式,表达不同的社会体验,人生感悟,既后先承衍,又递相推进,鲜明标志了我国古代小说一脉如山峦似流水般"石头记"的文学叙事传统。

三 两个来源

中国古代小说的"石头记"叙事模式源于两个古老的传统,一是中国古人把握世界的方式,二是历史古老而辉煌的石文化传统。

首先,中国古人把握世界的方式复杂多样,但基本的主流的方面是"天命"观,又主要是"天人合一"的思想传统。这一传统决定着一切人为制作包括小说创作的内涵与样式,如本文所论"石头记"叙事模式,其"石头"的出现总是或天生或天降等与天结缘,就表明这一模式的总体构思是在"天"的背景下展开,溯源则是作者所受"天命"观主要是"天人合一"思想的影响。具体来说,在今天被认为是自然界的"天",在古人看来是高踞人世之上万事万物的最高主宰。从而人世的一切冥冥中都出于天的安排,人所能为的只是听天由命,顺天行事。即董仲舒《春秋繁露》曰:"是故事各顺于名,名各顺于天,天人之际,合而为一。"(《深察名号第三十五》)因此之故,揣测顺应天意以论人事,就成了古人为学最高的

---

① 第九十八回黄周星评曰:"《西游》一成佛之书也。"又,见拙文《〈西游记〉名义真解》与《"西天取经"的"意味"》,并载《齐鲁文化与明清小说》,齐鲁书社2009年版。

② 这是笔者的一个浅识:《红楼梦》第五回末写警幻仙子以宝玉难教,甲戌本有"深负我从前一番以情悟道,守理衷情之言"的话,较他本改作"深负我从前谆谆警戒之语矣",虽嫌直露,却也正是表明作书人心法在"以情悟道,守理衷情"。脂批于"以情悟道"下评曰:"四字是作者一生得力处,人生悟此,庶不为情迷。"但今通行本均无此"以情悟道"二句,以致研究者鲜有人道及。其实"以情悟道"四字正是与"大旨谈情"相接,更进一步说"谈情"是手段,"悟道"是目标,为一书题旨点睛之笔,于理解《红楼梦》关系重大;又第三十六回回目中有"情悟梨香院"语,以宝玉有"情悟",虽因此回故事而言,却不仅指此回故事,实亦表明通部书所写宝玉入世以至出家的人生,都是一个"情悟"的过程,故可以谓之"情悟记"。

追求。此即《白虎通义》云:"不臣受授之师者,尊师重道,欲使极陈天人之意也。"(卷六《王者不臣》)谓教师的职责是"极陈天人之意"。王夫之《读四书大全说》也说:"下学上达,天人合一,熟而已矣。"(卷四《论语·里仁》)谓"天人合一"是学问追求的最高境界。而司马迁《报任少卿书》所谓"究天人之际,通古今之变,成一家之言",其实道出其本人同时是古代一切严肃作者著书的最高追求都是"极陈天人之意"。这影响到以正史为标榜的野史小说叙事,总体构思往往有一个"天人之际"的背景,并必要设计一个或多个沟通的人或物,以体现"天人合一"的精神,构造"天人相与"的情节。"石头记"叙事模式中的"石头"就是源于这种沟通"天人之际"的设计之一,是三书作者各自张皇其事至于"究天人之际"的一个道具。

其次,"石头"能够成为中国古代小说叙事的一大道具,而有"石头记"在诸叙事模式中独领风骚,实非偶然,乃由于以下诸层面的原因。

(一)源于我国先民与石头久远而密切的联系。人类脱离动物界成其为人的根本标志是其有能够使用工具的活动即劳动。据考古研究发现,人类最早的劳动工具主要是石器。石器的应用期在人类历史上曾是一个很漫长的时期,以致考古学上有新、旧石器时代之分别,可见其在人类早期历史发展上重要突出的地位。这在中国上古先民时代也是如此。而且我国即使后来随着青铜器、铁器的发明与逐渐推广使用,石器的应用期作为一个时代成为过去,乃至明清时已早就是一页被遮蔽、湮没的历史,但一面从远古传来有关于石头的各种物质与文化的遗存尚随处可见,有文可稽;另一面在人类生活日益现代化的今天,各种传统与新创的石器以及有关石头的观念、符号与意象等,仍源源不断地被生产出来。于是自古至今,如"石刀""石斧""石盆""石碗""石桌""石凳""石磨""石兽""石人""石室""石友""石刻""石柱""石桥""石敢当"等,凡石质可为或可以承载者,无不应有尽有,而且生生不已,形成物质与精神层面的石文化传统,辐射影响于生活的方方面面。《水浒传》"石碣"、《西游记》"仙石"、《红楼梦》"顽石"等,都不过是这一传统之特出而实属自然的表现。这不仅印证了马克思在《1844年经济学—哲学手稿》中所说"自然界就它本身不是人的身体而言,是人的无机的身体。人靠自然界来生活。这就是说,自然界是人为了不致死亡而必须与之形影不离的身体"① 的论断，而且表明石头"就它是人的生命活动的材料、对象和工具而言"②，最早并且永久地成为了"人的无机的身体"中特别突出的一个部分，进而成为艺术利用包括小说描绘的对象。

（二）源于我国古代"灵石"崇拜的传统。在人类最早与石头的密切关系中，我国上古就产生了"灵石"崇拜的传统。如以"石头"能说话，《左传·昭公八年》："石言于晋魏榆。晋侯问于师旷曰：'石何故言？'对曰：'石不能言，或凭焉。不然，民听滥也。抑臣又闻之曰："作事不时，怨讟动于民，有非言之物而言。"'"③ 以"石头"为能补天，《淮南子·览冥训》曰："往古之时，四极废，九州裂；天不兼覆，地不周载……女娲炼五色石以补苍天。"④ 以"石头"为能生育，《隋巢子》曰："石破北方而生启。"（马骕《绎史》卷十二引）以石头为有灵，《隋书·地理志》载，隋开皇十年，文帝杨坚北巡挖河开道，获一巨石，似铁非铁，似石非石，色苍声铮，以为灵瑞，遂命名为"灵石"，割平周县西南地置为灵石县（今属山西）。唐代传奇小说《虬髯客传》就曾写及主人公李靖等去太原"行次灵石旅舍"，唐张读《宣室志·刘皂》也曾写及"灵石县"，今其建置尚存。总之，我国自上古就逐渐形成了"灵石"崇拜的传统，有不少灵石神话与传说，使后世作者有可能继承借鉴以发扬光大。事实上除《红楼梦》已明写"顽石"为女娲炼石补天所弃之外，也有学者研究认为，《西游记》写"仙石"化猴源于中国古代的"高禖石"或"源于'生殖之石'的神话"。⑤ 从《水浒传》《西游记》到《红楼梦》相沿以"石头"为一书总体构思之基的现象，其实是以我国自古就有的灵石崇拜为背景的，是历来"灵石"神话传说综合影响的产物。

（三）源于古代以石在天为星的观念。《春秋·僖公十六年》载："陨石于宋五。"《左传》谓："陨星也。"杜预《正义》曰："《传》称'陨星

---

① ［德］马克思：《1844 年经济学—哲学手稿》，刘丕坤译，人民出版社 1979 年版，第 49 页。
② ［德］马克思：《1844 年经济学—哲学手稿》，刘丕坤译，人民出版社 1979 年版，第 49 页。
③ 杨伯峻编著：《春秋左传注》（修订本），中华书局 1990 年版，第 1300 页。
④ （汉）刘安等编著：《淮南子》，高诱注，上海古籍出版社 1989 年影印本，第 65 页下。
⑤ 参见萧兵《通灵宝玉和绛珠仙草》，《红楼梦学刊》1980 年第 2 辑；［日］野美代子《〈西游记〉的秘密（外二种）》，王秀文等译，中华书局 2002 年版，第 5 页。

也'，则石亦是星，而与星陨文倒，故解之。"①后世也正是以"石头"在天为星，唐张籍《杂曲歌辞·远别离》诗中即有句云："谁言远别心不易，天星坠地能为石。"②邵雍《皇极经世书》曰："少刚为石，其性坚。故少刚为石，在天则为星。"③《水浒传·引首》即用邵庸诗，正文第一回即写"石碑"，又最关键的第七十一回写"石碣"自天而降，"石碣天文"载"天罡""地煞"诸星名号，如此等等，应该主要是源于古代对陨石的观察与研究，源于石"在天则为星""星坠地能为石"的传统观念。

（四）源于古代刻石为文的传统。上古文字的发生既为当时交流之用，也为了能够垂之永久。这就需要有方便而可靠的载体。因此，我国自有文字以后，当不久即有刻石为文发生，至今仍不废流行，留下并持续产生大量碑文铭记等。今见相传为周宣王《石鼓文》以下，历代铭文、石经、题刻等，虽历经劫毁，存世者仍难以数计，从而有石文化大传统分支之一的石刻文化。《水浒传》写"石碣天文"，与《红楼梦》写"顽石"幻化为玉之后"须得再镌上数字，使人一见便知是奇物方妙"（第一回），这种石头须镌字方"妙"的想法，即是古代石刻文化的产物。

（五）源于上古以来即有并不断加强的文学中石头意象描写的传统。除如上引诸书记载上古以降有关石头的神话传说之外，我国上古诗文发生之初，即有关于石头的描写，如《尚书》曰"击石拊石，百兽率舞"（《舜典》），《诗经》曰"我心匪石，不可转也"（《召南·柏舟》），《老子》曰"琭琭如玉，落落如石"，《荀子》曰"衡石称县者，所以为平也"（《君道篇》），等等。后世诗文、小说、戏曲中写及石头的更比比皆是。仅就小说而言，其实早在宋代就有话本《石头孙立》。其文虽佚，但揆其篇名，似是以"石头"譬说人物孙立。又在《水浒传》《西游记》至《红楼梦》之间，就有《石点头》《醉醒石》《五色石》等以"石"命名的小说；成书于明前期的《三宝太监西洋记》甚至有如下关于灵石的描写：

只见这个囵是一座石山，任你一鞭，兀然不动。圣贤发起怒来，

---

① （晋）杜预注，（唐）孔颖达疏：《春秋左传正义》，《十三经注疏》下册，中华书局1980年影印本，第1080页中。
② （宋）郭茂倩：《乐府诗集》，中华书局1979年版，第1025页。
③ （宋）邵雍：《邵雍全集》，郭彧、于天宝点校，上海古籍出版社2016年版，第1452页。

打一拳也不动，踢一脚也不动，挑一刀也不动。关圣贤仔细看来，原来是羊角山羊角道德真君的石井圈儿。这一个圈儿不至紧，有老大的行藏。是个甚么老大的行藏？原来未有天地，先有这块石头。自从盘古分天分地，这块石头才自发生，平白地响了一声，中间就爆出这个羊角道德真君出来。他出来时，头上就有两个羊角，人人叫他做羊角真君。后来修心炼性，有道有德，人人叫他做个羊角道德真君。这羊角道德真君坐在这个石头里面，长在这个石头里面，饥餐这个石头上的皮，渴饮这石头上的水。女娲借一块补了天，秦始皇得一块塞了海。这石圈儿有精有灵，能大能小，年深日久，羊角道德真君带在身上，做个宝贝。①（第二十五回）

这段描写不仅写了"石圈儿"的"爆"裂生人，还牵连到女娲补天、石头幻化等事，岂非与三书之写"石头"有些相似？至于至晚成书于清初的《肉蒲团》，故事中终于悟道的主人公未央生的法名就叫作"顽石"。倘我们不避讳《红楼梦》与艳情小说乃至淫秽小说其实也是有联系的，那么就应该承认《红楼梦》称"石头"为"顽石"很可能即从《肉蒲团》而来。尽管具体细微与曲折处难以详论，但大略而言，我国章回小说从《水浒传》《西游记》到《红楼梦》的"石头记"传统，实可以视为中国文学史上从《尚书》《诗经》以来有关石头文学描写的延续与发扬，乃《易传》所谓"非一朝一夕之故，其所由来者渐矣"（《文言》）。

总之，至少是以上两大传统的综合，造就了我国古代章回小说以此三书为代表之"石头记"叙事模式。这一模式使我们在题材与主题似风马牛不相及的三部大书之中，能够看到同一种"灵石"活跃的艺术生命，而不得不惊奇于此石文化传统所形成之石文学意象随缘而在、无往不适的绵远张力。

四 三点认识

从《水浒传》《西游记》到《红楼梦》之"石头记"叙事模式的研

---

① （明）罗懋登：《三宝太监西洋记通俗演义》，陆树崙、竺少华校点，上海古籍出版社1985年版，第327页。

究，可以得出以下三点认识。

（一）这一模式的生成表明，虽然古代小说创作的题材或原型有时不免如三书所用"石头"，是相同、相近或相似的，其以"天人合一"把握所描写世界和以"天人之际"为叙事的大背景的总体构思几乎相同，但在高手为之，所实际塑造出来的形象及形象的体系，却一定是各不相同，各极其妙，并且往往后来居上。其所以能够如此，根本在于优秀小说家不但能够发现并运用新的题材、意象，更能够在处理旧有题材、意象的艺术上匠心独运，青出于蓝而胜于蓝。由此进一步可知，文学创作成就的高下，不仅在于题材、意象的与时俱进，趋新求异，更在于处理题材、意象的见识、能力与手法，即艺术上的因故为新和推陈出新。因为这也正如上引马克思所说，人们总是不能不在"直接碰到的、既定的、从过去承继下来的条件下创造"。这也就是说，小说史的发展一如整个人类史的发展，没有继承就没有创造，而只有创造才是最好的继承。因此，我们评价一个作家某部作品的贡献，不是看他有没有继承，而是看他在继承中创造了多少。按照这个观点，古代小说乃至全部古代文学研究，不能仅以那些看来一无依傍的戛戛独造为所谓"个人创作"，还应当充分估计那些看来是所谓"世代累积型"成书的作品，其实也是"个人创作"，只不过"个人创作"的基础与方式有所不同，乃一个为推陈出新，一个为因故为新，其最后都为新的创造，并无本质的不同。而且实际上所谓推陈出新与因故为新的二者之间并无绝对的界限，乃多属于程度的区别而已。

（二）这一模式的存在表明，在"天人合一"大文化背景下，作为古代文学之一体的古代小说的原生态是普遍联系的立体网状系统。虽然这一系统的各个组成部分彼此有着鲜明的区别，但它们间的联系即其共性，仍是本质的方面。因此，这一系统中任何个别或类别的作品都必须联系其周围的一切才能够得到解释，而不可能孤立地得到圆满的说明。具体来说，中国古代小说发展演变的具体历史情景虽不可再现，但对现存主要"标志物"即名著的深入考察，仍足以使我们看到其原生态实际大概的情景，乃是既后先相继，波推浪涌，源源不断，又上下勾连，左右交通，如杂花生树，连绵不绝。在这一立体网状的系统不断更新发展的过程中，如同爱情是文学永恒的题材，更多题材、意象、手法等等，也是世代相沿，杂交异变，有许多既互异互含又一以贯之的因素，构成今天我们所说的民族特色。这些特色决定了中国古代小说作品,虽然自其异处而观之,如春兰秋菊,各擅其胜,但自其同处而观之,则你中有我,我中有你,千部一贯,无非古代小说这一巨大立体网络系统中的一个"结",无不或远或近,或隐或显地链接并反映着它周围的全体。这种历史的情景决定了中国古代小说研究,固然要重视个案或分类的考察,但同时也应该注重发掘发现各种不同类别作品之间,特别是不同类型名著之间相互借鉴影响的研究,或能有意外的收获;而且越是在差异巨大的二者之间发现草蛇灰线、骑驿暗通的联系,对于把握中国小说的民族特色,就越具有本质性的意义。

（三）关于这一模式的评价,笔者注意到美国汉学家蒲安迪在所著《明代小说四大奇书》一书中所说:"回顾一下这四部作品相互参照的交织关系空间达到何种程度。在本书的四个章节中,我们已看到散见于各处的引喻线索把这些各自独立的作品缠结在一起。……这些不同的作品都共有一些老套情节或其他常规题材。……窥察出某种抄袭的痕迹。……看到一些常见的老套角色。"① 按照这个观点,这一模式也应该被看作是一种"老套情节"的表现。但笔者并不认为研究者可以因此轻视它的存在与价值。因为无论就其作为一种叙事模式的形成而言,还是就其作为这一模式的不断变化而言,都是古今中外文学创新的规律性表现,不足为异。这正如俄国文学理论家维克多·什克洛夫斯基在《故事和小说的结构》一文中所说:"谈到文学传统,我不认为它是一位作家抄袭另一位作家。我认为作家的传统,是他对文学规范的某种共同方式的依赖,这一方式如同发明者的传统一样,是由他那个时代技术条件的总和构成的。"② 我们同样不能把《红楼梦》上溯到《西游记》与《水浒传》的"石头记"叙事模式视为一般的后先模拟甚至变相的抄袭,而应该承认其为文学发展演变的一个规律性的体现,是其不断自我调节新变的一个辩证发展的具体过程。

[原载《山东师范大学学报》（人文社会科学版）2010 年第 5 期]

---

① [美]浦安迪:《明代小说四大奇书》,沈亨寿译,中国和平出版社 1993 年版,第 449 页。更多的讨论参见该书第 156 页正文、第 208—209 页的注 [38]、注 [39]、注 [40] 和正文第六章。
② [俄]维克托·什克洛夫斯基:《故事和小说的结构》,载 [俄]维克托·什克洛夫斯基等《俄国形式主义文论选》,方珊等译,生活·读书·新知三联书店 1989 年版,第 22 页。

三位女神，一种角色

——从《水浒传》《西游记》到《红楼梦》的"女仙指路"叙事模式

从《水浒传》《西游记》到《红楼梦》，读者稍加注意就可以发现的一个事实是，三部书各都写有一位居高临下的女性仙人或菩萨，分别即《水浒传》中的九天玄女、《西游记》中的观音菩萨、《红楼梦》中的警幻仙姑。她们虽有为仙、为菩萨等的不同，给读者的印象也判然有别，但是同为女性，若观其大略，可统称为神女；其作用也大体如一，即都充当了对书中主人公指点迷津，辅助、监督、考核以成全其事的角色。我把这一文学现象称之为"三位女神，一种角色"，并因中国古代武术、象棋中都有"仙人指路"之说，略变而称之为"女仙指路"的叙事模式。这一杜撰的说法虽未必十分确当，但在更好的概括出来之前，可能给有关讨论一个方便。本文以下将依次分说"三位女神"各自的源流及其在各自书中的地位与作用，进而比较三者的异同，从"一种角色"发现与发明，总结我所谓"女仙指路"模式的总体特点，并追溯其渊源，略论其在文学——文化史上的意义。

一 《水浒传》中的"九天玄女"

（一）汉唐至宋代典籍中的九天玄女形象

"九天玄女"或称"玄女"，为道教女神。历史上道教神谱中的玄女向为黄帝师，有时与素女并称为房中术的鼻祖。如葛洪《抱朴子》云：黄帝"论道养则资玄、素二女"（《内篇·极言》）；又张君房《云笈七签》云：

黄帝"于玄女、素女受房中之术"（卷一百《轩辕本纪》），均记载甚明。但在更多情况之下，玄女是一位代天宣命，以兵书战策授黄帝等人间之有道者，职司人间治乱的女性兵家人物。

作为女性兵家人物的玄女形象，初见于汉代纬书《龙鱼河图》："黄帝摄政，有蚩尤兄弟八十一人，并兽身人语，铜头铁额，食沙，造五兵，仗刀戟大弩，威振天下，诛杀无道。万民钦命黄帝行天子事。黄帝以仁义，不能禁止蚩尤，乃仰天而叹。天遣玄女，下授黄帝兵符，伏蚩尤。"① 这里的玄女即为天遣下世，以兵法数术助人间有道者的女神形象。与此相应，汉以降多托名玄女所作兵法数术之书，如《后汉书》之《皇甫嵩传》注引有《玄女三宫战法》，《方术列传序》注谓"兵法有……《玄女六韬要决》"。而《隋书·经籍志》有《玄女式经要法》一卷、《玄女战经》一卷、《黄帝问玄女兵法》四卷。旧、新《唐书·艺文志》有《黄帝问玄女法》三卷、《玄女弹五音法相冢经》一卷、《玄女式经要诀》一卷等。是知自汉至唐，玄女作为女性军事家的身份逐渐凸显，影响日渐扩大。但至五代杜光庭《墉城集仙录》（又名《集仙录》）出来，这一形象才得到比较完整的描写。宋张君房《云笈七签》卷一一四《墉城集仙录·西王母》载：

  王母乃命一妇人，人首鸟身，谓帝曰：我九天玄女也。授帝以三宫、五意、阴阳之略，太一遁甲、六壬步斗之术，阴符之机，灵宝五符五胜之文。遂克蚩尤于中冀，剪神农之后，诛榆冈于阪泉，而天下大定，都于上谷之涿鹿。②

同卷《墉城集仙录·九天玄女传》云：

  九天玄女者，黄帝之师，圣母元君弟子也。黄帝……战蚩尤于涿鹿，帝师不胜……帝用忧愤，斋于太山之下。王母遣使，披玄狐之衣，以符授帝曰："精思告天，必有太上之应。"居数日，大雾冥冥昼晦，玄女降焉。乘丹凤，御景云，服九色彩翠之衣，集于帝前。帝再拜受

---

① （西汉）司马迁：《史记》，中华书局影印本1998年版，第24页下—25页上张守节《正义》引。

② （宋）张君房辑：《云笈七签》，齐鲁书社1988年版，第638页。

命。玄女曰："吾以太上之教，有疑，可问也。"帝稽首曰："蚩尤暴横，毒害蒸黎，四海嗷嗷，莫保性命，欲万战万胜之术，与人除害，可乎？"玄女即授六甲六壬兵信之符，灵宝五帝策使鬼神之书，制妖通灵五明之印……帝遂复率诸侯再战……遂灭蚩尤于绝辔之野，中冀之乡……然后采首山之铜，铸鼎于荆山之下，黄龙来迎，乘龙升天。皆由玄女所授符策图局也。①

上引《集仙录》记玄女事，虽主要为敷衍《龙鱼河图》"天遣玄女下授黄帝兵符，伏蚩尤"的话，但无疑是更加集中而鲜明了。特别是其首创《九天玄女传》中，不再提及其"人首鸟身"，还增写了九天玄女为"圣母元君弟子"，"黄帝之师"；因黄帝之请，自"太上"降于"太山之下"，以及玄女与黄帝授受天书的过程，遂使玄女形象具有人性，且鲜明生动。其上师王母，下传黄帝之沟通天人，以靖人间祸乱的灵应，奠定了这一形象在后世道教中的崇高地位，便于在乱世流行，并引入写兴亡治乱故事的小说之中。

上引《九天玄女传》不见收于宋太宗太平兴国（976—984）年间编纂的《太平广记》，至少表明宋初社会对九天玄女并无很大的热情。但至真宗大中祥符元年，应是与真宗诡造"天书"先后降于宫中与泰山之说并封禅泰山有关，能与人间"天书"的九天玄女空前地被重视起来。张君房于真宗天禧（1017—1021）年间开始编纂的《云笈七签》② 收有《九天玄女传》的事实，似可表明至真宗朝九天玄女在道教信仰中地位的跃升。与此相应，宋人有关玄女的著作较前代激增，仅《宋史·艺文志》所载就有《占风九天玄女经》一卷、《玄女金石玄悟术》三卷、《玄女玉函龟经》三卷、《玄女五兆筮经》五卷、《九天玄女坠金法》一卷、《玄女三廉射覆经》一卷、《玄女常手经》二卷、《玄女遁甲秘诀》一卷、《玄女式鉴》一

---

① （宋）张君房辑：《云笈七签》，齐鲁书社1988年版，第641页。
② 关于《云笈七签》成书时间，《四库全书总目》叙本书仅以"祥符中"领起，或以为是在宋真宗大中祥符（1008—1016）年间。但是，据张君房《云笈七签序》，他主持编纂的《大宋天宫宝藏》成书于宋真宗天禧三年（1019）春，此后才开始编纂《云笈七签》，则其始纂此书，已在天禧末年；又从《序》称"真宗"为谥号，并曰"考核类例，尽著指归，上以酬真宗皇帝委遇之恩；次以备皇帝陛下乙夜之览"看，"皇帝"当指今天子，其成书时间当在仁宗朝（1023—1063）前期。

卷、《玄女关格经》一卷、《玄女截壬课诀》一卷、《玄女简要清华经》三卷、《玄女墓龙冢山年月》一卷、《玄女厌阵法》一卷、《九天玄女孤虚法》一卷、《玄女遁甲经》三卷、《玄女星罗宝图诀》一卷、《玄女十课》一卷、《玄女断卦诀》一卷等，达十九种之多，数量远过宋以前历代所有。这一现象标志了时至宋代，九天玄女的影响空前扩大和深入，其作为天命下世干预人间治乱的女性军事家形象，有了进一步定型。

（二）宋代九天玄女形象进入说话艺术

宋代九天玄女形象影响的扩大与深入，适值说话艺术日趋兴盛，玄女故事特别是其作为女性兵家人物的一面，遂成为说话人博采文料以资演义的内容，而引入话本。今见宋元人刊话本中，元刊《七国春秋平话后集》卷中《孙子与乐毅斗阵》曾写及"孙子言曰：'九天玄女阵。逃身白旗，近里青旗，中心黑旗，四面八方皂旗；中间一发九面绣旗，各一处是九天玄女……'"①玩其末云"各一处是九天玄女"，似以九天玄女有九处身形，当是写其有幻形变化分身之神通；加以下文写其阵法之难破，更见其兵术奥妙。这一描写标志了九天玄女形象在宋元话本有关战争的描写中，已经有了重要的一席之地。其随着北宋末年宋江等三十六人故事的流传进入宋江故事，成为故事的重要参与者，就是很自然的了。

今见最早把九天玄女与宋江故事联系起来的，是宋编元刊《宣和遗事》（又名《大宋宣和遗事》）。这部记北宋徽宗宣和年间朝政的野史，《前集》有一段敷衍宋江等三十六人的故事。其中写宋江在郓城县，因杀了阎婆惜，被官府追捕，逃回家乡宋公庄上，"走在屋后九天玄女庙里躲了"，因拜玄女，得"天书一卷"，上写三十六个人姓名，又有诗曰："破国因山木，兵刀用水工。一朝充将领，海内耸威风。"三十六人名号之后又有一行字道："天书付天罡院三十六员猛将，使呼保义宋江为帅，广行忠义，殄灭奸邪。"②云云。虽然叙述简略，下文也未再提及，却成了后来《水浒传》写九天玄女敷衍生发的基础。而且值得注意的是，《宣和遗事》虽然并没有写明九天玄女是泰山神，但传统上九天玄女授黄帝"天书"既

---

① 《七国春秋平话后集》，载丁锡根点校《宋元平话集》，上海古籍出版社1990年版，第534页。
② 《宣和遗事》，载丁锡根点校《宋元平话集》，上海古籍出版社1990年版，第304—305页。

在泰山，那么她自然也就是泰山神祇。而《宣和遗事》也正是写及"那时吴加亮向宋江道：'是哥哥晁盖临终时分道与我：他从政和年间，朝东岳烧香，得一梦，见寨上会中合得三十六数……'"又写宋江为了感谢"东岳保护之恩"，"统率三十六将，往朝东岳，赛取金炉心愿"。两相对照，可知《宣和遗事》确是以所写救护宋江并授之"天书"的九天玄女为泰山女神，所以宋江要感谢"东岳保护之恩"。

（三）罗贯中《三遂平妖传》与《水浒传》中九天玄女形象的描写

这里先要说明的是，除《水浒传》之外，罗贯中的另一部小说《三遂平妖传》也曾写及九天玄女，即第二回的"圣姑姑传授玄女法"和第十三回的"圣姑姑教王则谋反"两故事中出现的"圣姑姑"。罗尔纲先生曾经据以与《水浒传》所写九天玄女等相比较，证明《水浒传》的作者正是《三遂平妖传》的作者罗贯中，颇具说服力。① 而元代民间有信奉九天玄女之俗。陶宗仪《南村辍耕录》卷二十《九姑玄女课》云：

> 吴楚之地，村巫野叟及妇人女子辈，多能卜九姑课。其法：折草九茎，屈之为十八；握作一束，祝而呵之；两两相结，止留两端，已而抖开，以占休咎。若续成一条者，名曰黄龙觉仙。又穿一圈者，名曰仙人上马圈。不穿者，名曰蟢窠落地，皆吉兆也。或纷错无绪，不可分理，则凶矣。又一法，曰九天玄女课。其法：折草一把，不计茎数多寡，苟用算筹亦可。两手随意分之，左手在上，竖放；右手在下，横放。以三除之，不及者为卦。一竖一横曰太阳，二竖一横曰灵通，二竖二横曰老君，二竖三横曰太昊，三竖一横曰洪石，三竖三横曰祥云，皆吉兆也。一竖二横曰太阴，一竖三横曰悬崖，三竖二横曰阴中，皆凶兆也。愚意俗谓九姑，岂即九天玄女欤。②

因此，《三遂平妖传》与《水浒传》共同写有九天玄女形象的现象，除可以为二书作者都是同一位"东原罗贯中"的旧说增加一定说服力之外，还显示了罗贯中在当时社会九天玄女信仰的影响之下，对这一女神形

---

① 参见罗尔纲《水浒真义考》，《文史》第15期。
② （元）陶宗仪：《南村辍耕录》，中华书局1999年版，第248页。

象极为关注。

《水浒传》写九天玄女形象，百回本虽然只在十三回书中计二十五次涉及名号，有具体形象描写出现的仅仅两次，但这不多的文字却已经把这一人物形象提高到了全书总体叙事的关键地位。

《水浒传》中九天玄女始见第二十一回卷首《古风一首》提及宋江"曾受九天玄女经"，至第四十二回改《宣和遗事》写玄女庙在宋公庄宋江自家屋后为在"还道村"，写玄女于还道村救护宋江并授宋江天书正式出场：

> 殿上法旨道："既是星主不能饮，酒可止。教取那三卷天书，赐与星主。"……宋江……再拜祗受，藏于袖中。娘娘法旨道："宋星主！传汝三卷天书，汝可替天行道，为主全忠仗义，为臣辅国安民。去邪归正。他日功成果满，作为上卿。吾有四句天言，汝当记取，终身佩受，勿忘于心，勿泄于世。"宋江再拜，"愿受天言，臣不敢轻泄于世人。"娘娘法旨道："遇宿重重喜，逢高不是凶。北幽南至睦，两处见奇功。"宋江听毕，再拜谨受。娘娘法旨道："玉帝因为星主魔心未断，道行未完，暂罚下方，不久重登紫府。切不可分毫失忘。若是他日罪下酆都，吾亦不能救汝。此三卷之书，可以善观熟视。只可与天机星同观，其他皆不可见。功成之后，便可焚之，勿留在世。所嘱之言，汝当记取。目今天凡相隔，难以久留。汝当速回。"便令童子急送星主回去，"他日琼楼金阙，再当重会。"①

上引描写既以九天玄女施救使宋江脱险推动情节的发展，又借玄女之口说破宋江以至一百零八人前世今生共同的因果，更进一步指示未来，即聚义、招安、征辽、平方腊、死后封神等，实际已尽全书故事大略，显示其是宋江等一百零八人命运的预言家并主宰者。书中不但自此以后故事情节的发展基本就是玄女这一番"天言"逐步的实现，而且宋江的思想性格也因此有了根本的转变，即悟到"这娘娘呼我做星主，想我前生非等闲人

---

① （元）施耐庵、罗贯中：《水浒传》，人民文学出版社1971年版，第583页。本文引《水浒传》无特别说明，均据此本说明回数，不另出注。

也……"因此之故，此后书中写宋江的所为，便不必泥于是其前期性格发展的必然，而一改为从"星主"和"不久重登紫府"的立场出发，日常行事特别是关键时刻，总是想到"昔日玄女有言……"（第五十九回），或"便取玄女课焚香占卜"（事见第八十一、第八十二、第八十五、第八十六等回），或"取出玄女天书"（第六十四回）观看，以玄女"天言"为最高的指示，以玄女"天书"为临事的"锦囊"，而每有效验。

九天玄女在《水浒传》中最后一次出现，是第八十八回写宋江领兵破辽危难之际，玄女再次托于宋江梦中相见：

> 玄女娘娘与宋江曰："吾传天书与汝，不觉又早数年矣。汝能忠义坚守，未尝少息。今宋天子令汝破辽，胜负如何？"宋江俯伏在地，拜奏曰："臣自得蒙娘娘赐与天书，未尝轻慢泄漏于人。今奉天子敕命破辽，不期被兀颜统军设此混天象阵，累败数次。臣无计可施得破天阵，正在危急存亡之际。"玄女娘娘曰："汝知混天象阵法否？"宋江再拜奏道："臣乃下土愚人，不晓其法，望乞娘娘赐教。"玄女娘娘曰："此阵之法，聚阳象也。只此攻打，永不能破。若欲要破，……可行此计，足取全胜。……吾之所言，汝当秘受。保国安民，勿生退悔。天凡有限，从此永别。他日琼楼金阙，别当重会。汝宜速还，不可久留。"

这里又自"吾传天书与汝"说起作一回顾，提醒读者玄女虽自第四十二回一见之后即未再现身，但她于冥冥中一直都在关注宋江等一百零八人的作为；直至这一次也是最后一次似不得已再亲自出面，授宋江破阵之法，看来都有故事情节发展的需要，但作者之意，似更在借此照应第四十二回的"天言"等。以她对宋江"不觉又早数年"间的"考核"，代表天意肯定了宋江"替天行道，为主全忠仗义，为臣辅国安民"的"道行"将完，预示了故事大结局的即将到来，并使玄女以"天凡有限，从此永别"自情节中淡出，完成了这一人物形象的塑造。

由上所述论可见，虽然《水浒传》中有关九天玄女描写的文字不多，但比较前代宗教、小说对这一形象的塑造，即使与《平妖传》相比，其在全书叙事中也已经有了更重要的地位与作用，可总结为以下几点。

（1）她能够代宣"玉帝"之天命，是道教中一位品级极高的女神。

（2）她亲自出面救护点化宋江，授宋江以"天书"，是人间治乱的预言家与有力干预者。

（3）她是宋江的直接"上司"，宋江等一百零八"妖魔"历劫——回归的指导者与保护神，对一百零八人实际是起"教母"的作用。

（4）她在全书叙事的"石碣天文"出现之前，以"天言"第一次点明"替天行道"与"全忠仗义""辅国安民"的题旨，很大程度上充当了作者在书中的代言人。

（5）她以"天言"预先说破全部故事因果，暗示此后人物故事的发展变化，乃至有时直接由她出面参与完成情节与场景的转换，对全书叙事有提纲挈领的作用。

二 《西游记》中的"观音菩萨"

（一）佛典中的"观音菩萨"及其进入小说描写

观音菩萨又称观世音菩萨、观自在菩萨、光世音菩萨等。简称观音。观音在佛教中居教主阿弥陀佛之下各大菩萨之首，有"一人之下，万人之上"的地位。《观世音菩萨普门品》云："众生受诸苦恼，闻是观世音菩萨，一心称名，观世音菩萨即时观其音声，皆得解脱……"① 可知其名号就已蕴有慈悲济世之意，因此信仰者众。而其说"声"而能"观"，表明"观音"之称，实是近世美学上所谓"通感"最早的体现。

又据佛籍，观音是转轮圣王无净念的太子名不拘出家成佛，所以本为男身。但他能"以种种形，游诸国土，度脱众生"②，也就是能现各种相貌弘法。所以当其大约三国时期初入中土时相为男身，唐以后乃多转而为女身，其救苦救难的作用也扩大到有送子娘娘之份，从而使得信仰者更为广泛。宋释普明禅师编为《观世音菩萨本行经简集》（又名《香山宝卷》），是佛教信仰中观音故事的一大汇编，对后世小说写观音形象有很大促进。

观音形象很早就进入了中国小说。今知最早汇集观音故事的是东晋谢敷《观世音应验记》，后至南朝又有宋傅亮《观（光）世音应验记》和张

---

① 《观世音菩萨普门品》，上海佛学书局1993年印本，第3页。
② 《观世音菩萨普门品》，上海佛学书局1993年印本，第12页。

演《续观（光）世音应验记》。诸书本为释氏辅教之书，后世视为小说。通俗小说中，迟至明代《唐三藏西游释厄传》的作者朱鼎臣编有《观音出身南游记传》（又名《南海观音全传》《观音传》等）。但使这一形象在小说中更加引人注目和生动完美者，还是百回本《西游记》的精彩描写。

（二）《西游记》对观音菩萨的描写

《西游记》中观音菩萨为女身，首见于第六回《观音赴会问原因，小圣施威降大圣》，全称"南海普陀落伽山大慈大悲救苦救难灵感观世音菩萨"①。其在书中的地位与作用，《西游记》有陈士斌（悟一子）评曰：

> 观音大士，传中随在出现，而此篇作一提纲，以为全书神观察识之妙。"观"之时义大矣哉！观者，有以中正示人，致其洁清而不自用也。《易》曰："大观在上，顺而巽，中正以观天下。"……"观音大士"，即大观也；"赴会"，即临观也；"问原因"，即神观也。②

第六回写观音举荐二郎神捉住了孙悟空，为后来佛祖安天的前驱。至第八回《我佛造经传极乐，观音奉旨上长安》，乃有一首词写她：

> 理圆四德，智满金身。缨络垂珠翠，香环结宝明。乌云巧迭盘龙髻，绣带轻飘彩凤翎，碧玉纽，素罗袍，祥光笼罩；锦绒裙，金落索，瑞气遮迎。眉如小月，眼似双星。玉面天生喜，朱唇一点红。净瓶甘露年年盛，斜插垂杨岁岁青。解八难，度群生，大慈悯，故镇太山，居南海，救苦寻声。万称万应，千圣千灵。兰心欣紫竹，蕙性爱香藤。他是落伽山上慈悲主，潮音洞里活观音。

这是西天"诸众（佛）"眼中的观音菩萨，也已经如《大学》所谓"如好好色"的观感了。后来观音奉旨东行，一路教化悟空、八戒、沙僧等，组建取经队伍，为唐僧五众的故事奠定了基础。至第十二回《玄奘秉

---

① （明）吴承恩：《西游记》，（明）李卓吾、黄周星评，山东文艺出版社1996年版，第66页。本文以下无特别说明，引此书均据此本，叙明或括注回次。

② （明）吴承恩：《西游记》，（清）陈士斌评，沈习康、黄强标点，上海古籍出版社1991年版，第82—83页。

诚建大会，观音显像化金蝉》，乃点化玄奘发愿西行，并遵佛祖之旨，赠以五色锦襕袈裟、九环锡杖二物，使其走上取经之路。至第十四回《心猿归正，六贼无踪》，观音又化为老母，捧衣帽，传咒语，指点迷津。此后第十五回《蛇盘山诸神暗佑，鹰愁涧意马收缰》（鹰愁涧），第十七回《孙行者大闹黑风山，观世音收伏熊罴怪》（黑风山），第二十六回《孙悟空三岛求方，观世音甘泉活树》（五庄观），第四十二回《大圣殷勤拜南海，观音慈善缚红孩》（火云洞），第四十九回《三藏有灾沉水宅，观音救难现鱼篮》（通天河），第五十五回《色邪淫戏唐三藏，性正修持不坏身》（琵琶洞），第七十一回《行者假名降怪犼，观音现像伏妖王》（獬豸），共七次大难的关键时刻，总是观音出面救了。① 一直到佛祖传经后计算难数、时日，都由观音具体考核，并且最后有观音向佛祖"缴还金旨"之说。可知《西游记》中从帮助擒拿悟空开始，到取经大事的明里暗里，场前幕后，几乎都是由她亲自张罗，是书中孙悟空之外最称得上始终其事的神祇。悟一子所述"读者谓《西游》无多伎俩，每到事急处，惟有请南海观音一着"的讥评，从另一方面又何尝不是南海观音在《西游记》中具特殊重要地位的说明！

总之，观音菩萨在《西游记》中是一位极具特殊性的神祇形象，总结可有如下特点。

（1）她是一位女菩萨，"居南海，镇太山"，周游世界，关怀人世，救苦救难，普度众生。

（2）她是佛祖一念所生发取经事业的具体组织指导者与操控者，代表佛祖对取经全过程负有组织、辅助、监督、考核之责。

（3）她所选拔、救助并信用的取经五众——唐僧、悟空、八戒、沙

---

① 或问：为什么悟空一下变得如此无能而时时需要观音救护了？其实，这一方面是由于如第四十九回黄周星回前评所说："唐僧取经因缘，皆由观音大士而起，则凡遇一切魔难，自当问之大士无疑矣。"另一方面是在孙悟空从唐僧取经之初，第十五回中菩萨也已保证"假若到了那伤身苦磨之处，我许你叫天天应，叫地地灵。十分再到那难脱之际，我也亲来救你"，是观音与悟空的约定；还有也是作者为突出观音"救苦救难，大慈大悲"。所以全书故事中，各路神祇以观音出现最频，几乎随在有现，给取经人以救助或指示。这一定程度上似乎妨害了作者延续孙悟空"大闹天宫"的无敌形象，但从一部弘扬佛法、以成佛为结局的小说来看，这其实是观音应验可靠的证明，而不是什么真正大的败笔。故悟一子评曰："读者谓《西游》无多伎俩，每到事急处，惟有请南海菩萨一着，真扣盘揣钥之见也。"（《西游真诠》第四十九回）

僧、龙马——皆为因过谪降的仙人或佛门弟子；对于五众而言，取经是他们的历劫——回归之路。因此，观音菩萨实为五众尤其是孙悟空"归正"成佛的"教母"。

（4）从东土至西天，从擒拿孙悟空到组织指导保护唐僧等五众取得真经，修心成佛，她是孙悟空形象之外浮于"大闹天宫"与"取经"故事之上贯穿全书的最重要线索性人物。

三 《红楼梦》中的"警幻仙姑"

警幻仙姑又名警幻仙子，首见于《红楼梦》，是曹雪芹虚构出来的女神形象。这一形象的创造，在道教仙人谱系中虽然不无袭于前代的成分，但与上述九天玄女、观音菩萨的古已有之不同，乃完全首创的名号。从而论警幻仙姑源流，只有就《红楼梦》讲起。

有关警幻仙姑的具体描写始见于《红楼梦》第五回《贾宝玉神游太虚境，警幻仙曲演红楼梦》：

> 那仙姑道："吾居离恨天之上灌愁海之中，乃放春山遣香洞太虚幻境警幻仙姑是也。司人间之风情月债，掌尘世之女怨男痴。因近来风流冤孽缠绵于此，是以前来访察机会，布散相思。今日与尔相逢，亦非偶然。"[1]

由此可知，《红楼梦》所设"警幻仙姑"，是人间风月男女之事的总管，专以"布散相思"，因"风流冤孽缠绵"之"机会"，作成"公案"，使"因空见色，由色生情，传情入色，自色悟空"（第一回）。她在书中的作用，简言之就是甲戌本第五回所写她对宝玉说的"以情悟道"，可惜今通行本不取此说，而一般都从别本把此语删落了。

《红楼梦》中警幻仙姑虽然到第五回才得到正面集中的描绘，但她在第一回《甄士隐梦幻识通灵，贾雨村风尘怀闺秀》中即早已被提到并作了介绍：

---

[1] （清）曹雪芹、高鹗：《红楼梦》，（清）脂砚斋评，山东文艺出版社1993年版，第67—68页。本文无特别说明，引此书均据此本，不另出注。

◆◆◆ 原型与模仿

  只听道人问道:"你携了此物,意欲何往?"那僧笑道:"你放心,如今现有一段风流公案正该了结,这一干风流冤家尚未投胎入世。趁此机会,就将此物夹带于中,使他去经历经历。"那道人道:"原来近日风流冤家又将造劫历世,但不知起于何处,落于何方?"那僧道:"此事说来好笑。只因当年这个石头娲皇未用,自己却也落得逍遥自在,各处去游玩。一日来到警幻仙子处,那仙子知他有些来历,因留他在赤霞宫中,名他为赤霞宫神瑛侍者。他却常在西方灵河岸上行走,看见那灵河岸上三生石畔有棵绛珠仙草,十分娇娜可爱,遂日以甘露灌溉,这绛珠草始得久延岁月……脱了草木之胎,幻化人形,仅仅修成女体……只因尚未酬报灌溉之德,故甚至五内郁结着一段缠绵不尽之意。常说:'自己受了他雨露之惠,我并无此水可还。他若下世为人,我也同去走一遭,但把我一生所有的眼泪还他,也还得过了。'因此一事,就勾出多少风流冤家都要下凡,造历幻缘,那绛珠仙草也在其中。今日这石正该下世,我来特地将他仍带到警幻仙子案前,给他挂了号,同这些情鬼下凡,一了此案。"那道人道:"果是好笑,从来不闻有'还泪'之说。趁此你我何不也下世度脱几个,岂不是一场功德?"那僧道:"正合吾意。你且同我到警幻仙子宫中将这蠢物交割清楚,待这一干风流孽鬼下世,你我再去。如今有一半落尘,然犹未全集。"道人道:"既如此,便随你去来。"①

  以上引文中写神瑛名号来历之"当年这个石头……他却常在西方灵河岸上行走,看见"等文字,今通行诸本皆无,兹从程乙本增入,足以见作者意中,警幻仙姑作为尘世风月男女之事的总管,于"木石姻缘"多曾关注,包括那块石头幻形仙人为"神瑛侍者"的名号,都是警幻仙姑的赐予。至于神瑛侍者后来有与绛珠仙草的因缘,与其将要下世为人时,引起绛珠仙子欲陪他下世"还泪"之说,勾出"一干风流孽鬼"的"情案",而有了"红楼梦"故事,也都是警幻仙姑所谓的"机会"。所以,一方面确如上引所说,《红楼梦》故事是"石头记","石头"为一书主角;另一

---

① (清)曹雪芹著,(清)程伟元、高鹗整理,启功等注评:《〈红楼梦〉程乙本校注版》,广西师范大学出版社2017年版,第29—30页。

· 124 ·

方面"石头记"的故事却系经人撮合而成。这个撮合"石头记"人物故事的，除"一僧一道"之外，最重要的就是警幻仙姑。正是警幻仙姑给了"石头"为"神瑛侍者……日以甘露灌溉"绛珠仙草的"机会"，才有了"木石姻缘"，并"因此一事，就勾出多少风流冤家都要下凡，造历幻缘"；又造历幻缘之"一干风流孽鬼"逐一都要到警幻仙姑案前"挂了号"，方可上路，可知全部《红楼梦》故事，虽然有命数"该"与不"该"，即是否有"机会"足成一"案"的前提，但"机会"之下的《红楼梦》"通部情案"①，都要由警幻仙姑主持发落。即使"一僧一道"亦始终其事，但二者只是"趁此……下世"而为"一场功德"，无如警幻仙姑于全部《红楼梦》核心人物故事有主导的地位。由此可窥作书人开篇所设，警幻仙子是全书叙事于"一僧一道"之上更高一层次的纲领性人物。

这进一步体现于《红楼梦》第五回以后的叙事。第五回写"警幻仙姑"本是受了荣、宁二公之灵的嘱托，要引导劝诱宝玉"入于正路"的，所以她才引宝玉前来，"醉以灵酒，沁以仙茗，警以妙曲"，要他"改司前情，留意于孔孟之间，委身于经济之道"。但结果适得其反，宝玉仍然堕入了"迷津"，不得不"演出这怀金悼玉的红楼梦"。此回论者基本公认是全书叙事纲领，而实际执此纲领以引出故事的人物即警幻仙姑。她所导演的贾宝玉梦游太虚，实乃全书故事的预演。这一预演的描写在宝玉为象征，在警幻仙姑为写实，即实写她"司人间之风情月债，掌尘世之女怨男痴"的职司及其"了此一案"的努力，是第五回作为全书纲领中最居主导作用的因素。

《红楼梦》中提及警幻仙姑的，还有第十二回《王熙凤毒设相思局，贾天祥正照风月鉴》写"风月宝鉴"：

> 众人只得带进那道士进来。贾瑞一把拉住，连叫"菩萨救我！"那道士叹道："你这病非药可医。我有个宝贝与你，你天天看时，此命可保矣。"说毕，从褡裢中取出一面镜子来，——两面皆可照人，镜把上面錾着"风月宝鉴"四字，递与贾瑞道："这物出自太虚幻境

---

① 欧阳健：《还原脂砚斋——二十世纪红学最大公案的全面清点》，黑龙江教育出版社2003年版，第774页。

空灵殿上,警幻仙子所制,专治邪思妄动之症,有济世保生之功。所以带他到世上,单与那些聪明杰俊、风雅王孙等照看。千万不可照正面,只照他的背面,要紧,要紧!三日后我来收取,管叫你好了。"说毕,徉长而去。

这里写警幻仙姑,虽然仅是提及,但显然有照应开篇数回叙事的作用。进而八十回以后也每如此提及以相照应。第一百十一回《鸳鸯女殉主登太虚,狗彘奴欺天招伙盗》写鸳鸯之灵:

鸳鸯道:"你明明是蓉大奶奶,怎么说不是呢?"那人道:"这也有个缘故,待我告诉你,你自然明白了。我在警幻宫中原是个钟情的首坐,管的是风情月债;降临尘世,自当为第一情人,引这些痴情怨女,早早归入情司,所以该当悬梁自尽的。因我看破凡情,超出情海,归入情天,所以太虚幻境痴情一司竟自无人掌管。今警幻仙子已经将你补入,替我掌管此司,所以命我来引你前去的。"

至第一百二十回《甄士隐详说太虚情,贾雨村归结红楼梦》,还写了"这士隐自去度脱了香菱,送到太虚幻境,交那警幻仙子对册"云云。

综合以上述论,《红楼梦》写警幻仙姑有以下地位、作用与特点。

(1) 她是天上神祇中专"司人间之风情月债,掌尘世之女怨男痴"的女神,《红楼梦》世界冥冥中的主宰。

(2) 她是神瑛侍者(石头)——贾宝玉与绛珠仙草(子)——林黛玉"木石姻缘"的具体撮合者,尤其于"石头"即宝玉关怀最多,始终其事;她既是一书人物命运的预言家,又为人物"挂号""销号",是发起、监管并结束全部故事的提线人。

(3) 她作为宝、钗、黛等"一干风流孽鬼"历劫与回归之"通部情案"的导演者,以第五回写其受荣、宁二公之托"警其(宝玉)痴顽"为标志,对"一干风流孽鬼"特别是贾宝玉起有实际如"教母"的作用。

(4) 她是全部故事中浮于"石头"与"一僧一道"之上贯穿始终的重要线索性人物。

四　三者之异同

综合以上述论，我们可以看到，《水浒传》《西游记》与《红楼梦》三部极为不同的书中所分别写到的九天玄女、观音菩萨、警幻仙姑三者形象有明显之异，大略可总结为以下几点。

（一）九天玄女、警幻仙姑为道教之神，观音菩萨是佛门尊者。

（二）九天玄女司天下治乱安危，主理战事；警幻仙姑管人间"风情月债"，掌司"情案"；观音菩萨奉佛旨总理传经东土，是弘扬佛法。

（三）九天玄女、警幻仙姑均托梦幻现其真形；观音菩萨则是或现正身，或化身"老母"等现形（第十四回、第八十四回）。

（四）九天玄女、警幻仙姑在书中没有具体的"上司"，行为自专；观音菩萨之上则有"佛祖"，其所作为乃落实佛祖"金旨"。

从文学研究一般所最重之作品思想意义的层面看，三者之异，特别是第一、第二两点的区别是巨大而深刻的。这种差异源自题材的不同与文学创新的规律。例如，简言之，从题材上说，《水浒传》写宋江等本是"耗国因家木，刀兵点水工；纵横三十六，播乱在山东"的祸乱之事，《西游记》本为一成佛之书，《红楼梦》则"大旨谈情"，各因其所需而崇用的女神必然也各有不同；从文学创新的规律上说，从《水浒传》《西游记》到《红楼梦》，即使不求后来居上而欲各有千秋，后来者虽模拟却也决不能不求新求变，努力于似与不似之间，从而有如上种种的差异。这是三书能够各为名著垂范后世的关键。

虽然如此，但是文学研究以从特殊发现中概括出事物的规律为主要目标之一，也就不能不看到三书之三个神祇之间的相同、相近、相通之处，即其异中之同，是广泛而显著的。约略有以下几个方面。

（一）三位神祇都是女性，而且大体都是按照旧时美女形象描绘出来，其居高临下的神明威严中程度不同地深蕴有女性温柔的质素。

（二）三位女神各为所在书中天帝或佛祖的代言，一书中最高的或主要人物实际接触到的最高神祇。

（三）三位女神各与其所在书中男主人公关系密切，而男主人公又皆前世有罪衍需要救赎者。从而她们都充当了主人公及其同道历劫以求救赎之直接的指导者与保护神,尤其对主人公负有指导、辅助、监督与教育之"教母"的责任与作用。

(四)三位女神在各自书中都预言并主导故事的发生、发展与结局,为全书故事设定"路线图",在全书叙事中有提线人即提纲挈领的作用。

(五)三位女神各在一定程度上是作者的代言人,在不同场合为全书点明题旨。

以近世学界对中国古代小说传统的共识,《水浒传》《西游记》《红楼梦》分属于章回小说不同流派的代表作,从《水浒传》《西游记》到《红楼梦》之间的区别,远比其间的联系更大、更受到人们的重视。但从上述三位女神的诸多似曾相识之处,又可以看到三书虽有所谓流派的巨大深刻之异,但与之并存的也有作为明清章回小说的广泛显著之同。如对这种异同作简单概括,可说是三位女神,一种角色。规律是现象中重复出现的东西。在三者的异同中,"三位女神"是现象,"一种角色"是规律。这种规律就是本文所谓的中国古代小说"女仙指路"的叙事模式。

三书之外,《西游记》与《红楼梦》之间,另有两部小说的叙事策略近似"女仙指路"模式。一是《封神演义》,写纣王女娲庙进香,题诗亵渎娲皇,遭娲皇遣轩辕坟中三妖化身美女,托身宫中,惑乱纣王,乱其内以助武王伐纣成功。这个开篇,与《水浒传》《西游记》《红楼梦》以女神为全书男性主人公导师与保护神的做法相反,使娲皇成为女妖的后台,暗中实际成了纣王的克星。但其以女神开篇,通过下凡历劫之人物掌控人事,贯穿有以女神应当受到尊重和女神对人事乃至人间帝王命运都有决定权之构想,与《水浒传》等实为同一机杼,当与《水浒传》写九天玄女的影响有一定关系。二是清初吕熊《女仙外史》把历史上的唐赛儿说成是月中嫦娥,随天狼星下界投胎历劫,为唐月仙。先有鬼母天尊"暂助神通",后有"葛仙卿的夫人鲍道姑……下界来始终教育,以成大道……返瑶台"(第一回)。其故事虽为女仙下凡历劫,但仍先后有女仙为之"暂助神通"与"始终教育",为冥冥中掌控历劫者命运的人物。这一种写法,观其屡有道及《西游记》人物事体,又写有九天玄女授月仙天书情节,可知也是受《西游记》《水浒传》的影响。因此,虽然比较从《水浒传》到《西游记》《红楼梦》的传统,二者的做法各区别更大一些,本文未作专论,但宏观上应都属于本文所论"女仙指路"叙事模式。这也就是说,本文论我国古代小说叙事的"女仙指路"模式,虽就三书之"三位女神,一种角色"立题,但类似情况不止于此,唯是三书更为典型和更相接近罢了。

以"三位女神"在各自书中的表现为典型,中国古代小说"女仙指路"叙事模式的基本特点可概括如下。

(一)全部叙事中有一位来历不一的或道或释的女仙人物,代表"玉帝"或"佛祖"等居于全书人物之最高或实际是最高的地位,其职责与神力足以提点、调控全书人物命运、故事发展,起所谓掌控者与提线人的作用。

(二)这位女仙与全书主人公(一般为男性)有仙凡间直接的联系,或现形,或托梦,耳提面命,或并赐以"天书",给主人公及其同道以指导、辅助、监督与考核,始终其事,并最后成全之。

(三)这位女仙所掌控的人物命运,往往是天谴神魔以造劫历世者,从而因其最终对人物所起的教导与保全作用而有"教母"式身份。

(四)这位女仙在描写中一般出场不多,但在有限的描写中,往往以其"天言"预示未来,即故事的发展与结局,有时为作者的代言人,起到总揽情节、点明题旨的作用。

(五)这位女仙的形象因描写不多,而往往不被读者注意与重视,但在全书实际的中心人物之外,她其实是提领主要人物与情节贯穿全书的一条暗线,是读者在最概括的意义上观察把握全书叙事的总纲领。

总之,我国古代小说叙事的"女仙指路"模式是一个客观的存在。以"三位女神,一种角色"为代表,这一模式因"三位女神"之异掩饰了"一种角色"之同,使其作为三大名著进而全部中国古代小说叙事的内在艺术规律一直深沉于现象的背后,而轻易不被发现。这在今天初步的揭蔽者看来,不能不是一个令人惊奇而略感遗憾的现象。但这一现象从一个新的角度证明了三书作为名著各自与共同的伟大,即其作为华夏民族文学同源异派、异花同枝的瑰奇艺术特色,不但在内容上,更在形式上;不但在其形式的表面,更在其形式深隐不易探知的底里。古代小说研究应该向这样的深处开掘与发现。

五 余论

中国古代小说"女仙指路"叙事模式的渊源,除了诸如上述三位女神各自的略史之外，其总体的来路甚远而多方，意义甚广而深刻，可进一步讨论如下。

中国古代小说"女仙指路"叙事模式的渊源，主要有以下四个方面。

（一）是古代叙事文学中"仙人指路"特别是西王母与汉武帝故事演变的结果。我国先秦以降叙事文学中"仙人指路"情节最早又较为典型的，似可推《史记·留侯世家》载张良圯上为老父纳履得授《太公兵法》的故事。这个故事虽在正史，但无疑是太史公好奇阑入的小说片段。这一片断为后世宗教家、小说家采撷入《神仙传》之类仙传小说，成为写神仙授凡人"天书"助其成事的张本，不为偶然。但"女仙指路"模式更直接的源头，恐怕还要推从战国汲冢遗书《穆天子传》写穆天子与西王母交往而来的写有西王母指教汉武帝学仙的《汉武故事》《汉武帝内传》。这两部因被指为伪书而备受忽视的小说中，西王母欲使汉武帝学仙而耳提面命，并授其仙书、仙术等的描写，实开本文所谓"女仙指路"叙事模式的先河。而此类仙人包括女仙以当面教诲和赐以异书超度凡间有缘者的故事，《太平广记》"神仙"类诸卷多有所载，如卷五《墨子》，卷八《刘安》，卷十《河上公》，卷六十《女几》等皆是。盖仙方秘术，佛旨道心，除禅宗"教外别传"的所谓"以心传心"之外，唯赖口耳相接或以异书相授，宗教家张皇其事，不得不作如此臆造而已。而这样的故事实已与小说无间，从《水浒传》《西游记》到《红楼梦》，乃至《平妖传》《封神演义》《女仙外史》中写各类女仙的做法，不过是这类故事的承衍和新变罢了。

（二）与古代女神故事与神女崇拜的影响有极大关系。我国古代女性地位不高，但女神众多，《太平广记》有《神仙》五十五卷，《女仙》十五卷，女仙相比于男仙为少，但在文学中的影响实不在男性仙人之下。一面是神话传说从女娲造人，到西王母一步步向西域国主、玉帝正宫的演变，以及至晚汉代以前就广泛产生的玉女、素女、玄女、织女等神女，显然形成了一个足以孕育小说中"女仙指路"模式所需的九天玄女、观音与警幻仙姑等文学人物的传统；另一方面，先秦以降自屈原《离骚》之"吾令丰隆乘云兮，求宓妃之所在"，至宋玉《高唐赋》《神女赋》之巫山神女，进而曹植《洛神赋》之对洛神宓妃的极意美化形容，神女向来是古代文士歌颂与倾慕的对象。古代小说家无不兼通诗文，从而在他们的笔下，前代小说中女神形象的传统与诗文中神女崇拜的传统不谋而合，杂花生树,使在小说创作渐次发达的过程中,神女形象被组织进入小说形象的体系,成为"女仙指路"叙事模式的基础。我们看"女仙指路"模式的主角往往是西王母、女娲、嫦娥、九天玄女、观音等前代仙佛传记中的人物,以及如上引《西游记》写观音形象等有关女神描写的文采飞扬,就可以知道古代文学中女神故事与神女崇拜对此一模式形成的影响之大了。

(三)古代小说作者与读者共同期许的促成。古代仙佛信仰中,包括作者与读者在内,民众特别是女性对女性仙佛的热忱实不在对男性仙佛的热忱之下,尤其是西王母、九天玄女、观音菩萨、碧霞元君、玉女等,其在民间特别是家庭生活与女性中受到的崇奉,实不在玉帝、关王之下,从而在社会风俗中构成"女仙指路"叙事模式创作与阅读的深厚基础。又因为仙佛为女性之故,其天赋母性作为历劫——回归框架小说故事中一般为男性的主人公所需之教导保护者的身份,比较男性神祇更合乎今所谓"男女搭配"的社会心理,通俗小说作者若要赢得更多读者,势不能不考虑此种社会心理的需要,从而在"仙人指路"模式中仙人性别的选择上,能够更倾向于"女仙指路"一种。这种基于社会风俗与心理的作者与读者的互动,遂使"女仙指路"模式坐大成为"仙人指路"模式中最大量、最成功的样式。

(四)小说叙事艺术自身发展的规律使然。小说的叙事模式本质上不过是一种讲故事的手法。这样一种手法一旦被创造出来并取得成功,必然成为后来者模拟的对象。其被不断模拟重复的结果,就是逐渐地使这种手法,至少是使其基本方面如格局与程式上固定为一种叙事的模式。其不能不被模拟与后人的不能不模拟,实是由于正如西方结构主义者所认为的,文学变革"是文体和风格的自我生成和自我封闭的序列的逐步展现,其动力则是内在的需求"[1]。而且这种模拟作为其总体形式创新中的部分,实际是"对文学的永恒因素的重新组合、重新聚合。……在这一过程中……'过时的技法并没有被抛弃,而在新的与之不相适应的上下文中重复使用,因此……使它再一次被感觉到。'这一过程表明文学永远意识到自己,它需要不断地进行自我评价和重新组合"[2]。这也就是说,包括《红楼梦》中

---

[1] [英]特伦斯·霍克斯:《结构主义和符号学》,瞿铁鹏译,上海译文出版社1987年版,第71页。

[2] [英]特伦斯·霍克斯:《结构主义和符号学》,瞿铁鹏译,上海译文出版社1987年版,第71页。

警幻仙姑形象的设置在内,这种貌似模拟因袭的现象,其实只是"在新的与之不相适应的上下文中重复使用"了旧的"技法",乃文学创作不可能时时超越的常规。正如俄国学者维克多·什克洛夫斯基所说:"谈到文学传统,我不认为它是一位作家抄袭另一位作家。我认为作家的传统,是他对文学规范的某种共同方式的依赖,这一方式如同发明者的传统一样,是由他那个时代技术条件的总和构成的。"[①]

中国古代小说"女仙指路"叙事模式作为古代文学必然发生和世代生生不已的艺术建构手法,无论在文学史还是在文化史上都具有重要意义,可概括为以下四个方面。

(一)这一模式体现了古代小说作者欲以"天人合一"观念把握处理题材的普遍的创作意图。"天人合一"及其相关的"天道循环""天人感应""人事天定"等观念,是我国古代从统治者到老百姓,从思想家到不识字民众所自觉不自觉共同信奉的最高观念。中国自有文学与学术以来,作者的最高目标,无非司马迁所说破的"究天人之际,通古今之变,成一家之言"(司马迁《报任少卿书》,《全汉文》卷二十六)而已。古代小说虽非正宗学问与文学,但多数小说家穷愁著书,固然不免为兴趣所在,但更不免是"三不朽"传统人生目标的退而求其次,从而其笔触"小道",心逐"大道",用心常不免是借小说以展布其胸中所学。这导致他们创作中在对题材的把握与处理上,往往有以为"究天人之际,通古今之变"的学问心态,赋予故事以只有学者才会讲究的"天人合一"的框架。而这又正是那时读者愿意相信,又看得懂,从而喜闻乐见的。这尤其是为什么明清长篇说部,无论写历史或现实故事的,开篇总要从天帝神佛说起。乃至《儒林外史》那种更应该"不语怪力乱神"的小说,第一回末也要写到"只见天上纷纷有百十个小星,都坠向东南角上去了。王冕道:'天可怜见,降下这一伙星君去维持文运,我们是不及见了!'"云云。此无他,除了可能的为了规避文祸和迎合俯就社会读者中传统思想风俗的游戏心态之外,就是作者欲以小说"究天人之际"的"学问"意识的作用。在这种情态之下,"女仙指路"模式实在是作者们最好的选择之一。而从"女仙指

[①] [俄]维克托·什克洛夫斯基:《故事和小说的结构》,载[俄]维克托·什克洛夫斯基等《俄国形式主义文论选》,方珊等译,生活·读书·新知三联书店1989年版,第23页。

路"模式的流行可以看出,古之小说作者们实是有一肚皮学问,特别是以"天道"解释"人事"的"天人合一"的学问,既无可"货于帝王家"了,便只有拿来做小说,以把握解释其小说所描写的生活,作为其学问无聊的寄托。

(二)这一模式体现了古代小说创作轻"再现"、重"表现"的倾向。至少从近世文学评价偏重反映社会现实的标准看来,古代小说的价值几乎都在其故事主体情节尤其是现实生活细节的叙述与描绘。"女仙指路"模式的应用不仅整体上虚化了故事主体情节乃至影响到现实生活细节的描写,使叙事的中心被限定在一个诸如历劫——回归的荒诞框架之中,具体的描绘也必然受到这样那样的干扰。这从"现实主义"的观点来看,实乃不智之举。因此这一框架在今人的研究中大多被作为"糟粕"批判或置之不理。这只要检索一下近百年来关于这三部著作的研究堪称汗牛充栋的论著中,有关这类框架的研究之少,就可以知道这种轻忽到了何等地步。但是,任何一部书都是作为一个总体被设计写作出来的,它不应该因为后来研究者的好恶被随意割裂看待。而且一部书无论作为艺术的整体或作为其构件的任何部分,本质上都是作家的创造,体现着作家个人与时代的思想与情感,无不具有研究的价值。例如这样一种在现实中没有任何科学依据的被视为"糟粕"的框架,所以被创造并沿袭成为一种模式,除反映着彼时社会的心态之外,也还显示了作者们刻意以此解释其所描写生活的意图。在他们看来,书中人物与故事的生生灭灭,祸福祆祥,均因天意,无非循环,冥冥中自有主宰。与上述小说家往往而有的"学问"态度密切相关,比较对生活作如实描写的"再现",古之小说作者其实更重他对所描写生活如上之认识与理解的"表现",注重这种自以为高明的主观认识与感受的传达。因此,过去那种长期主要以"现实主义"衡量中国古代小说的做法,实乃以今律古,以西例中,必然方圆凿枘,不得要领,遑论中肯。它往往不仅割裂了作品,还导致我国古代小说的艺术创造力被低估,以为其动辄靠神佛保佑解救人事的困厄,是不擅如实描写之故。其实,古代作者为小说虽偶不免有游戏的态度,但焚膏继晷,无间寒暑,势必不能不是严肃的事业。论其态度的根本,恐亦如诗文经论,还是以"文以载道"或"明道"服务于"化成天下"为旨归的。这决定了中国古代小说无论虚构或写实,都属"立象以尽意"(《周易·系辞传上》)的"表现"一路，尤以总体构思上意在笔先的框架设置为所表现之根本点。如九天玄女所管带下的宋江等人不可能不是"替天行道"，观音菩萨秉如来"金旨"所导演的"西天取经"不可能不是"入我佛门"，警幻仙姑主导的"通部情案"不可能不是"以情悟道"，等等。因此，研究者不当仅以所写人物故事是否"都是真的"① 为评价的标准，而总体上应视其为一个体系性的寓言或复合体的象征。而如三部著作中各自女神的设置，许多今天看来确实不科学、不真实的成分，从一部书整体的艺术上看显然是该寓言或象征系统的有机组成部分，是合乎艺术"科学"的"真实"的。正如霍克斯所说："在任何既定情境里，一种因素的本质就其本身而言是没有意义的，它的意义事实上由它和既定情境中的其他因素之间的关系所决定。"② 读者、研究者若要全面正确地了解作品，则对诸如"女仙指路"模式的设计，既不可以孤立看待，更没有理由弃之不顾。

（三）这一模式是中国古代女性崇高地位并没有被根本动摇的象征。近百年来对古代中国封建社会男女不平等的议论大体符合实际，但也不无因惑于表面的现象，而以为那时男权无时无处不高于女权的认识上的偏颇。例如至少在《水浒传》等这三部很大程度上代表了中国古代小说成就的名著中，虽然笔者以为均属男人为了男人的男性书写，除《红楼梦》的女性崇拜之外，其他二书还或显或隐程度不同有轻视甚至损害女性的意识与倾向，但即使如此，三部著作还是不约而同地写了三位女神作为其男性主人公的"教母"式的人物，是他们各自历劫—回归的始终其事的引导、保护之神；三部著作所写也正是在各位"教母"的呵护保全之下，主人公及其同道如数实现了历劫—回归的宿命。尽管这一美女救英雄的模式只是发生在人神之间，但作者们，尤其是被认为妇女观颇不健全的《水浒传》的作者，能够心甘情愿把自己心爱的男主人公交给一位女神来管理教训，使书中主要是男性高高在上为所欲为的世界，最终都要由一位女性神祇掌控，使她成为这部有强烈男性至上倾向之书的更高一个层次的角色，实在是耐人寻味的。其再三承衍重复而为一种模式的现象表明，即使作者们在

---

① 鲁迅：《中国小说的历史的变迁》，《鲁迅全集》（第九卷），人民文学出版社1981年版，第338页。
② ［英］特伦斯·霍克斯：《结构主义和符号学》，瞿铁鹏译，上海译文出版社1987年版，第8—9页。

现实乃至书中现实成分的描写中不能不有男尊女卑的偏见，但在他们内心深处，女性崇高的地位并没有被根本动摇。特别是他们对母性的伟大，无不怀有发自内心的崇敬。这从人类学家的追怀往古的畅想看，也许可以说是源自原始社会母权情境的集体无意识记忆，但更多应该是日常人概莫能外的母子亲情在作家潜意识中的感召，是作家所固有的人的良知与社会进步意识的体现。认识到这一点，可使我们对古代文学与现实中两性关系——主要是男尊女卑之不平等——的现象与本质，做出更切合历史真实的估量，即历史上的男女不平等中男权至上的某种程度的表面性和相对性，与女权未曾被根本动摇的隐蔽性存在，都是不可否认的事实。

（四）这一模式的发现与发明，应可启发古代小说研究者更加重视名著之间的比较研究。如果略去这一模式的前史与细节，从《水浒传》《西游记》到《红楼梦》"女仙指路"模式的传承，自然是《水浒传》写九天玄女开此一模式的先河，《西游记》模拟变化而有观音菩萨的设计与描写，进而《红楼梦》师法二书，独创出警幻仙姑成为"通部情案"的掌司者。其后先相袭，一方面表明三部著作亦即不同流派的名著之间，虽有重大而明显的差异，但并无"老死不相往来"的森严壁垒，而是在无论题材、内容与艺术手法上都有诸多有无互通、骑驿暗接的联系。这是读者专家早就注意到却关注不够的。另一方面也证明了蒲安迪先生所谓的"奇书文体"[①]的影响之大，生命力之久，是中国明清小说演变中值得注意的规律之一。由此可以引申出的认识，一是一如儒家"经"书之为后学典则，古代小说领域名著为后世垂范的崇高地位与巨大影响作用，注定使其成为小说研究永远的中心，是本领域任何时候的任何研究都不可须臾离开的参照。如果研究中因有时"眼前无路想回头"而"悬置名著"是可以谅解的，但如果作为长久的法则，那就不仅是不智之举，而且涉学术上怯懦的嫌疑。二是应该重视名著与流派间的比较研究，避免只就一部、一体小说作孤立研究的偏颇，建立健全从个别到一般，又从一般到个别上下求索之通观达要的研究态度与做法，促进古代小说研究的健康发展。

（原载《明清小说研究》2010 年第 4 期）

[①] ［美］浦安迪：《中国叙事学》，北京大学出版社 1996 年版，第 19 页。

从"西门"到"贾府"

——从古代拆字术、"西方"观念说到《金瓶梅》对《红楼梦》的影响

拆字又称破字、测字、相字等,是我国古代汉字六书传统形成的一种俗文化现象。其法基于汉字由偏旁部首组合变化而成的特点,通过对汉字构造的解构与重构,生拉硬扯,敷衍出某种意义,以附会其对人生命运的猜测,达到预期目的。这种风俗最初只是文人炫才消遣的游戏,后来流为江湖术士占卜算命、招摇撞骗的伎俩。从而无论廊庙山林,市井江湖,流风所至,往往可见拆字先生的身影,影响广大[①],至今不绝如缕。

这种现象自然而然地进入以描写生活、透显人性为目标的文学艺术的视野,从而我们在古代小说戏曲中时见拆字先生的形象,有不少与拆字相关的情节。较早如唐传奇《谢小娥传》中"车中猴,门中草""禾中走,一日夫"的隐语;元杂剧《鲁斋郎》写包公托以"鱼齐即"之名请旨,智斩鲁斋郎;《三国演义》第八回写民谣"千里草",第七十二回写杨修解曹操"一合酥"之义;《水浒传》第三十九回以民谣"耗国因家木,刀兵点水工"暗指宋江;《西游记》以"斜月三星洞"隐"心"字等,都是彰明昭著、脍炙人口之例。其在作品中作用之大,自不待言。这里要说的是,任何事物有显必然有隐,加以文学家特别是小说家好行狡狯,捏合虚构,艺术三昧最重的是似与不似之间,从而不免有些这类艺术的造化,虽于全书寄意述事关系巨大,读者却可能熟视无睹。例如《金瓶梅》以主人公为"西门庆"与《红楼梦》称名"贾"府,有后先相承的一面,也与拆字术

---

① 参见卫绍生《中国古代占卜术》,中州古籍出版社1991年版,第195—211页。

有蛛丝马迹的联系,却好像并不存在一样,从无人论及。故周春《红楼梦约评》中说:"盖此书每于姓氏上着意,作者又鸡毛蒜皮于隐语廋词,各处变换,极其巧妙,不可不知。"① 乃从"西门"到"贾府"——从古代拆字术、"西方"观念说到《金瓶梅》对《红楼梦》的影响,试为一说。

诚如脂砚斋评曰,《红楼梦》"深得《金瓶》壸奥"(第十三回甲戌眉批)②,"贾府"之姓"贾",从一个方面看,也可以认为是从《金瓶梅》男主人公之复姓"西门"脱化而来。按《金瓶梅词话》第十八回写西门庆因亲家杨提督而被牵连入罪,为求解脱,派家人来保去东京行贿,给当朝右相、资政殿大学士兼礼部尚书李邦彦送礼:

> 邦彦见五百两金银只买一个名字,如何不做分上,即令左右抬书案过来,取笔将文卷上西门庆名字改为贾庆,一面收上礼物去……③

就这样轻松脱了西门庆与案子的干系。这在一般想来,兰陵笑笑生也许只不过是笔底莲花,随手捏造,未必有什么寄托。然而艺术本就游戏三昧,所以也未必没有什么寄托。而且对于读者来说,"卷上西门庆名字改为贾庆"的表述,除叙事本身的意义之外,当然也就提示了"西门"可以合为"贾"字,反之"贾"字也可以拆为"西门"。这就使我们不免想到《红楼梦》写贾府姓"贾"的设计,是否正是得了"《金瓶》壸奥",从西门庆之"西门"设想而来,或部分地可以作这样的解释呢?笔者以为正是如此,或退一步说如此作想,即使不免存在误读的可能,却也可以成其为一说,待下面细细道来。

这里不能不首先顾及的是,依古代竖行书写的习惯,"西门庆名字改为贾庆","西"为"贾"字上部固然现成,但繁体"门"字改写为繁体"贝"以合成"贾"字,其实并不很方便。但是,一方面小说事体本为虚构,无论谎说得如何圆,都不免有经不住吹求的地方;另一方面,研究者

---

① 一粟编:《红楼梦资料汇编》,中华书局1964年版,第73页。
② (清)曹雪芹、高鹗:《红楼梦》,(清)脂砚斋评,山东文艺出版社1993年版。本文引此书均据此本。
③ (明)兰陵笑笑生:《金瓶梅词话》,人民文学出版社1985年版,第205页。本文引此书均据此本,说明或括注回次。

于小说所写从具体操作上看是否百分之百可行,又具体该如何做,都不必过于认真,而只从其"谎"言似乎真处得其艺术之趣就可以了。对《金瓶梅》写"西门庆名字改为贾庆"即当作如是观,也就是不作对实事之合理性的吹求,而只注意它如此这般捏合情节的奇思妙想,应是从前代小说戏曲以拆字术为情节构造的传统,直接是继承了上引《鲁斋郎》的手法而来。这就引出笔者一个联想,即《红楼梦》中的"一从二令三人木"等句显示,曹雪芹其实也是做这类"假语村言"的行家里手。而且《红楼梦》第九十三回虽然不一定是曹氏亲笔,但写贴在门上的"小字报"中有"西贝草斤年纪轻"之句,以"西贝草斤"隐"贾芹"之中,正是以"西贝"合指"贾芹",同时是"贾府"之"贾",岂不又加强了我们的臆想:原作者曹雪芹以故事发生的人家为"贾府"之"贾",固然可以从如一般认为的为谐音"假"以合其"假语村言"之说着想而来——这从其与甄府之"甄"(谐音"真")相对可以得到证明——但在这同时,甚至曹雪芹最早想到为这一人家取姓氏为"贾",是否就有或者干脆直接是起于《金瓶梅》合"西门"为"贾"字描写的影响呢?我们倾向于肯定的答案,理由有二。

一是《金瓶梅》写全书主人公姓"西门"名"庆",虽然承《水浒传》为述旧,但是并没有以因袭为限,而是进一步发掘出了这一人物姓名字号在文学描写上可以利用的潜质,通过上述写"西门庆"之名一度被改为"贾庆"顶替了的情节,使原本仅限于指称人物的"西门庆"之名,注入了作者的寄托,即"西门"通于"贾"字并与"贾"之为姓一起,具有了隐括人物及其家庭命运的特殊意义。这就有可能成为曹雪芹《红楼梦》拟故事中的家族为"贾"姓并进行类似设想的引子。

二是《金瓶梅》写李邦彦改"西门庆"之姓"西门"为"贾",从而"贾庆"成为"西门庆"的假名。这就不仅由于事情本身的做假性质,还由于"贾"谐音"假",使"西门庆"即"贾庆"也就成了"假庆"(当谓虚热闹、无福气之意)。从而这一描写,应是能够引起"深得《金瓶》壸奥"的曹雪芹的注意,并使其从中受到创作上的启发,取以为《红楼梦》以"贾"对"甄",在形成全书主副、明暗这双线平行对照的同时,由其分别谐音"假"与"真",寄寓了作者以《红楼梦》虽"假语村言",却有"甄士(真事)隐"之意,为很自然之想,极巧妙之法。

从"西门"到"贾府"

　　这两点理由的核心是，"西门庆"曾被改名为"贾庆"，除情节本身的需要之外，还带有作者的寄托，即"西门"之"庆"即"贾（假）庆"，也就是此书主人公及其家庭的所谓"庆"，不过是一场虚幻的繁华，假象的幸福，从而通于《红楼梦》"梦""幻"等"立意本旨"（第一回）。

　　这一认识的根据是，"西门"作为姓氏，虽与他姓并无本质不同，但它不仅有作为复姓指称一族姓氏的意义，而且在流传极广的《三字经》所谓"东门西门"句中，与另一复姓"东门"相对，并能够作为一个词，具体指西向之门。这一能指的性质，使"西门"不仅作为姓氏，而且还能作为一方位词日常应用，从而成为生活的素材进入小说，这就有了成为艺术表现"有意味的形式"①之更多的可能；加以我国古代著书向以"《春秋》笔法"相尚，于称名取字，特别注重"名以正体，字以表德"（《颜氏家训·风操第六》），从而在熟玩《水浒传》西门庆故事的兰陵笑笑生笔下，西门庆之名便不免被踵事增华地赋予特殊的含义。这里可以作为旁证的是，兰陵笑笑生写《金瓶梅》，开笔虽承《水浒传》而来，却于人物称名上，不仅增写潘金莲小名"六儿"（第十二回），更为西门庆增加了"四泉"（第三十六回）之号，借"泉"以谐"全"，以言西门庆为酒、色、财、气"四全"之人。由此可见兰陵笑笑生是惯于并善于在人物姓名字号上做文章的。从而我们不能不认为，"西门庆"之名在进入《金瓶梅》之后，很可能已经不再是一个单纯的姓氏，特别是结合了它一度被改为"贾庆"的描写，就肯定地成了一个自身即其寓意的关乎全书主旨的命名，即"西门"之"庆"实乃"贾（假）庆"，乃概括一场苦奔忙、虚热闹之不幸人生之命名也！

　　又进一步看，《金瓶梅》中"西门"之"庆"即"贾（假）庆"，实质是死亡与没落的象征。按我国古人"四方"观念，因"日归于西，起明于东"（《史记·历书》），即东出西没，而以东方主兴、主生，西方主衰、主死。受这一观念支配，我国早在新石器时代就有东西向安葬死人的习俗，考古发现中"如宝鸡北……王因墓地是'头西脚东'，大汶口墓地是'东西向'等"②，皆是。后世虽然随四方观念的演变，如《礼记》已载：

---

① ［英］克莱夫·贝尔：《艺术》，周金环、马钟元译，中国文联出版公司1984年版，第4页。
② 宋兆麟等：《中国原始社会史》，文物出版社1983年版，第431页。

"葬于北方，北首，三代之达礼也。"（《檀弓下》）葬制作南北向，但世俗仍以西向为生命流逝的象征。如与太阳东出西没相应的是时间上一天首尾的朝夕，夕即太阳西下之际。《论语》载孔子曰："朝闻道，夕死可矣。"（《里仁》）李密《陈情事表》云："日薄西山，气息奄奄。人命危浅，朝不虑夕。"就是以夕阳西下与死亡并说，或以为趋向于死亡的象征。

这一观念还可以从乐府古辞《西门行》得到印证。《乐府诗集》第三十七卷《相和歌辞十二》有言：

出西门，步念之。今日不作乐，当待何时？（一解）夫为乐，为乐当及时。何能坐愁怫郁，当复待来兹。（二解）饮醇酒，炙肥牛，请呼心所欢，可用解愁忧。（三解）人生不满百，常怀千岁忧。昼短而夜长，何不秉烛游。（四解）自非仙人王子乔，计会寿命难与期。自非仙人王子乔，计会寿命难与期。（五解）人寿非金石，年命安可期。贪财爱惜费，但为后世嗤。（六解）①

《乐府解题》曰："古辞云'出西门，步念之'。始言醇酒肥牛，及时为乐。次言'人生不满百，常怀千岁忧，昼短苦夜长，何不秉烛游'。终言贪财惜费，为后世所嗤。又有《顺东西门行》，为三、七言，亦伤时顾阴，有类于此。"②《顺东西门行》亦乐府古歌，晋陆机辞曰：

出西门，望天庭，阳谷既虚崦嵫盈。感朝露，悲人生。（游）逝者若斯安得停。桑枢戒，蟋蟀鸣，我今不乐岁聿征。迫未暮，及时平，置酒高堂宴友生。激朗笛，弹哀筝，取乐今日尽欢情。③

这些地方都明确以"出西门"为人渐渐老去，生命消减以至殒逝之道的象征，相应全诗所唱乃及时享乐以终天年的顺天随时之意。相反，《出东门》表达的则是强烈的入世乃至反抗求生的情绪。《乐府解题》曰：

---

① （宋）郭茂倩编：《乐府诗集》，中华书局1979年版，第549页。
② （宋）郭茂倩编：《乐府诗集》，中华书局1979年版，第549页。
③ （宋）郭茂倩编：《乐府诗集》，中华书局1979年版，第554页。

古词云："出东门，不顾归。入门怅欲悲。"言士有贫不安其居者，拔剑将去，妻子牵衣留之，愿共䬳糜，不求富贵。且曰"今时清，不可为非"也。若宋鲍照《伤禽恶弦惊》，但伤离别而已。①

可知诗题中"西门""东门"之谓，并不仅是以门之朝向为题目形式上的区别，还各与其所关注人生的角度相谐。即"出东门"以度日艰难的愤慨，表达生的苦恼与追求；"出西门"则以生命易逝的无奈，表达对人生而不能不死的焦虑。二者的对立便基于传统东主生、西主死的观念，从而"西门"也就成了死亡之道的象征。

汉晋以下，这一观念因佛教日益扩大的影响而加强。佛教以西方为人死升天之极乐世界的观念，使世俗以至小说中相率以人死曰"归西""上西天"。如《西游记》第三十九回写乌鸡国王溺毙三年后复生，孙悟空向假国王介绍时就说他"曾走过西天"；第七十八回写白鹿精质问取经人说："西方之路，黑漫漫有甚好处？"又《喻世明言》第三十卷《明悟禅师赶五戒》写慧林寺僧圆泽预知死期，谓友人李源曰："……明早吾即西行矣。"而为之下火的僧人月峰也有诗云："三教从来本一宗，吾师全具得灵通。今朝觉化归西去，且听山僧道本风。"《警世通言》第七卷《陈可常端阳仙化》也有"今日是重午，归西何太速"之句。可知以"西行""归西"为死亡的婉称，是明代世俗与小说习见的现象。这一现象无疑会加强世俗与文学中以"西门"为死亡之道的象征意义。

我们认为，正是这种以"出西门"为死亡之道的观念与以"归西"为死亡婉称的风俗，和"庆"字有祝贺、奖赏、幸福诸义，影响到习惯于以象形谐声或廋词隐语为人物命名的兰陵笑笑生，使之不停留在对《水浒传》写西门庆以"西门"为单纯姓氏的继承，而踵事增华，以"西门"之"庆"为"贾（假）庆"，作了这个以"四泉"谐指"四（即酒、色、财、气）全"为号之人物命运的象征！其义若曰，西门庆"四贪"俱全，尤贪财好色，沉湎性事不能自拔，自以为"庆"，实际却是死亡的舞蹈，损寿的疯狂，是在"出西门"，一步步走向"黑漫漫"的死地。而西门庆对这种生活没落本质的浑然不觉，正如温水中之青蛙，自以为是在享受人生之

---

① （宋）郭茂倩编：《乐府诗集》，中华书局1979年版，第550页。

福,其实是自取灭亡的"贾(假)庆"!

此外,"西门庆"的意思也许还可以解释为"归西"为"庆"。这自然不是简单的"死了好",而是说看破人生,皈依西天圣人即佛才是真正的福分。明末色情小说《绣榻野史》的作者吕天成很可能就是这样理解的。吕天成(1580—1618)字勤之,号郁兰生,别号棘津。浙江余姚人。著名戏剧家。据王骥德《曲律》卷四载,《绣榻野史》《闺情别传》两部色情小说,"皆其少年游戏之笔"。后者已佚。前者陈庆浩考成书于万历二十五年(1597)前后。其时《金瓶梅》或未问世,或刚刚问世不久。其中,我们注意到《绣榻野史》的主人公姚同心,因娶妻丑陋而激为淫纵,却自号"东门生",彻悟为僧后则法名"西竺"。他以"东""西"寓俗、僧之对立,显然有取"东门"为欲望之所,而"西门"为息心之地的意思。他肯定读过《水浒传》,也有可能读过《金瓶梅》。这两部书中都写到的"西门庆",不仅人物太特别了,姓氏也很不一般,很容易引人遐想。如果吕天成读过《水浒传》又读过《金瓶梅》的话,那么他很可能就是由"西门庆"并且主要是《金瓶梅》中的"西门庆"产生联想,为所作《绣榻野史》小说主人公作如上的命名取义。这不是笔者一个人的看法。以《秘戏图考》与《中国古代房内考》而被称为中国性文化研究第一人的荷兰汉学家高罗佩,在提及《绣榻野史》主人公号"东门生"时,就括注说:"人们会因此联想到《金瓶梅》的主人翁西门庆。"[①]尽管我们与高罗佩以为《绣榻野史》早于《金瓶梅》的看法相反,但仍然认为这不是一个怪念头,而是一个难得的很自然的想法,只不过应该是《绣榻野史》的"东门生"取自"西门庆"的反面而已。并且因此,我们进一步就可能恍悟到《金瓶梅》"西门庆"之名,原来还包括关于生死与僧俗之深微曲折的大道理。

这样我们就可以进一步认定,《红楼梦》"深得《金瓶》壶奥",以盛写衰,以乐写悲,以假写真,取法多端,其中就包括了称所写宁、荣二府为"贾(假)"府,虽就全书立意为与"甄(真)"府相对而设,但其动机却应该是从《金瓶梅》"西门庆"即"贾庆"的启发而来;用心则是以"贾府"之"贾(假)",预示全书开篇所写这一百年望族如"烈火烹油,

---

[①] [荷兰]高罗佩:《秘戏图考》,杨权译,广东人民出版社1997年版,第139页。

鲜花着锦"（第十三回）之盛，不过有似于《金瓶梅》所写西门之家，是一"西门庆"，即到头来是"落了片白茫茫大地真干净"的一个"贾（假）庆"。在这个意义上，我很怀疑《红楼梦》的"贾府"，作为一"假语村言"，实谐音"假福"，或至少可以作如是观。

我们这样认为的根据，一是如上已述及，《红楼梦》作者曹雪芹自然曾经熟读《金瓶梅》，书中"西门庆"曾被改为"贾庆"的特笔描写，也应该是引起了他的注意；又从《红楼梦》王熙凤判词"一从二令三人木"之句等有关拆字的叙事可知，曹雪芹熟谙用拆字术作小说描写的辅助手段。因此，《红楼梦》第九十三回虽一般认为非曹雪芹原稿，但这一回书中以"西贝草斤"隐指贾芹的做法，应是续作者深得原作者之心，而能使我们倾向于认为，《红楼梦》前八十回原作中，曹雪芹有从《金瓶梅》的以"西门"为"贾"逆想而来的设计，并因此使"贾府"之"贾"有"西门"之义。

二是《红楼梦》写贾氏家族分东、西两府，本是有些奇怪的事。因为，《红楼梦》中，除秦可卿与惜春为宁府的人之外，几乎所有重要人物，如贾宝玉是荣府的公子，钗、黛、云、凤、元、迎、探、妙等主要的女子，非荣府的家眷，即荣府的亲戚，或是投靠荣府来的人；为艺术上的精致与叙事的方便，并无一定要写有东、西两府的必要。所以，曹雪芹这样不避繁难写贾府分为两院，一定不是出于艺术或叙事的理由，而是别有用心。这个用心就是把西府荣宅衰败的原因，都归结到东府宁宅，即书中有诗句云："箕裘颓堕皆从敬，家事消亡首罪宁。"（第五回）。"首罪宁"即以"宁"为罪魁祸首。"宁"即宁国府，为贾族东府。我们看《红楼梦》所写贾府人物，东府宁宅除惜春出居西府后来出家之外，竟没有一个好的；而西府荣宅只是良莠不齐而已，就可以知道，曹雪芹写贾氏家族，一定要分东、西两府，形成"东府"与"西府"虽为一族，却有实质对立的用心，实在有如上述《绣榻野史》，以"东"为欲望之所，而"西"为息心之地的意思。我们看《红楼梦》中真知"安富尊荣"之人，只有西府荣宅的贾宝玉一人（第七十一回），就可以明白一二了。而进一步说，《红楼梦》因"通灵之说"为《石头记》，实借径于《西游记》；而以东府为"首罪"，与《西游记》以"东土……物广人稠，多贪多杀，多淫多诳，多欺多诈"（第九十八回）云云为同一机杼。但是，《西游记》中"东土"

的罪孽由佛祖安排通过取经获得救赎；《红楼梦》中"东府"的"首罪"，却由于自贾敬开始的"颓堕"势不能止，不仅自己烟消火灭，还祸延街西的荣国府——西府。从而"安富尊荣"的荣国府，以与"东府"之西门相对，本为"'西门'庆"之地，却由于东府"首罪"的影响牵连（第十六回写大观园傍荣府"东边一带，借着东府里花园起"，与东府"连属"为一园，即是象征），也成了一个"贾（假）庆"。而全部《红楼梦》写"贾府"，则只消作谐音"假福"之义，就得之过半了。

三是《红楼梦》也有以"西""西门"与西天相关联的描写，如第十八回写妙玉初入长安，就是随师父"现在西门外牟尼院住着"；第二十三回写宝玉讨好黛玉，说自己"变个大忘八，等你明儿做了'一品夫人'病老归西的时候，我往你坟上替你驮一辈子的碑去"，"说的林黛玉嗤的一声笑了"；第四十六回写鸳鸯也有"若是老太太归西去了"的话。这两处以"归西"婉称死亡的用法，正与牟尼院（即佛寺）在西门外的描写相一致，表明《红楼梦》也是从俗，以"西""西门"为与死亡相关的方位。

因此之故，我们认为《红楼梦》以所写大家族为"贾府"，固然有出于以谐音"假"为"假语村言"之意，但不止于此，还有更深刻的用心，就是由《金瓶梅》的以"贾"字拆分通于"西门"的描写引发而来，并与之相关联，以表达所谓"'贾'府"其实是"西门"之"府"，乃"五世而斩"（《孟子·离娄下》），"运终数尽，不可挽回"（第五回）的"末世"。这一结论虽不免有穿凿之嫌，但对于因有无穷之谜而被穿凿了三百年的《红楼梦》而言，应该不是很大的怪说，知我者或者还可以认作是平情之论的罢。

[原载《苏州大学学报》（哲学社会科学版）2008年第1期，此次收录有增补]

《西游》向"西",《红楼》向"东"

——《红楼梦》《西游记》叙事之"方位"学和"倒影"论

数年前,笔者曾论中国古代章回小说"从《水浒传》《西游记》到《红楼梦》,看来差异巨大的三书,都以一块'灵石'的意象打头并契合中心人物、隐含主旨以贯穿全书,从而三书在一定程度上都可以称为'石头记'"[1]。近又思考作为"石头记",三书却有一个很大的差别,即《水浒传》的"石碣"或在龙虎山"锁镇"妖魔,或自天而降以"天文"提破一百零八人聚义因缘,并来去都在忽然之间,从而其为"石头记"仅是宋江等一百零八人总体之象征,而非一直被描写中的全书主要人物形象的本体,更不是宋江这一中心人物的化身或替代。《西游记》[2]与《红楼梦》[3]则不然。这两部书中"石头"的化身——孙悟空或贾宝玉——各为一书的中心人物,各在其书中的生命历程也都可以概括为一个"游"字。唯是在孙悟空(部分地也包括他的师父与师弟等)为"西游",在贾宝玉(也包括随他"还泪"的林黛玉以及诸钗等"一干风流冤孽")为"东游",而可以概括曰:《西游》向"西",《红楼》向"东"。

这应该也是一种"文学地理学",或者杜撰一个概念为中国古代文学

---

[1] 杜贵晨:《一种灵石,三部大书——从〈水浒传〉〈西游记〉到〈红楼梦〉的"石头记"叙事模式》,《山东师范大学学报》(人文社会科学版)2010年第5期。

[2] (明)吴承恩:《西游记》,(明)李卓吾、黄周星评,山东文艺出版社1996年版。本文以下引此书无特别说明,均据此本叙出,或括注回数。

[3] (清)曹雪芹、高鹗:《红楼梦》,(清)脂砚斋评,山东文艺出版社1993年版。本文以下引此书无特别说明,均据此本叙说或括注回数。

叙事的"方位学"。这里所谓古代文学叙事的"方位学"当然不仅基于上述《西游记》《红楼梦》两书中"石头"的描写,而有文学史上更广泛多样表现的根据。① 然而本文所关首要的是:《西游》向"西",《红楼》向"东",果然是一个事实吗?

一 《西游》向"西"

《西游记》如书名所示,自然是其游向"西"。而且孙悟空在"东胜神洲",唐僧是"东土南瞻部洲"(第九十八回)的僧人,佛在"西天","取经"也只能是向"西"。所以,《西游记》向"西"不是一个问题,似不必说,也似无可说。其实不然,作为全面的判断还部分地需要作具体分析。因为虽然唐僧"五众"的"西天取经"一路向"西",但那毕竟只是第八回甚至是第十三回以后的事,第八回乃至第十三回以前的《西游记》也是"西游"和向"西"吗?就不免是一个疑问。答案却是肯定的。

这要从百回本《西游记》对前此西游故事的改造说起。百回本《西游记》成书之前的西游故事形成史上,和《西游记》成书之后的几百年来,读者一般认为《西游记》之得为"西游记",乃以其写唐僧"西天取经"之故,这在一般看来也好像是对的,而读者乃至大多数专家也都是这样认为的,似无可非议。

因为明显的事实与道理在于,一方面,从历史的角度看,没有唐僧取经,就不可能有《西游记》,而早期西游故事如《大唐三藏取经诗话》,就是从唐僧说起的"西天取经"的"西游记";另一方面,至百回本《西游记》承衍"唐僧取经"故事,虽然全书叙事不是从唐僧而是从孙悟空出世、"大闹天宫"和被如来佛镇压于五行山下说起,至第八回乃至第十三回才真正进入所谓"唐僧取经"模式,但是毕竟全书仍以所谓"唐僧取

---

① 参见杜贵晨《中国古代文学的重数传统与数理美——兼及中国古代文学的数理批评》,《中国社会科学》2002 年第 4 期。文中举例云:"早在甲骨卜辞中已有'今日雨,其自西来雨?其自东来雨?其自北来雨?其自南来雨?'至汉乐府有'鱼戏莲叶东,鱼戏莲叶西,鱼戏莲叶南,鱼戏莲叶北'等古辞,《木兰诗》乃有'东市买骏马'以下四句,都不曾标明而实际有四方之数存为内在的联络。"又参见杜贵晨《从"西门"到"贾府"——从古代拆字术、"西方"观念说到〈金瓶梅〉对〈红楼梦〉的影响》,《苏州大学学报》(哲学社会科学版) 2008 年第 1 期。

经"占最大篇幅,从而看似仍未根本改变其为一部"唐僧取经"的"西游记"之格局。

但是,因此忽略前七回孙悟空出世、"大闹天宫"至被压五行山下故事的意义,以为百回本《西游记》一仍其前西游故事的叙事中心与谋略的认识,则是完全错误的。《礼记·经解》引《易》曰:'君子慎始。''差若毫厘,谬以千里',此之谓也。"① 比较其前西游故事,百回本《西游记》以孙悟空打头的七回书叙事领起的设计,实以四两拨千斤之巧力根本改变了传统西游故事叙述的中心与取向,体现于以下三个方面。

一是由"唐僧取经"的"西游记"改变成为包括但不限于石猴——孙悟空等"修真""成佛"的《西游记》。《西游记》与前代西游故事明显的不同,是孙悟空取代了唐僧成为贯穿全书的中心人物。这表现于叙事,虽然没有也不可能改变取经路上唐僧作为"师父"和被众徒保护的尊位,但实际唐僧的地位仅仅是"西天取经"一事的精神之锚。从而其在"取经"途中除了表现为"西天取经"不可或缺的百折不回的定力之外,其他甚至只是"西游"的累赘。而孙悟空不只是"西天取经"的参加者,而且是"西天取经"一路斩妖除魔的"心主"(第六十九回、第七十三回)。至于"西天取经"对于唐僧来说,除了是他并不自觉地为了个人救赎之外,直观上完全是观音菩萨交给他的一个"任务";而对于孙悟空等四徒来说,"西天取经"却都是先由观音菩萨说破,只是一个将功赎罪、修真成佛即"修功"的机会,即第九十八回唐僧五众过了凌云渡后孙悟空所称"门路":

> 三藏方才省悟,急转身,反谢了三个徒弟。行者道:"两不相谢,彼此皆扶持也。我等亏师父解脱,借门路修功,幸成了正果;师父也赖我等保护,秉教伽持,喜脱了凡胎……"

由此可见,至少孙悟空心里非常明白,此一去西天虽然有菩萨交代保"唐僧取经"的职责,但他个人的追求却与八戒等同是将功赎罪的"借门路修功"。

---

① (元)陈澔注:《礼记》,上海古籍出版社1987年版,第274页。

二是因为有了前七回之故,自第八回叙事虽转为"我佛造经传东土,观音奉旨上长安",但在作者写来却并非另起一事,而是对前七回的接续,维持了全书叙事以孙悟空为中心的地位。这突出表现在第七回既写佛祖作法把孙悟空压在五行山下之后,第八回写佛祖造经、传经的缘起就从五百年后孙悟空说起曰:

> 佛祖居于灵山大雷音宝刹之间。一日,唤聚诸佛、阿罗、揭谛、菩萨、金刚、比丘僧、尼等众曰:"自伏乖猿安天之后,我处不知年月,料凡间有半千年矣。今值孟秋望日,我有一宝盆,盆中具设百样奇花,千般异果等物,与汝等享此盂兰盆会,如何?"概众一个个合掌,礼佛三匝领会。如来却将宝盆中花果品物,着阿傩捧定,着迦叶布散。大众感激,各献诗伸谢。

我国古代每年农历七月十五日举行的盂兰盆会,是早在明代之前即已形成的传统鬼节,佛教例在此节举办超度鬼魂的仪式。由此引出佛祖造经、传经东土之事,看似与孙悟空无关,但一方面被压在五行山下的孙悟空实质也属被超度之鬼,另一方面对此与孙悟空并无联系处却一定以"自伏乖猿安天之后……凡间有半千年"说起,正是作者因缘生法要建立佛祖造经传经与孙悟空再世之联系的表现。这就从形式的逻辑上实现了《西游记》自第八回以后所有叙事,包括所谓"唐僧取经"在内,仍然是前七回孙悟空故事的继续。从而《西游记》叙事的中心线索就不是过去有学者认为的从"大闹天宫"经"取经缘起"至"西天取经"三段式的主题转换[①],而是以被压在五行山下五百年为界的石猴——孙悟空的前世—今生的再生缘,或曰孙悟空心生—心灭的修真成佛之路。

这就是说,第八回写佛祖造经传东土的真正用心,虽不能不是为了他所谓的救拔东土愚迷之人,但在《西游记》叙事结构上的意义,却是为了给孙悟空再生为"大闹天宫"等赎罪和修功以成正果的机会。这就使整个"西天取经"故事,表面上是孙悟空半道而入参加了唐僧的"西

---

① 这种认识在20世纪80年代之前流行,有代表性的如游国恩等《中国文学史》(四),人民文学出版社1986年版,第109页。

天取经",而实质是唐僧的"西天取经"一开始就被佛祖——观音菩萨设定为孙悟空等包括唐僧赎罪修功的"门路"。如若不然,仅仅为了把佛经从西天取回大唐,孙悟空一个筋斗云正好够了,何烦又有"八十一难"和"十万八千里"?

正是《西游记》主角由唐僧转换为孙悟空,所以书中并非不可能,却明显有意地不对唐僧的出身作专回叙写。从而对于孙悟空故事来说,唐僧也仅如后来猪八戒、沙僧参与取经一样,是半道加入,而第十四回孙悟空拜唐僧为师,形式上是孙悟空皈依了唐僧,实质却是孙悟空以唐僧徒弟的身份重出江湖,"弃道从僧"(第十九回、第三十五回),"借门路修功"。而唐僧对孙悟空的搭救与接纳,则是做了孙悟空命运转折的推手,完成了一项佛祖——观音布置的任务。从而此时的唐僧固然为"取经"之主,却非"西游"之主;而孙悟空名为护唐僧"取经"的徒弟之一,实际是继其第一次的"西游"之后,又为此"西天取经"的"西游"之主。

"西天取经"途中,孙悟空与唐僧身份的这种表里不一的主从关系,就体现于"西天取经"一路,孙悟空既是听命于唐僧的强大护卫,又是唐僧道心开发的及时引导者。第十三回乌巢禅师授《多心经》之后有诗预言取经前程,就有"野猪挑担子,水怪前头遇。多年老石猴,那里怀嗔怒。你问那相识,他知西去路"之语的提破,孙悟空也自承"我们去,不必问他,问我便了"。此后取经路上,孙悟空虽以唐僧为师,也确能感其救拔之恩而执弟子礼,但在对佛法的领悟上反而是唐僧"西游"的导师,其修行的每一进阶几乎都是经由孙悟空的教导提醒。这就可以看出唐僧"西天取经"早期收徒"组团"的本质,虽在唐僧本人是受唐王之托付(当然冥冥中也是他对前世为"金蝉子"获罪的救赎)的使命,也是他当时意识得到的唯一目的,但在四徒尤其是孙悟空明白,只不过是"借门路修功"的又一次"西游"而已。

三是《西游记》中的"西游"已不仅是孙悟空与唐僧等共同的"西天取经",而是包括本次在内以孙悟空为中心人物的两次"西游"。那就是"西天取经"之前第一、第二两回书写孙悟空自"东胜神洲……傲来国……花果山"出生,一日"道心开发",感于"一旦身亡,可不枉生世界之中,不得久注天人之内",又听从通背猿猴说学于"佛与仙与神圣三者"可得

"不老长生"之术,遂乘筏西渡,辗转至"西牛贺洲……灵台方寸山……斜月三星洞",从须菩提祖师"学道七年",虽得师父密传,却半途而废,被逐出山门,所谓"荣归故里"花果山(第三回)云云,也是自"东"向"西"的一次"西游"。甚至其游所至"灵台方寸山……斜月三星洞"与佛祖所住西天灵山同在西牛贺洲,且相去不远。从而孙悟空初出花果山求仙学道,虽仅至"灵台方寸山"而未至"灵山"而回,但与后来的"西天取经"并观,实已是他的第一次"西游"了。唯是,虽然孙悟空从这一次"西游"学得极大本领,但很不幸的是他道心未完、魔心未灭,所以被逐之后,反而成了一个有能力大闹天宫、地狱、水府三界的"妖猴",结果招致被镇压于五行山下五百年之难,等待冥冥中唐僧"西天取经"搭救的造化,迎来他第二次"西游"学道的机会。

总之,《西游记》向"西",包括但不限于唐僧五众共同的"西天取经",而是指孙悟空第一次失败(学仙)、第二次成功(学佛)的两次"西游"。这两次"西游",经由第八回至第十三回佛祖造经——传经等故事的过渡而后先相接,构成石猴——孙悟空修心成佛的全过程,才是一部后先相推、首尾照应、名副其实的"西游记"。这也就是说,《西游记》向"西",其一以贯之的中心是孙悟空的游学即"心性修持大道生"的努力向"西",而不仅仅是唐僧的"西天取经"。

二 《红楼》向"东"

较之《西游记》向"西"的容易误解,《红楼梦》向"东"更似不可解,但实际上也斑斑可考,以下分述之。

笔者曾撰文以为《红楼梦》是一个"新神话"[①],一个"石头——神瑛"并"一干风流冤家""造历幻缘"的天上人间故事。其来往天上人间行止的取向,则见于以下描写。

一是从全书叙事的大环境看,第一回写"石头——神瑛"及"一干风流冤家"来自"西"。具体说,"石头"本是在"大荒山无稽崖……青埂峰下",虽未明何方,但《山海经·大荒西经》云:"大荒之中有山名曰大

---

① 杜贵晨:《〈红楼梦〉的"新神话"观照》,《广东技术师范学院学报》2011年第2期。

荒之山。"① 由此大荒山为"西经"中所叙的位置可见其在"大荒"之西部。加以又写"绛珠""神瑛"都在"西方灵河岸上",其他"一干风流冤家"既与"绛珠""神瑛"等一起"下凡",自然也应当认为是在"西方灵河岸上"。这就是说,作为一个"新神话",《红楼梦》叙事自"西方"起,那么以"西天"与"东土"相对,这些人物的运动轨迹必是自"西"而"东"。

二是从所写的与"贾府"暗对的"甄(真)府"之位置看,第一回有云:

> 当日地陷东南,这东南一隅有处曰姑苏,有城曰阊门者,最是红尘中一二等富贵风流之地。这阊门外有个十里街,街内有个仁清巷,巷内有个古庙,因地方窄狭,人皆呼作葫芦庙。庙旁住着一家乡宦,姓甄,名费,字士隐。

由此可见《红楼梦》"甄(真)府"在"东南",主为"东"。

三是从所写石头——贾宝玉与"一干风流冤家"活动的具体环境看,其既写"贾府""攀扯"于"东",又写大观园在"荣府"之"东"。第二回"冷子兴演说荣国府"写道:

> "自东汉贾复以来,支派繁盛,各省皆有,谁能逐细考查?若论荣国一支,却是同谱。但他那等荣耀,我们不便去攀扯,至今故越发生疏难认了。"子兴叹道:"老先生休如此说。如今的这宁、荣两门,也都萧疏了,不比先时的光景。"雨村道:"当日宁、荣两宅的人口也极多,如何就萧疏了?"冷子兴道:"正是,说来也话长。"雨村道:"去岁我到金陵地界,因欲游览六朝遗迹,那日进了石头城,从他老宅门前经过。街东是宁国府,街西是荣国府,二宅相连,竟将大半条街占了。大门前虽冷落无人,隔着围墙一望,里面厅殿楼阁,也还都峥嵘轩峻,就是后一带花园子里面树木山石,也还都有蓊蔚洇润之气,那里像个衰败之家?"

---

① (晋)郭璞注,(清)毕沅校:《山海经》,上海古籍出版社1989年版,第113页。

以上引文中值得注意处,一是溯贾府世系上至"东汉贾复"。《后汉书·贾复传》记载:

> 贾复字君文,南阳冠军人也。……复从征伐,未尝丧败,数与诸将溃围解急,身被十二创。帝以复敢深入,希令远征,而壮其勇节,常自从之,故复少方面之勋。诸将每论功自伐,复未尝有言。帝辄曰:"贾君之功,我自知之。"十三年,定封胶东侯,食郁秩、壮武、下密、即墨、梃(胡)、观阳,凡六县。①

虽然读者因此可以认为《红楼梦》写"贾府"托始贾复并无不当,但是如果考虑到历史上贾姓名人辈出,如西汉贾谊、东汉贾逵、西晋贾充等,如果《红楼梦》仅仅是为贾府托一个贾姓的名人做祖宗,实在可以不费心思找到比贾复更早和名气更大者,却一定搜寻到"东汉""定封胶东侯"的贾复,岂非有意为贾府"攀扯"上"东"?二是概说贾氏一族两支,分居"宁、荣两宅","街东是宁国府,街西是荣国府,二宅相连,竟将大半条街占了",何以有着略可望成之贾宝玉一支的荣国府在西,而导致贾府衰败的宁国府在东?更进一步,第十六回写作为贾宝玉与诸钗的主要居住聚集场所的"大观园",则是傍荣府"东边一带,借着东府里花园起",与东府"连属"为一园。由此可见"石头——神瑛"一体及"一干风流冤家"的"造历幻缘",既自西向东到了贾府,又在贾府中由"街西"的荣宅移到了偏于"街东"宁宅的"大观园",而"大观园"是《红楼梦》"情"起"情"灭的中心之地。

这里要特别说到,从一般叙事看,宁府的存在似嫌多余。因为书中除秦可卿早死与惜春为宁府之人而实际居住于荣府之外,几乎所有重要人物——如贾宝玉和钗、黛、云、凤、元、迎、探、妙等诸钗——非荣府的公子、家眷,即荣府的亲戚,或投靠荣府来的人。从而可以认为从艺术上的精致与叙事的方便来看,并无一定要分设东、西两府的必要。而作者竟似不避头绪烦冗,写贾府分为两宅,一定不是出于叙事方便的原因,而是别有艺术的用心。窃以为这个用心就是把"街西荣国府"衰败溯源到"街

---

① (南朝·宋)范晔:《后汉书》(四),(唐)李贤等注,中华书局1965年版,第664—667页。

东宁国府",即书中有诗句云:"箕裘颓堕皆从敬,家事消亡首罪宁。"(第五回)

总之,"石头——神瑛"即贾宝玉等"造历幻缘"即入世的所历,是先自天(仙)界"西方"下界投东,转世为东土远祖为"东汉""胶东侯"贾复后裔之"贾府"西宅的"荣府",再从荣府移居"借着东府里花园起"造的"大观园",从而贾宝玉(以及诸风流冤家)从天上到人间的过程是一路向"东"、步步趋"东",笔者故曰:《红楼梦》向"东"。

三 两者之异

中国古代推重"天人合一"的思想,故指事名物包括"东"与"西"概念的内涵,都不仅是普通的方位之称,而时或包含哲学的意蕴。[①]《西游》向"西"与《红楼》向"东"之异也是如此。

首先,去向反,目标异。《西游记》向"西",是孙悟空等知罪欲赎,弃道从僧,炼魔修真,一心向佛;《红楼梦》向"东",则是贾宝玉等"凡心偶炽",走火入魔,眷慕人间,自堕红尘,情迷忘返。从而《西游》所写是孙悟空与唐僧等由地而天,由迷而悟;《红楼》所写是宝玉与诸钗等由天而地,由智而迷。

其次,《西游》游"心",《红楼》游"情"。《西游》游"心",是说"西游"以"修心"为主,首回标目曰"灵根育孕源流出,心性修持大道生"即已写明。第十三回写唐僧"西天取经"上路前道别众僧,又特别提点曰:

心生,种种魔生;心灭,种种魔灭。我弟子曾在化生寺对佛设下洪誓大愿,不由我不尽此心。

又,第十四回前有诗曰:

佛即心兮心即佛,心佛从来皆要物。若知无物又无心,便是真如

[①] 参见杜贵晨《从"西门"到"贾府"——从古代拆字术、"四方"观念说到〈金瓶梅〉对〈红楼梦〉的影响》,《苏州大学学报》(哲学社会科学版)2008年第1期。

法身佛。……知之须会无心诀，不染不滞为净业。善恶千端无所为，便是南无释迦叶。

又，第十九回写乌巢禅师授唐僧《摩诃般若波罗蜜多心经》，其旨乃"照见五蕴皆空""诸法空相"，"心无挂碍"，"此乃修真之总经，作佛之会门也"。又，第五十八回写真假猴王：

> 看那两个行者，飞云奔雾，打上西天。有诗为证。诗曰："人有二心生祸灾，天涯海角致疑猜。欲思宝马三公位，又忆金銮一品台。南征北讨无休歇，东挡西除未定哉。禅门须学无心诀，静养婴儿结圣胎。"

如此反反复复、不厌其烦、一以贯之地强调《西游记》为"修心"之书。乃至第八十五回写三藏道："徒弟，我岂不知？若依此四句，千经万典，也只是修心。"这些既是作者自道其书"西游"之真义，也是明代"心学"理论最具代表性的见解。

由此可见《西游记》之"游"为游"心"，其故事起讫生灭的逻辑则是"心生，种种魔生；心灭，种种魔灭"。以此对照"八十一难"的描写，几乎无不以唐僧望见前程山水等便生疑惧引起，则知一部《西游记》叙事之理路，总不过"心"之"生""灭"而已。说是佛教禅宗"明心见性"可，说是儒家"诚正格致"亦可，说是道家贵"无"亦可，即书中所谓"三教归一"（第四十七回）。

《红楼》游"情"，即作者自道所谓"其中大旨谈情"。① 《红楼梦》写贾宝玉等所至"昌明隆盛之邦，诗礼簪缨之族，花柳繁华地，温柔富贵乡"，终极对应就是贾府傍街东宁府所建之"大观园"。"大观园"虽因"天上人间诸景备，芳园应锡大观名"，实际不过是说其因为"诸景备"而适为石头等"造历幻缘"，体验"那红尘中却有些乐事"（第一回）的最佳场所。第十六回脂批侧评曰："大观园系玉兄与十二钗之太虚玄境。"第四十九回回前脂评曰："此回系大观园集十二正钗之文。"如此等等，即透露大观园实为贾宝玉等在人间的"孽海情天"。而《红楼梦》写贾宝玉与

---

① 参见杜贵晨《〈红楼梦〉"大旨谈情"论》，《齐鲁学刊》1993年第6期。

诸钗，又主要是钗、黛在大观园聚散始末，如婚姻、情缘等，辗转反侧，缠缠绵绵，无非都是道心为情欲所困，挣扎出离，并终于在"通灵宝玉"的护佑和"一僧一道"的持引下"以情悟道"①的过程。

再次，《西游》向"西"乃因以"西（天）"为极乐世界，而以"东土"为罪恶滋生之地，第九十八回写如来论传经之由说：

> 你那东土乃南赡部洲，只因天高地厚，物广人稠，多贪多杀，多淫多诳，多欺多诈；不遵佛教，不向善缘，不敬三光，不重五谷；不忠不孝，不义不仁，瞒心昧己，大斗小秤，害命杀牲。造下无边之孽，罪盈恶满，致有地狱之灾，所以永堕幽冥，受那许多碓捣磨舂之苦，变化畜类。有那许多披毛顶角之形，将身还债，将肉饲人。其永堕阿鼻，不得超升者，皆此之故也。虽有孔氏在彼立下仁义礼智之教，帝王相继，治有徒流绞斩之刑，其如愚昧不明，放纵无忌之辈何耶！我今有经三藏，可以超脱苦恼，解释灾愆。

《红楼梦》向"东"，则是基于"石头"坚持对"红尘中荣华富贵"的向往，也想"在那富贵场中，温柔乡里受享几年"，乃由一僧一道施助，使其随"西方灵河岸上三生石畔""赤瑕宫"中之"神瑛侍者"与"绛珠仙子"等一并下世"造历幻缘"。（第一回）其所至虽谓"昌明隆盛之邦，诗礼簪缨之族，花柳繁华地，温柔富贵乡"，即"石头"以为可以"受享几年"和神瑛侍者"凡心偶炽"向往的地方，其实正就是《西游记》中佛祖所贬斥之"东土乃南赡部洲"的缩影和象征。

最后，从修道归真的目标说，《西游》向"西"炼魔悟空，是正写；《红楼》向"东"迷情体道，是反写。前者写在向"西方极乐世界"的正进中悟真，后者写从东方主春、主生、主情的"迷人圈子"（第五回）中"渐悟"以开发"道心"。

总之，《西游》《红楼》对以"西（方）"为归都无异辞，区别只在于孙悟空等一遵佛祖之旨而辞东向西，石头、神瑛等则一任个人的欲望（实

---

① "以情悟道"，《红楼梦》甲戌本第五回写警幻仙姑语，今通行整理本一般不取此说，而从别本把此语删落了。

为痴迷）而舍西向东，从而有两书叙事的《西游》向"西"以"修心"、《红楼》向"东"而"谈情"之异。

四　两者之同

《西游》向"西"与《红楼》向"东"之同有三。

一是同为"悟道"或"归真"之途。《西游》向"西"不必说了。《红楼》向"东"虽因"石头"之误会（和神瑛"凡心偶炽"），但如书中一僧一道二仙所感叹："此亦静极思动，无中生有之数也。"（第一回）所以，虽非"梦"中贾宝玉与诸钗等所自觉，但在客观上仍如《西游》向"西"同为"归真"之途，只不过《西游》向"西"亦曾回"东"，而最后回"西"以"归真"；《红楼》则是"那僧道仍携了玉到青埂峰下，将宝玉安放在女娲炼石补天之处……石兄下凡一次，磨出光明，修成圆觉，也可谓无复遗憾了"（第一二〇回），经历的则是"以情悟道"的直阶。

二是过程略同。《西游》向"西"，写孙悟空两次"西游"，取经途中被贬与唐僧三离三合，才最后功成"归真"；《红楼梦》写贾宝玉也是两次"警幻"（太虚幻境与大观园），大观园中贾宝玉也是经一僧一道三次救护①（第一二〇回），才终于幡然憬悟，"悬崖撒手"，弃家归佛。因此，无论从实质或形式上看，贾宝玉都可以说是人间的孙悟空，《红楼梦》则是一部写凡世的《西游记》。而一如读《西游记》要读到"心灭，种种魔灭"，方能不辜负作者之心；读《红楼梦》则当读至可谓"情破，种种梦破"，才可以说真正做到了能"解其中味"！

三是同为"石头"之说，即石头的故事。《红楼梦》写神瑛——贾宝玉及其"通灵宝玉"，虽然可以追溯到上古玉与灵石的传说，但其直接的源头却是《西游记》"仙石"化猿的一点启发。按《红楼梦》第一回起句"故将真事隐去，而借'通灵'之说撰此《石头记》一书也"云云，"'通

---

① 第一二〇回："贾政叹道：'你们不知道，这是我亲眼见的，并非鬼怪。况听得歌声大有元妙。那宝玉生下时衔了玉来，便也古怪，我早知不祥之兆，为的是老太太疼爱，所以养育到今。便是那和尚道士，我也见了三次：头一次是那僧道来说玉的好处；第二次便是宝玉病重，他来了将那玉持诵了一番，宝玉便好了；第三次送那玉来坐在前厅，我一转眼就不见了。我心里便有些诧异，只道宝玉果真有造化，高僧仙道来护佑他的。……'"

灵'之说"不远，正是《西游记》第一回所写仙石化猿的故事。这只要把二书写灵石的笔墨作一比较，就可以见其后先相承之端倪。《西游记》第一回云：

> 那座山正当顶上，有一块仙石。其石有三丈六尺五寸高，有二丈四尺围圆。三丈六尺五寸高，按周天三百六十五度；二丈四尺围圆，按政历二十四气；上有九窍八孔，按九宫八卦。……盖自开辟以来，每受天真地秀，日精月华，感之既久，遂有灵通之意……

《红楼梦》第一回则云：

> 原来那女娲氏炼石补天之时，于大荒山无稽崖炼成高经十二丈、方经二十四丈、顽石三万六千五百零一块。娲皇氏只用了三万六千五百块，只单单剩下一块未用，便弃在此山青埂峰下。谁知此石自经锻炼之后灵性已通……

这里不仅"石头"之数合于"周天三百六十五度""政历二十四气"之度，而且虽然来由不一，但"灵性已通"，正就是上引《西游记》写仙石的"遂有灵通之意"，可知《红楼梦》作者自云"借通灵之说"，实是点出此书撰作之起意托始，至少部分地是从《西游记》开篇花果山"正当顶上，有一块仙石"的描写启发而来。

《红楼梦》的这一"借"又不止于《西游记》的"通灵之说"，而且贾宝玉的形象，与"石头"一而二，二而一，也正与《西游记》中孙悟空作为"石猴"本质上是一块"石头"，没有什么不同。《红楼梦》写"石皆能迷"，写世间"情"之陷溺人的厉害，正与《西游记》借"石头"一旦"灵通"，都不免有"傲"心、名心等，写世间"圈子"的厉害，属同一笔仗。《红楼梦》第五回写警幻仙子教宝玉所说"迷人圈子"，就从《西游记》来。① 而且比较《红楼梦》之为"石头记"既是"石头"之"造幻

---

① 《西游记》中用"圈子"指物或比喻世情共在11回书中出现41次。其以喻世情者如第五十三回："行者道：'不瞒师父说，只因你不信我的圈子，却教你受别人的圈子。多少苦楚，可叹，可叹！'"明是写悟空画在地上的"圈子"和妖怪的"圈子"，实以喻世情人心之善恶。

· 157 ·

历劫"之传记,又是"石头"自撰之记,《西游记》虽然不是"石头"自撰之"石头记",但它作为如上所说孙悟空即"石猴"之传记,也显然当得起是一部记"石头"之二次"西游"之"石头记"。由此可见《西游》与《红楼》后先相承联系之密切,也足可以令人惊异了。

综上所述,悟空、宝玉,两块"石头";《西游》《红楼》,两部"石头记";悟空"归真",宝玉"悟道";《西游》向"西",《红楼》向"东",《红楼》叙事取向似在逆《西游》而求异,并且读者看起来也正是如此,以为二者绝无实质性承衍。实际不然,而诚如《老子》曰:"道,强为之名曰大。大曰逝,逝曰远,远曰返。"(二十五章)《西游》《红楼》二书叙事虽取向相反,但同归于"道"。此一状况既是中国古代文学叙事取向"东""西"方位的一个有哲学意味的表现,在形式上后者又成为前者的"反模仿"或"倒影"。笔者曾比较《金瓶梅》与《红楼梦》说:

> 《红楼梦》"谈情",是青春版的《金瓶梅》;《金瓶梅》"戒淫",是成人版的《红楼梦》;《红楼梦》"以情悟道",贾宝玉是迷途知返的西门庆;《金瓶梅》"以淫说法",西门庆是不知改悔的贾宝玉。①

此说或非确论,但是笔者既自以为如此,又进一步认为这种两部书之间骑驿幽通、消息暗递的联系,还存在于《西游记》与《红楼梦》之间,即《西游记》"悟空",固然是魔幻版的"西游记",而《红楼梦》"谈情",则可以说是人间版的"西游记";《西游记》炼魔"悟真",孙悟空是斗战胜"种种魔"的贾宝玉。《红楼梦》"以情悟道",贾宝玉是入而能出于"孽海情天"的孙悟空。则在这个意义上,《红楼梦》叙事又可谓《西游记》"方位"学上的"倒影"。

(原载《中国语言文学研究》2020 年春之卷)

---

① 杜贵晨:《〈红楼梦〉是〈金瓶梅〉的"反模仿"与"倒影"论》,《求是学刊》2014 年第 4 期。

论西门庆与林黛玉之死

——兼及《红楼梦》对《金瓶梅》的反模仿

在一般读者的印象中，西门庆与林黛玉一男一女、一"色魔"一"天使"，根本无法联系到一起。但同是作为小说中的人物，他们各自性格命运发展的逻辑过程，却有许多极相近似之处，尤以两人之死描写的内在机制，大略如出一辙，为"《红楼梦》深得《金瓶》壶奥"（甲戌本第十三回脂评）的一大证明，生动体现了《红楼梦》对《金瓶梅》反模仿的特点，试论如下。

一 同在章回的"七""九"之数

《金瓶梅》一百回，写西门庆之死在第七十九回《西门庆贪欲得病，吴月娘墓生产子》[①]，回数中有"七"有"九"。

《红楼梦》一百二十回，写林黛玉之死明处虽在第九十八回《苦绛珠魂归离恨天，病神瑛泪洒相思地》，却是补叙：

> 却说宝玉成家的那一日，黛玉白日已昏晕过去，却心头口中一丝微气不断，把个李纨和紫鹃哭的死去活来。到了晚间，黛玉却又缓过来了，微微睁开眼，似有要水要汤的光景。[②]

---

① （明）兰陵笑笑生：《金瓶梅词话》，戴鸿森校点，人民文学出版社1985年版。本文引此书无特别说明均据此本。

② （清）曹雪芹、高鹗：《红楼梦》，中国艺术研究院红楼梦研究所校注，人民文学出版社1982年版。本文引此书无特别说明均据此本。

又写道:

> 当时黛玉气绝,正是宝玉娶宝钗的这个时辰。

而"宝玉成家的那一日"与"宝玉娶宝钗的这个时辰"的其他叙事,却在前面的一回,即第九十七回《林黛玉焚稿断痴情,薛宝钗出闺成大礼》。

这就是说,《红楼梦》写黛玉之死为接"林黛玉焚稿断痴情"之后发生,与宝玉娶宝钗婚礼同时,从而叙写上一方面必然是花开两朵,先表一枝,另一方面为了保持《红楼梦》叙事一贯的"钗、颦对峙"(庚辰本第十五回双行夹批),遂不得不于"林黛玉焚稿断痴情"之后,按下黛玉之死,叙"薛宝钗出闺成大礼",使一"断"一"成"相形,突出了"情"与"礼"的势不两立。但是,这样一来,黛玉临终的惨状就只能以补叙出之,而延至第九十八回了。

这也就是说,黛玉之死虽然叙在第九十八回的前半,但是却为追记之辞,其实际应有的位置乃在第九十七回的后幅。而"九十七"是"七十九"的数位颠倒之数,所以也在其章回的"七""九"之数上。

即使上论《红楼梦》写黛玉之死实际应在第九十七回有些牵强,那么以其补叙在第九十八回之数论,则是两个"七七四十九"之数的和,仍不离"七""九"之数。

总之,虽然由于两书分别为百回和百二十回,篇幅长短不同,《红楼梦》写林黛玉之死与《金瓶梅》写西门庆之死未能一律,但《红楼梦》写黛玉之死在第九十七或第九十八回回数的设置,无论从何种角度看,都与《金瓶梅》写西门庆之死在第七十九回一样,是在章回的"七""九"之数。

我国道教修炼很早就有"七返朱砂返本,九还金液还真"[①],即"七返九还"之说,以"七""九"之数为过程回环圆满的数度。而"有是理乃有是数,有是数即有是理"[②],上述《金瓶梅》与《红楼梦》应用"七"

---

① (宋)张伯端撰,王沐浅解:《悟真篇浅解》,中华书局1990年版,第146页。
② (清)陈梦雷:《周易浅述》,上海古籍出版社1983年版,《凡例》第5页。

"九"的为"数之理"①，也就是这一叙事数度的意义，是其作为宿命之象征的同时，在《金瓶梅》暗藏的对西门庆的谴责，若曰："天作孽，犹可违；自作孽，不可活。"（《孟子·公孙丑上》）即使当"七返九还"之数，也无法挽救西门庆嗜色纵欲必至精竭而亡的命运；《红楼梦》虽然在具体描写中有作者深悯黛玉为情而死并以为世戒的底色，但至少形式上与《金瓶梅》中的相反，而与《西游记》同是在第九十八回即两个"七七"之数的一回中写唐僧脱体成仙相近，是对林黛玉"红尘"中"历劫"难数已满，"魂归离恨天"的肯定。其意即林黛玉"还泪"的"风月债"已毕，"欠泪的，泪已尽"，终于可以脱却"情"的羁束，还以绛珠仙子的本体。

因此，《金瓶梅》是世俗的喜剧，宿命的悲剧；相反《红楼梦》是宿命的喜剧，世俗的悲剧。但是，二者相反美学特征的艺术效果，同有借径于"七""九"组回数理形式的一面，则是"《红楼梦》深得《金瓶》壶奥"，从《金瓶梅》学习借鉴来的。②

二 情节皆"三而一成"

《金瓶梅》写西门庆之死与《红楼梦》写林黛玉之死，不仅都在章回的"七""九"之数，而且有关情节的大略也都即董仲舒所称："三而一成，天之大经也。"③

先看西门庆之死。《金瓶梅》第四十九回《西门庆迎清宋退按，永福寺饯行遇胡僧》之前，写西门庆仗着年轻力壮，纵欲中还能够"吃着碗里看着锅里"（《红楼梦》第十六回王熙凤语），但自第四十九回起，就写他已经到了"眼馋肚饱"（《红楼梦》第十六回王熙凤语），力不从心，需要"求些滋补的药儿"了。第四十九回为"七七"当"七返"之数，为西门庆壮盛之气消磨殆尽而转衰的大关键处。自此以后，西门庆纵淫无不要靠春药的支撑。又三个七回之后至第七十七回《西门庆踏雪访爱月，贲四嫂

---

① （汉）刘向：《新序·说苑》卷六《复恩·东闾子尝富贵而后乞》，上海古籍出版社1990年影印本，第50页下。
② 本节所讨论的问题，本人先曾有所论及，参见拙著《齐鲁文化与明清小说》，齐鲁出版社2008年版，第411页。
③ （清）苏舆撰：《春秋繁露义证》，钟哲点校，中华书局1992年版，第216页。

倚牖盼佳期》，即从全书的第十个七回起，进入西门庆因接连的纵欲而导致暴亡的最后阶段。这一阶段的描写用了恰是三回书：即第七十七回写西门庆有与郑爱月、贲四嫂两人次淫纵；第七十八回《西门庆两战林太太，吴月娘玩灯请蓝氏》写与贲四嫂、林太太、如意儿、来爵儿妻四人次淫纵；第七十九回写先与王六儿、后与潘六儿（金莲）淫纵，特别是后者使他服用了过量春药，终于致死。如此三回书中，写西门庆与包括两六儿在内共七人八次的淫纵，外加过量的三粒春药，最后髓枯精竭以死，情节描写可说是处处"倚数"，并"三而一成"。

再看林黛玉之死。《红楼梦》第一回已点明林黛玉作为绛珠仙子，是被作者安排来随神瑛侍者下世"还泪"的。这决定了描写中她生命的途程，必是因与宝玉的关系而不断流泪，并随着与宝玉感情的日渐加深，而泪越流越少，病情越来越重，结局则必不能与宝玉成婚。其结局恰如《红楼梦》的"书未成，芹为泪尽而逝"。这一渐进的过程中，最后病情的逐步加深是写黛玉之死的关键，自然也就是作者写这一人物用笔持续加力之处，为明显的"三步曲"。即第一步第八十二回《老学究讲义警顽心，病潇湘痴魂惊恶梦》，这一回写到黛玉第一次吐血；第二步即接下七回书的第八十九回《人亡物在公子填词，蛇影杯弓颦卿绝粒》，这一回写到"黛玉立定主意，自此以后有意糟蹋身子，茶饭无心，每日渐减下来……也不肯吃药，只要速死"；第三步即又接下七回书的第九十六回《瞒消息凤姐设奇谋，泄机关颦儿迷本性》，这一回中黛玉已是病入膏肓，气若游丝，加以绝望之恨，遂有焚稿断情之举，实际走到了生命的尽头。如此经过三个七回书，又自第九十六回开始，经第九十七回《林黛玉焚稿断痴情，薛宝钗出闺成大礼》，至第九十八回《苦绛珠魂归离恨天，病神瑛泪洒相思地》，也是接连三回书写林黛玉弥留之际，都无非"三而一成"。

总之，《红楼梦》写林黛玉之死与《金瓶梅》写西门庆之死，大略都依"七返九还"之数度，并"三而一成"。其叙事轨迹节奏之相近如此，不能不是"《红楼梦》深得《金瓶》壸奥"的结果。

三 皆因沉湎于所溺和来自其对象的突然打击

《红楼梦》写林黛玉之死因与《金瓶梅》写西门庆之死因相近，即都由于其本人沉湎于所溺的慢性自戕式生活态度和最后遭遇来自其对象方面突然的打击，而不治身亡。

首先，为了便于写西门庆、林黛玉率性而为走上各自或沉湎于色或沉湎于情的不归之路，两书都共同设计了他（她）们早早死了爹娘和并无兄弟姊妹的身世，甚至西门庆连自己长辈的亲戚如伯、叔、舅、姑、姨等都没有，现任的妻子吴月娘也非结发之妻，而是填房，至于林黛玉则自幼孤身一人寄居于外祖家。这种孤独的身世极大地减少了有人限制、阻挠或用其他方式影响他（她）们率性于所溺的可能，成为方便二者各自沉湎于所溺并如此走向结局的基础。考虑到他（她）们各自身世孤单的这种相似性的显著程度，可以认为其在《金瓶梅》固然是有意的创造性安排，在《红楼梦》则是模拟前者而移之于林黛玉形象的创新，共同为有意造成方便所写人物一意孤行的情势，达至既定的叙事目标。

其次，两书各自写出了他或她沉湎于所溺而不能自拔的慢性自戕过程。《金瓶梅》写西门庆因沉湎于色而死，从隐到显，由浅入深，写他因为纵欲而导致精力渐减和体能的日益下降。至第四十九回写其求胡僧药，虽因其淫心恣肆，但也不无他已感力不从心的无奈。其后胡僧药的使用虽未至于是饮鸩止渴，但总体上肯定是欲益反损。所以至第七十八回所写，他仍不能不"只害这腰腿疼"，"到于雪娥房中，交他打腿捏身上，捏了半夜"；又合人乳服任医官给的延寿丹，仍止不住"还未到起更时分，西门庆陪人坐的，就在席上鼩鼩的打起睡来"。清代张竹坡于此句下夹批曰："写尽临死人。"在这个一步一步走入死地的过程中，我们看到西门庆不仅毫无觉察，还自以为得意，第五十七回写道：

> 月娘说道："……哥，你日后那没来回没正经养婆儿、没搭煞贪财好色的事体，少干几桩儿也好，攒下些阴功与那小的也好！"西门庆笑道："你的醋话儿又来了。却不道天地尚有阴阳，男女自然配合。今生偷情的、苟合的，都是前生分定，姻缘簿上注名，今生了还。难道是生剌剌胡搊乱扯歪厮缠做的？咱闻那佛祖西天，也止不过要黄金铺地，阴司十殿，也要些楮镪营求。咱只消尽这家私广为善事，就使强奸了姮娥，和奸了织女，拐了许飞琼，盗了西王母的女儿，也不减我泼天富贵。"

这里写吴月娘虽然关心西门庆,却不是从养生保健的角度,西门庆本人更是念不及此,表明西门庆及其家人中最关心西门庆之健康的吴月娘在内,都不曾在意西门庆的狂淫滥嫖,远不止于败德,更有"暗里教君骨髓枯"的性命之忧。这甚至连西门大院之外他的狐朋狗友们都早已看出,并似曾多次提醒过。第六十七回《西门庆书房赏雪,李瓶儿梦诉幽情》:

> 西门庆取毕耳,又叫小周儿拿木滚子滚身上,行按摩导引之术。伯爵问道:"哥滚着身子,也通泰自在么?"西门庆道:"不瞒你说,相我晚夕身上常时发酸起来,腰背疼痛,不着这般按捏,通了不得!"伯爵道:"你这胖大身子,日逐吃了这等厚味,岂无痰火!"西门庆道:"任后溪常说:'老先生虽故身体魁伟,而虚之太极。'送了我一罐儿百补延龄丹,说是林真人合与圣上吃的,教我用人乳常清辰服。我这两日心上乱的,也还不曾吃。你们只说我身边人多,终日有此事,自从他死了,谁有甚么心绪理论此事!"

这里西门庆称"你们只说"云云,显指应伯爵等曾不止一次面揭其病根。但是,诚如李渔于上引一段话下所批评:"到此事虽知已前,亦要说谎。"可见其非不知致病之由,而是忘身玩命,甘心于此,不思悔改,色鬼之本性难移,即月娘笑骂所说:"狗吃热屎,原道是个香甜的;生血掉在牙儿内,怎生改得!"因此,西门庆在第七十八、第七十九回所写的接连不断的淫纵中一步一步身陷绝境,走到了生命的尽头,实是咎由自取。

《红楼梦》写林黛玉因沉溺于情而死,虽为"欠泪的,泪已尽"(第五回)之命中注定的结局,但在描写中,作者仍不能不写她是一步一步几乎是义无反顾地走向这一结局。这一过程除一出场就写她"身子又弱"(第三回)并写她一直在服药之外,更进一步写她终日沉湎于"无益之悲"(第六十四回),"自己作践了身子",与宝玉一样时常在"不如死了干净"(第二十回)的想法中度日。因此,她的死是在天生"怯弱多病的……旧症"[①] 基础上慢性自杀式的殉情。

---

① 欧阳健:《还原脂砚斋——二十世纪红学最大公案的全面清点》,黑龙江教育出版社2003年版,第455页。

最后，两书各自写他或她之死又都由于最后遭遇其对象突然的打击。《金瓶梅》第七十八、第七十九两回书的描写还同时表明，西门庆之死虽是咎由自取，但如果仅仅是他一己之力的营求，其死期固然也不久就会到来，却不一定是在李瓶儿死后百日他三十三岁时死在叙事的第七十九回书中。其所以如此，乃寓于必然中的偶然，即潘金莲在强使西门庆与之行房的过程中服用春药，"斟了一钟酒，自己吃了一丸，还剩下三丸。恐怕力不效，千不合，万不合，拿烧酒都送到西门庆口内"，而西门庆"醉了的人，晓的甚么？合着眼只顾吃下去"。对这一细节描写，清代张竹坡夹批云："与武大吃药时一般也。"李渔眉批云："此药较武大药所差几何？吃法与武大吃法所差几何？因果循环，读者猛省。"都一语中的，揭示了作者欲与西门庆助使潘金莲药死武大形成前后对照的用心。作为西门庆的死因，这无疑是"压垮骆驼的最后一根稻草"！

《红楼梦》中有关黛玉之死的描写也表明，如果仅仅是由于"弱症"与自戕式的生活方式，她的死或许另有迟早，却终于与宝钗的出闺成大礼同时，关键只在第九十六回所写"泄机关颦儿迷本性"。其中宝玉成婚消息的漏泄，是对她濒临绝望之心理的最后一击：

> 那黛玉此时心里竟是油儿酱儿糖儿醋儿倒在一处的一般，甜苦酸咸，竟说不上什么味儿来了。停了一会儿，颤巍巍的说道："你别混说了。你再混说，叫人听见又要打你了。你去罢。"说着，自己转身要回潇湘馆去。那身子竟有千百斤重的，两只脚却像踩着棉花一般，早已软了。

又第九十七回写黛玉撕帕：

> 只见黛玉接到手里，也不瞧诗，扎挣着伸出那只手来狠命的撕那绢子，却是只有打颤的分儿，那里撕得动。紫鹃早已知他是恨宝玉，却也不敢说破。

直到临终"直声叫道：'宝玉，宝玉，你好……'说到'好'字，便浑身冷汗，不作声"，死了。由此可以看出：作为因"还泪"而生的林黛玉,她既已把全部的性命托付于宝玉,则一旦知宝玉之终于无可托付,自然也就到了她绝命之时。总之,一如《金瓶梅》中潘金莲所为是西门庆终于致死的外因,《红楼梦》中正是宝玉被"调包计"蒙骗而成婚的消息,使重病中的黛玉失去了生存最后的希望,二者的笔法何其相似乃尔!

四 同一人生哲学的况味

《红楼梦》与《金瓶梅》中分别有关林黛玉与西门庆之死因的描写,也都深入到哲学的层次,不同程度揭示了他(她)们无非死于人欲过度的追求,有同一人生哲学的况味。

《金瓶梅》第七十九回《西门庆贪欲得病,吴月娘墓生产子》,写至西门庆濒死之际,作者乃出面议论道:

> 看官听说,一己精神有限,天下色欲无穷。又曰:嗜欲深者,其天机浅。西门庆自知贪淫乐色,更不知油枯灯尽,髓竭人亡。

清代张竹坡评本于"天下色欲无穷"句下批曰:"二句道尽。"又改"嗜欲深者,其天机浅"两句为"嗜欲深者,其生机浅",并批曰:"又二句道尽。"我体会其所"道尽"之理,在西门庆不过书中所写其嗜色自戕,必致玩命夭亡而已!

《红楼梦》第五回写《红楼梦十二支》之《枉凝眉》:

> 一个是阆苑仙葩,一个是美玉无瑕。若说没奇缘,今生偏又遇着他;若说有奇缘,如何心事终虚化?一个枉自嗟呀,一个空劳牵挂。一个是水中月,一个是镜中花。想眼中能有多少泪珠儿,怎经得秋流到冬尽,春流到夏!

此曲中与"美玉无瑕"之贾宝玉并提,以言"阆苑仙葩"之林黛玉,写她因"心事"难成,终日里"枉自嗟呀","想眼中能有多少泪珠儿,怎经得秋流到冬尽,春流到夏"云云,实不过是说人之一生,情无限而泪无多,她为情所困,"惟忧用老"(《诗经·小雅·小弁》),以身殉情,亦不过"嗜欲深者，其天机浅"而已。

因此，虽然《红楼梦》写林黛玉之死与《金瓶梅》写西门庆之死的具体情境一定是不同的，死因也一嗜于色、一溺于情，这一男一女有"色魔"与"情鬼"之别，但其所隐蓄的人生况味，都无非为"嗜欲深者，其天机浅"，则是显然的事实！

"嗜欲深者，其天机浅"语出《庄子·大宗师》，王先谦《集解》云："情欲深重，机神浅钝。"以"情""欲"并提，可知西门庆之死于"欲"与林黛玉之死于"情"，虽在今人道德的评价上几乎完全相反，但是都属于不能"外其身而身存"（《老子》），乃过分地为个人欲望所控制与折磨，以致嗜深而机浅的生命逻辑，却是一致的。

这个道理儒家也有所论及。《孔子家语》卷一《五仪解第七》载孔子论"非其命"而死曰：

> 哀公问于孔子曰："智者寿乎？仁者寿乎？"孔子对曰："然，人有三死，而非其命也，行己自取也。夫寝处不时，饮食不节，逸劳过度者，疾共杀之；居下位而上干其君，嗜欲无厌而求不止者，刑共杀之；以少犯众，以弱侮强，忿怒不类，动不量力者，兵共杀之。此三者死非命也，人自取之。若夫智士仁人，将身有节，动静以义，喜怒以时，无害其性，虽得寿焉，不亦可乎？"①

孔子没有直接说到色与情的过度，但西门庆与林黛玉之死也均属其中"不时""不节"之"逸劳过度者，疾共杀之"的一类，乃其"人自取之"！

五　现象溯源

那么为什么《红楼梦》没有把《金瓶梅》写西门庆之死的笔意手法大略用于写在书中地位角色与之相当的贾宝玉，而是用于写林黛玉形象，使林黛玉之死在内涵与形式上极近似于西门庆的结局呢？原因有三。

一是两部书的命意与所导致的叙事中心不同。这个不同不但在《金瓶

---

① （汉）王肃注：《孔子家语》，上海古籍出版社1990年版，第16页下。

梅》写"性"而《红楼梦》写"情",更在《金瓶梅》仅"为世戒"(东吴弄珠客《金瓶梅词话序》),只是要立一反面典型西门庆,写他死于女色,并且是暴死、惨死,死后家破人散,就可以达到警戒世人的效果了。因此《金瓶梅》写西门庆不能不暴亡惨死,否则无以显见男人纵欲之祸、女色之害。《红楼梦》写贾宝玉则不同。他虽然被预设就是一个情痴情种,是要在情海欲火中历尽煎熬的人,但他同时被预设虽溺于情无法自拔,却得"通灵宝玉"的护佑与一僧一道的救拔,终于能"跳出迷人圈子",打破情关,成为"以情悟道"①的有缘人,是一个转变型的形象。因此,其写贾宝玉一定是在情的陷溺中受无尽的烦恼,却又一定不死于情,迟早要从情的陷溺中被挽救出来,以他的终于出家为溺于情者指示一条解脱之路。两书命意与中心人物命运轨迹的不同,导致《金瓶梅》中作为西门庆纵欲对象的诸妇除李瓶儿之外,无一不死散于西门庆身后;而《红楼梦》中作为贾宝玉"意淫"对象的诸钗如钗、黛、晴、袭等,则大都要以这样那样的方式包括死之一途,陆续淡出情节。《红楼梦》后半写死亡破败相继,到头来"落了片白茫茫大地真干净",固然是写贾府,但更是为宝玉"情悟"出家铺垫与设色。林黛玉之死即是这诸多铺垫与设色中的关键。非写黛玉之死,不足以最后使神瑛息心,宝玉断爱,"悬崖撒手"(甲戌本第一回、庚辰本第二十一回、四戌本第二十五回脂评)!这从书中除了第五回中已就宝、黛关系有词曰"看破的,遁入空门;痴迷的,枉送了性命"做了指点之外,还先后两次写宝玉对黛玉誓言"你死了,我做和尚去"(第三十、第三十一回),就可以看得出来。总之,黛玉不死,石头——贾宝玉即不能最后完成"因空见色,自色生情,传情入色,自色悟空"的过程;黛玉一死,宝玉就可以打破情关,"以情悟道",出家"做和尚去"了。

二是西门庆与林黛玉在各自书中地位、角色的不同。《金瓶梅》以写西门庆为主,西门庆为"酒金刚,色魔王",使之陷溺于色的诸妇如金、瓶、梅、林太太等为"粉骷髅,花狐狸"(第七十八回),将男女性的交合喻为战争;《红楼梦》以写贾宝玉为主,在"爱博而心劳"②的"意淫"之中,钗、黛等都居如《金瓶梅》中诸妇的地位。其中唯是林黛玉一面逐渐

---

① 《红楼梦》甲戌本第五回写警幻仙姑语,今通行整理本一般不取此说,而从别本把此语删落了。

② 鲁迅:《中国小说史略》,人民文学出版社1973年版,第199页。

地超越了宝钗等由他之最爱成为了他之唯一，但相处中也如贾母所说"不是冤家不聚头"（第二十九回），有太多茶杯里的风波；另一面黛玉也与宝钗等一起成为他于"忧患亦日甚"① 中偶然"悟道"时感觉到的障碍，有第二十一回《贤袭人娇嗔箴宝玉，俏平儿软语救贾琏》写贾宝玉续《庄子》中语为证：

> 焚花散麝，而闺阁始人含其劝矣；戕宝钗之仙姿，灰黛玉之灵窍，丧减情意，而闺阁之美恶始相类矣。彼含其劝，则无参商之虞矣；戕其仙姿，无恋爱之心矣；灰其灵窍，无才思之情矣。彼钗、玉、花、麝者，皆张其罗而穴其邃，所以迷眩缠陷天下者也。

这篇被黛玉批为"丑语"的文章，其实正道出作者本意。其中可注意的，除了其于宝钗强调"仙姿"，于黛玉突出"灵窍"，显然以一主于"色"，一主于"情"之外，还可以感受到作者其实庸俗而顽固的男本位立场，即把"彼钗、玉、花、麝者"都视为"风月宝鉴"中著于反面的"（红粉）骷髅"。这里不仅显露出作者开篇所谓"为闺阁昭传"、"虽我之罪固不能免，然闺阁中本自历历有人"云云纯系"假语村言"，还从其"悟道"的立场上坐实钗、黛等都为"迷惑缠陷"贾宝玉"悟空"的"情魔"！而《红楼梦》的价值取向终是"以情悟道"的，所以林黛玉是贾宝玉最后也是唯一的情人，同时是"迷惑缠陷"他之诸情魔中最甚的一个！其地位、角色犹如《金瓶梅》中潘金莲之于西门庆，但因为宝玉有"通灵宝玉"与一僧一道的护佑终能"悟道"，所以与《金瓶梅》中西门庆必死，潘金莲做了他最后克星的情形相反，林黛玉为了贾宝玉必然"做和尚去"的宿命，必先于其出家而死。并且她的死在作为遭受宝玉成婚之事实最后一击的结果的同时，也成了为贾宝玉"警幻"以助其"遁入空门"的最有力的一推！

三是写人叙事艺术上意足神圆的要求。《金瓶梅》写西门庆纵欲暴亡以"为世戒"，一方面写其死本身必至于意足神圆，另一方面必延伸到其暴亡之后祸及家事的后果，全书才能意足神圆。从而西门庆之死不能太

---

① 鲁迅：《中国小说史略》，人民文学出版社1973年版，第199页。

速，亦不能太迟；《红楼梦》写宝玉终能"以情悟道"以为世劝，重在写此道之难能。开篇甄士隐之跳出"火宅"① 已是象征，后写贾宝玉"梦游太虚幻境"警幻不成，不得不又重归于"迷津"即人世的历练，虽赖有夙慧，也还是"二次翻身不出"（庚辰本第二十二回夹评），终须有"通灵宝玉"的守护与一僧一道的护佑点化等仙缘，才勉强能斩断情缘，出离人世间。在这一艰苦卓绝的"悟道"过程中，与黛玉之绝离是其打破情关的关键一战，从而一面是写黛玉之死本身必至意足神圆，另一面必须为宝玉出家过程的描写留有余地，所以其写黛玉必以最惨烈也是最隆重的方式死去，同样不能太早，亦不能太晚。这种情况下，传统"七返九还""三而一成"等就成为情节发展的适当数度，《金瓶梅》写西门庆之死开创于前，《红楼梦》写黛玉之死追摹于后，就都有了必要与可能。

总之，"《红楼梦》深得《金瓶》壶奥"。但由于其有与《金瓶梅》"文章"之"主意"② 的不同，所写男性中心人物有欲海亡身与"以情悟道"的结局之异，从而"文章"的做法有别，形成两书中男女主人公一生一死与一死一生之生死错位的不同安排，却都在"七""九"之数的章回中由情节的"三而一成"完成描写！其后先相反而实极相近之迹，使我们可以进一步悟到"《红楼梦》深得《金瓶》壶奥"之一大法门，是其大处每与《金瓶梅》适得其反，所谓"反弹琵琶"，以成其新创。这种学习借鉴方式，似可以名之为"反模仿"。

[原载《山东师范大学学报》（人文社会科学版）2009 年第 5 期，有补订]

---

① 佛教有以世间为"火宅"之喻，见《妙法莲华经·譬喻品第三》，又《古尊宿语录》卷四《镇州临济义玄慧照禅师语录》："大德，三界无安犹如火宅。此不是你久停住处。"《红楼梦》第一回写甄士隐因宅院失火，家产被烧而后随一僧一道出家，即为贾府与贾宝玉结局预演。
② 鲁迅：《中国小说的历史的变迁》，载《中国小说史略》，人民文学出版社 1973 年版，第 291 页。

《红楼梦》是《金瓶梅》之"反模仿"和"倒影"论

一 引子

以《红楼梦》比较《金瓶梅》,根本上是由两书的后先关系所决定的。这一研究本质上是对《红楼梦》对《金瓶梅》的接受或《金瓶梅》对《红楼梦》之影响的研究,是对两部名著间历史联系的探讨与厘清,是对明清小说两个"阵营"间战略平衡的分析与估量。古人早就津津乐道了。自脂砚斋评《红楼梦》"深得《金瓶》壸奥"[1],清代及近代学者多有附和之论。清代如兰皋居士《绮楼重梦楔子》云:"《红楼梦》一书……大略规仿吾家凤洲先生所撰《金瓶梅》,而较有含蓄,不甚着迹,足餍读者之目。"[2] 诸联《红楼梦评》云:"书本脱胎于《金瓶梅》,而亵嫚之词,淘汰至尽……非特青出于蓝,直是蝉蜕于秽。"[3] 张新之《红楼梦读法》云:"《红楼梦》是暗《金瓶梅》,故曰'意淫'。"[4] 张其信《红楼梦偶评》云:"此书从《金瓶梅》脱胎,妙在割头换像而出之。"[5] 天目山樵《儒林外史》评:"近世演义者,如《红楼梦》实出《金瓶梅》,其陷溺人心则有过之。"[6] 近代如包斋《答友索说部书》云:"《红楼梦》之脱胎《金瓶

---

[1] (清)曹雪芹、高鹗:《红楼梦》,脂砚斋评,山东文艺出版社1993年版,第167页。
[2] 黄霖编:《金瓶梅资料汇编》,中华书局1987年版,第266页。
[3] 黄霖编:《金瓶梅资料汇编》,中华书局1987年版,第268页。
[4] 黄霖编:《金瓶梅资料汇编》,中华书局1987年版,第269页。
[5] 黄霖编:《金瓶梅资料汇编》,中华书局1987年版,第280页。
[6] 黄霖编:《金瓶梅资料汇编》,中华书局1987年版,第288页。

梅》，善脱胎而已几于神化者也。"① 鹓雏《稗乘谈隽》云："《石头记》则直为工笔矣。然细迹之，盖无一不自《金瓶》一书脱胎换骨而来。"② 至当代，毛泽东读《金瓶梅》与《红楼梦》后指出："《金瓶梅》是《红楼梦》的祖宗，没有《金瓶梅》，就写不出《红楼梦》。"③

以上诸家之说表明，自清中叶至今，《红楼梦》或曰"规仿"、或曰"脱胎"、或曰"实出"等仿效《金瓶梅》而后来居上，已成学界共识。而近半个多世纪以来，学者研究所发现《红楼梦》于人物、情节、细节乃至语言等诸方面效仿《金瓶梅》之例甚多，但关于《红楼梦》如何效仿《金瓶梅》乃至青出于蓝而胜于蓝之法，除上引张其信、张新之说略有形容、似有所会心却并未作具体说明之外，基本上无人论及。因此，笔者曾撰《论西门庆与林黛玉之死——兼及〈红楼梦〉对〈金瓶梅〉的反模仿》一文，就西门庆与林黛玉之死情节描写后先相承的联系引申，以为《红楼梦》创作与《金瓶梅》有"后先相反而实极相近似之迹，使我们可以进一步悟到'《红楼梦》深得《金瓶》壶奥'之一大法门，是其大处每与《金瓶梅》适得其反，所谓'反弹琵琶'，以成其新创。这种学习借鉴方式，似可以名之为'反模仿'"④。

拙见以《红楼梦》对《金瓶梅》的"规仿"之法为"反模仿"，当时不过偶然得之写下来的话，现在看来，却可能是有关《红楼梦》效仿《金瓶梅》的一个有价值的整体判断。只是还要进一步说明的是，上引拙论"《红楼梦》……大处每与《金瓶梅》适得其反"云云之"大处"，主要是指立意、结构、主要人物等在内涵与本质上每与《金瓶梅》"后先相反"，却在局部与细节上看来又每与《金瓶梅》有"极相近似之迹"。近世研究者多看到了这些"极相近似之迹"，或以为这些就是《红楼梦》"深得《金瓶》壶奥"处，是错会了。《红楼梦》"深得《金瓶》壶奥"处不在于这些局部与细节上的"极相近似"，而在于这些"极相近似之迹"包裹掩饰之下与《金瓶梅》"后先相反"的内涵与本质。正是这些"每与《金瓶

---

① 黄霖编：《金瓶梅资料汇编》，中华书局1987年版，第329页。
② 黄霖编：《金瓶梅资料汇编》，中华书局1987年版，第322页。
③ 龚育之：《毛泽东的读书生活》，生活·读书·新知三联书店1986年版，第224页。
④ 杜贵晨：《论西门庆与林黛玉之死——兼及〈红楼梦〉对〈金瓶梅〉的反模仿》，《山东师范大学学报》（人文社会科学版）2009年第5期。

梅》适得其反"的"大处",才是《红楼梦》取法《金瓶梅》真正成功的内在标志。而这一成功即从《金瓶梅》思想与艺术的"大处"逆向"反模仿"而来,故笔者以为,前人所谓《红楼梦》"规仿"《金瓶梅》,为《金瓶梅》之"暗"或"割头换面"、"脱胎换骨"等,实可一言以蔽之曰"反模仿"。

"反模仿"概念用于古典小说研究始自上引拙文,但笔者所见这一概念最早似由当代散文家叶兆言先生在一次访谈中提出。他说:"写作是一种反模仿,也就是说,别人这么写了,我就应该那么写。这次这么写了,下次就得那么写……思路是习惯于反过来,希望能和别人不一样。"① 笔者由此寻味叶先生所谓"反模仿",当是指创作中作者除了有意地不重复自己之外,主要是参照"别人这么写了"的榜样,却"反过来……和别人不一样"。对此,笔者虽然还不敢全盘接受、以一切的"写作是一种反模仿",但从"反模仿"的视角看中国古典小说特别是明清小说,后先作品的"反模仿"确实是多见而突出的现象,从而至少对于明清小说研究来说,"反模仿"是一个很有应用价值的理论。唯是还要进一步说明,"反模仿"虽是"反过来……和别人不一样",却总要参照别人原本正面的样子,才可能有"反过来"的创造。所以"反模仿"虽然超越了一般正面的模仿,在本质上却不能不也是一种模仿。这种模仿比较一般模仿的巧妙或高明处,是其与原本或说正本的迹相近似而实相反。因其迹相近似,使读者可见二者间后先模仿的继承关系;因其实相反,使读者不能不承认这种模仿在内涵与本质上是对前人的超越和创新。从而"反模仿"所建立的后先作品形象体系的对比,在其与众不同的一切差异中最为独特,成一种颠倒的对立,所谓"虽论者谓《红楼梦》全脱胎于《金瓶梅》,乃《金瓶梅》之倒影云,当是的论"②,就是对"反模仿"结果最好的形容。

这是一个颇有意趣的文学审美角度和问题,本文以下即试就《红楼梦》在立意、结构、人物诸层面与《金瓶梅》"后先相反而实极相近似之迹",揭蔽《红楼梦》"深得《金瓶》壶奥"的"反模仿"手法,以及其总体形象为"《金瓶梅》之倒影"的艺术风貌。

---

① 杨新民、叶兆言:《写作,就是反模仿——叶兆言访谈录》,《小说评论》2004 年第 4 期。
② 黄霖编:《金瓶梅资料汇编》,中华书局 1987 年版,第 567 页。

二 立意

《红楼梦》立意手法与《金瓶梅》有诸多相似之迹。首先,《红楼梦》与《金瓶梅》同在第一回对作书宗旨作有"声明"。《金瓶梅》第一回开篇入话"丈夫只手把吴钩"词后接云:

此一只词儿,单说着情色二字……①

又在述项羽、刘邦故事并"刘项佳人绝可怜"诗后云:

说话的,如今只爱说情色二字做甚?

如此"单说"或"爱说"云云一再提点"情色二字",虽然直接是就诗或词之内容而发,但读者周知话本中篇首诗词为入话点题,入话为正文引线,不难由此确认"说话的"即小说作者一再提点的"情色二字",正是其为此一书的创作宗旨,从而也就是全书描写的中心。

《红楼梦》应是借鉴了《金瓶梅》这一开宗明义之法,也是在第一回,虽然不是由作者直接出面,而是借空空道人"检阅"《石头记》议论,却同样是公开"声明"了其作书宗旨:

空空道人听如此说,思忖半晌,将《石头记》再细阅一遍,因见上面虽有些指奸责佞、贬恶诛邪之语,亦非伤时骂世之旨,及至君仁臣良、父慈子孝,凡伦常所关之处,皆是称功颂德、眷眷无穷,实非别书之可比。虽其中大旨谈情,亦不过实录其事,又非假拟妄称,一味淫邀艳约、私订偷盟之可比。

又写道:

---

① (明)兰陵笑笑生:《金瓶梅词话》,人民文学出版社1985年版,第1页。

那道人道:"果是罕闻。实未闻有还泪之说。想来这一段故事,比历来风月故事更加琐碎细腻了。"那僧道:"历来几个风流人物,不过传其大概以及诗词篇章而已……并不曾将儿女之真情发泄一二。想这一干人入世,其情痴色鬼,贤愚不肖者,悉与前人传述不同矣。"

从以上引文明显可见"谈情"是作者为《红楼梦》所确立之主意,也就是全书描写的中心。这也为众多红学家所认可,庚辰本第十八回脂批就称《红楼梦》作者为"谈情者",邹弢《三借庐笔谈》评"《水浒》是怒书,《西游》是悟书,《金瓶梅》是淫书"后,接引瘦鹤曰:"然则《红楼梦》是情书矣。"[①] 由此可见作者自道其书"大旨谈情"并非"假语村言",而是开宗明义的严肃"声明"。其与上引《金瓶梅》的后先相承之迹,清晰可见。

其次,与《金瓶梅》一样,从对"情色二字"关系的讨论确定立意的重心。《金瓶梅》于上引第一回"此一只词儿"后,所说"情色二字,乃一体一用。故色绚于目,情感于心,情色相生"云云,阐述了"情"与"色"的关系为"一体一用""情色相生";进而又以"如今只爱说这情色二字做甚"设问,引出关于本书内容的简介曰:

> 如今这一本书,乃虎中美女,后引出一个风情故事来。一个好色的妇女,因与了破落户相通,日日追欢,朝朝迷恋,后不免尸横刀下,命染黄泉,永不得着绮穿罗,再不能施朱傅粉。静而思之,着甚来由!况这妇人,他死有甚事!贪他的葬送了堂堂六尺之躯,爱他的丢了泼天哄产业。惊了东平府,大闹了清河县。端的不知谁家妇女?谁的妻小?后日乞何人占用?死于何人之手?

这里虽是说"一个好色的妇女,因与了破落户相通,日日追欢,朝朝迷恋",其间"追欢""迷恋"均未免男女之"情"的因素,但作者关注的重心显然已在"好色"的一面。所以笔者在《关于"伟大的色情小说〈金瓶梅〉"——从高罗佩如是说谈起》一文中认为:

---

① 黄霖编:《金瓶梅资料汇编》,中华书局1987年版,第284页。

如果我们能够认真看待兰陵笑笑生为自己小说的设定，就应该承认《金瓶梅》是一部"单说着情色二字"的"色情小说"，至少作者本意是要写成这样一部书。这里，兰陵笑笑生所谓"情色二字"，其实只是一个字即"色"，也就是《孟子》中所说的"食色，性也"之"色"，但今天我们称作"性"了。①

如上已引及《红楼梦》第一回通过石头与空空道人和一僧一道间两番对话，一再辨明的都是《红楼梦》"实非别书之可比……其中大旨谈情"，或"想来这一段故事，比历来风月事故更加琐碎细腻了"，"历来……大半风月故事……并不曾将儿女之真情发泄一二"等等。这些讨论，都不过是为其书于情与色之间阐明并确定立场。至第五回更进一步借警幻仙姑教谕贾宝玉论"情色"说："好色即淫，知情更淫。是以巫山之会，云雨之欢，皆由既悦其色，复恋其情所致也。"可知《红楼梦》立意之取径也与《金瓶梅》为一辙，即由"情色二字"间斟酌而来，溯源可见明清八股文"破题"文法的影响。

最后，《红楼梦》"情色"论的核心上承《金瓶梅》之"情色相生"说。《红楼梦》第一回写空空道人因为抄读《石头记》而"因空见色，由色生情，传情入色，自色悟空，遂改名情僧，改《石头记》为《情僧录》"，其中"因空见色"四句比较兰陵笑笑生"色绚于目"三语，除了于色—情—色联系的两端各加了一个"空"字，从而确立了"情"在"色"与"空"之间的中心地位，构成全书"大旨谈情"的思想基础之外，其有关"情色"关系的"色生情""情入色"之说，实不过是《金瓶梅》"情色相生"的换言之而已。

综合以上思想、语言的诸多"极相近似之迹"，我们有理由认为《红楼梦》"大旨谈情"的立意也是从《金瓶梅》直接脱化而来，即其熟玩揣摩了《金瓶梅》"以淫说法"②、写"淫"以"戒淫"③的立意，却"反过来……和别人不一样"，师其技而反其意，"以情说法，警醒世人"（第三十五回），

---

① 杜贵晨：《关于〈金瓶梅〉为"伟大的色情小说"——从高罗佩如是说谈起》，《明清小说研究》2009年第1期。
② 黄霖编：《金瓶梅资料汇编》，中华书局1987年版，第253页。
③ 黄霖编：《金瓶梅资料汇编》，中华书局1987年版，第253页。

也就是"以情悟道"①。从而文随意转,别开生面,无论结构、人物、情节等"大处",每与《金瓶梅》有"极相近似之迹",而内涵与本质则"适得其反"。

三 结构

《红楼梦》与《金瓶梅》都以一个人物为中心,写一家之兴衰,以探索人生与社会,其结构大略有极相近似之处,但因二者立意之对立,实际的起—中—结等结构状态却又"适得其反"。

《红楼梦》取法《金瓶梅》以前五回为序曲,但其前五回在结构中之本质意义与《金瓶梅》之前五回相反。《金瓶梅》一百回,但自第一回《景阳冈武松打虎,潘金莲嫌夫卖风月》起首,至第五回《郓哥帮捉骂王婆,淫妇鸩杀武大郎》,皆从《水浒传》挪移变化而来,至第六回起才进入独创。但这诚如文龙所评曰:

> 此数回皆《水浒传》中文字也。作者非不能□(疑为别字)具炉锤,另开□□(原残缺,下同),但原文实有不可磨灭者,故仍其旧,正以见作者服善虑□□。读之能使前后牟尼一串,毫无补缀痕迹,此正见作者心细才大也。惟《水浒》以武松为主,此则以西门庆为主,故又不能不换面,此题旨使然耳。②

是否因此就可以以这五回书为《金瓶梅》全书的序曲还可以讨论,但其作为前五回书的地位和由旧本改头换面的特点,总是一个不同于普通创作文本的特异存在。至少在因故出新一点上,《金瓶梅》前五回可以被认为是全书的序曲。

《红楼梦》今本百二十回,原作回数当为几何?从来言人人殊。但从《红楼梦》出"四大奇书"之后书中有说作"奇传"并提及"奇书"(第一回)看,作者心中笔下,实时时处处萦绕于"四大奇书"榜样的影响。

---

① 按见《红楼梦》甲戌本第一回,他本皆无此句,却是作书人真意的表露。
② 黄霖编:《金瓶梅资料汇编》,中华书局 1987 年版,第 414 页。

◆◆◆ 原型与模仿

以此推想,《红楼梦》原作如果不是百二十回,也许就是百回,兹可以不论。这里只说也很明显的,《红楼梦》第一回以女娲炼石补天所遗灵石的新神话引出全书叙事,贾宝玉与林黛玉、甄士隐与贾雨村等人物的早期因缘迤逦而出,至第五回《游幻境指迷十二钗,饮仙醪曲演红楼梦》才出《红楼梦引子》,其结句云"演出这怀金悼玉的《红楼梦》",表明接下来才真正进入正传。至第六回《贾宝玉初试云雨情,刘姥姥一进荣国府》起首叙荣府之事,作者自道从刘姥姥"一家说来,倒还是头绪"云云,作为对前回"演出这怀金悼玉的《红楼梦》"之承接与照应,才真正进入全书正传,从而"红学"家们基本公认王希廉所说的第五回为"一部《红楼梦》之纲领"①,这也加强了《红楼梦》以前五回为全书序曲的看法。

《红楼梦》虽取法《金瓶梅》以前五回为序曲,但文随意转,其入手指向即结构的意义却与《金瓶梅》"适得其反"。《金瓶梅》"以淫说法",而写人物之淫,必是见色起意,"淫"因"色"起,从而"淫"之祸,实即"色"之害。所以《金瓶梅》"以淫说法"的"戒淫"之旨,虽然归根到底是针对男性而发,但从男性的立场出发并为男性计,是书却要更多对"色"之害痛下针砭。所以如上已引及,《金瓶梅》开篇不是自西门庆"好色"入,而是自"金"即潘金莲"好色"入,曰"如今这一本书,乃虎中美女,后引出一个风情故事来。一个好色的妇女"云云。由此可知《金瓶梅》之叙事逻辑是自女及男,自潘金莲之"好色"而及于西门庆的"贪他""爱他",自张大户曾因潘金莲"身上添了四五件病症",以及于武大郎死于西门庆帮凶之下潘金莲的毒药,再至西门庆本人也终死于潘金莲之"好色",已是潘金莲"好色"为害的第三人了。所以,《金瓶梅》开篇以"金"引入,主线也就以"金"打头,并写"瓶""梅"等"女色坑陷"男性之祸,是典型的女色祸水论。这也就是说,《金瓶梅》"以淫说法",主要不是针对淫者西门庆之恶,而是针对其所受"色"之迷,"欲要破迷,引迷入悟"②。这也应该是《金瓶梅》为什么特别突出"二八娇娃体似酥"一诗,以及不以西门庆命名,而以"金""瓶""梅"三女性命名。而全书叙事的指向,必是"女色"之祸人无限,从而全书真正的主线人物是潘金

---

① 一粟编:《红楼梦资料汇编》(下册),中华书局1964年版,第146页。
② 黄霖编:《金瓶梅资料汇编》,中华书局1987年版,第253页。

莲，她必不能早于西门庆退场，而西门庆虽然后于"彩云易散琉璃碎"（唐代白居易诗句）的李瓶儿而死，却必然先于"一双玉腕绾复绾，两只金莲颠倒颠"的潘金莲"骨髓枯"，而早早命丧黄泉。

《红楼梦》则不然。它"以情悟道"，"情"之陷溺男性，虽然必是来自"女儿"，但毕竟"情"由心生，所以《红楼梦》叙事的指向与路径是破人于"情"之一事上的"我执"，所以其"以情悟道"之途本质上是贾宝玉内心应对"女儿"之感受的转变，乃石头、神瑛即后来的贾宝玉经历"情劫"的风流簿，涤除"意淫"的忏悔录。因此，《红楼梦》全书开篇以石头"通灵"始，结末亦以"石归山下无灵气"终，石头、神瑛即后来的贾宝玉作为男主角贯穿全书，绛珠仙子即后来的林黛玉虽似与神瑛即贾宝玉同出，但其前也是因神瑛而被动造成，是随其下世"还泪"者。从而《红楼梦》"原来就是无材补天，幻形入世，蒙茫茫大士、渺渺真人携入红尘，历尽离合悲欢炎凉世态的一段故事"（第一回），石头即贾宝玉是主线，黛玉是宝玉最主要的配角，宝钗等其他"一干风流冤家"则是等而次之的配角。从而一方面"是书题名极多，《红楼梦》是总其全部之名也"（《脂评凡例》），《红楼梦》名义虽可以说是"红楼"中所有人之梦，但更确切是贾宝玉以"红楼"为象征和演出空间的"情"之"沉酣一梦"；另一方面《红楼梦》虽另有《情僧录》《金陵十二钗》《风月宝鉴》等异名，但其本名却合乎逻辑地是《石头记》，即空空道人所说"石兄，你这一段故事"。从而在《红楼梦》全书叙事结构上，贾宝玉作为主线人物，因是最终要"悟道"的人，必不能早于黛玉等退场，而必是在"历尽离合悲欢炎凉世态"，特别是黛玉"还泪"已毕"魂归离天"之后，才可能最后"梦醒"出家。

这就是说，两相比较，《红楼梦》写一人、一家之命运的结构虽与《金瓶梅》有"极相近似之迹"，但《金瓶梅》以"金"打头，"金""瓶""梅"三女性为主线并贯穿全书，《红楼梦》则以石头、神瑛即后来的贾宝玉为主线贯穿全书，也就是潘金莲与贾宝玉各在其书中贯穿始终，而西门庆与林黛玉形象却各在其书"七""九"之数的回次上退场，结果使《红楼梦》叙事结构看起来成《金瓶梅》的颠倒，而为后者的"倒影"①。

---

① 杜贵晨：《论西门庆与林黛玉之死——兼及〈红楼梦〉对〈金瓶梅〉的反模仿》，《山东师范大学学报》（人文社会科学版）2009 年第 5 期。

四 人物

从人物设置看，《红楼梦》与《金瓶梅》都主要是写一家之命运，从而人物形象各都是以一家之人为主，为"极相近似之迹"。但同样是文随意转，因写"情"与写"淫"的不同，两书人物的设置也成"适得其反"的"倒影"之像。

首先，中国古代儒、释、道三教无不以淫为罪恶，所以《金瓶梅》"以淫说法"，不可能以神仙世界的环境和人物，也不可能是贤人君子、雅士名媛，而只能是世俗成人的淫滥故事。这就决定了《金瓶梅》中男女大都是成年人，甚至大都是风月场中之人，女性除了迎儿、秋菊，稍有重要性者几无不涉淫荡。至于西门庆，出场即已是丧妻再娶，还养着"外宅"张惜春，家里也纳有李娇儿、卓丢儿两个妾了。而直至西门庆暴亡以及全书终卷，《金瓶梅》人物都程度不同地属于成人风月烂污的世界。在这个世界里，几乎只有性，没有情；只有淫，没有爱；只有飞蛾扑火般地走向死亡，没有新生和希望。西门庆与其一妻五妾，在他看来也几乎只是性与淫意义上的结合，从而使西门庆成为后来《红楼梦》作者所极力抨击之"皮肤滥淫"的典型。而围绕在西门庆周围的女性，除吴月娘、孟玉楼等少数之外，以"金""瓶""梅"为代表，也大都是"淫妇"型的人物。

与《金瓶梅》相近似，《红楼梦》也写一人、一家。但一人即贾宝玉尚在少年，一家即贾府虽不免也是传统型长辈老人当家的成人世界，却因《红楼梦》"以情说法"，重写"情痴情种"，其于一家（或贾府大院）中人物所关注的中心只是贾宝玉及其周围年龄仿佛的女儿们。这就使《红楼梦》所写内容虽整体上不能不说仍然是成人的世界，但其所描写的中心，却是"幽微灵秀地"，甲戌本双行夹批所谓"女儿之心，女儿之境"（第五回），主要即贾宝玉与他的表姐妹和贴身丫鬟们组成的少男少女的世界。在这个世界里，有的是情，而少及于性，更少及于淫；有的是为情所困的痛苦与失望，但就作者力所能及，也有出离这痛苦的努力与希望。即使贾宝玉作为"情痴情种"，泛爱"女儿"，有各种明面或潜在理由可视为与之具有或可能具有性或婚姻关系的——也如西门庆有一妻五妾——是能见于《红楼梦》第五回所列举诸钗中包括黛玉、宝钗、袭人、晴雯、湘云、妙玉在内的六位异姓女子。但贾宝玉与这六位女子的关系，或为夫妻（妾），或为知心，或为纯情，均无越礼非分。所以，贾宝玉是"天下古今第一淫人"，却与西门庆相反，只是"意淫"的典型。至于围绕在贾宝玉周围的钗、黛等"一干风流冤家"转世的"几个异样女子，或情或痴，或小才微善，亦无班姑蔡女之德能"（第一回），也无不是情场中人。所以两相比较，《红楼梦》与《金瓶梅》所写人物群体和主要个体的联系与区别，可概之曰《红楼梦》"谈情"，是青春版的《金瓶梅》；《金瓶梅》"戒淫"，是成人版的《红楼梦》。

其次，《红楼梦》一如《金瓶梅》主要为男性说法，但两书男主角命运迥别。虽然《金瓶梅》以"金""瓶""梅"等"女色"之害为主线，但其"以淫说法"的宗旨，却是为男性而设。这诚如第一百回回末文龙评曰："自始至终，全为西门庆而作也，为非西门庆而类乎西门庆者作也。"至于《红楼梦》，虽然似乎有"女性崇拜"的倾向，但究其实也暗承《金瓶梅》女色祸水的余绪，如第二十一回写贾宝玉续《庄子》有云：

> 焚花散麝，而闺阁始人含其劝矣，戕宝钗之仙姿，灰黛玉之灵窍，丧减情意，而闺阁之美恶始相类矣。彼含其劝，则无参商之虞矣；戕其仙姿，无恋爱之心矣，灰其灵窍，无才思之情矣。彼钗、玉、花、麝者，皆张其罗而穴其隧，所以迷眩缠陷天下者也。

这段脂评称"真是打破胭脂阵，坐透红粉关"的话，看似不合宝玉平日性情，却正是宝玉努力修为终将造诣之境。所以，《红楼梦》虽标榜"为闺阁昭传"，表面上也确乎无唐突文字，但骨子里仍是作家男性意识的自省与为男性"警情"（第五回）而作的"理治之书"。

虽然如此，贾宝玉与西门庆之命运仍"适得其反"：贾宝玉作为转世仙人，本有夙慧而又有警幻仙姑冥中照应，通灵宝玉、一僧一道随护保佑，所以终能"以情悟道"，甚至贾府结局还能够"兰桂齐芳"，惩劝之意，可谓怜爱有加；而西门庆作为凡夫俗子，犯了"万恶淫为首"的道德律条，作者不仅没有也实为不便予以宽宥，还安排其于三十三岁壮年暴毙于床笫间，身后"树倒猢狲散"，家业飘零，仅得"玳安改名做西门安，承受家业"，还是由于月娘"平日好善看经之报"，警世之意，可谓痛切。

所以两相比较，各所关注之男性主人公命运真是判若云泥，而贾宝玉适成西门庆之"倒影"。二人的颠倒，大概而言，贾宝玉是在"情"场中迷途知返的西门庆，西门庆是在"欲"海里不知回头的贾宝玉。其他如林黛玉与潘金莲、薛宝钗与吴月娘、袭人与春梅等，前者也都可以说是后者的"倒影"，兹不具论。

五 意象

《红楼梦》取法《金瓶梅》，虽然可以说各写一人一家之生活与命运，但是除了贾宝玉与西门庆的具体身份、贾府与西门大宅的具体场面有异之外，总体意象也"适得其反"。

《金瓶梅》既立意"以淫说法"，就必然以"淫滥"之丑及其结局为描写中心，从而世俗所尚神佛圣人、雅士才女之类人物，也就非所必有。这就造成《金瓶梅》所写几乎完全是俗世、俗人、俗事，总体是一个人间的淫秽肮脏故事。大约为了方便将这个故事写得更淫秽肮脏一点，作者除了写西门庆在官场社会上的交游几乎都与他是一丘之貉以外，还别具匠心地设定西门庆出场时即上无老、下无小、内无兄弟姐妹、外无前辈长亲，几乎是一个不具现实伦常关系之人。这就给了全书写西门庆之淫可以笔墨纵恣、无所不用其极的方便。从而《金瓶梅》意象之俗，不仅是庸俗，也不仅是粗俗，还是恶俗，成一部真正封建末世的"世情书"。即使有吴神仙、普静禅师等少许"绿野仙踪"人物的点缀，《金瓶梅》故事的总体意象仍然是最世俗和最暗无天日的。

《红楼梦》则不然。它既立意"以情说法"，所谓"圣人忘情，最下不及情，情之所钟，正在我辈"①，书中可托以写情的正是只有贾宝玉那种被称为"意淫"的"天下古今第一淫人"，以及"或情或痴，或小才微善"的"几个异样女子"（第一回）。这样的人物故事恰似"此曲只应天上有，人间那得几回闻"，实不便于在真实人间场景的描写中进行完美表现，而最好的途径是托于神话。所以，虽然《红楼梦》最受读者关注的是其人间描写的成分，但若观其全书，写石头被挟带于宝、钗、黛等"一干风流冤

---

① （南朝·宋）刘义庆著，徐震堮校笺：《世说新语校笺》，中华书局1984年版，第349页。

家……造劫历世"的队伍中"问世传奇"（第一回）云云，总体上实为一部衍自女娲炼石补天的"新神话"①。自《红楼梦》搬上银屏，"天上掉下个林妹妹"一曲唱遍大江南北，既是林黛玉的美与宝玉对她的爱征服了观众，也是由于"林妹妹"的形象根据于《红楼梦》是从"天上掉下"的仙女，这一身份能引起观众无限的遐想。

所以两相比较，《金瓶梅》故事起结都系于地上，《红楼梦》故事起结都系于天上；《金瓶梅》是兰陵笑笑生为"戒淫"而写实的"浮世绘"②，《红楼梦》是曹雪芹为破"情"幻设的"太虚幻境"和"大观园"③；从而《金瓶梅》偏于俗，而《红楼梦》偏于雅……就意象与风格而言，《红楼梦》同样可以说是《金瓶梅》之"倒影"。

六　余论

第一，如上实已论及，《红楼梦》是《金瓶梅》之"反模仿"与"倒影"，关键在立意的"反模仿"，即文随意转，因立意的"反模仿"而导致结构、人物等全部形象体系与原本成"倒影"关系。这一过程与机制好比生物学上将人工分离和修饰过的基因导入生物体基因组中，由于导入基因的表达引起生物体的性状产生定向遗传改变的转基因技术（Transgene technology），其成果就是转基因产品。虽然任何比喻都是蹩脚的，但至少在《红楼梦》"反模仿"《金瓶梅》所成的"倒影"关系来说，《红楼梦》可视为《金瓶梅》的"转基因产品"，具体说就是把《金瓶梅》写"色"的基因改变为《红楼梦》写"情"的性状。正是因为有了"转基因"的关系，《红楼梦》才有与《金瓶梅》似而不是的艺术个性。在许多方面还可以说青出于蓝而胜于蓝。脂砚斋评《红楼梦》"深得《金瓶》壶奥"，在

---

① 杜贵晨：《〈红楼梦〉的"新神话"观照》，《广东技术师范学院学报》2011年第2期。
② 浮世绘是日本江户时代（相当于中国清朝时期）的一种绘画，多表现娼妓和艺伎，女性、裸体、性感美、色情是其标志性特征。
③ "大观"一词出《周易·观卦》："大观在上，顺而巽。中正以观天下。"孔颖达疏："谓大为在下所观，唯在於上。由在上既贵，故在下大观。"[《周易正义》，《十三经注疏》（上册），中华书局1979年影印本，第36页中。]谓"大观"是"中正以观天下"的境界。所以《红楼梦》"大观园"不是一般意义上文学描写的园林，而是作者所构设"中正以观天下"之"情"的文学象征。

这个意义上才可以得到正确的理解，否则岂不成了抄袭或复制！此外《红楼梦》与《肉蒲团》，《醒世姻缘传》《林兰香》各与《金瓶梅》等，也程度不同地具有这种联系。说来话长，也似乎便于意会而难于言传，这里就打住不说了吧。

第二，以上论《红楼梦》是《金瓶梅》之"反模仿"与"倒影"，是仅就两书间的比较而言。这并不否认如其"大旨谈情"等立意、构思诸多层面也曾直接从《西游补》《牡丹亭》《长生殿》等前代名作中汲取一定的营养与经验。但是，同样是《红楼梦》中那些得自其他方面的影响，都不能掩盖并无法代替其对《金瓶梅》的"反模仿"和由此形成的"倒影"关系，从而本文的研究自有其合理性和独立的价值。而且这种"反模仿"和由此形成的"倒影"关系不仅存在于《红楼梦》与《金瓶梅》两书之间，明清小说特别是名著之间亦往往可见，只是由于读者从不曾有过这样的理念，也就不会有这一方向上的思考，从而视若无睹罢了。因此，笔者以为本文从《红楼梦》与《金瓶梅》比较所得之"反模仿"和"倒影"理念，或能有助于古典小说特别是明清小说研究建立这样一个新的视角，带来一番新的发现。

第三，回到开篇本文以《红楼梦》比较《金瓶梅》，除了由于两书后先关系所决定，还由于在近今文学阅读，古典小说中《红楼梦》一书长期走"红"，《金瓶梅》的流行却只可以说是"走在乡间的小路上"。所以，虽然《金瓶梅》不必攀附《红楼梦》而自有其价值与地位，本文以《红楼梦》比较《金瓶梅》也只是客观的探讨，但是这一研究当下对《金瓶梅》文学和社会地位的提高，实有学术以外的现实意义。例如以上诸家对《金瓶梅》"以淫说法"之认可与推重的意见，自古及今并没有能够成为社会主流的评价。试问《金瓶梅》未问世之前的淫男、淫妇和从来不识字读书的奸淫之徒是因何造就？可知是世上先有西门庆之类淫人淫事，然后才会有《金瓶梅》出来描画；而《金瓶梅》"以淫说法"，纵然不能一扫世间的淫乱，但其写淫对于真正的读者只是"说法"题中应有之义，并不至于一定产生负面的影响。因为很显然书的效用不仅在书的本身，甚至根本上不在书的本身，而在于什么人和怎样去读。这诚如清代学者刘廷玑在《在园杂识》中所说：

嗟乎四书也，以言文字，诚哉奇观。然亦在乎人之善读与不善读耳。不善读《水浒》者，狠戾悖逆之心生矣。不善读《三国》者，权谋狙诈之心生矣。不善读《西游》者，诡怪幻妄之心生矣。欲读《金瓶梅》，先须体认前序内云："读此书而生怜悯心者，菩萨也；读此书而生效法心者，禽兽也。"然今读者多肯读七十九回以前，少肯读七十九回以后，岂非禽兽哉？①

如今个别读者大概连七十九回之前也不肯全读，而必是全神贯注于若干性描写处品味幻想"生效法心"，如此则"岂非禽兽哉"？实禽兽之不如！但是这与《金瓶梅》何干？是《金瓶梅》"以淫说法"本为世戒，却不幸而对牛弹琴罢了。当然，这也提醒学界有向社会普及文学理论知识，特别是研讨传播《金瓶梅》一类姑名之曰"以毒攻毒"写法小说阅读方法的必要，引导读者能够尽可能客观地从文本的全部描写和创作宗旨欣赏领会作品之美，而不是作贪淫纵欲、寻愁觅货的偏方秘籍看待断章取义，但这既非少数学者能够完成，也不是一朝一夕可以解决。所以笔者此文仍不能不重申前人的提醒："读此书而生怜悯心者，菩萨也；读此书而生效法心者，禽兽也。"

（原载《求是学刊》2014年第4期，有订补）

---

① 转引自黄霖编《金瓶梅资料汇编》，中华书局1987年版，第253页。

试说中国古代小说以"物"写"人"传统的形成与发展

——以"紧箍儿"、"胡僧药"与"冷香丸"为例

从人自身的立场上看,世界是由"人"与"物"组成的。所以,虽然由"人物"之说,可以推导出"人"也是一种"物",但是,无论现实或虚拟的世界如文学中,"人物"作为"人",总是被作为非人之"物"的对象——主人、奴隶或其他相关者——而存在的。在这种情况下,"物"被打上了"人"的烙印,成为"人"的延伸。从而作品中对"物"的描写,作为"人"的生存状况与性格命运的影现,本质上是关于"人"的描写,"物"与"人"之间形成一种特殊的共生关系,在叙事文学特别是小说戏曲中尤为突出和明显。这一状况促使我们思考,对古代小说人物形象的研究,既要研究其自身相貌、言行、心理及其与他人的关系等等,又可以而且应当重视从"物"的角度,也就是作家以"物"写"人"的意图与实际加以考察。而古典小说中那些已经成为经典的著名物象描写又如此地令人触目动心,引发我们对相关描写之文学传统尤其对某些经典物象之后先承衍的联系,产生研究的兴趣。兹举《西游记》中的"紧箍儿"、《金瓶梅》中的"胡僧药"、《红楼梦》中的"冷香丸"三种,作为本文讨论的中心。

一 《西游记》中的"紧箍儿"

《西游记》第四十二回《大圣殷勤拜南海,观音慈善缚红孩》写孙悟空抡铁棒要打妖魔红孩儿:

菩萨只叫："莫打，我自有惩治。"却又袖中取出一个金箍儿来道："这宝贝原是我佛如来赐我往东土寻取经人的'金、紧、禁'三个箍儿。紧箍儿，先与你戴了；禁箍儿，收了守山大神；这个金箍儿，未曾舍得与人，今观此怪无礼，与他罢。"①

以此收服了红孩儿，三个箍儿都有了着落。而书中描写最多、意蕴最为深厚的，自然是观音菩萨使唐僧给孙悟空戴上的"紧箍儿"了。

《西游记》写"紧箍儿"，始自第八回写佛祖派遣观音去东土寻访取经人，临行赐五件宝贝，中有"金、禁、紧"三个箍儿：

如来又取出三个箍儿，递与菩萨道："此宝唤做'紧箍儿'；虽是一样三个，但只是用各不同。我有'金''紧''禁'的咒语三篇。假若路上撞见神通广大的妖魔，你须是劝他学好，跟那取经人做个徒弟。他若不伏使唤，可将此箍儿与他戴在头上，自然见肉生根。各依所用的咒语念一念，眼胀头痛，脑门皆裂，管教他入我门来。"

由此可知，"紧箍儿"出自佛祖，既是一样三个的总名，又是孙悟空所戴箍儿的专名。乃是能治妖魔之身以及其心，使皈依佛教的法宝，自然是与魔性相反对的。所以，书中写观音菩萨使唐僧给孙悟空戴的"紧箍儿"的作用，虽然有不少看来似被唐僧念咒用歪了，但根本上仍是遵照佛祖的安排，保证了孙悟空能够尊师受教、一心修行、逐渐祛除"魔"性，以使其真正"悟空"成佛。这一"紧箍儿"只针对孙悟空一人，是悟空"弃道从僧"以后能够随唐僧西天取经一往无前永不退悔的保障。自第十四回悟空被哄了戴上，并遭唐僧第一次试咒惩罚起，前后共有七回书写唐僧共七次用"紧箍儿"对悟空施惩（第十四回、第十六回、第二十七回、第三十九回、第五十六回、第五十七回、第五十八回），是取经路上悟空最感痛心疾首的一大羁勒。所以至第一百回全书结末写悟空成佛以后，他首先想到的就是要师父为他取下此箍儿。然而"唐僧道：'当时只为你难

---

① （明）吴承恩：《西游记》，（明）李卓吾、黄周星评，山东文艺出版社1996年版，第522页。本文引此书无特别说明均据此本，说明或括注回数。

管,故以此法制之。今已成佛,自然去矣。岂有还在你头上之理!你试摸摸看。'行者举手去摸一摸,果然无之"。小小"紧箍儿"就这样贯穿取经故事始终,于全书叙事写人与主旨的表达,不可说关系不大。但综合而言,其来历、作用等特点如下。

(一)"紧箍儿"出自佛祖,经观音菩萨交由唐僧哄骗悟空戴上,乃佛家制魔之宝。

(二)"紧箍儿"是唐僧随时制约悟空唯一的法宝,决定了唐僧与悟空之间特定的关系。

(三)"紧箍儿"自第八回出现,第十四回箍紧孙悟空,至第一百回从悟空头上自然褪去,迤逦几乎贯串全书,伴随自五行山下出来以后悟空修功的全过程,于悟空性格命运的转变、故事情节的发展影响重大。

(四)作为佛家降服悟空的宝物之一,"紧箍儿"为圈形法器。与此相对应,书中另有一圈形的宝物,即太上老君之"金刚琢",又名"金刚套"(第七回、第五十二回)。但"金刚琢"仅是打斗的武器,对悟空的威胁远不如"紧箍儿"的厉害,从而显示道不如佛、佛法无边。

二 《金瓶梅》中的"胡僧药"

《金瓶梅》写西门庆三十三岁暴亡,除长期纵淫损害了健康之外,还由于潘金莲给他服用了过量的春药即"胡僧药"。没有纵淫,西门庆不会早死;但没有"胡僧药",西门庆不会暴死,故事便不会如《金瓶梅》现在所写的样子收场。所以,"胡僧药"对《金瓶梅》一书写人叙事与主旨的表达,都起有某种关键性作用。

《金瓶梅》一百回,至第四十九回才有西门庆"永福寺饯行遇胡僧"[1],清代张竹坡评本作"遇胡僧现身施药"曰:"施药必现身者,见西门之死,全以此物之妄施故也。"[2] 而写胡僧"形骨古怪,相貌搊搜","不骑头口",倒比西门庆骑马还快,异相异能,非寻常不轨和尚,而是天意安排西门庆命中所遇之关键人物。西门庆就从他手中得赠春药"百十

---

[1] (明)兰陵笑笑生:《金瓶梅词话》,人民文学出版社1985年版。本文引此书无特别说明均据此本,说明或括注回数。

[2] 黄霖编:《金瓶梅资料汇编》,中华书局1987年版,第164页。

丸"内服和"二钱一块粉红膏儿"外用，内外夹攻，终致暴死。

按胡僧所说，此药"乃老君炼就，王母传方"，而第"四十九"回为"七七"之数，西门庆得此药于此回，以结前此西门庆以自然力纵淫一大循环。自第五十回与王六儿试药并及于李瓶儿起，此后断续每特笔写此药，有第五十一回（与潘金莲）、第五十二回（与李桂姐）、第五十九回（与郑爱月儿）、第六十一回（与潘金莲）、第六十七回（与如意儿）、第六十九回（与林氏）、第七十八回（与林氏、来爵儿媳妇）、第七十九回（与王六儿、潘金莲）等，总计九回书中写西门庆有十次服用"胡僧药"，包括西门庆九次自服和最后一次潘金莲给他一服三粒的过量服用，以致其脱阳而死，实以结西门庆一案。由其暗以错综"七""九""十"诸数为描写之度可见，《金瓶梅》中"胡僧药"之设，非比寻常物象描写，乃兰陵笑笑生为结西门庆纵淫一生所做的精心安排。旧时评点家如清代张竹坡除于第四十九回评曰"西门之死，全以此物之妄施故也"之外，还于第五十回评曰：

> 文字至五十回已一半矣。看他于四十九回内，即安一梵僧施药，盖为死瓶儿、西门之根。①
> 此回特写王六儿与瓶儿试药起，盖为瓶儿伏病死之由，亦为西门伏死于王六儿之由也。②
> 瓶儿之死，伏于试药，不知官哥之死亦伏于此。③

又在《批评第一奇书〈金瓶梅〉读法》中说：

> 武大毒药，既出西门庆家，则西门毒药，固有人现身而来。④

又《新刻绣像批评金瓶梅》第七十九回李渔评云：

> 此药较武大药所差几何？吃法与武大吃法所差几何？因果循环，

---

① 黄霖编：《金瓶梅资料汇编》，中华书局1987年版，第164页。
② 黄霖编：《金瓶梅资料汇编》，中华书局1987年版，第165页。
③ 黄霖编：《金瓶梅资料汇编》，中华书局1987年版，第165页。
④ 黄霖编：《金瓶梅资料汇编》，中华书局1987年版，第87页。

读者猛省。①

综合以上述论，《金瓶梅》写"胡僧药"的来历、作用等特点如下。

（一）《金瓶梅》写"胡僧"送药，称药"乃老君炼就，王母传方"（第四十九回），来历非凡。

（二）"胡僧药"间接或直接致李瓶儿、西门庆先后死，官哥亦间接死于此药，是决定西门庆及其一家落败命运的关键之物。

（三）"胡僧药"虽然自第四十九回始出，至第七十九回西门庆死即罄，只在全书偏后半部的前三十回中有具体描写，却承前启后，是故事进入高潮并发生逆转的关键。

（四）"胡僧药"与"武大毒药"相对，显示因果报应，丝毫不爽。

三 《红楼梦》中的"冷香丸"

《红楼梦》一百二十回，写及薛宝钗"冷香丸"者先后有三回书。一是第七回《送宫花贾琏戏熙凤，宴宁府宝玉会秦钟》写宝钗对周瑞家的笑道：

"再不要提吃药，为这病请大夫吃药，也不知白花了多少银子钱呢。凭你什么名医仙药，从不见一点儿效。后来还亏了一个秃头和尚，说专治无名之症，因请他看了。他说我这是从胎里带来的一股热毒，幸而先天壮，还不相干。若吃寻常药，是不中用的。他就说了一个海上方，又给了一包药末子作引子，异香异气的。不知是那里弄了来的。他说发了时吃一丸就好。倒也奇怪，吃他的药倒效验些。"……周瑞家的又问道："这药可有名子没有呢？"宝钗道："有。这也是那癞头和尚说下的，叫作'冷香丸。'"周瑞家的听了点头儿，因又说："这病发了时到底觉怎么着？"宝钗道："也不觉甚怎么着，只不过喘嗽些，吃一丸下去也就好些了。"②

---

① 《新刻绣像批评金瓶梅》，《李渔全集》（第十四卷），浙江古籍出版社1991年版，第351页。
② （清）曹雪芹、高鹗：《红楼梦》，脂砚斋评，山东文艺出版社1993年版。本文引此书无特别说明均据此本，说明或括注回数。

二是第八回《比通灵金莺微露意，探宝钗黛玉半含酸》：

　　宝玉此时与宝钗就近，只闻一阵阵凉森森甜丝丝的幽香，竟不知系何香气，遂问："姐姐熏的是什么香？我竟从未闻见过这味儿。"宝钗笑道："我最怕熏香，好好的衣服，熏的烟燎火气的。"宝玉道："既如此，这是什么香？"宝钗想了一想，笑道："是了，是我早起吃了丸药的香气。"宝玉笑道："什么丸药这么好闻？好姐姐，给我一丸尝尝。"宝钗笑道："又混闹了，一个药也是混吃的？"

三是第九十一回《纵淫心宝蟾工设计，布疑阵宝玉妄谈禅》：

　　宝钗不能说话，手也不能摇动，眼干鼻塞。叫人请医调治，渐渐苏醒回来。薛姨妈等大家略略放心。早惊动荣宁两府的人，先是凤姐打发人送十香返魂丹来，随后王夫人又送至宝丹来。贾母邢王二夫人以及尤氏等都打发丫头来问候，却都不叫宝玉知道。一连治了七八天，终不见效，还是他自己想起冷香丸，吃了三丸，才得病好。

综合上引有关描写可知，"冷香丸"来历、作用等特点如下。

（一）"冷香丸"是一位异僧——秃头和尚送的，出处神奇。脂评以为："卿不知从那里弄来，余则深知是从放春山采来，以灌愁海水和成，烦广寒玉兔捣碎，在太虚幻境空灵殿上炮制配合者也。"（第七回）按《红楼梦》写警幻仙子所居"放春山"正是有"遣香洞"，"香"即"一干风流冤家"。所以，上引脂评虽然可能是揣测之言，然亦可信其深得作者之心。

（二）"冷香丸"药性冷，专治"从胎里带来的一股热毒"。对于这股"热毒"，脂评曰："凡心偶炽，是以孽火齐攻。"（第七回）可知丸药之效只在遏欲窒情，是作者设计薛宝钗"金钗雪里埋"性情，写她为一"任是无情也动人"（第六十三回）的"冷美人"的关键之笔。

（三）由"冷香丸"之设可知，薛宝钗作为"一干风流孽鬼"之一，本与林黛玉等一样属内怀"热毒"的"情痴"，只是由于一直服用"冷香丸"，才未至于如林黛玉等为情所累、所误。从而"冷香丸"决定了宝钗性格迥异于其他诸钗，尤其与林黛玉不同，是"钗、颦对峙"的保障之一。

（四）《红楼梦》写丸药数种，除薛宝钗服用的"冷香丸"之外，尚有黛玉先后服用的"人参养荣丸"（第三回）和"天王补心丹"（第二十八回）。这两种中药丸性热，从而与"冷香丸"一"热"一"冷"，药性相反，加强了"钗、颦对峙"的形势。

四 三者之异同

将如上"紧箍儿""胡僧药"与"冷香丸"三者比较，可知其来历、作用等特点有所不同。

（一）三者各自所作用之人：孙悟空是学佛的神魔；西门庆是世间的妄人；薛宝钗是造凡历劫的"风流孽鬼"，且为女性。

（二）三者性状："紧箍儿"是外用的，"胡僧药"是内服兼外用的，"冷香丸"是内服的，且三者有为械为药的区别。

（三）三者之效用："紧箍儿"是治心的，"胡僧药"是助淫的，"冷香丸"是遏情的。

三者之间的这诸多不同显而易见，使读者往往不会以它们相并观，也大概因此未见有学者做过三者的比较与讨论。但是，同作为小说中的物象，我们更重视的是三者在来历与作用等特点上的相通、相似、相近之处，可归纳为以下三个方面。

（一）三者都非人世间物，均佛教神话人物或观音菩萨、或胡僧、或秃头和尚，不请自来所赠送，表明三者均小说受佛教影响的产物。

（二）三者在书中都对主要或重要人物的性格命运产生或钳制、或助推的作用，深刻影响了故事的走向与进程，是全书人物形象、故事情节设计的一大关键。如"紧箍儿"又有咒语曰"定心真言"，一旦用上，可使包括孙悟空在内无论什么"神通广大的妖魔……眼胀头痛，脑门皆裂，管教他入我门来"（第八回）；又"至梵僧药，实……为瓶儿致病之由，而西门溺血之故，亦由此药起"①。"西门吃梵僧药而死其身"②；"冷香丸"能

---

① 黄霖编：《金瓶梅资料汇编》，中华书局1987年版，第214页。
② 黄霖编：《金瓶梅资料汇编》，中华书局1987年版，第168页。

抑制宝钗先天带来的"热毒"，使其形成并长期保持与黛玉对峙的"冷美人"形象，使贾府上下均乐于接纳，为"金玉良缘"扫清了障碍。

（三）三者各自有相对之物，均具关系一书全局的寓意。《西游记》中"紧箍儿"实与太上老君的"金刚琢"相对，二者对孙悟空的作用体现出佛高于道，更进一步表明"无规矩不能成方圆"，必要的羁束是修行成功的关键，而修行之道则是"成人不自在，自在不成人"①；《金瓶梅》中"胡僧药"与害武大的"鸩药"相对，二者一还一报，加强全书因果报应的思想倾向，更是其所谓"嗜欲深者生机浅"（第七十九回）的证明；《红楼梦》中"冷香丸"与"人参养荣丸"——"天王补心丹"相对。这一设计当是由于作者不相信世俗中竟有这种几乎是纯理性的"冷美人"，又要促成"钗、颦对峙"，所以就只能通过使宝钗服用"冷香丸"做特殊的处理，以抑制其先天带来的"热毒"，这就硬是把与林黛玉同为"风流冤孽"的薛宝钗捏造为一位堪称"理"之化身的"冷美人"，做了"情"之化身的林黛玉的对照性人物②。这个过程在使宝、黛"心事终虚化"（第五回）的同时，也为钗、玉的"金玉良缘"扫清了障碍。而所谓"金玉良缘"，不过是娇杏"偶因一着错，便为人上人"（第二回）命运所显示的对世俗"无儿女之情，故有夫人之分"（《红楼梦》甲戌本第一回侧批）的"正话"，乃作者笔下最大的人间恨事。

比较如上三者的异同可知，虽然三者之异明显而突出，但是三者之相通、相似与相同更具本质意义，即都通过设置某一特殊物象，使之扼住人物命运的咽喉，以致其性格命运发生根本性转变。三部不同时代、作者，又题材、主旨等有巨大差异的小说中竟有此等以"物"写"人"的共同艺术手法，固然是各自作者自觉、有意的选择，但显然不会是偶然的契合，而应该有其共同的文化渊源和彼此间后先相承的联系，值得进一步探讨。

---

① （宋）罗大经《鹤林玉露》卷之三乙编《朱文公贴》："谚云：'成人不自在，自在不成人。'此言虽浅，然切至之论，千万勉之。"曹雪芹、高鹗《红楼梦》第八十二回亦引此语。

② 这只要看书中写林黛玉的病也是胎里带来，第三回曾由黛玉口中说出她三岁时有癞头和尚曾要化她出家，不然"只怕他的病一生也不能好的"。西谚谓"女子痴，没药医"（钱锺书：《管锥编》第一册，中华书局1979年版，第94页），而后来黛玉实亦到了"没药医"的地步。而仍要写她服用"人参养荣丸"或"天王补心丹"之故，则一面是聊胜于无，另一面是做"冷香丸"的对照。

五 四个来源

（一）三者均为中国古代小说以物写人传统的产物。我国古代小说很早就形成了以物写人乃至用为人物命运关键和叙事之枢机的传统。这一传统如果说在唐人小说《古镜记》（古镜）、《板桥三娘子》（荞麦烧饼）中已经初见端倪，那么到了《三国演义》《水浒传》问世时，诸如前书中的"锦囊"、后书中的"天书"之类，就已经被用来影响相关人物命运、推动和整合故事情节了。这一传统使后世作者叙事，往往一到不易扭捏或扭捏不来时，即思一非常之人祭出非常之物，赋予其特定的功用以为叙事的转捩。《西游记》中如来通过观音菩萨给唐僧的"三个箍儿"之设，形式上应当是受了《三国演义》《水浒传》等书的启发并翻新出奇而来。它的翻新出奇之处，除更加强调了物象本身一而三、三而一的大暗扣作用之外，更在于不仅把"紧箍儿"一而三的"三个"都照顾到了，还特别突出了对三者之中孙悟空所戴"紧箍儿"的描写，使之在诸物象中有与取经中心人物共始终的地位与作用，使此前这一虽然久远却不甚鲜明之叙事传统凸显出来，更易于启发后来人。《金瓶梅》写"胡僧药"与《红楼梦》写"冷香丸"等，都是唐代以降小说以物写人传统影响的产物。

（二）三者均为中国小说艺术发展至以人物命运为描写中心的结果。上述我国古代小说以物写人的传统，虽然自唐人小说即已初露端倪，但这一传统却是随着我国小说由以叙事为中心逐渐转移至以写人为中心的过程逐步发展与成熟的。明显的标志是，《三国演义》中"三个锦囊"的设计，除有进一步显扬诸葛亮料事如神的作用之外，对刘备或赵云性格的刻画都基本不起什么作用。但至《水浒传》中的"天书"，由于只许宋江与吴用两人观看，并显然主要是宋江一人的秘诀，这就无疑地加强和突出了宋江本为"星君"的特征及其在一百零八人中的地位。因此，《水浒传》"天书"之设，是把我国古代小说以物写人传统与全书中心人物形象塑造结合起来的最早成功的尝试，但从"天书"仅有行兵布阵方面的作用来看，《水浒传》的作者尚没有意识到能够以物写人的性格转变。这一意识随着小说艺术逐渐发展到以人物命运为中心，直到《西游记》才明显地自觉起来，其最显著的标志是其以"紧箍儿"扼住孙悟空命运的设计，并先后引发和形成了《金瓶梅》"胡僧药"和《红楼梦》"冷香丸"等以物写人的一脉传统。这就是说，"紧箍儿"等以物写人一脉传统的形成，虽是因我国古代小说以物写人大传统的推动，但更是明中叶以后小说艺术发展到以人物命运为描写中心的结果。

（三）"紧箍儿""胡僧药""冷香丸"三者后先承衍的结果。根据我国古代有关物与人关系浩如烟海的文献记载，我们完全可以认为"紧箍儿"等三者各有所祖，例如《金瓶梅》中西门庆服"胡僧药"而暴亡情节的设计，应自托名汉伶玄《飞燕外传》写汉成帝服用过量春药而死模拟脱化而来，但更应该考虑到《水浒传》已写定武大遭潘金莲与西门庆等合谋用鸩药害死的情节，使以因果报应为意的《金瓶梅》作者易于产生以"胡僧药"为报应结束西门庆生命之构思这一因素。但如此一来，"胡僧药"与"冷香丸"之设，与以上"锦囊"——"紧箍儿"的传承似绝无关系了。其实不然。从《西游记》写唐僧七复以"紧箍儿"惩罚孙悟空和《金瓶梅》写西门庆用"胡僧药"一定是分布在九回书中九次写它看来，不免使我们想到《三国演义》"七擒孟获"与"九伐中原"的经典描写，进而知道这几部书之间错综复杂的联系与相互借鉴的关系真乃匪夷所思；更进一步可以看到，后来"胡僧药"与"冷香丸"可以扼住主人公性命的本质特征，只有《西游记》中的"紧箍儿"才第一次被赋予并展开了充分的描写，它们的后先相通也应该不是出于偶然，尤其根据"深得《金瓶（梅）》壶奥"（《红楼梦》甲戌本第十三回脂批）这一观点来说，"冷香丸"最有可能是受到了"胡僧药"的启发，就其反面设想得来。

（四）三者均为作者重表现而轻再现美学理念下的选择。笔者以为，较之文学按照现实生活的本来面目描写生活的再现原则，中国古代小说家更倾向于"意在笔前"[①] 和"因文生事"[②]，"为文计，不为事计"[③] 的表

[①] 《全晋文》卷二十六王羲之《题卫夫人笔阵图后》："夫欲书者，先干研墨，凝神静思，预想字形大小、偃仰、平直、振动，令筋脉相连，意在笔前，然后作字。"

[②] （清）金圣叹：《读第一才子书法》，朱一玄、刘毓忱编《水浒传资料汇编》，百花文艺出版社1981年版，第248页。

[③] （清）金圣叹评语，载朱一玄、刘毓忱编《水浒传资料汇编》，百花文艺出版社1981年版，第294页。

现艺术。这种重表现而轻再现的艺术倾向，使小说描写往往为理念而牺牲现实，尤其在作品的总体构思上，几乎无不为了理念的表现而扭曲甚至牺牲生活的真实，捏造出诸如"因果报应""大团圆"等种种不合常情乃至怪诞的意象或情节，对"紧箍儿"等三物象的描写理论上就是此种美学取向的产物。具体来说，"《西游》，一成佛之书也"[①]，"紧箍儿"即为佛祖、菩萨使孙悟空"入我门来"（第八回）而设；《金瓶梅》，"戒淫"[②]之书也，西门庆必以淫死，"胡僧药"即为此而设；《红楼梦》，"谈情"[③]之书也，"无儿女之情，方有夫人之分"，"冷香丸"即为宝钗后嫁宝玉而设。此等设计如果说在《西游记》作为一部神魔小说是合理的，那么从对被认为是写普通人日常生活的"人情小说"的《金瓶梅》《红楼梦》的现实主义要求看，出现带有神异色彩的"胡僧药"或"冷香丸"似乎就不够自然了。然而问题在于小说是"讲故事"[④]，其艺术性的高低并非只能以所谓"现实主义"再现的真实性做衡量标准，而还可以根据"讲故事"的优劣即艺术表现水平的高低作判断。根据艺术表现水平的高低做判断，则无论"紧箍儿"或"胡僧药""冷香丸"之设，就都是极精彩的物象。相关描写受到读者的欢迎，也证明了可以并且应该这样看待。

综合以上对"紧箍儿"等三者异同的考论，可知我国古代小说以"物"写"人"的传统，至晚自唐代发生，至元明间《三国演义》《水浒传》逐渐被凸显出来，但至明中叶《西游记》写"紧箍儿"始，才有了真正扣紧和作用于人物性格命运的物象设计，至《金瓶梅》写"胡僧药"、《红楼梦》写"冷香丸"而渐次发扬光大。其后先相承，显示了中国古代小说在"文学是人学"方向上的进步，而其为"物"之来历与作用大都神异怪诞，也标识了中国古代小说人物尤其是中心人物形象，虽在细节的写实上可能精妙绝伦，但其基本性格命运却多因作者的意图而成，很大程度上是作家理念的产物，与西方所谓"现实主义"的逻辑相去甚远。因此，

[①] （明）吴承恩：《西游记》，（明）李卓吾、黄周星评，齐鲁书社1996年版，第1167页。
[②] （明）欣欣子：《金瓶梅词话序》，黄霖编《金瓶梅资料汇编》，中华书局1987年版，第1页。
[③] （清）曹雪芹、高鹗：《红楼梦》，脂砚斋评，山东文艺出版社1993年版，第6页。
[④] ［英］爱·福斯特：《小说面面观》，《小说美学经典三种》，方土人译，上海文艺出版社1990年版，第220页。

即使对《金瓶梅》与《红楼梦》这类中国小说，我们也切不可以只是套用西方的文论加以解读，而应该适当参照西方理论，却主要从文本出发，实事求是，自主地发现、发明其民族文化特点与内涵。

（原载《河北学刊》2012年第3期）

试论《红楼梦》从"顽石点头"故事
所受"直接的影响"

　　研究《红楼梦》的人极多，研究《肉蒲团》的人极少，研究《红楼梦》与《肉蒲团》关系的人更是少之又少，几近于无。有之，笔者或翻检未遍，仅见美国华裔汉学家余国藩先生一部书的注释中说过："不论《红楼梦》或《肉蒲团》，这两部旧小说都用过'顽石点头'的竺道生传奇，显示'直接的影响'大有可能。"[1] 其所谓"直接的影响"或借自他人成说，但这里具体所指应当是《肉蒲团》直接影响了《红楼梦》化用竺道生"顽石点头"的故事，从而其所道破《肉蒲团》与《红楼梦》的关系也仅此一点。又点到为止，所以至今没有引起学者的注意与进一步讨论。然而这既是罕见的研究《红楼梦》与《肉蒲团》关系的一例，其判断又未尝不可以引人遐思，即《红楼梦》所受《肉蒲团》"直接的影响"是否还有其他？这一影响全面的情况如何？笔者以为这都是值得注意与讨论的。因此本文试做两书的比较，得到的初步认识是，曹雪芹应该读过《肉蒲团》，《红楼梦》确实受有《肉蒲团》的"直接的影响"；比较《红楼梦》的"深得《金瓶》壸奥"[2]，其受《肉蒲团》的影响不说更大更深一些，也可说是更多更显一些。具体说明如下。

---

[1] ［美］余国藩：《〈红楼梦〉、〈西游记〉与其他——余国藩论学文选》，李奭学编译，生活·读书·新知三联书店2006年版，第117页注77。

[2] 郑红枫、郑庆山辑校：《红楼梦脂评辑校》，北京图书馆出版社2006年版，第144页。

一 《红楼梦》与《肉蒲团》之书名、题旨实出一辙

《红楼梦》虽"深得《金瓶》壶奥",但许多内容并非效仿《金瓶梅》而来,有大相径庭者,明显的如其于诸多异名中独得流行的今名,就与《金瓶梅》取书中三女性名中各一字缉缀而成书名的命名之法不同,是从比喻的、象征的、寓意的角度而设,同时具有哲理的、醒世的、教化的特点。这一种命名方法,上溯至"四大奇书",可视为《水浒传》命名传统之流亚,但在具体的意义与形式上,与之更切近的书名则是《肉蒲团》。

顾名思义,《肉蒲团》是把男性对女性肉体的沉湎比作佛教禅宗"蒲团"之上的修行打坐,以在肉欲即性的沉沦中得到教训为参禅悟道之机,即书中第二回孤峰和尚所说:"居士请自待娶了佳人之后,从肉蒲团上参悟出来,方得实际。"① 所以"肉蒲团"的真义实为"女色梦"或"风流悟",后世《醒名花》《情梦柝》等小说的命名都循此逻辑。《红楼梦》亦然,其所谓"红楼"喻指女子,书中称"女儿",说"女儿是水做的骨肉,男人是泥做的骨肉"②(第二回)。全书正传所写,也就是自认为是"粪窟泥沟"(第七回)的"怡红公子"(第三十七回)贾宝玉作为神仙下凡所经历的人世的一番"情劫"③。对此,脂批的说明是:"以顽石草木为偶,实历尽风月波澜,尝遍情缘滋味,至无可如何,始结此木石因果,以泄胸中悒郁。"(第一回)所以,《红楼梦》的"情"在逻辑上正等同于《肉蒲团》的"肉"。前者题作"红楼梦",实以表明其意在写"情悟"(第三十六回),后者题作"肉蒲团"(一名《觉后禅》),则实以表明其意在写"肉觉"。二者各自所要破除痴迷的对象虽有"情"与"肉"的不同,但所标榜的最终要"觉"与"悟"到万事皆空的醒世教化意图,却是一样的。

---

① (清)情痴反正道人:《肉蒲团》,日本宝永刊本。本文引是书正文及评语均据此本,以下仅随文说明或括注回数。
② (清)曹雪芹、高鹗:《红楼梦》,脂砚斋评,山东文艺出版社1993年版。本文引是书均据此本,以下仅随文说明或括注回数。
③ 小和山樵(陈少海)《红楼复梦》第一回曰:"时在青埂峰前遇赤霞仙子……仙子曰:'神瑛当日转落人间,恐其不解情旨,是以令吾妹可卿开其情障,以了尘缘。谁知伊等为风月所迷,结成情劫,难以遽解。因金陵十二钗,本系有情无缘,难以强合。今既有情缘,须当配合。'"[(清)小和山樵:《红楼复梦》,齐鲁书社2006年版,第2页。]

由此可见，《红楼梦》虽"深得《金瓶》壸奥"，但并非只是从《金瓶梅》模拟变化而来，最明显是其书命名之取径就与《金瓶梅》不同，而与由《金瓶梅》写性衍化成书的《肉蒲团》更为形似，其所寓含的醒世教化的题旨也与后者有相当程度的神似，说它们如出一辙，实不为过。

在《红楼梦》之前，章回小说的命名几乎没有比《肉蒲团》与《红楼梦》更加近似者。或者有之，但从《红楼梦》与《肉蒲团》密切的关系（详下）上考量，也可推断《红楼梦》受到后者影响的可能更大一些。这也就是说，《红楼梦》不仅"深得《金瓶》壸奥"，其作者曹雪芹应该也阅读研究过《肉蒲团》，所以《红楼梦》的命名舍《金瓶梅》之法而仿于《肉蒲团》，受到了《肉蒲团》"直接的影响"。

二 《红楼梦》与《肉蒲团》总体构思如一

《红楼梦》的故事自不必说了。《肉蒲团》的故事大略而言，在元代致和年间，有孤峰长老，人称布袋和尚，一日在括苍山中佛堂打坐蒲团之上，未央生来拜佛并礼见和尚，和尚欲化未央生出家，而未央生坚持要做"天下第一位才子"，"娶天下第一位佳人"，并不惧"奸淫之报"，以为"一人之妻女有限，天下之女色无穷"，"淫了天下无限的妇人"，天公也无可奈何。孤峰和尚"知他大块顽石推移不动的人"，不可教谕，只好造就其"待娶了佳人之后，从肉蒲团上参悟出来……还要来见贫僧，商量归路"（第二回）。然后未央生娶道学腐儒铁扉道人女儿玉香为妻，不久即以游学为名，外出寻春。先是勾引卖丝商人权老实的妻子艳芳通奸，后即买为外室。艳芳怀孕，未央生又通秀才轩轩子之继室香云。又经香云介绍，通其表妹儒生卧云生之妻瑞珠和倚云生之妻瑞玉以及孀姑花晨。而权老实在得知其妻为未央生所占之后决意报复，卖身为仆得入铁扉道人家，诱奸玉香致其怀孕，并携其私奔京师，卖至妓院日夜接客。玉香从鸨母仙娘习得房中绝技，名动京师。瑞珠的丈夫卧云生和瑞玉的丈夫倚云生将玉香包养，香云的丈夫轩轩子也从中沾惠。未央生慕名赴京嫖妓，玉香知是己夫，无颜相见，羞愧自尽。未央生遭众嫖客殴打，又见欲嫖之妓，竟是自己的妻子，方知恶有恶报，报在眼前，丝毫不爽。乃大彻大悟，回括苍山拜孤峰长老，落发修行。"自取法名'顽石'，一来自恨回头不早，有如顽石，二来感激孤峰善于说法，使三年不点头的顽石仍旧点起头来。自此以后，立意参禅，专心悟道。"（第二十回）但仍为肉欲所苦，乃挥刀自宫。终与权老实、赛昆仑一起忏悔旧恶，摩顶受戒，随孤峰长老坐化。

如上《肉蒲团》的故事，若再加概括，观其大略，则是未央生这"大块顽石推移不动的人"即后来法名自号"顽石"之和尚的纵欲史，同时又是其在"肉蒲团"上的修行史，是以未央生为主人公的一部"顽石记"。这就与本名《石头记》的《红楼梦》核心故事如一，并进一步体现为情节上的极大相似，具体有四。

一是《肉蒲团》写未央生悔过后"自取法名叫做'顽石'"，而《红楼梦》写贾宝玉与"顽石"扑朔迷离，实一而二，又二而一，并且程高本百十五回写贾宝玉也正是自称"弟至浊至愚，只不过一块顽石耳"，二书各自中心人物皆涉"顽石"之性与象，情状如一。

二是《肉蒲团》正传开篇写有孤峰和尚劝阻未央生（"顽石"）去寻"天下第一位佳人"，而未央生不听，《红楼梦》也写有"一僧一道"劝阻"顽石"（或即贾宝玉）不必下凡寻求"乐事"，而"顽石"不听，并各示以未来的劫数，虽劝阻者有一僧与"一僧一道"的差别，但二者开篇叙事的"劝阻"情节取径如一。

三是《肉蒲团》写未央生（顽石）最后还由孤峰和尚度脱，而《红楼梦》写贾宝玉（顽石）最后也还由"一僧一道"挟持，虽有因"色"与因"情"的不同，但同为写"悟道"而出家为僧的结局是一样的。

四是《肉蒲团》与《红楼梦》虽篇幅差距甚大，但都在第一回议论"道学"或"理治"之书、"风流小说"或"适趣闲文"，又都在第五回写有收录女色的"册子"，此一布局近乎雷同。

总之，《肉蒲团》与《红楼梦》写"顽石"与宗教神秘人物达成"协议"的入劫与出劫的总体构思，诚如余国藩先生所说，都本于竺道生"石点头"的佛教传说，而布局雷同之处亦彰然可见。但二者之间，《肉蒲团》为首创，而《红楼梦》应当是受到了《肉蒲团》"直接的影响"。

三 《红楼梦》"一僧一道"亦有《肉蒲团》的影响

《红楼梦》中有"一僧一道"，主要作为"顽石"——宝玉的引路人与监护者,往往在情节发展的关键处出现。这一现象渊源有自。

历史地看,章回小说中出现"一僧一道"的现象是唐以后"三教合一"影响的结果。就章回小说自身的发展而言,以与小说中心人物命运攸关为标志,"一僧一道"形象的发生,或在《三国志通俗演义》中就已经有了端倪。虽然从"尊刘贬曹"的角度,分别与曹魏或孙吴相关的左慈和于吉是不必说的,但与作为全书叙事中心的蜀汉领袖刘备相关的有神仙李意,而与刘备所最为信赖的关羽相关的有普静和尚;《水浒传》中"一僧"应是鲁智深或说其师父智真长老,而"一道"就是公孙胜或说其师父罗真人了;《西游记》中人物除魔怪之外几乎非僧即道,似难各举其一,但是若以孙悟空为主人公作细致的区别,则与其关系最为密切的观音菩萨和太白金星可分别当之(前者于孙悟空有救拔护佑之恩,后者是天庭唯一主张"招安"悟空的神仙);《金瓶梅》中的僧、道也很不少,但与西门庆及其一家命运关系最大的却只有胡僧和吴神仙。

《红楼梦》中"一僧一道"的设计,远源应该就是如上"四大奇书"围绕中心人物命运各隐约有一僧一道提点护佑的写法。但是,这"直接的影响"却来自《肉蒲团》,根据有二。

一是两书各自的主人公即"顽石"与宗教神秘人物达成历劫回归"协议"的环境极为相似。《肉蒲团》中于未央生命运始终其事的孤峰长老即布袋和尚,其居在括苍山,而号为"孤峰"。"苍"者,青也,绿也。"括苍山"之"孤峰"意象,使人很容易想到《红楼梦》中"顽石"所栖身的"青埂峰"。而两书所写"顽石"就是在几乎同样的山峰下与宗教神秘人物达成历劫回归"协议"的。

二是《肉蒲团》写与未央生性命攸关的正是有一僧一道。一僧即孤峰长老不必说了。一道即那位"相貌奇伟,是个童颜鹤发的老人"的术士,正是他满足了未央生的需要,帮助未央生克服了历劫纵欲的一大难题。虽然《肉蒲团》中还写有一位名字拟于唐人小说《昆仑奴》中人物的叫赛昆仑的侠士,做了未央生寻春猎艳的帮办,使书中人物儒、释、道、侠等流派俱全,但在诸色人物中,先后对未央生"从肉蒲团上参悟出来"起到"临门一脚"作用的,还应当说是"一僧一道",即孤峰和尚和那位术士,至少要说这两个人物的形象更为特殊而作用更为突出一些。也许因此引起曹雪芹的注意和效仿,是《红楼梦》写"一僧一道"可能的来源之一。

当然，从彼此的关系与各自作用的性质看，《红楼梦》中的"一僧一道"与《肉蒲团》中的和尚、术士也有明显的不同，但那主要是由于作品题旨需要的差异不得不然以及《红楼梦》后来居上的结果。所以，《红楼梦》"一僧一道"形象组合的成功运用，虽渊源自"四大奇书"的传统，且较多是《肉蒲团》"直接的影响"，但毕竟还是化腐朽为神奇的结果。

四 贾宝玉形象有取于未央生

上所论及《肉蒲团》亦如《红楼梦》是一部"石头记"，根本原因是两部书各自的中心人物未央生与贾宝玉都被喻为或写为"顽石"，所以与文本明确写出的"顽石"之象密切相关，这两个人物迷于"色"或痴于"情"之性的难以改易如"顽石"一点，在中国文学史上更无另外的形象可以相对看，应该是《红楼梦》写贾宝玉有取于《肉蒲团》中未央生形象的一个有力证据。但还不止于此，另外至少有如下若干相似点值得注意。

第一，从形貌描写看，两人均极风流。《肉蒲团》第二回写未央生曰："那书生的仪表生得神如秋水，态若春云。一对眼睛比他人更觉异样光焰。大约不喜正观，偏思邪视，别处用不着，唯有偷看女子，极是专门。"《红楼梦》第三回写贾宝玉曰："面如傅粉，唇若施脂，转盼多情，语言若笑。天然一段风韵，全在眉梢；平生万种情思，悉堆眼角。看其外貌最是极好。"两处描写都重在传神阿堵，而除有"好色"与"痴情"之别外，未央生与贾宝玉显然皆风流才子型人物。

第二，各自作者对主人公的天赋评价如一。与一般才子佳人小说对才子容貌赞不绝口的倾向相反，《肉蒲团》写"（孤峰）和尚心下暗想道，好个有知识的男子，只怪造物赋形有错，为何把一副学佛的心胸，配一个作孽的相貌"（第二回），《红楼梦》写贾宝玉也是说"看其外貌最是极好，却难知其底细"，又说他"纵然生得好皮囊，腹内原来草莽……"（第三回）各从释或儒家的标准对所写主人公的形质表示了几乎同样的遗憾，评价如一。

第三，从才性看，两人均不专心于举业。《肉蒲团》中有大量讽刺儒生与科举制度的内容，写未央生虽有"幸而挂名两榜，也替朝廷做些事业"的功名之念，但是比较做"才子"的功业，他更为注重的是"才子"

的风流。如第四回写"未央生别了丈夫妻子,出门游学。信足所至……他把作文会友当了末着,只有寻访佳人是他第一件要紧";而《红楼梦》写贾宝玉则是"潦倒不通庶务,愚顽怕读文章"(第三回),最讨厌听那仕途经济的"混账话"(第三十二回),所以"最喜在内帏厮混"(第三回)。像《肉蒲团》与《红楼梦》之间,人生目标如此相近的人物,其他小说中未见。

第四,从生活习性看,两人各有喜与不喜之一癖。《肉蒲团》写未央生"只因性耽女色,不喜日而喜夜,又不喜后半夜而喜前半夜,见《诗经》上有'夜未央'之句,故此断章取义名为'未央生'";与林黛玉的"黛玉天性喜散不喜聚"相对,《红楼梦》写"那宝玉的性情只愿人常聚不散,花常开不谢"(第三十一回)。

第五,从人生的结局看,如上已论及,两人都是出家皈依了佛门,并且在历劫以至出家的人生旅途中,各自都得到了佛、道人物不同形式的帮助。

如上贾宝玉与未央生的诸多相似、相近的描写表明,贾宝玉形象的塑造极似有取于未央生。但这不是为模仿而模仿,而是由《红楼梦》的"以情悟道"① 与《肉蒲团》的可说是"以色悟道"题旨的相近和所写人物性情的根本相通所决定的。实际上若略其玄黄而独鉴骨相,两书都公开标明写"淫",但《肉蒲团》所写为"淫"之技,未央生可谓是"皮肤滥淫"之形而下的贾宝玉,《红楼梦》所写为"淫"之道,贾宝玉是"意淫"即"知情更淫",所谓"天下第一淫人"之形而上的未央生。二者的区别只在淫于"肉"或淫于"情"之间,而同为性情之"淫",并无根本的不同。这一根本之点决定了《红楼梦》写贾宝玉可以在某些方面有取于未央生。例如不喜科举一点,在《肉蒲团》是为了腾出笔墨写未央生之"皮肤滥淫",而在《红楼梦》则是留为写贾宝玉"最喜在内帏厮混"的余地。不仅是为了讥弹科举制,甚至主要不是为了讥弹什么,而是围绕"大旨谈情"的一种艺术上的取舍。

五 《红楼梦》"金陵十二钗"册子仿《肉蒲团》"花册"

《红楼梦》第五回写太虚幻境薄命司有"金陵十二钗"正册、副册、

---

① 《红楼梦》甲戌本第五回写警幻仙姑语,今通行整理本一般不取此说,而别本把此语删落了。

又副册，分装于三橱，每橱一册，每册收录女子十二名。册中收录，多为单列，偶有合并，均有图有文，图文照应，寓写女子性情命运。如写贾宝玉观览"正册"云：

> 又去取那"正册"看时，只见头一页上便画着两株枯木，木上悬着一围玉带；又有一堆雪，雪中一股金簪。也有四句言词道是：
> 可叹停机德，堪怜咏絮才。玉带林中挂，金簪雪里埋。

这是合写林黛玉、薛宝钗的。又如：

> 后面又画着两个人放风筝，一片大海，一只大船，舡中有一女子掩面泣涕之状。也有四句写云：
> 才自清明志自高，生于末世运偏消。清明涕送江边望，千里东风一梦遥。

这是写探春的，如此等等。《红楼梦》后面的相关描写，虽实际上由于全书没有写完或后四十回不全出于曹雪芹一人之手，有的与图文所寓写并不十分合榫，但今本《红楼梦》写有关女子形象大体根据于此。所以《金陵十二钗》册子等于《红楼梦》写主要女性形象的大纲，其作用除与接下所写"《红楼梦》十二支"曲子配合以总括全书之外，具体则是于全书进入正文描写之初，为每位主要女性人物的命运设定了路线图。这一设计可说前无古人，但论其创意与大略，源头却很可能是《肉蒲团》中写未央生为猎艳所制的"花册"。

《肉蒲团》第五回《选丰姿严造名花册，拘情面宽收雪鬓娘》写未央生寻芳猎艳，来住张仙庙中：

> 自起先入庙之时就钉下一本袖珍册子，藏在夹袋之中，上面题四个字道"广收春色"。凡是烧香女子，有几分姿色，就登记入册。如妇人某人，年岁若干，良人某某，住居某处，都细细写下，名字旁又用朱笔加圈，以定高下。特等三圈、上等二圈、中等一圈。每一名后面又做四六批语形容他的好处。

但书中显然因叙事的必要，仅列明登记女子四名，包括"某月某日遇国色二名，不知姓氏"者，分别是：

银红女子一名。年可十七八。察其情意，他于归未决，而欲窦未开者。批：

此妇态如云行，姿同玉立。朱唇绽处，娇同解语之花。纤步移时，轻若能飞之燕。眉无忧而常蹙，信乎西子善颦。眼不倦而慵开，应是杨妃喜睡。更可爱者赠人以心，而不赠人以物，将行无杂佩之遗。示我以意而不示我以形，临去少秋波之转。殆女中之隐士，闺阃内之幽人。置之巍等，谁曰不宜？

藕色佳人一名。年可二十许。察其神气，似适人虽久，而原阴未斫者。批：

此妇丰神绰约，意致翩跹。眉无待画之痕，不烦京兆；面有难增之色，焉用何郎？肌肉介肥瘦之间，妙在瘦不可增，而肥不可减。妆束居浓淡之际，妙在浓似乎浅，而淡似乎深。所可怜者，幽情郁而未舒，似当开不开之菡萏。心事含而莫吐，怠未谢愁谢之芳菲。所当与前并压群芳，同称国色者也。俟面试后，再定元魁。

又"再添一名道"：

玄色美人一名。年疑四九，姿同二八。观其体态，似欲事竦而情甚炽者。批：

此妇幽情勃动，逸兴遄飞。腰肢比少妇虽实，眉黛与新人竞曲。腮红不减桃花，肌莹如同玉润。最销魂者，双星不动，而眼波自流，闪烁几同岩下电。寸步未移，而身容忽转，轻飘酷似岭头云。即与二美鼎足，奚多让焉！

写完，每一个名字上圈了三圈，依旧藏在夹袋中。

第十二回还写道：

翻着一个名字叫做香云。批他的拟语，虽不多几句，比别个人的略加厚些。这分明是第一等之中第一名,比绝色的女子,止争一间也。

批云:

此妇色多殊美,态有馀妍。轻不留痕,肢体堪擎掌上;娇非作意,风神俨在画中。因风嗅异香,似沾花气;从旁听妙语,不数莺簧。殆色中之铮铮,闺中之娇娇者也。拔之高等,以冠群姿。

这四名女子分别就是后来未央生与之淫乱的瑞珠、瑞玉、花晨和香云。第十六回借花晨之口说"批语"竟像"写照的一般"。而"花册"在《肉蒲团》中的作用,也正如后来《红楼梦》中"金陵十二钗"的册子一样,为写女性人物的大纲。

如上把《红楼梦》"金陵十二钗"册子与《肉蒲团》题曰"广收春色"的"花册"相对照,可知除了《肉蒲团》"花册"比《红楼梦》"金陵十二钗"册子多了儒者批书的加圈而缺少图画之外,两书中的册子同是写在第五回,同是作有评介性的韵语,同是起有书中后来描写主要女性人物大纲的作用。这种高度的一致性,似不会出于偶合,而应是表明《红楼梦》"金陵十二钗"册子,有自《肉蒲团》"花册"模仿变化而来的极大可能。

此外,《肉蒲团》先写了未央生收买"春宫册子"教诱妻子玉香,后来才写"广收春色"册子,后者显然从前者脱化而来。由此推测《红楼梦》写"金陵十二钗"册子的远源,应该是《肉蒲团》所写到的明清时流行的"春宫册子",未必不有一定的合理性。

六 《红楼梦》与《肉蒲团》的小说理论雷同

《肉蒲团》与《红楼梦》作者于其所写大约都有所不自安,所以书中特别是《红楼梦》中多有作者自我辩护性质的小说理论,有的似曾相识。如《肉蒲团》第一回结末云:

做这部小说的人,原具一片婆心,要为世人说法,劝人窒欲,不是劝人纵欲;为人秘淫,不是为人宣淫。看官们不可认错他的主意,既是要使人遏淫窒欲,为甚么不著一部道学之书,维持风化,却做起风流小说来？看官有所不知。凡移风易俗之法，要因其势而利导之，则其言易入。近日的人情，怕读圣经贤传，喜看稗官野史。就是稗官野史里面，又厌闻忠孝节义之事，喜看淫邪诞妄之书。风俗至今日，可谓靡荡极矣。若还著一部道学之书，劝人为善，莫说要使世上人将银买了去看，就如好善之家施舍经藏的，刊刻成书，装订成套，赔了帖子送他，他不是拆了塞瓮，就是扯了吃烟，那里肯把眼睛去看一看？不如就把色欲之事去歆动他，等他看到津津有味之时，忽然下几句针砭之语，使他瞿然叹息……幡然大悟……自然不走邪路……《周南》《召南》之化，不外是矣。此之谓就事论事，以人治人之法。不但做稗官野史之人当用此术，就是经书上的圣贤，亦先有行之者。

然后举《孟子》载孟子说齐宣王故事之例，并议论道：

> 做这部小说的人得力就在于此。但愿普天下的看官，买去当经史读，不可作小说观。凡遇叫"看官"处，不是针砭之语，就是点化之言，须要留心体认。其中形容交媾之情，摹写房帷之乐，不无近于淫亵，总是要引人看到收场处，才知结果，识警戒。不然，就是一部橄榄书，后来纵有回味，其如入口酸涩，人不肯咀嚼何？我这番形容摹写之词，只当把枣肉裹着橄榄，引他吃到回味处。

这里我们需多加注意的是，其所论"道学之书"即"橄榄书"，"风流小说"即"枣肉裹着橄榄"之书，以及认为"近日的人情，怕读圣经贤传，喜看稗官野史。就是稗官野史里面，又厌闻忠孝节义之事，喜看淫邪诞妄之书"等的判断。

而《红楼梦》第一回中也议论说：

> 再者，市井俗人喜看理治之书者甚少，爱适趣闲文者特多……今之人，贫者日为衣食所累，富者又怀不足之心。纵然一时稍闲，又有贪淫恋色、好货寻愁之事，那里有工夫去看那理治之书？所以我这一段故事，也不愿世人称奇道妙，也不定要世人喜悦检读，只愿他们当那醉淫饱卧之时，或避世去愁之际，把此一玩，岂不省了些寿命筋

力？就比那谋虚逐妄，却也省了口舌是非之害，腿脚奔忙之苦。

与上述《肉蒲团》之论相比较，《红楼梦》此说与之相同处有四：一是《红楼梦》所称"理治之书"实即《肉蒲团》所谓"道学之书"；二是《红楼梦》所称"只愿他们当那醉淫饱卧之时，或避世去愁之际，把此一玩"的"适趣闲文"，虽没有标榜其内核仍旧是"橄榄"，但也差不多就是《肉蒲团》所称"枣肉裹着"的"风流小说"；三是《红楼梦》对世俗阅读风气的判断与《肉蒲团》也是完全一致的；四是两书同是在第一回议论"道学"或"理治"之书、"风流小说"或"适趣闲文"，从而表明它们不仅内容而且形式上也似曾相识。

因此，本文倾向于认为《红楼梦》的小说理论也受到了《肉蒲团》的"直接影响"。

七 《红楼梦》特殊用语有与《肉蒲团》惊人相似之处

以上讨论中实际已经涉及《红楼梦》用语与《肉蒲团》极为相似之处，如两书称其主人公均用"顽石"；《红楼梦》所称"理治之书"与《肉蒲团》所谓"道学之书"；《红楼梦》称贾宝玉为"'天下第一'淫人"，而《肉蒲团》写未央生要做"世间第一个才子"，要娶"'天下第一'位佳人"；等等。这些也许不足以证明《红楼梦》在语言上也受有《肉蒲团》之"直接的影响"，但下面的一例却可能使这一结论得到有力的加强，即《肉蒲团》中有一特殊用语曰"只是一件"，书中至少用了17次，如：

只是一件，人参附子虽是大补之物，只宜长服，不宜多服；只可当药，不可当饭。（第一回）
只是一件，这种药性与人参附子件件相同，只有出产之处与取用之法又有些相反，服药者不可不知。（第一回）
只是一件，他要亲眼相一相才肯下聘。（第三回）
未央生至此可谓快乐之极矣，只是一件，夫妇里面虽然和谐，翁婿之间甚觉不合。（第三回）

❖❖❖ 原型与模仿

  只是一件,既蒙金诺要替小弟留心,若果见了绝色妇人,千万不可偷他财物,忘了今日之言诺。(第四回)
  只是一件,我一去之后,就不回来,这张床不是我们作乐之处了。(第十五回)
  只是一件,依你方才说话来,尊夫的精力也在单薄一边……(第十七回)

  如此等等,在一部中篇规模的小说中,可说是显著的习惯用语。
  这一用语的文本渊源虽难以遍寻,但检索对后世小说影响最大的明代"四大奇书",只有百回本《水浒传》中用有 7 次,《金瓶梅》中用过的一次是移植《水浒传》的,《西游记》中用过两次。由此可见在文学文本的传统上,《肉蒲团》常用"只是一件"之语,源头应该是《水浒传》。
  有了这一参照,我们先顺便看一下李渔的小说《十二楼》,其中这一用语出现的次数居然与《肉蒲团》中的一样,同为 17 次。其出现次数相当,可以加强多数学者以《肉蒲团》为李渔所作的结论。
  然后,我们把《红楼梦》与其作者曹雪芹主要生活过的南京和北京的小说家们的作品——吴敬梓的《儒林外史》和文康的《儿女英雄传》中的这一用语出现的情况相对照,检索的结果是《红楼梦》中八次,《儒林外史》和《儿女英雄传》中均零次。由《红楼梦》与成书于南京或北京之两书的差异大约可知,《红楼梦》也较多用此语,却应该不是南京或北京地域语言习俗的反映,而最可能是来自前代文学文本的影响。那么这种影响的来源,依次上溯即李渔的《肉蒲团》或《十二楼》,更早则可能是罗贯中的《水浒传》。
  因此,再参以上论《红楼梦》与《肉蒲团》的种种相通、相似乃至雷同,可以断定《红楼梦》八次用"只是一件"的句式,极有可能是受到了《肉蒲团》的"直接的影响"。
  综上所述论,《红楼梦》从书名主旨到框架结构、中心人物塑造、重要物象与情节的设计,以至创作的指导思想等文本各基本的层面上,都明显有与《肉蒲团》相通、相近、相似或曰雷同之处,甚至有"顽石"、"册子"以及"括苍山"、"孤峰"与"青梗峰"、"只此一件"等关键意象或用语的极为一致。这些一致处,个别观之虽不足为《红楼梦》受到《肉蒲

试论《红楼梦》从"顽石点头"故事所受"直接的影响"

团》"直接的影响"的证据，但合而观之，其多而显至令人惊奇的地步，绝不会是《红楼梦》创作与《肉蒲团》的偶合，而是合乎逻辑地指向曹雪芹读过《肉蒲团》且对其有自觉学习与借鉴的结论。因此，《红楼梦》诚然如脂评所说"深得《金瓶》壸奥"，但《肉蒲团》也曾是《红楼梦》创作借鉴的对象。其有取于《金瓶梅》者或可说大而深，而有取于《肉蒲团》者却可谓多而显。唯是至今"红学"研究几已无所不至，其有取于《金瓶梅》大而深者难说而说者已多，取于《肉蒲团》多而显者易言却言者极少，似非容易理解的现象。

这是否有"红学"不愿意与《肉蒲团》研究沾边的原因？倘若如此，就未必是"红学"的幸事与高明。因为虽在今天一般看来，《红楼梦》是古代高雅小说的代表，《肉蒲团》仍如百年前一般被视为最下流的作品之一，但这无论古今都只是出于道德的评价，而文学其实还需要特别是在学术领域里更为需要美学的评价。所以《红楼梦》所受《肉蒲团》"直接的影响"，仍是研究者不能回避的问题。其实即使从道德的评价看，在清朝的某些人看来，《红楼梦》不仅与《肉蒲团》为一路货色，而且"淫书以《红楼梦》为最。盖描摹痴男女情性，其字面绝不露一淫字，令人目想神游，而意为之移，所谓大盗不操戈矛也"[1]。对此，我们固然不能简单地认可其以《红楼梦》为"淫书"的看法，但也不能不看到《红楼梦》某种程度上与《肉蒲团》为一脉，是从后者一类"淫书"中蝉蜕而来之文学经典的一面，承认其不仅"深得《金瓶》壸奥"，而且从《肉蒲团》模拟所得甚多，迹象甚显，读者不可也不当回避，而应当认真看待并加以研究。因为这既是《肉蒲团》对后世影响的一个亮点，也是已经难得有新发现的"红学"的一个新发现。

当然，如上考论未能举出曹雪芹写《红楼梦》有意取法《肉蒲团》的铁证，而且《红楼梦》写"顽石"也应该不只是受到了《肉蒲团》"直接的影响"，还可能与《西游记》写"遂有灵通之意"的花果山"仙石"有关[2]。但文献有阙，笔者作为后人考证之能事亦如此而已。读者或信或疑，

---

[1] （清）陈其元：《庸闲斋笔记》，崔承运、金川选注，河北教育出版社1996年版，第212页。

[2] 参见杜贵晨《一种灵石，三部大书——从〈水浒传〉〈西游记〉到〈红楼梦〉的"石头记"叙事模式》，《山东师范大学学报》（人文社会科学版）2010年第5期。

各有尊便。但笔者以为，无论有无曹雪芹直接阅读、效法《肉蒲团》的直接的证明，都丝毫不减弱本文以上所揭蔽《红楼梦》与《肉蒲团》如此众多惊人之相似描写的意义。而且倘若两部书真的后先并不曾相谋的话，反而能够更加强化我们审美的惊奇与追问：为什么如此的不同而同呢？

［原载《南京师大学报》（社会科学版）2013年第2期］

质证与新读

近百年《三国演义》研究学术失范的一个显例

——论《录鬼簿续编》"罗贯中"条资料当先悬置或存疑

1931年，赵斐云、郑振铎、马隅卿三位学者访书天一阁，合抄明蓝格抄本《录鬼簿》二卷附《录鬼簿续编》（以下简称《续编》）一卷，不久由北京大学出版组影印行世；1936年，《国立北平图书馆馆刊》十卷五号又刊出马隅卿校注本；其后刊本渐多，大显于世。其中《续编》所载"罗贯中"条尤为学者所重。该条原文是：

> 罗贯中，太原人。号湖海散人。与人寡合。乐府、隐语，极为清新。与余为忘年交。遭时多故，各天一方。至正甲辰复会，别来又六十余年，竟不知其所终。
> 《风云会》（赵太祖龙虎风云会）、《蜚虎子》（三平章死哭蜚虎子）、《连环谏》（忠正孝子连环谏）①

《续编》承《录鬼簿》记元及明初杂剧作者，本条从其体例，述罗贯中生平，录其剧目。学者由此能够知道的，应不过是字面所表明的罗贯中为杂剧作者等情况。然而不然，因为《三国演义》的作者也叫罗贯中，早在《续编》未被现代学者注意之前，"罗贯中"就已经是家喻户晓的演义名家，却几乎没有可靠的生平资料留传下来。所以，《续编》"罗贯中"条初被发现时，学者如获至宝，竟不是出于对资料本身的兴趣，其注

---

① （元）钟嗣成著，王钢校订：《校订录鬼簿三种》，中州古籍出版社1991年版，第171页。

· 215 ·

意力也根本不在此—罗贯中为元杂剧作者之上,而径以其为《三国演义》作者生平资料的一大发现。鲁迅写于1935年1月的《〈小说旧闻抄〉再版序言》称:

> 此十年中,研究小说者日多,新知灼见,洞烛幽隐……自《续录鬼簿》出,则罗贯中之谜,为昔所聚讼者,遂亦冰解,此岂前人凭心逞臆之所能至哉!①

这个看法代表了当时学者共同的意见,其影响深远,以至于后来各种小说史、文学史著作,以及论议《三国演义》作者罗贯中的场合,大都以此"罗贯中,太原人"云云为据,罕见否定或存疑者。看起来也就如人民文学出版社1981年版《鲁迅全集》相关的注中所说:"关于他(罗贯中)的籍贯生平,历来说法不一。自发现《续录鬼簿》中所记罗氏生平事略以后,有关争论基本得以解决。"②

这也就是20世纪中后期以至今天盛行的罗贯中籍贯"太原说"的由来。许多学者因对这条资料的信任而持"太原说"甚坚,诚无足怪。可怪不主"太原说",而从明庸愚子《三国志通俗演义序》及多数明刊本《三国演义》题署等相关资料称罗贯中为东原(据今本《辞海》,东原指今山东省东平、宁阳、汶上等县)人者,也往往从《续编》可能误抄"东原"为"太原"处立论,其话语背景仍然是认为这条资料对研究《三国演义》作者罗贯中身世具基本可靠的价值。从而"聚讼"未断,但争论各方对此一资料所称罗贯中为《三国演义》作者一点并无异议,分歧只在"东原"之"东"与"太原"之"太"何者为误抄。这当然是无可究诘之事,从而讨论陷入了僵局。至于有学者称发现了太原罗贯中的家谱,进而考其为山西某地人,一时惊动学界,并引得该地方为罗贯中《三国演义》大兴土木,也好像是合乎逻辑的发展。

但是,这一切的判断和做法还有待商榷,因为对《续编》"罗贯中"条资料的适用性缺乏实事求是的鉴定。学术研究的常识告诉我们,资料的

---

① 《鲁迅全集》(第十卷),人民文学出版社1981年版,第146页。
② 《鲁迅全集》(第十卷),人民文学出版社1981年版,第148页。

价值在于对课题的适用性，即它与研究对象关系的有无和这种关系确凿与密切的程度。此条资料貌似与《三国演义》作者罗贯中相关而实经不起推敲，在没有旁证的情况下，不足为论说《三国演义》作者罗贯中生平的根据，理由有五。

首先，《续编》"罗贯中"条并无一字半句表明此一罗贯中即《三国演义》作者。从其内容看，一如《录鬼簿续编》全书是一部戏曲史料著作，所记皆戏曲家，本条所载这位戏曲家罗贯中除作有三部戏曲之外，"乐府、隐语极为清新"，而绝未及稗官小说，更不曾说到《三国演义》。虽然这并不完全排除他有与《三国演义》作者为同一人的可能，但是学术重证据而不可想当然。从而《续编》本条既未明载，学者就不便无中生有。换句话说《续编》本条资料只对研究山西太原的戏曲家罗贯中直接有用，而对明庸愚子弘治甲寅序及多种明刊本题署《三国演义》的作者罗贯中的研究，至多具有潜在的价值，而不可用为现实立论的根据。

其次，这条资料与《三国演义》作者相关的唯一之点是同名"罗贯中"。但是，从古今中国人称名多重复的情况看，这一联系未必就有实际的意义。多年来，研究者除了从《续编》所谓的作者明初人贾仲明①的生卒年推论此一罗贯中与《三国演义》作者为同时代人之外，并无另外的根据说明他与《三国演义》的作者为同一人。而在另一方面，旧有关于《三国演义》作者罗贯中的资料也无与《续编》"罗贯中"条相关的任何信息。所以，仅仅根据并不可靠之《续编》作者贾仲明推得之所谓时代相同，就认定两罗贯中为同一人，实乃大失学术论断应有的谨慎。而且，这是不合逻辑的。因为，在《续编》发现之前，《三国演义》作者是否为元末明初人并无定论：高儒《百川书志》称"明罗本贯中"，田汝成《西湖游览志余》称其为"南宋时人"，王圻《稗史汇编》称"宗秀罗贯中，国初葛可久"（按此当以罗贯中为明"国初"以前人，即元人），何尝有罗贯中为元末明初人的可靠证据或学界共识？所以，以《续编》"太原罗贯中"与旧说"东原罗贯中"为同时代因而为同一人，并不是用后来发现《续编》之资料与各旧说相互印证得出的判断，而是把由《续编》推考得出之所谓

---

① 《录鬼簿续编》作者未必即贾仲明，今当以无名氏作品看待。参见（元）钟嗣成著，王钢校订《校订录鬼簿三种》之《前言》，中州古籍出版社1991年版，第27—29页。

"太原罗贯中"的时代加于《三国演义》作者"东原罗贯中"而后生出的比附。无论有意无意，这种做法给人的印象是：先造了一个《三国演义》作者罗贯中为"元末明初人"的莫须有之成说，然后拿了从《续编》考得"太原罗贯中"是元末明初人的己见与之相并观，其做法之有悖学理，其结论之不足为典要，显而易见。

再次，众所周知，我国古来人口之众和同姓名人之多为世界之冠，以致要有一部专门的辞典供查考之需。在历代层出不穷的重姓名现象中，同时同姓名又都有一定名气的文学家也大有人在，如五代有两张泌，南宋孝宗、光宗朝有两李洪，宋元之际有两李好古，金元间有两周驰，元明之际有两王翰，明正统、嘉靖年间有两陆钛，明嘉靖、万历间有两吴鹏和两李春芳（并见谭正璧《中国文学家大辞典》），等等。众所周知，当今同姓名人之多更是公安等部门工作中一件很麻烦的事，而文坛两李准并相辉映以致当时读者不得不作大小（指年龄）之别，还只是十几年前的事。更有治古典者当所习知之刘向《新序》所载"郑人有与曾参同名姓者杀人"的故事。其或为寓言，却可说明如两罗贯中一样不同籍贯而同时同名者向来众多，考论中国人之事，当先对事主"验明正身"。即同时同地又同姓名者亦不难见，如近年《文学遗产》曾载文考清初山东毗邻之新成（今山东桓台，属淄博）、淄川（今属山东淄博）同时有两王士禛。更何况一在太原，一在东原，其为同名不同人的可能性自然更大一些。此皆常事、常情、常识，学者只须不存成见，即可对《续编》"太原罗贯中"是否为《三国演义》作者取怀疑态度。而学贵有疑，学术考证又当如老吏断狱，超越常人之可疑而更加慎重，必使无可反证才最后定案。岂能在常人都不免生疑的情况下，径以《续编》所载之"太原罗贯中"与《三国志通俗演义序》及多种明刊本题署之"东原罗贯中"为同一人？正如明朝人把吴承恩的《西游记》混同于元朝人长春真人的《西游记》造成长期的误会一样，焉知这不是把戏曲家"太原罗贯中"误认作是小说家"东原罗贯中"呢？总之，置我国古来层出不穷的大量同姓名人现象于不顾，而坚执此一罗贯中即彼一罗贯中，殆不仅有失学者的谨慎，更有武断之嫌疑，难得服人。

因此，为研究古代小说，这位"太原罗贯中"有"验明正身"的必要，而且当可据小说说法，就是相传罗贯中为作者之一的《水浒传》，其第三十二回《武行者醉打孔亮，锦毛虎义释宋江》写王矮虎、燕顺、郑天寿等误捉了宋江，将动刀取其心肝：

> 宋江叹口气道："可惜宋江死在这里！"……燕顺便起身来道："兀那汉子，你认得宋江？"宋江道："只我便是宋江。"燕顺走近跟前又问道："你是那里的宋江？"宋江答道："我是济州郓城县做押司的宋江。"燕顺道："你莫不是山东及时雨宋公明，杀了阎婆惜，逃出在江湖上的宋江么？"宋江道："你怎得知？我正是宋三郎。"①

这里所写燕顺三问，所疑正是缚中宋江是否为与"山东及时雨宋公明"同名的另一人。《水浒传》妙体世情，燕顺之问无疑是必要的。（补说：古代小说中颇多此类描写，如同在《水浒传》中，第四十三回写李达自述因兄弟李逵"见在梁山泊做了强盗"，被捉"到官比捕"，有财主替他"官司分理"，说："他兄弟已自十来年不知去向，亦不曾回家。莫不是同名同姓的人，冒供乡贯？"又《西游记》第三回写"十王道：'上仙息怒。普天下同名同姓者多，敢是那勾死人错走了也？'悟空道：'胡说，胡说！……'"《儒林外史》第二十四回写牛浦对牛奶奶道："天下同名同姓最多，怎见得便是我谋害你丈夫？这又出奇了！"同回写向知县问案，也准了牛浦的辩护，向牛奶奶道："眼见得这牛生员叫做牛布衣，你丈夫也叫做牛布衣，天下同名同姓的多，他自然不知道你丈夫踪迹；你到别处去寻访你丈夫去罢。"《红楼真梦》第四十一回写宝玉笑道："有个西施，就有个东施，天下同名同姓的多得很呢，何必跟他们怄气。"《春柳莺》第二回写石生笑道："那人虽然名姓相对，但天下同名同姓者多，难叫分辨。"）准此，学者研究《三国演义》作者罗贯中，而以《续编》"罗贯中"条为据，是否也应该问一问"你是那里的罗贯中？""你莫不是有志图王不得而传神稗史写了《三国演义》的罗贯中么？"这应该是研究此项者基本的"规定动作"，舍此则有失规范。

因此，尽管学术考据不能如写小说般随意布置或起古人而问之，但当尽可能从不同角度做有理有据的推考，争取信以传信，否则疑以传疑。首先，不当在白纸黑字载罗贯中一为"太原人"一为"东原"人的情况下，

---

① （元）施耐庵、罗贯中：《水浒传》（上），李永祜点校，中华书局1997年版，第413页。

◆◆◆ 质证与新读

为了定《续编》"太原罗贯中"是《三国演义》作者,而不惜把庸愚子《三国志通俗演义序》"东原罗贯中"之"东原"说成是"太原"之误抄;相反地,坚守罗贯中为"东原"人的主张,更不必把《续编》"罗贯中,太原人"之"太原"说成是"东原"之误抄。这里,抄误的可能并非全无,但是无可实证,也就无法断定《三国演义》作者为"罗贯中,太原人"或是"东原人"误为"太原人"。同是在罗贯中的研究中,据旧本题署等罗贯中名本,1959年上海发现元人《赵宝峰先生集》卷首《门人祭宝峰先生文》列其门人三十一人,中有当为慈溪人罗本者,遂有人认为即《三国演义》作者罗本,从而又有罗贯中籍贯慈溪之说。对此,袁行霈主编,黄霖、袁世硕、孙静本卷主编之《中国文学史》(第四卷)以为:"但此'罗本'与《三国》作者罗本是否一人,尚缺乏确凿证据。"[①] 此种态度实为审慎,而做存疑处理也是适当的做法,可用为对待《续编》"罗贯中"条的借鉴。

从次,从"罗贯中"取名所自看,"太原罗贯中"与"东原罗贯中"也未必就是同一人。在古代我国同姓名人多的一大原因,就是取名好用经典,而罗氏之"贯中"当自《论语·里仁》"吾道一以贯之"和《尚书·大禹谟》"允执厥中"等语而来。这两句是经学——理学时代士人烂熟于心的古典,从中提取出"贯中"之名很可能是无独有偶,从而概率上又加大了《续编》之戏曲家罗贯中与《三国演义》作者罗贯中为同姓名之二人的可能。此说"贯中"出处或有不确,但是,纵然"贯中"之名可能别有出处,而人所熟悉之经典文献有限,所以因同源而重名之可能性也并未降低。因此,目前情况下,笔者并不要得出两罗贯中一定不是同一人的结论,但是,认定两罗贯中为同一人的结论也不可靠,甚至更不可靠。

最后,上已提及《续编》本条于罗贯中戏曲之外,仅称其"乐府、隐语"的成就,而没有提到《三国演义》,其作有《三国演义》的可能性已然不大。《录鬼簿续编》列"罗贯中"为全书第二条,是见录诸家中行辈较早的。《续编》作者称此罗贯中"与余为忘年交",又说"不知其所终",是作《续编》时认为他早就去世了。据此,可以认为此一罗贯中比

---

① 袁行霈主编,黄霖、袁世硕、孙静本卷主编:《中国文学史》(第四卷),高等教育出版社1999年版,第40页注[5]。

《续编》作者要年长许多——这是学界的共识——其与《续编》作者初会结交时或已届中年，而"至正甲辰（1364）复会"时当已垂暮。如果是时尚无《三国演义》，则其后有作的可能性也就极小，从而又进一步减小了这位"太原罗贯中"为《三国演义》作者的可能性。若以该书体例不便载而失载，则本条下"汪元亨"也是"至正间与余（《续编》作者）交于吴门"的一个人，却记他"有《归田录》一百篇行于世，见重于人"，《归田录》当即笔记小说一类，与《三国演义》相去不远。于汪元亨能载其《归田录》，却不载此罗贯中有《三国演义》，正表明其并未作有此书。

综上所述，《续编》"罗贯中"条资料不载其作有《三国演义》，今见有关《三国演义》的各种资料也没有与《续编》所载"太原罗贯中"任何相关的信息，即使这并不能完全排除二者有某种联系的可能，而当下却举不出这种联系的任何证据。考据如审案，首发将《续编》"罗贯中"条用为《三国演义》作者研究资料的学者，负有以确凿证据在二者之间建立这种联系的责任！但从郑振铎、鲁迅以来，似从没有人注意于此，遂以可疑为可信，以讹传讹，久而仿佛就是不刊之论，实属学术上不可思议之事。至于本文并无肯定或否定的主张，仅是对此近百年一贯以"太原罗贯中"为《三国演义》作者的判断之合理性的发问。我们充分尊重学者主张"罗贯中，太原人"为《三国演义》作者的权利，但是，我们也有理由期待持论者于《续编》本条之外举出对其主张有利的充分证据。

笔者深知此一献疑对《三国演义》作者研究将会带来一定影响。近百年来，治小说史特别是研究《三国演义》的学者，很少不对《续编》的这一记载信之不疑，用为《三国演义》作者罗贯中研究的部分甚至全部的基础。换句话说，近百年来关于《三国演义》作者罗贯中研究的相当大部分成果建立在对此一资料的信任之上，将因为这一资料有可疑之点而面临被动摇或需修正的前景。这是一个事实，还可能是一个遗憾。但如宋儒所言：凡事求一是处。学者追求真理，自应义无反顾，以求取正确结论为归，只论当不当，不计得与失。而且，从学术发展看，本文的质疑应能促进《三国演义》作者罗贯中研究取得实质性的进步。即使这进步只是对以往过失的纠正，那也不仅是针对某一位或几位学者，特别是当今学者包括本人多半因前人而误。总之，这是《三国演义》研究界较为普遍的疏误。即使本人虽久已有所怀疑，却也有时把"湖海散人"与《三国

◆◆◆ 质证与新读

演义》作者联系起来，实乃把笔之际，以为《三国演义》作者自当如此，殊不知还是为这一记载所惑。至于前代学者致误之由，大约不过欲解"罗贯中之谜"心思太切，雾里看花，以似为真，痴人说梦；而由笔者之有怀疑尚且不能自止，乃知学术上慎思明辨之难。所以，本文欲对此问题做彻底清理，固然是有憾于前辈之失，而更多是检讨自己，切盼时贤不要对号入座。

近百年来《续编》"罗贯中"条资料的误用，突出表明古典文学研究资料鉴别工作的重要性。这本是学术研究的基础，未必有很大的困难。但是，包括鲁迅等某些大师在内，数代众多学者对此一资料有失精鉴，又可见做好这项基础工作亦非易事。但是，学术本就常在纠正错误中前行，所以这一具体的失误绝不能掩抑前辈学者于古典文学研究多方面程度不同的重大贡献。但教训应该总结和记取。诸葛亮曰："非宁静无以致远。"① 这里首要是能以学者的平常心对待哪怕是宝贵资料的发现，其次是要有重新检验前人的研究成果和独立判断的精神而不人云亦云。以此条论，当年我国早期治小说史的一批学者偶然得之而欢喜，欣然用之而不疑，后世治小说史、研究《三国演义》的学者因于前辈而不疑，遂因此资料的适用不当铸成百年不解之惑。究其深层原因，正就是梁启超在《中国历史研究法》第五章论"鉴别史料之法"时所指出的："似此等事，本有较详备之史料作为反证，然而流俗每易致误者，此实根于心理上一种幻觉，每语及长城辄联想始皇，每语及道教辄联想老子。此非史料之误，乃吾侪自身之误而以所误诬史料耳。吾侪若思养成鉴别能力，必须将此种心理结习痛加涤除，然后能向常人不怀疑之点能试怀疑，能对于素来不成问题之事项而引起问题……"

最后，为着可能发生的讨论不致横生枝节，笔者再一次明确本文用意：并不要把这一资料说成一定与《三国演义》作者无关，而更希望它真正能成为研究罗贯中生平的根据。但是，现在我们缺乏资料所说这位"太原罗贯中"与《三国演义》的作者"东原罗贯中"为同一个人的合理而坚实的证明。为今之计，一种做法就只好是在《三国演义》研究中把《续

---

① （三国·蜀）诸葛亮：《诫子书》，载诸葛亮著，段熙仲、闻旭初编校《诸葛亮集》，中华书局1960年版，第28页。

编》"罗贯中,太原人"云云这条资料暂时悬置,待有进一步的证据再加以论断;另从其已造成很大影响计,可本疑以传疑的原则,采用时做存疑性说明,如上举袁本文学史注说罗本之例。至于对《三国演义》作者正面的说明,还应回到旧来"东原罗贯中"的基本共识,并顾及旧有各说的存在。这看来好像是这一研究的倒退,实际是走出不慎陷入的误区,踏上了学术守正以求发展的希望之途。

[原载《北京大学学报》(哲学社会科学版)2002年第2期,有补说]

古代小说考证同名交错之误及其对策

——以《三国演义》《西游记》考证为例

古代小说考证中的同名交错之误，是指因为人名或书名相同而造成的误判。这种情况虽然不是很多，但带来的危害不小；其误判不难发现，但纠正起来极不容易，所以不可轻忽，也不可放过。《三国演义》《西游记》考证中这一现象最为突出，试以之为例就此种致误及其对策论说如下。

一 古代有关同名交错之误的记载与描写

我国自古地大物博，人口众多，从而人与物同名而异实的现象层出不穷，尤其秦代"车同轨，书同文"（《史记·秦始皇本纪》）以降，大一统政治体制的确立促使这一现象无论在社会生活中还是在各类文献的编著中都更加普遍，给信息的交流与掌握带来了诸多不便，甚至造成严重的后果。很早并极著名的例子是《战国策·秦策二》中"曾母投杼"的故事：

> 昔者，曾子处费，费人有与曾子同名族者而杀人。人告曾子母曰："曾参杀人。"曾子之母曰："吾子不杀人。"织自若。有顷焉，人又曰："曾参杀人。"其母尚织自若也。顷之，一人又告之曰："曾参杀人。"其母惧，投杼逾墙而走。夫以曾参之贤与母之信也，而三人疑之，则慈母不能信也。

《战国策》记这个故事的本意是为了说明流言可畏。但也显然可见的是，他人三复相告只是使"曾参杀人"对于曾母来说成了一个可畏的流言，而流言的源头却在于那杀人者确系"曾参"，只是他"与曾子同名族"而实非曾子罢了。

这个故事迹近小说，但其反映的生活的真实性无可置疑。而在古代小说特别是通俗小说中，也很早就有关于人物因同姓名而交错致误现象的描写了。如一般认为与通俗小说源头有密切关系的唐五代变文中，《目连变文》叙目连成为阿罗汉以后，作为"圣者"赴冥间救母，云：

> 圣者来於幽径，行至奈河边，见八九个男子女人，逍遥取性无事。其人遥见尊者，礼拜于谒再三。和尚近就其前，便即问其所以：
> 　　善男善女是何人，共行幽径没灾退。
> 　　闲闲夏泰礼贫道，欲说当本修伍因。
> 诸人见和尚问着，共白情怀，启言和尚：
> 　　同姓同名有千嬢，煞鬼交错枉追来。
> 　　勘点已经三五日，无事得放却归回。
> 　　早被妻儿送坟冢，独卧荒郊孤土堆。①

其中说到由于人世间"同姓同名有千嬢"，地狱煞鬼勾人生魂有不少搞错了的，等"勘点"明白，无罪放还，却已经是尸葬坟冢，无身可附，不得复生，只好在奈河边徘徊。

大约同时又同题材的《大目乾连冥间救母变文》，进一步渲染了这些因为"同名复同姓"而被地狱错追的游魂之冤：

> （目连）顿身下降南阎浮提，向冥路之中寻觅阿娘不见。且见八九个男子女人，闲闲无事，目连向前问其事由之处：
> 　　……
> 　　名字交错被追来，勘当恰经三五日。
> 　　无事得放却归回，早被妻儿送坟墓。
> 　　独自抛我在荒郊，四边更无亲伴侣。

---

① 王重民编：《敦煌变文集》（下），人民文学出版社1957年版，第759页。

◆◆◆ 质证与新读

> 狐狼鸦鹊竞分张，宅舍破坏无投处。
> 王边披诉语声哀，判放作鬼闲无事。①

如果说变文的时代，这种同名交错的现象还仅是作为推动情节的因素被提及，那么到了明代"四大奇书"及其以后的清代小说中，这一现象作为构造小说情节的成分与作用就更加突出了。例如：

《水浒传》第三十二回《武行者醉打孔亮，锦毛虎义释宋江》写王矮虎、燕顺、郑天寿等误捉了宋江，将动刀取其心肝：

> 宋江叹口气道："可惜宋江死在这里！"……燕顺便起身来道："兀那汉子，你认得宋江？"宋江道："只我便是宋江。"燕顺走近前又问道："你是那里的宋江？"宋江答道："我是济州郓城县做押司的宋江。"燕顺道："你莫不是山东及时雨宋公明，杀了阎婆惜，逃出在江湖上的宋江么？"宋江道："你怎得知？我正是宋三郎。"②

这里燕顺虽然知道了眼看被杀的人叫作宋江，但仍要问明是否为"逃出在江湖上的宋江"，以避免同名交错的误判。又，第四十三回写李达自述因兄弟李逵"见在梁山泊做了强盗"，被捉"到官比捕"，有财主替他"官司分理"，说：

> "他兄弟已自十来年不知去向，亦不曾回家。莫不是同名同姓的人，冒供乡贯？"③

又，《西游记》第三回写孙悟空醉酒后被地狱使者错勾魂到阴间，仗金箍棒责问阎王：

> 十王道："上仙息怒。普天下同名同姓者多，敢是那勾死人错走了也？"悟空道："胡说，胡说！常言道：'官差吏差，来人不差。'你

---

① 王重民编：《敦煌变文集》（下），人民文学出版社1957年版，第719页。
② （元）施耐庵、罗贯中：《水浒传》，李永祜点校，中华书局1997年版，第413页。
③ （元）施耐庵、罗贯中：《水浒传》，李永祜点校，中华书局1997年版，第567页。

· 226 ·

快取生死簿子来我看!"①

又,《儒林外史》第二十四回写牛浦郎冒名牛布衣招摇撞骗,后被牛布衣的遗孀牛奶奶揭穿责问,牛浦郎答曰"天下同名同姓最多,怎见得便是我谋害你丈夫"云云,向知县问案,竟也因此准了牛浦郎的辩护:

> 向知县叫上牛奶奶去问。牛奶奶悉把如此这般,从浙江寻到芜湖,从芜湖寻到安东:"他现挂着我丈夫招牌,我丈夫不问他要,问谁要!"向知县道:"这也怎么见得?"向知县问牛浦道:"牛生员,你一向可认得这个人?"牛浦道:"生员岂但认不得这妇人,并认不得他丈夫,他忽然走到生员家要起丈夫来,真是天上飞下来的一件大冤枉事!"向知县向牛奶奶道:"眼见得这牛生员叫做牛布衣,你丈夫也叫做牛布衣。天下同名同姓的多,他自然不知道你丈夫踪迹。你到别处去寻访你丈夫去罢。"②

如此等等,都是借了同名交错之误构造情节的例子,这在古代小说中不很少见。其作用是在为小说别增一番情趣的同时,启发学者:针对古代小说的里里外外所做的研究,都要顾及这一生活的常识,认真对待每一个可能发生名实错位的情形,循名责实,做出尽可能准确的判断。

二 《三国演义》作者罗贯中籍贯"太原说"为同名交错之误的可能

《三国志通俗演义》(本文以下简称《三国演义》)的作者罗贯中,虽有大量明刊《三国演义》《水浒传》或其他小说的署名,以及庸愚子《三国志通俗演义序》称作者其人为"东原罗贯中",但自1931年明蓝格抄本《录鬼簿续编》"罗贯中"条资料发现以后,却突然有了一个罗贯中籍贯

---

① (明)吴承恩:《西游记》,(明)李卓吾、黄周星评,山东文艺出版社1996年版,第37—38页。

② (清)吴敬梓著,李汉秋辑校:《儒林外史(会校会评本)》,上海古籍出版社1984年版,第332页。

"太原说",并几乎完全排斥了有《三国演义》古版本为据的罗贯中籍贯"东原说",在很长一段时间内成为通行中国文学史教材的定论。20世纪80年代以来,"东原说"与"太原说"虽然屡有争论,但多不得要领。近年来笔者重新审视,发现罗贯中籍贯"太原说"的产生,其实源于一个常识性的错误,那就是主张者诸君未能就资料所称"罗贯中"之名是否符合《三国演义》作者罗贯中之实,做出应有的判断。为了说明这一问题,仍引该资料如下:

> 罗贯中,太原人。号湖海散人。与人寡合。乐府、隐语,极为清新。与余为忘年交。遭时多故,各天一方。至正甲辰复会,别来又六十余年,竟不知其所终。
> 《风云会》(赵太祖龙虎风云会)、《蜚虎子》(三平章死哭蜚虎子)、《连环谏》(忠正孝子连环谏)①

我们认为这条资料记载的是"罗贯中"的生平,当然是不错的。但其所记载的罗贯中是一位戏曲家,而不是一位小说家,也是明摆着的事实。研究者倘能顾及我国古今同姓名现象大量存在的社会实际,特别是作为研究古代小说的学者,对于以上引证《水浒传》《西游记》等书中由同名交错生发出的故事有所了解和注意的话,就不会轻易把《录鬼簿续编》"罗贯中"条当作研究《三国演义》作者罗贯中的可靠资料,而一定会取存疑的态度与做法,也就不会发生治丝愈棼的罗贯中籍贯"太原说"了。

对《录鬼簿续编》"罗贯中"条采取存疑的态度与做法,并非简单否定这条资料对于《三国演义》作者罗贯中研究的价值,而是说在没有建立起这条资料所称"罗贯中,太原人"与《三国演义》版本所署名"东原罗贯中"是同一个人,或没有从其他渠道建立起与《三国演义》小说的确切联系之前,它对《三国演义》作者研究至多有潜在的价值,而不能作为否定乃至代替"东原罗贯中"说的根据。这个道理,对于有大量明本为据的"东原罗贯中说"来说是"信以传信",而对于仅与《三国演义》的作者同姓名的"太原人"罗贯中来说则是"疑以传疑"。《三国演义》作者罗

---

① (元)钟嗣成著,王钢校订:《校订录鬼簿三种》,中州古籍出版社1991年版,第171页。

贯中籍贯"太原说"的错误，不在于他一定不是太原人，而在于持论者仅凭这位"太原人"与《三国演义》作者都使用"罗贯中"之名，就判定《三国演义》的作者罗贯中一定是"太原人"，而完全不考虑这位"太原人"罗贯中有可能是与"东原罗贯中"同姓名的另一人，甚至连明刊多种《三国演义》《水浒传》等白纸黑字"东原罗贯中"的记载也一点不顾，岂非过犹不及了！

这也就是说，《三国演义》作者罗贯中籍贯"太原说"固然是个学术性的错误结论，但这一谬误的产生，却是由于有关学者发现心切，而忘掉了中国多同姓名人的社会常识，有似于办案仅凭同姓名就抓人判刑的荒唐与危险，是肯定要不得的。

三 《淮安府志》"《西游记》"认定同名交错之误的可能与作者"吴承恩说"

《西游记》的作者被确定为吴承恩，虽然前后有学者提出了诸如书中有淮安方言，吴做过荆府纪善，诗文中可见其对释、道了解的痕迹，等等的证据，① 但那些并不具排他性的资料与得出淮安吴承恩是《西游记》作者的结论，即使不是风马牛不相及，也关系甚微。《西游记》作者"吴承恩说"提出的真正根据其实只有一条，那就是《（天启）淮安府志》卷十九《艺文志·淮贤文目》下载：

吴承恩《射阳集》四册□卷，《春秋列传序》，《西游记》。②

"吴承恩说"的持论者就是从上引记载中"《西游记》"的题名判定吴承恩为百回本小说《西游记》的作者的。对此，且不说同是记吴承恩《西游记》的清初黄虞稷《千顷堂书目》著录吴承恩的《西游记》就把它归入"舆地类"，认为它是一部地理纪行的游记类作品，已经使《（天启）淮安府志》所载"《西游记》"属于哪一类作品的天平偏重于地理纪行的游记

---

① 杜贵晨、王艳：《四百年〈西游记〉作者问题论争综述》，《泰山学院学报》2006年第5期。
② 转引自朱一玄、刘毓忱编《〈西游记〉资料汇编》，中州书画社1983年版，第165页。

❖❖❖ 质证与新读

类作品一端了,即使单从《(天启)淮安府志》的记载看,其既未曾标记为小说,而古代地方志一般又不收载通俗小说,怎么就能够仅凭"西游记"三字判定其一定是百回本小说《西游记》,进而把这位吴承恩说成是这部小说的作者呢?

笔者有如上质疑的理由很简单,就是古代不乏同名异书的先例。如《世说》有汉代刘向的《世说》(早佚),而南朝宋刘义庆《世说新语》本名《世说》[1];元人有《子不语》(已佚),而袁枚《新齐谐》初名《子不语》,后改今名;查袁行霈、侯忠义编《中国文言小说书目》,题作《见闻录》的自五代至清有四种,题作《传载》的宋代有两种,题作《说林》的自晋至清有五种,题作《异林》的自晋至明有四种。如此等等,可证《(天启)淮安府志》吴承恩名下"《西游记》"这样一个可以是小说也可以是地理纪行的游记类作品的书名,并非不经证明就可以认定是百回本小说《西游记》的。换句话说,如果一定认为它就是百回本小说《西游记》,那就要拿出直接相关的证据来。而至今持论者所举出的证据,都至多不过表明吴承恩很像是百回本小说《西游记》的作者而已,但因此说他是《西游记》的作者,岂非一分材料说十分话了?

事实上,在"吴承恩说"出现之前,形成《西游记》作者的"长春真人邱处机说"的误判,就是由于"处机固尝西行,李志常记其事为《长春真人西游记》,凡二卷,今尚存《道藏》中,惟因同名,世遂以为一书"[2]。所以清人焦循《剧说》卷五辨曰:"按邱长春,登州栖霞人,元太祖自奈蛮国遣使臣刘仲禄召诣行在,自东而西,故有《西游记》,非演义之《西游记》。"[3] 以此对照持百回本小说《西游记》作者"吴承恩说"论者仅仅根据《(天启)淮安府志》吴承恩名下"《西游记》"的著录立论,岂不是很有可能重复以百回本小说《西游记》为邱处机所作的错误吗?在同一部书作者的认定上先后出现同样性质的误判,第一次还是可以理解的,重蹈覆辙就太不应该了!至于有的学者在并无旁证的情况下,一面以《(天启)淮安府志》著录之"《西游记》"一定是百回本小说《西游记》,一面又以周弘祖《古今书刻》著录之所谓鲁府本和登州府本"《西

---

[1] 鲁迅:《中国小说史略》,人民文学出版社1973年版,第46页。
[2] 鲁迅:《中国小说史略》,人民文学出版社1973年版,第134页。
[3] 朱一玄、刘毓忱编:《〈西游记〉资料汇编》,中州书画社1983年版,第178页。

游记》"一定不是百回本小说《西游记》,就完全是以己意为进退,信口而谈了。

以上我们是就《(天启)淮安府志》著录吴承恩《西游记》书名无误而论。但《(天启)淮安府志》著录吴承恩《西游记》却未必无误。近读沈承庆《话说吴承恩》一书,其论《(天启)淮安府志·淮贤文目》中吴承恩的"《西游记》"当为吴作"《西湖记》","游"字系"湖"字草书的误抄[1],很有道理。倘果是如此,那么近百年来研究《西游记》作者的学者,真是被这一个字的抄误给开了一个极大的玩笑!

四 古代小说考证同名交错致误的对策

一是古代小说考证要重视史料的真伪及其证据力的考核。古代小说考证属史学的范畴,一切要凭史料说话。一方面没有史料是不行的,另一方面史料本身也存在真伪与证据力有无或强弱的问题,使用前必须做出合乎实际的认定。这正如冯友兰先生所说:"真正的史学家,对于史料,没有不加以审查而即直信其票面价值的。"[2] 本文所论古代小说考证同名交错致误的原因,根本就在于相关学者忽略了对所用材料证据力的审查,以其"票面价值"为实际价值,而直信其所载一定是自己意中所求之结果,从而得出了没有说服力的结论。

二是古代小说考证要充分顾及作者、作品同名现象的严重性,把不能仅凭同名下判断作为一条不可逾越的红线。近世许多学者正是这样做的,如王国维《曲录》《宋元戏曲史》,孙楷第《元曲家考略》等都曾考证曲家同姓名、同姓字者。而叶德均《元代曲家同姓名考》文末《补记》合诸家所考计之,得"曲家二十八人,与其同姓名或同姓字者三十六人至三十八人,共六十六人或六十四人。此为今日所知至少之数,未知者则尚有待于资料发现也"[3]。因此他特别提醒:"元代曲家同姓名或同姓字者极伙,为历代稀有之事……苟误同姓名者为一人,则史籍难明矣。"[4] 这个提醒对

---

[1] 沈承庆:《话说吴承恩》,北京图书馆出版社2000年版,第248—252页。
[2] 罗根泽编著:《古史辨》(六),上海古籍出版社1982年版,冯友兰《序》第1页。
[3] 叶德均:《戏曲小说丛考》,中华书局1979年版,第341页。
[4] 叶德均:《戏曲小说丛考》,中华书局1979年版,第325页。

于各时代小说考证的类似情况也同样具有指导意义。

三是古代小说考证既要充分利用资料，又要"阙疑"能"缓"。在小说乃至一切学术考证中，任何资料都是宝贵的。对于诸如《录鬼簿续编》"罗贯中"条、《（天启）淮安府志·淮贤文目》吴承恩"《西游记》"条一类资料，虽不能据以得出可靠的结论，但毕竟其名与所考有相关处，所以不应遽然摒弃；却又毕竟不能据以判断其与所考罗贯中或《西游记》是一是二，所以又不可以得出肯定或否定的结论，所谓"文献不足故也"（《论语·八佾》）。在这种情况下，学者唯一能做的就是"多闻阙疑，慎言其余"（《论语·为政》），也就是能"缓"，即"悬而不断"①。

当然，一方面"悬而不断"不等于最终放弃，而是等待后来有了新的资料，充足了，再得出答案。古代小说考证中同名交错致误的情况就大都发生在不能"缓"上。例如鲁迅先生是相信《录鬼簿续编》"罗贯中，太原人"的，他在写于1935年的《小说旧闻钞·再版序言》中说：

此十年中，研究小说者日多，新知灼见，洞烛幽隐……历来凝滞，一旦豁然；自《续录鬼簿》出，则罗贯中之谜，为昔所聚讼者，遂亦冰解，此岂前人凭心逞臆之所能至哉……然此皆不录……其详则自有马廉、郑振铎二君之作在也。②

其所谓"自《续录鬼簿》出"显然指的是书中"罗贯中，太原人"那条资料。他可能是受了马、郑二位学者的影响，遂信之不疑，以为那位"太原人"罗贯中，就是"众里寻他千百度"的《三国演义》的作者了，而全然没有想到他与《三国演义》的作者罗贯中是一人还是二人的问题，岂不是太急于下结论了吗？

另一方面"悬而不断"也不等于无可置喙，而可以并且应当说明悬而不能断的原因，客观上有可能为问题的最终解决指示方向，有时甚至可以得出阶段性的结论，即有几分资料说几分话。如余嘉锡《宋江三十六人考实》考《水浒》人物虚实云：

---

① 杜春和、韩荣芳、耿来金编：《胡适论学来往书信选》（上册），河北人民出版社1998年版，第76—77页。
② 鲁迅：《小说旧闻钞》，齐鲁书社1997年版，第1—2页。

此篇所列十有四人，除宋江外，考其平生事迹，可确定为梁山泊降将者，杨志、史斌（疑即史进）二人而已。龚圣与赞大刀关胜，胜称其义勇，亦可信其即济南死节之关胜。其余诸人，虽见于史传，姓名时代亦复相合。然人之同时同姓名者正复不少。宋时武人，多喜名"胜"、名"顺"、名"俊"、名"平"、名"横"、名"青"，而名"进"者尤多。裒各书所见，可得数百人。其名既如是之同，若其姓又为张、王、李、赵，则名氏皆易同，无由别其为一人二人也。今于显有可疑者，附著案语，余但条举事迹，以俟论定。盖与其过而废也，宁过而存之耳。①

这里既尽资料证明力之可能做出可信的判断，又"阙疑"能"缓"；既不超越资料证明力的限度做出过头的结论，又珍惜任何有价值的资料而不使湮灭，以待后学。可谓实事求是，用心良苦。

总之，本文以上讨论所涉及的问题虽然均为学术界聚讼已久的大是大非，但究其实质，不过是小说考证中不要因为同姓名或同书名而交错以致张冠李戴的常识。至于罗贯中籍贯的"太原说"与《（天启）淮安府志》著录的"《西游记》"是否为百回本小说《西游记》，进而其作者是否为吴承恩的具体问题，笔者向来持否定的意见；但也不仅尊重二说各自主张者发表意见的权利，而且认为其主张也还有存在的理由与必要，即余嘉锡先生所谓"盖与其过而废也，宁过而存之耳"。至于现阶段就《三国演义》的作者罗贯中是哪里人一定要有一个结论的话，那当然是有版本署名等为据的"东原罗贯中"。而百回本小说《西游记》的作者，虽然"吴承恩说"聊备一格，但其可靠性实不在"长春真人邱处机说"之上，那么为稳妥计，还是回到今存世德堂本不题撰人的原点为宜。这不是学术研究的倒退，而是作为学术进步的阶梯，虚假的真实远不如真实的模糊更有价值。

（原载《学术研究》2011年第10期）

---

① 余嘉锡：《宋江三十六人考实·杨家将故事考信录》，云南出版社2005年版，第8页。

《三国演义》徐庶归曹故事源流考论

——兼论话本与变文的关系以及"三国学"的视野与方法

《三国演义》今存最早版本为嘉靖壬午（1522）刊《三国志通俗演义》，该书写徐庶归曹（操）故事，在卷之八第一则《徐庶定计取樊城》、第二则《徐庶走荐诸葛亮》和第三则《刘玄德三顾茅庐》，情节大略如下。

1. 徐庶助刘备计取樊城，大胜曹兵，为曹操所忌。
2. 曹操欲招降徐庶，乃用程昱之计，遣人至颍川赚取徐母来许都，诱使"作书唤之"。徐母骂曹，拒绝作书，操欲杀之。
3. 程昱劝使曹操不杀徐母，赚取徐母笔迹字体，伪造母书以招徐庶。徐庶接书，辞刘（备）归曹（操）。刘备于长亭钱别徐庶，徐庶走马荐诸葛。
4. 徐庶至许都见母，徐母愤恨其归曹，自缢而死。

按此故事原本《三国志》卷三十五《蜀书·诸葛亮传》载：

> 时先主屯新野，徐庶见先主，先主器之，谓先主曰："诸葛孔明者，卧龙也，将军岂愿见之乎？"……俄而（刘）表卒，（刘）琮闻曹公来征，遣使请降。先主在樊闻之，率其众南行，亮与庶并从，为曹公所追破，获庶母。庶辞先主而指其心曰："本欲与将军共图王霸之业者，以此方寸之地也。今已失老母，方寸乱矣，无益于事，请从此别。"遂诣曹公。

《三国志》裴注所引各书以及《资治通鉴》等相关记载事体无异。其后数百年，至《三国志平话》演为：

> 曹兵大败，烧死不知其数。……皇叔设宴待徐庶，筵宴毕，当日徐庶自思，我今老母现在许昌，曹公知我在此杀曹兵，与我为冤，母亲家小性命不保！即辞先主，先主不喜。徐庶曰："我若不还，老小不保。"先主、关、张三人与徐庶送路，离城十里酌别，不肯相舍；又送十里长亭酌别。先主犹有顾恋之心，问曰："先生何日再回？"徐庶曰："小生微末之人，何所念哉！今有二人……"先主问谁人。徐庶曰："南有卧龙，北有凤雏……"①

对比可知，《三国志平话》此节乃取《三国志》徐庶本事轮廓，挪移变异，踵事增华。其与史载本事主要的区别：一是《三国志》说徐庶因母亲随军败逃，被曹兵所获，不得已辞刘归曹，而《平话》却说他帮助刘备打了胜仗，因念及母亲"现在许昌"，主动请辞，投奔曹操而去；二是《三国志》没有写刘备送别徐庶等事，而《平话》虚构其事并做了渲染；三是《三国志》说徐庶荐诸葛亮在归曹之前并短暂与其共事刘备，而《平话》改写为刘备为徐庶送别，徐庶于临行之际荐诸葛亮、庞统以自代，后去曹营，徐庶与诸葛亮并未谋面。毫无疑问，这些改动的结果化生活为艺术，变史述为小说，是三国徐庶归曹故事文学化的巨大飞跃。

又以《三国演义》徐庶归曹故事与上引《三国志》及《三国志平话》对比可知，《演义》虽原本《三国志》，却主要是袭用了《三国志平话》中的情节，包括徐庶助刘备计取樊城、念母归曹、刘备长亭送别、徐庶荐诸葛亮等。但在《三国演义》中，这些发生于刘备一方的情节只占全部徐庶归曹故事的一半；它的另一半即发生于曹营方面的情节——曹操挟徐母为人质以招徐庶和徐母死节一大段精彩文字（以下或简称徐母故事），却不出自今见罗贯中之前任何有关三国的资料（曹操、徐母在上引《三国志》与《三国志平话》文字中仅被提及）。这可以引起我们探讨的兴趣：是作者的创造？还是别有依傍？

---

① 《三国志平话》，载丁锡根点校《宋元平话集》，上海古籍出版社1990年版，第806—807页。

质证与新读

《三国志》裴注为我们提供了寻求答案的线索。《三国志》卷一四《魏书·程昱传》裴注引"徐众评曰",曾提及"昔王陵母为项羽所拘,母以高祖必得天下,因自杀以固陵志。明心无所系,然后可得成事人尽死之节"等事,并联类以及于"徐庶母为曹公所得,刘备乃遣庶归"等事。这段话提示《演义》写徐母故事与"昔王陵母"故事有所关联。《史记》卷五六《陈丞相世家》载有项羽捉王陵母以招王陵事:

> 王陵者,故沛人,始为县豪,高祖微时,兄事陵。陵少文,任气,好直言。及高祖起沛,入至咸阳,陵亦自聚党数千人,居南阳,不肯从沛公。及汉王之还攻项籍,陵乃以兵属汉。项羽取陵母置军中,陵使至,则东乡坐陵母,欲以招陵。陵母既私送使者,泣曰:"为老妾语陵,谨事汉王。汉王,长者也,无以老妾故持二心。妾以死送使者。"遂伏剑而死。项王怒,烹陵母。陵卒从汉王定天下。以善雍齿,雍齿,高帝之仇,而陵本无意从高帝,以故晚封,为安国侯。

班固《汉书》、司马光《资治通鉴》等记载同此。对比可知,《三国演义》徐母故事与《史记》《汉书》陵母故事为同一机杼。《史记》《汉书》为古代文人必读书,罗贯中"考诸国史"[①],据《三国志》等编撰《三国演义》,徐母与陵母故事的雷同,应当是他从裴注进而《史记》《汉书》所载陵母事受到启发而来。毛宗岗于《三国演义》本回"操然其言,遂不杀徐母,送于别室养之"句下评曰:"不杀徐母者,惩于王陵故事也。"李渔也评曰:"操不杀徐母,有鉴于王陵故事也。"[②] 其都以小说写曹操不杀徐母与史载楚汉之际王陵母故事相关,也给人感觉似乎《三国演义》徐母故事直接脱化自《史记》《汉书》陵母事,其实未必。深入考察可知,从《史记》《汉书》的记载到罗贯中《三国演义》徐庶归曹故事还曾经由中间环节的转换。这个作为中间环节的就是《三国演义》成书之前有关王陵及陵母故事的民间文艺,包括野史小说。

---

① (明)庸愚子:《三国志通俗演义序》,(元)罗贯中:《三国志通俗演义》,上海古籍出版社1980年版。
② 陈曦钟、宋祥瑞、鲁玉川辑校:《三国演义会评本》,北京大学出版社1986年版,第452页。

楚灭汉兴以后，王陵及陵母故事流传，一入于《史记》《汉书》的记载，一由于街谈巷语的增饰演为民间口传小说。至今《史记》《汉书》的有关记载可见，当时口传的这类小说无考。但是，尚有今山东省嘉祥县汉武梁祠《王陵母图》画像残石及题记，显示当时有王陵母故事口头流传的痕迹。近人王重民先生《敦煌本〈王陵变文〉》一文考"此图（按指汉画像石《王陵母图》）所表现之故事，已较《史》《汉》为复杂，而渐入于小说之域"①。此后约八百年间，又有今存敦煌遗书《汉将王陵变》，属晚唐五代俗讲的变文，原帙乱残，经王重民先生整理成今本②，使我们能方便地知道这一故事流传至唐代的具体面貌。其梗概如下。

1. 王陵与灌婴斫楚营得胜，为项羽所忌。

2. 项羽欲招降王陵，乃用钟离昧计，从绥州茶城村捉取陵母，逼使"修书诏儿"。陵母知汉当兴，严词拒绝，遭刑辱。

3. 汉使卢绾去楚营下战书，见陵母受苦，回告汉王。汉王准王陵入楚，救其慈母。

4. 王陵请卢绾相随入楚救母，至界首，绾先入探，陵母于项羽前口承修书招儿，赚项羽宝剑，自刎而死。

与本文开篇所列《三国演义》徐庶归曹故事梗概相对比可知，二者情节雷同有以下几点。

1. 王陵、徐庶各在战胜后为敌方所忌。

2. 项羽、曹操各用属下计策挟其母以相招诱。

3. 项羽、曹操各曾使其母作书相招，被拒绝，并招致唾骂。

4. 王母、徐母各自杀，为汉朝死节。

这第一点雷同处甚至关乎故事总体构思的合理性，而第二、三、四点集中显示徐母与陵母故事大略如一。这也不会是偶然的巧合，而表明二者可能有直接的联系。但是，罗贯中没有看到过嘉祥汉武梁祠石刻；《汉将王陵变》也早在 10 世纪末就已封存于敦煌石窟，并且宋真宗朝曾明令禁止僧人讲唱变文，此篇也不大可能有别本在世间流传，至罗贯中的时代更加不可能看到。所以，《三国演义》徐母故事与《汉将王陵变》陵母故事

---

① 周绍良、白化文编：《敦煌变文论文录》，上海古籍出版社 1982 年版，第 596 页。
② 参见王重民等编《敦煌变文集》，人民文学出版社 1957 年版。

的渊源关系又不可能是直接的。换言之,《汉将王陵变》向《三国演义》徐母故事的过渡,还应当另有中间环节。

这个成为中间环节的应是宋元话本或杂剧。宋吴自牧《梦粱录·小说讲经史》载:"讲史书者,谓讲说《通鉴》、汉、唐历代书史文传,兴废争战之事。"① 洪迈《夷坚支志》丁集卷三《班固入梦》条有"今晚讲说《汉书》"的话,又据今存元至治《新刊全相平话前汉书续集》,可以相信此前早就有《全相平话前汉书正集》,这些说话——话本之中,应有项羽捉陵母以招王陵故事。又,元钟嗣成《录鬼簿》载有顾仲清《陵母伏剑》一本,当然就是演王陵及陵母故事。另外王国维《曲录》载有元王伯成《兴刘灭汉》一本,也可能涉及这一题材。但是,一般说杂剧后起于话本,加以顾仲清、王伯成皆元中期人,所编陵母故事杂剧当然晚于话本。所以,作为《汉将王陵变》情节向《三国演义》徐母故事过渡中间环节的,首选应当是宋代说《汉书》的话本,其次才是杂剧。明代甄伟作有《西汉演义》,叙陵母事略同《汉将王陵变》,大约就参考过这种宋代说《汉书》的话本抑或顾仲清、王伯成的杂剧。罗贯中时代早于甄伟,《三国演义》叙徐母故事与《汉将王陵变》的雷同,也应是直接从宋代说《汉书》话本或顾、王的杂剧挪借而来。但是,《汉将王陵变》又如何演为宋代说《汉书》话本的内容,是考察这一题材演进过程必须弄清的又一中间环节。

这一中间环节的特殊性,表现为民间艺术形式间的相互影响。具体地说,从《汉将王陵变》到宋代说《汉书》话本中陵母故事,是宋初佛教俗讲与市民说话代兴和前者为后者吸纳的结果。话本是说话艺术的产物。说话艺术早在隋唐已经发生。但是,唐代俗讲盛行,说话似乎一度成了俗讲的附庸。敦煌遗书中《唐太宗入冥记》《前汉刘家太子传》《韩擒虎话本》等本是世俗讲说的话本,而杂存于各种讲说佛教故事的变文中;《伍子胥变文》《李陵变文》等讲说历史故事的话本,却取变文体或并以"变文"题名,都显示入宋以前唐五代很长时期中,说话——话本曾被视为俗讲——变文的一种,随俗讲——变文一并流传。然而,即使在俗讲——变文最受俗众欢迎的兴盛时期,也有来自各方面的反对,乃至

---

① 转引自胡士莹《话本小说概论》,中华书局1980年版,第103页。

一再遭到朝廷的禁止①,至南宋王灼作《碧鸡漫志》,已称"至所谓俗讲,则不晓其意"②了。在这俗讲——变文逐渐式微的过程中,原被俗讲——变文裹挟笼罩的说话——话本重又独立发展,逐步占据民间讲唱文学中的主导地位;而当初被作为俗讲——变文内容出现的历史故事也应时蜕变为讲史的内容和形成新的话本,《汉将王陵变》向说《汉书》话本中陵母故事情节的转化就是在这一过程中完成的。

从今本《汉将王陵变》可以见到后来可能发生这种转变的文本特征。该篇末"汉八年楚灭汉兴王陵变一铺"的题记,应是暗示了俗讲"楚灭汉兴"故事,不只"王陵变一铺",而是各种"楚灭汉兴"故事编年叙述的长篇讲唱。换句话说,《汉将王陵变》只是"楚灭汉兴"长篇俗讲中的一节,故其题义当为"楚灭汉兴""汉八年"之"王陵变"。如果这个推想符合实际,那么人们常常感到奇怪的唐代盛行的变文,到了宋代突然湮没无闻一事,就可以在其自身演变的方面得到合理的解释了。即唐五代以来,特别入宋以后,持续不断的政治压力,使俗讲——变文逐渐式微,有的不得不改头换面,融入市井中方兴未艾的说话——话本,促进了这一民间文学艺术形式的发展。"楚灭汉兴王陵变"一类历史题材的俗讲,也就在这过程中一变而为"今晚讲说《汉书》"之类的讲史;话本流传,相应部分遂成为元末罗贯中《三国演义》写作徐母故事的直接依傍,而《汉将王陵变》则是它在唐代俗讲——变文中的祖本。

这个事实说明,宋元话本小说特别是讲史类话本的发展与唐五代变文有某种承接关系。具体来说,宋代讲史及其话本未必尽为宋人的原创,有不少可能是因袭唐代俗讲变文加工改造再创作的作品,研究者有必要多加注意唐代俗讲——变文与宋代说话——讲史乃至与其他话本小说的联系,使对话本小说史的研究真正做到上下贯通。这不仅是要把讲史话本与话本小说的历史向前追溯至唐代佛教俗讲的影响(前辈学者已有过一些这方面的研究成果),更关系到对讲史等话本小说历史变迁全过程的描述及其所形成文本特征的说明。例如,唐五代俗讲——变文在"楚灭汉兴"等故事之外,是否也有关于三国的俗讲——变文?《三国志平话》汉家君臣冤报

---

① 参见陆永峰《敦煌变文研究》,巴蜀书社2000年版,第100—106页。
② (宋)王灼:《碧鸡漫志》,影印文渊阁四库全书第1495册,上海古籍出版社1987年版,第524页。

◆◆◆ 质证与新读

故事的入话是否就由彼而来？这自然又不限于变文在话本小说史演进中作为环节的作用，可以思考并值得探讨的东西很多。而在近几十年来古典文学研究常常是株守一家或限于一体、一代的情势下，话本小说研究上溯源流以对其发展变迁做出新的说明的工作总体上还比较欠缺；就变文与讲史及话本小说而言，由于敦煌学与古代小说学各为专家专门之学，这二者的关系在长时期中被有意无意地忽略了，从而有关历史的联系基本上仍在隐晦之中。这是一个有待专家加强关注的课题，本文借《三国演义》徐庶归曹故事与俗讲变文《汉将王陵变》渊源的考论，希望对这一课题研究工作的开展能有些微推动的作用。

　　总之，以上分析可以使我们这样认为：罗贯中《三国演义》徐庶归曹故事原本《三国志》，一由《三国志·诸葛亮传》所载徐庶事衍为《三国志平话》的描写，成为故事中刘备与徐庶交往情节的基础；一由《三国志》裴注的启发，远祖《史记》《汉书》的记载和汉代传说，其更接近的根据是唐五代俗讲变文《汉将王陵变》，而以宋代说《汉书》的话本或《陵母伏剑》等元杂剧中陵母故事为直接的依傍，写就故事中曹操、徐母故事情节——合二为一，形成徐庶归曹故事构架。我们据有限资料看到的这一演进的过程已比较复杂，而历史的真相无法复原，实际的状况即其缊缊化生的过程会更为错综繁复。对此，本文无法做出更具体的说明，但是，已足以使我们看到《三国演义》成书与唐代俗讲——变文关系的密切，并因此受到启发，即《三国演义》研究亟须视野的扩大与方法的更新。

　　首先，在题材形式演变研究资料的发掘利用方面，《三国演义》徐庶归曹故事从历史到小说的演进过程表明，《三国演义》的取材即其对史传与民间传统的继承，固然以前代关于三国的各类文献为主，却也有从诸如《史记》《汉书》及说《汉书》一类话本等其他非三国文献中的挪移化用。因此，《三国演义》成书过程及其他相关研究固然应当首重三国资料的发掘利用，却又不可画地为牢，以为"说三分"的艺人特别是伟大的小说创作家罗贯中只是基于三国旧闻编述纂集，并无别样的参考借鉴，从而把它深层次的更为广阔的文化背景忽略或遗忘了。应当说，这种研究上的不足在一定程度上是存在的，有必要加以弥补或救正。为此，《三国演义》的研究不仅要就三国论《三国演义》，而且还要注意《三国演义》与三国之外世界多方面委宛曲折的联系，以求更深入地把握《三国演义》与传统文化的广泛联系。这是必要的，也是可能的。为此，研究者必须树立统一的历史观念和加深对文学发生过程的真正了解，认识到任何作家、作品、文学现象其实只是统一的历史网络中的一个结，与之相连的一切都是它赖以存在的条件和参照物；研究者注重这个"结"本身，同时也可以从这一切的角度加以观照，得出自己的结论。我们相信，新的观念与认识将会给《三国演义》研究带来新的开拓变化，就是研究《三国演义》以三国为主，而不唯三国，更扩大到从全部传统文化的背景上理解阐释这部伟大的著作，以最大限度地发明和凸显《三国演义》作为传统文化无边无际的网络中一个"中国结"的特征。

其次，上述资料的发掘利用不仅有考察《三国演义》题材形式演变的意义，也潜在地有作品思想内涵与前代文化联系的新发现的可能。具体来说，本文所考《三国演义》徐母故事借自宋元话本、唐五代变文、汉代有关传说故事、《汉书》《史记》等，不只是情节形式的挪用，而且包含了以徐母比陵母、以刘（备）曹（操）比刘（邦）项（羽）的意义，表现了作者以宋儒所谓汉代得天下之正加强尊刘贬曹倾向的比较极端的用心。从而可以看到，罗贯中《三国演义》拥刘反曹的政治倾向，不只是继承了朱子《通鉴纲目》与民间说话的传统，而还有作者自觉的选择与发挥强调。这与传统的看法就有了区别。

类似的情况还可以举出《三国演义》曹操杀吕伯奢故事的构思，可能受有《伍子胥变文》的影响。《三国志·魏书·武帝纪》本文及裴注仅叙及曹操因疑误杀了吕氏家人及宾客，吕伯奢以外出幸免。《三国演义》敷衍其事，增饰为曹操在离开吕家出逃的途中又遇到吕伯奢而残杀之，其出手毒辣与居心不良招致陈宫的责难，陈并因此离他而去。这部分增饰的情节，固然是作者塑造这一人物妙手偶得又顺理成章的杰作，又似乎只是故事情节即形式的演进，其实不然。与《伍子胥变文》稍加对照，就可以发现在形式的借用中，也几乎不可免地沿袭了变文相应部分构思之理——曹操答陈宫责难说："伯奢到家，见杀死多人，安肯干休？若率众来追，必遭其祸。"[1] 这与《伍子胥变文》的文字虽有较大不同，但是，其所执之

---

[1] 陈曦钟、宋祥瑞、鲁玉川辑校：《三国演义会评本》，北京大学出版社1986年版，第49页。

"理",却与《伍子胥变文》写渔人坚持回家中为子胥取食,子胥却疑他"不多唤人来捉我以否"①,有相通之处。这里,我们还无从断定罗贯中是否也是经由宋元话本或杂剧从《伍子胥变文》受到启发——那将是十分困难甚至不可能之事——但是二者之间情景略似,神理相通,有所传承,却是不争的事实。

因此,笔者认为,在有学者提出在"三国文化"背景下继续深入开掘的基础上,《三国演义》研究也还需要进一步树立统一的大历史与文学的观念,放眼全部传统文化的背景以为参照,把一部书的学问做得更大,以期有更多新的发现。在这一方面,已经有学者做出了努力。例如程毅中先生论《梁公九谏》第八谏武则天以下油锅相迫,而狄仁杰仍坚持进谏,"塞衣大步欲跳入油锅"的情节说:"这种手法常见于民间说唱,是故作惊人之笔。元人杂剧《赚蒯通》和《三国志通俗演义》第十八卷邓芝使吴一节,就使用了这样的情节,可见其间有相通之处。"② 这无疑是在传统文化的广大背景下对三国戏曲小说情节来源的一个新的发现和正确论断。而在全部传统文化的背景下,类似的发现应该不止于此,研究者任重道远,可做的事情正多。

这里还要顺便说到,以上考论《三国演义》徐庶归曹故事源流,首先当然是揭示了故事构成的资料基础。这一基础对罗贯中《三国演义》的编撰当然有重要意义。但是,如果考据能不迷失于细节,则应当看到罗贯中写作徐庶归曹故事,不只是靠了这一基础和好像是东拼西凑的手段,而是登高望远,成竹在胸,以意为之,随手捏合,笔补造化,独具匠心。他的天才表现与贡献在于:一面参考各种前代的资料,有选择去取的高明眼光;另一面熔铸这东挪西借来的材料,使之成为与全书血脉连贯、呼吸相通的有机生命体,更有生死肉骨、化腐朽为神奇的才华;更重要的是他踵事增华、笔补造化的功夫,如不仅沿《三国志平话》把荐诸葛之事放在送别之末,而且改《平话》并荐卧龙、凤雏两人为专荐诸葛,带言庞统。不仅袭用项羽迫王陵母作书招儿情节,而且在徐母拒绝之后写程昱赚其笔迹字体伪为母书以行其奸,等等,则非真才子、大手笔莫办。至

---

① 王重民等编:《敦煌变文集》,人民文学出版社1957年版,第13页。
② 程毅中:《宋元小说研究》,江苏古籍出版社1998年版,第263—264页。

于《三国演义》为刘备、徐庶之交注入无限深情,揖让往还,抑扬顿挫,一唱三叹;以徐母故事强化尊刘贬曹之态度,用意深微,慷慨悲凉,使此节描写超出单纯叙事的层面,成为古典小说中少有的富于诗意的"有意味的形式"①,那就不是一般考论所可以说明的了,而需要从文艺学和美学的角度做深入的探讨。

[原载《山东师范大学学报》(哲学社会科学版)2003年第1期]

---

① [英]克莱夫·贝尔:《艺术》,周金环等译,中国文联出版公司1984年版,第4页。

论中国古代小说"雅"观"通俗"的读法

——以《水浒传》"黑旋风沂岭杀四虎"细节为例

有关古代通俗小说的代表作之一《水浒传》中"黑旋风沂岭杀四虎"（以下或简称"李逵杀四虎"）故事的考论已经是很小的题目了，至于又仅关注其"细节"，则属小之又小。

但这一方面因为这个故事的框架渊源早已经人揭出，仅余细节似可以考论；另一方面研究者管窥蠡测，努力于窄而深的探求，既是一种相对于宽而博的讨论为不可偏废的角度与路径，也似乎可以引出通俗小说文本阅读也有考据之必要性与重要性的认识，建立一种我所称之谓"雅"观"通俗"的小说读法。所以仍不避琐屑之嫌，以此一故事之细节的考证为例，试论如下。

一 "李逵杀四虎"细节溯源

《水浒传》百回本第四十三回写"李逵杀四虎"故事大略如下。

1. 李逵背娘上沂岭，"捱得到岭上松树边一块大青石上，把娘放下"，遵母命自己去寻水。

2. "李逵听得溪涧里水响，闻声寻路去，盘过了两三处山脚"，用石香炉就溪中取水而回，已不见娘。

3. 李逵寻娘"寻到一处大洞口，只见两个小虎儿在那里舐一条人腿"，知道娘是被老虎吃了。李逵乃先于洞外杀一小虎，后追入洞中又杀一小虎，并用刀刺一母虎粪门，迫其出洞堕涧而死，而后又杀一公虎，"一时间杀了母子四虎"①。

对此,鲁迅先生《华盖集续编·马上支日记》考证云:

> 宋洪迈《夷坚甲志》十四云:"绍兴二十五年,吴傅朋说除守安丰军,自番阳遣一卒往呼吏士。行至舒州境,见村民穰穰,十百相聚,因弛担观之。其人曰,吾村有妇人为虎衔去,其夫不胜愤,独携刀往探虎穴,移时不反。今谋往救也。久之,民负死妻归,云,初寻迹至穴,虎牝牡皆不在,有二子戏岩窦下,即杀之,而隐其中以俟。少顷,望牝者衔一人至,倒身入穴,不知人藏其中也。吾急持尾,断其一足,虎弃所衔人,踉跄而窜;徐出视之,果吾妻也,死矣。虎曳足行数十步,坠涧中。吾复入窦伺,牡者俄咆哮而至,亦以尾先入,又如前法杀之。妻冤已报,无憾矣。乃邀邻里往视,舆四虎以归,分烹之。""案《水浒传》叙李逵沂岭杀四虎事,情状极相类,疑即本此等传说作之。《夷坚甲志》成于乾道初(1165),此条题云《舒民杀四虎》。"②

鲁迅此说甚是,但犹有未尽。因为二者"情状极相类"处,主要在上列妻子或母亲为虎所害和主人公于洞里洞外杀四虎报仇的故事架构;而在细节上,比较"此等传说",《舒民杀四虎》只是"粗陈梗概"③,"李逵杀四虎"的描写显然更加具体细致,内涵丰富,从而杀虎人的形象也有了重大变化,主要有三。

1. 李逵负母至岭头一块大青石上坐等,自己奉母命寻水。
2. 李逵自山脚下溪中以石头香炉取水而回。
3. "李逵杀四虎"最精彩处是以刀刺"母大虫尾底下"之"粪门"而杀之。

这些由全知角度出发的细节描写使行动中的杀虎人李逵的形象,比较其自述杀虎经历的原型舒民,无疑是更加立体和丰满了,而故事的内蕴也

---

① (元)施耐庵、罗贯中:《水浒传》,李永祜点校,中华书局1997年版,第570页。本文如无特别说明,凡引此书均据此本,仅随文说明或括注回次。
② 《鲁迅全集》(第三卷),人民文学出版社1981年版,第322页。
③ 鲁迅:《中国小说史略》,人民文学出版社1973年版,第54页。

由前者的比较单纯而变得丰富复杂、情理备至，可谓以细节的增饰实现了质的超越。

一般来说，我们以这些细节的增饰为《水浒传》无所依傍的独创，应该是不错的。然而若为深究，却很可能不然，而是也如其故事架构一样，是从前代文记中"情状极相类"者挪移变化而来。

按南朝梁萧绎《金楼子》卷六《杂记十三上》载：

> 孔子游舍于山，使子路取水，逢虎于水，与战，揽尾，得之，内于怀中。取水远，问孔子曰："上士杀虎如之何？"子曰："上士杀虎持虎头。""中士杀虎如之何？"子曰："中士杀虎持虎耳。"又问："下士杀虎如之何？"子曰："下士杀虎捉虎尾。"子路出尾弃之，复怀石盘曰："夫子知虎在水，而使我取水，是欲杀我也。"乃欲杀夫子。问："上士杀人如之何？"曰："用笔端。""中士杀人如之何？"曰："用语言。""下士杀人如之何？"曰："用石盘。"子路乃弃盘而去。①

以此与上列"李逵杀四虎"之细节相对照，二者"情状极相类处"有三。

1. "孔子游舍于山，使子路取水"，与李逵负母上岭后奉母命取水，都是奉长者之命下山。

2. 子路杀虎"持虎尾"，而李逵杀虎以刀刺"母大虫尾底下"之"粪门"，都是从"虎尾"或"虎尾"处得之。

3. 子路衔恨，欲杀孔子，而"复怀石盘"，与李逵为取水而"双手擎来"石头香炉，所持均石器。

尽管这些"情状极相类处"基于各自不同的事理，但其相类若此，却不像是出于偶然。从而笔者甚疑这些相类处就是"李逵杀四虎"从上引"孔子游舍于山"故事挪移变化来的。理由亦有三。

一是从能够想象的作者生平与学养看可信如此。《水浒传》作者或作者之一的罗贯中生平事迹固然不详②，但他生当元明尊孔读经的时代，又作为小说家，必是杂学旁收，应是熟知《金楼子》"孔子游舍于山"的故

---

① （南朝·梁）梁元帝：《金楼子》，中华书局1985年版，第101页。
② 《水浒传》的成书与作者尚存争议，笔者相信罗贯中为《水浒传》的作者或主要作者，故本文涉及《水浒传》作者只提罗贯中一人。

事，顺手拈来化用到"李逵杀四虎"的描写中去。而以孔子"好勇过我"（《论语·公冶长》）的学生子路比李逵，在元代文学中已有先例。如应是比《水浒传》较早的东平籍戏曲家高文秀所写的《黑旋风双献功杂剧》中形容李逵，就说"恰便似那烟薰的子路，墨染的金刚"①。由此可见，子路以至《金楼子》"孔子游舍于山"中子路的故事，当时如高文秀一般的文学家作者罗贯中应甚为熟悉，所以得心应手运用到《水浒传》此节描写中了。

二是"李逵杀四虎"叙事中已隐约点出以"孔子游舍于山"中子路杀虎为原型的谜底。即书中在写李逵杀虎后众猎户见了，齐叫道"不信你一个人如何杀得四个虎？便是李存孝和子路，也只打得一个"云云，虽然以李存孝与子路并提而又以子路殿后，但写有李存孝打虎故事的《残唐五代史演义传》也署名罗贯中所作，可知除《舒民杀四虎》之类传说是"李逵杀四虎"故事的原型之外，还应该看到"孔子游舍于山"故事中的子路杀虎所给予"李逵杀四虎"描写精神上的启迪；而除却"四虎"之数外，可以认为"孔子游舍于山"故事中的子路杀虎是罗贯中笔下包括李存孝打虎、李逵杀虎乃至武松打虎故事共同的原型。这也就是说，《水浒传》的作者或作者之一同时是《残唐五代史演义传》的作者罗贯中②，虽然在写"李逵杀四虎"时受有《舒民杀四虎》的影响，但他无论写李存孝、李逵或武松打虎，都是沿袭借鉴了元初《水浒》戏以李逵拟于子路的流行做法，而原型则是他所熟悉的《金楼子》"孔子游舍于山"的故事。

三是明人评点也认可其为如此。对《水浒传》写李逵打虎祖拟于子路打虎一点，明容与堂本眉批就曾于上引"也只打得一个"句下评曰："博学君子亦知子路打虎故事么！"③ 仅举"子路打虎故事"而不提存孝打虎，可知评者意中正是以"子路打虎故事"而不是存孝打虎故事为"李逵杀四虎"故事之所本；而且这样以问句略一提点出之的做法，似也显示，在评点者看来，这一谜底虽未至于尽人皆知，但在那时的读者中也并非

---

① （明）臧晋叔编：《元曲选》（第二册），中华书局1989年重排版，第688页。
② 在罗贯中对两书著作权的问题上，学术界尚无共识，但两书写打虎的相似性，一定程度上增加了罗贯中是两书作者的可能性。
③ 陈曦钟、侯忠义、鲁玉川辑校：《〈水浒传〉会评本》（下），北京大学出版社1981年版，第804页。

很深隐的秘密。

因此，我们可以肯定地认为，"李逵杀四虎"写李逵从山上往山下去取水以及使用石器等与上引"孔子游舍于山"故事"情状极相类"处，乃直接从后者模拟脱化而来，与其故事构架同属事有所本，乃夺胎换骨、因故为新。

二 "李逵杀四虎"细节释义

比较《夷坚志·舒民杀四虎》之类"传说"的影响主要是使《水浒传》"李逵杀四虎"成为了一个惊险的"故事"，《金楼子》"孔子游舍于山"所给"李逵杀四虎"细节描写的影响，才是使这一偶然的恐怖的虎害故事有了充足的泛词余韵，上升到真正艺术的"有意味的形式"①的决定性因素。由此产生了既惊险动人又情味隽永的艺术效果。

这一效果可概括为三个方面：一是从李逵虽性质粗钝，但能不厌母亲之絮叨，费尽周折，下山取水，可见其纯孝之心；二是从李逵奉母命取水，把已经年迈失明的母亲孤身一人安顿在岭上坐等，而完全没有虑及岭上有野兽出没的危险，以致母亲死于虎吻，且后来亦不曾有半点后悔与自责，又可见其性质确属粗钝。宜乎第十四回《吴学究说三阮撞筹，公孙胜应七星聚义》写"阮小二叫道：'老娘'"下金圣叹夹批评曰："突然叫声老娘，令人却忆王进母子也。试观王进母子，而后知求忠臣必于孝子之门，斯言为不诬也。三阮之母，独非母乎？如之何而至于有三阮也？积渐既成。而至于为黑旋风之母，益又甚矣。其死于虎，不亦宜乎！凡此等，皆作者特特安排处，读者宜细求之。"②以为有贬责李逵之意；三是通过取水、杀虎刺"粪门"和用石器等，总体上以与"孔子游舍于山"中的子路作比，隐讥李逵之为人，实是比"下士"还等而下之。这就层层递进，凸显或深化了李逵性格的本质特征。

但如上第三点效果的产生，又非相关描写自身直接的结果，而是由于其于因故为新中还兼具了"春秋笔法"的特点。所谓"春秋笔法"，又称

---

① [英]克莱夫·贝尔：《艺术》，周金环等译，中国文联出版公司1984年版，第4页。
② 陈曦钟、侯忠义、鲁玉川辑校：《〈水浒传〉会评本》（上），北京大学出版社1981年版，第273页。

"书法"，是指孔子作《春秋》为"避当时之害"，而故意"微其文，隐其义"①的一种文章写法。这种写法就是史家可以在不便"直书"的地方，采用或隐讳，或含糊，或侧面，或委婉，或暗射等手法，使史书尽管没有公然地歪曲事实，却不露或只是有分寸地显露事实与本意，达到"微而显，志而晦，婉而成章，尽而不污，惩恶而劝善"（《左传·成公十四年》）的目的。这种笔法的极致，就是晋人杜预所谓"一字为褒贬"②，即不是通过议论说明，而是通过遣词用句的这样或那样的特别方式，暗寓史家对所写人与事或褒或贬的看法。这种笔法的运用自然主要体现在写人叙事的细节上。古代小说仰攀史部，作为"史之余"，有时也不免承袭了这古老的"春秋笔法"传统。在笔者看来，"李逵杀四虎"中的某些细节描写正是运用"春秋笔法"以体现作者之寓意与褒贬的，分述如下：

首先，写李逵以刀入"粪门"杀虎暗含贬义。"李逵杀四虎"的描写中也曾提及"母大虫尾"，倘使写李逵如舒民那样"急持尾，断其一足"而赶杀之，则其在士杀虎的品级中就一如子路为"杀虎捉虎尾"的"下士"了。但李逵甚至未能如舒民那般，而是从老虎"尾底下……粪门"用刀，把老虎刺杀了。虽然这在一般看来已与"下士杀虎捉虎尾"没有什么相干，但深细辨之，则从作者特别点出"把刀朝母大虫尾底下"可知，作者不仅仍是在借"捉虎尾"做文章，而且更下至"母大虫尾底下"的"粪门"，以极写李逵尚且不如"杀虎捉虎尾"之"下士"，乃更等而下之人。这是作者对李逵欲尽孝心，却因粗蠢误了母亲性命的贬斥之笔。

写李逵以刀入"粪门"杀虎暗含贬义，通过与同书写武松打虎相对照亦可看得出来。《水浒传》作者以武松为书中"第一人"③，我们看"景阳冈武松打虎"，是将"半截棒丢在一边，两只手就势把大虫顶花皮胳腋地揪住，一按按将下来"（第二十三回），然后拳打脚踢，把老虎打死，是只在"虎头"上用力，而全然不及于"虎尾"，更无论"粪门"！以此核之以孔子"士杀虎"之论，岂不是《水浒传》明确以武松为"杀虎持虎头"

---

① （晋）杜预：《春秋左传序》，《春秋左传正义》卷首，阮元校刻《十三经注疏》（下册），中华书局1980年影印本，第1707页。
② （晋）杜预：《春秋左传序》，《春秋左传正义》卷首，阮元校刻《十三经注疏》（下册），中华书局1980年影印本，第1707页。
③ 陈曦钟、侯忠义、鲁玉川辑校：《〈水浒传〉会评本》，北京大学出版社1981年版，第486页。

之"上士",而相比之下,李逵岂非连"杀虎捉虎尾"的"下士"也还不如了吗?

其次,写李逵取水用石头香炉,似拟子路"怀石盘"欲杀孔子,亦暗含贬义。上述李逵与子路同用石器,虽居心善恶迥异,但作为李逵为孝敬母亲取水而实际是害了母亲情节中的一个突出细节,写以石头香炉盛水而回,看似体现了他的聪明能干,但客观的效果却与子路"怀石盘"的实际取向同样是消极的。这正近乎《春秋》书"赵盾弑君"(《左传·宣公二年》),乃所谓赵盾虽不亲弑君,而君却因赵盾未救而死。李逵以石头香炉取水的细节应该视作《水浒传》作者曲拟"孔子游舍于山"故事中子路"怀石盘"的"春秋笔法",也有深切贬责之意存焉。

最后,我们可以进一步探讨作为"李逵杀四虎"余波的李逵回到山寨与众人相见一段描写所暗含的对李逵的贬义。但这必须结合了"孔子游舍于山"中士分三等之论的由来才容易明白。按《老子》曰:

上士闻道,勤而行之;中士闻道,若存若亡;下士闻道,大笑之。不笑不足以为道。

对照可知,"孔子游舍于山"中士分三等的对话很可能来源于上引《老子》有关"士闻道"的名言。在此基础上,"李逵杀四虎"写李逵回山之后一段文字的奥义就容易明白了。第四十四回写李逵回到山寨:

李逵诉说取娘至沂岭,被虎吃了,因此杀了四虎。又说假李逵剪径被杀一事。众人大笑。晁、宋二人笑道:"被你杀了四个猛虎,今日山寨里又添的两个活虎上山,正宜作庆。"众多好汉大喜,便教杀牛宰马,做筵席庆贺。

这里写"李逵诉说取娘至沂岭,被虎吃了"等事,固然有值得"大笑""作庆"的成分,但毕竟李逵此行是为了"取娘",李逵的娘"被虎吃了",却得不到包括晁、宋(宋江尚且以"孝义"著称)在内众人的半点同情与安慰,这竟然还发生在以"孝义"闻名天下的宋江身上,着实令人费解!对此,明人评点说:"他的娘被老虎吃了,倒都大笑起来,绝无

· 250 ·

一些道学气。妙，妙！"①实乃不明就里而曲为之说。近人萨孟武著《水浒与中国社会》一书中则解为"不是因为他们没有道德，乃是因为他们的伦理观念与绅士的伦理观念不同"②。这固然可备一说，但笔者认为，联系上述"李逵杀四虎"以"孔子游舍于山"故事为本事的实际，与其从今天"意识形态"的角度作解，也许还不如从"孔子游舍于山"中的"士杀虎"之论的框架拟于《老子》的"士闻道"作想，以为上引"李逵杀四虎"中写"众人大笑。晁、宋二人笑道"云云，是又并《老子》"士闻道"的具体内容一起沿袭化用了。

具体来说，就是此节描写实乃《水浒传》作者拟《老子》"下士闻道，大笑之。不笑不足以为道"的戏笔。这一戏笔所显示之"道"，一面是暗讥李逵之"孝"道非"道"，即包括晁、宋在内"众人"的"大笑"，不在于表现"众人"的似无心肝，而在于以晁、宋等众人的不屑一顾，显示李逵粗蠢误母之行的不值得同情，从而贬责愈深。另一面，作为全书表现主题的有机成分，所体现的是一百零八个"妖魔"乘时下世"替天行道"之"道"。具体而言，作者写李逵此番下山，根本用心不在其"取娘"，也不在其"杀四虎"，而在于引朱富、李云"两个活虎上山"，以凑合"一会之人……数足"（第七十一回）。所以，李逵"取娘"不成固然是世俗人情上的遗憾，值得同情，但在《水浒传》写"众虎同心归水泊"来说，不过是召之即来、挥之即去的内容，只有李逵此行的"替天行道"促进了梁山"一会之人……数足"，才是真正重要的。此目标既然已经达到，作为由头的李逵取娘之事自然不必再说，从而仅以"众人大笑"一笑了之，而于朱富、李云"两个活虎上山"，却以"晁、宋二人笑道……正宜作庆"，给以特笔强调和突出。其用笔轻重，一以全书叙事的主要目标为裁量。读者不当作一味揣摩情景的刻板写实之文粗漫看待，而应视为胸有全局、匠心独运的神来之笔深味其奥义。

总之，从文本渊源于"孔子游舍于山"和远祖《老子》"士闻道"名言以及所用"春秋笔法"暗寓的意义看，"李逵杀四虎"的细节描写中包含对李逵形象的具体而微的评价，总体上对当下李逵的为人行事贬过于

---

① 陈曦钟、侯忠义、鲁玉川辑校：《〈水浒传〉会评本》，北京大学出版社1981年版，第814页。
② 萨孟武：《水浒与中国社会》，岳麓书社1987年版，第12页。

褒，是全书写李逵作为"天杀星"虽为好人却不完全是好人的一个方面。至于其因故为新和采用"春秋笔法"，则是《水浒传》作者以才学为通俗小说的精彩表现。读者于此等描写处，当全神贯注，用些"治经"式考据的功夫，才有可能得故事之奥义与作者之深心。

三 "雅"观"通俗"的小说读法

以上考论表明，作为古代通俗小说名著《水浒传》的"李逵杀四虎"一节，除却其故事框架疑从《夷坚志》所载《舒民杀四虎》"此等传说"脱化之外，其细节描写还从萧绎《金楼子·孔子游舍于山》及《老子》"上士闻道"云云的哲人文士之作脱化而来。加以近年来笔者已曾考论《三国演义》"玄德学圃""闻雷失箸"等化用《论语》之例[①]，考论《水浒传》书名与《诗经·大雅·绵》[②]、宋元话本《错斩崔宁》与《诗经·卫风·氓》[③] 的联系等，积累至本文的探索乃逐渐意识到，古代通俗小说的考索，自然不能不往"传说"与"话本"的方向上求其下层社会俗文学的源头，但同时也要看到其与上层社会雅文化千丝万缕的联系，必要时做"俗"中求"雅"、"雅"观"通俗"的探讨。这也许不失为通俗小说的一种解读之法，有关思考具体如下。

（一）古代通俗小说其实都是"雅"人做的。今天所见古代通俗小说如《水浒传》，溯源虽然可以到宋元市井勾栏瓦舍的说话艺术，但那毕竟只是"源"而已，流传到今天的文本，却基本上都是由罗贯中那样的饱学之士创作或加工写定的。虽然罗贯中等早期通俗小说作者的身世生平至今大都是谜，但就时代与其所著书悬想其人，也当是读书做官不成，百无聊赖，退而为小说以抒其愤的天才文学家。他们创作通俗小说虽尚俗黜雅，但有时是化雅为俗，即不排除把饱读经典所接受的上层社会的"雅"化为下层社会可以接受之"俗"的可能。这就决定了他们的小说创作不免熔经铸史和化用典故，而且为了无碍于"通俗"的缘故，这种熔铸化用还当力求无迹可求，使其寄思甚深，托情甚隐。这个结果就是通俗小说无不有经

[①] 参见杜贵晨《齐鲁文化与明清小说》，齐鲁书社2008年版，第81页。
[②] 参见杜贵晨《传统文化与古典小说》，河北大学出版社2001年版，第242—252页。
[③] 参见杜贵晨《传统文化与古典小说》，河北大学出版社2001年版，第415页。

史等雅文化复杂而深细的羼混渗入，读者须"雅"观"通俗"，才能真正了解其有关描写的内蕴与指向。

（二）古代通俗小说本质上不是俗文学，而是以"俗"传"雅"、"俗"中有"雅"、貌"俗"而神"雅"之文学。古代"通俗"之义本就重在化"雅"为"俗"和以"雅"化"俗"。汉服虔有《通俗文》已佚，清翟灏有《通俗编》，都是学者文人为俗人所作；而《京本通俗小说·冯玉梅团圆》中有诗句云："话须通俗方传远，语必关风始动人。"① 明确认为"话"虽然要"通俗"，但"语"即"话"的具体内容却必须"关风"。而《毛诗序》云："风也，教也。风以动之，教以化之。""关风"的内容当然是从经典且主要是儒家经典来的。这就决定了"通俗"的重要目标之一，就是以化"雅"为"俗"的手段，达到以"雅"化"俗"的目的。从而古代通俗小说无论内容与形式，都不免有经史典籍雅文化内容的大量渗透与制约，实际是"俗"中有"雅"、貌"俗"而神"雅"之文学。"雅"观"通俗"首先是要认识到通俗小说之俗，虽然有其题材内容手法上来自民间的本然之俗，但也有为量不小的化"雅"为"俗"之俗，即"俗"中之"雅"，把"通俗"小说作"俗"中有"雅"的研究对象看待，自觉从通俗小说文本与"雅"文化密切联系的角度深入钻研，考论结合，庶几能有意外的收获。

（三）"雅"观"通俗"的目的是深入解读文本，揭蔽古代"雅""俗"文化之间历史地存在着的内部联系，发现联系中与矛盾对立并存的和谐统一的一面，以更深入地解读文本。长期以来，学界一般认为《水浒传》等通俗小说源自宋元说话艺术，叙述与描写唯求逼真与生动，不可能有什么值得深求的微言大义，当然也就不需要如本文"治经"式考据的态度与做法。这种认识养成并助长了通俗小说文本解读偏重作品整体思想内容与艺术特色的概论式批评，阻碍了"雅"观"通俗"研究态度与方法的形成，长时期中一定程度上局限了古代通俗小说研究的深入发展，乃至近一二十年来，致力于通俗小说特别是名著文本解读的学者越来越少，是很令人忧虑的现象。而本文所谓"雅"观"通俗"的小说读法，与过去直观故事情节与人物形象的概论式批评相比，更注重通俗小说文本内在细微处

---

① 《京本通俗小说》，上海古籍出版社1988年版，第92页。

受雅文化影响的一面，力求通过对文本细节所受雅文化影响的探考，深窥其上、下层文化互渗互涵、交织交融的特点，进而从通俗小说的视角还原中华古代文化既异彩纷呈又和谐统一的整体本质，加深对中国乃至人类历史文化统一性的认识。

（四）"雅"观"通俗"是"窄"而"深"的研究，需要更沉潜的钻研和更广博的知识。作为带有"治经"特点的"雅"观"通俗"的小说读法，理论上虽然不排斥对文本的宏观把握，但显然更偏重对文本细节所脱化自雅文化渊源的推考与研讨，从而多要自小观大，就具体而微的现象下判断，着眼点虽小，而关怀甚深，"从极狭的范围内生出极博来"①，则必然难度较大。这就要求研究者不仅要有"雅"观"通俗"的自觉性，更要有传统文化的广博知识；不仅能对作者一般地知人论世，更要能够读作者所可能读过之书，最大限度地接近文本创作的原生态，在近乎"体验"的状态下还原文本产生的可能情景而易于洞幽烛隐。这对于今天去古已远的学者来说，除本文识小之例或可能偶得之外，即使仅就一书全部文本会通内外，遍察幽隐，恐亦非多年沉潜而难得有大的收获。因为即使前代读者去古为近，或又兼以博学多才，也未必不有见不到处。例如清初金圣叹是何等才情，其评《水浒传》虽于"武松打虎一篇"与"李逵取娘文中……一夜连杀四虎一篇"（金批本第四十二回）赞不绝口，多能见微知著，可谓心细如发，目光如电，但由于其全副精神专注文法，而于如上故事构造之本事源流、情韵神理，竟全无感受，更不曾说到孔子、老子等。这就很可能是他只知其一、不知其二了。而古代通俗小说之与其前代典籍文化间盘根错节、骑驿暗通之复杂深刻的联系，以及通俗小说经典的似易读而实难明，都于此可见一斑。

当然，诸如"李逵杀四虎"细节化用经史文献、采用"春秋笔法"之类，在通俗小说中既非绝无仅有，所以有必要提出所谓"雅"观"通俗"的小说读法；但是，毕竟古代通俗小说作者作为"雅"士不可能完全脱俗，又其为此类小说本是写给俗人看的，其"俗"中含"雅"不会也不应该是处处设伏，读者虽须随时警惕，但更要实事求是，可疑处有疑，实有

---

① 梁启超语，转引自谢桃坊《回顾梁启超与胡适在东南大学的国学讲演》，《古典文学知识》2011年第1期。

处说有，而不应该风声鹤唳、草木皆兵。况且我们所谓"雅"观"通俗"，本是一种欲求甚解的研究态度与做法，而读书特别是读小说却是可以不求甚解的，如《水浒传》等通俗小说名著的一大优越处，就是可以浅读得浅，深求得深，并非一定要做到"雅"观"通俗"的地步才可。所以"雅"观"通俗"虽可以为小说阅读之一助，但主要是为研究者试说法。因为研究者务求甚解，则非有"雅"观"通俗"之心，又于可观之处随时以观，则难以洞悉幽隐，发现伏藏，不辜负作者之心，而真得古代通俗小说文本之深义。天都外臣序《水浒传》赞其文笔之妙曰："此可与雅士道，不可与俗士谈也。"即此意。

（原载《东岳论丛》2012年第3期，有修订）

"传奇"名义与文言小说的分类

作为文言小说类型的概念,"传奇"的用法颇为混乱。汪辟疆《唐人小说·传奇叙录》用以指"唐人小说之涉及神仙诡谲之事"者;游国恩《中国文学史》则用以"概称唐人小说";张友鹤《唐宋传奇选》又说是"唐宋时期的短篇小说";鲁迅《中国小说史略》论唐代小说则"传奇"包举"志怪",论宋代小说则"传奇"与"志怪"并举,可谓言人人殊。近世小说研究一般分文言小说为传奇、志怪、轶事或曰志人三类,后两类的区别比较明显,轶事与传奇的区别也不难把握。混乱的原因主要在于"传奇"与"志怪"界限不清,似乎"奇"与"怪"并无根本区别,在这一题材范围内,篇幅较长的即为传奇,剩下篇幅短小的就是志怪了。这其实是一个很大的误解,而关键在于"传奇"概念的界定。

作为文言小说类名的"传奇"概念的界定,应考虑它的本义。"传奇"用以指文言小说体裁始于北宋毕仲询《幕府燕闻录》:"范文正公作《岳阳楼记》,为世所贵。尹师鲁读之,曰:'此传奇体也。'"同时或稍后陈师道《后山诗话》则云:"范文正公为《岳阳楼记》,用对语说时景,世以为奇,尹师鲁读之曰:'传奇体耳。'《传奇》,唐裴铏所著小说也。"二者未知孰为先后,核心都在尹师鲁说"传奇体",这是"传奇"作为小说类名的开端。

然而何谓"传奇体"?"传奇体"称名由何而来?尹师鲁未曾说,毕仲询未作解释,只有陈师道指出"传奇体"是"用对语说时景",如裴铏《传奇》那样并以此得名。但是说"传奇体"的到底是尹师鲁,陈师道的解释是否可靠?一般情况下应该不成问题,但关键在于"传奇体"因"传奇"称"体"。而何谓"传奇"?

"传奇"名义与文言小说的分类

宋以前称"传奇"的有两书,一是唐代裴铏的小说集《传奇》,一是唐代元稹的《莺莺传》本名或又名《传奇》。裴铏的《传奇》是一部文言小说集,原书已佚,《太平广记》收《崔炜》《陶尹二君》《裴航》《金刚仙》《聂隐娘》等二十八篇,题材怪异相错,人神杂糅,估计它的全貌也不过如此,这就与《莺莺传》之纯写人事绝不相类。它们实际代表了两种不同的传统,前者以传记笔法志怪,后者传人事之奇。然而前者内容较杂,虽以怪异为主,却可以包括后者,而后者却不能包括前者。所以尹师鲁说"传奇体"实际是指哪一种《传奇》便成了问题。这一问题的逻辑是:有了"传奇"命名的小说,才有了尹师鲁"传奇体"的说法;但是,没有尹师鲁称"传奇体","传奇"就不一定能从书名过渡为一类文言小说的概念。所以"传奇体"指何种文言小说,引申来说"传奇"的本义是什么,关键在于尹师鲁是就这两种书中的哪一种说"传奇体"。

尹师鲁是就哪一种书称"传奇体"?这个问题不易断定,但是可以找到一个相对合理的说法。这个说法的基础应是当时哪种书最流行,尹师鲁最可能就那种书与《岳阳楼记》相比论。在这个意义上两种书又可以说不相上下:裴铏《传奇》大名鼎鼎。《莺莺传》称《传奇》见于曾慥《类说》;又见于赵德麟《侯鲭录·辨〈传奇〉莺莺事》引王性之作《〈传奇〉辨正》,文中六称写莺莺事的小说篇名《传奇》,而未称及《莺莺传》;同时赵德麟《元微之崔莺莺商调蝶恋花词》云:"夫《传奇》者,唐元微之所述也。以不载于本集而出于小说,或疑其非是。今观其词,自非大手笔孰能与于此!至今士大夫极谈幽玄,访奇述异,无不举此以为美话。"都直呼《传奇》之名,而且说在士大夫中脍炙人口,可见《莺莺传》本名或又名《传奇》在宋代是著称的,知名度或不亚于裴铏《传奇》。尹师鲁就哪一种书称"传奇体"都是可能和可行的。

于是,问题的关键就成了尹师鲁就哪一种书称"传奇体"更为合理。按陈师道的说法,《岳阳楼记》"用对语说时景,尹师鲁读之,曰:'此传奇体耳。'"反过来"《传奇》体"的《传奇》则应是《岳阳楼记》的"用对语说时景"。"对语"即对偶之语,两种《传奇》都用的,可不具论;"时景"当指当时事、目前景,具现实的品格,却只有本名或又名《传奇》的《莺莺传》纯是如此;并且《莺莺传》是宋朝士大夫"极谈幽玄,访奇述异"无不枚举的"美话",所以尹师鲁论"世以为奇"的写人间事的《岳阳楼记》，心目中所拟"传奇体"的《传奇》只会是指《莺莺传》，而不可能是指裴铏那内容上人神杂糅的《传奇》。陈师道悬拟妄猜，以裴铏《传奇》施之以比附是错误的。

陈氏的误解，是导致后世"传奇"名义宽泛混乱的基本原因之一。此外，对"传奇"成词历史缺乏了解也是加剧这一混乱的重要因素。"传"是解"经"的。《论衡·对作篇》："圣人作经，贤者传记。""传"即"传记"，本是"经"的附庸，后来蔚为大观，特别是发展出史传一门，以《左传》《史记》为代表，成为先秦两汉叙事文学的正宗。本来史传为历史科学，应以述要传信为自己的使命；但是，一方面传述者取材每不能不有自己的主张或好恶，所以《左传》"言多怪"（《论衡·对作篇》），《史记》则"是非颇缪于圣人，论大道则先黄老而后六经，序游侠则退处士而进奸雄，述货殖则崇势利而羞贱贫"（《汉书·司马迁传》），为许多后世史官不敢传或不屑于传的人物立传；另一方面，"俗皆爱奇，莫顾实理。传闻而欲伟其事，录远而欲详其迹"（《文心雕龙·史传》）。所以《左传》叙事"每须遥体人情，悬想事势，设身局中，潜心腔内，忖之度之，以揣以摩，庶几入情入理。盖与小说、院本之臆造人物，虚构境地，不尽相同而可相通"①。《史记》亦复如此，周亮工称之为"笔补造化"（《尺牍新钞》三集卷二释道盛《与某》）。

纵向看来，《左传》《史记》这两方面的特点又是递变发展的：《左传》"言多怪"，《史记》则"至《禹本纪》《山海经》所有怪物，余不敢言之也"（《大宛列传》）。从《左传》的"言多怪"到《史记》的"不敢言"怪，史传传信的现实精神还是发展了。同时，从《左传》到《史记》，写"倜傥不群之人"（司马迁《报任安书》）的倾向及"笔补造化"的传记笔法也得到长足的发展。对于《史记》的这一特点，应劭诋为"爱奇之甚"（《史记·孟子荀卿列传》司马贞索隐引应劭语），刘勰则讥之为"爱奇反经之尤"（《文心雕龙·史传》）。"奇"，《说文》"畸"字段注曰："凡奇、零字，皆应于'畸'引申用之，今者'奇'行而'畸'废矣。"可见"奇"字本义为"畸"，与"怪"并无共同之处。《史记》的"爱奇"就是

---

① 钱钟书：《管锥编》（第一册），中华书局1979年版，第166页。

"爱畸"，即鲁迅所说"传畸人于千秋"①，亦即它的传奇性，其特点乃在于传记人事之奇，与志怪并无关涉。作为源头之一，后世传奇小说就是继承《史记》的这一倾向发展而来的。

从《史记》的传奇倾向到唐代传奇小说，经过了魏晋南北朝杂传小说的过渡。《隋书·经籍志·杂传类序》曾概述了这一发展过程，其所列举有刘向《列仙传》《列士传》《列女传》，魏文帝《列异传》，嵇康《高士传》，等等。从史学的观点看，这些"不在正史"的杂传是《史记》列传的效颦之作，但是它们却构成了小说发展的重要阶梯。从此无论志怪还是志人的小说，常常要标榜为"传"，而且实际上也不同程度受有史传的影响。志怪如《列仙传》《列异传》，虽然史传的特点并不明显，但是若与《山海经》做比较，则可以看出其确有传记体的倾向。它们实际是以传记法志怪的滥觞，由此发展为唐代《古镜记》《补江总白猿传》《柳毅传》《任氏传》等，形成文言小说中以传记法志怪一派，鲁迅先生称之为"用传奇法，而以志怪"②者；至于《列士传》《列女传》《高士传》等传记人事之奇，乃是《史记》"爱奇"发展的正宗，进一步则为《莺莺传》《李娃传》《霍小玉传》《虬髯客传》等，成为唐代传奇小说纯正的代表。《莺莺传》结末说"语及于是，公垂卓然称异"。《李娃传》说李娃"节行瑰奇，有足称者"。其创作旨趣正与《史记》"爱奇"千载遥接，一脉相承。

后世也有人看到了传奇乃传人事之奇的特点，例如明代胡应麟《少室山房笔丛·九流绪论下》针对小说分类指出："一曰传奇，《飞燕》《太真》《崔莺》《霍玉》之类是也。"不及于有志怪内容的作品，并说："至于志怪、传奇，尤易出入，或一书之中，二事并载；一事之内两端俱存，姑举其重而已。"③"举其重"即以其题材记事的基本性质为主，属人事者归"传奇"，属怪异者归"志怪"。此外当然还要考虑到体裁风格，别划出"志轶"一门。所以论唐代小说，以题材内容为主参以体裁风格，可分为传奇、志轶、志怪三类：传奇指那些传记体写人事而能"施之藻绘，扩其波澜"④的作品；但记人事的笔记体作品则为志轶；但记怪异的笔记体作

---

① 鲁迅：《汉文学史纲要》，《鲁迅全集》（第九卷），人民文学出版社1981年版，第420页。
② 鲁迅：《中国小说史略》，人民文学出版社1973年版，第179页。
③ （明）胡应麟：《少室山房笔丛》，上海书店出版社2001年版，第282—283页。
④ 鲁迅：《中国小说史略》，人民文学出版社1973年版，第55页。

品为志怪。从内容上看，传奇、志轶同为记人间事，但传奇重在奇人奇事和采用传记体裁笔法，志轶则侧重轶闻趣事，而且是笔记体的，篇制较为短小。传奇、志轶与志怪的区别主要在题材的真幻。这当然只是指其基本内容和基本倾向，不能做刻板的理解。这里需说明的是，志轶小说一般称之为"志人"或"轶事"，笔者以为合二者为一作"志轶"，强调"志"和"轶"字，表示与"传奇"之传人述事不同，而与"志怪"并立为笔记体小说，更为方便；至于《柳毅传》一类以传奇法志怪之作，是"传奇""志怪"的合流，以题材内容分当入志怪一派，《聊斋志异》是这一派小说发展的高峰，同时是全部文言小说发展的最高成就。

这样一种分类方法，可以使文言小说史的表述更为分明。在中国文言小说的历史上，不仅志怪、志轶各是一脉贯通的，而且传奇小说不限于唐宋，上接秦汉而下启明清，也是一脉贯通的。这三类小说在平行发展的过程中相互影响，而发生"传奇"与"志怪"合流的现象。这个现象在唐以前就发生了，如《汉武帝内传》《神仙传》等。但是到了唐代才成为文言小说发展显著的倾向并取得重大成就。从唐代《古镜记》《补江总白猿传》《柳毅传》等到清代《聊斋志异》，以传奇法志怪经历了漫长的发展过程，成为唐代以后文言小说发展的主线，这一现象值得治中国小说史者予以特别的注意。

（原载《明清小说研究》1994年第2期）

《李娃传》不是"爱情主题"小说

——兼及文本解读的"证实偏见"或曰"偏好接受"

《李娃传》是唐传奇名篇,对后世小说戏曲影响很大,历来受到读者专家的关注。中国文学史类书籍多有论及,且大都认为是爱情小说。如近六十多年来作为大学通用教材的游国恩等主编的《中国文学史》认为:"以爱情为主题的作品如《任氏传》《柳毅传》《霍小玉传》《李娃传》《莺莺传》等,在唐传奇中成就最高。它们大都歌颂坚贞不渝的爱情……"[①]而近十几年来由著名学者袁行霈主编的《中国文学史》又后来居上,成为大学中文专业古代文学教材的热门之选,但该教材也几乎同样认为:"从贞元中期到元和末的20年间,小说领域又崛起了白行简、元稹、蒋防三位传奇大家,他们创作的《李娃传》《莺莺传》《霍小玉传》完全摆脱了神怪之事,而以生动的笔墨、动人的情感来全力表现人世间的男女之情,取得了极大的成功……《李娃传》……写荥阳生赴京应试,与名妓李娃相恋……以大团圆方式结局……这种以荥阳生浪子回头、其婚姻重新得到封建家庭认可的团圆方式抱着肯定和欣赏的态度,实际上便在一定程度上否定了小说前半部那段背离传统、感人至深的男女恋情,削弱了作品的思想性和艺术效果。"[②]

如上,作为两种教材一致关注的名篇之一,《李娃传》被认为是"以爱情为主题"或"全力表现人世间的男女之情"的小说,可概括为"爱情

[①] 游国恩等主编:《中国文学史》(二),人民文学出版社1985年版,第230—231页。本文以下引此书均据此本,不另出注。

[②] 袁行霈主编:《中国文学史(第二版)》(第二卷),高等教育出版社2005年版,第322—323页。本文以下引此书均据此本,不另出注。

主题"说。两种教材还各自由此做了自己的发挥，这既是读者、批评家的自由，也是当今读书界公认《李娃传》为古代文言短篇小说经典的主要原因。但是，这一论断既非《李娃传》作者的创作意图，也基本不合于文本描写的实际；《李娃传》的主题不是"爱情"，而是"节行"。《李娃传》表彰李娃"节行瑰奇""虽古先烈女不能逾"之"节行"，有与"爱情主题"不相逊色的传统文化意义。

一 《李娃传》无意写"爱情"

中国古人作文主"意在笔先"，甚至"开门见山"，除了有时用一些所谓"春秋笔法"之外，即使做小说，也绝无如恩格斯所赞赏欧洲现代小说家那种文学创作中"作者的见解越隐蔽，对艺术作品来说就越好"[1] 的意识，而往往迫不及待地自揭主题，《李娃传》就是这样。

首先，标题即排除"爱情"。文学史上流传《李娃传》，又题《汧国夫人传》《节行倡娃传》。其原题，卞孝萱据《类说》以为当作《汧国夫人传》，李剑国考"当作《节行倡李娃传》"，《节行倡娃传》乃脱一"李"字[2]。本文一方面倾向于认为李剑国考论可从，另一方面认为《李娃传》题名在传播史上从未出现有关"情"的字词或暗示，反而其传至日本又有"白行简《义妓传》"[3] 之说，表明在《李娃传》的标题上，古代中日学者一致不曾往"爱情"上去想，而至少是有人主张其本来或应当的题目里就有"节行"二字，或具体化的节行即"义"。只是由于此篇近世流传唯题《李娃传》，更由于普通读者或鉴赏家不常注重读书从题目读起，从而在这一阅读最不应该忽略和最容易得到提示或启发的地方无所用心，结果就滑向了误会《李娃传》主题的方向。

其次，首尾议论都不涉及"爱情"。白行简的胞兄大诗人白居易在《新乐府序》中说："首句标其目，卒章显其志。"这既是白氏文论的主张，也姑且可以拿来论白行简的这篇"古文"体的《李娃传》了。《李娃传》

---

[1] [德] 恩格斯：《致玛格丽特·哈克奈斯》，载中国作家协会、中央编译局编《马克思 恩格斯 列宁 斯大林论文艺》，作家出版社2010年版，第139页。
[2] 参见李剑国《唐五代志怪传奇叙录》，南开大学出版社1993年版，第278页。
[3] 李剑国：《唐五代志怪传奇叙录》，南开大学出版社1993年版，第285页。

首句说:"汧国夫人李娃,长安之倡女也。节行瑰奇,有足称者,故监察御史白行简为传述。"开宗明义,表达了作者愿为李娃"传述",是因其"节行瑰奇,有足称者";又于传末写其感慨道:"嗟乎,倡荡之姬,节行如是,虽古先烈女,不能逾也。焉得不为之叹息哉!"如此首尾照应,在叙事完整的同时,重以作者的现身说法圆满表达了《李娃传》之作是并且仅仅是由于李娃作为"倡荡之姬,节行如是,虽古先烈女,不能逾也"的特异表现,感动了白行简,他才有了如对待"古先烈女"一样为李娃"传述"的动机。言外之意,如果不是李娃有此番可以媲美"古先烈女"的"节行",他"监察御史白行简"又怎么会为一个"倡荡之姬"去作这样一篇"传述"呢?上引"故监察御史"云云之一个"故"字,就等于声明了全篇唯以"节行"为标目,而排除了"传述"李娃"节行"之外还有其他任何意图,当然就不必说到"爱情主题"。

  再次,由作者自署"监察御史"之职可以窥见。按此自叙行事署记官职,虽属古文旧例,但于小说中特别是写妓女的小说中并不多见;而据李剑国《唐五代志怪传奇叙录》则疑其非作者自署,乃后人所加,其实待考。但即使为后人所加,也当属揣摩以为暗合作者之意,与作者自署同样或更加值得审视。按《旧唐书·职官志》载,唐代监察御史旧为从八品上,唐睿宗(李旦)垂拱(685—688年在位)中改正八品上阶,仍属于很低级的职位。这一官位虽无可炫耀之尊,但由于其职掌监察百官、巡视郡县、纠正刑狱、肃整朝仪等事,故御史有"风宪"① 之称,负肃纪、纠风之责。所以结合前二句述本传之创作由于李娃之"节行瑰奇,有足称者",接下作者自署或后人增写作者"监察御史"职分,实有表明此篇为整敕风纪法度,假"长安之倡女"而能有"节行"的故事以为世人特别是士大夫说法的用心。为此,文中固然不能不涉及男女情事,并终于李娃明媒正娶为郑氏之妇和后来受封汧国夫人,但也由此可见作者之用心和作品描写之重心实不在是,而在于作为其"监察御史"职责的延伸,以小说致力于节行道义等封建伦理纲常的建设与维护,哪里可能把李娃的故事写作"爱情主题"。

---

  ① (唐)元结《辞监察御史表》:"臣自布衣,未逾数月,官忝风宪,任廉戎旅。"(宋)司马光《初除中丞上殿札子》:"臣蒙陛下圣恩,拔于众臣之中,委以风宪,天下细小之事,皆未足为陛下言之。"

最后，传末述创作过程再强调"节行"。《李娃传》最后说："予伯祖尝牧晋州，转户部，为水陆运使，三任皆与生为代，故谙详其事。贞元中，予与陇西公佐，话妇人操烈之品格，因遂述汧国之事。公佐拊掌竦听，命予为传。乃握管濡翰，疏而存之。时乙亥岁秋八月，太原白行简云。"这个结尾首先或表面上的作用是补充以上叙事的根据和由来，进一步坐实叙事的可信性，以加强文章感化世人的效果。但其次和内在的用意，或客观的效果，也是通过李公佐对李娃"操烈之品格"的赞赏加强了本传表彰李娃"节行"的主题，而"爱情"云云则如风马牛之不相及也。

总之，作为朝廷中有纠察官员风纪之责的监察御史，白行简作《李娃传》之意，只是因于李娃虽贱为"倡女"，却凭着自己为人行事的"操烈"，而能晋身为"汧国夫人"的品位。这是一个封建社会中极端的"草根"逆袭成功的旷世典型，所以才能感动他这位有纠风之责的八品文官专为其作一篇"传述"。而在唐代礼法松弛、有平康坊为进士"风流薮泽"（王仁裕《开元天宝遗事》）的长安，士子与妓女的悲欢离合只是小事一桩。任何这类的故事，若非有李娃这样不可思议的美好结局，恐怕白行简根本不会为之心动并形之于笔墨。李娃的故事能打动白行简的，按他所说是"节行"，但归根到底还是在"倡女"帮助下的荥阳生浪子回头科举得官，并且"倡女"自己也成了"汧国夫人"。有了或者作者必要写为这样的结果，那就不必说李娃有"节行"当然就是有"节行"，没"节行"大概也要发现或虚构出来"传述"一番。若不然，还是"文以载道"吗？

二 《李娃传》避写"爱情"

《李娃传》写李娃与荥阳生终成夫妻的故事，自然脱不了写及男女之情，而且以今人所思所想，男女必然是因为爱情才会走入婚姻的殿堂。事实上今天看来，一对男女终成夫妻的故事，如果没有爱情的描写，那还真不好写，从而也很难写好，或者写出来很不像是爱情小说。但是文学史上有人就这么做，例如一对青年男女为了某个共同崇高的目标，在并无多少个人交往的情况下就"闪婚"般做了夫妻，或者哪怕本来是轰轰烈烈又缠缠绵绵之灵与肉的爱情，但作者硬是写他（她）们为了诸如"节行"或"操烈"的伟大而结合之类，读者也只好认可它也是"文学"。如果文笔还好，还可以是不错的文学。《李娃传》就是这样的小说。以题材论，读者有理由期待它浓墨重彩写娃、生男女之情即爱情，但为作者一心表彰李娃如"古先烈女"般"节行"的意图所左右，《李娃传》的描写却有意并最大限度地避免了对娃、生间必有的爱情过程的描写，甚至以李娃参预鸨母对荥阳生的骗逐暗示其对后者的爱情未必存在，或不值一提，而聚精会神、心无旁骛地集中笔墨于李娃"节行"的刻画。这看起来是一个主题先行的问题，实际是作者自主处理题材的权力与艺术。读者可以不喜欢，却不能不给予认可与尊重。

《李娃传》写娃、生之始交，其实只是一般妓女与嫖客的关系。从荥阳生方面说，至少在雪夜被救之前，他从未想过如何为李娃脱籍娶她回家。即使这件事他办不到也总该想一想，却从来不想，表明其迷恋李娃，还只是一般风流子弟寻花问柳式的不能自拔而已。即使按照"不以结婚为目的的谈恋爱都是耍流氓"的标准，荥阳生对李娃的迷恋至高只是半耍流氓的层次；至于李娃，怎见得她对荥阳生一定有真爱性质的好感？如写荥阳生访李娃二人再见一节：

>　　扣其门，俄有侍儿启扃。生曰："此谁之第耶？"侍儿不答，驰走大呼曰："前时遗策郎也。"娃大悦曰："尔姑止之，吾当整妆易服而出。"生闻之，私喜。

论者或从上引描写中看出了娃、生之间由其初一见钟情的发展，加以接写李娃主动留宿荥阳生而且当晚一切"免费"，以及夜来娃、生彼此"愿偿平生之志"的表白等，确实可以认为娃、生之间已经有了可以称作"爱情"的联系。但是，这既只是娃、生关系的一面，另一面即两人间嫖客与妓女关系的事实依然存在，而且在李娃来说后者仍然是更重要的，所以才有后来李娃伙同鸨母骗逐荥阳生的情节发生。如果认为这时的李娃即已对荥阳生有了"坚贞不渝的爱情"，那么她伙同鸨母从容玩弄为她落到床头金尽的荥阳生于股掌之上，并将其抛弃的行为，以及在抛弃荥阳生之后也未曾有一念及的表现，就难以得到适当的解释。

对此，虽然上引袁行霈《中国文学史》有辩说是李娃"深知自己的地位与贵介公子的荥阳生是难以匹配的，所以当荥阳生在妓院荡尽钱财时，

◆◆◆ 质证与新读

她又主动参预了鸨母骗逐荥阳生的行动"。此说看似有一定道理，但一方面没有文本描写上的根据，只是想象之辞，从而并不足信；另一方面细思极妄，如果李娃对荥阳生确已有"坚贞不渝的爱情"，那她即使因为婚姻无望而"主动参预了鸨母骗逐荥阳生的行动"，也至少还可以设法从自己私积之"千金"中送荥阳生若干，以为其生活过渡糊口之资，然后再随鸨母遁去，才稍可心安。然而李娃不仅当时不为此举（是没想到？），而且事后也未曾念及身无分文的荥阳生被骗逐之后的生死音耗。这不可能有别的解释，而只能认为李娃身为妓女，自认对嫖客本无此责，或至少是居处有鸨母，心中唯自身，而一时把荥阳生忘却到九霄云外了。如此而已，还能说是"坚贞不渝的爱情"？而由此反观本文上述娃、生初见和再见情事描写的蕴含，荥阳生对李娃之痴情固然无可怀疑，但李娃对荥阳生的期待与悦见，就难说只是爱情，而不包含任何倚门卖笑的成分——怎么见得李娃对荥阳生所言情话不是逢场作戏，或只是一时冲动呢！

这就是说，《李娃传》写荥阳生爱李娃是真实的并且始终如一，但写李娃对荥阳生是否真爱就扑朔迷离了，至少不是什么"坚贞不渝的爱情"。而且李娃即使对荥阳生有爱，也未表现为她主动的追求。对于这样一位风尘女子的描写，这固然显得不够真实，但从作者写"节行"的主题说，娃、生之间的男女之情只需一笔带过（姥笑曰："男女之际，大欲存焉……"），并不展开描写，既是必要的，也是合理的。这也就是说，为了突出写李娃的"节行"，而在其对荥阳生感情方面尽可能"留白"，是《李娃传》基本的叙事策略，从而读者想看而看不到或不能清楚看到的是"爱情"（主要是娃对生一面），读者（尤其是当今读者）未必想看却更容易看到的是李娃的"节行"。从而造成作者创作意图——文本实际与读者阅读期待上的错位，成为《李娃传》阐释上的一个特殊的难题。对此，笔者的主张是：尊重文本，实事求是。否则，纵然说得天花乱坠，却与作品的实际不沾边，又何益哉！

顺便说到，以《李娃传》为"爱情主题"或"背离传统、感人至深的男女恋情"之作，不仅是无视作者于一篇之首尾一再坚持声明之主旨的结果，而且是一系列与此相关的对情节与细节的误读所致。如袁行霈《中国文学史》述论云：

《李娃传》不是"爱情主题"小说

小说的精华在前半部，尤其表现在对李娃形象的塑造上。李娃年仅二十，是一个被人侮辱、身份低贱的妓女，一出场就以妖艳的姿色吸引了荥阳生，并大胆让荥阳生留宿，"诙谐调笑，无所不至"，表现得温柔多情。但她深知自己的地位与贵介公子的荥阳生是难以匹配的，所以当荥阳生在妓院荡尽钱财时，她又主动参预了鸨母骗逐荥阳生的行动，尽管她内心深处仍对荥阳生情意绵绵。此后，荥阳生流落街头、乞讨为生，李娃对这位已"枯瘠疥疠，殆非人状"的昔日情人不禁生出强烈的怜惜之情和愧悔之心，"前抱其颈"，"失声长恸"，并毅然与鸨母决绝，倾全力照顾、支持荥阳生，使他得以功成名遂。但直到此时，她也没对荥阳生抱不切实际的幻想，而是十分理智地提出分手，给对方以重新选择婚姻的充分自由。这种过人的清醒、明智、坚强和练达，构成李娃性格中最有特色的闪光点。

以上引文所论可说大都于文本无据或根据极为薄弱。如说李娃"一出场就以妖艳的姿色吸引了荥阳生"是符合实际的，但说李娃"并大胆让荥阳生留宿，'诙谐调笑，无所不至'，表现得温柔多情"数语，就属于对这类故事一般都基于爱情和表现爱情的"证实性偏见"（Confirmation Bias）[①]或曰"偏好接受"了。试想还有妓女见多金之客而横眉冷对、装聋作哑的吗？还有妓女作如此"表现"就一定是"温柔多情"了吗？虽然我们不便认为此节写李娃对荥阳生全无感情而只是寻常妓女做派，但同样可想的是，如果认为这时的李娃一定是为爱情所驱，那么人世间柳陌花巷还有娼妓倚门卖笑一回事吗？至于以上引文又说李娃"倾全力照顾、支持荥阳生，使他得以功成名遂。但直到此时，她也没对荥阳生抱不切实际的幻想，而是十分理智地提出分手，给对方以重新选择婚姻的充分自由"云云更不靠谱。因为说李娃不敢想和没有准备与荥阳生结婚是可以的，但由此而推断其理智压抑了对后者的感情，则纯属无根之谈。如果不是有某种"证实偏见"或曰"偏好接受"的心理作怪，而根本不考虑"证伪"之必要的话，怎么见得一个不准备甚至没想到与他结婚的女性，而能对他有

---

① 参见张全信《人类思维的严重弱点——力求证实的偏见》，《山东师范大学学报》（人文社会科学版）1992年第3期。

"坚贞不渝的爱情"呢？

三 《李娃传》意主"节行"

《李娃传》中与有意回避写娃、生男女之情相反的，是有关李娃"节行"浓墨重彩的描写。首先是对荥阳生，写其与李娃雪夜再见云：

> 见生枯瘠疥疠，殆非人状。娃意感焉，乃谓曰："岂非某郎也？"生愤懑绝倒，口不能言，颔颐而已。娃前抱其颈，以绣襦拥而归于西厢。失声长恸曰："令子一朝及此，我之罪也。"绝而复苏。姥大骇奔至，曰："何也？"娃曰："某郎。"姥遽曰："当逐之，奈何令至此。"娃敛容却睇曰："不然，此良家子也，当昔驱高车，持金装，至某之室，不逾期而荡尽。且互设诡计，舍而逐之，殆非人行。令其失志，不得齿于人伦。父子之道，天性也。使其情绝，杀而弃之，又困踬若此。天下之人，尽知为某也。生亲戚满朝，一旦当权者熟察其本末，祸将及矣。况欺天负人，鬼神不祐，无自贻其殃也⋯⋯"

上引描写表明，使李娃"失声长恸曰：'令子一朝及此，我之罪也。'绝而复苏"的，并不是她对荥阳生"坚贞不渝的爱情"，而是接下所写为荥阳生落魄至乞食殆死所触动的"娃敛容却睇曰"的表白：一是李娃自感所为"殆非人行"，于父子伦常干犯太大，贻恶天下；二是"生亲戚满朝，一旦当权者熟察其本末，祸将及矣"；三是"欺天负人，鬼神不祐，无自贻其殃也"。其中虽不免夹杂有逼鸨母从己所求的用心，但主要是其在道义与责任上感到的愧与惧，二者兼而有之，却没有对荥阳生的爱在里边。如果李娃真的因对荥阳生的爱情而欲携其别居，那么她并非不可以把对荥阳生的爱情作为一个理由对姥直言。因为李娃早就知道姥对此事的态度，即认为"男女之际，大欲存焉。情苟相得，虽父母之命，不能制也"。李娃之所以不把对荥阳生的爱情作为一个理由，即使与感情的有无无关，也一定是由于在李娃看来，那不是她所看重的。比较或有或无、或深或浅的爱情，作者笔下的李娃本人更看重的，也是对荥阳生应持的"节行"。换言之，李娃对荥阳生有没有爱情并不足论，重要的是李娃不是因为爱情而救生、助生，而是为了她心目中更高的原则即"节行"才如此去做，从而实至名归为一位"节行倡"，而不是以爱情女主角成为一篇之传主。从而《李娃传》的主题是"节行"，所谓"爱情主题"至多是潜在可能和次要铺垫的内容。

再者，李娃之雪夜救护并接纳荥阳生之行为实出于义，而非出于情，从以李娃对荥阳生所恸言"令子一朝及此，我之罪也"，与帮助荥阳生科举得官后娃谓生曰"今之复子本躯，某不相负也"的照应亦明显可见。李娃私下对荥阳生前后一致的表白也证明，其对荥阳生的救助只是在"节行"上对自己的要求，而完全不关情感。纵然这一过程未尝不有男女之情的底色暗中作用，但至少在李娃来说，那绝未到"坚贞不渝的爱情"即"爱情主题"之地步。否则，果然李娃为荥阳生所做一切都出于爱情了，那么其"节行瑰奇"和"妇人操烈之品格"的一面，则就没有了着落，或至少要黯然失色，造成对作者预设的偏离，是不可能也不应该的。

最后，李娃"节行"的内涵是"不相负"，实质即孔子所说"己所不欲，勿施于人"，也就是今言所谓对得起人、凭良心。在这个意义上，《李娃传》写李娃的"节行"，固然主要通过其对荥阳生所为体现出来，但同时也在写她对鸨母的言行上有很到位的表现，除却忠告姥以负生有可能贾祸之外，还对自己出居以后鸨母生活上做了安排，说："某为姥子，迨今有二十岁矣。计其赀，不啻直千金。今姥年六十余，愿计二十年衣食之用以赎身，当与此子别卜所诣。所诣非遥，晨昏得以温凊，某愿足矣。"可知《李娃传》中比较写娃、生之情的能避则避，写李娃为人之"节行"则是见缝插针、滴水不漏，颇有得心应手之致。

另外，《李娃传》写李娃对荥阳生"不相负"之"节行"，本身就是一个艺术上的陷阱。因为，一方面这一发生在嫖客与妓女之间的故事不免有男女之情或说"爱情"的底色与参预，另一方面李娃对荥阳生"不相负"的"节行"，本质是公众社会道义的原则起了决定的作用。以娃、生间难免的男女之情论，《李娃传》若果为"歌颂坚贞不渝的爱情"而作，就不必也不能写到她的"节行瑰奇"和"妇人操烈之品格"上去；而以表彰李娃之"节行"论，则称美李娃之"节行瑰奇"和旌表"妇人操烈之品格"，纵然不绝对排斥男女之情的底色和参预，但也绝不可能使之上升为作品的主线与主旨。这也就是说，《李娃传》中"爱情"与"节行"虽可以有条件共存，却在实际的描写中必然是此消彼长。即从达至结果的动因看，"爱情"的力量增加一分，"节行"的表达就减少一分，反之亦然。因此，《李娃传》意主"节行"描写所遭遇的困难，就是如何在尽可能轻浅的男女之情的底色与参预之上，集中笔墨于突出李娃始于"使之一朝至此"之恶，而终于"复子本躯"之善。《左传》曰："人谁无过？过而能改，善莫大焉。"（《宣公二年》）正是在这个意义上，《李娃传》成功地实现了妓女形象的创新。

四 余论

对于《李娃传》的主题，唐以后宋代尚有人能尊重作者之意，如罗烨《醉翁谈录》把根据《李娃传》缩编改写的文本题为《李亚仙不负郑元和》，并为此特设"不负心类"[1]。所以，近今以《李娃传》为"爱情主题"小说，或曰写了"背离传统、感人至深的男女恋情"，虽然是读者、批评家的自由，还可以理解为见仁见智，但按作者的意图与文本的实际，则大有失斧疑邻之"证实性偏见"，笔者以其为"偏好接受"的嫌疑，即偏好能够验证假设的信息，而置可能有的否定假设的信息于不顾的认知态度。

当然，对《李娃传》主题之有意无意的误读并不始于近今。早在元代高文秀的《郑元和风雨打瓦罐》、石君宝的《李亚仙诗酒曲江池》和明初朱有敦的《曲江池》杂剧，以及明代薛近衮（一作徐霖）的《绣襦记》传奇，就都是在演绎《李娃传》未可完全剥离的男女之情因素上做文章，并因此而大行于世。近今主张强调《李娃传》"爱情主题"的倾向即或与高文秀等以来演绎《李娃传》的传统不无关系。但是这种背离或歪曲《李娃传》原旨的做法，虽在创作上无可厚非，甚至还可以说是求新求异之合理一途，但作为文学批评而上溯《李娃传》就是"爱情主题"，那就是研究者的失误了。

那么，作为一篇无论从作者的意图还是文本的实际看都是一篇歌颂娼妓李娃之"节行"的作品，《李娃传》在今天看来还有什么可以汲取借鉴

---

[1] （宋）罗烨：《新编醉翁谈录》，辽宁教育出版社1998年版，第83页。

的思想文化价值吗？答案是肯定的，大略有四。

一是李娃的"节行"和通过李娃"节行"描写所体现的人与人之间"不相负"的精神值得继承与发扬。故事的开始和中心，虽然是李娃不负荥阳生，但大团圆结局表明，荥阳生包括他的父亲也终于没有辜负李娃的"节行"。从而这个故事，不仅是表彰了李娃"虽古先烈女，不能逾"的"节行"，而且提出了"不相负"即人与人之间建立互信的问题，从而会通于现代社会存在的基础，即诚信原则和契约精神。

二是《李娃传》写荥阳生与妓女李娃的终于结合，在过去往往被视为落了"大团圆"的俗套，但在今天看来，却有打破门第、阶层局限，推动社会高低层人沟通、流动与融合的象征意义。因为无论如何，"人往高处走"，人生在世，特别是女性通过婚姻改善自身地位，追求幸福生活，绝非不光彩的事。而且女性在婚姻上的择优追求正是人种进化、社会进步的动力之一。

三是《李娃传》叙事的成功，体现了共同价值观的重要性。正是在封建社会几乎人人趋之若鹜的功名富贵生活目标上，娃与生、生父的根本一致才有了最后这一对男女和父子也就是整个家庭的"大团圆"。这一美满结局的达成，李娃个人的品质、见识与努力是关键的因素。但是，李娃所做的一切若非与荥阳生父子的追求相一致，则断然不会有此"大团圆"的美满。由此可见共同的人生价值观才是婚姻、家庭的基础。

四是毋庸讳言，《李娃传》表彰"节行"的诉求是维护封建礼教，但封建时代"礼者，因人情而为之节文"（《礼记·坊记》），后世礼教之过主要在于实践中对人情事理的异化对待，并非压根全部都是罪恶。如此篇所称李娃"节行"所指"不相负也"的核心思想，就应当属于中华民族的优秀文化传统。这是建立社会信任、构建和谐社会的基础。从这一角度说《李娃传》故事的趣味有可能降低，但其社会价值意义，却并不见得比"爱情主题"有何逊色。

综上所述论，唐"监察御史白行简"所精心"传述"的《节行倡李娃传》所写的，是一个古代"草根"女子逆袭为郡国夫人的旷世典型。其成功的秘诀不是坚持她固有方式的思考与生活，而是向上走当时成功女性相夫读书、科举做官之路，以此换取嫁入高门的婚约。这既然不是靠爱情就可以实现的，那么在这样的故事中，爱情也就不可能成为叙事的中心与主题。因此，白行简的《李娃传》以写李娃那包含了使荥阳公家道重兴之巨大利益的"节行"为主题，看似落了俗套，却是真正的现实主义的艺术。那种置作者对作品主题公开的提示于不顾，执意把作者有意低调处理的"爱情"因素强调为全篇主题的做法，不仅是阅读上的不够深入所致，更是因为忽视了参照生活的经验。

（原载《南都学坛》2018 年第 3 期）

人类困境的永久象征

——《婴宁》的文化解读

《婴宁》[①]是《聊斋》名篇,脍炙人口,但是它的意义并不容易了解。浅尝如珍馐佳馔,爽口悦目;深味则觉有丝丝悲凉,起于字里行间。表层的喜剧色彩和内在的悲剧情味,使这篇以写"笑"著称的短篇小说跨在了喜剧与悲剧的边缘,成为女性命运和人类困境的一个绝妙的象征。而这一切又都被作者自觉和成功地隐括于题目之中了,近三百年来未见有揭出者,今试为一说。

查《辞源》"婴"通"撄";"婴宁"即"撄宁"。"撄宁"见于《庄子·大宗师》:

> 其为物无不将也,无不迎也,无不毁也,无不成也。其名为撄宁。撄宁也者,撄而后成者也。[②]

很显然,蒲松龄是取《庄子》"撄宁"为自己的小说命题。孔子曰:"必也正名乎。"又曰:"名不正,则言不顺;言不顺,则事不成。"(《论语·子路》)蒲松龄为自己的小说取题"撄宁",当然出于慎重的考虑,还可以说是深思熟虑。则其全篇命意、构思,都不可能不受《庄子》"撄宁"之义的规范和制约。依今天写作理论家之说,"撄宁"当是蒲松龄此一小说

---

① 张友鹤辑校:《聊斋志异(会校会注会评)》(上),上海古籍出版社1986年版,第147—159页。本文以下引此文及其注、评,均据此本。
② 曹础基:《庄子浅注》,中华书局1982年版,第98页。本文以下引《庄子》原文无特别说明,均据此本。

的"旗帜、灵魂和眼睛"。对这篇小说的理解,若不抓住此点,总揽全篇,而由一般社会人生的观念做寻常解会,则难得其真义,有负作者哲思幻设、学际天人以为小说的良苦用心,那真成了小说研究上历史的误会。

《庄子·大宗师》是庄子论"道"和"道"之修养的重要篇章。其中南伯子葵问于女偊曰:"道可得而学邪?"女偊回答,举自己教卜梁倚学"道"——"以圣人之道告圣人之才"的过程说:

> 吾犹守而告之,三日而后能外天下;已外天下矣,吾又守之,七日而后能外物;已外物矣,吾又守之,九日而后能外生;已外生矣,而后能朝彻;朝彻而后能见独;见独而后能无古今;无古今而后能入于不死不生。杀生者不死,生生者不生。

下即前引"其为物"云云。也就是说,经过这样"三日""七日""九日"……若干的阶段,卜梁倚才达到了"撄宁"的境界,此境界乃"撄而后成"。所以,"撄宁"既是学"道"达成的状态,又是达"道"成功的过程。换句话说,"撄宁"是对这样一个状态和过程的描述,上升到理论的概括则称"大宗师"。叶玉麟《白话译解庄子》引陆树芝说:"'大宗师'就是大道法。"《婴宁》对《庄子·大宗师》所讲论"大道法"的形象阐释,就从"撄宁"作为学"道"达成的状态和达"道"成功的过程两面下笔,结成婴宁性格和全篇思想的主构。

"撄宁"作为学"道"达成的状态,也就是"其(道)为(支配)物"的"将""迎""成""毁"之状,即如今本《辞源》"撄宁"条引唐成玄英疏云:"撄,动也。宁,寂静也。……动而常寂,虽撄而宁者也。"释义说:"接触外界事物而不为其所扰乱,保持心境宁静。"[1] 今人曹础基《庄子浅注》则释曰:"撄宁,虽受干扰而宁静自如。"[2] 换句话说是在外物干扰下不为所动的宁静心境。清代王先谦《庄子集解》序说:"余治此(按指《庄子》一书)有年,领其要,得二语焉,曰:'喜怒哀乐,不入于胸次。'窃尝持此以为卫生之经,而果有益也。噫!是则吾师也夫!"[3] 又

---

[1] (清)郭庆藩辑:《庄子集释》,王孝鱼整理,中华书局1961年版,第255页。
[2] 曹础基:《庄子浅注》,中华书局1982年版,第99页注⑰。
[3] (清)王先谦:《庄子集解》,陈凡整理,三秦出版社1998年版,《序》第2页。

于《庄子·大宗师》揭示其旨说："本篇云：'人犹效之。'效之言师也。又云：'吾师乎！吾师乎！'以道为师也。宗者，主也。"① "撄宁"即有"师（道）"为"宗（主）"的状态，也就是得"道"，"其要"，则"喜怒哀乐，不入于胸次"，此可以说是对成疏"动而常寂"最通俗而准确的说明。我们看小说最后：

> 母曰："人罔不笑，但须有时。"而女由是竟不复笑，虽故逗，亦终不笑；然竟日未尝有戚容。

就可以知道婴宁之为"撄宁"，其思想性格正是《庄子》"动而常寂"得"道"状态的形象体现。

作为达"道"成功的过程，"撄""宁"间有前后因果的关系。晋郭象注"撄而后成"云："物萦而独，不萦则败矣。故萦而任之，则莫不曲成矣。"② 释"撄"为"萦"。其注"见独"则谓"当所遇而安之，忘先后之所接，斯见独者也"③。"独"即随遇而安、无先后古今之见的精神状态，也就是"撄宁"的"宁"。所以郭注"撄宁"句的意思即是说：人为外物所扰乱，才能成就宁静自如的心境，否则便不能成功。也就是说，遭遇外物干扰而顺应之（任之），委曲求全，无不能成功。"撄而后成"，即先"撄"而后"宁"。清人郭嵩焘云："《孟子》赵注：撄，迫也。物我生死之见迫于中，将、迎、成、毁之机迫于外，而一无所动其心，乃谓之撄宁。置身纷纭蕃变交争互触之地而心固宁焉，则几于成矣，故曰：撄而后成。"④ 今人曹础基《庄子浅注》释"撄而"句云："指宁静自如的境界，是经受过干扰才能形成。"⑤ 我们看小说写婴宁因西邻子之事几遭祸患，经老母劝诫，然后才有"虽故逗，亦不复笑"的性格转变，达到无喜无戚的"常寂"状态，也正就是"撄而后成"的过程。因此，婴宁思想性格的转变，正就是《庄子》"撄而后成"这一达"道"成功过程

---

① （清）王先谦：《庄子集解》，陈凡整理，三秦出版社1998年版，第85页。
② （清）郭庆藩辑：《庄子集释》，王孝鱼整理，中华书局1961年版，第255页。
③ （清）郭庆藩辑：《庄子集释》，王孝鱼整理，中华书局1961年版，第254页。
④ （清）王先谦：《庄子集解》，陈凡整理，三秦出版社1998年版，第97页注⑭。
⑤ 曹础基：《庄子浅注》，中华书局1982年版，第99页注⑱。

的演绎。

总之,"撄宁"既是对"道"的静态的写照,又是对"道"的动态的描述,是《庄子》所谓"道可得学"达成的境界与途径。正是在这个意义上,《婴宁》一篇成为演绎《庄子·大宗师》思想的有深刻哲理性的小说。它是中国古代哲学渗透为小说精神,在哲学与艺术的结合上带有典范意义的小说名作。

这还可以进一步从作品的具体描写得到证明。作品中的婴宁为狐女,生于秦氏家,襁褓中被狐母携入深山,托于鬼母掬养。其居为"乱山合沓"的谷底茅舍,避世长成,如山花野草,天真烂漫,言笑由心,率性自然。鬼母说她"颇亦不钝,但少教训,嬉不知愁"。所谓"少年不知愁滋味"者。其性格最突出的特征就是爱笑:"笑容可掬""笑语自去""含笑捻花而入""嗤嗤笑不已""笑不可遏""忍笑而立""笑不可仰视""大笑""笑声始纵""狂笑欲堕"……她的"笑",出于自然,是生命的欢歌,自由的乐章,象征了人生无忧无虑、一任性情的理想状态。蒲氏对婴宁的笑,在感情上是倾心爱悦赞美的,除写了她"笑处嫣然,狂而不损其媚,人皆乐之",还说"每值母忧愁,女至,一笑而解"。篇末曰:"我婴宁殆隐于笑者矣。"一篇小说的情感导向竟可以说是对婴宁之"笑"余音绕梁的颂歌。许多读者也正是在这一点上最得会心。但是,小说写婴宁由无时不笑到"虽故逗亦不复笑"的性格转变,无疑显示了作品还存在另外的价值判断,那就是在理智上作者认为婴宁的"笑"不合"动而常寂"之道。鬼母曰:"有何喜,笑辄不辍?若不笑,当为全人。"这在很大程度上代表了作者的看法,一种饱经世事挫磨产生的谨慎处世和超然于世俗的态度,其实质正与《庄子》"撄宁"相通。对上引鬼母之言,清人但明伦评曰:"……若不笑,不得为全人。"何体正评曰:"……我正以其笑为全人。"都是自道性情,于作品真义、作者用心相去甚远,谓之南辕北辙不为过也。而如今许多读者往往停留于对《婴宁》写"笑"的玩味叹赏,则又不免只是看它表面文章。

"全人"即完美之人,出《庄子·庚桑楚》:"圣人工乎天,而拙乎人。夫工乎天而俍乎人者,唯全人能之。"这就是说,"全人"是比"圣人"还要高明的人。他既能保用天性(工乎天),又能顺应人事(俍乎人),《庄子·达生》所谓"不厌其天,不忽于人,民几乎以其真",讲的就是此种为人境界。所以，得为"全人"，"工乎天"与"俍乎人"二者缺一不可。以这个标准，婴宁之率性自然可谓"工乎天"；但她的无时不笑，则显然是"拙乎人"。例如与王子服嬉游，从树上"失手而堕，笑乃止"，已露其端倪；进一步，出山之后"不避而笑"，引西人子肆其淫心，毕命成讼，累及全家，更是严重的情况。这些都表明以其"笑"，不得为"全人"，婴宁实际尚未达到"撄宁"的境界。但是，也正以这次严重干扰（撄）为契机，婴宁完成了性格的重大转变——"女由是竟不复笑，虽故逗，亦不复笑；然亦终日未尝有戚容。"这里，无"笑"无"戚"即是"宁"，即所谓"置身纷纭蕃变交争互触之地，而心固宁焉"。而故事情节所显示因"撄"而"宁"的过程，就是所谓"撄宁者，撄而后成者也"。其结果就是婴宁成了鬼母所期望的"全人"，亦作者全篇人物故事的归宿。这里既有《庄子》"撄宁"观念的直接影响，也有作者社会人生经验的介入。在作者看来，世事难测，人葆其天真，却不可以一任其天真，女性尤应如此。这是作者的人生理想与现实可能的折中，是他练达人情之见，而恰恰会通了《庄子》学道成全的"撄宁"之说，取以为一篇人物题目之名，虽为妙手偶得，实际也是"心有灵犀一点通"。

《庄子》人生态度的根本特征，是"知不可奈何而安之若命"，"大宗师"即"大道法"不可能不染有这种悲观的色彩。蒲松龄由《庄子·大宗师》取义，"婴宁"形象的处理便不免带有庄子人生态度的消极倾向，例如婴宁不能不改变其"笑辄不辍"的一任性情之态，便是明证。但是，蒲松龄在不得不写出婴宁性格逆变的过程中，突出了"工乎天"与"俍乎人"有不能相兼的一面。他说："女由是竟不复笑，虽故逗，亦不复笑。"一个"竟"字，透露出作者对婴宁从此损其天然的深切遗憾和发自内心的慨叹。在作者看来，婴宁的笑无疑是美的。这种赞美态度在潜意识上也许带有男子赏玩女性的嫌疑，但其根本还是对人之个性生而自由的肯定。而世事纷扰，人生多忌多艰，女子的处境则尤为难堪。即以"笑"而言，充其量只能"有时而笑"。在这两难的选择中，作者由现实的教训不得已而使婴宁成为"全人"，但他内心却不能不为之感到遗憾和悲哀。补偿这遗憾，排遣这悲哀，作者于故事结尾安排了婴宁"生一子，在怀抱中，不畏生人，见人辄笑，亦大有母风云。""异史氏曰"一段议论，更于房中为女性留下一畅其笑的小小空间。这一良好的用心，正表现了作者为婴宁不能不有如此归宿命运所承受的痛苦。

因此,《婴宁》称名取义虽取自《庄子》,但作品实际所显示的主旨与《庄子》思想仍有一定的质的不同。一方面,蒲松龄于婴宁的转变实未尝"安之若命",他使婴宁不得不成为"撄宁",更多地是出于对现实生活得失利害的考量。这反映了作者情感与理智、理想与现实的巨大矛盾;另一方面,作者使人物趋向的是入世,而不是庄子的厌世。加以鬼母"少学诗礼"的教训,《婴宁》表现在封建礼教和复杂社会环境中的处世原则,其倾向不妨说是儒、道互补的。作为伟大的小说家,蒲松龄从《庄子》"撄宁"受到启发,更用他的全部人生经验和理想铸造了这一不朽名篇。正如任何好的"演义"都是作者基于旧有资料的再创造,《婴宁》的主题虽因缘于《庄子》,却经过作者的深思熟虑而有了新的内容,更不用说一般形象大于思想的可能。

由以上论述可以进一步看出,《婴宁》的价值根本上不在于它是一个优美的爱情故事,也不仅囿于对婴宁形象的生动描写,而在于写出了旧时一个少女生世的欢乐与苦辛,写出了作者基于儒、道等传统思想文化和实际生活经验对社会人生的独特理解。因此,就作者用意和作品主旨,这篇小说并不如一般认为的是爱情题材作品,而是借一对青年男女浪漫结合为线索的关于人类特别是人类女性社会生活困境的一个象征。这里,如果说它描写了王子服与婴宁的爱情,那么对于婴宁而言,这一爱情进而到她与王子服的婚姻,也只是她步入家庭和社会生活的必由之路,是她脱离言笑由心的自在状态进入人世生活的仪式。正是经过爱情、婚姻进而家庭社会生活的历练挫磨,婴宁由一个混沌未开、率性自然、不谙世事的少女,一变成为心存至性、态度庄肃、无笑无戚、从容应世的少妇。这个带有逆折性的变化,是人类社会理想纯真与现实庸俗冲突的普遍永久的象征。它以婴宁的故事所提出和试图解决的问题是:是张扬个性,还是委曲求全于世俗?是葆其天真,求身心全面的解放,还是退缩满足于内省反观的心灵的自由?蒲松龄无可奈何地选择了后者,从而使这篇以写"笑"著称的名作,带有了真正的悲剧意味,并高度浓缩于"婴宁"这一原本是古老哲学概念的篇名之中。

《婴宁》的悲剧意味通于后来的《红楼梦》。脂砚斋评《红楼梦》说:"女儿之心,女儿之境,两句尽矣。"接下又曰:"余谓撰全部大书不难,最难是此等处，可知皆从'无可奈何'而有。"① 就根本而言，这句评语用于《婴宁》也甚为恰当。因此，《婴宁》是蒲松龄早在17世纪对女性进而对人类生存困境的一个文学发现。它和后来《红楼梦》关于"女儿之心，女儿之境"之"无可奈何"的探讨，都不仅是有女性解放的意义，而且是关于整个人类永远需要协调并为之付出沉重代价的个性与群体冲突的象征。这个困境是永久的，从而这个主题也是不朽的。

古人云"诗无达诂"，庶几优秀小说也是如此。笔者故不揣浅陋，为此一说。《庄子·天下》曰："天下治方术者多矣。"《婴宁》早就不是、现在更不能只是这一种方式的解读；但是，对《聊斋志异》这一深深植根于中国传统文化土壤的古代文言小说名著，如本文所试，以必要的考据的态度，对于作品意义的分析把握，应当更有利于接近历史的真实。诚请识者正之。

（原载《文学评论》1999年第5期）

---

① 欧阳健：《还原脂砚斋——二十世纪红学最大公案的全面清点》，黑龙江教育出版社2003年版，第484页。

"罗学"与《三国演义》

"罗学"新论

——提出、因由、内容与展望

一 "罗学"的提出

罗贯中是《三国演义》等小说的作者，我国元明之际文学家，世界文化名人。"罗学"是研究罗贯中的学问。

"罗学"是本人于 2010 年春天的一次东平之行，于微雨中泛舟湖上时忽然想到和说出的。但今天想来，那并非一时心血来潮的想入非非，而是既有自己在多年研究古代小说的过程中向前辈与时贤学习的感悟，又是自 2006 年 8 月在东平举办"罗贯中与《三国演义》《水浒传》国际学术研讨会"以来，笔者较多就署名罗贯中的《三国演义》《水浒传》等小说做综合会通之考量的结果。

"罗学"的正式提出始于本人参加 2010 年 8 月 20 日至 24 日在镇江召开的"东吴文化暨第二十届《三国演义》学术研讨会"提交论文《关于建立"罗学"及其他——〈三国演义〉研究三题》并就此题发言，而这篇论文在会议开幕时即已收入会议论文集出版。后又经剪裁修订，先后在学术期刊和本人的博客发表[1]。

"罗学"是对罗贯中研究的理论概括，是为罗贯中研究树立的一面旗帜。因此，"罗学"虽仅两字，却非轻易，诚如台湾学者杜松柏先生《国

---

[1] 参见杜贵晨《关于建立"罗学"及其他——〈三国演义〉研究三题》，载王玉国主编《东吴文化暨第二十届〈三国演义〉学术研讨会论文集》，北京师范大学出版社、安徽大学出版社 2010 年版；杜贵晨《关于建立"罗学"及其他》，《现代语文》2010 年第 19 期；杜贵晨《关于建立"罗学"》，《古典文学知识》2011 年第 3 期。

学治学方法》论"治学十要"的首条所说:"治学贵在创新,而以发现新理论,建立新体系,有建设性的贡献,产生巨大的影响为难能可贵。"①

"罗学"的提出当然不是建立了完全的"新理论"或"新体系",但对"新理论"或"新体系"的建立有可能是一个"建设性的贡献"。

倘若真的是一个贡献,那么笔者首先要郑重声明的是,"罗学"的提出虽自本人,却如上所述及,不过是本人有幸从前人和时贤研究中学习以及受当代学术形势影响的结果,并不仅由于一己之能;而且如果将来"罗学"果然能够发展成为一门学问,那么也一定是众多研究者共同努力的结果。

作为共同努力的一个方面,本人以多种形式鼓说此论,颇疑将招致自吹自擂之嫌。但从笔者倡导"文学数理批评"② 和研究《金瓶梅》作者兰陵笑笑生的"笑学"③,以及提出《西游记》写孙悟空及三界有泰山文化背景之说④等的经验来看,在这个众声喧哗的学术界,一个纵然是很有益于学术的见解,也并不见得能够轻易为广大学者了解与接受,所以仍饶舌而新论之。

二 "罗学"的因由

"罗学"的提出有两个客观的因由,即其历史的必然性和现实的必要性。

先说"罗学"的历史必然性,有以下四个方面。

(一)罗贯中是中国小说史上划时代的人物。中国小说起源当自战国,而历经秦汉魏晋南北朝隋唐,长期是或主要是文言小说发展的历史。宋元

---

① 杜松柏:《国学治学方法》,台北洙泗出版社1983年第2版,第24—25页。
② 杜贵晨:《中国古代文学的重数传统与数理美——兼及中国古代文学数理批评》,《中国社会科学》2002年第4期;杜贵晨:《"文学数理批评"论纲——以"中国古代文学数理批评"为中心的思考》,《山东师范大学学报》(人文社会科学版)2004年第1期。
③ 杜贵晨:《〈金瓶梅〉研究不妨有一个"笑学"》,《古典文学知识》2009年第6期。"笑学"一词由刘世德先生提出,但他否认其可称一学。笔者反而认为研究《金瓶梅》作者兰陵笑笑生亦是一种学问,不妨称为"笑学"。
④ 参见杜贵晨《〈西游记〉与泰山关系考论》,《山东社会科学》2006年第3期;杜贵晨《孙悟空"籍贯""故里"考论——兼说泰山为〈西游记〉写"三界"的地理背景》,《东岳论丛》2006年第2期。

为中国"小说史上的一大变迁"①。这一"变迁"的主要特征是小说的主流由文言体过渡转变为通俗白话体,以《全相平话五种》《大唐三藏取经诗话》等为代表的话本是这一过渡转变的产物。然而这一"变迁"真正成功的标志,却是罗贯中《三国演义》《水浒传》②等小说的问世。这只要略加考量《三国志平话》与《三国演义》、《大宋宣和遗事》与《水浒传》成书的联系就可以知道了。因此,《三国演义》《水浒传》《平妖传》等章回小说是我国最早一批迹近现代意义上的小说作品,而罗贯中是中国小说史上长篇通俗小说的第一人,划时代的"奇书"圣手。从而研究罗贯中,就是研究中国小说核心主流形成的历史。换言之,"罗学"是研究罗贯中的学问,还是研究中国小说近三千年中最重要的变迁史,特别是研究最近千年来中国小说核心主流形成与演进史的一大关键课题。这也就是说,罗贯中小说创作所处的历史情景,决定了"罗学"不像有的"×学""××学"等,主要只是关于一人一书的学问,而是关乎中国小说史语言上雅与俗、篇制上短与长之转换的过程,以及通俗小说形成与发展全史的问题,岂可以不独立有一门"罗学"?

(二)罗贯中是我国古代章回小说各主要流派的开山鼻祖。当今研究明清章回小说,其主要流派多以"四大奇书"分别打头,列为以《三国演义》为代表的"历史演义",以《水浒传》为代表的"英雄传奇",以《西游记》为代表的"神魔小说",以及以《金瓶梅》为代表的"世情小说"。那么今知罗贯中的小说有《三国演义》《水浒传》《三遂平妖传》《隋唐两朝志传》《残唐五代史演义传》③,当然他也就同时是"历史演义"和"英雄传奇"小说流派的鼻祖。

至于《西游记》在神魔小说中的地位,却与《三国演义》《水浒传》在其各自流派中的地位不同,其艺术成就虽足为此一流派的代表,但在这

---

① 鲁迅:《中国小说的历史的变迁》,《鲁迅全集》(第九卷),人民文学出版社1981年版,第319页。

② 笔者于《水浒传》的作者问题从鲁迅《中国小说的历史的变迁》所说:"(罗)贯中的四种小说,就是:一、《三国演义》;二、《水浒传》;三、《隋唐志传》;四、《北宋三遂平妖传》。"(《中国小说史略》附录,人民文学出版社1973年版,第290页。)但罗贯中创作《水浒传》有曾采用所谓"施耐庵的本"的可能。

③ 《隋唐两朝志传》《残唐五代史演义传》是否罗贯中所作虽存争议,但至少争议本身即是其与罗贯中有关的证明,是"罗学"不能不关注的对象。

一流派的历史上它却不是最早的。除却话本之外,中国最早的神魔小说实为罗贯中的《三遂平妖传》,因此,罗贯中也是神魔小说流派的鼻祖。

又不仅如此。《金瓶梅》虽然与罗贯中并无直接的联系,但这部书却是由《水浒传》中的世情成分西门庆、潘金莲故事引发而来。因此,作为《水浒传》的作者,罗贯中的创作其实也间接引发了"世情小说"或称"家庭小说"的创作,开《金瓶梅》到《红楼梦》一脉小说发展的先河。

这也就是说,罗贯中一人而系明清小说历史演义、英雄传奇、神魔、世情诸主要流派的形成与发展,则研究明清小说可以不有"罗学"吗?

(三)罗贯中生当元末,其小说问世早,流传久,普及广,对下层社会的影响之大,堪与孔子对中国上流社会的影响相比,可谓最广大普通民众的"圣人",《三国》《水浒》等则堪称普通民众的"圣经"。以其小说的广泛影响,罗贯中在世界上作为中国"软实力"所产生的作用在孔子之后流行天下,世有"孔学",当然也可以有"罗学"[①]。

(四)罗贯中当然也作为世界文化名人,却如神龙般见首不见尾,是中国历史上谜一样的人物。其籍贯、家世、生平、创作、交游等,概未能明,本身就是一个世人衷心好之的传奇,值得大力索解,苦心寻觅,岂不是也需要"罗学"吗?

后说"罗学"的现实必要性,也有以下四个方面。

(一)"罗学"是中国古代小说史研究的第一课题。中国古代小说学已有"红学"以及并未真正被学界认可成立的"水浒学""金(瓶梅)学"

[①] 这个问题关系甚大,有关讨论不多。可参见南怀瑾《论语别裁》:"我们有这种文化(指'义'。——引者注),而且过去中下层社会普遍存在。这很重要,尤其一个国家在变乱的时候更明显,在抗战期间就看到,老百姓为国家民族牺牲的精神,非常伟大,就是中国文化的表现。有人说这是儒家孔孟思想影响的结果,并不尽然,其实是《三国演义》等等几部小说教出来的。"(复旦大学出版社2003年版,第48页。)南怀瑾《孟子旁通 老子他说》:"在中国文化政治哲学的传统道德……这种根基深厚的民族精神,当然,最具体而得力的,便是孔子著《春秋》以后的孔孟一脉的儒家学术思想。而在宋、元以后,再根深蒂固地往下层扎下根基的,则归功于几部有关历史故事的小说,如《三国演义》《精忠岳传》等等,把固有文化道德仁义的精神,如重然诺守信义的义气风范,融会在国民生活的每一环节,打入每一个人心,打入每一代子孙心坎深处。"(复旦大学出版社2003年版,第589—590页。)南怀瑾《原本大学微言》:"满清入关前后,他们的领导上层,初期所吸收的文化,是受《三国演义》和老子《道德经》的影响最大,并未认真接受儒家的思想(《三国演义》这部小说,在日本如丰臣秀吉、德川家康等幕府,也都受它影响最大,罗贯中先生真亦足以千秋矣)。"(复旦大学出版社2003年版,第273页。)故笔者为山东东平罗贯中纪念馆罗贯中雕像屏风撰联,上云"至圣尼山孔夫子",下云"大贤东原罗贯中"。

等,但一方面各都是关于一部书的学问,另一方面如上论罗贯中是古代小说各主要流派之鼻祖,诸"学"自身及其相互之间的联系无非"罗学"的一部分或可以上溯至"罗学"。从而"罗学"研究的对象,不仅有直接面对的多部早期章回名著,而且必然不同程度地辐射或延伸至后世诸小说的研究。换言之,中国古代长篇小说的历史几乎都要从"罗学"说起或不免要上溯到"罗学","罗学"是中国古代小说研究不可回避的重大课题。

(二)"罗学"比较其他一人一书之学,涉及作品最多,历史最长,相应问题也更为大量,更加复杂,是小说作家作品研究最大的一处"战场",总体具有其他作家、作品研究无可比拟的更大挑战性和取得多方面成果的更大可能性,因此也是古代小说研究最有希望的一大学问。

(三)"罗学"古已有之,未绝待续。《三国志通俗演义》庸愚子称"若东原罗贯中"云云的《序》,是我国第一篇"罗学"研究论文。其后明清二代包括评点家在内,学者就罗贯中及其小说议论纷纷,言人人殊,积累了大量资料或论著,构成"罗学"提出和进一步发展的坚实基础。明清以至近现代学人有关罗贯中《三国演义》《水浒传》等小说的研究,可以视为"罗学"的实际发生期。以"罗学"的提出为界,以后的研究是"罗学"的自觉期。当今"罗学"的提出与开展,不是兴亡继绝,而是承前启后,继往开来。

(四)"罗学"于近年应运而生。自2010年8月20日至24日在镇江召开的"东吴文化暨第二十届《三国演义》学术研讨会"上本人提交论文并发言提出"罗学",文章自发表以来,首先得到著名学者、中国社会科学院名誉学部委员、中国三国演义学会会长刘世德研究员等先生的热情肯定与支持。刘先生在2011年于山西省太原市清徐县召开的"《罗贯中全集》首发暨第二十一届《三国演义》学术研讨会"上说:

> 在镇江召开的第二十届会议上,山东师范大学杜贵晨教授有一个发言,他提出,应该建立"罗学"。"罗学",就是研究罗贯中的学问。我十分赞成和支持杜贵晨教授的建议。

"罗学"由此进一步传播,这是刘先生作为一位著名老专家出以公心的学术主张,本人高度赞赏!而《罗贯中全集》的编纂出版和由胡世厚、郑铁生二位先生主编的《罗学》期刊的创立等，都标志了当今以"罗学"为旗帜的罗贯中研究已见出实绩，未来的发展也可以期待。

三 "罗学"的内容

作为中国古代小说研究一大新帜的"罗学"刚刚树立，其领域疆界，壕堑丘壑，林林总总，都尚在探索初期。加以本人浅学，虽有幸提出在先，但绝非成竹在胸，其内涵外延尚难完全测定，仅可以大略言之，似有以下八个方面。

（一）罗贯中其人研究。即有关其时代、家世、籍贯、生平、交游、思想等的研究。这方面资料极为缺乏，似无从下手，但近几十年来仍取得了一些进步，而亟待加强。

（二）罗贯中创作研究。即罗贯中小说的创作过程及其特点的研究。这方面的研究同样极度缺乏资料，但以往有关《三国演义》《水浒传》等成书过程的研究不乏有价值的成果，是进一步研究的基础。

（三）罗贯中小说个案研究。即《三国演义》《水浒传》《三遂平妖传》《隋唐两朝志传》《残唐五代史演义》等署名罗氏作品的真伪、成书、版本、思想、艺术、传播、接受等的研究。

（四）罗贯中小说诸作比较研究。即罗贯中各种小说之间的比较研究。明清学者对此已有所涉及，20世纪罗尔纲、王利器先生曾从考证作者或版本的角度做过此类研究，近年也有张淑蓉教授等做过这方面的探讨。

（五）罗贯中小说与中外小说比较研究。这方面已有的研究主要集中在罗贯中小说对中外小说影响方面，更多方面客观的比较还没有能够真正开展起来。

（六）罗贯中小说文化研究。即其对中国乃至所流传世界各地历史与现实社会的影响，包括政治、思想、军事、宗教、民俗、旅游、企业管理等方面。

（七）罗贯中小说传播研究。即说唱、戏曲、影视、游艺等艺术形式对罗氏小说的改编、搬演等。

（八）"罗学"史研究。即对罗贯中及其小说研究史的研究。

当然，如果认为"罗学"还可以包括对"罗贯中，太原人"作为戏曲家的研究，那也是学者个人的自由。但是，如上所述及基本也只是传统研究模式的内容，随着学者新锐的思想和未来研究的与时俱进，必然会有更多从更新角度出发的更有价值的课题出现，识者当下谅我浅陋可也。

四 "罗学"的展望

（一）"正名"已毕，尚待广泛认可。如上所论及，"罗学"立名甚工，已被诸多学者认可为研究罗贯中学问的恰当概括，可说在学界一定程度上形成了共识。但接下来的工作更为艰巨。笔者以为，"罗学"是中国古代小说学第一和最大的课题，并不是说它一定或已经是古代小说研究中第一和最大的学问。那只是一种可能，而且这一可能的实现，也要有"天时、地利、人和"，非可以侥幸得之。就当今小说学的形势而言，"罗学"初创，提出者的声音甚微，这一提法知道的人还不多，应用的还不广，更缺少的是自觉以"罗学"为范畴研究罗贯中及其作品的学者，甚至我很怀疑"罗学"在外界或业内初闻者看来，是否还有些虚张声势之嫌。这都是可以理解的，但不会改变"罗学"已经和继续被学术界所接受并必将兴起的趋势和大局。"罗学"大有希望，唯是任重道远，"罗学"与"红学"等并立未来小说学之林的可能，有待我们共同的努力，特别要寄希望于年轻学者长期热情的关注与持续的学术创新。

（二）未来发展必将与《三国演义》《水浒传》等专书研究并存共长。"罗学"的提出基于对罗贯中全人的研究，并不单纯依傍于诸如《三国演义》《水浒传》等专书的研究。但是，"罗学"不可能不在有关罗贯中《三国演义》《水浒传》等专书研究的基础上建立、扩展与提高。因此，虽然"罗学"不应也不可能排斥或代替《三国演义》《水浒传》等专书的研究，但"罗学"不应也不会等同于《三国演义》《水浒传》等专书研究的简单相加，而肯定是在各专书研究基础上的会通与整合，其结果必然是整体大于部分之和，视域更加广阔地覆盖所有关于罗贯中小说及其相关文化的研究。从而"罗学"能够自成一家，并与其所涵盖的各书之学相得益彰，共存共长。

（三）良好学风是"罗学"未来发展的保障。"罗学"的提出至今不过两年，但有关其在镇江提出的事实真相，就被个别人有意无意地模糊甚至歪曲了。这个现象提醒我们,"罗学"若想真正成为一门学问并非易事。除学术研究本身的难度之外,还要树立和坚持实事求是、守正出新的良好学风,作为"罗学"健康发展的保障。

总之,"罗学"应运而生,任重道远,大有希望!关键在于研究者的信念、态度和努力的程度!

(原载《内江师范学院学报》2013 年第 1 期)

《三国演义》成书年代新考

关于《三国演义》的成书年代，大略有宋代说，元中后期说，元末明初说，元末说，明初说，以及明中叶说，等等。至今诸说并存，包括被用为教科书者在内的各种文学史、小说史著作，就有把《三国演义》作为元代或明代作品对待的差异，给教师、学生和普通读者造成接受上的不便。这进一步彰显了《三国演义》（与之相关的还有《水浒传》）成书年代的确考是一项重要而迫切的工作。然而，这曾是一个"世纪课题"[①]，至今也还不能说已经有了充分的根据可以完全破解；只是在笔者看来，在现有资料和研究成果的基础上，加以笔者近年的小小发现，这个问题已经可以得出相对合理的结论了。

我这样认为，是基于对以往研究情况总体的考量。近百年来，特别是近二三十年来的《三国演义》成书年代研究，学者们立场见解虽异，得出结论的根据与思路却大体相同，即一是根据各种明清人笔记杂著的直接记载等外证做考察，二是从今存《三国演义》早期文本的时代痕迹等内证做推论，以做出最后的判断。而众说纷纭，乃由于这些记载或痕迹的意义难明或相互矛盾。从而任何一说提出，总不免有反证接踵而来，使之处于被质疑的地位。例如，近百年来，学者多以《录鬼簿续编》"罗贯中，太原人"条定《三国演义》的作者罗贯中为太原人、元末明初人，从而《三国演义》也就是元末明初的作品。但是，很少人注意到那条资料并没有表明这位"太原人"罗贯中是《三国演义》的作者，从而至少理论上不排除这

[①] 沈伯俊：《世纪课题：关于〈三国演义〉的成书年代》，载《〈三国演义〉新探》，四川人民出版社2002年版，第3—14页。

位罗贯中是与《三国演义》作者同姓名的另一人的可能,而在没有旁证沟通二者以形成证据链的情况下,这条资料不便直接作为考证《三国演义》的依据。也就是说,在对这位罗贯中"验明正身"之前,这条资料暂不具考察罗贯中籍贯、生平以及《三国演义》成书时代之证据的效力①,应当存疑。又如有学者考论嘉靖壬午本《三国志通俗演义》小字注中"今地名"为其成书元代的根据,又有学者辩证"圣朝封赠(关羽)为封义勇武安王"的叙事以及应用若干元朝"俗近语"等为成书元代的标志②,看起来已近乎铁证,但是,正如鲁迅先生所说:

> 我先前作《中国小说史略》时,曾疑此书为元椠,甚招收藏者德富苏峰先生的不满,著论辟谬,我也略加答辩,后来收在杂感集中。……我以为考证固不可荒唐,而亦不宜墨守,世间许多事,只消常识,便得了然。藏书家欲其所藏版本之古,史家则不然。故于旧书,不以缺笔定时代,如遗老现在还有将儀字缺末笔者,但现在确是中华民国;也不专以地名定时代,如我生于绍兴,然而并非南宋人,因为许多地名,是不随朝代而改的;也不仅据文意的华朴巧拙定时代,因为作者是文人还是市人,于作品是大有分别的。③

这里鲁迅所说考证"不宜墨守"的"不以""不专以"与"也不仅据"的三种情况,正是上述有关《三国演义》成书时代的研究中所遇到,也应该属于"只消常识,便得了然"之类的问题,却也是很少有学者顾及。

这里稍做举例。如以"常识"而论,不仅叙"圣朝封赠(关羽)为义勇武安王"的话不排除出自明朝(尤其是明初)人手笔的可能,而且以"即万户侯之职"释"治头大祭酒"和行文中"七重围子手""令乐人搬做杂剧"等说法,明朝(尤其是明初)人也并非完全不可能这样做。而

---

① 参见杜贵晨《近百年〈三国演义〉研究学术失范的一个显例——论〈录鬼簿续编〉"罗贯中"条资料当先悬置或存疑》,《北京大学学报》(哲学社会科学版)2002年第2期。
② 参见沈伯俊《世纪课题:关于〈三国演义〉的成书年代》,载《〈三国演义〉新探》,四川人民出版社2002年版,第3—14页。
③ 鲁迅:《关于〈唐三藏取经诗话〉的版本——寄开明书店〈中学生〉杂志社》,《鲁迅全集》(第四卷),人民文学出版社1981年版,第275—276页。

"小字注"尚未经证明一定是作者手笔,甚至很难说其均出于一人之手,并且注中"今地名"之"今",也只是注者所知之"今",未必即当时实际情况之"今",况且各"今地名"所透露的信息也并不完全一致。如此等等,《三国演义》成书于元代诸说,虽各有所据,但所据均未至于无可置疑,其结论也就不够坚实。即使以情理而论,"圣朝封赠为义勇武安王"的话有较大的证据效力,却实在也不能排除其为元代遗老于明初所为的可能。所以,笔者虽然赞同《三国演义》成书的元代中后期说,以为学者们所举相关资料,的确是不同程度地具有证据的效力,但同时也认为这些资料尚不足以支持其结论到无可辩驳的地步,从而有进一步证实的必要。而对于以《三国志通俗演义》中有明人尹直诗和"描写手法已接近成熟"为由,认其为明中叶人所作的看法,则从此书兼采正史与民间文学创作成书的过程与流传中不断遭人篡改的实际出发,"只消常识,便得了然"其不可信,更是不必多说的了。

总之,以往学者们的考论虽然总体上朝着解决问题的方向有了很大推进,但是,已有的资料与运用这些资料的思维定势,尚不能得出一个因无可反证而易于为学者折中接受的相对合理的结论。而为着得出这样一个结论,必须有新资料的支持与新思路的引导。这大概是可遇而不可求的,却在本人几年前选注明诗的过程中,偶然发现瞿佑《归田诗话》卷下《吊白门》一则云:

> 陈刚中《白门》诗云:"布死城南未足悲,老瞒可是算无遗。不知别有三分者,只在当时大耳儿。"咏曹操杀吕布事。布被缚,曰:"缚太急。"操曰:"缚虎不得不急。"意欲生之。刘备在坐,曰:"明公不见吕布事丁建阳、董太师乎?"布骂曰:"此大耳儿叵奈不记辕门射戟时也?"张思廉作《缚虎行》云:"白门楼下兵合围,白门楼上虎伏威。戟尖不掉丈二尾,袍花已脱斑斓衣。摔虎脑,截虎爪。眼视虎,如猫小。猛跳不越当涂高,血吻空腥千里草。养虎肉不饱,虎饥能啮人。缚虎绳不急,绳宽虎无亲。坐中叵奈刘将军,不从猛虎食汉贼,反杀猛虎生贼臣,食原食卓何足嗔!"记当时事,调笑可诵。思廉有《咏史乐府》一编,皆用此体。①

---

① (明)瞿佑:《归田诗话》,载丁福保辑《历代诗话续编》(下),中华书局1983年版,第1285页。

◆◆◆ "罗学"与《三国演义》

　　《归田诗话》不是什么难见之书，但是，在长期以来学者多各守一"经"的治学风气下，还未见有人注意到这段文字其实有考索《三国演义》成书时代的价值。笔者于1998年年底据以写成《〈三国志通俗演义〉成书及今本改定年代小考》[①]（以下简称《小考》）一文，就本条以及其他有关资料考索，并参酌众说，得出《三国演义》成书当在"元泰定三年（1326）前后"的结论。尽管这一结论只是"元代中后期"说中应可以称之为"元代中期"的一说，但是，拙文建立在初次应用于《三国演义》研究意义上的这些新资料基础上的论证，仍然受到一些学者的关注——有所肯定[②]，也有所质疑[③]，引起我对该文进一步的检讨。结果除了觉得还不必从根本上舍己以从人之外，也发现论证中确有某些失误，而尚未有见诸文字的指正，某些关键之处的说明也不够深细，所以有补正和进一步考论以证实拙见的必要。

　　说来遗憾，本人虽曾以专文辩证以《录鬼簿续编》"罗贯中"为《三国演义》作者有因同姓名而致误的可能，然而《小考》却仍有一处重蹈覆辙，即把上引瞿文中《白门》诗的作者陈刚中误认为宋代同姓名的另一人。宋代的那位陈刚中字彦柔，闽清人，高宗建炎二年进士，官至太府丞。而瞿引《白门》诗的这位作者陈刚中是元朝人。这一以似为真的失误，除了使笔者自愧无知之外，还进一步加强了前此质疑《录鬼簿续编》"罗贯中，太原人"为《三国演义》作者的信心，认识到如若尚论古人，切不可唯"姓名"，而还要"验明正身"。尽管这只是起码的常识，却因此一节疏忽而使张冠李戴者正复不少，所以值得重提，而不再深论。

　　这里且说瞿引《白门》诗的作者陈刚中，名孚，以字行，天台临海（今属浙江）人。《元史》有传。生于元太宗十二年（1240）。历官奉直大夫、台州路总管府治中等，卒于元成宗大德七年（1303），有《陈刚中诗集》。《白门》诗在诗集卷一，题下原有注云："邳之城南门。吕布为老瞒

---

①　杜贵晨：《〈三国志通俗演义〉成书及今本改定年代小考》，《中华文化论坛》1999年第2期。
②　参见沈伯俊《世纪课题：关于〈三国演义〉的成书年代》，载《〈三国演义〉新探》，四川人民出版社2002年版，第3—14页。
③　参见王平《从传播角度看〈三国志通俗演义〉的成书年代》，载俞汝捷、宋克夫编《黄鹤楼前论三国》，长江文艺出版社2003年版，第499页。

围急,登此门请降。"以白门为下邳城之南门。这与《小考》引《后汉书》本传"布与麾下登白门楼"下注引宋武《北征记》谓"魏武擒布于白门",以及郦道元《水经注》曰"南门谓之白门,魏武擒陈宫于此"相合。换言之,至晚在元成宗大德七年(1303)陈刚中去世之前所作《白门》诗中,吕布的故事包括其被擒之白门的方位,都还是依据于史志旧籍的记载。但是,瞿佑说《白门》诗的引语却有溢出史志旧籍记载之应视为虚构的成分,对《三国演义》研究来说,就值得注意了。

按《三国志·魏书》吕布本传云:

> 布与其麾下登白门楼。兵围急,乃下降。遂生缚布,布曰:"缚太急,小缓之。"太祖曰:"缚虎不得不急也。"布请曰:"明公所患不过于布,今已服矣,天下不足忧。明公将步,令布将骑,则天下不足定也。"太祖有疑色。刘备进曰:"明公不见布之事丁建阳及董太师乎!"太祖颔之。布因指备曰:"是儿最叵信者。"

《后汉书》卷七十六《吕布传》略同。这里值得注意的是,与上引瞿佑说陈刚中《白门》诗一则相对照,瞿说从"布被缚"至刘备曰"明公"云云,都合于《三国志》,虽然也与《三国志通俗演义》叙事相一致,然而一般来说,却只能认为其本诸《三国志》等史籍的记载而与《三国演义》无关,可不具论;然而瞿说布骂曰"此大耳儿叵奈不记辕门射戟时也"一语,不见于《三国志》《后汉书》等,又肯定不是从《三国志》本传布曰"是儿最无信者"一语直接化出,所以应别有出处。这对于《三国演义》成书时代研究来说,是值得注意的问题。

为此,《小考》一文曾论元代《三国志平话》与《白门斩吕布》杂剧等都不可能是"布骂曰"一语的出处,而有所未尽。以致有专家举《三国志平话》相质疑,以为可能从《三国志平话》有关描写脱化而来。这促使我进一步阅读和力求更深细地思考,结果即上已述及,并无舍己以从人的必要。试辨析如下。

按《三国志平话》有关描写原文云:

> 再令推过吕布至当面。曹操言:"视虎者不言危。"吕布觑帐上曹

操与刘备同坐。吕布言曰:"丞相倘免吕布命,杀身可报。今闻丞相能使步军,某能使马军,倘若马步军相逐,今天下易如翻手。"曹操不语,目视玄德。先主曰:"岂不闻丁建阳、董卓乎?"[白门斩吕布]曹操言:"斩,斩!"吕布骂:"大耳贼,逼吾速矣!"曹操斩了吕布。可怜城下餐刀日,不似辕门射戟时。①

而《三国志通俗演义》卷之四《白门曹操斩吕布》写此事则云:

操坐在门楼上,使人请玄德同关、张至楼上。操令玄德坐于侧。操令提过一干人来。吕布虽然身长一丈,被数条索缚作一团。布叫曰:"缚之太急,乞缓之!"曹操喝曰:"缚虎不得不急也。"布曰:"容伸一言而死。"操曰:"且稍解宽。"……操送(陈宫)下楼,布与玄德见,曰:"公为坐上客,布为阶下虏,何不发一言而相宽乎?"玄德点头。操知其意,令人押过吕布来。布曰:"明公所患,不过于布;布今以服,天下不足忧矣。明公为步将,令布为骑将,则天下不足虑矣。"操回顾玄德曰:"吕布欲如何?"玄德答曰:"明公不见事丁建阳、董卓乎?"操颔之。布目视玄德曰:"是儿最无信者!"操遂令牵布下楼缢之。布回顾曰:"'大耳儿'!不记辕门射戟时!"②

两相对照可知,上引瞿佑说《白门》诗所引"布骂曰:'此大耳儿,叵奈不记辕门射戟时也'"一语,即使可以视为从《三国志平话》的叙事与诗赞化出,但那只能是小说家如《三国志通俗演义》的作者罗贯中化腐朽为神奇的造化,而作为说诗的引语,一般说应引成说,而不可能是从《三国志平话》用语割裂拼凑敷衍而来。换言之,说《三国志通俗演义》"布回顾曰"云云直接脱胎于上引《三国志平话》的描写是对的,以瞿引"布骂曰"云云直接取材《三国志平话》则不可。三者的关系应该是《三国志通俗演义》取自《三国志平话》,而瞿引"布骂曰"的话引自《三国志通俗演义》——《三国演义》早在瞿佑生活的时代就已经产生了。

---

① 丁锡根点校:《宋元平话集》,上海古籍出版社1990年版,第786—787页。
② (明)罗贯中:《三国志通俗演义》,汪原放标点,上海古籍出版社1980年版,第194—195页。

《三国演义》成书年代新考

这里必须说明的是，瞿佑说《白门》诗所引"布骂曰"一语，与《三国志通俗演义》中"布回顾曰"的话虽微有字词的差异，但是，二者句式、语意完全一致；而且《三国志通俗演义》中本句末虽无"也"字，但是双峰堂本、乔山堂本等《三国志传》本本句末有"耶"字，"也""耶"通，剩下的就只是《三国演义》少了"叵奈"一词。而元代"叵奈"或作"叵耐"，《三国志通俗演义》卷二《孙坚跨江击刘表》中即曾一见，说明罗贯中熟悉此词，而本句未用或者被后人刊落了，瞿佑引据脱字，或是根据更早今人已不可见的版本，甚至罗贯中原作。总之，二者些微的差异不构成瞿引"布骂曰"一语不出自《三国志通俗演义》的嫌疑；而二者的基本一致则是罗贯中《三国演义》成书于瞿佑《归田诗话》之前的有力证据。

瞿佑生于元顺帝至正七年（1347），卒于明宣宗宣德八年（1433）。《归田诗话》自序于洪熙乙巳（1425）中秋日，为其谪戍保安十八年，垂老遇赦还乡以后的"追念少日笃于吟事"[①]之作。瞿引《三国志通俗演义》的事实，不仅表明《三国演义》早在瞿佑生活的时代就已经产生了，而且还使我们倾向于认为早在瞿佑出生之前就产生了。理由有三。

一是《归田诗话》为瞿佑暮年"追念少日……耳有所闻，目有所见，及简编之所纪载，师友之所谈论"[②]之作，有关内容的形成均在瞿佑少年时期及其出生以前，而"布骂曰"云云的引语当属后者。

二是按照一般训诂的原则，瞿佑引"布骂曰"云云释《白门》诗，应是认为该语为原诗所本。也就是说，在瞿佑来看，"布骂曰"云云所从出之《三国演义》，更早在陈刚中《白门》诗之前。即使以《归田诗话》所载"大略为野史"[③]，其说《白门》诗引据未必求如汉笺之确考，但那在瞿来看，至少也是与《白门》诗相去不远的说法。

三是考虑到《三国演义》的内容流为文人说诗的掌故，应是此书传播

[①] （明）瞿佑：《归田诗话自序》，载丁福保辑《历代诗话续编》（下），中华书局1983年版，第1234页。

[②] （明）瞿佑：《归田诗话自序》，载丁福保辑《历代诗话续编》（下），中华书局1983年版，第1234页。

[③] （明）胡道：《归田诗话序》，载丁福保辑《历代诗话续编》（下），中华书局1983年版，第1234页。

已久的情况所致，可以推定《三国演义》成书时间的下限应在瞿佑出生的 1347 年之前。

这是进一步讨论的基础。

进一步说，瞿佑《吊白门》还引了与陈刚中同时代而稍晚的元人张思廉的咏史乐府《缚虎行》。拙文《小考》也曾指出诗中"'戟尖不掉丈二尾'，谓吕布之戟'丈二'，于史无征"。而根据"《三国志平话》卷上谓吕布'使丈二方天戟'"，可知张思廉做诗不避甚至习用小说家言。而结合上论瞿佑"布骂曰"一语当出自《三国志通俗演义》，这里还可以补充的是，张思廉《缚虎行》"坐中叵奈刘将军"句，也似与瞿佑所举"布骂曰"的措辞有蛛丝马迹的联系。这在使我们倾向于认为瞿引"布骂曰"语中有的"叵奈"一词为《三国演义》原文之外，还加强了我们对张思廉做诗习用小说家言的认识，进而《小考》揭示出张思廉《玉笥集》中《南飞乌》诗用《三国志通俗演义》中吕布事虽为偶然，却也正是他的惯技。《南飞乌》原诗云：

> 南飞乌，尾毕逋，白头哑哑将众雏。渭河西岸逐野马（破黄巾也），白门东楼追赤兔（擒吕布也）。冀豚（袁熙）荆犬（刘琮）肉不饱，展翼南飞向江表。江东林木多俊禽，不许南枝三匝绕。老乌莫欺髯郎小，髯郎讵让老乌老？东风一炬乌尾焦，不使老乌矜嘴爪。老乌自谓足奸狡，岂信江湖多鸷鸟！捽乌头，啄乌脑，不容老乌栖树枝，肯使蛟龙戏池沼（赤壁之战）！释老乌，未肯搏，紫髯大耳先相攫。河东老羽云外落（云长死），老乌巢成哺铜雀。①

引诗括号内为作者原注，又题下有原注云"曹操"。诗因曹操《短歌行》"乌鹊南飞"句意起兴，写赤壁之战前后曹操的经历，基本上合于《三国志》等史书的记载。然而"东风"句本诸传说，可以不论；而"白门东楼走赤兔"句也与史载不合。对此，拙文《小考》云：

> 《玉笥集》咏三国事另有《南飞乌》一首……中有"白门东楼追

---

① （明）张宪：《玉笥集》（卷一），文渊阁《钦定四库全书》集部五，别集类四，第 16 页。

赤兔"句,下注"擒吕布也",谓吕布于"白门东楼"被擒;但是《三国志》本传但言"白门楼"而未言楼之方位,《后汉书》本传"布与麾下登白门楼"下注引宋武《北征记》谓"魏武擒布于白门",又引郦道元《水经注》曰:"南门谓之白门,魏武擒陈宫于此。"明确说白门楼为下邳之南门,则"白门东楼"也于史无征。……从《玉笥集》有咏三国史事诗达十余首之多,可知张思廉对三国史籍的熟谙;瞿佑也是熟悉《三国志》的,这有他所著《乐府遗音》中《沁园春·观〈三国志〉有感》为证。因此,出现于他们笔下的这些关于三国的于史无征的文字表述不大可能是对史实的误记,而必有另外的根据。①

在考察过《三国志》等正史与今存各种戏曲、小说的记载之后,拙文的结论是诗中"白门东楼"的用事也本于罗贯中《三国志通俗演义》。但是,限于当时的认识,对某些问题未能深究,兹补充如下。

首先,今以"白门东楼追赤兔"一定本之罗氏《三国志通俗演义》,不仅因其不见于现存其他文献,而且以最可能成为其根据的《三国志平话》而言,它虽然不明确以白门为南门,却字里行间也没有以之为东门。有关原文如下:

> [侯成盗马]见喂马人大醉。侯成盗马至于下邳西门。……夺了门,浮水而过。……曹操行军搦战。吕布骑别马,出门迎敌,与夏侯惇交战诈败。吕布奔走,曹操引众皆掩杀,伏兵并起,吕布慌速西走,正迎关公。吕布有意东走下邳,正撞张飞。[张飞捉吕布]众将拿住,把吕布囚了。②

对于考察文中所写白门的方位,这段叙事中值得注意的,一是侯成盗马出的是下邳西门;二是吕布"出门迎敌",虽未明言出的是何方之门,但从下文"西走"又"东走下邳"看,吕布此时正在下邳之西,则其所"出门"应是出西门,或者由出南门或北门"迎敌"后,败走到西门的方

---

① 杜贵晨:《〈三国志通俗演义〉成书及今本改定年代小考》,《中华文化论坛》1999 年第 2 期。
② 丁锡根点校:《宋元平话集》,上海古籍出版社 1990 年版,第 785—786 页。

向上去了，而绝对不会是东门；三是吕布为张飞所捉。这在《三国志通俗演义》中都有了改变，拙文《小考》指出：

> 《白门曹操斩吕布》一则虽未明言白门楼为下邳东门楼，而其叙事谓"东门无水"，侯成"盗赤兔马走东门，魏续放出"，吕布"各门点视，来责骂魏续，走透侯成"，"布少憩楼中，坐于椅上睡着"，遂被擒……正在城东门楼上。与下述"高顺、张辽都在西门……被生擒。陈宫就南门边，被许晃捉了"也相吻合。所以张诗"白门东楼"的说法，很可能是从《三国志通俗演义》得到的印象。①

对比可知，"白门斩吕布"的故事在《三国志通俗演义》与《三国志平话》中的细节有很大不同。其关键在改《平话》写侯成盗马夺"西门"而出为"走东门"，从而接下有"魏续放出"，当然也是在东门；又接下吕布"来责骂魏续"，自然仍非来东门莫属——他就在这里"少憩楼中……睡着"，被魏续、宋宪而不是张飞擒了。二者的差异表明，包括《三国志平话》在内，《三国志通俗演义》之前，从无以"白门"为"东楼"者。因此，张思廉注谓"擒吕布也"之"白门东楼追赤兔"句的用事，必不出于《三国志平话》等，其在今天可见的文献中，只能是出于罗贯中的《三国志通俗演义》。

张思廉名宪，号玉笥生。山阴（今浙江绍兴）人。少负才不羁，晚为张士诚招署太尉府参谋，稍迁枢密院都事。元亡后变姓名，寄食僧寺以没。有《玉笥集》十卷，卷一、卷二即瞿佑所称《咏史乐府》，有咏三国史事诗十余篇。据钱仲联等主编的上海辞书出版社版《中国文学大辞典》，张思廉约生于元仁宗七年（1320），卒于约明洪武六年（1373）。由此可以推知，张思廉在世时，《三国志通俗演义》所写吕布在"白门东楼"被擒之事，已经成为作诗的材料，其成书就不仅在张的生前，还可能更早在他的年轻时代甚至他出生之前。这在时段上就切近《小考》谓《三国志通俗演义》成书于"元泰定三年（1326）前后"的结论。

---

① 杜贵晨：《〈三国志通俗演义〉成书及今本改定年代小考》，《中华文化论坛》1999年第2期。

其次，瞿佑不仅用《三国志通俗演义》中语说陈刚中《白门》诗，而且还应是深知张思廉《南飞乌》诗用《三国志通俗演义》之事。这一方面表现于瞿佑称张思廉咏史乐府一如其《缚虎行》，体皆"调笑可诵"，不同于纯正体的咏史诗，大概就以其用事多采小说家言的特点；另一方面，瞿佑本人是小说家，也熟谙三国史籍，因此才对张思廉咏史诗的这一特点有特别关注，并垂老不忘，在《归田诗话》中热心加以表彰。

关于瞿佑熟谙三国史籍，有其所著《乐府遗音》中的《沁园春·观〈三国志〉有感》为证。据徐朔方《瞿佑年谱》，这首词作于洪武十年（1377）他31岁时，其中"新安直笔，指朱熹（1130—1200）《资治通鉴纲目》以尊刘贬曹为主旨"①。可知瞿佑早年即已对《三国志》及其有关史籍进行过研究；其晚年作《归田诗话》，以张思廉《缚虎行》等咏史乐府为"调笑可诵"，应是基于对诗中用事虚虚实实已有的了解，并且正是其用小说家言虚构的成分，引起诗文家兼小说家瞿佑在诗话中给予表彰的兴趣。

最后，从陈刚中《白门》诗谨遵史志称白门为下邳城南门，到张思廉《南飞乌》诗称白门为下邳城东门，这同一题材诗作用于同一故事，而此一内容却有根本性的变化，表明罗贯中《三国志通俗演义》很可能就是在陈刚中的晚年到张思廉的少年时代产生。这一时段可具体为陈刚中垂暮之年的1300年，至张思廉出生后10年即1330年之间。考虑到元至治三年（1323）《三国志平话》还在被翻刻，可能还没有后来者居上的情况发生，在这一时段中，《小考》取《三国志通俗演义》成书于"元泰定三年（1326）前后"的认识，应是基本合理的。

总之，瞿佑《归田诗话》中《吊白门》一则引发的讨论，使我们得出如上罗贯中《三国演义》成书于"元泰定三年（1326）前后"的结论。这一结论同样应该经得起"常识"的检验。以常识而言，这一结论之所以可靠的逻辑在于如下六点。

其一，瞿佑不可能生造"布骂曰"云云为说诗根据，张思廉作诗也不可能无端说吕布"白门东楼走赤兔"，而均必有文献的根据。

其二，据今见文献，既经考得瞿佑引"布骂曰"语与张思廉用"白门

---

① 徐朔方：《小说考信编》，上海古籍出版社1997年版，第471页。

东楼"事只见于《三国志通俗演义》，那么二者很可能是《三国演义》成书时代的标志。

其三，考虑到古代文献多佚，理论上不排除上述瞿佑引语、张思廉用事与《三国志通俗演义》所写互不相袭，而或先或后出于别种已佚文献的可能。然而，《小考》已推断瞿佑引语、张思廉用事"不见于其他'说三分'的话本"，也"不会出自《三国志平话》大约同时或以前的戏曲"，[①]从而其只能出自罗贯中的《三国志通俗演义》，是《三国演义》成书时代的确切的标志。

其四，作为《三国演义》成书时代的证据，瞿佑引语与张思廉用事各自独立地支持元代说，从而本文不是凭孤证立论，而基本上做到了证据充分。

其五，在如上两条证据都能成立的基础之上，张思廉《南飞乌》诗用"白门东楼"事，实际把瞿佑引"布骂曰"所表明的《三国演义》成书时间的下限更加提前了，也就是说，张思廉《南飞乌》诗用"白门东楼"事才是《三国演义》成书时时下限的最后标志。

其六，辅以时贤关于《三国志通俗演义》中"今地名"、关羽封义勇武安王、元朝"俗近语"等考论的综合效力，这一标志已能充分支持拙说《三国志通俗演义》成书于"元泰定三年（1326）前后"结论。

[原载《山东师范大学学报》（哲学社会科学版）2006年第2期]

[①] 杜贵晨：《〈三国志通俗演义〉成书及今本改定年代小考》，《中华文化论坛》1999年第2期。

《三国志通俗演义》作者罗贯中为元人及原本管窥

——试说庸愚子《序》的考据价值

明嘉靖壬午刊本罗贯中《三国志通俗演义》卷首载庸愚子即金华人蒋大器作于明孝宗弘治甲寅年（1494）的《序》，是今见研究罗贯中与《三国志通俗演义》（以下或简称《演义》）的第一篇重要文献。其所涉及如作者为"东原罗贯中"的史实及以《演义》"文不甚深，言不甚俗"等论已得到学界的重视与使用，但其在有关罗氏生活时代、《演义》成书时间及最早版本面貌等方面的考据价值，尚未见有学者论及，试说如下。

一 《演义》作者罗贯中为元人

这虽然是很早就有的说法，但未曾从《序》得到过说明。事实上《序》的字里行间透露出有关罗贯中生活时代与《演义》成书时间的信息，二者的一致性表明《演义》的作者罗贯中是元朝人，具体有以下三个方面。

第一，《序》并未排除《演义》是"前代"即元人之作。《序》称：

> 前代尝以野史作为评话，令瞽者演说，其间言辞鄙谬，又失之于野，士君子多厌之。若东原罗贯中，以平阳陈寿传，考诸国史，自汉灵帝中平元年，终于晋太康元年之事，留心损益，目之曰《三国志通俗演义》。[①]

[①] （元）罗贯中：《三国志通俗演义》，上海古籍出版社1980年版。

《序》作于明弘治甲寅，上引标举"前代"，一般说应是指明代所取代的前朝元代；下句虽无时间限定，但通常或当理解为与"前代"相对，讲作者当代也就是明朝的事，即除以其为确指"尝以野史作为评话，令瞽者演说"为"前代"之事和《演义》作者为"东原罗贯中"之外，还应是表明，这位罗贯中与"前代尝以野史作为评话"者不是同时代人，而为元代以后《序》作者蒋氏生活的明朝人。

应当说，如果各种有关罗贯中生平时代的资料都一致或多数表明其为明朝人，作如上通常的理解就可以确定无疑。但实际的情况，一方面是可以导致认为罗贯中是明朝人的蒋《序》附《演义》流行而广为人知，另一方面蒋《序》附《演义》流行的百余年中，明朝人有关罗氏生活时代的说法不一，有称其为"南宋时人"[①]者，又有称其"虽生元日""身在元"[②]者，却并无许多以其为本朝人者。在这种情况下，又倘或上引蒋《序》所透露的有关罗氏生活时代的信息可有别样理解的话，我们也就不便以其所称"东原罗贯中"一定是明朝人，而不是"前代"即元朝人了。而上引《序》说罗氏的话正是还可以作别样的理解，从而有了不排除是以罗贯中为"前代"人而《演义》成书于"前代"即元朝的可能。理由有四。

一是以上引文虽系两句，但下句既然没有另作时间的标示，则其称"前代"不完全排除为统一限定二句的时间副词，乃谓"尝以野史作为评话"云云者是"前代"人，而"东原罗贯中"也是"前代"即元朝人。

二是反过来说，如果蒋《序》是以"东原罗贯中"其人其作在明朝的话，则当在"若东原"的"东原"之前加"我朝"或"本朝"等时间的限定，如明高濂《遵生八笺·燕闲清赏笺》上卷《论剔红倭漆雕刻镶嵌器皿》云"元时有张成、杨茂二家，技擅一时，但用朱不厚，漆多翘裂。若我朝永乐年果园厂制，漆朱三十六遍为足"[③]者即是。而蒋氏却不然，这似不能仅仅委之以表达不够严密，还有可能是他确实认为罗贯中非明朝人，所以与"尝以野史作为评话"者并为"前代"即元朝人一起说了。

三是退一步说，从如上蒋《序》前句冠以"前代"和后句不标称"我朝"之类限定看，最保守的估计是蒋大器不十分明了罗贯中生存的朝代。

[①] 朱一玄、刘毓忱编：《三国演义资料汇编》，百花文艺出版社1983年版，第228页。
[②] 朱一玄、刘毓忱编：《水浒传资料汇编》，百花文艺出版社1981年版，第192页。
[③] （明）高濂：《遵生八笺》，甘肃文化出版社2004年版，第351—352页。

而生当明弘治甲寅年（1494）前后的蒋氏这样有为《演义》作《序》资格的文化人，尚且不明了罗氏的时代，那么他很可能就是蒋氏所谓的"前代"即元朝人了。

四是也不排除蒋氏明知"东原罗贯中"之时代，但罗系由元入明之人，或由于政治上避讳等的原因，不便明说其为何代之人而故作囫囵语的可能。倘或如此，则罗氏为元明之际人，却多半是在元朝生活时间更长，晚年又未曾出仕明朝，所以原则上仍当归其为元朝人，而《演义》也更多可能是成书于元代。

第二，从蒋《序》所述《演义》传抄的情况看，是书当成于元代。蒋《序》作于明孝宗弘治甲寅年，而称罗氏《演义》"书成，士君子之好事者，争相誊录，以便观览"。此数语虽因重在引起下文的议论，而于《演义》成书后传抄的具体情况语焉不详，但所称既是"争相誊录"，则或同时，或先后，誊录当非止一时，誊录者也应非止一人。由此可以推测，《演义》抄传很可能早在明弘治甲寅以前就开始了，蒋氏所见闻的抄本或不止一种，进而可以得出以下认识。

一是《演义》成书后从作者手中流出并开始传抄，到形成诸多抄本，应该也有较长一段时期了，那么其原本成书的时间当然更早。

二是以上述《演义》抄传岁月为百余年的话，其原本成书也就与上引称"前代"云云时间上互相契合。

这里就有一个问题，即以《演义》抄传岁月为百余年是否合理，也就是能否把《演义》成书的时间从蒋《序》写作的明弘治甲寅上推至百余年前的元代？笔者认为这是合理与适当的。理由是明弘治甲寅年（1494）上距明朝建国的洪武元年（1368）虽有 126 年，而对于古代书籍刊刻传播的相对缓慢来说，126 年虽不为短，但也说不上是很长。这可以从与有明确记载的清乾隆时期的几部章回小说成书到刊本出现间隔岁月的比较得到旁证，现举例如下。

夏敬渠《野叟曝言》的成书，"保守的推断……夏敬渠六十八岁时已完稿"[①]。夏敬渠生于康熙四十四年（1705），到他 68 岁《野叟曝言》完

---

① 王琼玲：《夏敬渠著作考论》，载《海峡两岸夏敬渠、屠绅与中国古代才学小说学术研讨会论文集》，江阴，2009 年，第 66 页。

稿是乾隆三十八年（1703），而其"最早刊本为光绪七年（1881）毗陵汇珍楼活字本"①，算来其成书后以抄本流行的时间为178年。

李百川《绿野仙踪》据卷首《自序》于乾隆二十七年壬午（1762）"苟且告完"②，"初以百回抄本流传，至道光十年（1830）本才付刻印行"③，其成书后以抄本流传并有今存最早刻本的时间为68年。

李绿园《歧路灯》成书于乾隆四十二年丁酉（1777），至1924年方有石印本④，其成书后以抄本流传的时间为147年。

吴敬梓《儒林外史》成书于乾隆十五年（1750），今见最早刻本为嘉庆八年（1803）⑤本，其成书后以抄本流传的时间为63年。

以上四种与《演义》篇幅大小相去不远的长篇小说，均成书于印刷术出版业比明朝弘治年间有了巨大进步的清乾隆年间，至有最早或今见最早刊本问世，平均间隔达114年。那么，与此类比，从明弘治甲寅年上推至元末为《演义》成书时间，其后以抄本流传的时间至少有126年之久，应该是合乎情理的，而不必有什么诧异。

第三，从蒋《序》用典看，似以罗贯中为元代人。蒋《序》云："予谓诵其诗，读其书，不识其人，可乎？"这是引《孟子·万章下》的话。而《万章下》中接下来的话说："是以论其世也，是尚友也。"朱熹《孟子集注》本句下注曰："尚，上同。言进而上也。颂，诵通。论其世，论其当世行事之迹也。言既观其言，则不可以不知其为人之实，是以又考其行也。夫能友天下之善士，其所友众矣，犹以为未足，又进而取于古人。是能进其取友之道，而非止为一世之士矣。"⑥可知"尚友"义指以非当今"一世之士"之古人为朋友。由此逆推上文"予谓诵其诗"云云，虽然可以是就任何前人的著作而言，但一般应是针对古人之诗与书说的。这既是读经时代学者人所共知的道理，蒋《序》于此经典的常话也应该不至于引喻失义。又与其前称"前代尝以"云云相联系，实不便以他所谓

---

① 石昌渝编：《中国古代小说总目》（白话卷），山西教育出版社2004年版，第480页。
② （清）李百川：《绿野仙踪》，李国庆点校，中华书局2001年版。
③ 石昌渝编：《中国古代小说总目》（白话卷），山西教育出版社2004年版，第224页。
④ 参见石昌渝编《中国古代小说总目》（白话卷），山西教育出版社2004年版，第265页。
⑤ 参见陈美林《吴敬梓评传》，南京大学出版社1990年版，第529页。
⑥ （宋）朱熹：《四书章句集注》，中华书局1983年版，第324页。

"予谓诵其诗"云云仅是针对明成化、弘治稍前一时期之人说的，而应理解为原据孟子"尚友"的本义，把罗氏《演义》作为"前代"即元朝人之作看待而言。

另外，蒋《序》虽标榜孟子知人论世，但对"东原罗贯中"除赞论其所作《演义》之外，于其生平事迹，绝无提及。个中原因除上述可能的政治上的避讳之外，另有可能就是他对罗氏除有《演义》之外别无所知。这两种情况同样也与其称"前代尝以"云云的口吻相合，表明罗贯中生活之世正是去蒋氏已远的"前代"即元朝。

二 《演义》原本有《书例》

蒋《序》论《演义》又云：

> 读《书例》曰：若读到古人忠处，便思自己忠与不忠；孝处，便思自己孝与不孝。至于善恶可否，皆当如此，方是有益。若只读过，而不身体力行，又未为读书也。

上引文中"书例"，向来标点者多不加书名号，遂使此一段文字仅被视为蒋氏寻常的道德说教议论。其实不然。"书例"一词，一指书中文词之用例，与上引无关，可以不论；二指著作发凡起例之体例说明，多称作"凡例"。在"凡例"即体例的意义上，用法较早见于《后汉书·天文志上》韦昭注："述虽以白承黄，而此遂号为白帝，于文繁长，书例未通。"[①]又清王士禛《池北偶谈》卷十二《谈艺二·唐才子传》云："按《全唐诗话》《唐诗纪事》二书例，皆以诗系人。"[②]等等，皆指著作之体例。后世明清小说载有《凡例》者，今见亦有数种，如《隋炀帝艳史》、《魏忠贤小说斥奸书》、毛本《三国演义》、《万国演义》、《石头记》、《野叟曝言》等，皆章回说部，载之卷首，为作者所自撰。上引"读《书例》"所云《书例》，即此类章回小说之《凡例》无疑，而"若读到古人忠处"云云

---

① （南朝·宋）范晔撰，（唐）李贤等注：《后汉书》（十一），中华书局1965年版，第3221页。

② （清）王士禛：《池北偶谈》（上），中华书局1982年版，第288页。

即《书例》中语。这对于上窥《演义》旧本乃至原本面貌可有以下帮助。

第一，《书例》为一书作始并通部遵循之体例，除作者之外，应无他人所为的可能。由此可以认为，罗贯中创作《演义》曾拟有《书例》，并置之卷首。这一点也与作者题署有作"后学罗本贯中编次"的口吻相互印证，表明包括《书例》在内皆作者所自为，兹不具论。而明弘治甲寅蒋序本《演义》虽然也未必是原本，却是有原本之《书例》的，所以更接近于原本。

第二，蒋氏所引"《书例》曰"云云即罗氏《演义》之《书例》仅存的佚文，对于我们理解《演义》教忠教孝的创作意图是重要参考。

第三，嘉靖壬午本等《演义》存世诸明刊本均无此《书例》，表明《书例》在蒋序弘治甲寅本之后，或自嘉靖壬午本始就被刊落了。

第四，《书例》虽非正传，但对于理解本书有重要价值，一般后来翻刻者不会不予以保留。因此，从《书例》之被刊落可以推测，自已佚蒋序弘治甲寅本之后，也许就是今存嘉靖壬午本刊落《书例》时，《演义》应是经过了较大的改动，内容与形式已经与蒋序本所有的罗氏原本《书例》所叙有了较大不同，留之于刊本流传无益，只好把《书例》删掉了。倘非如此，我们还想不出另外什么可以导致把罗氏原本当篇幅不大的《书例》也删掉了的理由。这一推断与嘉靖本中提到"旧本"所传达的信息也是一致的。

三 《演义》原本正名及蒋序本叙事起始与今本有异

蒋《序》又曰：

> 若东原罗贯中，以平阳陈寿传，考诸国史，自汉灵帝中平元年，终于晋太康元年之事，留心损益，目之曰《三国志通俗演义》。

这段话包含的信息甚多，如"东原罗贯中"等久已成讼兹不具论，而仅指出两点。

一是罗氏原本正名即《三国志通俗演义》。这并非由于蒋氏如此称名此书是今知最早的又有版本为证，而是由于如上蒋氏既说"书成，士君子之好事者，争相誊录，以便观览"，可知其所见此书当时抄本甚多，又说"若东原罗贯中……目之曰《三国志通俗演义》"，就分明是断定《三国志通俗演义》为罗贯中所自题，乃其原作的本名。证以明代沈国元《皇明从信录》卷三十曰"嘉靖十年间……武定侯郭勋欲进其立功之祖英于太庙，乃仿《三国志俗说》及《水浒传》为《国朝英烈记》"①，这一记载中已使用"《三国志俗说》"，上述关于罗氏原本正名《三国志通俗演义》的推断也是可以相信的。而后世称《三国志演义》《三国演义》或缀以"全传""志传"之类的书名，皆书商或评点家随意改称，不足为顾名思义研究罗贯中原本的根据。

二是蒋序本《演义》叙事"自汉灵帝中平元年"即公元184年起，与今本有异。今存明刊本以嘉靖壬午刊本为代表，均不始于"汉灵帝中平元年"，而始于"后汉桓帝崩，灵帝即位"，即建宁元年（168）。以下叙事提及的年号有建宁二年、四年，"改年熹平"即熹平元年，"熹平五年，改为光和"即光和元年，然后接叙才是"却说中平元年甲子岁，巨鹿有一人，姓张，名角"云云。可知"却说中平元年"句及其以下才是蒋序弘治甲寅本《演义》的开篇。这就是说，今本"却说中平元年甲子岁"云云以前千余文字实非蒋序本所有，而是蒋序本《演义》以后，也许就是嘉靖壬午刊本新增的。

蒋序本《演义》以后——也许就是嘉靖壬午刊本——新增此一节文字的目的，应该就是后来毛宗岗评改本所增书中议论云"推其致乱之由，殆始于桓、灵二帝"，又夹批云："《出师表》曰：'叹息痛恨于桓、灵。'故从桓、灵说起。桓、灵不用十常侍，则东汉可以不为三国。刘禅不用黄皓，则蜀汉可以不为晋国。此一部大书前后照应处。"② 虽然毛本对嘉靖本等的开篇又做了新的改动，但仍承其"从桓、灵说起"，还是明人改蒋序本进而可能是改罗氏原本的传统，只是他更加强调了这一改动的意义。这虽然只是《演义》版本流传史上的一个细节，但它在今见版本中出现最早，又在开篇居首显要的地位，应该值得特别关注。

本文以上关于蒋《序》考据价值的浅见也许无多可取，所涉某些问题

---

① 朱一玄、刘毓忱编：《三国演义资料汇编》，百花文艺出版社1983年版，第646页。
② 陈曦钟、宋祥瑞、鲁玉川辑校：《〈三国演义〉会评本》，北京大学出版社1986年版，第2页。

也还应该参考其他多方面的情况才可以下最后的结论，但如上的考论却可以证明，蒋《序》不仅在古代小说理论领域为重要文献，而且在有关《演义》的考证方面也有不少值得深入探讨的内容，应当予以重视。推而广之，在此类学者所熟悉的资料的应用上，有的也还有进一步开发的余地。

（原载《河南教育学院学报》2013年第1期）

论《三国演义》的文学性及其创作性质

一 评价《三国演义》文学性的标准

《三国演义》①作为中国古典文学名著的地位已无可动摇。但是，早在20世纪初，王国维曾说过"《三国演义》无纯文学之资格"②，还较有分寸。稍后胡适说它"不是一个人做的，乃是自宋至清初五百多年的演义家共同的作品。这部书……只可算是一部很有势力的通俗历史讲义，不能算是一部有文学价值的书"③，就定位它不是罗贯中个人的创作且不具文学性，从而过分贬低了它的价值。俱往矣，但其说犹存，甚至胡适这篇《三国演义考证》，至今还有出版社置于新版《三国演义》之首，以他的这一评价为当今阅读的向导，就不能不引起我们的注意。而且近几十年来，读书界广泛认为《三国演义》以故事性取胜，是"一部通俗的历史教科书"；说到其文学价值，就往往举其结构、人物、情节如此如彼之好，似乎这些就是它作为名著的主要标志。而对罗贯中的贡献，即使偶有称之为"创作"的，整体上也往往含糊其辞，同时非常强调前代资料"充分的条件"④，乃

---

① （元）罗贯中：《三国志通俗演义》，上海古籍出版社1980年版。本文以下引此书如无特别说明，均据此本。
② 王国维：《文学小言》，载郭绍虞、罗根泽主编《中国近代文论选》，人民文学出版社1959年版，第771页。
③ 胡适：《三国演义考证》，载易竹贤辑录《胡适论中国古典小说》，长江文艺出版社1987年版，第283页。
④ 如刘大杰一面说罗贯中"是有意的要为民众创作通俗文学"，"确是通俗文学的创作者，是我国小说界的开路先锋"，一面在具体说明中称"罗贯中改编《三国志通俗演义》"，是"将那些历史知识，用演义体裁灌输到民间去"。[刘大杰：《中国文学史》上海古籍出版社1982（转下页）

· 311 ·

❖❖❖ "罗学"与《三国演义》

至近年又有人否认罗贯中创作《三国演义》的事实。这说明20世纪中叶以来,我国《三国演义》研究虽然有了这样那样的进展,但读书界、学术界对其总体价值和成书性质的认识,较之上一个世纪前半期的情况有所进步,却没有根本的改变。[①]

对《三国演义》总体价值和成书性质的上述程度不同的误解来源于一个共同的事实,即它基于《三国志》等史书和数百年民间创作的资料而成书,并且嘉靖本《三国志通俗演义》本就署"晋平阳侯陈寿史传","后学罗本贯中编次",从而一部据古史等资料"编次"而成的小说,自然是多有历史的价值而少有文学的成就,其文学的成就则又必然突出表现于对历史之人与事的生动讲述。这诚然有一定的道理,却不能是评价《三国演义》的出发点和方法。一方面,"编次"通常是古人因孔子尚且"述而不作"而不敢自居为"作者"的自谦的话;另一方面,《三国演义》是历史小说,它本就要依据史实及相关资料,世界上没有不根据于史实——史书等资料而可以被称为历史小说的。单因《三国演义》有史书等资料的依据而否定其创作性质,不仅对这部书有失公正,而且一定程度上是对历史题材小说的抹杀和误导——那小说只有"戏说"一路了;而《三国演义》的文学性,固然为其人与事之生动叙述即表现为结构、人物、情节等因素的优质所决定,但这些只构成故事——故事是小说的基础,但优秀小说应当有比故事更高一级的品质。因此,研究《三国演义》,我们绝无轻视、反对本事及其成书过程考据的意思,并且认为有关的"累积成书说"有积极意义;但是对罗贯中《三国演义》的评价,却不可因其根据于史书等资料和署为"编次"而忽略了它作为历史小说的创造性,也不可只着眼其故事性从而实际是忽略或贬低了它的文学价值。我们应当如实把《三国演义》

(接上页)年版,第1023页。]游国恩等则说,"从上述的记载和残留的作品看,可知从晚唐到元末,在民间流行的三国故事,愈来愈丰富。为《三国演义》的创作提供了充分条件","它集中并充实了宋元时期讲史话本和戏曲中的精彩部分,把《三国志平话》的故事作了全部改写……"[游国恩等主编:《中国文学史》(第四卷)人民文学出版社1963年版,第18—19页。]

① 也有学者认识到并肯定《三国演义》的文学性和创作性质,如郭豫适写于1959年的《略论〈三国演义〉》一文曾指出:"在我看来,关键是在于认清这部书的性质。我们称《三国演义》为历史小说,虽然'历史''小说'四字兼而有之,但其基本性质乃是文学创作而非历史叙述。"(郭豫适:《中国古代小说论集》,华东师范大学出版社1985年版,第47—48页)赵齐平为周兆新《三国演义考评》(北京大学出版社1990年版)序言也说:"《三国演义》是文学作品,不是历史著述,这是我们必须树立的一个基本观念。"但是,这些重要的看法并没有得到学界的广泛响应。

作为历史小说看，不仅以艺术的标准衡量其文学性，而且以艺术的标准看待它成书的性质。[补说：其实，如果《三国演义》因根据于前人的资料写成而不能被称为创作，那么在史学的领域里，一切历史著作的形成就更不成其为有创造性，或者至多是一本新写成的书而已。这显然也是不公平的。而实际上，不仅根据于资料的真正的文学写作是一种创作，而且优秀历史著作的形成也是一种创作，正如当代西方后现代主义史学的代表人物海顿·怀特所认为的："把想像或真实的事件糅合为一个可以理解的整体，成为表现的对象，这整个是一诗性的过程。"① 这关系到对《三国演义》自身价值和地位的评价，进一步也关系到对中国小说史发展历程和分期的认识，应当认真对待。]

我们认为，小说作为艺术创作的标志，根本不在于作品是否有所根据和它的故事性的强弱。虽然虚构是小说创作的本质特征，但是，除近世科幻小说之外，世界上完全无中生有的小说创作极少。而小说创作成就之大小也不在于它是否有所根据和根据之多少，而在于作者对所据素材、题材、本事的处理是否能有独创性，即能否化腐朽为神奇，铸为富于作家个性特征和时代精神的新的艺术生命体，集中表现为作品有无艺术的感染力和感染力的大小。俄罗斯著名文学家列夫·托尔斯泰说：

> 艺术是这样的一项人类活动：一个人用某种外在的标志有意识地把自己体验过的感情传达给别人，而别人为这些感情所感染，也体验到这些感情。②

> 不但感染性是艺术的一个肯定无疑的标志，而且感染的程度也是衡量艺术价值的唯一标准。③

我们认为，这是关于艺术标准的最确当的说法。对小说而言，这种

---

① 转引自张隆溪《历史与虚构：文学理论的启示和局限》，《文景》2005 年第 1 期。
② ［俄］列夫·托尔斯泰：《什么是艺术?》，载伍蠡甫等编《西方文论选》（下册），上海译文出版社 1979 年版，第 433 页。
③ ［俄］列夫·托尔斯泰：《什么是艺术?》，载伍蠡甫等编《西方文论选》（下册），上海译文出版社 1979 年版，第 439 页。

"外在标志"不免就是这样那样的"故事",但"故事"必须浸有作者独特而真实的情感;小说的情感和它感人的程度才是它作为文学的内在根本的标志。这是一切小说创作和批评真正内行的和最后的标准,当然也适用于历史小说。在不废包括成书过程等各种考据的前提下或在其基础上,参用这一标准评价历史小说,与单纯从本事之有无、虚实之多少、情节之真幻等狭隘实证出发的评价相比,不止于有高下之分,而且有艺术与非艺术之别。虽然非艺术的研究也可以有用甚至是很大的学问,但对作品"艺术价值"的衡量却只能用这"唯一标准"。今试以这个标准也就是从作品的情感因素即以情感人的情况出发,考察罗贯中《三国演义》的文学性及其成书性质。

二 《三国演义》的情感因素及其感染力

由于历史的隔膜和其他种种原因,《三国演义》的情感因素已经显得稀薄和模糊,却仍然可以感受得到。拂去历史的尘埃,读者当能看到书中有为数不少直接描写情感的文字,总能结合故事,构成渗透甚至弥漫于全书的本质特征,从而使读者在为其故事性吸引的同时,隐约觉有凄凉哀怨、悲壮淋漓的韵味,意味深长。

首先,是对世道循环、人间沧桑的迷惘无奈之情。《三国演义》所写是中古一段乱世的历史。在必然地承袭前人有关文献资料而"编次"成书的过程中,作为供阅读的"通俗"文学的写作,它与一般史书、话本旨在取信或动听的不同之处,是必须以文字这一媒介引起并维持读者披览的兴趣。这就既要有生动的故事,又要有耐人寻味的意蕴,使故事成为"有意味的形式"[1],从而必要通过历史过程的再现传达作者对三国兴亡的认识与感受。虽然流为读本的《三国志平话》也并非不含有民间无名氏作者的某种认识与感受,但是,它以司马仲相断狱、汉家君臣冤冤相报的故事作为全书框架,所显示的不仅是荒诞迷信,而且带有媚俗的色彩,很难说具有了作家(说话人)个人体验过的感情。《三国演义》则不同,罗贯中断然不用《三国志平话》的旧套,表示了其欲贴近历史真实做出独立判断和个

---

[1] [英]克莱夫·贝尔:《艺术》,周金环等译,中国文联出版公司1984年版,第4页。

性化描述的创作用心。这一种心态使《三国演义》具有了比前此一切三国文献、文学更为个人化的明确和统一的历史感,书中"三顾茅庐"借崔州平之口道:

> 将军不弃,听诉一言。自古以来,治极生乱,乱极生治,如阴阳消长之道,寒暑往来之理。治不可无乱,乱极而入于治也。如寒尽则暖,暖尽则寒,四时之相传也。自高祖斩白蛇,起义兵,……秦、汉不足而化为黄巾,黄巾不足而化为曹操、孙权与刘将军等辈,互相侵夺,杀害群生,此天理也。往是今非,昔非今是,何日而已?此常理也。将军欲见孔明,而使之斡旋天地,扭捏乾坤,恐不易为也。(卷之八《刘玄德三顾茅庐》)

这段引文,中间略去了"天生天杀"至于三皇五帝到汉末变迁等等议论,通观可知作者以此所表示的,是对中国历史治乱相仍的深重迷惘和无奈之感[①]。因其为迷惘和无奈,书中欲说还休,不止一次地把汉朝之衰亡委之于"天命""天数",并把刘备、诸葛亮等兴复汉室的努力置于与"天"相争的地位,从而具有了悲剧意味。这是从全书开篇就可以感觉到的。书从灵帝建宁二年宫中屡见怪异——"天垂象谴告"——写起,引出杨赐、蔡邕先后奏对,"(灵)帝览奏而叹息",揭开汉末天下大乱的序幕。这虽然不免与《三国志平话》冤报故事俗套有五十步笑百步之嫌,但是,冤报观念是宗教迷信,而循环论是士大夫文人的历史观。罗贯中以此处理三国题材,就使《三国演义》比较《三国志平话》在总体构思的层面有了更多历史的真实性,从而具体描写中处处透露出世道循环、人间沧桑的悲凉。

这种迷惘无奈的悲凉情调贯穿全书。书中屡屡以诗或人物的评论感慨"兴亡",直至结末古风道"纷纷世事无穷尽,天数茫茫不可逃",始终透显天意难测、世事无常的迷惘与感伤。虽然相关描写的色彩与意义已随历史的远去而显得淡薄,但在旧时天命观念流行之际,其实最能引起读者对

---

① 参见袁行霈主编,黄霖、袁世硕、孙静本卷主编《中国文学史》(第四卷),高等教育出版社1999年版,第30页。

人生无常、世事难测的共鸣。修髯子《三国志通俗演义引》附诗首云："今古兴亡数本天，就中人事亦可怜。"后来清初毛宗岗把明杨慎"滚滚长江东逝水"词置于篇首，又把上引崔州平一段话化简为"话说天下大势，分久必合，合久必分"数语置于叙述的开篇，就都是看出罗贯中写作此书反思历史、无奈天命而悲悯人事的一以贯之的创作心态，使全书带有了壮怀激烈而又悲天悯人的情调。尽管时移世变，这一情感因素对读者的感染力已大不如前，但当时作者的努力及其曾感染读者的事实却值得注意，从而《三国演义》这一方面的特点——也许还可以说是成就——应当受到批评者的重视。

其次，是"为汉惜"、存亡继绝的忠愤之情。清王夫之《读通鉴论》曾指出，《通鉴》"以先主绍汉而系之正统者，为汉惜也"[1]。罗贯中《三国演义》"按《鉴》改编"，也继承了宋代人这种"为汉惜"的感情。书中对桓、灵二帝的昏庸失政并无讳饰，但对于汉朝的灭亡有无限悲慨和惋惜，并通过对汉少帝、献帝日常受制于权臣的处境和悲惨结局的描写得以尽情抒发。全书从汉末天下大乱写起，一起悲风满纸。至关于少帝被废的情节，行文乃格外动情：

> 可怜少帝四月登基，至于九月被董卓废之。……困于永安宫中，日夜忧叹，衣服饮食，尽皆缺少。帝泪下不曾干，偶见双燕飞入庭中，帝遂吟诗一首。诗曰："……远望碧云深，是吾旧宫殿。何人仗忠义，写我心中怨。"（卷之一《废汉君董卓弄权》）

不料事被董卓侦知，曰："刘辨休矣！怨望故作此诗，杀之有名矣！"唤李儒逼少帝饮鸩自尽。少帝乃"大恸作歌"。其歌甚哀，加以唐妃的绝命辞，写皇帝妃嫔末路，至为凄惨。后来曹丕逼献帝禅位，"戏"演完了，"献帝含泪拜谢，上马而去。坛下军民、夷狄小人等见之，伤感不已"。这些描写都不见于正史及其他资料，而且仔细推敲起来，成了阶下囚的少帝作诗以"泄我心中怨"，颇有些浪漫；而曹丕正得意的时候，那"坛下军民……伤感不已"，似也不合时宜。可知这不过是作者的虚构之"闲笔"，

---

[1]（清）王夫之：《读通鉴论》（上），中华书局1975年版，第263页。

用以表现其对汉室倾覆的痛惜与哀惋罢了。

另一方面,《三国演义》写了不少为汉朝死节之臣,如刘陶、陈耽、王允、董承等,通过褒扬忠烈,表达了对汉朝灭亡的痛惜之情。"尊刘贬曹"是这种感情的集中体现。这虽然在前代习凿齿《汉晋春秋》、朱熹《通鉴纲目》《三国志平话》诸书中早已有之,但是只有《三国演义》才真正调动一切艺术的手段,使其成为全书主线并具有了强大的艺术感染力。《三国演义》中刘备实际是被作为汉王朝的正统继承者来描写的,作品极力渲染他诸般优秀的品质,尤为突出其忧国忧民之心。"三顾茅庐"之"隆中对"后写刘备请诸葛亮出山:

> 玄德顿首谢曰:"备虽名微德薄,愿先生同往新野,兴仁义之兵,拯救天下百姓!"孔明曰:"亮久乐耕锄,不能奉承尊命。"玄德苦泣曰:"先生不肯匡扶生灵,汉天下休矣!"言毕,泪沾衣衿袍袖,掩面而哭。

此节文字,作者以刘备之"哭"写出其忧国忧民之心,以此感动诸葛亮,也感染读者,使人由此想到汉朝危在旦夕的命运。而在"贬曹"一面,它也不是简单地写曹操是一位奸雄,而重心在铸成其为乱臣贼子的"汉贼"形象,即不是因为要写曹操奸恶才说他是"汉贼",而因为他是"汉贼"才处处被写得奸恶。这一点,当今读者或不易领略,而只要看一下从明庸愚子、修髯子、李贽到清初毛宗岗等人的评论,就可以知道旧日读者无不认同"贬曹"实是出于对曹魏最后代汉的忠愤之情。

作者生当元季,中原和南方人心思汉,从而三国故事中蜀汉刘氏政权成为"汉朝"——汉民族的象征。《三国演义》"尊刘贬曹"的实质即"为汉惜"。这最容易与南宋、元乃至明清汉族士大夫知识分子和一般民众的心理相沟通,从而感染读者。据载,早在北宋已有小儿听说书为刘备败而"出涕"、为曹操败而"唱快"的现象①。而明末李定国为金光说《三国演义》中诸葛、关、张之忠义所触动,"遂幡然束身归明,尽忠永历"②,

---

① 参见(宋)苏轼《东坡志林》(节录),载朱一玄、刘毓忱编《三国演义资料汇编》,百花文艺出版社1983年版,第123页。
② 黄人:《小说小话》(节录),载朱一玄、刘毓忱编《三国演义资料汇编》,百花文艺出版社1983年版,第748页。

更可以说明"尊刘""为汉惜"的感情在当时何等契合了时人的心理而感人至深。而《三国演义》也正是因为更加丰富和加强了"尊刘贬曹"的思想倾向,在讲历史、说故事中灌注了"为汉惜"、呼唤汉民族复兴的感情,使之成为整部作品的灵魂,才在前人的基础上有了更大更全面的超越,成为我国古代第一部真正意义上的长篇小说。

再次,是人生恨短、时不我待、追求功业的壮志豪情。《三国演义》写汉末英雄逐鹿,虽为军阀混战,但是,当历史非借这样一种形式不能向前发展的时候,那些较为关心人民利益的集团或个人的努力,就具有了一定的合理性,能给人以激励和鼓舞。刘备的形象就具有这种典型性。他虽为汉室之胄,但起家仅是"贩履织席"之辈。当其初见募军檄文,即"长叹"——"有心待扫荡中原,匡扶社稷,恨力不能耳!"这种"位卑未敢忘忧国"的精神在旧时代有积极意义,即今人也可受到启发。此后刘备连遭困厄,流窜不定而暂依刘表,久而"叹髀肉复生,潸然泪下不住……曰:'……日月蹉跎,老之将至矣!而功业不建,是以悲耳!'"这种"疾没世而名不称"的感情亦能催人奋发。故明人李贽评曰:"是丈夫。"清人毛宗岗评曰:"是英雄气。""为天下发愤。"李渔评曰:"真丈夫语,能使丈夫堕泪。"[1] 又,白帝城托孤,刘备写遗诏递与孔明而叹曰:"朕不读书,粗知大略。圣人云:'鸟之将死,其鸣也哀;人之将死,其言也善。'朕本待与卿等同灭曹贼,共扶汉室,不幸与卿等中道而别也。"他死不瞑目。这是一个历经磨难、百折不回、功亏中道而壮志未酬的英雄形象。虽才不济志,但其坚定、弘毅的进取精神能令读者动容。

诸葛亮虽明知汉朝"气数已尽""天命难违",但一旦感刘备三顾知遇之恩,许其驱驰,即"鞠躬尽瘁,死而后已"。这一形象常被概括为"智慧"的典型,其实他更是一位英雄。读者乐观其智绝天人是可以理解的,但其英雄精神更为感人。作为蜀军统帅的诸葛亮的英雄精神主要并不表现在能打胜仗,而凸显于他后半生伐魏的屡败屡战,犹如希腊神话人物西绪福斯徒劳无功地推巨石上山的悲壮。作品刻意强化诸葛亮的这一悲剧品格。前后《出师表》及六出祁山前的告庙有情节上的意义,更重要的是

---

[1] 陈曦钟、宋祥瑞、鲁玉川辑校:《〈三国演义〉会评本》,北京大学出版社 1986 年版,第 429 页。

渲染了诸葛亮兴汉"知其不可而为之"的精神。而秋风五丈原的描写为最精彩之笔：

> 孔明强支病体，令左右扶上小车，出寨遍视各营；自觉秋风吹面，彻骨生凉。孔明泪流满面，长叹曰："吾再不能临阵讨贼矣！悠悠苍天，曷我其极！"（卷二十一之《孔明秋风五丈原》）

这对于"故事"来说，大致可称为"闲笔"，却因此使小说超越了"故事"。毛评曰："千古以下，同此悲愤！"[1] 正是肯定了此一描写的感人性质。此外，孙策依袁术于寿春时的月下之哭，周瑜临终之叹，姜维兵败自杀时大叫："吾计不成，乃天命也！"太史慈中年战死，临终大叫曰："大丈夫生于乱世，当带三尺剑以升天子之阶；今所志未遂，奈何死乎！"如此等等，都表现了强烈的功业之心，有与命运抗争的悲壮气概。杜甫《蜀相》诗中说："出师未捷身先死，长使英雄泪满襟。"这一联诗以诸葛亮赍志以没为后世英雄所景仰，肯定其为大英雄，乃过人之见。其实周瑜、庞统之死也程度不同地具有这种悲剧性。即使被贬为"奸绝"的曹操，雄踞中原，带甲百万，横槊赋诗，何尝非一世之豪！而分香卖履又不免令人黯然神伤。《三国演义》是一部"英雄谱"[2]，罗贯中又是"有志图王者"[3]，从而于英雄生死之际每多感慨，书中也就颇多这类抒情文字，能使读者觉得英风豪气感人奋发，又能使读者"念天地之悠悠，独怆然而涕下"。以其为无文学性者，是何人哉！当然，《三国演义》也写了司马徽、崔州平、石广元、孟公威等隐士，流露了对隐逸生活的叹羡，但那不过是弄潮儿的映衬。作者志在兼济，贵仕不贵隐，所以全书总以积极入世的功业精神感人奋发。

从次，是感恩图报、义气相激之情。《三国演义》于伦理道德突出

---

[1] 陈曦钟、宋祥瑞、鲁玉川辑校：《〈三国演义〉会评本》，北京大学出版社1986年版，第1273页。

[2] （明）熊飞：《英雄谱弁言》，转引自朱一玄、刘毓忱编《三国演义资料汇编》，百花文艺出版社1983年版，第285页。

[3] （明）王圻：《稗史汇编》卷一百三《文史门·杂书类·院本》，转引自朱一玄、刘毓忱编《三国演义资料汇编》，百花文艺出版社1983年版，第229页。

"忠"，而更强调"义"，把个人间相互的忠诚和扶助看得几乎高于一切。它写魏、蜀、吴三方虽有所谓正统、僭、闰之别，但各能维系人心团结奋斗者，实有赖于上下感情的投合。"三顾草庐"写刘备哭求诸葛亮出山，诸葛亮慨然相允，正是为刘备至诚所感。其一生为蜀汉"鞠躬尽瘁，死而后已"，也就是为此刘备之一"哭"。可见"三顾"是礼数，而至情相感才是"三顾茅庐"请得诸葛亮出山的真正原因。长坂坡之役，俗云"刘备摔孩子——收买人心"，恐怕是以常人之心度英雄之腹。不说刘备与赵云生死与共患难相交的情谊，但以当下利害论，刘备大败亏输、性命堪忧之际，忠心耿耿有万夫不当之勇的赵云对于他转败为胜、争雄当日何等重要！因此，刘备之摔阿斗，乃情极之所为，为赵云正是为自己。此外，书中写濡须口之败，"孙权得周泰救济之功，营中作一宴谢之。孙权把盏至周泰面前，抚其臂，泪流满面曰：'卿为吾兄弟战如熊虎，不惜性命，被创数十，肤如刻画，孤亦何心不待卿以骨肉之恩，委卿以兵马之重乎？卿乃孤之功臣，孤当与卿共荣辱、同休戚……'"又写曹操淯水之败，典韦为之战死。后再"到淯水，操马上大哭。众将问其故，操曰：'吾思去年将吾典韦在此折了，不由不哭耳！'众皆下泪。……祭享典韦，操再拜，痛哭，昏绝于地。众皆扶起。大小军校无不下泪"。又写曹操的厚遇甚至使关云长冒死违犯军令，于华容道上"动故旧之情，长叹一声，并皆放去"。郭店楚简《性自命出》篇云："道始于情，情生于性。始者近性，终者近义。"[①] 因此，这些地方写"义"也是写情——君臣而兄弟、朋友之情。关云长之"义绝"是君臣之义，更是朋友之情。他的"义"也得到了刘备够朋友的报偿。"刘先主兴兵伐吴"写刘备曰："朕不与弟报仇，虽有万里江山，何足为贵！"虽然这句话的结果几乎断送了蜀汉前途，但在人格上完成了刘备形象浓重的一笔——毛评曰："今人称结义必称桃园。玄德之为玄德，索性做兄弟朋友中立极之一人，可以愧后世之朋友寒盟、兄弟解体者。"这里，重"义"即是重"情"。

最后，是不废儿女风月之情。毛宗岗《读三国志法》列举书中"貂蝉凤仪亭""严氏恋夫""赵范寡嫂敬酒""刘备东吴招亲""曹操与张济妻相遇"等描写之后写道："人但知《三国》之文是叙龙争虎斗之事，而不

[①] 李零：《郭店楚简校读记》，北京大学出版社2002年版，第105页。

知为凤、为鸾、为莺、为燕,篇中有应接不暇者。令人于干戈队里时见红裙,旌旗影中常睹粉黛,殆以豪传与美人传合为一书矣。"① 指出儿女之情也是《三国演义》描写的一个方面的内容。当然,在"有志图王"的作者看来,儿女情长,必然英雄气短,从而这些男女情事的描写从属于政治历史的中心内容,"美人"不过是"英雄"的陪衬,而且多半是反衬。但是,他能把"英雄传"与"美人传"合为一书,写出无论是反复如吕布、奸雄如曹操还是枭雄如刘备,都不能不有儿女风怀之想,这也是他写人注重情感因素的一个表现,甚至可以说是这部政治历史小说之一奇。特别是写刘备东吴招亲以后,"被声色所迷,全不想回荆州,亦不思孔明之语,中了周瑜之计也",虽不如毛本改写后的生动,却也明显是有意写出刘备如常人"好色"的私心。其他如写战宛城:"一日操醉,入寝所,视左右曰:'此城中有妓女否?'"得张济之妻邹氏后,"操每日与邹氏取乐,不想归期"。又如吕布之迷貂蝉、严氏之恋吕布、周瑜之宠小乔、刘表之昵后妻等等,莫不如是。尽管此书也有赵云拒婚、刘安杀妻等似不近情的描写,但全书不废男女之情,使无论君子、小人都要在这一点上得到考验,从中产生关于男女之情的有限度的描写,也增加了这部书的艺术真实性和感染力。总之,《三国演义》以故事胜,更以情感人。它借引人入胜的故事和散见全书的渲染传达了当时能感人肺腑的历史与现实之情,至今余味深长,从而成为一部有很高文学价值的小说名作。

三 《三国演义》情感描写的自觉性及其特点

罗贯中《三国演义》的情感描写是自觉的创造。不仅全书天命难违、世道沧桑之情的抒写发自作者内心,许多人物的情感描写也明显借他人之酒杯,浇胸中之块垒,如周瑜群英会之歌,诸葛亮秋风五丈原之叹,等等。即上举少帝被囚作歌并因而被杀的情节,也明显是虚构以为汉帝"泄怨"的文字。此皆有意为之。事实上从来读者对《三国演义》自觉写情有所觉察,如《三国演义》有多处写刘备之哭,以致俗语云

---

① 陈曦钟、宋祥瑞、鲁玉川辑校:《〈三国演义〉会评本》,北京大学出版社1986年版,《各本序言总论》第15页。

❖❖❖ "罗学"与《三国演义》

"刘备的江山——哭来的"——这句俗语也就道出《三国演义》塑造刘备形象在写情上下功夫,着意刻画其内心世界的特点。因此使故事具有了感染力。至于是否如鲁迅所说"欲显刘备之长厚而似伪",则当另作别论。总之,罗贯中之演义"三国",并非仅编次历史、讲说故事,乃"假小说以寄笔端","究天人之际"以"为汉惜",并抒发种种社会与人生的感慨。前代三国史书、《三国志平话》等没有也不可能做到这一点,只有罗贯中独具慧眼和艺术的能力,从前代三国文献中发现并很好地利用了表现这种种思想感情的可能性,以此将"旧日已经凝结的材料,重加溶解……加工烧炼……使这作品得以重复溶解流动"①,完成了这样一部旷世名著的创作。

《三国演义》是我国最早的章回小说,一切自我作古的巨大困难使它在某些方面没能达到理想的水平,所以有后来评改家如李贽、毛宗岗等人的进一步加工。但在自觉赋予三国故事能"重复溶解流动"起来的情感方面,罗贯中《三国演义》证明了作者非凡的见识和相当高明的艺术表现力,也提供了真正的小说创作以情感人的成功经验。

首先,是情感描写多侧面、多层次性。书中对中心人物,无论正、反角色,一律写其胸怀大志、积极进取。虽不免暂堕情网,终能振起,不坠青云之志。如刘备、曹操。而对庸碌之主,一律写其儿女情长、风云气短,如吕布、刘表、袁绍等。这既是历史真实的反映,也是作者对人物性格的整体把握。在对正面人物的情感描写中,突出其合乎儒家道德的方面,如写刘备大济苍生的理想、诸葛亮鞠躬尽瘁的精神、云长之义、赵云之忠等。对反面或中间人物,则突出其个人的野心或追求,如曹操大宴铜雀台时的表白,周瑜群英会之歌,等等。正面人物(偶有反面或中间人物)的情感描写直接表现作者对理想人生的看法,基本合乎正统儒家的观念。《三国演义》既歌颂了刘备、诸葛亮一班入世进取的人物,也对司马徽、崔州平、石广元等隐者表示了由衷的钦羡与肯定。徐庶被迫舍刘归曹,前后表现即"达则兼济天下,穷则独善其身"。诸葛亮出山之前也还抱定"功成名遂之日,即当归隐"的想法。刘备跃马檀溪仓皇逃命之际,

---

① [德]歌德:《致沙路德·封·席勒的信》,载段宝林编《西方古典作家谈文艺创作》,春风文艺出版社1980年版,第157页。

"见一牧童跨于牛背之上,口吹短笛而来,玄德叹曰:'吾不如也!'遂立马观之",亦有些许淡出江湖之心。这些,从"故事"的角度看近乎"闲笔",却真正是小说家对人物内心世界的多侧面、逐层深入的开掘,从而《三国演义》的人物形象塑造,并非如许多研究者所说是简单地类型化的。

其次,是抒情手法灵活多样。人物直接抒情,如刘备读榜、白帝城托孤、诸葛亮哭庙、五丈原巡营、曹操横槊赋诗、铜雀台明志,等等,都直接吐露情怀,炽热奔放,感人肺腑。这种抒情往往在情节发展的关键之处或高潮,使人物在感情不可遏制时一吐为快。如诸葛亮六出祁山前的告庙,是在五伐中原无尺寸之功、后主黯弱、宿将凋零、太史谯周又以气数灾异之言相阻等种种不利情势下出现,把诸葛亮的忠荩之心表现得淋漓尽致,而无做作之嫌。直接的抒情形式多样,如借助呼告、表章、书启、诗歌等。其中以用诗最为突出,著名的如上举少帝、唐妃之歌,诸葛亮"隆中吟",周瑜群英会之歌,都是言情妙笔。而间接抒情较多借"后人有诗叹曰""赞之曰"等加以表现。这类诗往往叙述、议论与抒情相结合,而成就稍逊于前者。最可注意的是作者时能从叙事中带出情感来,如卷之三《迁銮舆曹操秉政》写洛阳兵后残破的景象:

> 帝入洛阳,见宫室烧尽,街市荒芜,满目皆是蒿草,宫院中只有颓墙坏壁而已。旋盖小宫,与帝后住坐。百官朝贺,皆立于荆棘之中。是岁大荒,敕改兴平为建安元年。洛阳居民仅有数百家,无可为食,尽出城去剥树皮、掘草根食之。尚书、侍郎以下,皆自出城樵采,多有死于墙壁之间。汉末气运衰败,无甚于此。前贤有诗一首,以叹世情。诗曰:"……看到两京遭难处,铁人无泪也凄惶。"

把洛阳兵祸后的惨象、君臣百姓的处境略事渲染,作者"汉末气运之衰"的感慨就自然流露了出来。

最后,创造了某些独特的抒情手法。《三国演义》是我国最早的章回小说,包括情感描写在内,一切都属首创。而在情感描写中,有些手法不仅前无古人,从明清小说看也独具一格。如结合了写景的抒情,除上引"秋风五丈原"一段文字外,还有"曹孟德横槊赋诗"中对大江夜月的描写，可说是景中情；而"元直走马荐诸葛"中对刘备为徐庶送行的描写，则又是情中景。情景交融，富有诗意，是《三国演义》某些情感描写的显著特色。这一点今天看似平常，但明清小说中并不多见。又如常结合饮酒描写让人物抒发内心隐秘之情。《刘玄德襄阳赴会》写刘备"髀肉之叹"后，刘表劝慰说"何足何虑也"：

> 玄德乘酒兴而答曰："备若有基本，何虑天下碌碌之辈耳！"表闻之，忽然变色。玄德自知语失，托醉而起，归于馆舍。

这里刘备的"托醉"是"酒后吐真言"，只是"自知语先"的掩饰而已。作者此一描写的高明在于"用文艺的技巧予过失以意义，以达到文艺的目的"①。

《三国演义》自觉的多侧面、多层次、灵活多样的创造性情感描写，统一于全书"尊刘贬曹"的倾向。世事无常、人生苦短的感慨和"为汉惜"之迷惘无奈等情愫，就在这一基本倾向的规定之下，如山岚水雾、月晕花烟之缭绕，给人以如梦如幻的感觉。书末所谓"纷纷世事无穷尽，天数茫茫不可逃。鼎足三分已成梦，一统乾坤归晋朝"，是作者对世事如梦的感慨，也是全书给读者的深刻的印象，从而是它艺术感染力的证明。

四 《三国演义》的创作性质及其意义

以上论述表明，《三国演义》绝非没有文学的价值，它不仅以故事引人入胜，更是一部自觉以情感人的伟大文学著作。它的以情感人固然不如后世《红楼梦》等书的自如和整体性臻于化境，但它在这一方面达到的成就，已足以证明罗贯中的努力属于真正的文学创作。事实上罗贯中本就是一位极有天赋的文人②，很难相信"有志图王"而又富于文学才华的罗贯

---

① ［德］弗洛伊德：《精神分析引论》，高觉敏译，商务印书馆1986年版，第20页。
② 章培恒、骆玉明主编的《中国文学史》第六编《元代文学·概说》有言："关于《三国志通俗演义》《水浒传》的作者罗贯中、施耐庵，人们所知甚少。但依据极有限的资料和小说本身的情况，仍可以肯定他们都是具有相当素养的文人。这也和元代戏剧的情况相似。"［章培恒、骆玉明主编：《中国文学史》（下卷），复旦大学出版社1996年版，第12页。］

中仅仅满足于"编次"《三国演义》而没有个人思想的寄托和感情的投入①。又，《三国演义》成书于元末②，而元末是文学挣脱理学的束缚回归抒情的时代，那时戏曲、散曲的"许多作家不仅自然地抒写人情世态，而且表现出淋漓尽致、饱满酣畅的风格"，"元代一些最有成就的诗人……诗词创作均近奔放酣畅一路"。③ 这也会影响到罗贯中《三国演义》能否有以情感人的特色。实际上书中如周瑜群英会之歌等抒情之作，正是元末那种"淋漓尽致、饱满酣畅的风格"。所以，也如"诗文随世运"④，小说发展至元代，罗贯中的创作最有可能走向以情感人，从而《三国演义》具有了艺术创作的品格。

对罗贯中《三国演义》的创作性质的认定，不仅是中国古代小说和文学中的大是大非，而且关系到与世界文学观念接轨。在世界文学的范围内，真正的小说家总要依靠虚构想象的才能，但是也从不回避应用现成的材料。他所做的只是不为"原型""本事"等所拘，以自己独特的理解和情感激活它、开发它、重铸它，使之为我所用。许多伟大作品就在各种文献资料或传说的基础上写成，如司汤达《红与黑》根据的是一个真实的命案，以至司汤达自评《红与黑》的写作时说："会使读者奇怪的是：这部小说并非小说。作者所叙述的故事是1862年在兰纳附近确实发生了的事情。……司汤达一点也没有臆造。"⑤ 但是，世界上没有什么人不承认《红与黑》是司汤达创作的小说。而歌德《浮士德》取材于德国16世纪的民间传说。浮士德是历史人物，而且早在16世纪末德国就已经出版了集其传说故事之大成的《约翰·浮士德的一生》，文艺复兴以来不断有浮士德故事题材的创作，积累了大量相关的文学作品。[补说：陈铨《浮士德精神》一文有较详细的介绍："浮士德大概生在十五世纪的末叶。他同时的人，

---

① 关于《三国演义》的思想寄托，请参阅袁行霈主编《中国文学史》第四册第七编第一章第二节《在理想和迷惘中重塑历史》。

② 据笔者所知，持这一看法的有章培恒、袁世硕、周兆新等诸位先生。笔者有《〈三国志通俗演义〉成书及改定年代小考》一文，以罗贯中《三国演义》成书当在"元泰定三年（1326）前后"，载《中华文化论坛》1999年第2期。

③ 参见袁行霈主编《中国文学史》（第三卷），高等教育出版社1999年版，第238—240页。

④ （清）赵翼：《论诗》，载《瓯北集》卷二十八，嘉庆寿考堂本。

⑤ 《司汤达自评〈红与黑〉》，载段宝林编《西方古典作家谈文艺创作》，春风文艺出版社1980年版，第285页；参见《古典文艺理论译丛》（第四册），人民文学出版社1962年版，第183页。

已经有好些关于他的记载,以后继续又有许多传说。到一五八七年希匹士把这一些记载传说收集起来,写成一本书,在佛兰克弗城出版。书出后风行一时,第二年已经再版,三年后就有英文的翻译。英国的戏剧家马罗,根据这一部书,一五九三年写成功一本戏剧在伦敦上演。后来英国的戏子到德国演戏,把马罗的戏本肤浅改变一些,大受德国民众的欢迎。一五九九年意德曼根据希匹士的原书,又增加若干故事,另外写一本更完备的书,在汉堡出版。一六七四年斐泽尔改编意德曼的原书,重新问世,引起大家对浮士德的兴趣。浮士德的傀儡戏也出来了。一七二八年还有一本简短的书,重述这一个故事。这一本小书,意德曼的传说和傀儡戏,歌德都曾经过目。"[1] 歌德正是在这丰厚的前代积累的基础上写作《浮士德》的。他在谈到这部书的写作时说:

> 我抱着这些题材以及其他的种种材料,在孤寂的时候以之自娱,而却没有将其中一些写出来。我要瞒着赫德尔的就是那神秘的宗教的化学实验以及与他有关的一切的事,纵然我当时还很喜欢秘密地从事这种试验,想用比我从前更合理的方法发展它。[2]

他还说:

> 这许多年来使我对于这部作品总在踟蹰不动手的原因,便是将那旧日已经凝结的材料,重加溶解的困难。我已……加工烧炼,现在只希望切切实实地使这作品得以重复溶解流动。[3]

他就这样写成了自己一生最伟大的作品《浮士德》,其在西方文学中与但丁《神曲》、莎士比亚戏剧有同样崇高的地位。值得注意的是,在德

---

[1] 转引自温儒敏、丁晓萍编《时代之波——战国策派文化论著辑要》,中国广播电视出版社1995年版,第360页。

[2] [德] 歌德:《致沙路德·封·席勒的信》,载段宝林编《西方古典作家谈文艺创作》,春风文艺出版社1980年版,第157页;参见徐中玉辑译《伟大作家与创作》,天地出版社1943年版,第32页。

[3] [德] 歌德:《诗与真实》,载段宝林编《西方古典作家谈文艺创作》,春风文艺出版社1980年版,第157页;参见 [德] 歌德《歌德自传》,思慕译,生活书店1936年版,第462—463页。

国乃至在包括中国在内的全世界,并没有什么人不认可《浮士德》是歌德的创作。[补说:相反地,德国著名思想家、诗人海涅认为:"《浮士德》之所以雅俗共赏,题材又是其主要原因。歌德从民间唱本里选出这个题材,正好证明他不自觉的眼光深刻、天才过人、善于把握住最贴切的适当的事物。"①]

以上述世界文学中司汤达《红与黑》、歌德《浮士德》的情况对照罗贯中《三国演义》,可知问题的关键不在其有前代的资料为根据,而在作者是否对这些资料做过如歌德所说"那神秘的宗教的化学实验",是否做到了使"旧日已经凝结的材料,重加溶解"。而这一"实验"即"溶解"的关键,就是在合理地打碎、挪移、改作或就旧有材料生发利用的过程中,投入自己的主体意识或说思想与情感,使这种重组、重塑的结果成为富于作家个人与时代精神的新的生气灌注的整体。罗贯中《三国演义》依据旧有材料的手段、技巧和作者处置材料的自主与从容,远不如后他约五百年的两位西方作家,但他以"自己体验过的感情",使"旧日已经凝结的材料,重加溶解"的"实验"工作与司汤达、歌德并没有根本的不同。他以非凡的组织剪裁与想象力,以激荡于胸中的对历史与现实、社会与人生的忧患意识和感慨之情,赋予了古老的三国故事以独特的内涵和崭新的面貌,丰富了人物性格,给予了情节、细节以韵味,加强了作品的艺术感染力,使引人入胜的故事同时带有了诗意,成为耐人咀嚼的"有意味的形式"。对于旧有资料,他所做的是生死肉骨、点石成金的工作,因此,重铸了三国的"历史",也重铸了三国英雄的人生,并为自己树立了一块不朽的文学丰碑。[补说:对古代文学"累积成书"现象的评价,学界实际有双重标准的偏颇,即对《三国演义》《水浒传》《西游记》等小说,往往忽略其作者的创造性贡献,但在戏曲研究中,对《西厢记》《牡丹亭》《长生殿》等更严重的"累积成书"特征,却又注意不够,更未能很好地兼顾以评价作者的创作成就。这大概与近世小说学和戏曲学日趋严重的隔膜有一定关系。]

罗贯中有所依据地创作《三国演义》又绝非一件轻而易举之事。毛宗岗《读三国志法》曾指出:"《三国》叙事之佳,直与《史记》仿佛,而

---

① 张玉书编选:《海涅选集》,人民文学出版社1983年版,第61页。

其叙事之难则有倍难于《史记》者。"① 对古代小说极有研究又写过《故事新编》的鲁迅先生也说:"对于历史小说,则以为博考文献,言必有据者,纵使有人讥为'教授小说',其实是很难组织之作,至于只取一点因由,随意点染,铺成一篇,倒无需怎样的手腕。"② 大略都是说文章与历史小说"编次"之难。其实文学之极致乃在性灵,历史小说"编次"而能有性灵则难上加难。所以,即使罗贯中有时只是对旧有材料做了小小变动,但他在变动中熔铸个人感情而使材料依照一定的倾向重新生动起来的工作,如颊上三毫,也绝非简单的加减运算,而是化腐朽为神奇。更不用说那大量笔补造化几乎是无中生有的描写,能做到与袭用之材料化合无间,更需要特殊的才华以克服这特殊的困难。

《三国演义》的创作性质表明:我国历史演义小说由"讲史"话本向章回说部的过渡其实是民间创作向个人创作的转变,罗贯中《三国演义》是我国古代第一部文人创作的长篇小说;中国古代由个人创作长篇小说的历史从罗贯中《三国演义》开始,走在了世界各民族小说创作的前列。

[原载《复旦学报》(社会科学版)2002年第3期,2005年10月增补]

---

① (清)毛宗岗:《读三国志法》,载陈曦钟、宋祥瑞、鲁玉川辑校《〈三国演义〉会评本》,北京大学出版社1986年版,"各本序言总论"第18页。
② 鲁迅:《故事新编·序言》,《鲁迅全集》(第二卷),人民文学出版社1981年版,第342页。

泰山与《水浒传》考辨

《水浒传》名义考辨

——兼与王利器、罗尔纲先生商榷

《水浒传》[①]书名取自《诗·大雅·绵》，此点经罗尔纲先生指出[②]，较为合理与可信。但是，作者（按指确定此书名者）何以将梁山故事与《诗·大雅·绵》联系起来，取"水浒"以名其《传》，却是一个新的未能解决的问题。对此，罗先生文章认为：

> 《水浒传》以"水浒"为书名，借周朝在岐山开基建国的典故，表明梁山泊与宋皇朝对立，建树新政权，全书的内容不会有招安以后的故事……七十一回是原本，后二十九回是续加，先有七十一回本，后有百回本。

王利器先生《〈水浒〉释名》[③]（以下简称《释名》）却有另外的看法。他说《诗·大雅·绵》中：

> 周家之经营"水浒"，拿《水浒传》的语言来说，就是为了"图王霸业"，而《水浒传》所描绘的梁山泊的水浒寨，以言梁山泊，则是湖泊而非水崖；以言水浒寨，则宛在水央，而非水崖，然则《诗经》之"水浒"与小说之"水浒"，不几如风马牛之不相及乎？

[①] （元）施耐庵、罗贯中：《水浒传》，人民文学出版社1975年版。本文以下引此书均据此本，说明或注回次。
[②] 参见罗尔纲《水浒真义考》，《文史》第15辑。
[③] 王利器：《〈水浒〉释名》，《社会科学研究》1985年第3期。

从而也提出了《水浒传》原本问题（详后引）。罗、王二位先生的意见差别很大，但有一点是相同的，即都认为以《诗经》之"水浒"命名的《水浒传》应是一个"与宋皇朝对立，建树新政权""图王霸业"的故事，因而"水浒"不是今百回本《水浒传》的正名。《水浒传》另有原本。对此，笔者不敢苟同。鉴于王利器先生的文章后出，在《水浒》原本问题上也走得更远，谨以之作为讨论的主要对象。

《释名》认为：

> 所谓"水浒"，是指特定的关中平原的漆、沮二水流域的一大片土地，即《诗》所谓"周原膴膴"的周原地区。……《水浒全传》是"三合一"的产物，所据之底本有三，其中有太行山系统的话本。……太行山这支队伍的首领，不是宋江，而是史进。《水浒》从第二回起，是写史进，直至第十八回，宋江才出场，显然，今本《水浒》开篇用的是太行山系统本。这个本子，它的名字就叫做《水浒传》。纂修者取偏以概全，即取以为"三合一"的宋江三十六话本的大名。……盖以史进……志在图王霸业，其发迹在周原地区，故以周家发祥之地水浒，取以为书名曰《水浒传》也。其意若曰，无论周家也好，史家也好，一例图王霸业，则《水浒》所谓"轰动宋国乾坤，闹遍赵家社稷""兀自要和大宋皇帝做个对头"，非史进其将为谁乎？

窃以为这个推断是没有充分根据的。

第一，史进的发迹之地可能在周朝之发祥地——周原地区，但《诗》中"水浒"却并非指这一地区。《诗》云：

> 绵绵瓜瓞，民之初生，自土沮漆。古公亶父，陶复陶穴，未有室家。

> 古公亶父，来朝走马。率西水浒，至于岐下。爰及姜女，聿来胥宇。

这里，"率西水浒"承上章"自土沮漆"而来，"西水浒"作一解，谓漆水之涯。《释名》从郑笺，以为"沮漆"乃二水名，是错误的。"自土沮漆"是追溯"民之初生"的事迹。"土"应从《齐诗》作"杜"。"杜",水名,流经今陕西麟游、武功二县。武功县西南为古邰城所在,乃周始祖后稷之国,即"民之初生"的地方。后稷传至曾孙公刘,始离邰迁邠(今陕西旬邑西)。《诗·大雅·公刘》:"笃公刘,于豳(邠)斯馆。"就讲这一史实。邠西临漆水。"沮"为"徂"之形讹,犹言"到""往"。"自土沮漆"的意思即"自杜水流域到漆水流域",亦即自邰迁邠。公刘之后十世,传至古公亶父(周太王),为北方狄人所逼,不得在邠安居,复举族迁于岐山之下。"率西水浒"二句正是指的"自土沮漆"后的第二次迁徙。"西水浒"即邠西漆水之涯,前人于此早有辨正。王引之《经义述闻》卷六:

"率西水浒"正承上章之漆水而言(原注:若上章未言漆水,而此忽言水浒则不知为何水之浒矣)。《尔雅》曰:"率,自也。"西,邠之西也。太王自邠西漆水之崖,南行逾梁山,又西行,至于岐山之下。约而言之,则自邠西漆水之崖,至于岐山之下。故曰:"率西水浒,至于岐下"也。①

王国维《水经注校》亦及此,其校订之文曰:"周太王去邠,度漆,逾梁上,止岐下。故《诗》云:民之初生,自土沮漆。又曰:率西水浒,至于岐下。"② 所以,《诗·大雅·绵》中"水浒"特指"西水浒",即邠西漆水之涯,乃古公亶父率族自邠迁岐的路线。潘岳《西征赋》曰:"率西水浒,化流岐邠。"就是在这个意义上引《诗》的。而《释名》所引《史通·杂说上》"姬宗之在水浒也,鹙鹭鸣于岐山",以"水浒"指周原地区,不合《诗》的本意,不足为据。"水浒"不指周原地区,那就与《释名》所谓在周原地区"图王霸业"的史进没什么关系了。

第二,史进可能曾像武王时代的周族那样在周原"图王霸业",但《诗》中古公亶父"率西水浒"之际,却是为狄人所迫,"逼上梁山","适彼乐土"而已。此事史籍多有记载,兹举《孟子·梁惠王下》所记:

---

① (清)王引之:《经义述闻》(第三册),商务印书馆1935年版,第254—255页。
② 王国维校:《水经注校》,袁英光、刘寅生整理标点,上海人民出版社1984年版,第556页。

滕文公问曰："滕，小国也；竭力以事大国，则不得免焉。如何则可？"孟子对曰："昔者大（太）王居邠，狄人侵之。事之以皮币，不得免焉；事之以犬马，不得免焉；事之以珠玉，不得免焉。乃属其耆老而告之曰：'狄之所欲者，吾土地也。吾闻之也：君子不以其所以养人者害人。二三子何患乎无君？我将去之。'去邠，逾梁山，邑于岐山之下居焉。"

虽然如《孟子》说"尽信《书》，不如无《书》"，上引"二三子何患乎无君"的话也许不可信，但古公亶父（太王）"率西水浒，至于岐下"不是"图王霸业"一点，应无可怀疑。不仅此也，即使古公亶父的孙子周文王的时代，周也还是臣服于商，这就是《论语·泰伯》所说"三分天下有其二，以服事殷。周之德，其可为至德也已矣"。周族"图王霸业"，与商对立，是文王之子武王时代的事。而《绵》叙事只及文王，"水浒"更是言三世以上事，与"图王霸业"的周武王都没什么直接关系，又怎么能与史进扯在一起呢？

第三，《释名》认为：

《新刊大宋宣和遗事》卷三……写得清楚，当他们智取生辰纲之后，分成东西两路，一往太行山，一往梁山泺落草为寇。

从而论证有"太行山系统的话本，《水浒》就是这个系统本的正名"。其实，这是对《宣和遗事》的误解。《宣和遗事》写道：

这李进义同孙立商议，兄弟十一人，往黄河岸上，等待杨志过来，将防送军人杀了，同往太行山落草为寇去也。[①]

又写道：

且说那晁盖八个，劫了蔡太师生日礼物，不是寻常小可公事，不

[①] 转引自朱一玄、刘毓忱编《水浒传资料汇编》，百花文艺出版社1981年版，第43页。

免邀约杨志等十二人,共有二十个,结为兄弟,前往太行山梁山泺去落草为寇。①

又写道:

宋江写着书,送这四人(注:杜千、张岑、索超、董平)去梁山泺,寻着晁盖去也。②

还写道:

宋江……把阎婆惜、吴伟两个杀了,就壁写上了四句诗……曰:"杀了阎婆惜,寰中显姓名。要捉凶身者,梁山泺上寻。"③

所以,宋江得了九天玄女天书之后,"看了姓名,见梁山泺上见有二十四人,和俺共二十五人了"。正是上面八个、十二个、四个加上宋江本人之和,都在梁山泺上,哪里还会有另外的一路人上了太行山?这里《释名》的失误是错会了文意,把"太行山梁山泺"点断了。其实,文中写得清楚,是"晁盖八个","邀约了杨志等十二人,共有二十个,结为兄弟",一齐去太行山的梁山泺"落草为寇",是合二为一,不是一分为二。

就话本而言,称"太行山(的)梁山泺"并不为错。一是太行山横断东西,古来有"山左""山右""山东""山西"之称,八百里梁山水泊位于山东靠近太行山的一侧,就大方位而言可以如此称之;二是就《宣和遗事》的叙述看,宋江等在梁山泺"杀牛大会"之后"攻夺淮阳、京西、河北三路二十四州八十余县",主要是游击在太行山一带(京西、河北),这与(宗史·侯蒙传)载"江以三十六人横行河朔,转掠十郡"等史实亦相应。因此,就其活动的大范围而言,亦可以如此称之。后人不察,以为地别东西、政分两地,不当在"梁山泺"前冠以"太行山",遂以其分指二处地方,乃是抛弃了宋江三十六人作为传说故事的俗文学特点,从今天纯

---

① 转引自朱一玄、刘毓忱编《水浒传资料汇编》,百花文艺出版社1981年版,第44页。
② 转引自朱一玄、刘毓忱编《水浒传资料汇编》,百花文艺出版社1981年版,第44页。
③ 转引自朱一玄、刘毓忱编《水浒传资料汇编》,百花文艺出版社1981年版,第44—45页。

自然地理的角度做判断。殊不知当初说话人全无这些考虑，只从宋江等人活动着眼，只从把那些当时"强人"出没的重山复水撮合在一块以耸动听众处着眼，并不曾想着当时或后世会有人在地图上为它对号入座，只是"因文生事"而已。即使诗体的《宋江三十六赞》亦然，其中五处言"太行"，而不言"梁山泺"，非谓三十六人不在梁山泺也，乃是举"太行"而"梁山泺"自在其中。三十六人，与《水浒传》中大致姓名同，绰号同，行状同，特别是张顺、张横、李俊等的赞辞，都点明为水上英雄。倘三十六人只在"太行山"，这几位岂不没了用武之地？而赞穆横云："出入太行，茫无畔岸。"我很疑心这后一句就是指梁山泺。《诗》云："淇则有岸，隰则有泮（畔）。""畔岸"即水边，其所谓"太行"，非与"梁山泺"相连的一带地域而何？《释名》所引《古今小说·沈小霞相会出师表》云："明日是济宁府界，过了府去，便是太行山梁山泺。"又"前途太行梁山等处"，亦是指太行山的梁山泺，乃一处地方。《释名》点断"太行山梁山泺"及"太行梁山"亦是不对的。倘作两处地名，过了济宁府，不当先是太行山而后梁山泺，前之作者不致荒陋如此。而言"太行山梁山泺"则约定俗成，虽不尽合地理，却也能约略牵合，乃真正小说戏剧的语言。所以《宣和遗事》以迄元明涉及"水浒"故事的作品，或举其大概以言"太行"，或冠以"太行山"标榜"梁山泺"，均指一处地方。并不证明三十六人分了伙，有一帮去了"西路"，扶着史进做首领，到关中"图王霸业去了"。

第四，《释名》又说《水浒》中之宛子城为"当时活动在太行山的抗金忠义军的根据地碗子城"，说"在今本《水浒》里出现了关西和尚、关西五路、华州、华阳县、五台山、少华山、渭河，以及关中方言，如此等等，这都属于太行山系这个活本的铁证"。其实，亦非"铁证"。书中明注宛子城在梁山泊中，固不必是河南怀庆府（宋、元称路）之碗子城，且无论是或不是，亦不必先有"太行山系这个活本"写了宛子城，才会在今本《水浒》中出现。或系当初说话人牵合地理，或系后世编撰者虚拟之地，或者梁山泊中竟有此地而日久湮没，不为人知，种种情况都是可能的，如何谓之"铁证"？至于"关西和尚""五台山"等，倒使我们联想起《醉翁谈录·小说开辟》中所列《花和尚》的名目，"关中方言"或者就是从彼而来的吧。当然，不一定没有一个关于史进的话本，但今天所见的材料，全无蛛丝马迹。即使是有的，想也不过如《花和尚》之类，与《水浒传》之"施耐庵的本"是不能相提并论的。不然，山西是元杂剧兴盛之地，元明的许多水浒戏中如何竟没有这个人物？况且亦不必先有以关西人物为主的话本，《水浒》才写得关西地名。《宣和遗事》一曰"宋江等犯京西、河北等地"，又曰宋江等"攻夺淮阳、京西、河北三路"，是宋江亦曾率部西进，《水浒全传》第五十一回入回诗所谓"谈笑西陲屯介胄"者，当系指此。而由此引入上述关西地名，也是很自然的，何必先有一个"太行山系统话本"，作者才可以这样写呢？

第五，《释名》认为："'（宋江）把那天书说与吴加亮……当日杀牛一会……筵会已散，各人统率强人，放火杀人，略州劫县，放火杀人，攻夺淮阳、京西、河北三路，二十四州，八十余县。'这里交待得很明白，宋江三十六，杀牛一会之后，一是各人统率强人，分兵四出，二是攻夺州县，除淮阳、河北二路外，还有京西一路。"这里断句和释意均不妥。"放火杀人"以下，应断为"攻夺淮阳、京西、河北三路二十四州八十余县"。"路"是宋、元政区，非称军旅。全句虽曰"各人统率强人"，实未"分兵四出"，乃先后游击淮阳、京西、河北三路的二十四州八十余县。所以《宣和遗事》下文称"朝廷命呼延绰为将……出师收捕宋江等"[1]，只派一路官军前往镇压，说明宋江等只是一伙"流寇"。若宋江等"分兵四出"，"三路"同时起事，一个呼延绰计将安出？《宣和遗事》宋江有诗云："来时三十六，去后十八双。若还少一个，定是不还乡。"[2] 一直到"有那元帅姓张名叔夜的……前来招安，诱宋江和那三十六人归顺宋朝"[3]，三十六人都属于以宋江为首的同一彪人马，并无旁逸斜出之旅。观其"若是少一个，定是不还乡"句，《宋史·张叔夜传》载"擒其副将，江乃降"，莫非事出有因？然则以史进为首领的"太行山这支队伍"及推想中的"太行山系统本"《水浒》也就无从出了。

第六，《释名》进一步认为，吴从先《小窗自纪·读〈水浒传〉》所见的《水浒传》即是这个"太行山系统本"。此说更令人难以置信。《小窗自纪·读〈水浒传〉》一曰宋室南渡后"何由而得平宋江也？"是吴以为南

---

[1] 转引自朱一玄、刘毓忱编《水浒传资料汇编》，百花文艺出版社1981年版，第47页。
[2] 转引自朱一玄、刘毓忱编《水浒传资料汇编》，百花文艺出版社1981年版，第48页。
[3] 转引自朱一玄、刘毓忱编《水浒传资料汇编》，百花文艺出版社1981年版，第48页。

渡后宋江未死之谓也；一曰宋江"被推为（梁山泊）寨主"，是此本《水浒》亦写梁山，且宋江为群龙之首也；且曰宋江"扣河北而河北平，击山东而山东定。……大扰西湖，朝廷……不得已而招之降，江遂甘心焉"，是此本《水浒》中宋江曾"扣河北""击山东""扰西湖"，而并未至关西也，更未有一字及太行山，未有一字及史进。此种《水浒》与《释名》所谓以史进为首领的"太行山系统本"，不更如风马牛之不相及乎？

总之，"水浒"与"关中贼史斌（进）"无涉，《宣和遗事》与"太行山这支队伍"无涉，《小窗自纪》所记《水浒传》与所谓"太行山系统本"无涉。就《释名》所列和目前我们所能见到的材料，可以断定，根本不存在什么以史进为首领的"太行山系统本"，"水浒"就是今本《水浒传》的正名。史进在今本《水浒传》中出现甚早，而宋江晚出，原因或如金圣叹所说："必要第一回就写宋江，文字便一直帐，无擒放。"① 当然也可以如《释名》从成书过程做考察，但《释名》的论述是不能令人信服的。

然则《水浒传》是今本《水浒》的正名，何以言之？试为一解。

首先，书中多有明示。《引首》诗云："水浒寨中屯节侠，梁山泊内聚英雄。"第十一回《林冲雪夜上梁山》云："不因柴进修书荐，焉得驰名水浒中。"第二十回《梁山泊义士尊晁盖》云："水浒请看忠义士，死生能守岁寒心。"第六十一回回中诗云："家产妻孥都撇下，来吞水浒钓鱼钩。"等等，无须遍检全书，仅此数例，足以说明作者是明确地以"水浒"指"梁山泊"而名其《传》的，不是"三合一"的产物。

其次，梁山泊足以当之。"水浒"乃截取"率西水浒"而来，于《诗》之本意，则指"西水"之"浒"。而独立成词完全可以指类似的地方，如"海滨""山坡""河滩"等词一样，并不为某地所专有。《诗》中"江汉之浒""在河之浒"等句，均在广义上暗用"水浒"词意。而梁山泊虽为巨浸，实亦河流汇合而成。考之方志，元代于钦《齐乘》云："《水经注》：'济枯渠注巨野泽，泽北则清水。巨野，今梁山泊也。北出为清河，古自寿张县安民亭（亭北对安民山，今曰安山。）合汶水。'"② 清初胡渭《禹贡锥指·兖州图第五》就上引《齐乘》"梁山泊"释曰："汶水西南流，

---

① （清）金圣叹：《读第五才子书法》，载朱一玄、刘毓忱编《水浒传资料汇编》，百花文艺出版社1981年版，第248页。

② （元）于钦著，刘敦愿等校释：《齐乘校释》（修订本），中华书局2018年版，第159页。

与济水汇于（梁山）之东北，回合而成泊。"① 顾祖禹《读史方舆纪要》："会通河，（东平）州西南十五里。南接汶上县，汶、济二水合流处也。"② 清乾隆《东平州志·山川志》曰："会通河即运河，州西十二里……即汶济合流，汇为梁山泺者也。"如此等等，志书多有记载。考之《水浒传》所写水泊地理状况，第七十八回入回赋云："寨名水浒，泊号梁山。周回港汊数千余，四方周围八百里。……有七十二段港汊。"窃以为将"港汊"视为"水"（河流）并无大错。那么，无论地志或本书中所记，梁山泊实是河流纵横。而且，第十二回写王伦邀杨志上山："杨志听说了，只得跟王伦一行人等过了河，上山寨来。"写得清楚，梁山寨正在河边。《说文》云："浒（汻），水崖也。"梁山足以当之。即以水浒寨"宛在水中央"罢，李颙诗云："轻禽翔云汉，游鳞憩中浒。"③ 是水中央亦可称"浒"——中浒，水中之浒，亦水浒也。因此，以"水浒"指梁山毫无牵强扭捏之处，诚作者神思兴会，妙手偶得。

最后，宋江故事与"水浒"有微妙联系。按史称宋江为"淮南盗"，多曾活动于淮河流域。《尔雅·释水》云："淮为浒。"宋沈□《周宝》："君盍往淮浒，结壮士掠之？"④ 则宋江为"浒"上之"盗"，与"水浒"一词可建立某种联系；又宋江这支队伍的根据地是水泊梁山，《诗》中古公亶父之周族"至于岐下"，亦曾"逾梁山"（《孟子·梁惠王下》），二山同名，可助成这种联系。因此，《水浒传》之书名虽为妙手偶得，亦非无因而至。何况，古公亶父之周族"率西水浒"，与宋江等离乡井、归水泊，同是"逼上梁山"；古公亶父之周族"至于岐下"，建设家邦，与宋江等经营梁山，"八方共域，异姓一家"，同是构造自己的"乐园"，是各自生活理想的实现；古公亶父之周族反对狄人的侵略，却臣服于商，与宋江等只反贪官、不反皇帝，同是不悖忠义。种种相似，使以"水浒"名《传》取譬古公亶父"率西水浒"的故事顺理成章。不仅王利器先生"三合一""取偏以概全""太行山系统本"等是多余的解释，而且罗尔纲先生"七十

---

① （清）胡渭著，邹逸麟整理：《禹贡锥指》，上海古籍出版社2013年版，第125页。
② （清）顾祖禹：《读史方舆纪要》（三），中华书局2005年版，第1554页。
③ 逯钦立辑校：《先秦汉魏晋南北朝诗》（中），中华书局1983年版，第858页。
④ （宋）沈□：《周宝》，载成柏泉选注《古代文言短篇小说选注（二集）》，上海古籍出版社1984年版，第258页。

一回是原本"的说法从《诗》之"水浒"里也得不到证明。问题的结论与王、罗二位先生的意见恰恰相反,"水浒"是以百回本为代表的写有招安的《水浒传》的正名,名副其实,不容置疑。

如果拙见可以成立,则《水浒传》书名的寓意,应包含以下四个方面:其一,以宋江等一百零八人被逼上梁山,拟之于古公亶父被迫迁岐,表示对压迫者的憎恨和对人民"反贪官"起义的同情;其二,以宋江等暂居水泊,专等招安,拟之于古公亶父迁岐前后都臣服于商,颂扬宋江等人"不反皇帝"的忠义;其三,把宋江等人的活动地拟之于古公亶父迁岐所循之"西水浒",暗示宋江等人上梁山是走向"忠义"的道路;其四,概括水泊梁山的地理形势。笔者认为,这四个方面与《水浒传》的实际描写是非常一致的。

这种一致性,也反过来证明"水浒"是此《传》的正名。仅存残页的《京本忠义传》的发现,也支持了我们的这一结论,就是说此《传》最初以"忠义"命名,后来才由作者(或其他什么人)加上"水浒"二字,所以《百川书志》等早期书录记载均称"忠义水浒传"。但是,由于"水浒"二字的命名寓意丰富,实际包含了"忠义"的内容,如袁无涯所说:"《水浒》而忠义也,忠义而《水浒》也。"[①] 所以"水浒"后来居上,成了此《传》的正名。孔子曰:"必也正名乎。"(《论语·子路》)《水浒》联类取譬,因地称名,表现了命名者的艺术匠心和才华,闪耀着同情人民的思想光辉,也带有明显的历史局限性。顾名思义,可以使我们更好地理解这部伟大作品的思想和艺术价值。

(原载《明清小说研究》1990年第2期,有修订)

[①] (明)杨定见:《忠义水浒全书小引》,转引自朱一玄、刘毓忱编《水浒传资料汇编》,百花文艺出版社1981年版,第211页。

试说泰山别称"太行山"

——兼及若干小说戏曲之读误

泰山之称始见于《诗经·鲁颂》,同时及其以后,又多别称。《尚书》曰"岱"(《禹贡》)、"岱宗"(《舜典》),《周礼》称"岱山"(《职方》),《尔雅》称"东岳"(《释山》)、"岱岳"(《释地》),《汉书·地理志》有言:"海、岱惟青州。"颜师古注曰:"岱,即太山也。"[1] 故又称"太山"如此等等,各有所据,为学者所熟知。但自唐代至明末千余年中,由于种种原因,泰山又别称"太行"或"太行山"等,虽然流行未广,影响不大,但时有见于各类杂著与小说戏曲等文本,至今似不为人所论及,造成百余年来对相关作品的阅读上的错误,应予辩证与澄清。

一 历史上"泰山"与"太行山"名号的混淆

众所周知,我国泰山与太行山隔华北平原千里相望,绝无联属。但太行山纵贯南北,古人号为"天下之脊"[2],进而与黄河一起成为我国北方分区的两大界标。以太行山为界,北方自古及今都有"山左""山右"与"山东""山西"之称。而从来界划,泰山都在山东,距太行山远甚;又无论如何界划,泰山却又在太行山的界标系内。所以,古人言地理者,《上党

---

[1] (东汉)班固:《汉书》,(唐)颜师古注,中华书局1962年版,第1526页。
[2] (西汉)司马迁《史记·张仪列传》曰:"虽无出甲席卷常山之险,必折天下之脊。"《索隐》曰:"常山于天下在北,有若人之背脊也。"常山即恒山,为太行山支脉。宋庄绰撰《鸡肋编》卷中录李邦直《韩太保墓表》云:"夫河北方二千里,太行横亘中国,号为天下脊。"

记》仍有曰："太行坂东头，即泰山也。"① "太行坂"即著名的太行坂道：一壶关、二阳曲、三晋城，均东西向。按今天的理解，此言应是说自太行坂出山向东，就可以到达东岳泰山，绝无说泰山与太行山相连或为后者之余脉的意思。但这句话毕竟把相隔千里的两座名山并在一起说了，是否因此导致后世诗歌似有将"太山""太行"相混淆的做法②还难以断定。但在史籍与小说文献中确有"太山"与"太行山"名实混乱的现象。

较早始于唐代西岳华山的易名，《旧唐书·地理志》曰："义宁元年，割京兆之郑县、华阴二县置华山郡……武德元年，改为华州……垂拱元年，割同州之下邽来属。二年，改为太州。神龙元年，复旧名。天宝元年，改为华阴郡。乾元元年，复为华州。上元元年十二月，改为太州，华山为太山。宝应元年，复为华州。"③ 唐代年号有两上元，一为高宗李治上元（674—675），一为肃宗李亨上元（760—761）。从上引"改……华山为太山"叙事在"乾元元年，复为华州"之后看，"改……华山为太山"的"上元"应是肃宗李亨朝的"上元元年十二月"，实已进入公元761年，而762年4月改元宝应，同时太州恢复了华州的旧名。虽然史无明文，但是想来随"华州……改为太州"而"改……华山为太山"的事也是改回去了，从而华山曾改称太山只有一二年的过程，因而在历史上没有留下显明的印记，也就很少受人关注。但这短暂的改称却非主事人一时的心血来潮。据宋人王钦若等编纂成书于真宗景德二年（1005）的《册府元龟》卷一百十二《帝王部·巡幸第一》载舜"八月西巡狩，至于西岳如初"，下注"西岳华山初谓岱宗"可以知道，华山自古也有"岱宗"之称，正是与东岳泰（太）山同一别称。所以，至少在宋初以前，华山与泰山曾有过或长或短共享"岱宗"和"太山"名称的历史。

另外，据《史记·夏本纪》"华阳黑水惟梁州"句下孔安国注："东据华山之南，西距黑水。"[正义]引《括地志》云："黑水源出梁州城固县

---

① 参见《太平御览》卷三十九《地部四·泰山》引《上党记》。《上党记》久佚，但刘宋裴骃《史记·集解》等屡引此书，可知此书至晚出刘宋以前，而以泰山为"太行坂东头"说出更早。

② 参见（清）王琦注《李太白全集》卷五《白马篇》诗"手接太行猱"句，刘宋郭茂倩《乐府诗集》卷第六十三《杂曲歌辞三》录作"手接太山猱"；苏辙《栾城后集》卷三《颍川城东野老姓刘氏名正》诗"东朝太行款真君"句，蜀藩刻本作"东朝太山款真君"。两例异文均为"太行"与"太山"，疑似改易者认为"太行"即"太山"，所指均为泰山。

③ （后晋）刘昫等：《旧唐书》，中华书局1975年版，第1399页。

西北太山。"① 又"终南、敦物至于鸟鼠"句下［正义］引《括地志》曰："终南山一名中南山，一名太一山，一名南山，一名橘山，一名楚山，一名泰山，一名周南山，一名地脯山，在雍州万年县南五十里。"② 分别提及东岳以外之"太山"或"泰山"。由此可见，至晚在宋真宗封禅泰山之前，"岱宗""太山""泰山"尚不绝对是东岳的专称。从而不仅华山有与"岱宗""太山""泰山"互称的可能，而且除"岱宗"之外，"华山""太山""泰山"也有了与"太行山"互称的可能，从而造成今天所见到的古代文献中出现的某种"混乱"，如《宣和遗事》中所谓"太行山梁山泊"等。但是唐宋及其以后文献中以"太行"为"太山"即泰山之别称的现象固然不会是大量的，但也不应仅此一二例，当仍有待揭蔽者。

元人文献中以泰山为"太行山"须揭示才见者，如念常集《佛祖历代通载》卷第二十二载元世祖与人问答云：

> 帝问相士山水。士奏云："善恶由山水所主。"帝问："太行山如何？"相士奏云："出奸盗。"帝云："何以夫子在彼生？"帝召僧圆证问云："此人山水说得么？"证回奏云："善政治天下，天下人皆善。山水之说，臣僧未晓。"帝大悦。③

以上引文中"夫子"无疑指孔子。孔子为泰山之阳鲁都曲阜人。《诗经·鲁颂》云："泰山岩岩，鲁邦所詹。"朱熹注："赋也。泰山，鲁之望也。"故《论衡》称引"传书或言：颜渊与孔子俱上鲁太山"④。而明代查志隆《岱巅修建孔庙议》云："圣哲中之有孔子，犹山阜中之有泰岳也。岂惟诞育降自岳神，乃其里居尤为密迩。"⑤ 这就是说，孔子诞生是"（东）岳神"降瑞人间，并且使之"里居"也离泰山不远。从上引帝问"何以夫

---

① （西汉）司马迁：《史记》，中华书局1998年缩印本，第42页下。
② （西汉）司马迁：《史记》，中华书局1998年缩印本，第43页上。
③ （元）念常：《佛祖历代通载》，《大正藏》本卷第二十二，清宣统元年江北刻经处本卷三十六。
④ （汉）王充著，北京大学历史系《论衡》注释小组：《论衡注释》（第一册），中华书局1979年版，第236页。
⑤ （明）查志隆：《岱巅修建孔庙议》，载马铭初、严澄非校注《岱史校注》，青岛海洋大学出版社1992年版，第168页。

子在彼生"可知，帝问"太行山如何"之"太行山"，和相士答以"多奸盗"之"太行山"所指为一山，但肯定不会是晋、冀、豫三省交界的太行山，而应当是指与孔子"里居尤为密迩"之泰山，只是用了它的别称"太行山"而已。

明代泰山别称"太行山"见于佚名《清源妙道显圣真君一了真人护国佑民忠孝二郎开山宝卷》（以下简称《二郎宝卷》）。《二郎宝卷》分上、下卷，卷末各署"大明嘉靖岁次壬戌［戌］三十四年九月朔旦吉日敬造"①。卷中叙确州杨天佑与云花夫妻本是天上金童玉女，生子二郎后双双参禅，《水火既济品第六》云：

> 参禅不受明人点，都作朦胧走心猿。猿猴顿断无情锁，见害当来主人公。念佛若不拴意马，走了心猿闹天宫。行者确州来赴会，压了云花在山中。斗牛宫里西王母，来取二郎上天宫。二郎到了天宫景，蟠桃会上看群仙。走了行者见元人，压在太山根。行者回到花果山中，今朝压住几时翻身？母子相会，还行整五春。②

如上引文中"元人"即"主人公"，也就是二郎的母亲云花，而正如卷中别处所叙，"心猿就是孙悟空"③。引文说孙悟空把云花"压在太山根"之后，就回花果山去了。而接下叙二郎劈山救母，又把孙悟空压在了"太山"之下：

> 移山倒海拿行者，翻江搅海捉悟空……撒下天罗合地网……拿住孙行者，压在太山根。总［纵］然神通大，还得老唐僧。④

---

① （明）佚名：《清源妙道显圣真君一了真人护国佑民忠孝二郎开山宝卷》，载张希舜等主编《宝卷初集》（13），山西人民出版社1994年影印本，第588页。嘉靖壬戌为四十一年（1562），三十四年（1555）为乙卯，未知孰是。
② （明）佚名：《清源妙道显圣真君一了真人护国佑民忠孝二郎开山宝卷》，载张希舜等主编《宝卷初集》（13），山西人民出版社1994年影印本，第507—509页。
③ （明）佚名：《清源妙道显圣真君一了真人护国佑民忠孝二郎开山宝卷》，载张希舜等主编《宝卷初集》（14），山西人民出版社1994年影印本，第37页。
④ （明）佚名：《清源妙道显圣真君一了真人护国佑民忠孝二郎开山宝卷》，载张希舜等主编《宝卷初集》（13），山西人民出版社1994年影印本，第567—568页。

又曰:"因为二郎来救母,太山压住孙悟空。"① 直到唐僧取经路过,悟空求救,"唐僧一见忙念咒,太山崩裂在两边"②,悟空才从太山底下出来。总之,这个二郎救母后与孙悟空斗法的故事,始终围绕"太山"和以"太山"为背景。

还值得注意的是《二郎宝卷》中写泰山除多作"太山"之外,还一称"崑山"③,又称"太行山"。后者出西王母教告二郎:"开言叫二郎,你娘压在太行山。子母若得重相见,山要不崩难见娘。"④ 从卷中称泰山多作"太山"而偶作"崑山"看,这里的"太行山"应即"太山",是说唱中随缘发生之泰山的别称。但这偶然一见是否为造卷人"字演差错多"⑤ 的一例呢?这个疑问从《二郎宝卷》稍后成书的《灵应泰山娘娘宝卷》(以下或简称《泰山宝卷》)和应是明末清初人西周生所作的《醒世姻缘传》中似可以得到解释。

《泰山宝卷》是一部宣扬泰山女神碧霞元君灵应的说唱本子。车锡伦先生在其即将出版的《中国宝卷研究》中专节介绍此卷说:"这部宝卷是明万历末年黄天教教徒悟空所编。卷中泰山女神被称作'圣母娘娘'或'泰山娘娘',它反复说唱泰山娘娘的神威和灵应,却没有统一的故事。"⑥ 因为"反复说唱泰山娘娘"之故,卷中"泰山"之称名络绎不绝,却与《二郎宝卷》不同。此卷中"泰山"除直写之外,均不作"太山",而多作"泰行山"。

如"泰山娘娘,道号天仙,镇守泰行山……眼观十万里,独镇泰行山"⑦;

---

① (明)佚名:《清源妙道显圣真君一了真人护国佑民忠孝二郎开山宝卷》,载张希舜等主编《宝卷初集》(14),山西人民出版社 1994 年影印本,第 30 页。
② (明)佚名:《清源妙道显圣真君一了真人护国佑民忠孝二郎开山宝卷》,载张希舜等主编《宝卷初集》(14),山西人民出版社 1994 年影印本,第 33 页。
③ (明)佚名:《清源妙道显圣真君一了真人护国佑民忠孝二郎开山宝卷》,载张希舜等主编《宝卷初集》(13),山西人民出版社 1994 年影印本,第 529 页。
④ (明)佚名:《清源妙道显圣真君一了真人护国佑民忠孝二郎开山宝卷》,载张希舜等主编《宝卷初集》(13),山西人民出版社 1994 年影印本,第 515 页。
⑤ (明)佚名:《清源妙道显圣真君一了真人护国佑民忠孝二郎开山宝卷》,载张希舜等主编《宝卷初集》(13),山西人民出版社 1994 年影印本,第 535 页。
⑥ 据车锡伦先生赐寄电子文本,谨此致谢!
⑦ (明)佚名:《灵应泰山娘娘宝卷》,载张希舜等主编《宝卷初集》(13),山西人民出版社 1994 年影印本,第 22 页。

"娘娘接旨仔细观，敕封永镇泰行山"①；"泰行山，天仙母，神通广大"②；"处心发的正，感动泰行山"③；"施财虔心有感应，虔心感动泰行山"④；"造卷的福无边，感动了泰行山顶上娘娘可怜见"⑤；等等。凡此七例，足证《泰山宝卷》中泰山又称"泰行山"，绝非笔误。这种情况又必然是在与受众约定俗成时才可以发生，所以也不会是写卷人随意杜撰，而应该是明万历前后至少在宝卷之类民间说唱文学中较为通行的做法。由此上溯，可知明嘉靖年间《二郎宝卷》的泰山一作"太行山"也非写卷人之误，而是与此"泰行山"一致，是泰山的别称，乃民间说唱随缘改称的产物。

《二郎宝卷》中"太山"即泰山别称"太行山"，还可以从《醒世姻缘传》第八回写青梅说自己"真如孙行者压在太行山底下一般"⑥的话中得到证明。虽然"孙行者压在太行山底下"与上引《二郎宝卷》中说"你娘压在太行山"和"太山压住孙悟空"不一，但是参以卷中既称悟空把二郎的母亲云花"压在太山根"，在西王母口中却是"你娘压在太行山"，便可以知道《醒世姻缘传》所引"孙行者压在太行山底下"，其实也就是压在了"太山"即泰山底下。而《醒世姻缘传》的引述很可能是从《二郎宝卷》之类唱本来的，只是那个唱本"拿住孙行者"以下，不作"压在太山根"，而是作"压在太行山"，并衍为《醒世姻缘传》中的比喻罢了。由此可知，明朝中晚期流行的如宝卷一类说唱本子中"太山"即泰山与"太行山"时或混用的现象确曾存在，并且已经影响到如《醒世姻缘传》之类文人创作的小说，使"太行山"在文人所撰写的通俗小说中有时是泰山的一个别称，乃隐指泰山。

---

① （明）佚名：《清源妙道显圣真君一了真人护国佑民忠孝二郎开山宝卷》，载张希舜等主编《宝卷初集》(13)，山西人民出版社1994年影印本，第28页。
② （明）佚名：《清源妙道显圣真君一了真人护国佑民忠孝二郎开山宝卷》，载张希舜等主编《宝卷初集》(13)，山西人民出版社1994年影印本，第89页。
③ （明）佚名：《清源妙道显圣真君一了真人护国佑民忠孝二郎开山宝卷》，载张希舜等主编《宝卷初集》(13)，山西人民出版社1994年影印本，第140页。
④ （明）佚名：《清源妙道显圣真君一了真人护国佑民忠孝二郎开山宝卷》，载张希舜等主编《宝卷初集》(13)，山西人民出版社1994年影印本，第356页。
⑤ （明）佚名：《清源妙道显圣真君一了真人护国佑民忠孝二郎开山宝卷》，载张希舜等主编《宝卷初集》(13)，山西人民出版社1994年影印本，第380页。
⑥ （明）西周生：《醒世姻缘传》，黄肃秋校注，上海古籍出版社1981年版，上册第114页。

二　泰山别称"太行山"的原因

唐宋金元明诸代泰山别称"太行"或"太行山"可能的原因，除上所论及"太行坂东头，即泰山也"等之外，还有以下两点值得注意。

首先，太行山之"太行"很早就被训读为"泰行"，从而太行山时或称"泰行山"，易致与"泰山"之称混淆。按杨伯峻先生撰《列子集释》卷第五《汤问篇》"太形、王屋二山"句下集释云："［注］形当作行……○王重民曰：《御览》四十引'形'作'行'，当为引者所改。○《释文》'太形'作'大形'，云：'音泰行。'"① 《御览》即《太平御览》，为宋籍；《释文》为唐代殷敬顺纂，宋代陈景元补，亦唐宋间成书。因此可知，唐宋间即已以"太形"为"太行山"之"太行"并训读为"泰行"。这显然有可能导致社会与文学中"太行山"被称为"泰行山"，乃至因此闹出了笑话。宋代李之彦《东谷所见·太行山》载：

> 有一主一仆久行役，忽登一山，遇丰碑大书"太行山"三字。主欣然曰："今日得见太行山。"仆随后揶揄官人不识字："只是'太行（如字）'山，安得太行山。"主叱之，仆笑不已。主有怒色。仆反谓官人："试问此间土人，若是太行山，某罚钱一贯与官人。若是太行（如字）山，主人当赏某钱一贯。"主笑而肯之。行至前，闻市学读书声，主曰："只就读书家问。"遂登其门，老儒出接。主具述其事。老儒笑曰："公当赏仆矣。此只是太行（如字）山。"仆曰："又却某之言是。"主揖老儒退。仆请钱，即往沽饮。主俟之稍久，大不能平。复求见老儒诘之："将谓公是土居，又读书可证是否，何亦如仆之言'太行（如字）'耶？"老儒大笑曰："公可谓不晓事。一贯钱，琐末耳。教此等辈永不识太行山。"老儒之言颇有味。今之有真是非，遇无识者，正不必与之辩。②

---

① 杨伯峻：《列子集释》，中华书局1979年版，第159页。
② （宋）李之彦：《东谷所见·太行山》，《丛书集成初编》本，中华书局1991年版，第14页。

上所引例虽为笑话，但事或有本，显示宋代人由于"太行山"读音而确实在认知上存在歧异。这一则笑话到了明朝为赵南星《笑赞》所改编，仍题为《太行山》，云：

> 一儒生以"太行山"作"代形山"。一儒生曰："乃'泰杭'耳。"其人曰："我亲到山下见其碑也。"相争不决，曰："我二人赌一东道，某学究识字多，试往问之。"及见学究问之，学究曰："是'代形也。"输东道者怨之。学究曰："你虽输一东道，却教他念一生别字。"赞曰：学究之存心忍矣哉，使人终身不知"太行山"，又谓天下人皆不识字。虽然，与之言必不信也，盖彼已见其碑矣。①

这里赵南星根据《列子》"太形王屋二山"句的旧注，把李之彦《东谷包见·太行山》之"太行"的正读音训为"泰行"，讹音"如字"著明为"代形"，不仅意思更显豁了，而且其故事被改编这一事件，表明了赵南星认可"太行山"自宋至明有读音与认知上的歧异。若不然，则前后都不成其为笑话。所以《太行山》与《东谷所见·太行山》虽然相承，却实为同一则笑话，但仍由此可知，自唐宋至明代普通民众和一般读书人中，有以太行山为"代形山"者，也有以之为"泰杭"山者。"杭"音"行（háng）"，从而"太行山"很容易就成了"泰行山"，与民间也称"泰行山"的泰山发生混淆。这一现象在元代所可考见者，如无名氏〔越调〕柳营曲《风月担》即有句云："可怜苏卿，不识双生，把泰行山错认做豫章城。"② 其所称"泰行山"当即太行山，但也不免使人想到别称"太行山"或"泰行山"的泰山。总之，如上自唐代至明代，因泰山别称"太行山"与太行山之"太行"音读为"泰杭"，使在实际生活进而文艺中存在太山—泰山—泰行山—太行山诸称一定范围与程度的混淆，并主要是以别称"太行山"隐指泰山的可能。

其次，是自晚唐五代以降讲唱文学中泰山往往被随缘改称之传统的影响。泰山自上古多异名，在晚唐五代出现在讲唱文学中时更是往往随缘改

---

① （明）赵南星：《笑赞》，载王利器辑录《历代笑话集》，上海古籍出版社1981年版，第277页。

② 徐征等主编：《全元曲》（第十二卷），河北教育出版社1998年版，第8889页。

称。如今存末署写卷年代为南朝梁"贞明七年辛巳岁"（921）的《大目乾连冥间救母变文》（以下简称《目连变文》），叙目连之母青提夫人生前造孽，死被"太山定罪"，在"太山都尉"管下"阿鼻地狱受苦"，目连救母，恨不"举身自扑太山崩，七孔之中皆洒血"。后来"遂乃举身自扑，犹如五太山崩"①。句中显然是为了讲唱的节律凑字数，把"太山"改称为"五太山"了。而《二郎宝卷》中有云："二郎救母，访［仿］目连尊者……游狱救母。"② 说明《二郎宝卷》写二郎救母拟定与"太山"的关系非作者自创，而是追摹《目连变文》救母故事以"太山"为背景的描写而来。既然《目连变文》中"太山"可随缘改称"五太山"，那么后世如《二郎宝卷》《泰山宝卷》等因说唱节律的需要，而有"太山"即泰山为"太行山"或"泰行山"的改称，就是有例可循、顺理成章了。

综上所述论，自唐宋以迄金元明诸代，中国社会与文学特别是通俗文艺作品中长时期存在"太山"（即泰山）别称"太行山"，以及太行山别称"泰行山"的习俗。其成因除两山称名本身即易于混淆之外，还有宝卷之类民间说唱随缘改称的创作特点。二者的结合导致一定范围与程度上泰山别称"太行山"之俗，而时过境迁，其在传世文本中的表现遂致后人的读误，试分说之。

三 黄巢题材小说戏曲中的"太行山"

旧、新《唐书》等旧史载黄巢为曹州冤句（今山东菏泽）人，僖宗乾符二年（876）从王仙芝起义，并于仙芝死后自称帝。其事历经十年，踪迹涉于大江南北，但有关文献未曾一称太行山，反而一致记载黄巢于僖宗中和四年（884）兵败"走保泰山"，并最后战死于泰山之狼虎谷（《旧唐书·僖宗本纪》，旧、新《唐书》黄巢本传）。今泰山地区仍流传黄巢的不少遗迹与传说③。

---

① （唐）《大目乾连冥间救母变文并图一卷并序》，载王重民等编《敦煌变文集》，人民文学出版社1984年版，第714—755页。
② （明）佚名：《清源妙道显圣真君一了真人护国佑民忠孝二郎开山宝卷》，载张希舜等主编《宝卷初集》（14），山西人民出版社1994年影印本，第171页。
③ 蒋铁生：《泰山文化研究》，吉林大学出版社2011年版，第17—18页。

今存宋元或至晚明初成书写及黄巢起义的小说，一是佚名《五代史平话》，二是署名罗贯中的《残唐五代史演义传》（以下简称《残唐》），另有陈以仁《雁门关存孝打虎杂剧》（以下简称《存孝打虎》）。这三种作品均据史演义，传统的写法应是大关节处不悖史实，但诸书不然。

《五代史平话》中涉及黄巢的为《梁史平话》《唐史平话》，均未直接写到太行山；其写黄巢甚至未及其兵败自杀，而结于"黄巢收千余人奔兖州，克用追至冤句，不及"云云，也完全未及于泰山。《残唐》六十回，写黄巢起义始末在第三回至第二十回。其中第五回写黄巢杀人起事，"就反上金顶太行山，杀到宋州"；第二十回除虚构了黄巢兵败途中自刎于"灭巢山鸦儿谷"之外，还写他死前曾遇到"金顶太行山大将韩忠"，死后又有周德威追述前情说"巢即作了反词，反上金顶太行山"①。这两回书中共三次提及"金顶太行山"，而未及泰山。《存孝打虎》第三折写有黄巢上云"某在太行山落草为寇"②，除不同于《残唐》的称"金顶"而仅及"太行山"之外，还与《五代史平话》同样都没有写及黄巢结局是战死于泰山。

笔者以为，旧、新《唐书》等史书关于黄巢始末的记载，特别是黄巢起事与太行山无关和最后战死于泰山等重大历史关目，是包括出于"长攻历代史书"③之手的《五代史平话》在内的三种黄巢题材小说戏曲作者绝不会不知道的。但在三书之中，泰山除被用作比喻之外，完全不曾被实际写到，而是或如《五代史平话》与《存孝打虎》一般，宁肯不写黄巢之死，也绝不如实写他自杀于泰山；或如《残唐》虚构黄巢事始于"反上金顶太行山"，终于"灭巢山鸦儿谷"，而避言泰山。这两种情况不可能有其他的解释，而只能认为是作者有意避写泰山与黄巢起义的关系。唯是，《残唐》与《存孝打虎》的作者不甘或觉得不便于完全抹杀历史的痕迹，于是用了"金顶太行山"或"太行山"以隐指泰山。

关于《残唐》等以"金顶太行山"或"太行山"隐指泰山，除从其叙事与史实的明显不合可以推知之外，还可以举出以下理由。

---

① （元）罗贯中：《残唐五代史演义传》，王述校点，宝文堂书店1983年版，第11、74、75页。
② （元）陈以仁：《雁门关存孝打虎杂剧》，载隋树森编《元曲选外编》，中华书局1959年版，第562—563页。
③ （宋）罗烨编：《新编醉翁谈录》，周晓薇校点，辽宁教育出版社1998年版，第3页。

一是从《残唐》叙事的矛盾可以推知。《残唐》写黄巢"就反上金顶太行山，杀到宋州"，但唐之宋州即今之河南商丘，在河南开封以东，与开封西北的太行山相距甚远。倘"金顶太行山"指太行山，则完全不合于地理的常识。虽这在古代小说是能够允许或可以被谅解的，但在作者明知历史上黄巢死于泰山而无关太行山的情况下，我们只能理解为其心目中的"太行山"实非太行山，而是另有所指，为距宋州较近的当时别称"太行山"的泰山。

二是泰山有"金顶"之称，"金顶太行山"即指泰山。笔者检索文献，未见太行山有"金顶"之称，而清唐仲冕辑《岱览》收有末署"万历甲寅年七月吉日造"的《御制泰山金顶御香宝殿铜钟赞文》，除题目中已称"泰山金顶"之外，文中也有"差官修理泰山工程金顶大工：玉皇宝殿、天仙宝殿……"①云云。因知明代泰山之巅一称"金顶"，有"泰山金顶"之说。参以唐以降泰山有别称"太行山"之俗，则可信"金顶太行山"实指泰山。虽然这里似不便以万历年间的资料论前此成书之《残唐》中的"金顶太行山"，但可信上引赞文作为"御制"之作，称泰山之巅为"金顶"必于古有据，可以之作《残唐》中"金顶太行山"为实指泰山之注脚。总之，在太行山并无"金顶"之说，而泰山有"太行山"之别称又有"金顶"之称的情况下，《残唐》中之"金顶太行山"就不会是太行山，而应是别称"太行山"的"金顶"泰山。

还应该说到的是，三种小说戏曲写黄巢事避不及泰山乃至别称其为"金顶太行山"或"太行山"的现象强烈显示了一个历史的信息，即当是由于泰山自上古即为神山与帝王之山，在宋朝真宗大中祥符年（1008）封禅之后，泰山更加神圣②，遂多忌讳，使包括宋元说话人在内的相关作者们觉得不便把诸如"盗贼"等负面的形象与泰山联系在一起，于是除书写中简单地完全规避之外，还与上论泰山别称"太行山"之俗相应，小说戏曲中早就有为避讳泰山而别称"太行山"的笔法被发明出来了。这一认识对于理解同时同类作品的类似情况有启发和指导意义。

---

① （清）唐仲冕编著，严承飞点校：《岱览点校》（下），泰山学院编印，第421—422页。
② 《宋史·礼志·岳渎》："真宗封禅毕，加号泰山为仁圣天齐王，遣职方郎中沈维宗致告。又……诏泰山四面七里禁樵采，给近山二十户以奉神祠，社首、徂徕山并禁樵采。"

四 《宋江三十六赞》中的"太行"

南宋末周密《癸辛杂识续集》所录龚圣与《宋江三十六赞》（以下或简称《赞》）①，是今存最早的记载宋江等三十六人姓名、绰号及主要特征的文献。《赞》中涉及宋江等人活动区域的地名不多，除赞阮小二有"灌口少年……清源庙食"和赞雷横有"生入玉关"等语，提及"灌口""清源""玉关"三处其实无关大体的地名之外，其他称"大行"即"太行"亦即"太行山"者，共有五处，分别是：赞卢俊义云："白玉麒麟，见之可爱，风尘大行，皮毛终坏。"赞燕青云："平康巷陌，岂知汝名，大行春色，有一丈青。"赞张横云："大行好汉，三十有六，无此伙儿，其数不足。"赞戴宗云："不疾而速，故神无方，汝行何之，敢离大行。"赞穆横云："出没太行，茫无涯岸，虽没遮拦，难离火伴。"诸赞中五称"太行"，除严敦易先生认为"这里面当是龚氏有意的用太行来影射，隐寓寄希望于中原俊杰草莽英雄的说法"②，而非实指太行山，与本文将要得出的认识有一定契合之外，其他论者无不以为就是指太行山，唯是进一步的推论有所不同。如何心先生还止于说："可见当时认为宋江等三十六人聚集在太行山。"③孙述宇先生就不仅以"这卅六人的活动范围与大本营所在地都是太行山"，还把《赞》中的"太行好汉"故事作为"水浒"故事的一个"分支"，"标作'山林故事'，以别于讲梁泊的'水浒故事'"④。王利器先生则更明确地说《水浒传》成书的基础之一是讲宋江等人故事的"太行山系统本"⑤。现在来看，这很可能都是错误的，溯源即在《赞》中对"太行"为太行山的误判。笔者这样认为的理由有以下几点。

第一，综观史载宋江等活动的大范围，实际是以京东梁山泊为中心的包括泰山在内的广大地域，倘以《赞》文五称之"太行"为太行山，

---

① （宋）周密：《癸辛杂识》，吴企明点校，中华书局1988年版，第145—150页。
② 严敦易：《水浒传的演变》，作家出版社1957年版，第44页。
③ 何心：《水浒研究》，上海古籍出版社1985年版，第386页。
④ 孙述宇：《〈水浒传〉的来历、心态与艺术》，台湾时报文化出版事业有限公司1981年版，第195页。
⑤ 王利器：《〈水浒全传〉是怎样纂修的》，载《耐雪堂集》，中国社会科学出版社1986年版，第49页。

则于史不合，所以当有别解。按宋人记宋江事，或称"淮南盗"（《宋史·徽宗本纪》），或称"陷淮阳军，又犯京东、河北，入楚海州界"（王偁《东都事略》卷十一《徽宗纪》），"宋江寇京东，（侯）蒙上书言：'宋江以三十六人，横行河朔、京东……'"（王偁《东都事略》卷一百三《侯蒙传》）。"河朔"，《宋史·侯蒙传》作"齐、魏"。或称"河北剧贼宋江……转掠京东，径趋沭阳"（汪应辰《文定集》卷二十三《显谟阁学士王公墓志铭》），或称"宋江……剽掠山东一路"（张守《毗陵集》卷十三《左中奉大夫充秘阁修撰蒋公墓志铭》），或说"京东贼宋江等出入青、齐、单、濮间""宋江扰京东"（方勺《泊宅编》），或曰"盗宋江犯淮阳及京西、河北，至是入海州界"（李焘《续宋编年资治通鉴》卷十八），或曰"宋江起河朔，转略十郡"（《宋史·张叔夜传》），或曰"山东盗宋江""犯淮阳军，又犯京东、河北路，入楚州界"（李埴《皇宋十朝纲要》卷十八），等等[1]。今见除《赞》之外所有宋人关于宋江活动区域的记载，涉及不过"淮南"即"淮阳""京西"、"京东"即"山东"、"河北"即"河朔"、"齐、魏"即"青、齐、单、濮"以及海州等地。这些称说中虽然都不直接涉及泰山或太行山，但综合其所构成之宋江活动的大范围，明显是汴京（今河南开封）周围偏重京东的广大区域。这一区域实际的中心是京东的梁山泊，正是与太行山相距较远，而与泰山为紧邻。

这尤其可以从《东都事略》与《宋史》同是记"（侯）蒙上书言"称宋江等，一作"横行河朔、京东"，一作"横行齐、魏"的不同而相通处看出来。其中"河朔"与"京东"并列，可以认为是指河北路。"齐"即齐州，今山东济南，宋属京东路；"魏"即"安史之乱"前的魏州，后改置为"河朔三镇"之一的魏博，入宋称大名府，后改北京，即今河北大名县，宋属河北路。由此可知，"横行河朔、京东"，一作"横行齐、魏"的不同，实是前者以路一级范围称，后者以府一级范围称，其相通处在其所指具体都为宋河北路毗连京东路之今河北大名县与济南东西相望间梁山泊与泰山毗连一带地区。这一地区的重镇为郓州（治须城，即今东平县），而郓州于宣和元年（1119）升为东平府，所以才会有《宋史·侯蒙传》载

---

[1] 本段以上引文皆转录自朱一玄、刘毓忱编《水浒传资料汇编》，百花文艺出版社1981年版，第2—13页。

蒙因上书言"不若赦江,使讨方腊以自赎"而被"命知东平府"之事①。否则,若以宋江"横行河朔"为在河北近太行山一带活动的话,朝廷还会命侯蒙"知东平府"吗?徽宗虽昏,亦不至如此。

第二,史载宋江事虽涉及"京西"与"河北"(即"河朔")两路,因此不排除宋江等偶尔一至太行山的可能,但并不能得出宋江"这卅六人的活动范围与大本营所在地都是太行山"的结论。按宋之"京西""河北"两路各地域甚广,不便一说到"京西""河北"就一定是到了太行山。按《宋史·地理志》载:"京西南、北路,本京西路,盖《禹贡》冀、豫、荆、兖、梁五州之域,而豫州之壤为多……东暨汝、颍,西被陕服,南略鄢、郢,北抵河津。"又载:"河北路,盖《禹贡》兖、冀、青三州之域,而冀、兖为多……南滨大河,北际幽、朔,东濒海,西压上党。"这两路属今河南、河北、山西的部分地方如上党(今山西长治)近太行山或在太行山,但这些地方分别为宋京西之北界、河北之西界,而上引"宋江犯淮阳及京西、河北,至是入海州界"等涉及京西、河北的记载中,其征战运动的路向,一致是京东、沭阳、楚海州界等偏于汴京东南之京东东路、淮南东路一带去处。这一路向,倘非有意转至京西路北界和河北路西界的太行山,然后折回以去京东等地,那么其绕行京西、河北两路的取道,一般说应是京西、河北两路近汴京之地,便于去京东以至沭阳、楚海州的地方。这条以汴京为向心点绕行的路线,在京西、河北境内,总体上背太行山而趋向于京东梁山泊,而后归于淮南东路的海州。这一条路线,如果就其上半段自淮阳绕京西以至河北的部分而言,尚不排除偶尔一至太行山的可能,但也绝不会到可以称"太行好汉,三十有六"的地步,那么其下半段自河北走京东入淮南的部分,不仅与太行山为渐行渐远,而且中经八百里梁山泊,主要是水道,即如余嘉锡先生所说:"江所以能驰骋十郡,纵横于京东、河北、淮南之间者,以梁山泊水路可通故也。"②更是完全没有一至太行山的可能。从而《赞》中五称之"太行",必非太行山。又自古举事者,胜则攻城入据,败则退保山林,宋江这支队伍的流动性与战斗力极强,其且战且行,既"转掠十郡,官军莫敢撄其锋",所向无敌,也就

---

① 参见严敦易《水浒传的演变》,作家出版社1957年版,第4—5页。
② 余嘉锡:《宋江三十六人考实 杨家将故事考信录》,云南人民出版社2005年版,第91页。

没有在京西、河北遁入无可"掠"之太行山的必要，从而以《赞》之"太行"为太行山，情理上也是说不通的。

第三，《赞》中所透露的地理特色亦与太行山不合，而更合于别称"太行山"的泰山。按《赞》中既称"太行好汉，三十有六"，则诸赞中涉及地域的用语，除如上引"清源""玉关"等仅关乎个别人物来历始末者之外，其他都应该与"太行"有关。倘以"太行"为太行山，而太行山虽临黄河，却在河之中上游，并无水域广大的湖泊，那么《赞》中如"出没太行，茫无涯岸"所凭之湖山相倚之态，和相应写有"伙儿""火伴"等水上英雄的内容便无所着落。而京东"八百里梁山泊"东与泰山毗连一带，却正是这样一个可以水陆两栖作战的大舞台。孙述宇先生因于卢嘉锡等人的考证，仅执于"靖康"之后"太行忠义"活动的史实对水浒故事的影响，而不顾《赞》辞隐写有水上英雄与广大水域的事实，所得出的《赞》中所说的是一个"活动范围与大本营所在地都是太行山"的"山林故事"①的结论，是不能令人信服的。

第四，从元陆友《题〈宋江三十六人画赞〉》对《赞》辞的理解看，此"太行"也不会是太行山，而是泰山。陆诗一面诚如余嘉锡先生所论云："友仁诗作于有元中叶，去宋亡未远，典籍具在，故老犹存，故所言与史传正合。"②确有诗史的价值。另一面陆诗就《赞》而作，也是理解《赞》之内容的可靠参考。而正是这首诗称"京东宋江"，而无一言及于《赞》中五出之"太行"，反而若为《赞》中写有水域和"出没太行，茫无涯岸"之说作注似的，明确写出"宋江三十六人"活动过的地域有"梁山泊""碣石村"③。这使我们一面不能不认为，陆友是以《赞》所五称之"太行"并非太行山，宋江等活动的中心是"京东"毗邻泰山的梁山泊；另一面推测他也许还知道此"太行"为泰山避讳之不甚流行的别称，不便承《赞》之五称之"太行"言宋江事，遂舍"太行"而仅言"梁山泊""石碣村"。

---

① 孙述宇：《〈水浒传〉的来历、心态与艺术》，台湾时报文化出版事业有限公司1981年版，第195页。
② 余嘉锡：《宋江三十六人考实　杨家将故事考信录》，云南人民出版社2005年版，第33页。
③ （元）陆友：《杞菊轩稿·题〈宋江三十六人画赞〉》，载（清）顾嗣立编《元诗选》（三集），中华书局1987年版，第516—517页。

第五，从《水浒传》的描写看，其作者或写定者也以《赞》之"太行"隐指泰山。《水浒传》的成书时间虽颇有争议，但其写宋江三十六人与《赞》中所记多相一致，某种程度上可视为对后者的承衍。从而《水浒传》对宋江三十六人形象的处理，可以看作对《赞》辞记叙的理解。以此而论，《赞》称戴宗云："不疾而速，故神无方。汝行何之，敢离太行。"但《水浒传》写戴宗并未注明其为山东人进而泰安人，却最后到泰山归神。倘若《水浒传》的作者以《赞》之"太行"为太行山，则不难写他去彼终老，却一定把《赞》中戴宗所不"敢离"之"太行"写作泰山，这在泰山有别称"太行山"之俗的情况之下，应是表明《水浒传》作者知道而且认可此"太行"实为泰山之别称，从而在写及戴宗归神这一不同于"群盗之靡"的褒扬性情节时，能断然不用《赞》中容易引起误会的别称"太行"，而直书揭明为泰山。

综上所论，我们宁肯相信《宋史》《东都事略》等书完全不及"太行山"的记载，相信陆友诗与《水浒传》以不同形式所表达的对《赞》之内容的诠释，而绝不应该只据诗体的《赞》辞字面所显示内容上亦不无自相矛盾的说法，相信其所谓"太行"是太行山并进而想入非非；反而是从乱中有序的历史记载和泰山别称"太行山"之俗，以及《赞》之并写山水的特点中深窥其所写"太行"，其绝不会是"天下之脊"的太行山，而应当是毗邻梁山泊之别称"太行山"的东岳泰山。对《赞》中"太行"称名的这一揭蔽，将有利于澄清宋元如《宣和遗事》等小说、戏曲中称"太行山梁山泺"等的读误。

五 《宣和遗事》等小说戏曲中的"太行山"

除上引陆友诗之外，宋元明把宋江三十六人与梁山泊联系起来的小说戏曲，有宋或元佚名《宣和遗事》（以下简称《遗事》）写晁盖、宋江等"同往太行山落草为寇去也""前往太行山梁山泺去落草为寇"[①]。元末明初杨景贤《马丹阳度脱刘行首》杂剧中有云："你怎不察知就里？这总是你家门贼。怎将蓼儿洼强猜做蓝桥驿？梁山泊权当做武陵溪？太行山错认

[①] 《宣和遗事》，载丁锡根点校《宋元平话集》，上海古籍出版社1990年版，第301、303页。

做桃源内?"① 把蓼儿洼、梁山泊与太行山并举。又,晚明冯梦龙编著《古今小说·沈小霞相会出师表》中有"明日是济宁府界,过了府去便是太行山梁山泺"与"前途太行梁山等处"②等语。此外,《水浒传》中虽无"太行山梁山泺"的称说,但百回本第十六回写黄泥冈的赋赞中仍有"休道西川蜀道险,须知此是太行山"③的句子,明确提及"太行山"。

以往有关如上表述的研究中,学者对"太行""太行山"与"梁山""梁山泊"之关系,或避而不谈,如余嘉锡《宋江三十六人考实》、马幼垣《〈宣和遗事〉中水浒故事考释》④。或以"太行"为虚拟,如严敦易先生认为:"我们不必要去想像明万历以后,太行梁山连在一处,还有其特殊的解释,或济宁一带,真有另外一个太行的山名。太行和梁山并称,是传说故事中对于草莽英雄,特别是抗金义军的一种概括,太行梁山混用,是传说故事在民间流传弄不清空间与地理上的距离间隔的艺术现实,太行梁山,都是一种象征。"⑤或认为是叙事中的地理错误,如何心说:"太行山在东京之西,梁山泺在东京之东,把两处地方牵扯在一起,这是《宣和遗事》编者的粗疏。"⑥或以为虽非地理错误,但当别解,如王利器把"太行山梁山泺"断句作"太行山、梁山泺",进而认为《遗事》中"同往""前往"云云两句,表明"《水浒》故事有太行山、梁山泊两个系统的本子",这两个本子"一经传开,后人便以太行山、梁山泊相提并论"⑦!

如上问题的关键在于"太行山梁山泺"之称,其"太行山""梁山泊"在宋一属京西,一属京东,绝不可能连属称同一区域。对此,除余嘉锡先生等持阙疑的态度可以不论之外,严敦易先生的解释虽在小说美学上是说得通的,但出发点却是"眼前无路想回头"(《红楼梦》第二

---

① (明)臧晋叔编:《元曲选》(第四册),中华书局1958年版,第1333页。
② (明)冯梦龙编:《古今小说》(下册),许政扬校注,人民文学出版社1958年版,第666、668页。
③ (元)施耐庵、罗贯中:《水浒传》,李永祜点校,中华书局1997年版。
④ 马幼垣:《〈宣和遗事〉中水浒故事考释》,载《水浒二论》,生活·读书·新知三联书店2007年版。
⑤ 严敦易:《水浒传的演变》,作家出版社1957年版,第44页。
⑥ 何心:《水浒研究》,上海古籍出版社1985年版,第386—387页。
⑦ 王利器:《〈水浒全传〉是怎样纂修的》,载《耐雪堂集》,中国社会科学出版社1986年版,第67页。又,笔者虽然不同意王利器先生关于《水浒传》有一个"太行山系统本"之说,但赞同余嘉锡等先生关于《水浒传》可能吸纳化用了太行山抗金义军人物与故事的考论。

回）。倘若他能够顾及文学的虚构不应当就实有之事指鹿为马和牵东就西，又知道由唐至明泰山有别称"太行山"之俗，他也许就不一定只往"概括""象征"等处说了。至于王利器先生由此生出"太行山系统本"的推想，当是由于不敢相信"太行山梁山泺"间为连属关系而不可以点断，又在点断作两处地方以后，还忽略小说中"明日是济宁府界上，过了府去"，不当先到"太行山"而后到"梁山泊"，从而失去了发现自己读误的可能。何心先生以为是"编者的粗疏"，虽常识常情，但也应该知道《遗事》虽为野史，其有关晁盖、宋江故事一节的叙事，却并无多明显的地理错误。倘"太行山梁山泺"所指果系一在京西、一在京东，而将这二者扯在一起的错误还被后世渊博如冯梦龙等所信用容留，岂不也有些怪哉！所以，这个问题并不能至诸先生之说而了断，还有必要寻求"特殊的解释"。

于是上论泰山别称"太行"即"太行山"成为释此百年疑惑的关键。因为除了常识可知的太行山距梁山泊为远，别称"太行山"之泰山才真正与八百里梁山水泊为山水相连之外，更重要的是如上实已论及，宋人文献载宋江活动区域中，已包括了泰山一带。余嘉锡论《泊宅编》言"京东盗宋江出青、齐、单、濮间"说：

> 青、齐、单、濮皆京东路滨梁山泊之地也。元陆友仁诗云："京东宋江三十六，悬赏招之使擒贼。"不曰河北，不曰淮南，并不曰郓城（小说言江为郓州郓城县人），而曰京东者，因梁山泺弥漫京东诸州郡，故举其根据地之所在以称之也。[①]

虽然余说也未及于泰山，但北宋泰山为齐州（后称济南府）南界，而地连梁山水泊，宋江等当年活动的区域包括泰山，实可以意会得之。进而以泰山之别名称"太行山梁山泺"，实在于无可无不可之间，恰是小说家叙事可取之境。在这种情况之下，如果我们不愿意相信《遗事》作者等必是犯了东拉西扯的低级的地理知识错误，就应该相信"太行山梁山泺"之称"太行山"，实是用了泰山的一个不够广为人知的别名，所指乃泰山与

---

① 余嘉锡：《宋江三十六人考实　杨家将故事考信录》，云南人民出版社2005年版，第91页。

梁山泊相连的一大片地域。

至于《遗事》作者别称泰山为"太行山"而不直称泰山之故，除上论泰山避讳的原因之外，一方面还当由于其既写宋江等"落草为寇"，就不能不说他们有山寨凭依，就只好用了泰山的别称"太行山"，并时或简称"太行"；另一方面太行山不仅与泰山一样自古"多盗"①，还如泰山与梁山泊相连地域一样，是靖康之后抗金忠义军活动的两大主要区域之一，使二者确有严敦易先生所说"很悠久的精神联络"②，实也有便于作者作此以"太行山"隐指泰山的安排。

关于《遗事》之"太行山"不是太行山，而是隐指泰山，从其叙事中也可窥见一斑。按《遗事》写"太行山"或与"梁山泊"缀为一体，故应与后者联系起来一并考察。而相关文字，除写杨志卖刀杀人被捕发配卫州的途中，李进义等"兄弟十一人往黄河岸上，等待杨志过来，将防送军人杀了，同往太行山落草为寇去也"，以及"且说那晁盖八个，劫了蔡太师生日礼物……不免邀约杨志等十二人……前往太行山梁山泺落草为寇"之外，其他有四处都作"梁山泺"。由此可见者有三。

一是杨志等十二人"同往太行山落草为寇去"的"太行山"，也就是"不免邀约杨志等十二人"前往落草的"太行山梁山泺"的"太行山"，同是与"梁山泺"山水相倚的一座山。而由于"梁山泺"只在山东，所以此"太行山"不会是太行山。

二是《遗事》写得清楚：杨志卖刀杀人是在颍州（今安徽阜阳），获罪刺配卫州（今河南汲县），途经汴京（今河南开封）。卫州虽近太行山，但杨志尚未至卫州，到了"黄河岸上"，就被孙立等杀公差救了。当时黄河流经汴京城北，这救了杨志的"黄河岸上"在汴京的郊区，北距卫州尚有约三百里。所以，孙述宇先生说"他的义兄弟孙立等在卫州黄河边上，把防送公差杀了……从卫州上太行山"③，又注说"杨志等人上太行，是从

---

① 关于太行山多盗，参见《后汉书·鲍永子昱传》《宋史·王仲宝传》；关于泰山多盗，除上引史载黄巢事之外，另参见《庄子·盗跖》《三国志·魏书·凉茂传》《金史》卷八〇《斜卯阿里传》、卷八二《乌延胡里传》、卷一〇一《承晖传》。
② 严敦易：《水浒传的演变》，作家出版社1957年版，第45页。
③ 孙述宇：《〈水浒传〉的来历、心态与艺术》，台湾时报文化出版事业有限公司1981年版，第195页。

太行山区边上的卫州去的"① 云云，是错误的。杨志等人是从流经汴京城北的黄河舟行而下，去了京东梁山泺毗邻的"太行山"，所以才有下文"不免邀约杨志等十二人……前往太行山梁山泺落草为寇"之说。由此也可见上列"太行山落草"与"太行山梁山泺去落草"的一致性，在于其所谓"太行山"都不是太行山，而是近"梁山泺"的同一座山，为别称"太行山"的泰山。

三是进一步联系《遗事》此节写晁盖、宋江诸事，凡涉及地理，除郓州等之外，如晁盖八个"劫了蔡太师生日礼物"的地方"南洛县""五花营"也实有其地，即今河南濮阳南乐县五花村，南距郓城、梁山都在二百华里以内。倘以"太行山"为太行山，那么一位叙事在"五花营"这种小地名都准确（合理）无误的作者，会同时发生"太行山梁山泺"的所谓"粗疏"吗？此外，还如严敦易先生所论："《宣和遗事》记宋江攻夺的州县，作'淮扬、京西、河北三路'，独无京东，当因梁山泺本在京东之故；否则既在太行山，又何必再特提河北呢？"② 种种迹象，可见其"太行山"必非太行山。而且从《遗事》中极少虚拟地名看，这"太行山"也不便遽以为仅是"一个象征"，而与八百里水泊相倚的泰山别称"太行山"，正可以备为"特殊的解释"。

《遗事》写晁、宋故事以"太行山"隐指泰山的秘密，从其写"太行山""太行山梁山泺"等同时写及泰山也可见端倪。按《遗事》写及泰山的文字，除九天玄女实为泰山神之外，还写了吴加亮向宋江说及晁盖"政和年间，朝东岳烧香"，又写宋江与吴加亮商量"休要忘了东岳保护之恩，须索去烧香赛还心愿则个"，并"择日起行……往朝东岳，赛取金炉心愿"③。如此等等，"前往太行山梁山泺落草为寇"的"宋江三十六人"受到的是"东岳保护之恩"，晁、宋曾先后率众朝拜的是泰山。倘以此"太行山梁山泺"之"太行山"为太行山，那么太行有北岳恒山，"东岳保护"岂非越俎代庖了吗？而且晁、宋等既在此"太行山梁山泺"，则太行山才是其最大保障，怎么可以不感恩太行山或北岳的保护，而"往朝东岳"

---

① 孙述宇：《〈水浒传〉的来历、心态与艺术》，台湾时报文化出版事业有限公司1981年版，第207页。
② 严敦易：《水浒传的演变》，作家出版社1957年版，第44页。
③ 《宣和遗事》，载丁锡根点校《宋元平话集》，上海古籍出版社1990年版，第305—306页。

呢？这些矛盾的唯一解释，就是"太行山"只是东岳泰山的一个别称，从而感恩"东岳"也就是感恩"太行山"。唯是《遗事》作者是在他视为正面的描写涉及泰山时直写称"东岳"，视为负面的描写涉及泰山时则曲笔作"太行山"。后世刘景贤、冯梦龙等当因深悉此义，故能以不同方式袭用之。而今人一切以"太行山梁山泺"为"编者的粗疏"或奇特解会，皆是因不明此"太行山"为泰山别称之故，而误入了歧途。

至于《水浒传》中只说梁山泊，仅一见"太行山"，当是由于《水浒传》的作者或编订者虽知泰山有别称"太行山"之俗，但也知其流行未广，故从众之常识而有意避免牵合太行山以言梁山泊，并不见得就是为补《遗事》"粗疏"。否则，尽管其笔下要略加斟酌，但并不难"只说梁山泊，绝不提太行山"① 的。

综上所考论，可以得出如下认识。

第一，历史上由于种种原因，一方面造就有"泰山"自古别称"太山"，而唐宋元明诸代又有"太行山""泰行山"之俗；另一方面"太行山"之"太行"又自古音训"泰行"或"泰杭"，后世或称"泰行山"。两山各称名多歧与交叉共名的现象，导致唐宋金元明长时期中存在泰山别称"太行山"的情况，并时或进入某些文献的应用。

第二，泰山别称"太行山"在官书与正统诗文中较少，各类通俗文学特别是小说戏曲中时见。一般来说，泰山被作为褒扬的对象或与这类对象相联系时，往往直写为"泰山"、"东岳"或"太山"等，而在说唱有修辞上的需要，如《二郎宝卷》《泰山宝卷》《水浒传》之例中，和涉及"盗贼"等负面因素时，如在《赞》《遗事》《残唐》等有关黄巢、宋江故事的作品中，往往因讳言泰山而代之以别称"太行""太行山"等。这时的"太行""太行山"等，不是太行山，而是东岳泰山。明乎此，则知以往学者于"太行""太行山梁山泺"等的判读及其推测中的所谓"太行好汉"的"山林故事"与"太行山系统本"，基本上都是错误的。

第三，泰山别称"太行山"只是一定范围的小传统。其始偶见于唐代小说，宋代及其以后文献中迤逦有较突出的表现，并形成一个演变的过程，即宋人史籍涉"盗"记载的讳言泰山——宋元杂著及小说戏曲涉

---

① 何心：《水浒研究》，上海古籍出版社 1985 年版，第 386—387 页。

"盗"描写的泰山别称"太行山"——元明《水浒传》有意避言"太行山"。这同时是"梁山泺（泊）"在水浒故事中从无到有再到被突出为中心的过程。但至明代，泰山别称"太行山"之俗及其对说唱文学与小说的影响，仍不绝如缕。

　　本文以上就泰山别称"太行山"与若干小说戏曲之读误进行的讨论，虽已尽力搜罗辨析，但由于涉及面广，资料浩瀚，识浅力薄，诚不免管窥锥指，是非有所不公，诚盼专家学者赐教匡正。

（原载《文学遗产》2010年第6期，有修订）

略论泰（太）山与太行山、华山等之互称及其对文学的影响

拙作有《试说泰山别称"太行山"——兼及若干小说戏曲之读误》一文，揭蔽唐宋以降泰山有别称"太行山"之俗，《水浒传》等若干古代小说戏曲中之"太行"或"太行山"，其实是指"泰（太）山"。如《宣和遗事》《沈小霞相会出师表》中"太行山梁山泊"等[①]，实是说泰山梁山泊。但由于当时个人的疏忽和认识所限，尚有三点不足：一是于唐代及其以前泰山别称"太行山"的论证不够充分并有微误；二是于泰山别称"太行山"对太行山形象影响的一面未能兼顾；三是与泰山别称"太行山"直接或间接相关的，还有太行山又名"五行山"和"西岳华山"曾一度改称"太山"等现象，它们也程度不同地反映于文学描写的情况未曾讨论。这些，都应该予以进一步的探讨。

一 "泰（太）山"别称"太行山"起于唐前

上述拙文《试说泰山别称"太行山"——兼及若干小说戏曲之读误》于唐代泰山别称"太行山"仅举《太平广记》卷三五〇《浮梁张令》一篇为证，却又误引"太山"作"太行"，是一个很大的疏忽（已在该刊发表个人声明纠正）。但是，当初拙稿引证并不止此一例，还有如李白《白马篇》之"弓摧"一联，《李太白全集》卷五作"弓摧南山虎，手接太行

[①] 参见杜贵晨《试说泰山别称"太行山"——兼及若干小说戏曲之读误》，《文学遗产》2010年第6期。

猱"。而宋郭茂倩《乐府诗集》卷第六十三《杂曲歌辞三》录李白此诗却作"弓摧宜山虎，手接太山猱"，清康熙间缪曰芑刊本《李翰林集》（以下简称"缪本"）依之。对此，清乾隆间学者王琦在《李太白全集》的校注中仅列异同①，而未做是非的认定，似有两存其可之意。这一现象与今本《乐府诗集》点校以《李太白全集》本为是、缪本为非相对照②，则知王琦两存其可的处理，既是出于慎重的态度，也还有异文形成的原因以至原本如何难以遽断的缘故。这在上句是"南山"与"宜山"之典均有出处，不可以理校，却又不排除"南"与"宜"形近而讹的可能，兹不具论；在下句却可以看出，王琦实以唐代有"太行（山）"与"太山"可以互称之俗。何以见得？

一是王琦校注以"太行猱"与"太山猱"两说并存，实以"太山"或"太行"均无不可，就包含了"太山"与"太行（山）"可以互相替代即二者互称的可能。据王琦注，《李太白全集》本"太行猱"出《尸子》载："中黄伯曰：'予左执太行之猱，而右搏雕虎。'"③ 由此出处的可靠，似又可以反证李白原作必作"太行猱"。实际却又不然，因为王琦注"南山虎"接下并注"宜山虎"，实乃显示其以"南山"作"宜山"亦不为无据的两可态度。

二是上引王琦注虽然未及缪本之"太山猱"，但是缪本作"太山猱"除有《乐府诗集》本的根据之外，作为用典也有可靠的出处，即《史记·周本纪》司马贞《索隐》按引《越绝书》曰："左手如附太山，右手如抱婴儿。"（今本无）特别是句中"附"字正可以引申为"接"，而《越绝书》句中"左手如附"与《尸子》"左执"意义相近，且《尸子》作"太行"处，在《越绝书》正是作"太山"。由此可见，在《尸子》至《越绝书》成书的战国秦汉间，很可能就已经有了"太行"与"太山"互称之俗。从而驯至唐代，李白《白马篇》"弓摧"一联原作"太行猱"或"太山猱"均有可能，今存异文不排除是李白原作与改稿并行的结果。即使异文的发生是由于后人改窜，但这一改窜必因于当时诗文中有"太行"与"太山"互称之俗。乃至缪本的取舍和王琦校注的两存其可，都应该是出

---

① （唐）李白：《李太白全集》（上册），（清）王琦注，中华书局1977年版，第280页。
② （宋）郭茂倩编：《乐府诗集》（第三册），中华书局1979年版，第919页。
③ （唐）李白：《李太白全集》（上册），（清）王琦注，中华书局1977年版，第280页。

于对"太行"与"太山"互称之俗的了解与认可。

上述之外,拙文《试说泰山别称"太行山"——兼及若干小说戏曲之误读》还曾举《太平御览》卷三十九《地部四·泰山》引《上党记》曰:"太行坂东头,即泰山也。"认为"这一说法把太行山与泰山联在了一起",其"所指实际的情况应该是沿太行山羊肠坂道向东可至于泰山。但就字面上看,这句话不排除泰山是太行山之一部的意思,从而有导致泰山与太行山混淆的可能"。并举元念常集《佛祖历代通载》卷第二十二载元世祖与相士问答,证明元人有以"泰(太)山"为"太行山"之俗。此去数年,今又得泰山学者周郢先生惠寄他新发现的一则资料——清康熙刊本《南巡惠爱录》所载:

此山(周郢按指泰山)即泰行山之南山也。三省管辖,周可八百里。《论语》云"登东山而小鲁,登泰山而小天下",正此山也。①

上引资料中的"泰行山"即"太行山"。其以泰山为"泰行山之南山",与上引《上党记》曰"太行坂东头,即泰山也"相合。故周郢先生在邮件中就此资料的发现评说:"先生所论泰山与太行山之关系,今已寻得确证。"我想这至少是得到了进一步的证明,是一件令人高兴的事。而"泰(太)山"与"太行山"互称之俗,清人因之,其实际的源头则不止可以上溯到唐代,更从上古秦汉就已经形成了。乃补证于此,并感谢周先生无私的贡献,期待有关于"泰(太)山"别称"太行山"的更多有力的证据被发现出来,以推动此一问题有更深入广泛的讨论。

二 "泰(太)山"与"太行山"互称的特点与意义

上论"泰(太)山"与"太行(山)"互称之俗,源自上古,与时流变,其特点与意义也在历史的发展中不断丰富变化,约有以下三个方面。

---

① 杨勇军:《论记康熙第三次南巡事迹的〈惠爱录〉兼及〈红楼梦〉》,《南京师范大学文学院学报》2015年第3期。

（一）民间说唱，凑字押韵。"泰（太）山"与"太行（山）"互称，为民间说唱称呼"泰（太）山"提供了选择用两个字或三个字以凑字押韵的方便。例如成书于明朝嘉靖年间的《清源妙道显圣真君一了真人护国佑民忠孝二郎开山宝卷》（以下或简称《二郎宝卷》）卷上《水火既济品第六》，写孙悟空把二郎神的母亲"压在太山根"，但是到了《摇山晃海品第七》写"二郎……问着西王母，我娘那边行？"得到的回答却是："王母开言叫二郎，你娘压在太行山。"① 又如明万历末年黄天教教徒悟空所编《灵应泰山娘娘宝卷》有云："泰山娘娘，道号天仙，镇守泰行山……娘娘神通大，奥妙广无边。眼观十万里，独镇泰行山。"② 这些文例中"泰（太）山"作"太行山"或"泰行山"都明显是出于凑字押韵等诗歌修辞学上的裁量，于实际是叙泰山之事和所叙泰山事本身，只是给了宝卷之类民间说唱以修辞上的方便而已。

（二）使"泰（太）山"无"恶"不归于"太行（山）"。《公羊传·闵公元年》："《春秋》为尊者讳，为亲者讳，为贤者讳。"这个传统对中国社会的影响自古就有并随时发生各种避讳，包括自然物等一旦与尊、亲、贤者相关或为其所重，就都有可能成为避讳的对象，而避讳的对象往往同时是被刻意美化的对象。甚者正如《儒林外史》写杜慎卿讥评杜少卿所说："我这兄弟有个毛病：但凡说是见过他家太老爷的，就是一条狗也是敬重的。"③ 泰山作为"五岳独尊"之山，是历代皇帝封禅和民众求子嗣、祈平安的神山，很早就是需要有所避讳的对象。影响所及，大众传播中涉及"泰（太）山"有所谓"盗贼"的历史事实，往往就不能直言。而自古泰山偏又多盗，如史载"（黄）巢挺身东走至泰山狼虎谷，为时溥追兵所杀"（《新五代史·梁纪·太祖本纪》），史实铁证如山地就发生在泰山，而与"太行山"了无关系；又如宋江等三十六人"横行齐魏"（《宋史·徽宗本纪》），"京东盗宋江出青、齐、单、濮间"（《泊宅编》），齐即齐郡即今济南市，南倚"泰（太）山"，而与"太行山"相距遥远。

---

① （明）佚名：《清源妙道显圣真君一了真人护国佑民忠孝二郎开山宝卷》，载张希舜等编《宝卷初集》（13），山西人民出版社1994年影印本，第508—515页。

② （明）佚名：《灵应泰山娘娘宝卷》，载张希舜等主编《宝卷初集》（13），山西人民出版社1994年影印本，第21—22页。

③ （清）吴敬梓：《儒林外史》，人民文学出版社1984年版，第363页。

但在《残唐五代史演义传》《水浒传》及其所取材的《大宋宣和遗事》等书中，有关这些事实的"泰（太）山"都被置换成为了"太行山"[1]。由于同样的原因，如上已述及，在晚明冯梦龙编著的《古今小说》第四十卷《沈小霞相会出师表》中甚至出现了"太行山梁山泺"之类明显不合地理常识的表述。其效果就是把那些发生在"泰（太）山"的所谓"悖逆"之事，硬是挪移安在了"太行山"上，岂非泰山无"恶"而不归于太行山？而太行山就因此而被污名或被进一步污名为"盗贼"之窟了。

（三）使"太行山"无美不归于"泰（太）山"。"太行山"绵亘千里，自古与泰山同多盗或更甚，加以上述小说戏曲的涉盗描写称泰山为太行山的刻意抹黑，真是到了子贡所说"纣之不善，不如是之甚也"（《论语·子张》）的地步。然而，事情的发展似又未止于此，而是在相反的方向上，不少作者又把"太行山"历史上有可尊崇的"忠义"人物故事，挪移到了"泰（太）山"。集中而突出的例子是杨家将故事所根据的北宋初年太原名将杨业一门忠良的事迹，本来发生于太行山一带，但是，《杨家府演义》等杨家将小说，所写其能行"忠义"的事迹却都不在太行山，而一旦为朝廷所不容或"反上太行山，称草头天子"的情况下才上"太行山"[2]。从而"太行山"作为杨家将战死沙场的真实背景地，却被与叙杨家将"忠良"一面的事迹彻底割裂。而在民间，杨家将忠君爱国的故事甚至完全抛弃了"太行山"，而被直接挪移至"泰（太）山"的背景之上。对于泰山周边因此而多杨家将故事流传与印记的现象，周郢先生曾经考察并提出以下问题：

> 在泰山周边，分布着为数众多的杨家将遗迹，诸如南天门（奉祀穆桂英像）、六郎坟、杨六郎祠、孟良台、焦赞台、穆桂英沟、穆英台、穆柯寨、穆寨顶（以上泰山南麓）、杨家寨、杨家井、穆家寨、降龙树、杨家台（以上泰山北麓）等等，多达20余处。与历史上杨业、杨延朗（杨延昭）等人军事活动区域（今山西、陕西、河北境）相距甚遥的东岳泰山，为何会出现如此之多的杨家将遗迹，无疑是一

---

[1] 杜贵晨：《试说泰山别称"太行山"——兼及若干小说戏曲之读误》，《文学遗产》2010年第6期。

[2] （明）无名氏：《杨家府演义》，上海古籍出版社1980年版，第107页。

个颇具兴味的文化话题。

他的结论是：

> 杨家将故事与泰山有着诸多历史及文化的联系。历史上杨延朗作为扈从武臣，参加了宋真宗封禅大典，将杨家将的威名播于泰山，宋元之际泰山周边涌现的众多山寨及女杰，乃是"山东穆柯寨"与"穆桂英"艺术形象的直接源头；而明人笔记中红裳女子在泰山与杨六郎过招的情节，则是穆桂英故事进入杨家将传奇的一个关键链环。泰山周边众多杨家将遗迹的出现，实基于上述这一复杂而有趣、离奇却真实的历史文化背景。①

据笔者所见，这是杨家将故事与泰山之关系第一次被提出并讨论，其结论的基本方面也颇可令人信服。但还可以补充的是，"杨家将"作为本来发生于"太行山"的历史故事，能在除太行山之外的泰山，而不是万山之中的其他山及其周边持久传播、大量衍生，应当也由于"泰（太）山"别称"太行山"，或"泰（太）山"与"太行山"互称的历史原因。换言之，民间造作与传播者为了对无论"杨家将"还是"泰（太）山"的褒美，都更愿意把二者结合在一起。因为这样做的结果，一方面使"杨家将"故事脱离了被以"盗贼"污名的"太行山"背景，另一方面也加强了"泰（太）山"自古生成并被持续强化的神山形象。如果此想有合理之处，那么"泰（太）山"别称"太行山"之影响，又有了古代通俗小说夺"太行山"之美以归于"泰（太）山"的一面，而无所留白了。

但是，在今见"泰（太）山"与"太行山"互称的文例中，有一个似为例外的情况不可以忽略，即《三国志平话》②中"太山"和"太行山"同时出现，日本汉学家大塚秀高先生曾就相关诸文例做具体分析讨论。他先举"太山"的文例，第一个例文：

---

① 周郢：《杨家将故事与泰山》，《泰山学院学报》2010年第1期。
② 《三国志平话》，载丁锡根点校《宋元平话集》，上海古籍出版社1990年版。

有郓州表章至，有太山脚下摺（揭）一穴地，约车轮大，不知深浅。差一使命探吉凶。

对此，他认为"这个太山，从'郓州表章至'之句来看，无疑就是泰山"。又举第二个例文：

长安至定州几程。若到定州，打算计几日，都交打清。在前抛下粮草，都交补讫。刘备赴定州附郭安喜县县尉。为太山贼寇极多，你将本部下军兵镇压。

对此，他根据"安喜县在河北省（保定道）定县"的事实，认为"这就不能看作泰山了"。接下又举第三个例句：

有刘备、关、张众将军兵，都往太山落草。

并述论曰：

可是朝廷接到报告，召开朝议，刘备等三人的落草之处，却如下述引文，当成太行山了。上文二例的太山，无疑指的是太行山。

"帝曰：'如何招安的刘备？''今将十常侍等杀讫，将七人首级往太行山，便招安得那弟兄三人。'帝：'依卿所奏。'问：'谁人可去？'董成奏：'小臣愿往。'董成将七人首级，前往太行山去。"

以上引用的太行山是《三国志平话》中的太行山第一和第二例文。还有一例在卷中：

"却说关公与二嫂，往南而进太行山，投荆州去。"这个太行山从地理位置上看，无疑就是太行山。

他由此得出结论说：

以上诸例，可以确认，《三国志平话》中把泰山都写作太山，而把太行山有写作太行山，也有写作太山的。大山及与之同音的太山原意都是很大的山。因此，把秀峰独立的称为太山；把山峦连亘的称为太行山，那也合乎道理。可是，对于认为没必要区别的，把两者都写作太山。当时，太山之称有可能不仅指泰山，也指太行山吧。①

以上也为了本文读者便于参考的缘故而繁引大塚秀高先生的论述，如果单纯就这个"太山之称有可能不仅指泰山，也指太行山"的结论说，先生所论可说是对于泰山文化的一个独立的重要发现。但是，他认为《三国志平话》以"太山"称"太行山"或说把"太行山"称为"太山"是由于"认为没有必要区别"则还缺乏证据的支持，似乎考虑不周。

我这样认为的理由在于，虽然上列《三国志平话》中提及"太山"的三个文例，确实是第一例指"泰山"，第二、第三两例指"太行山"，但是一般来说，在不是为了如凑字或押韵等形式技巧需要的情况之下，同一部书中又上下文之间出现这种差异的原因，并不一定就是认为"太行山"与"太山"是"没有必要区别的"，还有可能是作者书写或后世传抄刊刻的疏忽所致。回到这一文例的出处，《三国志平话》既已在"有郓州表章至"云云的叙事中以"太山"指泰山，那么为叙事清楚计，下文再用"太山"时就该考虑到与此"太山"指"泰山"的用法一致，否则便容易导致读者的误会。而所以不一致者，确实不排除那时已有"太山之称有可能不仅指泰山，也指太行山"的影响的可能，但同样也不排除是作者书写或后人传抄刊刻中的失误。从而《三国志平话》中"太山"和"太行山"同时出现的情况，确有作为"泰山别称'太行山'"之辅证的可能，但也不能认为是本文以"泰山"与"太行山"互称导致无恶不归"太行"、无美不归"泰（太）山"的反证。

三 "五行山"之替代"泰山"——《西游记》对"泰山压顶"比喻的演义

与"泰（太）山"和"太行山"互称有关而且关系密切的，还有

---

① ［日］大塚秀高：《天书与泰山》，阎家仁、董皓译，《保定师范专科学校学报》2003 年第 1 期。

《西游记》写孙悟空被压在"五行山"的描写。《西游记》写孙悟空先后两次被大山压倒,第一次是第七回被佛祖一翻掌压在了五行山下;第二次是第三十三回写老魔接连遣三座大山压倒了孙悟空,最后一座是泰山。虽然写泰山压倒孙悟空在后,写五行山压倒孙悟空在前,但以大山压倒孙悟空情节的构思,却属同一个修辞传统,即俗语所说的"泰山压顶"。只是第二次的描写直接用了泰山,第一次的描写虽然用的是"五行山",但"五行山"其实是泰(太)山的替代,根本仍在"泰山压顶"的俗说。这又是为什么呢?

按照笔者所做的可能不够详尽的检索,古代比喻压力巨大到不可承受的"泰山压顶"之说的应用,至晚出现于元人施惠《幽闺记》第九出《绿林寄迹》。这部剧中写金瓜武士试戴金盔:"戴在头上,渐渐似泰山压顶一般,头疼眼胀,成不得,这寨主不愿做了。还是戴红帽儿罢。"① 由此可以认为,上述《西游记》写老魔最后用泰山压倒了孙悟空,除了前面增加了两座山为创造性因素之外,乃是沿袭了前人"泰山压顶"之说的传统。而且以泰(太)山压倒孙悟空的情节,早在百回本《西游记》出现之前就已经成书的《二郎宝卷》中就有了②,百回本《西游记》的描写只是沿袭和略有变化而已。但是,一方面这一沿袭的过程值得追溯,另一方面可以认为,《西游记》正是从这一沿袭的新变生出了写佛祖以"五行山"压倒并制服孙悟空的情节创造。

按《西游记》先后写五行山和泰山压倒孙悟空,虽然根本可追溯至俗语"泰山压顶"比喻的传统,但是二者直接、间接而出之处,却都是上引《二郎宝卷》写杨二郎打败并镇压孙悟空于"太山"之下的故事。试分说如下。

先说《西游记》写老魔遣三座大山之最后压倒孙悟空的泰山,在第三十三回略曰:

原来那怪……且会遣山,就使一个"移山倒海"的法术……把一

---

① (元)施惠:《幽闺记》,中华书局上海编辑所编辑,中华书局1959年版,第22页。
② 今存百回本《西游记》最早的刊本是明万历二十年(1592)世德堂本。从其题为《新刻出像官版大字西游记》看,此前已有刊本,成书时间当更早,但应不会早于《二郎宝卷》写成的嘉靖三十四年(1555)。

座须弥山遣在空中,劈头来压行者。这大圣慌的把头偏一偏,压在左肩背上。笑道:"……这个倒也不怕,只是'正担好挑,偏担儿难挨。'"那魔……又念咒语,把一座峨眉山遣在空中来压。行者又把头偏一偏,压在右肩背上。看他挑着两座大山,飞星来赶师父!那魔头看见,就吓得……道:"他却会担山!"又整性情,把真言念动,将一座泰山遣在空中,劈头压住行者。①

上引写孙悟空"担山"以"赶师父",与《二郎宝卷》写西王母命"二郎担山赶着太阳,要见亲娘"② 极为相类;又其写孙悟空在老魔所遣第三座大山——泰山"劈头压住"的情况下而支持不住,与《二郎宝卷》写压他于"太山"之下虽情节有异,而本质都为"泰山压顶"。这种高度的雷同,虽然有本于"泰山压顶"之俗说的必然性,但同时也应是其对上述《二郎宝卷》情节模仿的结果。事实上在《西游记》写老魔赞叹"他会担山"的口吻中,即已透露出此一描写有以"二郎担山"故事为模拟的可能,乃挪移后者的情节而来,包括老魔所遣之泰山直接自《二郎宝卷》之"太山"而来。

后说如来佛镇压孙悟空的"五行山",在第七回,兹不赘引。其中镇压孙悟空的不是杨二郎而是如来佛可以不说,但如来佛镇压孙悟空的山不再是《二郎宝卷》中的"太山"或"太行山"(实即"泰山"),而改写为"五行山",却是一个值得探讨的问题。

《淮南子·氾论训》载:"武王克殷,欲筑宫于五行之山。"高诱注曰:"五行山,今太行山也。在河内野王县北上党关也。"③ 可知我国上古太行山本名或一名五行山,而百回本《西游记》作者所写的如来镇压孙悟空的"五行山",其实也就是"太行山"。但已如上所述论,早在百回本《西游记》成书之前,即已有了《二郎宝卷》所写压住二郎母亲云花的"太山"即"太行山",并且二郎劈山救母后压住孙悟空的也正是这座别称"太行山"的"太山"。所以《西游记》所写的同是压住孙悟空的"五行山"即

---

① (明) 吴承恩:《西游记》,(明) 李卓吾、黄周星评,山东文艺出版社 1996 年版。
② (明) 佚名:《清源妙道显圣真君一了真人护国佑民忠孝二郎开山宝卷》,载张希舜等主编《宝卷初集》(13),山西人民出版社 1994 年影印本,第 516 页。
③ (汉) 刘安等编著:《淮南子》,高诱注,上海古籍出版社 1989 年影印本,第 142 页。

"太行山"，应非直接自《淮南子》而来，而是与上论老魔压倒孙悟空的三座大山之最后压顶的泰山同源，从宝卷的"太山"即"泰行山"又称"太行山"来的。

这就是说，《西游记》作者写如来佛以"五行山"镇压孙悟空的创造，或有不止一种因素的影响，但直接是因《二郎宝卷》称"太山"即泰山为"太行山"，而想到如来佛以"泰山压顶"之术镇压孙悟空的"太山"可以称"太行山"，进而回到了太行山的古称"五行山"。这也就是说，如来佛镇压孙悟空的"五行山"即"太行山"，实际也是"太山"即"泰行山"，也就是泰山，归根结底是受有泰山文化影响的产物，尽管这种影响的脉络曲折隐晦如此！

四 "抑讹泰山作华山"——《水浒传》"宋江闹西岳华山"的背后

《水浒传》写宋江等一百零八人有关西人物故事，除鲁智深为"关西和尚"和史进为华阴县人氏之外，最受学者注目的是第五十九回《吴用赚金铃吊挂，宋江闹西岳华山》。《水浒传》写鲁智深故事可能参考了宋人罗烨《醉翁谈录》提到的话本《花和尚》，"闹西岳华山"故事却来历不明，后人多有猜测。明许自昌《樗斋漫录》卷六论《水浒传》"多与正史不合"，曾说：

> 愚意宋江自在山东，而宋史书淮南，已可笑。其金华将军事，又可笑……又金铃吊挂，系之华山，益可笑。盖江未尝越开封而至陕西明矣，抑讹泰山作华山，蔡衙内作任原耶？[1]

这里"抑讹泰山作华山……耶？"是一个很有价值的提问。但是许自昌却没有做出肯定的回答，当然更没有说明"讹泰山作华山"的原因。以下试说之。

上古"泰"与"太"音同而通用，故"泰山"又作"太山"；又"大"

---

[1] 朱一玄、刘毓忱编：《水浒传资料汇编》，百花文艺出版社1981年版，第216页。

与"太"通,"太山"的本义并读音若"大山"或"大(dài 岱)山",所指可以是任何在古人看来足够大的山。所以今存古籍文献中的"太山"所指,有时就不一定是东岳泰山,甚至"泰山"所指偶尔也会是其他的山。前者如《史记·夏本纪》载:"华阳黑水惟梁州。"南朝宋裴骃[集解]引汉孔安国曰:"东据华山之南,西距黑水。"唐张守节[正义]引《括地志》云:"黑水源出梁州城固县西北太山。"① 后者如上引《括地志》又云:"终南山一名中南山,一名太一山,一名南山,一名橘山,一名楚山,一名泰山,一名周南山,一名地脯山,在雍州万年县南五十里。"② 《括地志》成书于唐初,出魏王李泰之手。由此可见,自虞夏以降至于唐代,东岳泰(太)山之外,尚有别个名为"太山"或"泰山"的山。这标志了晚至唐代,"泰(太)山"指东岳的称名虽然已具无可动摇的地位与强势影响,但是还未至于完全固定为东岳的专名。乃至后来发生了唐肃宗上元间曾改"华山"名为"太山"之事。

此事见诸史载,《旧唐书·地理志一·华州》:

> 隋京兆郡之郑县。义宁元年,割京兆之郑县、华阴二县置华山郡,因后魏郡名。武德元年,改为华州……垂拱元年,割同州之下邽来属。二年,改为太州。神龙元年,复旧名。天宝元年,改为华阴郡。乾元元年,复为华州。上元元年十二月,改为太州,华山为太山。宝应元年,复为华州。

《新唐书·地理志一·华州华阴郡》:

> ……华阴,望。垂拱元年更名仙掌。天授二年析置潼津县,在关口,后隶虢州,圣历二年来属,长安中省。神龙元年复曰华阴,上元二年曰太阴,华山曰太山,宝应元年复故名。

《唐会要》卷四十七《封建杂录·封诸岳渎》:

---

① (西汉)司马迁:《史记》,中华书局1998年缩印本,第42页下。
② (西汉)司马迁:《史记》,中华书局1998年缩印本,第43页上。

开元十三年,封泰山神为齐天王,礼秩加三公一等。……至德二年十二月十五日敕,吴山宜改为吴岳,祠享官属,并准五岳故事。上元二年十月,改华山为太山,华阴县为太阴县。

综合以上记载,唐代华山曾改名称"太山"是一个事实。这一改称发生在上元年间,一作"元年",一作"二年"。唐代年号有两上元,先为高宗上元(674—675),后为肃宗上元(760—761)。上引诸史籍所载上元均在神龙、开元、天宝、至德、乾元之后,所以此上元为后之肃宗上元。而无论《旧唐书》的作"上元元年十二月"与《新唐书》作"上元二年",还是《唐会要》作"上元二年十月","改华山为太山"都在公元761年;宝应(762—763)是唐肃宗、代宗交代的年号,仅一年即宝应元年当为公元762年。这就是说,华山一度改称"太山"是在公元761—762年仅一年的时间内。虽从"改华山为太山"并不涉及泰山和前朝有"开元十三年。封泰山神为齐天王"之礼看,那时官方对"太山"与"泰山"应有明确的区分,但即使这短暂一年的"改华山为太山",应该也会加强民间对东岳"泰山"与"太山"进而"华山"的混淆,使"泰山"与"华山"因同为"太山"而在有意无意间有了互相替代的可能。①

虽然如上推测中的混淆和替代只是一种大概率事件而不能确考,但是至少从古代小说写及泰山与华山的情形看,这种类似于"泰(太)山"与"太行山"互称的混淆与替代是一个客观的存在。突出之例就是《水浒传》第五十九回所写的"宋江闹西岳华山"故事。

作为《水浒传》成书主要蓝本的《宣和遗事》,其写宋江故事的全部文字,以及宋人其他有关宋江史实与传说的记载都没有涉及华山。《宣和遗事》写宋江三十六人故事的部分所涉及之山,也只有泰山和太行山。先说"太行山",一则曰:

这李进义同孙立商议,兄弟十一人往黄河岸上,等待杨志过来,

---

① 至于肃宗改华山为泰山的原因,则见于《旧唐书·礼仪志》载:"肃宗至德二年春,在凤翔,改汧阳郡吴山为西岳,增秩以祈灵助。及上元二年,圣躬不康,术士请改吴山为华山,华山为泰山,华州为泰州,华阳县为太阴县。宝应元年,复旧。"

将防送军人杀了，同往太行山落草为寇去也。①

一则曰：

且说那晁盖八个，劫了蔡太师生日礼物，不是寻常小可公事，不免邀约杨志等十二人，共有二十个，结为兄弟，前往太行山梁山泺去落草为寇。②

笔者在《试说泰山别称"太行山"——兼及若干小说戏曲之读误》一文中，曾论定以上两例文中的"太行山"，实际所指都是"泰（太）山"。乃因写杨志等是"落草为寇"之故，避讳"泰（太）山"的正名而别称"太行山"。

后说"泰山"。书中称"东岳"，一则曰：

那时吴加亮向宋江道："是哥哥晁盖临终时分道与俺：他从政和年间朝东岳烧香，得一梦，见寨上会中合得三十六数；若果应数，须是助行忠义，卫护国家。"③

一则曰：

一日，宋江与吴加亮商量："俺三十六员猛将，并已登数；休要忘了东岳保护之恩，须索去烧香赛还心愿则个。"择日起程……④

一则曰：

宋江统率三十六将，往朝东岳，赛取金炉心愿。朝廷不奈何，只

---

① 《宣和遗事》，载丁锡根点校《宋元平话集》，上海古籍出版社1990年版，第301页。
② 《宣和遗事》，载丁锡根点校《宋元平话集》，上海古籍出版社1990年版，第303页。
③ 《宣和遗事》，载丁锡根点校《宋元平话集》，上海古籍出版社1990年版，第305页。
④ 《宣和遗事》，载丁锡根点校《宋元平话集》，上海古籍出版社1990年版，第306页。

得出榜招谕宋江等。①

以上写及"东岳"即"泰山"的三则例文所述实为一事，即与前引两称"太行山"之实为"泰（太）山"相联系，晁盖、宋江及"三十六将"因先后得到了"东岳"的保护，从而晁盖临终遗嘱，宋江、吴加亮等谨遵率众代晁盖还了"往朝东岳，赛取金炉心愿"。这个故事其实就是后来《水浒传》写"宋江闹西岳华山"的基础。只是比较《宣和遗事》，《水浒传》为避讳宋江尚且为"贼寇"之身与"泰（太）山"的联系，而把他们的"往朝东岳"改写成了"闹西岳华山"。

虽然作为小说描写，《水浒传》对《宣和遗事》的这一改变并不待历史上确曾有过唐朝改"华山"为"太山"的事实，然而既然历史上有过"华山"改称"太（泰）山"的事实，那么读者判断上也就不能排除《水浒传》的这一改变有受此一事实影响的可能。若不然，《水浒传》为什么恰好就是把《宣和遗事》中的"东岳"太（泰）山改为"华山"，而不是其他什么山呢？所以，在知悉唐代"华山"曾一度改称"太山"的前提下，至少应该考虑到《水浒传》把《宣和遗事》"往朝东岳，赛取金炉心愿"的故事改写为"闹西岳华山"，有受了历史上华山曾改称"太山"之影响的可能。

这种可能性的存在还另有迹象，就是华山与泰山有多个重要景观同名，虽不能断定其孰先孰后，但是大体可信为一方移用自另一方的结果。据金代王处一编《西岳华山志》与明代汪子卿《泰山志》、查志隆《岱史》相对照，明朝以前两山同名之较有影响的景观就有莲花峰、水帘洞、黑龙潭、玉女洗头盆等四处。前三种或在两山之外的其他山也有同名景观，可以不论。唯玉女洗头盆或称玉女洗头池乃仅此两山共有，他处无觅。其原因大概是中国万山之中，有玉女传说古迹并香火最盛的就是华山和泰山。王处一《西岳华山志》云：

> 明星玉女、玉女石马、玉女洗头盆：明星玉女祠，在顶之中峰龟背上立。祠堂有玉女石室，玉女圣像一尊，并玉女石马一疋，其马神

---

① 《宣和遗事》，载丁锡根点校《宋元平话集》，上海古籍出版社1990年版，第306页。

灵异常……祠前，有石臼五枚，臼中俱有水，号曰玉女洗头盆。其水碧绿澄彻，旱不竭，雨不溢。①

汪子卿《泰山志》云：

> 玉女池：在岳顶元君祠右，甘冽，四时不涸。详见《灵宇志·玉女考略》。一名圣母水池。②

《两岳华山志》与《泰山志》所分载泰山"玉女"实际也就是华山"玉女"，泰山的"玉女池"也就是华山的"玉女洗头盆"。明代查志隆《岱史》第十八卷《登览志》录王世贞《游泰山记》即曰：

> 行可里许，为元君祠。元君者，不知其所由始，或曰即华山玉女也……其右为御史所栖。后一石，三尺许，刻李斯篆二行。一石池，纵广深俱二尺许，亦曰玉女洗头盆也。③

同卷又录明王士性《岱游记》也说：

> （碧霞）元君，即天孙，或云华山玉女也。④

由此可见，至晚在明朝就有学人认可泰山与华山共奉玉女之神的联系。这一联系的揭示在认识上加强了因华山曾一度改称太山，而使《水浒传》把《宣和遗事》"往朝东岳，赛取金炉心愿"的故事，改写为"闹西岳华山"的可能性。这固然未必就是最后的结论，但在没有反证的情况下，肯定这种可能性是一个合理的判断。至于这种可能性产生的深层原

---

① 全国图书馆文献缩微复制中心编：《中国名山志》（第三册），书目文献出版社2005年版，第30—31页。
② （明）汪子卿撰，周郢校证：《泰山志校证》，黄山出版社2006年版，第9页。
③ （明）查志隆编纂，马铭初、严澄非校注：《岱史校注》，青岛海洋大学出版社1992年版，第365页。
④ （明）查志隆编纂，马铭初、严澄非校注：《岱史校注》，青岛海洋大学出版社1992年版，第398页。

因，也还是由于泰山避讳，把《宣和遗事》说东岳对宋江等"盗贼"的"保护之恩"，算在了在当时人看来政治地位远逊于泰山的"西岳华山"之上，乃上论无"恶"不归于太行、无美不归于泰山之泰山避讳传统的一个变例而已。

五 结语

以上讨论泰（太）山与太行山、五行山、华山互称所涉及的"泰（太）山"与诸山的关系，由于"五行山"本是"太行山"的本名或别名，从而这一关系实际只是"泰（太）山"分别与"太行山"和"华山"两方的互称而已。这两种互称的形成各有其不同的文化渊源，似偶然而不无必然。但是一般说来，主要是古代地理界划大"太行（山）"与大"太山"观念的影响。具体而言，因为大"太行（山）"观念之故，而"泰（太）山"被视为"泰行山之南山"，所以从明代宝卷等到小说能以"太（泰）行山"代指"泰（太）山"；又因为大"太山"观念之故，而唐人不妨一改"华山"之名而称"太山"，进而促使《水浒传》把《宣和遗事》中本来写在"泰（太）山"的故事改写作"闹西岳华山"。

这是一幅自然与人文、历史与文学交互作用的生动画卷，而政治的因素——具体说是至晚由宋真宗封禅泰山的推动而登峰造极的泰山避讳，是这一画面生成的关键。因为，虽然由于语言学的规律而产生的历史上山川称谓的变迁造成了如"泰（太）山"分别与"太行山"和"华山"的互称与一定程度上的混淆甚至替代，但从中国历代有关社会生活的文献记载中看，这种互称与替代还是偶然的个别现象，而且多系无意为之，没有也不大可能造成古今对相关文献的太多太大的误读。但在宋元以降以虚构寄意的小说戏曲中情况就不同了，如本文论"太行山梁山泊""宋江闹西岳华山"之类的书写，如果不是对上述互称之俗的历史有所了解，而又与彼时日益加强的泰山避讳联系起来考虑的话，那就只能如数百年来的诸多硕学名家，或顾左右而言他，或强作奇特解会，而继续留为后人的遗憾了。

现在来看，这个跨在史学与文学间的千古之疑，可以有差不多是最后的结论了。我因此而有两点感想。

一是孔子曰"必也正名乎"云云之于现实与历史非常重要，不然则一定贻误当世和后人，如本文所论者即是。但从另一方面看，古代小说利用"泰（太）山"与"太行山"和"华山"的互称创作相关情节，既是某种社会政治情势影响下的无奈，又是反拨这种影响以坚持艺术创作的适当变通。后世读者只需要同情并谅解古人写作有似于史家的"曲笔"和文人有时行文中打方框的苦衷就是了，不必苛责其称"名不正"了。

二是由本文跨在历史、地理与文学间可能仍不够彻底的探讨，想到自然与人文，历史与文学，虽然各为统一世界之学问的一个方面，况且人生有涯，而学问无涯，所以不得不困于或大或小的所谓"专业"的一隅，然而我辈当知学问之做大做深的途径与标志，一面固然在专业上的执着，另一面却不能不是自觉和不断地打破各种壁垒的分割围困，而经常对自己的专业视阈有所开拓和调整，并尝试有所超越。笔者于此虽不能至，但心向往之，愿与读者共勉。

[原载《南京师大学报》（社会科学版）2016 年第 5 期]

《水浒传》为"石碣记"试论

百年来有关《水浒传》内容的研究，与古典小说研究整体的情况略无不同，大体重对直接反映现实重大社会矛盾的方面的解读，而轻虚构之闲笔特别是对虚幻情景的描写，往往以为不足道甚或荒诞迷信而以糟粕弃之的。例如第一回《张天师祈禳瘟疫，洪太尉误走妖魔》至第二回开篇写水浒故事缘起，实为全书叙事之领起、作者开宗明义之笔，却向来很少有人论述。至于"洪太尉误走妖魔"之关键，尤在洪太尉命人所推倒的"伏魔之殿"内镇压妖魔的一块"石碑"，后来还以不同形式一再出现或被提及，有关描写的意义非同寻常，更是无人揭出，故试论如下。

按《水浒传》第一回末至第二回开篇写洪太尉在伏魔之殿云：

……殿内……四边并无别物，只中央一个石碑，约高五六尺，下面石龟趺坐，大半陷在泥里。照那碑碣上时，前面都是龙章凤篆，天书符箓，人皆不识。照那碑后时，却有四个真字大书，凿着"遇洪而开"。……洪大尉……便对真人说道："……'遇洪而开'，分明是教我开，看却何妨！我想这个魔王，都只在石碑底下。汝等从人与我多唤几个火工人等，将锄头铁锹来掘开。"……掘下去……却是一个万丈深浅地穴。……只见一道黑气……直冲上半天里，空中散作百十道金光，望四面八方去了。……真人向前叫苦不迭……对洪太尉说道："太尉不知：此殿中，当初是祖老天师洞玄真人传下法符，嘱付道：'此殿内镇锁着三十六员天罡星，七十二座地煞星，共是一百单八个魔君在里面。上立石碑，凿着龙章凤篆天符，镇住在此。若还放他出世，必恼下方生灵。'如今太尉放他走了，怎生是好！他日必为后患。"①

至第七十一回《忠义堂石碣受天文，梁山泊英雄排座次》，写宋江于水泊梁山"建一罗天大醮，报答天地神明眷佑之恩"，乃有"石碣"现形：

> 宋江……务要拜求报应。是夜三更时候，只听得天上一声响，如裂帛相似，正是西北乾方天门上。众人看时，直竖金盘，两头尖，中间阔，又唤做天门开，又唤做天眼开。里面毫光射人眼目，霞彩缭绕，从中间卷出一块火来，如栲栳之形，直滚下虚皇坛来……攒入正南地下去了。……宋江随即叫人将铁锹铁锄头掘开泥土……只见一个石碣，正面两侧各有天书文字……乃是龙章凤篆蝌蚪之书，人皆不识。……教何道士看了，良久说道："此石都是义士大名，镌在上面。侧首一边是'替天行道'四字，一边是'忠义双全'四字。顶上皆有星辰南北二斗……" ……"前面有天书三十六行，皆是天罡星。背后也有天书七十二行，皆是地煞星。下面注着众义士的姓名。"

按《汉书·窦宪传》李贤注云："方者谓之碑，员（圆）者谓之碣。"由此可以推知，碑与碣虽有方头与圆头的区别，但基本的形象与实际的用途无甚差别，广义上碑也就是碣。因此，降于梁山的"石碣"虽与龙虎山"石碑"有"碣"与"碑"自天而降及和立于伏魔殿中之别，但从都用"龙章凤篆"刻着"三十六员天罡星，七十二座地煞星"之姓名来看，二者实为同一块灵石，是其作为神物能上天入地、腾挪变化、在不同情景下隐喻天意的现形。②

但是，《水浒传》必于第一回称"石碑"，后来则一概改称"石碣"，却是有原因的。《仪礼·聘礼》郑玄注曰："宫必有碑，所以识日影，引阴阳也。凡碑，引物者。"③ 大约因此，一面石立于"伏魔之殿"即宫中应该

---

① （元）施耐庵、罗贯中：《水浒传》，人民文学出版社1984年版。本文以下引《水浒传》非特别说明者，均据此本，说明或择注回次。
② 金圣叹批改本《水浒传·楔子》正是改"石碑"为"石碣"。
③ （汉）郑玄注，（唐）贾公彦疏：《仪礼注疏》，载（清）阮元校刻《十三经注疏》（上），中华书局1980年影印本，第1059页下。

· 382 ·

称"碑",又要特别突出其在第一回中为"引物"即一书托始的作用,因而也要称"碑"。但后来所写,既不在宫中室内,又其"引物"的作用显然减小了,故称"石碣"。金圣叹本《水浒传·楔子》改"石碑"为"石碣",似为了与后文统一,以便于其评点立论,实乃不明古义,又太拘泥于文字,因而不够通脱了。

《水浒传》除上述第一回即出"石碑"为一书托始,第七十一回"石碑"再以"石碣"现身,使"石碣"作为神物的形象更加引人注目之外,还不惜笔墨反复影写"石碣",第十四回《赤发鬼醉卧灵官殿,晁天王认义东溪村》追溯晁盖绰号"托塔天王"的来历云:

> 原来那东溪村保正,姓晁名盖……郓城县管下东门外有两个村坊,一个东溪村,一个西溪村,只隔着一条大溪。当初这西溪村常常有鬼,白日迷人下水在溪里,无可奈何。忽一日,有个僧人经过,村中人备细说知此事。僧人指个去处,教用青石凿个宝塔,放于所在,镇住溪边。其时西溪村的鬼,都赶过东溪村来。那时晁盖得知了大怒,从溪里走将过去,把青石宝塔独自夺了过来东溪边放下。因此,人皆称他做托塔天王。

关于这一石塔镇鬼的插话,袁无涯本有眉批仅曰:"生此一段因缘,如又入一小剧。"① 似以其只为追溯晁盖绰号"托塔天王"来历的荡出一笔。但金圣叹读后以为不然,于"教用青石凿个宝塔放于所在,镇住溪边"句下夹批云:"亦暗射石碣镇魔事。"又于"把青石宝塔独自夺了过来,东溪边放下"句下夹批云:"亦暗射开碣走魔事。"这看似有穿凿附会之嫌,但结合《水浒传》写晁盖虽不在一百零八人之数,却是"一部书……前后凡叙一百八人……提纲挈领之人"来看,可信正如第一回写洪太尉力逼龙虎山道士放倒石碣"误走妖魔",而使一百零八天罡、地煞入世一样,晁盖是夺移镇鬼之石塔使来东溪村之鬼复归西溪村,而得名"托塔天王",也具有了一百零八人汇聚梁山"提纲挈领之人"的身份,并因"七星聚义"

---

① 陈曦钟等辑校:《〈水浒传〉会评本》,北京大学出版社1981年版,第259页。本文以下引《水浒传》诸家评点,均据此本,不另出注。

而真正进入角色的。从而"石碑"即"石碣",为一百零八"妖魔"下世托始,"石塔"为妖魔入世汇聚梁山托始,二者遥相呼应,一脉贯通。金圣叹此批,真可谓目光如炬,如见作者肺腑然。

接下来即第十五回《吴学究说三阮撞筹,公孙胜应七星聚义》,又写阮氏三雄家住"石碣村",金批回前曰:

> 《水浒》之始也,始于石碣;《水浒》之终也,终于石碣。石碣之为言一定之数,固也。然前乎此者之石碣,盖托始之例也。若《水浒》之一百八人,则自有其始也。一百八人自有其始,则又宜何所始?其必始于石碣矣。故读阮氏三雄,而至石碣村字,则知一百八人之入《水浒》,断自此始也。

又于文中"这三个人是弟兄三个,在济州梁山泊边石碣村住"句下夹批曰:

> 此书始于石碣,终于石碣,然所以始之终之者,必以中间石碣为提纲,此撞筹之旨也。

金批此语虽就其所谓贯华堂古本七十回而言,但即使从百回本看,"七星聚义"的"智取生辰纲"同样是梁山事业的真正起点,金圣叹以"石碣村"之"石碣"为"中间石碣",也是不错的。因为,不仅七十回本结末的"忠义堂石碣受天文"为"终于石碣",而且百回本书中既在第十九回写阮小七自称"老爷生长石碣村,禀性生来要杀人"(第十九回)云云,又在全书之末的第一百回写了因涉嫌有造反之心而被撤职为民后,"阮小七……心中也自欢喜,带了老母,回还梁山泊石碣村",也是"终于石碣",则不仅前此"石碣村"之"石碣"为"中间石碣",而且第一回首以"石碑"名义出现的"石碣"之后至第一百回的全书首尾之间,笔法变幻地不时写到的"石碣",也无非为"中间石碣"。

这也就是说,不仅金圣叹以七十回本为"始于石碣,终于石碣……中间石碣为提纲"之大照应之法的评语,移之于百回本也是恰当的说明,而且因百回本最接近原本之故,应是更合于作书人或曰写定者的意图。因此笔者认为，百回本中除第一回"石碑"与第七十一回"石碣"的照应之外，第十五回"济州梁山泊边石碣村"的布置，亦与"龙虎山"上"伏魔之殿"暗相照应；而"石碣村"之字"石碣"与东溪村晁盖之所托"石塔"，也各与第一回"伏魔之殿"的"石碑"为后先的照应。作者正是用这诸多照应，反复暗示强调了一百零八人始末的宿命因由，而"石碣"亦因此得有一书叙事之关键物象与主旨象征的地位。

这里需要说明的是，如上笔者援引金圣叹夹批并参以己意所抉出的这诸多照应，在作书者已是用意极微，今天读来更近乎深晦了。但是，读者倘能注意到这同一部书中，虽笔法用度有所不一，却有如此之多关于镇压魔鬼之"石碣"的文字，则难免会生其何以如此津津乐道之疑；而又能够如朱熹论读书所说"正看背看，左看右看"，"读得正文……如自己做出来的一般"（《朱子语类》卷十一）的话，也就不难相信《水浒传》作者于"石碣"意象之设计与描写，应该有总体构思上的用心，具体表达为以下几个方面。

首先，如上已言及，"石碑"即"石碣"为全书叙事之托始。《水浒传》第一回《张天师祈禳瘟疫，洪太尉误走妖魔》写水浒故事缘起，关键在"京师瘟疫成行"，洪太尉奉旨在龙虎山宣请天师禳灾而"误走妖魔"。但其所谓洪太尉之"误"和不能不"误"，实在于"伏魔之殿"上的"石碑"，后面早就"有四个真字大书，凿着'遇洪而开'"。洪太尉正是凭此碑上之命定，逼使随行真人等屈从他推倒此碑而"误走妖魔"，遂致"千古幽扃一旦开，天罡地煞出泉台"，而有后来水泊梁山一百零八人故事。回目中曰"误"，是作者故就一般读者人心思定而言，实际描写的却是龙虎山"祖老天师洞玄真人"当初立石碑"镇锁"妖魔之时，即已命定"遇洪而开"。所以，回目虽以洪太尉为一百零八"妖魔"出世开"千年幽扃"为"误"，但描写中又感叹说："岂不是天数！"可知其所谓"误"，只是作书人好行狡狯，闪烁其词。其真意至多是以其开碣放魔非奉旨来山之事和人心思定言为"误"，而以石碑所示"遇洪而开"的天命言为不"误"。从而《水浒传》一书"走妖魔"故事之始，本质上不是洪太尉之"误"，而是天假洪太尉之来山以行其道。这既是全书"替天行道"之旨的一个体现，又是全书以"石碑"打头叙一百零八人之事也正合于"凡碑，引物者"的古义的体现。

其次,"石碣"以"天文"之两联为《水浒传》点题,含蓄全书主旨。《水浒传》写"石碑"与其后来之变相"石碣"上都镌有"天文",后者描写更为具体,除与前写石碑上共有诸天罡、地煞之名号以外,还在侧首一边有曰"替天行道",另一边有曰"忠义双全"。这两联实与第四十二回九天玄女授宋江天书时所嘱"汝可替天行道,为主全忠仗义,为臣辅国安民"诸语相照应,乃以"石碣"再次为全书点题。《水浒传》早期刊本题"忠义传"或"忠义水浒传"诸称,又书中写晁盖死后梁山上"聚义厅"改为"忠义堂",并竖起"替天行道"杏黄旗,都可以说是九天玄女"天言"并"石碣"之两联的演义。唯是玄女"天言"明告于宋江一人牢记,而"石碣"两联书于一百零八人名号之侧众人共观,表现方式有异,目的却不过反复皴染,同在为全书点明题旨。

再次,"石碣"以"天文"之书一百零八人名号给《水浒传》叙事以根本性规约,是全书主旨实现的"天命"保障之一。"石碣"除以"天文"之两联含蓄《水浒传》主旨之外,其对一百零八人名号的标举还有规约全书主旨并保障其实现的作用。具体来说,一是"石碣"通过以"天文"标举一百零八人名号,坐实了《水浒传》所写为宋江诸星君入世历劫、"替天行道"、功德圆满、"重归紫府"的故事,从而在耸人听闻的同时体现了作书人意在"究天人之际"的用心。读者若要读懂《水浒传》一书真义,必须联系这一故事发生于"天人之际"的全部内容与特点,结合其非现实的"因",才有可能圆满解释现实的"果"。那种完全不顾《水浒传》非现实描写因素的解读,一定是片面和有悖于作书人本意的。二是"石碣"以"天文"标举一百零八人名号,在提破宋江"原来上应星魁","众多兄弟……合当聚义"等的同时,也为一百零八人"排座次",并使得"众人"不敢"违拗",从根本上奠定了写梁山全伙受招安的叙事目标。三是"天文"所标举一百零八人名号本身往往隐寓人物个性命运,如李逵、武松的好杀以至滥杀无辜,就不仅是他们个人的现实品格问题,而是与二人绰号即其前身分别为"天杀星""天伤星"的宿命有关,也是其所到之处,有人该受此"天罚"的体现,是在更深层次上对人物塑造与情节设计的一种规约。

最后,由于以上原因,加以"石碣"形象超然神秘并贯穿始终,"石碣天文"成为全书叙事所祭起的一大纲领。《水浒传》写"石碑"即"石碣"初现于龙虎山,再现于梁山,又"暗射"以晁盖青石宝塔重影以阮氏兄弟之"石碣村"之"石碣",乃至第九十八回写至平方腊之役,梁山好汉死伤相继,仍有宋江道"我想当初石碣天文所载一百八人,谁知到此渐渐凋零,损吾手足"的话。这诸多处写到的"石碑"——"石碣"或"石碣天文",读者粗粗看来,似三处"石碣"各为一物,若不相关;而细心推求,始知其一而三,三而一,各处"石碣"貌异而实同为一物。因此三复隐喻,使"石碣天文"之提示,或隐或现于故事之前前后后,以醒读者之目。特别是将近书末的第九十八回又顺笔一提,更显示作书人为有意突出"石碣"在全书叙事中不仅具领起地位,而且有贯穿作用,始终强调故事的全部现实描写为"洪太尉误走妖魔"的后续,即龙虎山真人所说"他日必为后患"预言的实现。读者若以为《水浒传》写至晁盖、阮氏兄弟之后,梁山故事即可一直讲下去,不必再有回溯开篇"误走妖魔"也就罢了,但那大概还只是把《水浒传》作一般说书人之话本的水平看待,而没有意识到《水浒传》在旧有材料的基础上进行了改造,其实已是文人之作。而古之文人作小说,必追求"前能留步以应后,后能回照以应前,令人读之,真一篇如一句"①的境界,就宋江等人故事来说,经文人以"水浒"命名重铸为《水浒传》之后,艺术上更是别具一种风格与朦胧美的特征。所以,虽然百回本《水浒传》仍不免有叙事不完、情节疏漏之处,但大处已结构严谨,血脉贯通。对这样一部《水浒传》,若必以"一篇如一句"衡量的话,我们就应该相信"石碣"形象之设,实作为超然于具体情节之上的叙事纲领的载体。特别第七十一回写"石碣天文"刻载一百零八人名号,不啻为《水浒传》无非"叙一百八人"(金批本第六十九回前评)之事标目,规定了全书写人叙事之"数",因此提破宋江"原来上应星魁","众多兄弟……合当聚义"等,也为前七十回叙事做了一大收束,并使情节能够比较快捷地向"招安"转换,有遥启下文、直照结局之绾缤全书的建构意义。

总之,《水浒传》写"石碑"第一回即出,第七十一回再出,结末顺笔重提。其中间则以其影射之象"石塔"自第十四回出,以"石碣村"之

---

① (清)毛宗岗:《读三国志法》,朱一玄、刘毓忱编《三国演义资料汇编》,百花文艺出版社1983年版,第306页。

名"石碣"自第十五回出,结末第一百回以阮小七"回还梁山泊石碣村"重提。同一物象,两条线索,三复提点,若明若暗,各有所谓。大略而言,"石碑"为全书托始,"石塔"为晁盖等"七星聚义"托始,"石碣村"为一百零八人梁山聚义托始,都属关键,并前后映衬,消息暗通,共同隐喻一部大书的主旨,并规约其以"石碣天文"为一超然之结构中心的艺术形式。因此,作为《水浒传》各种可能的解读之一,笔者把它视为一部托于"石头"意象的"石碣天文",一部绿林江湖故事的"石碣记",应该是说得过去的。

(原载《黑龙江社会科学》2010年第3期)

永恒之女性，引领水浒上升

——《水浒传》对女性与婚姻的真实态度

《水浒传》[①]写"梁山泊好汉"，晁盖之外宋江等一百零八人，有一百零五个男子汉，"女汉子"只有三个。男子汉多单身。单身汉或因为不贪恋"女色"，所以"不娶妻室"，又有杀所谓"四大淫妇"等血腥故事。于是百年来海内外学者指"梁山泊好汉"有"厌女症"[②]者有之，指其以妻子为"家室之累"[③]者有之，乃至指《水浒传》"英雄下意识地仇视女性，视女性为大敌，是对他们那违反自然的英雄式自我满足的嘲笑"[④]，或说有"根深蒂固的仇视女性的理念与情结"[⑤]（以下"仇视女性"或简称"仇女"）者亦有之。似乎"梁山泊好汉"是女性的天敌，其"女色"观一无是处。

这些观点虽然发生并主要流行于学术圈，但遍及中外，持续百年，影响广大，从未受到过公开的质疑，更未有过广泛深入的讨论，好像已成定论，这并不是正常的现象。其所造成的对《水浒传》一书的负面看法实为不小，而且与日俱增。因此，笔者认识到《水浒传》对女性包括婚姻的真

[①] （元）施耐庵、罗贯中：《水浒传》，李永祜点校，中华书局1997年版。本文如无特别说明，凡引《水浒传》均据此本，仅说明或括注回次。
[②] [美]浦安迪讲演：《中国叙事学》，北京大学出版社1996年版，第148页。
[③] 孙述宇：《〈水浒传〉的来历、心态与艺术》，台湾时报文化出版事业公司1981年版，第18页。
[④] [美]夏志清：《中国古典小说导论》，胡益民等译，安徽文艺出版社1988年版，第110—111页。
[⑤] 刘再复：《双典批判——对〈水浒传〉和〈三国演义〉的文化批判》，生活·读书·新知三联书店2010年版，第65页。

实态度，虽然基本上不出"名教"的范围，甚至有杀"淫妇"之类今天看来过分的行为，但总体上对女性与婚姻绝无恶感，而是欣赏有加，关爱有度，保护备至，乃至有无上的尊崇，给人的感觉似乎是"永恒之女性，引领水浒上升"！试分说如下。

一 《水浒传》写女性之美

《水浒传》写女性形象，除九天玄女为"高、大、上"，与李师师是"今上两个表子"（第七十二回）之一为特殊之外，其他女性形象都属普通官民人等社会人物。其中固然有不少负面形象，如所谓"四大淫妇"和阎婆、王婆、李巧奴、李瑞兰、刘高夫人、李鬼之妻等，故事也更引人注目，加之对三女将的描写缺乏一般观念中女性柔美的特点，所以《水浒传》女性给读者的印象似乎是一个甚为灰暗的群体。以致孙述宇《〈水浒传〉的来历、心态与艺术》在品鉴书中有关潘金莲的描写以后说："观察至此，我们产生疑问了。《水浒传》对女性敌视得很，书中的女人除了几位梁山女英雄不算，其余全是道德败坏的……为什么水浒世界里有那么多的坏女人呢？"[①]

其实，这只是观察者有意无意选择性失察得出的结论。《水浒传》中相对于好汉有王进、晁盖及"梁山泊好汉"中一百零五个猛男来说，甚至相对于书中阎、贾、二潘"四大淫妇"诸女性负面人物形象的频出与抢眼，正面突出的女性形象确实较少也写得不够突出，但如果仔细考量，便可以发现《水浒传》写的好女人数量也并不是很少，有的还处在关键位置，起到过重大作用。

首先，《水浒传》写三女将显示了作者心目中"替天行道"不可以没有女性的参与，是重视的态度。又，这三个女性在《大宋宣和遗事》等《水浒传》成书前的资料中极少出现或不见踪迹，主要是《水浒传》把她们创造出来的，而且正好是三个——"三生万物"——这是有寓意的。至少在一百零八人的组合中符合了"一阴一阳之谓道"，也真正在这个意义

[①] 孙述宇：《〈水浒传〉的来历、心态与艺术》，台湾时报文化出版事业公司1981年版，第237页。

上发挥了作用，如写宋江多次摆九宫八卦阵，需要"阴兵"，就是三女将偕各自的丈夫独当一面。第一次是第七十六回写童贯率八路军马进剿梁山，"宋公明排九宫八卦阵"：

> 后阵又是一队阴兵，簇拥着马上三个女头领。中间是一丈青扈三娘，左边是母大虫顾大嫂，右边是母夜叉孙二娘，押阵后是他三个丈夫。中间矮脚虎王英，左是小尉迟孙新，右是菜园子张青。

又第八十九回写征辽"宋公明梦授玄女法"，七路并进，各打七门。其中有一路显然必须有女将：

> 再差一枝素袍银甲军，打大辽太阴右军阵中，差大将七员：扈三娘、顾大嫂、孙二娘、王英、孙新、张青、蔡庆。

金圣叹于《水浒传》楔子夹批有曰："易穷则变，变出一部《水浒传》来。"[①] 此等描写处若无女将，恐亦不便安排。可见《水浒传》一百零八人中有三女将形象的设置，正是出于叙事上"一阴一阳之谓道"(《周易·系辞上》)的考量。

虽然三女将的描写都因不同程度地被"好汉"化而看起来有些不像女人了，但是一丈青扈三娘出场的描写，可以表明那其实是一种偏见。且看其诗赞：

> 雾鬓云鬟娇女将，凤头鞋宝镫斜踏。黄金坚甲衬红纱，狮蛮带柳腰端跨。巨斧把雄兵乱砍，玉纤手将猛将生拿。天然美貌海棠花，一丈青当先出马。

且书中写她多次上阵，在与梁山对敌时只有梁山上排名第六的林冲才能擒她；与官军对敌时生擒彭玘，与后来在梁山排名第八的呼延灼大战不

[①] 陈曦钟等辑校：《水浒传会评本》，北京大学出版社1981年版，第41页。本文以下引《水浒传》诸家评点，均据此本，不另出注。

分高下，马幼垣先生论说："我们总得承认扈三娘的武功绝对高于梁山的平均水平，也得承认她先后和林冲、呼延灼交手时并未使尽看家本领，起码还没有搬出那条套索来。"① 加以其容貌之美，实堪称《水浒传》中的美女将军！只是她一言未发，等同于没有灵魂。否则就该是樊梨花、穆桂英一流人物。但也因此成为《水浒传》一百零八人中最特殊的一个。

至于孙二娘、顾大嫂之粗豪彪悍有似于男子，则属人在江湖，杀场无性别，应该也是一种生活与艺术的真实。而细按文本，有关描写也并非完全没有顾及三女将包括性别在内的个性特征。如写山寨上每次调动驻守将领，都安排她们各随其夫；而每逢战阵也各自夫妻一起上阵，可谓比翼双飞。乃至张青与孙二娘、王英与扈三娘都双双殉国，为大宋忠臣，在古代小说中有堪比杨门女将之处。至于扈三娘美而无言，孙二娘之女承父业，顾大嫂之重亲情、有勇谋等特点，也各自鲜明，给人留下深刻印象。尤其顾大嫂，如果不是她的坚持与促成，依着孙新兄弟，解珍、解宝兄弟身陷囹圄肯定是救不成了。后在驻守山寨和多次下山作战中亦勇而有为，故能在"征方腊"后幸存，"封授东源县君"（第九十九回）。"东源"，一本作"东原"，以"东原罗贯中"之籍贯"东原"为封地，更见得作者对这位女英雄的人品才干有特别的好感，所表达的是对女性价值的肯定与尊重。这也显示了《水浒传》非但不曾"厌女""仇女"，而且还尊女、重女，至少没有明显轻视女性的偏见。

其次，《水浒传》在写九天玄女、李师师和三女将的同时，还写有诸多其他正面女性人物形象，如第九十二回写毗陵城方腊守将金节的夫人秦玉兰，关键时刻奉劝丈夫并为其谋划里应外合献城归顺朝廷之策略，金节道："贤妻此言极当，依汝行之。"又引史官诗曰："金节知天欲受降，玉兰力赞更贤良。宋家文武皆如此，安得河山社稷亡。"② 这里肯定了这一情节与打方腊的是非无关，而是说它标志了《水浒传》不仅不"仇视女性"，而且写有此等以女性高出于丈夫和"宋家文武"的亮点。再如第十回写酒

---

① 马幼垣：《女将一丈青扈三娘》，载《水浒论衡》，生活·读书·新知三联书店 2007 年版，第 285 页。
② 李卓吾于此评曰："夫妻俩却是一金一玉，真是金玉君子。"使人油然联想后世《红楼梦》"金玉姻缘"之说。而张新之《红楼梦读法》云："《红楼梦》脱胎在《西游记》，借径在《金瓶梅》，摄神在《水浒传》。"一粟编：《红楼梦资料汇编》，中华书局 1964 年版，第 154 页。

生儿李小二感恩林冲,"李小二就请林冲到家里坐定,叫妻子出来拜了恩人。两口儿欢喜道:'我夫妇二人正没个亲眷,今日得恩人到来,便是从天降下。'""林冲的绵衣裙袄都是李小二浑家整治缝补"。正是他们夫唱妇随,才帮助林冲闯过高衙内派人暗杀的险关,其妻子真可谓贤内助矣。第二十六回写何九叔的老婆出主意使何九叔去偷武大郎的骨殖留证以保护自己,何九叔道:"家有贤妻,见得极明。"其他如王进之母、林冲娘子以及李逵和公孙胜各自可怜的母亲等,虽着墨不多,或寥寥几笔,都能引出读者或敬重或同情之感。可见,《水浒传》虽写女性正面形象较少也不够突出,但一有涉及即颊上三毫,颇见精彩。

二 "梁山泊好汉"的"护花"行为

孙述宇在《〈水浒传〉的来历、心态与艺术》的《导言》中说,"再马虎的读者也会注意到这本小说对女性甚不恭维,书中好汉视她们如敝屣粪土,与罗宾汉等西洋绿林大异其趣"[①]。笔者认为这个说法也过分了。说"这本小说对女性"不曾"恭维"是一个事实,但是再仔细的读者恐怕也看不出"书中好汉视她们如敝屣粪土"。而恰恰相反,书中写"梁山泊好汉"除王英、周通等个别人之外,都无明显"好色"的表现。但是,除了王英、周通等"好色"之人非"厌女"更不会"仇女"之外,林冲为妻子得罪高衙内,和被逼上梁山之后仍系念搬取家室的故事,可谓"梁山泊好汉"笃于夫妻情谊的典型。甚至耻笑"好汉"有"溜骨髓"毛病的宋江和鲁智深、武松、李逵一生未近女色,也时有"英雄救美"式的表现,成为《水浒传》写真"好汉"皆能"护花"甚至为保护女性而战的典型,是其"女色"观又一大突出的亮点。

首先,《水浒传》的中心人物是宋江,写宋江和写宋江与女人的故事也最多。而且除了上述写宋江与九天玄女和与李师师的特殊交集之外,凡写宋江与梁山之外女人的交际,几乎都是他对女人一片好心,却最后因女人而吃了大亏。所以,单从故事的结局看,宋江对女人说不上好,也确实

[①] 孙述宇:《〈水浒传〉的来历、心态与艺术》,台湾时报文化出版事业公司1981年版,第3页。

没有做过许多具体奉献，但论其初心，仍然是"护花使者"，一片热心肠也！第一个自然是阎婆惜，宋江初心是怜老惜贫成全阎婆求他包养女儿的愿望，然后才有对阎婆惜一时生怜香惜玉之心，是难得之"好德"以"好色"、救穷以护花的雅事，只是后来二人反目成仇了而已。第二个是宋江在清风寨上救了刘高夫人。尽管后来也证明这个女人恩将仇报，并不值得搭救（第三十二回），但是正如农夫与蛇的故事，宋江当时脱此妇于虎口，岂非也是出于保护这位女子的善心？又如因李逵性急失手伤了宋玉莲，宋江当即许她母女二十两银子，名义是补偿，实质是深明事理的宋玉莲母亲也承认的"救济"。所以，我们看《水浒传》写宋江，包括导致其"杀惜"之事在内，初心无非是为了救助女性。

其次，更典型的是鲁智深，《水浒传》写他为金翠莲打抱不平，三拳打死镇关西，做不成提辖，只好为避罪去做和尚（第三回）；做和尚去大相国寺的路上，又为了救桃花庄刘太公的女儿打了周通，恶了李忠（第五回）；后又至大相国寺管菜园子，为林冲的娘子而救落难的林冲，连相国寺的和尚也做不成了（第八回），只好亡命江湖。可见，鲁智深一单身汉而已，一和尚而已，自己并无"女色"之缘想，最后却难逃被逼上梁山的命运，一步步都是为了救护落难或陷入困境的女性。故第五回《小霸王醉入销金帐，花和尚大闹桃花村》有金圣叹夹评曰："鲁达凡三事，都是妇女身上起。第一是为了金老女儿，做了和尚。第二既做和尚，又为刘老女儿。第三为了林冲娘子，和尚都做不得。然又三处都是酒后，特特写豪杰亲酒远色，感慨世人不少。"

再次是武松，第三十一、第三十二两回书写他"夜走蜈蚣岭"，杀了飞天蜈蚣王道人，解救了"岭下张太公家女儿"：

> 武行者道："这厮有些财帛么？"妇人道："他已积蓄得一二百两金银。"武行者道："有时，你快去收拾，我便要放火烧庵也。"那妇人问道："师父，你要酒肉吃么？"武行者道："有时，将来请我。"那妇人道："请师父进庵里去吃。"武行者道："怕别有人暗算我么？"那妇人道："奴有几颗头，敢赚得师父。"武行者随那妇人入到庵里，见小窗边卓子上摆着酒肉。武行者讨大碗吃了一回。那妇人收拾得金银财帛已了，武行者便就里面放起火来。那妇人捧着一包金银，献与武

行者乞性命。武行者道："我不要你的，你自将去养身。快走，快走！"那妇人拜谢了，自下岭去。

以此对比武松"血溅鸳鸯楼"以后，不忘"马院里除下缠袋来，把怀里踏匾的银酒器，都装在里面"逃出孟州的描写，这里武松不但救了那妇人性命，还在自己人在囧途也正需要金银的情况下，安排把王道人全部"金银财帛"都由妇人收了，并关切其"你自将去养身。快走，快走！"是何等义士！岂非"暖男"！

最后是最难以言说的李逵。作为"天杀星"之"魔性"未尽的李逵，固然为了礼教上的原因曾残忍杀害了刘太公的女儿和她的情人，但这只是显示他维护礼教的一面。而另一面是同回接着写了他轻信宋江曾经下山抢了刘太公的女儿，一怒砍倒杏黄旗，还要杀宋江；后来知错，负荆请罪之后与燕青下山杀了假宋江，救了刘太公的女儿，两人一起"步送女子、金资下山，直到刘太公庄上。爹娘见了女子，十分欢喜，烦恼都没了。尽来拜谢两位头领"（第七十三回）。可见《水浒传》写李逵虽涉嫌滥杀，但也并非全无原则。他的"潜规则"之一就是"除却奸淫"，维护礼教；而在他认为对的时候，亦能挺身救助女性。虽然救的只是礼教中的良家之女，但即使那女子被人强奸已属"失节"，也还要救人救彻，这就与"饿死事小，失节事大"的理学有了性质上的区别，而更富于人性和人道精神。

总之，《水浒传》在"替天行道""忠义双全"的主题之下，不可能多写"梁山泊好汉"真正"英雄救美"的思想与表现。而且上述四个被一般认为并不"好色"的"好汉"，其救助女人的动机也主要是道德性的，与两性意识无关，但毕竟救的是女性，客观描写展现的正是梁山泊好汉"该出手时就出手"，尽了保护女性的责任与义务。他们这种作为男性能不"好色"或"好色而不淫"，却好为护花的表现，同样是我们考察《水浒传》"女色"观时应该充分注意的一个特点。孙述宇说《水浒传》"讲来讲去，弄得满书都是好汉子吃女人亏的故事"，这是一个事实，但也正是由此可以看出，"好汉子"们对"女人"初心的仁慈，以及"吃亏"后报复的合理。

三 "梁山泊好汉"对"妻室"之重视

　　《水浒传》写晁盖"不娶妻室",宋江"不以女色为念",也一直都没有娶妻,最后都是一个人在孤独与凄凉中死去。对于这样两个人,读者很难想象他们其实很注重婚姻家庭,书中有大量关于他们维护婚姻家庭的描写,体现为在他们来看,除三女将、李小二妻那种夫妻一起打拼者外,即使家庭主妇型贤内助妻子,在丈夫的事业中也有不容忽视的地位与作用,应给予重视和适当处理。

　　梁山寨在晁盖、宋江先后主政的时期,都十分注重解决好汉们的家属问题,以之为梁山存在与发展的大计之一。这是从晁盖时就开始的传统,第一个是林冲,前已述及第二十回写"林冲见晁盖作事宽洪,疏财仗义,安顿各家老小在山,蓦然思念妻子在京师,存亡未保。遂将心腹备细诉与晁盖",晁盖当即赞同,后来还为林冲娘子、岳父已然去世"怅然嗟叹"。可见晁盖自己虽然"不娶妻室",但是他却非不近人情者。其"怅然嗟叹"的背后,应是愿意有一个家。而"不娶妻室",除"打熬筋骨"外,也许还因为不愿意陷入林冲那般为家室所累的困境,而与前述所谓"厌女症"无关。

　　宋江虽然自己未娶妻,但是他在上梁山之前,却曾嘱咐武松"日后但是去边上,一枪一刀,博得个封妻荫子……"可知"封妻荫子"也是他人生理想的一部分。但这也使得他一直未娶的行径有些令人莫明其妙,岂不知"夫妇为人伦之始"和"不孝有三,无后为大"吗?又是否功业未就,何以家为?但是这一似乎自相矛盾处没有影响他们对婚姻家庭的基本态度。宋江与晁盖一同执掌山寨,以及晁盖死后他继任梁山寨主的时期,在频繁征战和山寨不断有新人加入进来的过程中,都一直注重解决好上山弟兄们夫妻团聚、父母迎养或探亲问题,例如所有被赚或被俘归顺梁山的地方豪杰和官军将领,如李应、朱仝、凌振、汤隆、徐宁、关胜、花荣、韩滔等,凡有妻室者,都在他们上山前后妥当安排取接到山上团聚。如第五十六回《吴用使时迁盗甲,汤隆赚徐宁上山》写徐宁被赚上山后,"徐宁道:'汤隆兄弟,你却赚我到此,家中妻子,必被官司擒捉,如之奈何?'宋江道:'这个不妨。观察放心。只在小可身上。早晚便取宝眷到此完聚。'"因此，不使好汉们夫妻分居是梁山上晁盖、宋江的既定方针。又如宋江在决计留在梁山以后，第一个想到的就是回"去家中搬取老父上山，昏定晨省，以尽孝敬，以绝挂念"。并因"宋江父子完聚。忽然感动公孙胜"，使其也回家探母；因送别公孙胜又引出李逵"就关下放声大哭起来"，说："我只有一个老娘在家里。我的哥哥又在别人家做长工，如何养得我娘快乐？我要去取他来这里，快乐几时也好。"这些情节虽然从艺术上看同时是叙事宽展之法，但毕竟也写出了晁盖、宋江等诸好汉对婚姻家庭有如常人甚至过于常人的关切，并主要是对女性的护佑之心。

最能表明《水浒传》重视婚姻家庭的是宋江的两次主婚。一是第三十四回写秦明一家老小被杀了，宋江劝降，答应为他再娶个夫人，第三十五回就写"宋江和黄信主婚，燕顺、王矮虎、郑天寿做媒说合，要花荣把妹子嫁与秦明。一应礼物，都是宋江和燕顺出备。吃了三五日筵席"。而此前写花荣上山，"自到家中，将应有的财物等项，装载上车，搬取妻小妹子"——"妹子"就是为秦明再婚设下的伏笔。二是宋江虽然很看不起王英"贪色"有"溜骨髓"的毛病，但由于他在清风山为救刘高的夫人，曾许诺为王英娶妻，所以到了第五十一回写"三打祝家庄"获胜之后：

>宋江唤王矮虎来说道："我当初在清风山时，许下你一头亲事，悬悬挂在心中，不曾完得此愿。今日我父亲有个女儿，招你为婿。"宋江自去请出宋太公来，引着一丈青扈三娘到筵前。宋江亲自与他陪话，说道："我这兄弟王英，虽有武艺，不及贤妹。是我当初曾许下他一头亲事，一向未曾成得。今日贤妹你认义我父亲了，众头领都是媒人。今朝是个良辰吉日，贤妹与王英结为夫妇。"一丈青见宋江义气深重，推却不得。两口儿只得拜谢了。晁盖等众人皆喜，都称贺宋公明真乃有德有义之士。当日尽皆筵宴，饮酒庆贺。

如上引所写，不仅宋江如此做了，而且"晁盖等众人皆喜……庆贺"，可见所谓《水浒传》写英雄有"厌女症""仇女"之类是如何不合理！而且书中此后再无一语言及王英"贪色"，而是处处以赞美之笔，写他们比翼双飞，直至为国捐躯，成大宋忠臣。

《水浒传》写"梁山泊好汉"始终以家庭为人生重要关怀。第八十三回《宋公明奉诏破大辽，陈桥驿滴泪斩小卒》写宋江等"受招安"，却要求"宽限旬日"进京，重要理由之一就是梁山上"亦有各家老小家眷，未曾发送还乡"，后来宋江同军师吴用得旨，"回到梁山泊忠义堂上坐下，便传将令，教各家老小眷属，收拾行李，准备起程……"然后才率全伙"火速回京"。

由此可见，《水浒传》中包括"梁山泊好汉"在内，没有什么人是不重视婚姻家庭的了。其原因无他，实由于"水浒"一词出《诗经·大雅·绵》："古公亶父，来朝走马。率西水浒，至于岐下。爰及姜女，聿来胥宇。"古公亶父即周太王，这几句诗就说他自邠（豳）迁于岐山之下，沿"水浒"而行，一路上就带了"姜女"——他的夫人太姜，是个爱家的人。《水浒传》借题《诗经》，暗拟岐周①，也正是继承了《诗经》爱家爱国的传统。从而其既写宋江一贯秉"忠""与国家出力"（第五十五、五十九回等十回书中共十一次出现），又写其"于家大孝"；除写宋江曾嘱咐武松外，还写杨志"指望把一身本事，边庭上一枪一刀，博个封妻荫子，也与祖宗争口气"（第十二回）；等等。尽管不免有些自相矛盾，但是综合考量可见，《水浒传》有一贯维护婚姻家庭的信念。

四 "永恒之女性，引领水浒上升"

《水浒传》写"梁山泊好汉"不仅未以女人为"大敌"，而且始终以女人为引领或奥援。一部《水浒传》如果不是女人在江湖的保佑和君侧的施助，宋江等"梁山泊好汉"替天行道、护国安民的目标便一个也难得实现。在这个意义上，我们可以套用德国诗人歌德的诗剧《浮士德》最后的两行诗："永恒的女性，领我们飞升。"②而戏为之句说："永恒之女性，引领水浒上升。"

何以见得？答曰：须打破传统对《水浒传》一书故事为写历史上宋江起义故事的成见才容易理解，即《水浒传》故事虽因历史上宋江起义而有，但《水浒传》借宋江起义虚构的故事却不仅超越了历史，而且超越了

---

① 参见杜贵晨《〈水浒传〉名义考辨——兼与王利器、罗尔纲先生商榷》，《明清小说研究》1990年第2期。
② 钱春绮译：《浮士德》，上海译文出版社2013年版，第632页。

现实，成为写宋江等一百零八个"妖魔"转世历劫，啸聚梁山，"替天行道"，求"招安"以攘外安内"忠义双全"（第七十一回），最后赐庙封神的一部"新神话"①。其中有两个关键：一是全过程中上苍的护佑，二是人间历劫中从上梁山"替天行道"到下梁山"护国安民"的"招安"。实行这一全程护佑和帮助促成招安的各有一位关键人物，一个在天上，一个在地上，但都不是男性，而是女性！

这位在天上全程护佑宋江等"梁山泊好汉"的关键女性，就是在第四十二回出场救了并点化宋江，又赐予他"天书"的九天玄女娘娘。《水浒传》叙事中，不仅"梁山泊好汉"全部人物故事的前因后果都在玄女掌控之中，而且凡有大灾难过不去处，不是玄女亲来救了，就是玄女所赐"天书"中可以找到破解之法。所以《水浒传》写九天玄女虽出场不多，但是不能仅仅将其看作一种象征或道具性人物，而应该体悟其蕴含的提纲挈领的意义。对于宋江等人来说，九天玄女既是他们"替天行道"精神的导师，又是他们"护国安民"的天佑之神。《水浒传》"新神话"不为"梁山泊好汉"设置一位男性神，而安排描写了这样一位教母式人物，虽承《大宋宣和遗事》的传统，但毕竟这传统中暗含有女性崇拜的意蕴。而读者不可不知，《水浒传》写"梁山泊好汉"多"光棍"，几乎一色的男人世界，女性的地位似微不足道，但这只是其作为"新神话"演出现场的前台，其背后主宰即"导演"的，却是一位传统的战争女神——九天玄女。正是她在水浒几乎一色男性的世界里成为"一个居高临下，代宣'天命'的人物"和"百零八人命运即故事全局的主宰"②。

或以为《水浒传》写九天玄女是神界人物，与其对人世的"女色"观无关，实则不然。古代"天人合一"，九天玄女在《水浒传》中能以这样的地位出现，是作者统一的世界观、人生观包括"女色"观的体现。而由此可以认为，纵然《水浒传》写人间女性不像九天玄女受到那样的尊重，但至少也排除了其有写梁山泊好汉"厌女""仇女"等倾向的可能。

这位在地上以特殊身份帮助宋江等"梁山泊好汉"争取到"招安"机会的关键人物是一代名妓李师师。李师师是历史人物，宋以后记载与民间

---

① 杜贵晨：《〈红楼梦〉的"新神话"观照》，《广东技术师范学院学报》2011年第2期。
② 杜贵晨：《"九天玄女"与〈水浒传〉》，《济宁师专学报》2006年第5期。

口碑甚好,《水浒传》承《大宋宣和遗事》大笔演义,写宋江费尽周折以求"招安"不成,万般无奈之际:

> 吴用道:"哥哥再选两个乖觉的人,多将金宝前去京师,探听消息,就行钻刺关节,斡运衷情,达知今上,令高太尉藏匿不得,此为上计。"燕青便起身说道:"旧年闹了东京,是小弟去李师师家入肩。不想这一场大闹,他家已自猜了八分。只有一件,他却是天子心爱的人,官家那里疑他。他自必然奏说:梁山泊知得陛下在此私行,故来惊吓。已是奏过了。如今小弟多把些金珠去那里入肩。枕头上关节最快,亦是容易。小弟可长可短,见机而作。"宋江道:"贤弟此去,须担干系。"(第八十一回)

上引燕青说"旧年闹了东京"的前情,就是第七十二回写宋江东京赏灯已面见李师师送过大礼、却被李逵搅黄了的一节。这里重提表明前番实为燕青再赴东京走李师师门路的伏笔,足见作者虽不重李师师其人,但是极重李师师之事。此后描写的也正是"和今上打得热的"(第七十二回)的一代花魁李师师,因与燕青有旧而爱屋及乌,同情"梁山泊好汉",对戴宗说"休恁地说!你这一般义士,久闻大名。只是奈缘中间无有好人与你们众位作成,因此上屈沉水泊"云云,表明了对"梁山泊好汉"有意相助的态度。此后"梁山泊好汉"一帆风顺争取到朝廷招安,很大程度上就是她给燕青制造了机会并帮助燕青面奏道君皇帝的结果。

《水浒传》有意拉高李师师对宋江等"梁山泊好汉"命运所起的作用,还进一步体现于全书之末写"徽宗帝梦游梁山泊"也是在李师师陪伴之时:

> 上皇问曰:"寡人恰才何处去来?"李师师奏道:"陛下适间伏枕而卧。"上皇却把梦中神异之事,对李师师一一说知。李师师又奏曰:"凡人正直者,必然为神也。莫非宋江端的已死,是他故显神灵托梦与陛下?"上皇曰:"寡人来日,必当举问此事。若是如果真实,必须与他建立庙宇,敕封烈侯。"李师师奏曰:"若圣上如此加封,显陛下不负功臣之德。"(第一百回)

接下来徽宗为宋江赐庙封侯,就是上引李师师诱导建言,也就是李师师在书中第三次说及"梁山泊好汉"的结果。这一情节与前写宋江、燕青先后走李师师后门求得招安相照应,固然有对讽刺道宗皇帝荒淫无道的言外之意,但是至少体现了《水浒传》并无"女人头发长,见识短"的偏见,其能够肯定女性甚至妓女在创造和推动历史发展中的作用,岂不先得莫泊桑《项链》之意吗?这同时也一定程度上平衡了《水浒传》关于"红颜祸水"的描写。

总之,《水浒传》写宋江等一百零八位天罡、地煞,天上人间,转世命运,关键处一幻一真,只在天上人间两个女人。读《水浒传》倘非迷于细枝末节,观其大略可知,无九天玄女,宋江将还在迷途中摸索,有可能万劫不复;无李师师,宋江等亦将继续彷徨无路,最好的结果或坐老梁山,自生自灭。固然这只是小说,但也正因其为小说家言,才见得作者厚德载物,初心绝无对女性的偏见,从而能光明正大,把天上人间一神一妓两位女性人物作为"梁山泊好汉"的导师与救星,《水浒传》尊崇女性之旨灼然可见。

五 结语

本文以上努力从《水浒传》有关"女色"与婚姻描写的全部事实出发的分析表明,《水浒传》对女性的态度也就是其"女色"观的每一表现都非偶然,而是作者在明确的原则和一贯的目标感下深思熟虑的安排。如其既写"四大淫妇",又写九天玄女、李师师、三女将、李小二妻、秦玉兰等;既写杀所谓"四大淫妇",又写武松于蜈蚣岭解救落难"失节"之女;既写"好汉"有"溜骨髓"的毛病被人耻笑,又写宋江为王英娶妻,成全其"好色"之性;既写晁盖、宋江等"不娶""不亲",又写他们对他人婚姻家庭的关爱;既写李逵、武松等的滥杀、虐杀对象包括妇女,又写他们各自对女性真诚的救助;等等,使《水浒传》的"女色"观绝不是表面单纯可以直观的存在,而是在各种貌似矛盾对立的复杂情况中的折中与平衡,须深入细致分析才可见。在这种情况下,只有不存成见而又能平心静气不马虎从事的读者才能够酌量得出正确的结论。

毫无疑问,《水浒传》中这一平衡的支点不脱儒家"名教"男尊女卑的大格局,但在"移孝作忠""不孝有三,无后为大",从而"夫妇为人伦之始"的伦理原则下,《水浒传》仍旧保持了对女性基本正常的态度,而不是"厌女""仇女"的变态。更为可贵的是,这样一部不得不一定程度上忽略婚姻家庭描写的章回小说,仍然较多描写了对女性与婚姻家庭的尊重与保护,是《水浒传》思想内容上一个久被遮蔽了的亮点。

(原载《河北学刊》2020年第1期)

《水浒传》"王婆卖茶"考论

  《水浒传》[①] 写饮酒多，写吃茶少；写酒店多，写茶坊少。但是，比较书中写得最好的景阳冈、十字坡酒店之精彩，《水浒传》第二十四回前半"王婆贪贿说风情"写"王婆茶坊"情节之重要与笔法之高妙都毫不逊色，或有所过之。因为正是在这个小小茶坊里发生的"王婆贪贿说风情"，媒孽了西门庆与潘金莲的私通，引发了潘金莲杀夫的恶行，才导致包括王婆本人在内的三家四人的毁灭，后续又有武松"大闹飞云浦""血溅鸳鸯楼"等血腥惨烈的杀戮……因此，自古及今，《水浒传》中的"王婆茶坊"，并未被读者称为"黑店"，但是就其作为以上诸多命案的策源之所而言，其为店之"黑"的程度，实不下于大树"十字坡"酒店之卖人肉"馒头"。唯是孙二娘酒店之"黑"，也还有"三等人不可坏他"（第二十七回）的规矩，但"王婆茶坊"之"黑"，却是连可怜的小生意人武大也下得狠手！岂非论"黑店"之"黑"，"王婆茶坊"才是《水浒传》中真正的第一？所以《水浒传》写茶值得注意，其写"王婆茶坊"尤其值得专门地赏鉴。然而由检索可知，迄今为止的《水浒传》研究中，题目中有关其写"酒"的文章多达二百余篇，有关其写"茶"的却只有三两短文，全面讨论"王婆卖茶"者甚至于无。我故为"王婆卖茶"考论如下。

[①] （元）施耐庵、罗贯中：《水浒传》，李永祜点校，中华书局1997年版。本文如无特别说明，凡引此书均据此本，随文说明或括注回次。

一 "王婆卖茶"溯源

《水浒传》写"王婆卖茶",虽然整体上是一个创造,但"王婆"名号及其"卖茶"的身份形象等却基本因袭于前人,乃渊源有自,可考索而知。

以"王婆"称开店做生意的老妇,较早见于五代王仁裕撰《玉堂闲话》:"范公引宾客,继鹰犬,猎于王婆店北。"(《太平广记》卷二〇四《王仁裕》)这个"王婆店"很可能已成为了地名,但是由此更可以确信"王婆"作为店名,早在五代以前就已经存在并在社会上被叫响了。

宋元话本中更多见"王婆"的身影,且都是媒人。却分两种类型:一类是大体上正面能行好事的,如《史弘肇传》中为史弘肇说媒的孝义店的王婆①和《闹樊楼多情周胜仙》中为周胜仙治病并说媒的"隔一家"的王婆②;一类是品行不端往往作恶的,如《西山一窟鬼》中为秀才吴洪做媒的"半年前搬去的邻舍",这个"王婆是害水蛊病死的鬼"。③ 但是,既然无论行好或作恶的媒氏女性人物多称作"王婆",那么"王婆"在事实上也就成了那时话本中女性媒人的"共名"④。

宋元话本中作为女性媒人之"共名"的"王婆"必有现实中一定的根据。据吴自牧《梦粱录》载,北宋东京汴梁就有一座"中瓦内王妈妈家茶肆名一窟鬼茶坊"⑤。虽然有可能是这家"王妈妈……一窟鬼茶坊"打了当时说话艺术中《西山一窟鬼》话本的招牌,而不是《西山一窟鬼》话本以"王妈妈……茶坊"为原型进行创作,但是可以肯定的是现实中类似于《西山一窟鬼》中多行不义的"王妈妈……茶坊"一定是有的。而唐宋以

---

① 参见程毅中《宋元小说家话本集》,齐鲁书社2000年版,第613—617页。
② 参见程毅中《宋元小说家话本集》,齐鲁书社2000年版,第789—792页。
③ 参见程毅中《宋元小说家话本集》,齐鲁书社2000年版,第212—219页。
④ 《荀子·正名》:"物也者,大共名也。推而共之,共则有共,至于无共然后止。"杨倞注:"起于总谓之物,散为万名。是异名者本生于别同名者也。""共名"在近世西方文论的汉译中用指某一类人物典型名称的概括性。
⑤ (宋)吴自牧:《梦粱录》,《梦粱录·武林旧事》,傅林祥注,山东友谊出版社2001年版,第210页。

降各种有关"王婆"的记载,特别是《西山一窟鬼》中的"王婆"和《梦粱录》有关"王妈妈……茶坊"的记载,正是《水浒传》中"王婆茶坊"的远源或远源之一。

《水浒传》写"王婆茶坊"虽然只有一个,但是写"王婆"却有三个:一是第七回写林冲娘子央了来看家的"间壁王婆",二是第二十一回写为阎婆惜做媒的"王婆",三是本文拟着重讨论的第二十四回出场,至第二十七回被东平知府陈文昭判剐的"王婆茶坊"的"王婆"。由《水浒传》写"王婆"多至于三个,一方面可见"王婆"这个形象,不仅在宋元话本中,而且在《水浒传》本书也是一类人物形象的"共名";另一方面由《水浒传》作者似情不自禁地再三写及同以"王婆"命名的人物,既可见此一"共名"影响之大,又可见作者对塑造这一类型人物的热心与专注,从而越写越好,至"王婆卖茶",乃创作出写"王婆"和以"茶"写人的经典!

自晚唐五代"王婆"逐渐成为古典小说写媒氏女性人物的"共名"现象,早就引起了古代小说家创作上的模仿与批语家评论上的注意。如明代袁于令著《隋史遗文》第五回就曾借人物之口对包括"王婆"在内的人物的"共名"现象议论道:

> 秦叔宝道:"我与你宾主之间,也不好叫你的名讳。"店主笑道:"往来老爹们,把我示字颠倒过了,叫我做王小二。"叔宝道:"这也是通套的话儿,但是开店的,就叫做小二。但是做媒的,就叫做王婆,这等我就叫你是小二哥罢。"[①]

古代小说中的"王婆"作为"做媒的"一类女性人物的"共名",虽然没有达到凡"做媒的"女性都叫作"王婆"的垄断地位,但是就以上举例看,在宋代社会和宋元明小说戏曲作品中"做媒的"王婆,也确实较为多见,并有若干共性特点一脉相传:一者都为人做媒不必说了,二者都是主人公的近邻甚至"间壁",三者往往开店包括"卖茶",四者往往有多种号称能治病消灾的"忽悠"手段。宋元话本《闹樊楼多情周胜仙》写迎儿

[①] (清)袁于令:《隋史遗文》,人民文学出版社1989年版,第40页。

所推荐的"隔一家有个王婆……唤作王百会,与人收生,作针线,作媒人,又会与人看脉,知人病轻重。邻里家有些些事都浼他"①,就差不多是一个标准的"王婆"了。然而,若论这类人物身份特征之典型,乃非《水浒传》第二十四回"王婆茶坊"这位"王婆"莫属:

> 王婆哈哈的笑起来道:"老身不瞒大官人说,我家卖茶,叫做鬼打更。三年前六月初三下雪的那一日,卖了一个泡茶,直到如今不发市。专一靠些杂趁养口。"西门庆问道:"怎地叫做杂趁?"王婆笑道:"老身为头是做媒,又会做牙婆,也会抱腰,也会收小的,也会说风情,也会做马泊六。"

总之,作为《水浒传》中的三个"王婆"之一,在俗语中"卖瓜"的"王婆"出现之前,这位"王婆茶坊"的"王婆",可说是写得最好、名气最大的"王婆",而没有之一。尤其她各种"杂趁"中"为头是做媒",却以"卖茶"为名,不仅赋予了这一人物形象鲜明的身份特征,而且以其"说风情"左右开源如神助之效果,为后世文学(主要是《金瓶梅》)中的"王婆"形象定格,是一个特别的贡献。故本文无论作为《水浒传》的研究,还是作为古代小说"共名"之"王婆"的研究,都可以取"王婆卖茶"以概其余,作为讨论的主要对象。当然,这里先要说明的是,"王婆卖茶"不仅一如其"卖茶,叫做鬼打更","专一靠些杂趁养口",而且其所卖"茶"之本身,也是依傍于"茶"的各种花叶果蔬之类烹制的饮品;至于其交易行为,不过是以"卖茶"为"说风情"、行"贪贿"的"马泊六"的手段。所以,本文论"王婆卖茶"将无关其商业的性质,而仅仅注意其以"茶"写人叙事的艺术。

至于"王婆卖茶"故事的情节构造,却似与《宣和遗事》有关"周秀茶坊"的记事略有渊源。按宋元间无名氏著《宣和遗事》记宋徽宗微服"游玩市廛"行幸李师师事云:

> 徽宗闻言大喜,即时易了衣服……引高俅、杨戬私离禁阙,出后

---

① 程毅中:《宋元小说家话本集》,齐鲁书社2000年版,第789页。

载门,留勘合与监门将军郭建等,向汴京城里串长街,暮短檐……抵暮,至一坊,名做金环巷……又前行五七步,见一座宅……忽闻人咳嗽一声。睁开一对重瞳眼,觑着千金买笑人……这个佳人,是两京诗酒客,烟花帐子头,京师上亭行首,姓李名做师师……天子见了佳人,问高俅道:"这佳人非为官宦,亦是富豪之家。"高俅道"不识"。犹豫间,见街东一个茶肆,牌书"周秀茶坊"。徽宗遂入茶坊坐定,将金箧内取七十足百长钱,撒在那桌子上。周秀便理会得,道是个使钱的勤儿。一巡茶罢,徽宗遂问周秀道:"这对门谁氏之家?帘儿下佳人姓甚名谁?"周秀闻言,上覆官人:"问这佳人,说着后话长。这个佳人,名冠天下,乃是东京角妓,姓李,小名师师。"徽宗见说,大喜,令高俅教周秀传示佳人,道:"俺是殿试秀才,欲就贵宅饮几杯,未知娘子雅意若何?"周秀去了,不多时,来见官人,言曰:"行首方调筝之间,见周秀说殿试所嘱之言,幽情颇喜:'不弃泼贱,专以奉迎。'"徽宗闻言甚喜,即时同高俅、杨戬望李氏宅来。[①]

以上引文叙宋徽宗逛街途中,偶至李师师之宅,入茶坊吃茶,然后得见李师师诸情节,《水浒传》第七十二回写宋江东京看灯得见李师师的故事即已套用:

且说宋江与柴进扮作闲凉官。再叫戴宗扮作承局,也去走一遭。有些缓急,好来飞报。李逵、燕青扮伴当,各挑行李下山……四个转过御街,见两行都是烟月牌,来到中间,见一家外悬青布幕,里挂斑竹帘,两边尽是碧纱窗,外挂两面牌,牌上各有五个字,写道:"歌舞神仙女,风流花月魁"。宋江见了,便入茶坊里来吃茶。问茶博士道:"前面角妓是谁家?"茶博士道:"这是东京上厅行首,唤做李师师。间壁便是赵元奴家。"宋江道:"莫不是和今上打得热的?"茶博士道:"不可高声,耳目觉近。"宋江便唤燕青,付耳低言道:"我要见李师师一面,暗里取事。你可生个宛曲入去,我在此间吃茶等你。"宋江自和柴进、戴宗在茶坊里吃茶。

[①] 《宣和遗事》,载丁锡根点校《宋元平话集》,上海古籍出版社1990年版,第309—311页。

比较以上两段引文叙事，我们看到宋江等出行一如宋徽宗，也是在东京，也是改扮了服装身份，也是带有二或三名随行，也是逛街中偶经李师师宅门，也是恰好就有一座茶坊，也是入茶坊吃茶打听得李师师情状，也是主动求见并得到李师师的接待。如此七处与上引宋徽宗见李师师描写的雷同，无疑是《水浒传》模仿《宣和遗事》的结果。但是，《水浒传》对《宣和遗事》此节的模仿，却早在第二十四回写"王婆卖茶"故事即已小试牛刀，只不过卖茶的"周秀"变成了世俗更为有名的"王婆"，"周秀茶坊"也变成了"王婆茶坊"。而宋徽宗则变成了西门庆，宋徽宗在李师师宅门望见"佳人"，变成了西门庆在武大郎门前被叉竿误打得见潘金莲，整个故事更加民间化了而已。由此可见《宣和遗事》有关宋徽宗、李师师的记载，不仅是《水浒传》写宋江、李师师故事的渊源，也是《水浒传》进而《金瓶梅》承袭之"王婆卖茶"故事的源头之一。而《水浒传》对《宣和遗事》之承衍也并未限于记宋江三十六人故事一节，而是能取尽取，多多益善。《水浒传》作者致力于对旧资料的采择化用、因故为新、踵事增华的艺术特点，也由此可见一斑。

二　假象寄意，以"茶"写人

《水浒传》第二十四回"王婆卖茶"之"茶"，名色多变，或谐音，或寓意，或影射，每变皆关"说风情"事体之关键核心，可谓"茶"随事走，移步换形，摇曳多姿，得以"茶"写人和叙事之妙。兹以王婆先后之茶语为序分说如下。

（一）"大官人吃个梅汤？"

《水浒传》写"冬已将残，天色回阳微暖"，一日清晨，西门庆路过武大郎住处，因遭叉竿误打而迷上了潘金莲之后，一心要"勾搭"上这个"雌儿"。应是情急似火，所以当天剩下来的时间里，竟接连三次来"王婆茶坊"。第一次即与潘金莲别过之后：

> 不多时，只见那西门庆一转，蓦入王婆茶坊里来，便去里边水帘下坐了。王婆笑道："大官人却才唱得好个大肥喏？"西门庆也笑道："干娘，你且来，我问你：间壁这个雌儿是谁的老小？"

按此即西门庆为勾引潘金莲第一次来"王婆茶坊",不是为了吃茶,也没有吃茶,只为茶坊中"水帘下坐了"看武大郎家门前动静方便,也好打听"这个雌儿是谁的老小"。而旧时茶坊有八方来客,遂使店家成为当地的"消息灵通人士"。更不用说"王婆茶坊"在武大郎家隔壁,王婆当然知道"雌儿是谁家老小",同时也晓得这位"西门大郎","从小也是一个奸诈的人"。所以本就"不依本分"的王婆,遇上西门庆心生不良,便一心里只如她稍后说的,"那厮会讨县里人便宜,且教他来老娘手里纳些败缺"。而西门庆此来,只是问道:"王干娘,我少你多少茶钱?"并非真心还账。所以,她答复西门庆之问,或声东击西,或闪烁其词,大略只是一些"疯话"。虽亦微露其已心知肚明有可以帮办成事的意思,却远非肯定的答复。这就使西门庆一时摸门不着,"说了几句闲话,相谢起身了"。从而西门庆第一次来"王婆茶坊",只算作打了一个招呼,而未及实质是讨价还价的吃茶请托。

于是有这一天之中西门庆再来"王婆茶坊":

约莫未及两个时辰,又踅将来王婆店门帘边坐地,朝着武大门前。半歇,王婆出来道:"大官人吃个梅汤?"西门庆道:"最好。多加些酸。"

这里"约莫未及"是说不到"两个时辰",以显西门庆情欲难耐之急。而"王婆卖茶"之惨淡经营,正是"八十妈妈休误了上门生意"[①],于是"专一靠些杂趁养口"的她便开始放出"也会说风情"的手段。首先是欲擒故纵,虽肯定是第一时间就知道了西门庆"又踅将来",却并不立即出面招呼,而是"半歇……出来",这显然不合店家迎客的常情,而是王婆有意借这"半歇"之慢,向西门庆表明其"说风情"待价而沽的态度;其次是展开以"卖茶"为由的试探,问"大官人吃个梅汤"而一语双关,看西门庆是何心思。

"梅汤"是由酸梅加冰糖熬煮而成,又名酸梅汤,属于广义上的茶即果茶。上引写王婆问西门庆"吃个梅汤",读者虽不难会意,但一言难尽

---

① 李绿园:《歧路灯》,栾星校注,中州书画社1980年版,第142页。

者大约有四：一是"梅汤"味酸开胃，以显王婆荐饮此汤，是所谓"吊胃口"也；二是"梅汤"味酸，却正中西门庆下怀，被赞为"最好"，还要"多加些酸"，以显"高富帅"的西门庆对"矮矬穷"的武大郎有潘金莲这等艳妻，心里"吃醋"之甚也；三是"梅"明显音谐"媒"，王婆以此寄意，试探西门庆是否要她为他与潘金莲做"媒"；四是以"梅汤"作为由说"茶"跳转为做"媒"的支点，给了西门庆跟进求助的机会，推动情节的发展。书中写道：

> 王婆做了一个梅汤，双手递与西门庆。西门庆慢慢地吃了，盏托放在桌子上。西门庆道："王干娘，你这梅汤做得好。有多少在屋里？"王婆笑道："老身做了一世媒，那讨一个在屋里。"西门庆道："我问你梅汤，你却说做媒，差了多少？"王婆道："老身只听的大官人问这媒做得好，老身只道说做媒。"西门庆道："干娘，你既是撮合山，也与我做头媒，说头好亲事，我自重重谢你。"

这里最妙的是王婆荐饮的"梅汤"被"西门庆慢慢地吃了"。以"西门大郎"的"破落户"性情和他急于"牵手"潘金莲的心情，这"慢慢地吃"绝非心不在焉，而应该是他一边品尝着这"梅汤"的滋味，一边更是动起了心思。三思而后乃由夸奖王婆的"梅汤做得好"，一转而祭出"有多少在屋里"的一语双关之问，从而把由"梅汤"跳转"做媒"的"皮球"踢回王婆一方，"逼"出王婆以假作真，直接由"梅汤"的话题转为"老身做了一世媒"云云，情节遂"无缝拼接"，联翩而下。

按此即西门庆第二次来"王婆茶坊"和"王婆卖茶"第一次。这一次她与西门庆借"梅汤"展开的互相试探，虽使彼此明了有求有应的立场与态度，西门庆甚至说到"也与我做头媒，说头好亲事，我自重重谢你"，但毕竟由于西门庆仅口惠而实未至，所以王婆虽也急切要借此事从西门庆手里弄些钱财，但是并不立即跟进，而是留下"媒"的女方是潘金莲一层不去戳破。从而又只好是"西门庆笑了，起身去"。

（二）"大官人吃个和合汤如何？"

这是第一天之中西门庆第三次来"王婆茶坊"，时间也已经是傍晚：

看看天色晚了，王婆却才点上灯来，正要关门，只见西门庆又踅将来，迳去帘底下那座头上坐了，朝着武大门前只顾望。王婆道："大官人吃个和合汤如何？"西门庆道："最好，干娘放甜些。"王婆点一盏和合汤，递与西门庆吃。

"和合汤"当系果仁、蜜饯之类调和烹制的饮品，兹不深究。但论"和合汤"之名曰"和合"，其作为词汇的义项有若干，其一即在道教指男女交媾、婚姻之事。《云笈七签》卷十七《三洞经教部·太上老君内观经》：

老君曰：天地构精，阴阳布化，万物以生，承其宿业，分灵道一，父母和合，人受其生。[1]

由此可知，上引《水浒传》写王婆为撮合西门庆与潘金莲荐饮的"和合汤"之"和合"，也正如前此的请吃"梅汤"，是以汤名寄意，一语双关，是再一次和更进一步向西门庆暗示，她能够为他与潘金莲的"和合"牵线搭桥。而西门庆说"最好"，实乃表示已经心领神会；又说"放甜些"，则是暗示王婆大力促成之意。然后写"王婆点……西门庆吃"，明是叙吃茶，暗寓的却是他们进一步确认达成了为西门庆"说头好亲事"的约定。但是，西门庆"坐个一晚，起身道：'干娘记了账目，明日一发还钱。'王婆道：'不妨。伏惟安置，来日早请过访。'"从王婆接西门庆"明日一发还钱"的话，结末叮嘱"来日早请过访"，可以看出王婆至此虽然答应了为西门庆与潘金莲做"媒"，但是否付诸行动，还有一点尚未说破的，就是要等待西门庆"来日早请过访"，"纳些败缺"即银两来。

这里写西门庆至第三次登门不成，虽已不合于古俗"事不过三"的惯例，但是非如此不足以写出西门庆有"潘、驴、邓、小、闲"之"闲"，也不足以凸显王婆作为生意人"不见兔子不撒鹰"的现实态度与抠门儿性格。所以尽管西门庆已"三顾茅庐"，但由于"王婆卖茶"所得，都只是"记账"，而并无真金白银到手，所以总是按兵不动。也就是说在王婆看

---

[1] （宋）张君房：《云笈七签》，齐鲁书社1988年版，第102页。

来，只有银子才是最会说话的。西门庆不把银子送上，纵然跑断腿、磨破嘴，也是完全不中用的。

按此即西门庆第三次来"王婆茶坊"和"王婆卖茶"第二次。这一次彼此的互动仍然无果，仍是西门庆"起身去了"。但是，西门庆欲火难熄，绝不言弃，从而"王婆卖茶"再生波澜，越发好看。

（三）"浓浓的点两盏姜茶"

承上王婆嘱西门庆"来日早请过访"，西门庆果不负约，第二天第四次来"王婆茶坊"：

> 次日，清早，王婆却才开门……西门庆……一迳奔入茶房里来，水帘底下，望著武大门前帘子里坐了看。王婆只做不看见，只顾在茶局里煽风炉子，不出来问茶。西门庆呼道："干娘，点两盏茶来。"王婆应道："大官人来了。连日少见，且请坐。"便浓浓的点两盏姜茶，将来放在桌子上。西门庆道："干娘，相陪我吃个茶。"王婆哈哈笑道："我又不是影射的。"

这里所说"姜茶"，以姜或姜加少许茶叶、红糖等制成，成分不一，至今市场有卖。"姜茶"可以发汗解表，温肺止咳，对流感、伤寒、咳嗽等有一定疗效。所以，清初大才子、小说评点家金圣叹释曰："此非隐语，乃是百忙中点出时节来，夫姜茶所以破晓寒也。"[①] 这虽然不失为一种说法，却不免皮相而未得要领。试想其前此先后写两种茶各都为"隐语"，金评亦曾说是"一路隐语"[②]，为什么到了写"姜茶"就忽然又不是了呢？事实上读者若能由王婆说及"影射"而回头看，即可恍悟其写"姜茶"以"点出时节"之意浅，以"姜茶"及"两盏"之数别有寄托之意深。"两盏姜茶"，话里有话，弦外有音，是比"梅汤""和合汤"更为精致的"隐语"。

何以见得？这里读者且须注意的，一是西门庆自"点两盏茶来"，邀王婆共饮，实含深致央求之意，也有意无意给了王婆借"两盏茶"说"疯

[①] 陈曦钟、侯忠义、鲁玉川辑校：《水浒传会评本》，北京大学出版社1981年版，第453页。
[②] 陈曦钟、侯忠义、鲁玉川辑校：《水浒传会评本》，北京大学出版社1981年版，第451页。

话"以假作真的由头,即她"哈哈笑道:'我又不是影射的。'"——"影射的"即替身,具体所指就是西门庆渴望到手的潘金莲。所以,王婆的话说白了,就是"我替不了你想的潘金莲呢!——你想疯了吧!"可知此处写西门庆自点茶,却不说点什么茶,是把叙事的"文眼"放在了"两盏"之数上,读者不可错过了。

二是接下写王婆依西门庆所说,"便浓浓的点两盏姜茶"。这句话又把叙事的"文眼"由"两盏"挪移作"姜茶"。书中前文写"冬已将残,天色回阳微暖",这里写王婆并不如前问西门庆"如何",而径送其早饮"姜茶",或为时俗,所以本文亦以上引金圣叹评"破晓寒"之说或有一定的道理。但若见止于此,恐怕还浅识了。因为即使当时有早饮"姜茶"之俗,情理上说饮什么茶,仍还是要顾客做主。所以,这里王婆不是如前先问过西门庆"如何",便自作主张给他点了"姜茶",就应该不仅是为了"破晓寒",而很可能有别样的考量。若笔者做一个大胆猜测,还应与"姜茶"的中药性联系来看。按《普济方》载:"姜茶散(出《圣济总录》),治霍乱后烦躁,卧不安。"(卷二百三《霍乱门》)又有:"姜茶汤,止休息痢。"(卷二百十三《泄痢门》)而《医方类聚》载:"姜茶散:生姜能助阳,茶能助阴。"(卷之二百五十一《小儿门》)这些虽未必王婆所可知,但作者使王婆自己决定为西门庆点"姜茶",大概就有以此针对西门庆烦躁不安之意。而下文王婆为潘金莲也是点了"姜茶",则既与西门庆饮"姜茶"呼应,又将"生姜能助阳,茶能助阴"的功效都发挥出来了。

还是回到此饮"姜茶"之事,乃西门庆第四次来"王婆茶坊"和王婆第三次向西门庆卖茶。尽管这一次西门庆通过请王婆饮茶再次表达了相央的意思,但他还是没有拿银子出来,所以除了又听王婆说了一些风情缭绕的"疯话",其他依然不得要领,只好又"起身道:'干娘,记了帐目。'……西门庆笑了去"。这也再一次表明王婆贪贿的精明老到:在她看来,"记了帐目"的钱还不一定是钱,只有拿在手里沉甸甸的银两才能"使得鬼推磨"。

(四)"吃个宽煎叶儿茶如何?"

此后不知何故,隔了"好几个月"的某日,西门庆又来"王婆茶坊"。此前王婆大约以为西门庆久不来,或就不来了,而心实念之:

王婆只在茶局子里张时,冷眼睃见西门庆又在门前,踅过东去,又看一看;走转西来,又睃一睃。走了七八遍,迳踅入茶坊里来。王婆道:"大官人稀行,好几个月不见面!"西门庆笑将起来,去身边摸出一两来银子,递与王婆说道:"干娘权收了做茶钱。"婆子笑道:"何消得许多。"西门庆道:"只顾放着。"婆子暗暗地喜欢道:"来了!这刷子当败!"且把银子来藏了,便道:"老身看大官人有些渴,吃个宽煎叶儿茶如何?"西门庆道:"干娘如何便猜得着?"婆子道:"有怎么难猜!自古道:'入门休问荣枯事,观着容颜便得知。'老身异样跷蹊作怪的事,都猜得着。"

从以上引文可知,王婆凭她"异样跷蹊作怪的事,都猜得着"的敏感,从西门庆的"容颜"已经看出他在"好几个月"不来茶坊的日子里,已经被对潘金莲的相思煎熬得"有些渴"了。这也就可以理解为什么他这一次进茶坊就送上"一两来银子",那对于吃茶来说可是一个颇大的数额。而这正是王婆所想,所以"暗暗地喜欢……把银子来藏了",并再一次主动招呼道:"老身看大官人有些渴,吃个宽煎叶儿茶如何?""宽煎叶儿茶"应该是当时被认为最能解渴的茶饮,但是恐怕更重要的,还是这一茶名传递了王婆得了银子以后,开始真心帮办,先以此传达让西门庆"宽"心的信息。

何以见得?这个道理在于,如果王婆荐饮"宽煎叶儿茶"只是因其最适合解身体缺水之渴,那么西门庆就不该惊奇于"干娘如何便猜得着?"而如果西门庆问王婆"猜得着"的只是体内缺水之"渴",则王婆又怎么会引俗语"观着容颜便得知"呢?可见这"宽煎叶儿茶"虽然很可能比别种茶更能解体内缺水之"渴",但更重要的是能解西门庆对潘金莲的相思之"渴",乃王婆见钱眼开之后,假于茶名寄意,回敬西门庆教他放心的"宽"心茶。却仍不说破和有具体的响应,而等西门庆一再曲意相求,一曰:"我有一件心上的事,干娘若猜的着时,输与你五两银子。"再曰:"干娘,端的与我得这件事成,便送十两银子与你做棺材本。"王婆均随机步步跟进,两人达成勾引潘金莲的肮脏协议,推动情节进一步发展。这里"银子"由一两、五两至十两的递增显然起了决定的作用,故金圣叹评曰:"一两银子便看你,五两银子便猜你,十两银子便与你说出五件事、十分光来。一篇写刷子撒奸,花娘好色,虔婆爱钞,色色入画。"但是,"宽煎叶儿茶"对于由先前的频频暗示到"打开窗子说亮话"的跳转过渡的作用也是不可忽略的。

按此即西门庆第五次来"王婆茶坊"和"王婆卖茶"第四次。至于"宽煎叶儿茶"本身,由于我国自古有俗说"喜酒、闷茶、腌臜烟",即庆贺饮酒、破闷饮茶和憋屈抽烟的说法,所以王婆为西门庆荐饮以解渴破闷的"宽煎叶儿茶",应该不是稍加烹煮的薄茶,而是加时烹煮(宽煎)的浓茶,并由此转入实施约见潘金莲的具体设计。为此,西门庆"作别了王婆,便去市上绸绢铺里,买了绫袖绢段,并十两清水好绵。家里叫个伴当,取包袱包了,带了五两碎银,迳送入茶坊里。王婆接了这物,分付伴当回去"。此后的叙事旋即转向王婆着手安排引诱潘金莲来茶坊与西门庆相见。

(五)"怎地不过贫家吃茶?"

如上《水浒传》写"王婆卖茶"至此,是王婆与西门庆因"茶"而互相试探,暗通款曲,直到"打开窗子说亮话",算是事情进展到了半途。下半就是王婆诡施手段促成西门庆幽会潘金莲的"风情"了。也是曲折而进,天天有"茶",步步有"茶"。起初,是王婆过隔壁武大郎家"说诱"潘金莲:

> 这王婆开了后门,走过武大家里来。那妇人接着,请去楼上坐地。那王婆道:"娘子,怎地不过贫家吃茶?"

这里先请"吃茶",正是王婆作为近邻并茶坊主合当如此。从请茶入,引出问"娘子家里有历日么?借与老身看一看,要选个裁衣日"。进而引出有衣料却无人帮做"送终衣服……老身说不得这等苦",以博同情,诱其主动上钩:

> 那妇人听了,笑道:"只怕奴家做得不中干娘意。若不嫌时,奴出手与干娘做,如何?"那婆子听了这话,堆下笑来,说道:"若得娘子贵手做时,老身便死来也得好处去。久闻得娘子好手针线,只是不敢来相央。"那妇人道:"这个何妨得。既是许了干娘,务要与干娘做

了。将历头去叫人捡个黄道好日,奴便与你动手。"

两人言来语去,说到亲切处,潘金莲答应"我明日饭后便来"。于是潘金莲连续三天到"王婆茶坊"为王婆缝制"送终衣服",又称做"生活"。而王婆在确认潘金莲能来做"生活"的"当晚,回复了西门庆的话,约定后日准来"。

第一天,书中写道:

> 次日清早,王婆收拾房里干净了,买了些线索,安排了些茶水,在家里等候……那妇人……从后门走过王婆家里来。那婆子欢喜无限,接入房里坐下,便浓浓地点姜茶,撒上些松子、胡桃,递与这妇人吃了。

按此即"王婆卖茶"第五次,又是"安排了些茶水……等候",又是"浓浓地点姜茶"。"姜茶"既"破晓寒",又与上述为西门庆"浓浓的点两盏姜茶"呼应相对,还比较为西门庆点姜茶,多了"撒上些松子、胡桃",就又显得格外殷勤和温馨了。不仅此也,而且请人做活即使不付工钱,也要管待吃饭。所以"日中,王婆便安排些酒食请他,下了一箸面与那妇人吃了"。这就在请"茶"之外,也跟进"酒食",标志叙事开始由"风流茶说合"逐步转向"酒是色媒人"的阶段。

第二天,书中写道:

> 次日饭后,武大自出去了,王婆便踅过来相请去到他房里,取出生活,一面缝将起来。王婆自一边点茶来吃了,不在话下。

按此即"王婆卖茶"第六次,虽然已是"不在话下",但还是要先"点茶吃了"。又虽然因为武大郎的嘱咐,"看看日中,那妇人取出一贯钱,付与王婆说道:'干娘,奴和你买杯酒吃。'"但王婆是何等老于世故,一面道:"阿呀!那里有这个道理……"一面"生怕打搅了这事,自又添钱去买些好酒好食,希奇果子来殷勤相待……请那妇人吃了酒食"。这是在请"茶"之后继续跟进"酒食",至"好酒好食,希奇果子"了。这一次

· 416 ·

不出茶名,但"酒"已是"好酒",标志叙事由"风流茶说合"向"酒是色媒人"的转向开始加速。

但至第三天,随"好酒好食,希奇果子"而来的最重要跟进是西门庆赴王婆之约而来,此时及稍后虽然还"酒""茶"并写,但是"茶"渐少而"酒"渐多,标志叙事由"风流茶说合"更大幅度地转向"酒是色媒人",此系后话不提,而要注意的是,"王婆卖茶"至此将见"茶说合"的结局而成尾声了。

(六)"王婆便去点两盏茶来"

第三天,书中写道:

> 话休絮烦。第三日早饭后,王婆只张武大出去了,便走过后头来叫道:"娘子,老身大胆。"那妇人从楼上下来道:"奴却待来也。"两个厮见了,来到王婆房里坐下,取过生活来缝。那婆子随即点盏茶来,两个吃了。

按此即"王婆卖茶"第七次。上引说"话休絮烦",实是说"事不过三"。而第三天正是王婆与"西门庆……约定……准来"的"后日",所以作者在叙过潘金莲来茶坊"取过生活来缝……点盏茶来,两个吃了"之后,便笔锋一转而至"西门庆巴不到这一日……迳投这紫石街来",假作无事地进了王婆茶坊,因与潘金莲再见:

> 西门庆得见潘金莲,十分情思,恨不就做一处。王婆便去点两盏茶来,递一盏与西门庆,一盏递与这妇人,说道:"娘子相待大官人则个。"

按此即西门庆第六次来"王婆茶坊"和"王婆卖茶"第八次。至此而西门庆终于将遂其心愿与潘金莲先坐到了一处。而且不必西门庆请动,"王婆便去点两盏茶来"云云,这一次的"王婆卖茶"分明是前此为西门庆点各种茶四次和为潘金莲点"姜茶"等三次的合一,是真正的"摄合山"的"和合茶",所以"茶"效立见。书中接下又写道:

吃罢茶，便觉有些眉目送情。王婆看着西门庆，把一只手在脸上摸。西门庆心里瞧科，已知有五分了。

上引说"吃罢茶，便觉"和"西门庆心里瞧科，已知有五分了"云云，尽管都是王婆"撮合山"的功夫，但其功夫的头道是"便去点两盏茶来"。除却吃茶提神能使人有无端的愉快之外，由此回顾西门庆第二天第四次来"王婆茶坊"，要王婆"点两盏茶来"，王婆便"浓浓的点两盏姜茶"相陪，并哈哈笑道："我又不是影射的。"而潘金莲第一天来"王婆茶坊"做"生活"也是吃的"姜茶"等，便知此处的"王婆便去点两盏茶来，递一盏与西门庆，一盏递与这妇人，说道：'娘子相待大官人则个。'"看似是一切正常的随意点染，实则为工于心计的巧立名目，又前呼后应，真乃"无平不陂，无往不复"（《周易·泰卦》）。

然而"王婆卖茶"至此也便到了尾声。因为到了"王婆便去点两盏茶来"云云，"风流茶说合"的男女当事人既已如愿坐到了一起，尽管"茶"还是要吃的，但是其作用已回归主要是解体内缺水之"渴"的层面，可以"话休絮烦"，而完全让位于"酒"了。所以至上引叙西门庆与潘金莲"吃罢茶"以后，本回就再没有写"茶"，而是再次引"风流茶说合，酒是色媒人"的俗语以承上启下，调转笔锋写随"茶"而至的"酒食"之"酒"，写如何"酒是色媒人"了。

总之，上述《水浒传》第二十四回"王婆卖茶"一段文字，主要写了"风流茶说合"。诚为以"茶"写人叙事之绝妙好文，不可不知，亦不可不论。

三 "王婆卖茶"描写的艺术价值

综合以上《水浒传》"王婆卖茶"以"茶"写人叙事的种种精彩，而置于古代小说史的背景之上，可就其在古代小说创作艺术上的多方面的继承与创新有以下认识。

（一）"茶"意象的创新与充分运用。《水浒传》之前或同时的包括《三国志通俗演义》等在内的话本、小说、戏曲中多有关于"茶"的描写，但是同一部作品中从未有如《水浒传》大量集中运用"茶"意象写人叙事者，更无如《水浒传》写"茶"意象之精彩者，而"王婆卖茶"又是《水浒传》写"茶"意象的精彩之最。一是已如上述其叙西门庆来"王婆茶坊"至得与潘金莲在茶坊相会，可谓曲曲折折，但天天有"茶"，步步有"茶"，自始至终可谓人来"茶"来，人走"茶"凉，极尽以"茶"写人叙事之能事；二是自"梅汤"、"和合茶"、"姜茶"以至"宽煎叶儿茶"，以及"酸""甜""浓浓""两盏"，等等，各假物或假名，或谐音，或影射，或以数等暗以寄意，话中有话，味外有味，恰到好处地契合于人物的身份性情和显示事情本身的暧昧性质；三是与各种"茶"名络绎而出相随的，或一人独啜，或邀与共饮，或并送"两盏"，或"记帐"，或现钱，或问"王干娘，我少你多少茶钱？"又或"酸"或"甜"，叙饮茶之事，移步换形，变幻多端，读之如行山阴道上，唯感奇情异趣，应接不暇，而不觉有丝毫烦琐和呆板。

（二）人物形象个性化特征的赋予或加强。"王婆卖茶"赋予或加强了王婆、西门庆、潘金莲三个人物的个性化特征。首先，上已述及"王婆"早在《水浒传》之前和《水浒传》之中都已经成为媒婆的"共名"之一，有了一定的个性基础，如媒婆、"卖茶""王百会"等，但至"王婆卖茶"，虽然未尽把"王婆"的个性特征全面写出，但已经展现了比前此"王婆"形象后来居上的高度个性化的特点。最突出的有三点，一是王婆的"茶坊主"身份，前此"王婆"虽然也有开茶坊的，但是都不过提及而已，无如"王婆卖茶"描写的载在口碑的相当于挂牌的"王婆茶坊"，更未被如此有骨有肉地描写。从而"王婆卖茶"使王婆作为茶坊主的身份特征得有进一步的完整、强化和凸显。二是空前地刻画了"王婆"的贪婪之心。媒婆图利虽旧为人之常情，但是这一回标目就有"王婆贪贿说风情"，可知"贪贿"是"王婆卖茶"有意突出的看点。我们看书中写王婆存心要西门庆"来老娘手里纳些败缺"和得了"一两来银子"就"暗暗地喜欢"，及至西门庆许诺"输与你五两银子"，"端的与我得这件事成，便送十两银子与你做棺材"等层层加码，王婆似已求财得财并操纵自如，但实际是被西门庆"有钱使得鬼推磨"了。因此，如果说后来西门庆、潘金莲二人是死于"色"，那么"王婆"无疑就是死于"财"，也就是死于她"卖茶"过程中一再流露出的贪婪之心。三是"王婆"语言上"疯婆子"的特点，读者易见，不必说了。其次，后世为《金瓶梅》所大加演绎的西门庆形象首见于本节叙事,是小说史上的一个绝大创造。换言之,"王婆卖茶"不仅为《水浒传》此后叙事,而且为后世《金瓶梅》一书奠定了西门庆形象的个性基础,那就是他似被潘金莲收了"三魂七魄"一般的一往情深,和为了"做个道理入脚处",一日三顾,前后共六次登门,赠银许愿,才求得王婆"弄手段"助他一臂之力,就可以知道西门庆之恶只是放纵情欲越过了道德的底线,但他的情欲本身及其对潘金莲所嫁非人的感慨,都不是不可以理解的。最后潘金莲虽然早在此前就已经出场,但"王婆卖茶"中的潘金莲更多地展现了西门庆心目中"女神"的美丽大方与温婉,以及她在自己的情欲和西门庆与王婆的暗中算计与摆布的两面夹攻之下走向外遇的身不由己的命运。如此等等,都成为这三个人物性格命运进一步发展的良好基础。

(三)"'倚数'编撰"的创新。笔者尝论包括《水浒传》在内的古今中外文学多有"'倚数'编撰"①的数理传统。所谓"'倚数'编撰"就是在精心编撰的作品中,篇章结构、人物设置、叙事长度与节奏,乃至细节、语言的运用诸方面,都或隐或显,或自觉或不自觉地依照一定的度数、频率或比例等数度进行,并因此而增生或加强了作品的某种意义。"王婆卖茶"作为全书的一个不长的情节,就正是在细节和语言上贯穿了"'倚数'编撰"的原则。如其写西门庆遇巧潘金莲之后,当即去"王婆茶坊",一天之内总共去了三次;潘金莲应请去王婆家做"生活"以至与西门庆成奸,前后共计三天;西门庆许诺并先后兑付或保证兑付王婆的银子有三份,分别为"一两来""五两""十两";西门庆从巧遇潘金莲后去"王婆茶坊",到得王婆之助遂其与潘金莲成奸的心愿,前后出入"王婆茶坊"共有六次;"王婆"分别为西门庆点茶四次、为潘金莲点茶三次,合共"王婆卖茶"七次之后,才有西门庆、潘金莲两人在王婆茶坊见面,也就是实现了"风流茶说合",并有作为"茶说合"之延伸的第八次"王婆卖茶",即使二人共饮的吃茶。当然也还可以提及这中间王婆为西门庆说"五件事""十分光",以及说"十分光"的一反一正等。这些都不能不使读者想到《三国演义》中的"三顾茅庐""六出祁山""七擒孟获"等

---

① 杜贵晨:《中国古代文学的重数传统与数理美——兼及中国古代文学数理批评》,《中国社会科学》2002年第4期。

"'倚数'编撰"的范例。其实《水浒传》中也正是有"三打祝家庄""三败高俅"之类明确是"三而一成"（董仲舒《春秋繁露·官制象天》）之数理逻辑的运用，并多方显示了文本描写对《三国演义》的追摹。这应该与《水浒传》的作者或作者之一就是《三国演义》的作者罗贯中有很大关系。因此《水浒传》写"王婆卖茶"之"风流茶说合"的过程，暗套《三国演义》"三顾""七擒"的数理叙事手法，就是很自然的了。

但是，自《三国演义》以至《水浒传》其他部分的"'倚数'编撰"，往往只是用于英雄传奇性的写人叙事并多作标明，如"三打""三败""六出""七擒""九伐"之类，而"王婆卖茶"的"'倚数'编撰"却是用于写普通人日常生活亦即真正"世情"的具体描绘，并且纯系暗用，只用描写的重复，如"不多时，只见那西门庆一转，踅入王婆茶坊里来，便去里边水帘下坐了"；"约莫未及两个时辰，又踅将来王婆店门帘边坐地，朝着武大门前"；"只见西门庆又踅将来，迳去帘底下那座头上坐了，朝着武大门前只顾望"；"西门庆从早晨在门前踅了几遭，一迳奔入茶坊里来，水帘底下，望着武大门前帘子里坐了看"；等等，显示出来，以某种动作的重复描写成为叙事节奏的标志，使相关意趣得到凸显和加强。又如写西门庆问"间壁这个雌儿是谁的老小？"王婆必要待西门庆三猜不着之后，才明告他潘金莲的"盖老便是街上卖炊饼的武大郎"，也明显是遵循"三而一成"的数理。并且还很明显的是，"王婆卖茶"文虽不长，但它这种"三""七"等数度的运用却参差错落，你中有我，我中有你，其所成文本描写之艺术图像，只有参照《周易·系辞上》所谓"参伍以变，错综其数。通其变，遂成天下之文。极其数，遂定天下之象。非天下之至变，其孰能与于此"的道破天机，才可以从中国数理文化的根本上有真正的理解。总之，由"王婆卖茶"而开后世所谓世情小说"'倚数'编撰"的新传统，是《水浒传》对小说史的一个重要而突出的贡献。

综合以上考论，《水浒传》写"王婆卖茶"是对前代文学的继承，但其假象寄意，以"茶"写人，妙笔生花，以及暗用数理传统"'倚数'编撰"等，却是宝贵的创新。

（原载《河北学刊》2017年第3期，有修订）

《西游记》与泰山考述

《西游记》与泰山关系考论

引　言

　　本文所论《西游记》，是指今存最早的明万历二十年（1592）序刊之世德堂本，即今通行百回整理本《西游记》所主要根据的版本。其与泰山的关系，是指此本地理环境描写与泰山自然和人文景观的联系。这种联系虽然早在唐代就已经发生，宋、元以至于明初的各种西游故事文本中续有发展，但至今本写定之前，基本上属于零星、偶然的现象，与《西游记》中有涉其他地域环境的描写一样，并未构成可作总体考论的必要与价值。只有到了明中叶以后今本写定的过程中，作者自觉大量地采泰山景观为其故事环境描写的原型，泰山景观才成为了《西游记》地理环境描写的主要蓝本。因此，虽然这一联系的发生可追溯至唐代，但其真正的确立是在大约四百年前今本《西游记》的成书，是今本《西游记》的作者把"五岳独尊"的泰山作为《西游记》神魔环境描写取象的根据，使《西游记》神魔环境与泰山景观之间在诸多方面形成摹本与原型的对应关系。然而四百年来，这一联系一直处于被遮蔽的状态，在无论《西游记》还是泰山文化的研究中，都是一个有待解决的学术问题，不可不给予重视。

　　这个问题早有学者做过探讨。承蒋铁生先生提示，笔者得读张宏梁、彭海《吴承恩〈西游记〉与泰山》[①]，周郢《〈西游记〉与泰山文化》[②] 两文，这是最早有关此一问题探讨的学术论文（以下或简称"两文"）。两文

---

① 张宏梁、彭海：《吴承恩〈西游记〉与泰山》，《泰安师专学报》1986 年第 1 期。
② 周郢：《〈西游记〉与泰山文化》，《山东矿业学院学报》（社会科学版）1999 年第 4 期。

后先相承，揭示了若干《西游记》与泰山关系的事实并有所推论，乃至得出"《西游记》的创作与泰山是有许多联系的"之认识。但在得见两文之前，笔者已写成《孙悟空"籍贯""故里"考论——兼说泰山为〈西游记〉写"三界"的地理背景》① 一文，虽有个别与两文所揭示暗合之处，但由于拙文旨在探讨泰山是《西游记》所写孙悟空的"籍贯"、"故里"和"三界"描写的原型，所以未至于是重复的研究，而不废其有独立的价值。但是，包括拙文在内已有的研究，于涉及《西游记》与泰山关系的方面都重在揭示事实，而未及从学理上深入讨论这一关系的特点与意义；同时诸文对这一关系之真相的揭示，虽然所获颇多，但仍有一些遗漏与不够准确处，因此有必要深入考论，以更加全面深入说明《西游记》创作的泰山文化背景和泰山文化的西游文化内涵。这在《西游记》成书、作者以及泰山文化研究与旅游开发诸多方面都有重要意义。

这一考论既有泰山历史考证的品格，又是对《西游记》成书过程的探秘。为此，我们必须确认《西游记》所写地理环境与泰山景观在有根本性一致的情况下，泰山景观的得名在先，而《西游记》的成书在后，如此才可能确认泰山与《西游记》间原型与摹本关系的成立。因此，本文先要作如下三点说明。

一是《西游记》故事原本唐代玄奘法师（602—664）印度取经事实，玄奘俗姓陈，洛州缑氏（今河南洛阳偃师）人，其人与事都根源于唐代洛阳和长安，初与其他地域并无联系和影响。但是后来随其"西游"故事传说如滚雪球般增殖壮大和不胫而走，形成以"西游"东渐为主流的走向全国甚至世界传播的潮流。这一潮流的具体起点虽难以确考，但从古今载记看，至晚元代西游故事中陈玄奘就被改籍为"淮阴海州弘农人"了。元末明初戏曲家杨景贤《西游记杂剧》第一出《之官逢盗》写"江流儿"即后来的玄奘法师乃"西天毗卢伽尊者托化于中国海州弘农县陈光蕊家为子，长大出家为僧往西天取经阐教"；而其父亲陈光蕊自报家门云："下官姓陈名萼，字光蕊，淮阴海州弘农人也。妻殷氏，乃大将殷开山之女。下官自幼以儒业进身，一举成名，得授洪州知府。欲待携家之任，争奈夫人

---

① 杜贵晨：《孙悟空"籍贯""故里"考论——兼说泰山为〈西游记〉写"三界"的地理背景》，《东岳论丛》2006 年第 2 期。

有八个月身孕……"其下即"江流儿"出生、遭难、金山寺（当即江苏镇江金山寺）出家、洪州（今江西南昌）报仇、父死还魂、被荐于朝、受诏"西天取经"等①。这个"江流儿"的故事虽然未被后来世德堂本《西游记》原貌搬用，但是书中至少有六回书9次称唐僧为"江流"，并于第十一回《还受生唐王遵善果，度孤魂萧瑀正空门》有集中概括的补叙云：

次日，三位朝臣，聚众僧，在那山川坛里，逐一从头查选，内中选得一名有德行的高僧。你道他是谁人——

灵通本讳号金蝉，只为无心听佛讲，转托尘凡苦受磨，降生世俗遭罗网。

投胎落地就逢凶，未出之前临恶党。父是海州陈状元，外公总管当朝长。

出身命犯落江星，顺水随波逐浪泱。海岛金山有大缘，迁安和尚将他养。

年方十八认亲娘，特赴京都求外长。总管开山调大军，洪州剿寇诛凶党。

状元光蕊脱天罗，子父相逢堪贺奖。复谒当今受主恩，凌烟阁上贤名响。

恩官不受愿为僧，洪福沙门将道访。小字江流古佛儿，法名唤做陈玄奘。

当日对众举出玄奘法师。这个人自幼为僧，出娘胎，就持斋受戒。他外公现是当朝一路总管殷开山，他父亲陈光蕊，中状元，官拜文渊殿大学士。一心不爱荣华，只喜修持寂灭。查得他根源又好，德行又高。千经万典，无所不通；佛号仙音，无般不会。当时三位引至御前，扬尘舞蹈，拜罢奏曰："臣瑀等蒙圣旨，选得高僧一名陈玄奘。"太宗闻其名，沉思良久道："可是学士陈光蕊之儿玄奘否？"江流儿叩头曰："臣正是。"太宗喜道："果然举之不错，诚为有德行有禅心的和尚。朕赐你左僧纲、右僧纲、天下大阐都僧纲之职。"玄奘顿首谢

---

① 参见（明）杨景贤《西游记杂剧》（节录），载朱一玄、刘毓忱编《〈西游记〉资料汇编》，中州书画社1983年版，第87—109页。

恩，受了大阐官爵。又赐五彩织金袈裟一件，毗卢帽一顶。教他用心再拜明僧，排次阇黎班首，书办旨意，前赴化生寺，择定吉日良时，开演经法。①

如果说《西游记》纳入唐僧出身的"江流儿"故事代表了"西游"东渐根移海州的巨大成功，那么大致自元代开始泰山上大量"西游"景观的得名，也当在此前后，并因其附丽于泰山固有的巨大影响之故，而能够大力反哺于后来百回本《西游记》成书，成为本文坚信泰山文化为《西游记》创作背景的重要认识基础。这也就是说，泰山上"西游"景观的得名是至晚元代"西游"故事东渐的结果，而泰山本自有"天宫""地狱"等与"西游"故事更易于对接互渗的方便，也有力地增强了泰山"西游"的影响，从而吸引百回本《西游记》作者有意无意间把泰山文化作为《西游记》创作背景。这是本文立论最重要的基础。

二是今本《西游记》成书的确切年代还很难定论。但是，即使近百年来人们一般认为此书是明代嘉靖、隆庆、万历年间的吴承恩所作，《西游记》的成书也不可能早于隆庆、万历之际；而有学者认为"《西游记》之成书、刊刻和流传是在万历二十年（1592）"②，却是更为可信的结论。这就是说，至晚是在万历二十年以前定名的泰山景观才有可能被作为原型写入《西游记》之中。

三是本文引据的泰山景观资料主要出自《岱史》③。《岱史》十八卷，明代查志隆撰。查志隆字鸣盛，海宁（今属浙江）人。嘉靖三十八年（1559）进士，官至山东布政使左参政，著有《山东盐法志》等。《岱史》乃查氏山东盐司同知任内奉上司长芦巡盐御史谭耀之命辑纂，成书于明万历十四年（1586）。卷首有谭耀《序》，谓是书"裁取旧编，断以己意，拟例三史，取材百家"；又有查氏自为《岱史公移》，备叙纂修始末体例等，称皆

---

① （明）吴承恩：《西游记》，（明）李卓吾、黄周星评，山东文艺出版社1996年版。此本卷前有《整理说明》说："此次整理取世德堂本为底本。"本文引《西游记》原文及评语均出此本，说明或括注回次。

② ［日］矶部彰：《〈西游记〉二十卷一百回》，载石昌渝主编《中国古代小说总目》（白话卷），山西教育出版社2004年版，第412页。

③ （明）查志隆编纂，马铭初、严澄非校注：《岱史校注》，青岛海洋大学出版社1992年版。本文引《岱史》均据此本，说明或括注卷目。

"取材于旧志"。其所谓"旧编""旧志",主要是指明代歙县(今属安徽)汪子卿辑《泰山志》。《泰山志》四卷,成书于嘉靖二十三年(1544),所据资料特别是其中记"山水"的内容大多采自明弘治《泰安州志》①,来源更古。

可知《岱史》成书尤其所据资料远早于今本《西游记》。因此,《岱史》记泰山与《西游记》描写相一致者如系个别,还可能是暗合,但如果不止一处乃至较多,那么《西游记》取景摹写自泰山的可能性就较大,为二者摹本与原型关系的证明。本文考论《西游记》与泰山的关系,就主要是以《岱史》的记载与《西游记》所写相比对,而论断的原则有三。

一是《岱史》所记泰山景观与《西游记》描写相一致者,才有可能是《西游记》描写取于泰山的蓝本。

二是这种与《西游记》描写相一致的景观为泰山所独有,并不可能由纯粹的想象得来,所以极可能是《西游记》此一描写的蓝本。

三是据《西游记》写及泰山独有景观可以推知其作者熟悉泰山。从而如果某种与《西游记》描写相一致的景观虽非泰山所独有,但其他有此类似景观者却不另具《西游记》所描写之任何独有的景观,则可以推断此一描写仍然摹自泰山景观,属《西游记》与泰山相联系的证明。

当然,《西游记》作为神魔小说,其大量的环境描写并非都有我们所说的蓝本,并且即使有蓝本的,也不仅出于泰山(例如书中许多地名是历史上与现实中不曾出现过的,而可考的地名中如平顶山在河南,也不尽在山东泰山)。因此,如上论断的原则虽然为讨论《西游记》与泰山关系而设,但同样适合于做《西游记》与其他地域文化联系的考察,并也有可能找到《西游记》摹本于彼的证据,说明其环境描写取材于多方,蓝本不止泰山一处。然而,那当作别论,也早就有人做了。至于本文,不过是考论《西游记》描写取景于泰山一面的事实而已。

一 《西游记》中原型为泰山所独有的景观

考论《西游记》与泰山关系首先要注意到的,是其大量的地理环境描

---

① 参见周郢《明〈泰山志〉整理论略》,《泰山学院学报》2004 年第 2 期。

写中，有些涉及泰山所独有的景观，兹参考两文论列如下。

（一）摩顶松

《西游记》第一百回：

> 唐僧四众，随驾入朝，满城中无一不知是取经人来了。却说那长安唐僧旧住的洪福寺大小僧人，看见几株松树一颗颗头俱向东，惊讶道："怪哉，怪哉！今夜未曾刮风，如何这树头都扭过来了？"内有三藏的旧徒道："快拿衣服来！取经的老师父来了！"众僧问道："你何以知之？"旧徒曰："当年师父去时，曾有言道：'我去之后，或三五年，或六七年，但看松树枝头若是东向，我即回矣。'我师父佛口圣言，故此知之。"急披衣而出，至西街时，早已有人传播说："取经的人适才方到，万岁爷爷接入城来了。"

这一情节所涉及"一颗颗头俱向东"的松树，最早见于《太平广记》卷九二《异僧六》载：

> 沙门玄奘俗姓陈，偃师县人也。幼聪慧，有操行。唐武德初，往西域取经，行至罽宾国，道险，虎豹不可过。奘不知为计，乃锁房门而坐。至夕开门，见一老僧，头面疮痍，身体脓血，床上独坐，莫知来由。奘乃礼拜勤求，僧口授《多心经》一卷，令奘诵之。遂得山川平易，道路开辟，虎豹藏形，魔鬼潜迹。遂至佛国，取经六百余部而归，其《多心经》至今诵之。初，奘将往西域，于灵岩寺见有松一树，奘立于庭，以手摩其枝曰："吾西去求佛教，汝可西长；若吾归，即却东回，使吾弟子知之。"及去，其枝年年西指，约长数丈。一年忽东回，门人弟子曰："教主归矣！"乃西迎之。奘果还。至今众谓此松为摩顶松。

注："出《独异志》及《唐新语》。"《独异志》，唐李冗撰。李冗唐开成、咸通间仕至明州刺史，是书作于咸通六年（865）稍后[①]。《唐新语》，又题《大唐新语》《唐世说新语》，刘肃撰。刘肃正史无传，《新唐

[①] 参见石昌渝主编《中国古代小说总目》（文言卷），山西教育出版社2004年版，第69页。

书·艺文志》载:"刘肃《大唐新语》十三卷,元和中江都主簿。"① 书成于元和丁亥（807）,记载要早于《独异志》,但通行本失载,今整理本辑有佚文。

总之,可信这一故事早在中唐就已经出现了,而该松树所在的灵岩寺无疑在唐僧西行的起点长安（今陕西西安）。这个故事的流传在上引明代杨景贤《西游记杂剧》被采取,应当是上引百回本《西游记》沿袭的重要来源。但同样不可忽视的是,在全国各地众多的灵岩寺中,唯独泰山灵岩寺有了与唐僧取经相关的"摩顶松"景观及其传说。清代唐仲冕辑《岱览》卷第二十四《灵岩上》载：

> 大雄殿北为五花阁……西有古柏一株,干枯如铁,其东由檗菀茂护以石栏。皇上御题"摩顶松"三大字,碑阴勒御制诗。又一碑勒御制图诗,并建亭。《大唐新话》：玄法师西域取经,手摩灵岩寺松曰："吾西去,汝可西向；若归,即东向。"及去,果西向。一年,枝忽向东,弟子曰："吾师归矣。"果然。号摩顶松,今则柏也。②

文中虽并载乾隆有御制诗辨其伪,但其伪的发生,却不是在乾隆当世,而是在明嘉靖之前。证据是以上引文之下分别记有"摩顶松台"多人诗刻若干首。其中最早为"明张邦教诗刻：右,诗凡六首,真书。嘉靖十五年八月勒摩顶松台,北向"。张邦教,山西蒲州人正德十二年（1517）丁丑科三甲进士。由此可知泰山灵岩寺有"摩顶松"早在明嘉靖朝之前,其依托于五岳独尊的泰山声名远播,至少强化了《西游记》作者采取入书的兴趣。同时亦如周先生考证,泰山灵岩寺有"摩顶松"景观传说,或与历史上同称"唐三藏"的济南长清名僧义静和尚也曾"西天取经"有关之③。总之,泰山灵岩寺"摩顶松"作为"西游"故事东渐的结果,很可能以某种途径又反哺了百回本《西游记》的成书。

---

① 转引自石昌渝主编《中国古代小说总目》（文言卷）,山西教育出版社2004年版,第50页。
② （清）唐仲冕辑：《岱览》（下）,吕继祥等点校,载汤贵仁、刘慧主编《泰山文献集成》（第四卷）,泰山出版社2005年版,第535页。
③ 参见周郢《〈西游记〉与泰山文化》,《山东矿业学院学报》（社会科学版）1999年第4期。

（二）傲来山

《西游记》以悟空为"傲来国"籍。"傲来国"之名前所未有，是作者虚构首创。但名称"傲来"，前代文献包括西游故事文本中绝无，又可以认为单凭想象实难成立，而恰好泰山岱顶西南有"傲来山"。《岱史》载：

> 傲来山，在岳顶西南竹林寺。其石巑岏矗矗，至御帐俯视之更奇。（《山水表》）

可知"傲来"名号自泰山作古。由此可推测"傲来国"之称非《西游记》作者想象得来，乃借岱岳"傲来山"名而成。

（三）天宫

玉皇大帝所住的"天宫"是《西游记》全书特别是前七回重点写到的环境，其主要设施包括灵霄宝殿、一天门、二天门、三天门、南天门、西天门、东天门、瑶池等，这些书中时常写及的天界布置，早在《西游记》成书之前泰山上就已经有了。《岱史》载：

> 一天门，有坊，在岳阳岱庙内［北］里许。（《山水表》）
>
> 二天门，有坊，在岳阳，一名小天门，即御帐，盖宋真宗曾此驻跸也。（《山水表》）
>
> 三天门，石门，一曰南天门，即十八盘尽处。（《山水表》）
>
> 东天门，在岳顶东。（《山水表》）
>
> 西天门，在岳顶西。（《山水表》）
>
> 玄武门，在岳北址。（《山水表》）（引者按："玄武门"即第三十三回所写及"北天门"）
>
> 王母池，一名瑶池，在岳之南麓，池水之源乃岱岳山涧之水也。自黄现［岘］岭会石经峪、水帘洞诸源，汇而为此池焉。昔黄帝建观岱岳，遣女七人，云冠羽衣，修奉香火，以迎王母，故名。（《山水表》）
>
> 玉帝观，即太清宫，在岳之绝顶，盖古登封台，昔尝圮废。成化十九年，中使以内帑金资重建。隆庆间，侍郎万恭撤观于巅北，出巅

石而表之，题曰"表泰山之巅"，万恭自为之记。（《灵宇记》）

这些构成泰山极顶"天宫"的景观，在《西游记》中几乎一一对应地频繁出现，史上仅见，应非偶然，可视为《西游记》写"天宫"拟自泰山的证明。

事实上明代人正是有称岱顶为"天宫"者，如上引所及万恭《表泰山之巅碑》记"隆庆壬申……臣恭以八月禋泰山，报成绩也。余乃历巉岩，逾险绝……陟山巅，谒天宫"即是。而钟宇淳《泰山纪游》云："又上，则玉皇宫在焉，此泰山绝顶。"（《岱史·登览志》）刘孝《题南天门》诗云："斋戒含香叩帝阍，仙风吹我上天门。……即看紫气临阊阖，金殿当头捧至尊。"（《岱史·登览志》）也都以玉帝观为天帝之"宫""殿"，即"天宫"的影像。总之，这是晚明中叶人们对岱顶的习称，因此而有《西游记》作者借泰山景为《西游记》"天宫"描写的原型，真是最自然不过的事情。

（四）鹰愁涧

《西游记》第十五回写"鹰愁涧意马收缰"，故事发生处叫作"蛇盘山鹰愁涧"。《岱史》载：

鹰愁涧，在十八盘下。（《山水表》）

此"鹰愁涧"之名，也不容易单凭想象可得。考"鹰愁"典出杜甫《敬简王明府》诗，但作为景观名又仅见于泰山，也应该视为《西游记》描写借名于泰山景观的证明。

（五）岳巅石

《西游记》第一回写石猴出世云：

那座山正当顶上，有一块仙石。其石有三丈六尺五寸高，有二丈四尺围圆。三丈六尺五寸高，按周天三百六十五度；二丈四尺围圆，按政历二十四气。上有九窍八孔，按九宫八卦。四面更无树木遮阴，左右倒有芝兰相衬。盖自开辟以来，每受天真地秀，日精月华，感之既久，遂有灵通之意。内育仙胞。一日迸裂，产一石卵，似圆球样大。因见风，化作一个石猴。

◆◆◆《西游记》与泰山考述

对于这段描写，一般读者大概从未往其有所依傍的方向上去想。然而，事有不期而然者，《岱史》载：

　　岳巅石，在玉帝观前，侍郎万恭刻石，曰"表泰山之巅"。（《山水表》）

这块石头诚可谓天下独一无二的"奇石"，万恭《表泰山之巅碑》记云：

　　隆庆壬申……臣恭以八月禋泰山，报成绩也。余乃历巇岩，逾险绝……陟山巅，谒天宫，忽缁衣蹁跹，目瞪足践招余曰："是泰山巅石也。"余异之，视其上室如锢也，视其下砌如砥也，而恶知夫泰山之巅？而又恶知夫泰山之巅石？余喟然叹曰："夫泰山擅四岳之尊，而兹巅石又擅泰山之尊，乃从而屋之，又从而夷之，又从而践履之，令尊贵不扬发，灵异不表见，余过也！余过也！"亟命济倅王之纲撤太清宫，徙于后方，命之曰："第掘地而出巅，毋刊方，毋毁圆，毋斫天成，返泰山之真已矣。"倅乃撤土，巅出之。巅石博十有一尺，厚十四尺有奇，耸三尺，戴活石焉。东博二尺五寸，厚一尺三寸；西博一尺八寸，长八尺有五寸。夫约泰山而束之，巅已奇甚矣。又摩顶而戴之石，斯上界之绝顶，青帝之玄冠也。余倚活石览观万里，俯仰八荒……而六极之大观备矣。彼巅石不表见几千万年矣，今出之，始返泰山之真而全其尊。后来观览者……务万世令返其真而全其尊，以毋得罪于泰山之神，其缁衣蹁跹之意乎？……（《岱史·灵宇纪》）

可知此"泰山巅石"有三个特点：一是在泰山"正当顶上"，二是经测量记有尺寸，三是"活石""奇甚""灵异"。其位置神形与花果山之"仙石"何其相似乃尔！

万恭字肃卿，南昌（今属江西）人，嘉靖二十三年（1544）进士，官至佥都御史巡抚山西。"隆庆壬申"为明穆宗六年（1572），是年八月万恭奉旨以侍郎祭泰山之事，特别是移玉皇殿、出巅石、立碑为志、碑阳大书"泰山之巅"四字诸举措，在当时必有较大的影响，因泰山游客而广为世知，从而引起《西游记》作者的注意，成为了他虚构悟空出世之"仙石"

神话的素材。

万恭"表泰山之巅碑"毁于清乾隆间,"岳巅石"之名遂湮,民国以来称"极顶石"。

二 《西游记》中原型可断为泰山的景观

由以上《西游记》多处描写所涉及的泰山独有景观可以推知其作者熟悉泰山,于泰山上下景观都有相当具体的了解,从而《西游记》所写及的泰山与其他地域共名的景观,也使我们倾向于认为其非借自他处,而仍然是摹自于泰山。这类描写有以下数处。

(一)水帘洞

《西游记》第一回写石猴自称"东胜神洲傲来国花果山水帘洞人氏",并因石猴而写及水帘洞云:

> 你看他瞑目蹲身,将身一纵,径跳入瀑布泉中,忽睁睛抬头观看,那里边却无水无波,明明朗朗的一架桥梁。他住了身,定了神,仔细再看,原来是座铁板桥。桥下之水,冲贯于石窍之间,倒挂流出去,遮闭了桥门。

又写道:

> 石猴笑道:"这股水乃是桥下冲贯石窍,倒挂下来遮闭门户的。桥边有花有树,乃是一座石房。房内有石窝、石灶、石碗、石盆、石床石凳,中间一块石碣上,镌着'花果山福地,水帘洞洞天'。……里面且是宽阔,容得千百口老小……"

"水帘洞"见称于早期西游故事,但元明间佚名《二郎神锁齐天大圣杂剧》仅称"花果山水帘洞"[①],没有具体描写;朝鲜汉语教科书《朴通

---

① (元/明)佚名:《二郎神锁齐天大圣杂剧》,转引自朱一玄、刘毓忱编《〈西游记〉资料汇编》,中州古籍出版社1983年版,第83—84页。

事谚解》注引当即我国元代的"《西游记》云：'西域有花果山，山下有水帘洞。'"① 以其不在中土；至上引今本《西游记》中，"水帘洞"才成为鲜明的文学洞窟形象。也就因此，对水帘洞的原型应做前后两段落的考察。

一是《西游记》之前即早期西游故事中的水帘洞。我国自古多水帘洞，据两文考述等可知，古代见于记载的就有云台山、衡山、罗浮山、归州、阜平、嘉定、庐江、黄山、泰山等十余处。这些水帘洞多早在唐宋时即已成名胜。早期西游故事中仅仅具名之"水帘洞"，应该就是受到我国这多有水帘洞的现象的启发，而不便确认哪一处水帘洞是其原型。

二是《西游记》中所写的"水帘洞"。其名称虽可以认为是承前代西游故事而来，但是，相关的具体描写却表明其另有区域的设定，建构的特点，进而有模拟之原型的可能。所以，一如"花果山"，早期西游故事中的"水帘洞"实难确考，但是，今本《西游记》中的"水帘洞"却因其有具体的描写，有了考论其原型的可能。

考今本《西游记》为"花果山水帘洞"所设，就是由无区域到有区域，由在"西域"而改写为在"东胜神洲傲来国花果山"。如上已论及，"傲来国"借名于"傲来山"即泰山西南之傲来峰，从而"花果山水帘洞"与泰山建立了联系；进而以泰山水帘洞与《西游记》的具体描写相比对，可考这种联系已经达到原型与摹本的程度。周郢《〈西游记〉与泰山文化》云"洞名始见于宋人李谔《瑶池记》"，而明人高诲《游泰山记》描述泰山水帘洞景观云：

> 稍前为水帘洞泉自天绅岩出，飞流垂练，听之泠泠然，下有小石桥，通泉于溪。（《岱史·登览志》）

又据《岱史》载：

> 水帘洞在高老桥上。（《山水表》）

---

① ［朝鲜］边暹等：《朴通事谚解》，转引自朱一玄、刘毓忱编《〈西游记〉资料汇编》，中州古籍出版社1983年版，第111页。

可知泰山"水帘洞"得名甚古,而又距傲来峰不远,位于其下,与《西游记》写其在"傲来国"区位相合①。又有明人王衡《重九后二日登泰山记》载:

> 又数里,为高老桥,平桥际崖间,颇胜。又过短桥者一,而得水帘洞。(《岱史·登览志》)

而王在晋《东巡登泰山记》云:

> "桥横水帘洞。"(《岱史·登览志》)

又都指出泰山水帘洞为瀑布下有桥之水帘洞,与上引《西游记》所绘建构颇相一致。又虽然泰山的"石桥"到《西游记》中改写成了"铁板桥",但是这一点竟也可以无憾。原籍泰安今居长春的夏广新老先生致函本人称:

> (原)山东省太西地区牙山村山东面,有一座"红山",在红山的后面,相传有一座"铁板桥"。当地自古传说,"红山高又高,路过铁板桥"。这座"铁板桥"与你所说的洞口有座"铁板桥"有无联系尚不得而知。见信后敬请将提供的这一线索加以考核……

这里除向夏先生致敬和表示感谢以外,还可以告上的是,虽然还抱歉未及有实地考核的结论,但是,仅有此传说,已足可加强《西游记》所写水帘洞为模拟泰山水帘洞的结论了。

(二)高老桥

明初杨景贤《西游记杂剧》写猪八戒强娶的女子为"裴家庄"人,至《西游记》写猪八戒入赘,始称"乌斯藏高老庄"。"乌斯藏"即西藏。朱

---

① 明代萧协中《泰山小史》载:"一在高老桥上,岩岩亭右。一在西百丈崖。巨壑瀑泻,下为盘石激荡,不觉珠玉浪翻,千派争流,有建瓴之势。寻真欲问碧云宫,竹杖芒鞋可御风。洞里有仙疑睡稳,故将珠水挂帘栊。"载汤贵仁、刘慧主编《泰山文献集成》(第二卷),封建华点校,泰山出版社2005年版,第365页。

· 437 ·

❖❖❖《西游记》与泰山考述

一玄、刘毓忱编《〈西游记〉研究资料》录丁国钧《荷香馆琐言》卷下《高老庄》,其中引《卫藏通志》称西藏德庆有"蔡里,一作米里,俗传即《西游真诠》所记之高老庄"①。然而此说仅是"俗传","蔡里"并未径称"高老庄",多半系攀附《西游记》而为,所以不可能是《西游记》创造"高老庄"的由来。而"高老庄"因"高老"得名,泰山有"高老桥",《岱史》载:

> 高老桥,在红门上五里许,相传有学黄老者姓高,始开此道。(《山水表》)

又《泰山道里记》云:

> 北为高老桥坊,自一天门到此五里。北即高老桥,古有高老创开此道,故名。有嘉靖三十九年副使高捷重修桥碑。其旁有龙泉水,从西北山峡经此东注中溪。②

可知泰山"高老桥"得名远在明嘉靖之前,在《西游记》作者熟悉泰山的大前提下,应该视为《西游记》写"高老庄"的蓝本。而成书于明万历末期的萧协中《泰山小史》于"高老桥"条下辩称:

> 《西游》有高老桥(引者按当作"庄"),俗遂以此当之,然真赝无从考也。世传有高老得道于此,故名。③

由此可知,明万历时就已经有人认为《西游记》"高老庄"由泰山"高老桥"得名,对泰山与《西游记》关系的思考与认识由来久矣!反而由于《西游记》所写"高老庄"已不在泰山而在"乌斯藏国",引发了西

---

① 朱一玄、刘毓忱编:《〈西游记〉研究资料》,中州书画社1983年版,第305页。
② (清)聂鈫:《泰山道里记》,载汤贵仁、刘慧主编《泰山文献集成》(第九卷),陈伟军点校,泰山出版社2005年版,第44页。
③ (明)萧协中:《泰山小史》,载汤贵仁、刘慧主编《泰山文献集成》(第二卷),封建华点校,泰山出版社2005年版,第364页。

藏德庆有"蔡里"即《西游记》"高老庄"的"俗传"。

（四）玉女洗头盆

《西游记》第三十回赋花果山景色，有"上连玉女洗头盆，下接天河分派水"之句。张宏梁、彭海二先生文揭出，"这一节里的玉女洗头盆，正就是钱宗淳《泰山记》里记述的玉女洗头盆"，"王衡《登泰山记》也记述了玉女洗头盆"[①]。但其引称钱氏文，《岱史·登览志》作"钟宇淳《泰山纪游》"，未知孰是。此外，语及此景观者尚有王世贞《登岱》六首之五"渴问三浆玉女盆"，尹台《东平道中望岳》"晞衣玉女盆"等句。张宏梁、彭海二先生文还指出"玉女洗头盆不只泰山有，华山也有"，但笔者考其所引，除王世贞《委宛余编》辩证玉女洗头盆"起于华山……又转讹而为泰山"之外，还见晚明人胡汝焕在其《登岱四首》之三的尾注中，也说到是西华莲花峰玉女洗头盆"误于泰山山顶"。但是，这一讹误出现于《西游记》成书之前，而与书中涉及的诸多泰山独有景观相参照，推断此"玉女洗头盆"系据泰山景观言之，也是可信的。

（五）晒经石

《西游记》第九十九回写唐僧师徒取经东归，过通天河湿经，"少顷，太阳高照，却移经于高崖上，开包晒晾。至今彼处晒经之石尚存"。"晒经石"正是泰山"石经峪"的古称。《岱史》载：

> 石经峪，在岳之阳，坦石半亩许，古刻《金刚经》楷书，有近八分书者，大尺许，人传王右军书。（《山水表》）

此"石经峪"旧名"晒经石"，明万恭题曰"曝经石"。《岱史》载万恭《石壁记》云：

> 余既表泰山之巅，掠岱麓而南下，则憩晒经之石。石广可数亩，遍刻梵经，皆八分书，大如斗，不知何代所为……余乃大书"曝经石"字，皆博可六七尺，刻深三寸，垂不磨以助其胜。（《宫室志》）

---

① 张宏梁、彭海：《吴承恩〈西游记〉与泰山》，《泰安师专学报》1986 年第 1 期。

据此称"晒经之石",可知"晒经石"为明隆庆以前已有之名,万恭不过就旧称改换一字耳。而《西游记》在泰山石经峪古称"晒经之石"以后,写"至今彼处晒经之石尚存",称"晒经之石"与上引万恭记石经古称一字不差,应非偶然,而极可能是借自泰山石经峪旧名并附会其"晒经"之事而为。

但是,大概因为万恭题刻的影响,后世"曝经石"名显而"晒经石"名晦。所以明末张岱《琅嬛文集》卷二《岱志》载:

> 石经峪……山峡中有石,五倍虎邱。传唐三藏曝经于此,又名曝经石。石上镌汉隶《金刚经》,字如斗,随石所之,尽经而上。

这也正如上引萧协中的存疑"高老庄",说明至晚明末即已有人把"曝经石"与西游故事联系起来思考,唯因对《西游记》作者、成书的情况几一无所知,所以很可能是颠倒了"晒经之石"亦"西游"故事东渐结果而早于《西游记》成书的关系,得出了与事实完全相反的结论。

另俞樾《茶香室四钞》卷十九《唐僧取经古迹》引明朱孟震《西南夷风土记》云:"都鲁濮水关有唐僧晒经台板。古有河曰流沙,唐僧取经故道,亦有晒经台。"朱孟震,新淦(今江西清江)人,隆庆二年(1568)进士,于万恭为晚进,又其文称"台""台板",比较万恭《石壁记》与《西游记》均称"晒经之石",显然泰山"晒经石"更可能为《西游记》"晒经之石"的原型。

(六)地府

《西游记》第三回、第十回、第十一回、第九十七回分别写到的地府、森罗殿、奈河、奈河桥等,也是泰山所有景观,其中奈河、奈河桥或为泰山独有,因统属"地府",所以也一并讨论。

地府即地狱,自古与泰山联系最为密切,今见魏晋六朝人所著《列异传》"蒋济"、《冥报录》"睦仁蒨"等篇中,就已有关于泰山地府、府君的描写。《太平广记》卷九九《释证一》所录《冥报记·大业客僧》即曰:"世人传说云,泰山治鬼。"而泰山亦有"酆都峪"等实之。《岱史》载:

酆都峪,在岳之阳,俗传为冥司,今峪南有酆都庙。(《岱史·山水表》)

酆都庙,在岳之南麓,升元观东。弘治十四年建,其神为酆都大帝。其左为阎王庙。嘉靖壬戌年,济南府同知翟涛重修,有记。(《灵宇纪》)

"森罗殿"即阎王殿,《岱史》载:

森罗殿,左为阎王庙,在岳南三里蒿里、社首二山之间,有七十五司,及三曹对案之神,神各塑像,俗传为地狱云。(《灵宇纪》)

泰山景观与"地府"相"配套"的,还有《岱史》所载:

亭禅山,一名高里,又名蒿里。联属社首,在岳南三里。(《山水表》)

"蒿里"得名甚古,《岱史》又载:

蒿里者,古挽章之名,田横之客伤横而作者也。汉李延年分为二曲,薤露送王公贵人,蒿里送士大夫庶人。后世以为人死精魂归于蒿里,有神主之。张华《博物志》、陆机《泰山吟》皆云人死魂拘于蒿里。白乐天诗曰:"东岳前后魂,北邙旧新骨。"樊殿直《庙记》亦言:"人生受命于蒿里,其卒归于社首。"蒿里祠距岳庙西南三里许,社首坛之左。自唐至宋,香火不绝。(《灵宇纪》"森罗殿"附徐世隆《记略》)

并载其他尚有:

思乡岭,在岳顶西,传人死魂归于此而思乡。(《山水表》)
鬼儿峪,在岳之阳,俗传人死魂归于此,本张华《博物志》之说。(《山水表》)

"鬼儿峪"一说即"酆都峪"之俗称。

"奈河"即"渿河",《太平广记》卷三四六《鬼》三十一《董观》载太原人董观死后入地狱：

> 行十余里，一水广不数尺，流而西南。观问习，习曰："此俗所谓奈河，其源出于地府耶！"观即视其水，皆血，而腥秽不可近。又见岸上有冠带裤襦凡数百，习曰："此逝者之衣，由此趋冥道耳。"

"渿"之名称亦见于泰山，河上有桥。《岱史》载：

> 渿河，源出岳顶西南诸谷，汇为西溪，由白龙池出大峪口南流入泮河，会汶水以达于漕水。(《山水表》)
>
> 渿河桥，在渿河上，州城西南河津。(《山水表》)

这里所考及的酆都、森罗殿、奈河、奈河桥等，后三者基本上可视为泰山所独有的景观。但其中最主要的即泰山地府的主体酆都之称，却非泰山所原有，而是借自道教传说的酆都地狱。此说似起于隋唐酆都县（今重庆丰县），传至山东省与泰山地狱之说合一而有泰山酆都峪等。酆都被认为是泰山地府的主体，至晚在弘治十四年建酆都庙之前，远早于《西游记》而与蒿里、渿河等融为一体，成了泰山文化的有机组成部分。从而因作者熟悉泰山之故，《西游记》中有关地府的描写能集中取借于泰山酆都峪等。

三 《西游记》与泰山关系的意义与溯源

除以上述论所及之外，泰山仍有许多明代以前形成的景观可纳入《西游记》环境描写原型的思考。如"马神庙""马棚崖"之于"御马监"（第四回）、"弼马温"，"东神霄山""西神霄山"之于"灵霄宝殿"（第一回），"桃花峪"之于"蟠桃园"（第四回），"玉女山""玉女池"之于"七仙女"（第五回），"黑风口"之于"黑风山"（第十六回）"黑风洞"（第十七回），"莲花洞"之于"莲花洞"（第三十二回），"观音洞"之于

"南海观音"［按《西游记》第八回说观音"镇太（泰）山，居南海"］，"黑水湾"之于"黑水河"（第四十三回），"金丝洞"之于"盘丝洞"（第七十二回），等等。又泰山灵岩寺自北魏以降就是著名的佛寺，而据周郢先生文考证，泰山有"火焰山""魔王洞""扇子崖"，分别与"火焰山""牛魔王""芭蕉扇"相对应。如此等等，《西游记》环境描写涉及泰山景点多达四十余处。这个数量无可辩驳地表明泰山不仅是孙悟空的"故里"，而且是大半部《西游记》故事的舞台背景。

但是，四百年来，我华夏无人不知泰山，又无人不知《西游记》，而《西游记》与泰山这与生俱来的血肉联系，除两文的作者有所揭示之外，几乎没有什么人注意到，遂至今日，对于绝大多数人来说还是一个秘密。这个秘密既关乎《西游记》成书、作者，同时也关乎泰山久被遮蔽的西游文化内涵。此一秘密的揭示在《西游记》与泰山两个方面都极大地拓展了研究的领域，应该受到《西游记》研究界与泰山文化研究界的重视。而一般说来，此事既经解密而读者又能够接受的话，则以后说孙悟空、《西游记》就离不开泰山，而说泰山也应该说到《西游记》、孙悟空。

又由上论可知，很可能自中唐泰山灵岩寺摩顶松传说起，西游故事以至今本《西游记》与泰山的关系就开始发生了。至宋代李谔《瑶池记》载泰山有水帘洞，即与当时天下多有的水帘洞一样，泰山与西游故事以至今本《西游记》就建立了一种泛山水文化的联系。虽然由朝鲜《朴通事谚解》注引元代《西游记》"西域有花果山，山下有水帘洞"可知，晚至元代的那本《西游记》的"花果山水帘洞"还在西域，与中土诸山包括泰山都绝无联系。但是，其后明代杨景贤《西游记杂剧》第十一出《行者降妖》写银额将军自称"太山深洞号三绝"，明中期无为教创始人罗祖（无为居士、悟空，嘉靖六年殁）所著五部六册教派宝卷之《巍巍不动泰山深根结果宝卷》一册中收有唐三藏西天取经故事[1]，都曾提及泰山，说明西游故事与泰山的联系一直存续，成为《西游记》与泰山摹本与原型密切联系的基础和渊源。

但从今本《西游记》看，前代西游故事与泰山的联系，除摩顶松故事

---

[1] 参见［日］矶部彰《〈西游记〉二十卷一百回》，载石昌渝主编《中国古代小说总目》（白话卷），山西教育出版社2004年版，第414页。

被写入并沿袭了"花果山水帘洞"名称之外，至多是给了作者一种或明或暗的提示，并未有更多实际的影响；而泰山有可为后世《西游记》所取象之景观，也不因前代西游故事的影响。这就是说，今本《西游记》借泰山景观创造其幻奇瑰丽的故事环境极少是由于前代的基础，而是作者借鉴泰山文化的创造。在这个意义上，没有泰山景观为原型，《西游记》的环境描写就不可能是现在这个样子；而没有《西游记》作者的妙法泰山，泰山景观也就不可能与流传数百年的西游故事建立如此密切的联系。

总之，天生泰山，而人类历史又造就了西游故事作者特别是《西游记》作者这样一位熟悉泰山的人，才使早就与泰山有蛛丝马迹联系的西游故事，终于至《西游记》而艺术之魂附丽于泰山。

余 论

《西游记》作者问题迄今未有定论，本文的考论没有也不可能为这一问题的解决提供什么关键的证据。但是，从以上所论《西游记》与泰山关系所显示的作者对泰山了解的多面、立体、系统与深刻上，我们可推断他绝非一般的到过泰山的游客；而《西游记》作为一部主要写西天取经的神魔小说，全书或写人，或述事，或设喻，总计不下十四次提及泰山，比较同是山东人写的《金瓶梅》与河南人写的《歧路灯》各仅四次提及泰山，更显示出作者似有某种泰山情结。至于书中第六十九回写孙悟空形容金毛犼怪说"他却象东岳天齐手下把门的那个醮面金睛鬼"的比喻，则表明了《西游记》作者一定是到过泰山东岳天齐庙，对那里"把门"的神像有深刻印象。因此，我们认为这位作者即使不是一位泰安人，也应该有久寓泰安的经历。否则，他就难以如此自觉大量而又巧妙地笼泰山景观于笔端，创造出今本《西游记》"花果山"以至"天、地、人"三界的环境，乃至石猴出世的情节。

这一结论给我们的提示，就是在考论《西游记》作者时应该顾及他非常熟悉泰山的特点。这固然不足为解决《西游记》作者问题的关键，但是，在有关资料极缺乏的情况下，由《西游记》与泰山关系的解密所带出的作者身份的这一特点，至少是寻找解决问题的方向的一个参照。

最后需要声明或重申，天下古今之事说有易而说无难，本文以上所谓泰山"独有"之景观类说法仅限于个人查考所见,尚有待进一步确证;又孤证不立,故仅以上论泰山某单一景观似为《西游记》摹写之原型或背景固不足信,但是此类景观之集中大量出现于《西游记》成书之前,后来成书之《西游记》能与之一一对应的现象,却有力加强了《西游记》作者自觉借鉴泰山文化为相应描写之原型与背景的可能性,所以值得有此一论。

（原载《山东社会科学》2006 年第 3 期，有修改）

泰山周边孙悟空崇祀遗迹述论

——《西游记》对泰山文化的影响一例

2006年年初，笔者接受媒体采访并发表论文《〈西游记〉与泰山关系考论》①和《孙悟空"籍贯""故里"考论——兼说泰山为〈西游记〉写"三界"的地理背景》②，一时在社会上造成所谓"泰山是'花果山'""孙悟空是'泰山猴'"的"孙猴子风波"。这件事在传统文学研究界几乎没有产生什么反响，但即使"风波"以后，仍有不少地方文史学者持续对泰山与《西游记》、孙悟空的关系给予关注和搜讨。尤其是泰安、济南等地，近年来包括本人在内的若干专家学者和媒体记者合作或独立考察，先后在泰山周边发现所谓祭祀孙悟空的院、寺、庙等已经达六处之多并做了报道和评介。六处所谓孙悟空崇祀遗迹名录如下：

1. 泰安"岱岳大圣院"
2. 济南章丘张乙郎村"大圣寺"
3. 莱芜市雪野马鞍山"大圣院"
4. 泰安新泰市汶南镇太平庄"大圣庙"
5. 济南平阴县孝直镇王柳沟村"大圣庙"
6. 泰安东平县花果山"大圣庙"

这七处所谓孙悟空崇祀之俗的遗迹陆续见诸纸本和网络媒体的报道，引起口耳相传，流行不辍，正在进一步迅速成为《西游记》与泰山文化关

---

① 杜贵晨：《〈西游记〉与泰山关系考论》，《山东社会科学》2006年第3期。
② 杜贵晨：《孙悟空"籍贯""故里"考论——兼说泰山为〈西游记〉写"三界"的地理背景》，《东岳论丛》2006年第2期。

系的一部分。这就使我们不能不思考报道所称七处遗迹，果然都如所说与祭祀孙悟空有关，又是《西游记》成书与泰山文化关系的证明吗？

笔者认为这一类新近发生的民间性历史文化考察并非不值得当今传统学术界给予关注。理由有二：一是作为《西游记》研究和泰山文化的积累，这些报道的内容虽非据传统文献或科研院所规范性的考古揭出，但毕竟也是一些有一定学养的文化人亲历亲为、耳闻目见的发现，而且既已形成网络或纸本载体的文献存世，又口耳相传必将"俗语流为丹青"，所以实际已经具备学术研究资料的资质与价值，学术界理应认真面对，合理利用，而不应该置若罔闻；二是从多年来陆续有报道披露的大量考察资料看，历史上的孙悟空崇祀所代表的"齐天大圣信仰"不止存在于山东的泰山周边，至少在福建、浙江、云南、湖北、甘肃、江苏、山西、河南等省都曾经非常盛行，至今留有遗迹和遗俗，甚至传至我国台湾和海外①。从而泰山周边的孙悟空崇祀是历史上全国较为普遍的民间齐天大圣信仰的一个部分。福建、浙江等地的齐天大圣信仰已程度不同地受到了学者的关注，泰山周边的这一历史风俗也理应成为学术研究的课题。

基于以上两点认识，笔者作为偶尔涉足的参与者，拟以部分为反思、更多是学习探讨的心情对相关报道试做粗浅的述论。具体做法与应用传统文献的研究略有不同，是为了助力集中保存这一批新生的文献资料，在把散见于纸媒与网络的相关报道尽可能全面地摄要引入本文的同时②，分别做内容真伪的辨析。然后在此基础上进一步对报道所反映的《西游记》与泰山文化关系之事实的价值与意义做出判断。以此对新近流行的泰山周边有七座孙悟空庙之说去伪存真，树立有关历史上泰山周边孙悟空崇祀之俗的正见，推动《西游记》与泰山文化以及古代文学研究"考古"或"田野调查"的进一步开展。

---

① 参见杜贵晨《古今载论中的孙悟空崇祀之俗》，《济宁学院学报》2010年第1期；黄活虎《福建齐天大圣信仰研究》，硕士学位论文，福建师范大学，2006年；李星星《沿海地区民间信仰的在地化研究——以温州灵溪镇齐天大圣宫及其信仰为例》，硕士学位论文，上海大学，2013年；等等。

② 这个意思是说，鉴于相关资料目前多散见于网络和地方性报纸，不易查找，故本文有意繁引以助其集中保存和流布。

一 "岱岳大圣院"等四处原祀非孙悟空,后或增或改祀

(一)泰安"岱岳大圣院"

泰山文史学者周郢教授曾考证发现并撰文介绍:

> 民国《重修泰安县志》卷二《舆地志·建置》记载:"大圣院:在县西南五十馀里嗸山东南。创建无考。元重修之,有至元三十一年徐朗塔廊记碑,张士彧书。庙久圮,惟砖塔九级及碑存焉。"所云大圣,即是"齐天大圣"……据朱家庄八十二岁老人杨桂松介绍:大圣院俗称"孙猴子庙",庙内有一高塔,共九级,俗称"北白塔子",又称万丈塔。塔中置有小神龛,置有孙猴手执金箍棒的塑像,造型生动。同村七十岁老人杨玉金补充说:"猴子像"高约二尺,系一尊立像。相传白塔之下,压着白骨精,故塑孙悟空以镇妖。又有塔底有洞,直通嗸山之西。大圣塔于1956年被村民拆除,现遗址散落着许多古砖。树立《塔廊记》碑的石座尚存,据杨玉金介绍:此碑为圆头,约2米高。后被人仆毁,现正在寻找。关于此碑,清杨守敬在《三续寰宇访碑录》卷十一有记:
>
> 《重修大圣院塔廊记》:徐朗撰,张士彧正书并题额正书。至元十一年九月。山东泰安。[①]

虽原文尚待查找,但足以证明,泰山大圣院至迟在元代已经出现,远早于百回本《西游记》的成书时间。

无可置疑,这一有关元代泰安"岱岳大圣院"的发现在泰山文化研究方面有一定学术价值。其内容的可靠性有二:一是泰安确曾有创始年代不详而元代重修的大圣院,二是今当地口碑称所见该院塔中"猴子像"为孙悟空亦可以采信。

但是这里仍有存疑者,即虽然民国《重修泰安县志》和元代徐朗撰《重修大圣院塔廊记》都称"大圣院",但是"大圣"却未必是"西游"

---

① 周郢:《泰山与中华文化》,山东友谊出版社2010年版,第342页。

故事中的"齐天大圣"孙悟空。又虽然当地口碑称"岱岳大圣院"曾祭祀孙悟空可信以为实,却未必该院原本即为奉祀孙悟空而建。如果该院原祀并非孙悟空,那么其增或改祀孙悟空起于何时,则又是一个需要解决的问题。

笔者怀疑"岱岳大圣院"未必原为祭祀孙悟空而建的理由有二。

一是检辞书可知,我国自先秦以下称"大圣"者,一是道德最完善、智能最超绝、通晓万物之道的人,二是帝王,三是佛教称佛、菩萨,四是极有神通之人,五才是指小说《西游记》中的"齐天大圣"孙悟空。但是,孙悟空被简称为"大圣"也只在《西游记》的对话描写中,至少清初山东世俗并不以"大圣"为孙悟空的别称。例如清初的蒲松龄《聊斋志异·齐天大圣》:"许盛,兖人。从兄成贾于闽,货未居积。客言大圣灵著,将祷诸祠。盛未知大圣何神,与兄俱往。至则殿阁连蔓,穷极弘丽。入殿瞻仰,神猴首人身,盖齐天大圣孙悟空云。"[①] 但从例文写"兖(州)人"许盛入闽,闻"客言大圣灵著"而"未知大圣何神"看,清代闽人以"大圣"指孙悟空可能已比较通行,但在山东并不以"大圣"为孙悟空的别称。所以山东的"兖人"许盛听了"客言大圣灵著",并不晓得他所说的"大圣"为何方神道。山东兖州去泰安不过百余里,风俗殊无大异。由此可以推知"岱岳大圣院"之"大圣"极有可能不是孙悟空[②]。

二是"大圣院"作为佛寺名称之一,唐代即已有之,如《太平广记》卷一一五《牙将子》载:

> 唐东蜀大圣院有木像,制度瑰异,耆老相传云:顷自荆湘沂流而上,历归峡等郡,郡人具舟楫取之,千夫牵挽,不至岸。至渝,州人焚香祈请,应声而往。郡守及百姓,遂构大圣院安置之。东川有牙将者,其子常喑,忽一日画地,告其父曰:"某宿障深重,被兹业病,闻大圣院神通,欲舍身出家,依止供养,冀消除罪根耳。"父许之,由是虔洁焚修,夙夜无怠,经数载,倏尔能言,抗音清辩,超于群辈。复有跛童子者,睹兹奇异,发愿于大圣院终身苦行,忏悔求福,

---

① (清)蒲松龄著,朱其铠主编:《全本新注聊斋志异》,人民文学出版社1989年版,第1442页。

② 笔者在先也曾误以为此"岱岳大圣院"为祭祀孙悟空而建,今乃以未必然。特此说明。

未逾期岁，忽能起行，筋骨自伸，步骤无碍。事悉具本院碑，殿有东庑，见有啃僧跛童子二画像并存焉。①

下注"出《报应录》"。《报应录》作者王毂是唐代诗人，文中"木像"当即佛菩萨之像，而肯定与当时尚未被虚构出来的孙悟空无关。由此可知大圣院最晚自唐代已为僧寺之称，早在孙悟空故事出现之前就有了。又从各种文献检索看，大圣院至宋元渐已普遍，虽然偶有改称"大圣寺"者，但始终都为佛门之地。如济南章丘西採（或作"采""彩"）石（今属山东省济南市历城区彩石镇）白土山也有一座创始年代不详而元代重修的大圣院，元代刘敏中写于大德三年（1299）的《大圣院记》载："自唐贞观间，有僧号真觉者始居此山，殁而多灵迹，人以为圣院之所由名也。"②可见元代名"大圣院"者，不一定因孙悟空而设，甚至不会是因孙悟空而设。尤其是泰安去章丘不远，"岱岳大圣院"于至元三十一年（1294）重修，与章丘西採石大圣院重修也差不多同时，其二者作为相去不远之两地同时同名的"大圣院"，应该都如西採石"大圣院"一般，与孙悟空没有什么关系。

虽然如此，但是世事变幻，白云苍狗，也并不见得原祀某位高僧的"岱岳大圣院"后世没有增祀或改祀"齐天大圣"孙悟空的可能。这里就有下文将要评介的新泰"大圣庙"③可以为证。以此推论泰安当地人所见 20 世纪 60 年代中期前"岱岳大圣院"祭祀孙悟空，也应该是事实。但是这个事实并不能证明元代或更早建立的"岱岳大圣院"原祀即孙悟空，只是自那时即已俗称"孙猴子庙"而已。

当然，以上仅是就报道内容的推断。"岱岳大圣院"是否原祀孙悟空问题可能要在徐朗《重修大圣院塔廊记》中才能得到最后的答案。现在可以确认的只是"岱岳大圣院"在清代曾是祭祀孙悟空的场所。这虽然很可能只是"岱岳大圣院"在原祀基础上的增祀或改祀，但也已经是泰山周边孙悟空崇祀之俗的一个组成部分了。

---

① （唐）李昉等编：《太平广记》第三册，中华书局 1961 年版，第 804 页。
② （元）刘敏中：《刘敏中集》，邓瑞全、谢辉校点，吉林文史出版社 2008 年版，第 34 页。
③ 周郢：《泰山与中华文化》，山东友谊出版社 2010 年版，第 343 页。

（二）济南章丘张乙郎村"大圣寺"

又据《济南日报》记者赵晓林《"大圣寺"现身章丘张乙郎村（图）》报道：

本报8月8日讯（记者赵晓林）本报两篇关于"创建齐天大圣庙宇碑"的报道见报后……济南一位古代建筑和碑刻的超级发烧友黄鹏向记者爆料，在济南章丘圣井街道办事处的张乙郎村至今还保存着一座"大圣寺"，于是记者今天一早随其一起探访了这座古寺……今天早上记者赶到张乙郎村，在村委会大院的后墙外，我们看到了一座坐北朝南的老建筑……这就是大圣寺仅存的一座大殿了。

带路的老人说，记得在20世纪70年代前，这里还有不少建筑，像天王殿，左右配房等，院子也很大，后来那些都被拆了。他小的时候，也就是20世纪50年代，这座寺还有石头砌成的山门，门楣上有石匾，上面就是"大圣寺"3个字。山门内是前院，院子有很多大树，前殿和后院之间由一排厢房隔开，厢房中间有一条通往后院的过道，后院正中就是这座大殿，大殿东面有一座钟楼，里面悬挂着古钟，右面有鼓楼。大殿前还有一些石碑，好像就是记录的大圣寺的历史。据说，从前这座大圣寺香火很旺，附近村民都来烧香祈福……现在只剩下这座大殿了……大殿四壁绘有精美的壁画，只是北墙上的壁画上部受损严重，其他墙壁上的壁画基本完好……

南面墙上的壁画内容是《西游记》里大圣孙悟空跟随唐僧西天取经的故事。画面前半部分是孙大圣大闹天宫、搅乱王母娘娘的蟠桃会、偷吃太上老君的仙丹并打败了天兵天将、最终被如来佛收归五指山下的内容，后半部分是孙大圣跟随唐僧取经，在路上大战妖魔鬼怪的画面，其中有三打白骨精、大战红孩儿、熄灭火焰山、取回真经等内容。壁画基本上都是用黑色单线条描绘，人物形象生动、鸟兽栩栩如生、草木生机盎然，尤其是孙大圣和猪八戒的形象非常符合现代人的审美标准，和20世纪60年代前有关《西游记》绘画中的形象差不多……

记者还在一幅壁画里发现了本寺的名字，有幅画面上的一个孩童提着一个灯笼，灯笼上就写着"大圣寺"三个字，这在古代壁画中应属于比较少见的现象。

记者还发现殿内梁柱上也有精美的花鸟彩绘,令人惊奇的是大梁上写有一行字迹,仔细辨认和对照照片后才看清字迹:"大清光绪十一年岁次乙酉季春谷旦领袖乡饮大宾附贡生李星□侄大学生毓阑等重修",其中星字后面的一个字看不清。由此行文字可知此寺是光绪十一年,也就是1884年重修的,那最初修建是在什么时候呢?黄鹏领我们来到大殿大门的东侧,记者看到在墙壁上一人高的位置镶嵌有一通宽约50厘米的小石碑,上面字迹为:"山东济南府历城明贤乡张乙郎庄重修大圣寺佛殿一所,善人赵宗舜、李云露,施财善人王现、张男、张九昂。木匠张岳、张道;泥水匠贾松、贾相;石匠李荣。主持僧人广圣、广良、祖澄。"落款为"万历二十三年孟夏吉旦"。在大殿大门西侧的墙壁上也嵌有这样一通石碑,记者看到原来镶嵌石碑的地方只剩了一个长方形的窟窿,石碑已不知去向。黄鹏说,不见的石碑上记载的是康熙三十八年征地、重修扩建寺院时捐资人的记录,上面有征地的面积,他曾记录下来是"随寺征地十七亩二分,地内草木均摊入地",而捐资者大多是有官职或地位的,由此也看出这座大圣寺在当时是非常有影响和地位的。

通过大殿内房梁和康熙及万历年间石碑的记载可知,这座大圣寺在万历、康熙和光绪年间曾3次重修过,那么起始修建时间最晚也在万历二十三年前。①

从以上报道可知,这座"大圣佛寺"又称"大圣寺",在今济南章丘圣井街道办事处张乙郎庄,始建最晚在明万历二十三年(1595)之前,并曾在明万历、清康熙和光绪年间先后三次重修。但是,这座"大圣寺"所奉祀的"大圣"为何方神圣?连"带路的老人"也没有明确说是孙悟空。因此除了从南墙不知绘于何时的《西游记》壁画可想或与孙悟空有某种联系之外,并无任何实物或说法可以证明此寺所祀之"大圣"就是孙悟空。说不定也如上述之"岱岳大圣院"一样,本为纪念某位高僧而建,后来改祀或增祀孙悟空。

---

① 赵晓林:《创建齐天大圣庙宇碑现身济南(图)》,《济南日报》2010年8月9日第7版。

(三) 莱芜市雪野马鞍山"大圣院"

笔者曾与周郢教授及记者偕往调查。周郢教授曾记其址在莱芜市雪野马鞍山麓并曰：

> 又名孙悟空庙，系石构小庙。"文革"中毁，近年用原石重建。……有康熙四十年（1701）记碑。惜碑文漫漶，无可辨有"齐天大圣"字样。据南白座村67岁老人张学军介绍：庙中原奉祀孙悟空塑像，高约半米。大圣镇妖布雨，颇有灵异，乡人于清明重阳与大年初一皆至此烧香祭祀。相传孙大圣护送碧霞元君修炼，先至此山，元君于此"坐不安稳，便又去了泰山"（原话）。而大圣留住于此，乡人因建大圣庙以祀。按明无名氏《天仙圣母源留泰山宝卷》写天仙公主在黄河中之遭遇，大似唐僧出世故事；而深涧得青龙神化白马，又似悟空收服小白龙情节。西游故事与碧霞元君信仰之关系颇可研究。①

所以严格来看，我们考察过的这座"大圣院"曾经奉祀孙悟空之事，也是仅存在于口碑，并无文献或实物的证明。所以纵然今人的口碑可信，也未必不是后来增祀或改祀，其原本是否为祭祀孙悟空而设，仍当存疑。

(四) 泰安新泰市汶南镇太平庄"大圣庙"

据周郢教授实地考察介绍说：

> 新泰大圣庙，俗称"猴子庙"，位于新泰市汶南镇太平庄。庙处于敖山西麓，其旁土岭名猴子岭。清人李清濂《登青山云六首》之"带曳长河卷猴岭"（《饭山堂诗集》卷一），即指此。庙之前身为三义祠，创建于明万历年间，今存"万历己酉（1609）夏"记碑。清代增祀孙悟空，改称大圣庙。原庙有大殿二座：大圣殿居东，供奉孙大圣坐像，高0.60米，头戴黄罗帽，着锦袍虎皮裙。关帝殿居西，供奉关羽。原有道士主持。1959年改为学校，神像拆除，庙宇尽废。近年由村民募资重建。据村老单传业（74岁）、刘明华（60岁）等介绍：孙悟空民间称为"大神爷爷"，相传其"姥娘家"在东都镇南乔庄，

---

① 周郢：《泰山与中华文化》，山东友谊出版社2010年版，第343—344页。

其"老舅家"在翟镇梭庄。每逢天旱,村人都要祭拜大圣求雨,到时将其坐像抬上神辇,游走四方村镇。前高揭旗帜,大书"齐天大圣"四字。由于南乔与梭庄是"神亲",所以两村都要设酒款待送神信众。而大圣神舆所过之地,只有鳌阴宝泉寺、南乔观音庙、梭庄二郎庙要"拜方",其余村庄都不拜而过。据说大圣甚灵验,巡游后不过三天,必降甘雨。猴子岭传说是其省亲归庙歇脚之地。每年大圣庙会开戏,第一场必唱《无底洞》(又名《白鼠洞》),用来宣示大圣神威。据刘明华称:庙内原有碑楼,内有碑记孙大圣事,今已毁弃。①

由上引可知,这座庙本是明代建立奉祀三国刘备、关羽、张飞的"三义庙",清朝人增祀孙悟空而改称"大圣庙"。古庙毁于1959年,近年重建,所以增祀之事是有依据的,加以口碑流传如此,所以可信其能够表明时至清代,新泰人甚至割取"三义"享祀的领地来祭祀孙悟空,这不仅证明当时当地曾有崇祀孙悟空之俗,而且其兴也有勃然之势!

综合以上考论,"岱岳大圣院"等四处原本均非为祭祀孙悟空而设。但是有当地口碑一致证明,五处之中,"岱岳大圣院"、莱芜市雪野马鞍山"大圣院"、泰安新泰市汶南镇太平庄"大圣庙"等三处于清代以及后来曾增祀或改祀孙悟空。即使济南章丘张乙郎村"大圣寺"并无口碑的证明,但是从其南墙壁画《西游记》故事看,该寺的祭祀也有可能与《西游记》相关。这就是说,"岱岳大圣院"等四处虽然本与孙悟空崇祀无关,但是后来在清代的某个时期,由于孙悟空崇祀风俗的冲击裹挟,也都由祭祀高僧或"三义"而增祀或改祀孙悟空了。

二 济南平阴、泰安东平二处"大圣庙"原祀孙悟空

(一)济南平阴县孝直镇王柳沟村"大圣庙"

《济南日报》2010年8月5日载记者赵晓林、实习生刘霄云《创建齐天大圣庙宇碑现身济南(图)》报道:

---

① 周郢:《泰山与中华文化》,山东友谊出版社2010年版,第343—344页。

今天早上9点，当记者与平阴县孝直镇文化站站长何鹰等赶到该镇王柳沟村西的一片玉米地边时，村支书张兆才正带领几个村民忙着将石碑运到村里去。村民们费了很大力气将石碑安置在路旁，将碑上的泥土冲刷干净。记者看到，正面最上方刻有"昭兹来世"4个大字，最右侧的字迹为"创建齐天大圣庙宇碑记"。碑记字迹为小楷，非常工整、清晰，基本没有损坏。记者与何鹰一起对碑记进行了逐字阅读，基本弄明白了碑记内容，记载的是当地曾于清代乾隆四十三年修建过一座"齐天大圣庙"，并称其非常灵验。

报道又说：

在碑记正文的后面，还记录了修建"大圣庙"的5种工匠——塑画、泥水、木工、石工、铁匠，这种将工匠种类名称同时刻在碑记上的古代石碑非常少见。石碑的背面上方刻有"万古流芳"，下面是几百个人名，是当时修建"大圣庙"时捐款人的名字，其中还有几个商号的名字，说明当时捐款者公私都有。

这通石碑是何鹰去年来村考察时发现的，当时他正在研究孝直镇特有的一种民间舞蹈——"加古通"时，根据资料记载认为在王柳沟村应该建有一座"大圣庙"，经过查询，终于找到了这通石碑，而上面记载的"大圣庙"确实与"加古通"这种民间舞蹈的创建、流传及功能有关系。因此，这通石碑对于研究孝直镇的民间风俗、文化及其传承有非常高的研究价值。

这座"大圣庙"有存世石碑和《创建齐天大圣庙宇碑记》为证，可信其为崇祀孙悟空而设，是泰山周边孙悟空崇祀之俗的一部分。

（二）泰安东平县接山乡林马庄村花果山"大圣庙"

笔者曾与周郢先生共赴东平考察此庙遗迹。周郢先生记曰：

东平大圣庙，在东平县尹山庄南的花果山之巅……现存《齐天大圣庙记》（拟题）碑。碑高1.5米，宽约0.5米。立石于清嘉庆十年（1805）十月，府庠生夏光渭撰文，夏宗唐书丹。碑中述齐天大圣之祀云：

> 东平州林马庄，每逢旱，辄祷齐天大圣，屡降霖雨。宗义田君等捐工构石修大圣庙一座，王青君等复纠合同庄塑像演戏。爰求文于余，以垂永远。虽然大圣者，金圣叹以为《西游》之寓言，其人若不可考，然□二子固有词以告余矣……余不能文，为叙其事、述其言以志之。

据尹山庄88岁老人尹序瑞介绍：尹山庄流传有孙悟空故事，庄南山名花果山，上有孙大圣庙，建有大殿一间，供奉孙猴子、猪八戒、沙和尚与小白龙四位神像。逢天旱时，村民往往至庙祈雨，香烛甚盛。"文革"时庙宇被毁，现仅存此《齐天大圣庙记》碑。附近还有石腚唇与石乳遗迹，都与孙悟空故事有关。①

由此可知，东平"大圣庙"确为祭祀孙悟空而建，而清嘉庆间当地曾有崇祀孙悟空之俗。

三　泰山周边孙悟空崇祀遗迹的价值与意义

综合以上有关泰山周边六处孙悟空崇祀遗迹的考述，这一发现的价值与意义有如下几点。

（一）总体上看是泰安、济南、莱芜等泰山周边历史上有孙悟空崇祀之俗的有力证明。六处都以原祀、增祀或改祀等不同形式与孙悟空祭祀有关，成为泰山周边孙悟空崇祀之俗的民间宗教设施，是泰山周边确曾有孙悟空崇祀之俗的确凿证据。

（二）泰山周边孙悟空崇祀之俗发生于清初，盛行于清乾隆、嘉庆年间。由以上仅有的济南平阴、泰安东平二处原祀孙悟空之"大圣庙"分别建设于清乾隆四十三年和嘉庆十年，以及"岱岳大圣院"等四处都是在清代或近代增祀或改祀孙悟空看，大体可以断定这一地区的孙悟空崇祀发生于清代乾隆之前，而在乾、嘉年间最为盛行。

（三）泰山周边孙悟空崇祀之俗与道教似有一定联系由六处之名称可

---

① 周郢：《泰山与中华文化》，山东友谊出版社2010年版，第343页。

知，原本非祀孙悟空者有均称"院"或"寺"，明显属于佛门之第。而增祀或改祀孙悟空后均称"庙"，泰山周边地区流行的孙悟空崇祀之俗与道教有一定联系。《西游记》写孙悟空最后成了斗战胜佛，但在孙悟空崇祀之俗中，人们尊敬、喜爱和信奉的却是未成佛之前道教色彩更浓的孙悟空形象。

（四）泰山周边孙悟空崇祀为纯民间风俗

以上所述，泰山周边地区孙悟空崇祀之俗，均不见于地方志的记载，似乎可知其所代表的民众对孙悟空的崇祀之俗一直未得到官方的认可，为纯民间的神道信仰。而所有相关庙宇几乎损毁殆尽的现状，也使我们可以想象清代泰山周边的这类庙宇或不止此数，唯是在历经战乱和"文化大革命"的破坏之后至今已经湮没无闻罢了。由此又可以推想清代为崇祀孙悟空而增祀或改祀的"大圣庙"是在官方并不提倡甚至可能有所压制的情况下集资起建，并在至少百余年的长时期中香火不绝，岂非证明清代泰山周边民间的孙悟空崇祀曾是一个较为普遍和强烈执着的信仰？

（五）泰山周边孙悟空崇祀之俗主要为抗旱祈雨而作

济南平阴与泰安东平的"大圣庙"分别存有庙碑记文。前者据《济南日报》2010年8月5日载《创建齐天大圣庙宇碑现身济南（图）》报道转录如下：

> 齐天大圣者，《西游记》所借以喻心体也。始之放纵侈肆，继之收敛镇定，终之勇键正直，所以象心之邪正今，途其离奇怪诞则寓言游戏，亦足见灵明之宰神妙不测耳，不必果有其人也。然而千百载后，像其貌而神之，如柳沟庄之祷雨，辄应历年不爽，则又何说？覆帱唯天是荷，而视听以民为寄，二气而偶乘矣。合众以祈天心，至诚感格，是有呼吸可通之理，夫山川雷雨之神所听命者，厥唯上帝，顾乃艳于齐天之名而匍匐焚祝，一若上帝之权，大圣可以并操也者。此则世俗所执守，君子固难以深论。抑循有可原，则仁爱者天之呼，吁者民之心，妥大圣于坛遗，即谓其为天人交际之心矣，无不可也。今此地秋成，收获颇稔，灵雨之赐昭又矣。里中以展视天祠，嫌于食德忘报，募金督工，创修殿宇，虽非祀典所载，然揆之王制，有功德于民则祀之之例意或有合。勉应众人之请，而撮述其心之同令入是祠

者，因心见心，庶几方寸灵台之山光，斜月三星之洞彩，去人不远也。（标点有修正）

接下为记者关于抄录碑记的说明：

后面落款是"道人张仁科"，接着是"廪生张广居沐手敬题"字样，再后面刻有"纠首齐珍、张思聪、张万祥"等20余人的名字，而纠首应该是带头人的意思。碑记最后的落款时间为"乾隆四十三年九月上浣吉旦"。

又评曰：

这段碑文讲述的是当年的柳沟庄为了求雨而修建"齐天大圣庙"的简单原因与过程，并对"齐天大圣"的功绩和灵验给予了非常高的评价。碑记中最有意思的是关于《西游记》的明确文字，这在全国类似碑文中还很少见。①

后者即泰安东平县林马庄花果山《齐天大圣庙碑记》：

常考祭祀之典，允有功于民者则祀之故，八蜡之祭有猫为其食田鼠，有虎为其驱鬼（缺若干字）。东平林马庄，每逢岁旱，辄祷齐天大圣，屡降霖雨，宗义田君等捐工初修大圣庙一座（缺若干字）得合同庄塑像演戏，爰求文于余，以□永远，虽然大圣者，金圣叹以为《西游》之寓言，其人若不可考，然□二子固有词以告余矣，彼五帝之祀礼，有明文元帝为梵王大子，言不雅（缺若干字）西白帝南赤帝中黄□帝，又果为何代之人，谁氏之子乎？若其功之不可没，弟责其神之（缺若干字）驼驼吷马肿背，虽双瞳如豆，抑何所见之不广耶，余不能文，为叙其事述其言以志之。

---

① 赵晓林：《创建齐天大圣庙宇碑现身济南（图）》，《济南日报》2010年8月9日第7版。

落款"府庠夏光渭撰文,夏宗唐书丹(缺若干字)","大清嘉庆十年十月吉日"。

以上两篇分别撰刻于清乾隆四十三年和嘉庆十年的碑记,除了都明确说所祀"大圣"为《西游记》中的孙悟空之外,还重点记述了奉祀孙悟空之由,是所谓"像其貌而神之,如柳沟庄之祷雨,辄应历年不爽",或"每逢岁旱,辄祷齐天大圣,屡降霖雨",也就是为了祛旱祈雨。笔者早曾因东平齐天大圣碑的发现撰文介绍历史上我国南北多省份皆有祭祀孙悟空之俗,认为"清初以降文献记载中,福建福州、云南泽州、湖北蕲州等地,皆曾有崇祀齐天大圣孙悟空之俗,并且为远在山东并未去过这些地方的蒲松龄所知。另外,这些祭祀都发生在旱灾的时候,为祈雨而设,可见是把孙悟空当作了能够支配下雨的神灵"[①]。今平阴"大圣庙"碑文的记载进一步佐证了笔者的判断。

(六)泰山周边孙悟空崇祀之俗因《西游记》而兴,虽与《西游记》成书无关,却可溯源至作为《西游记》成书之重要背景的泰山文化。由上所述论可知,历史上泰山周边孙悟空崇祀之俗既然发生并兴盛于清代,那么它就只可以是《西游记》小说在泰山周边地区影响广大的一个证明,而不可能与《西游记》的成书有什么直接关系了。但是作为《西游记》与泰山文化关系的一部分,这一风俗的源头却应该是早在《西游记》成书之前的西游故事与泰山的"联姻"。其自身虽然晚于《西游记》的成书,不是《西游记》成书受泰山文化影响的证明,却是泰山文化作为《西游记》成书背景的一束遥远的折光,是泰山文化背景下西游故事成书为《西游记》后的一个延展。

综合上所述论,虽然有关泰山周边六处所谓孙悟空崇祀遗迹的报道总体不尽可信,在新资料发现之前,研究者既不能据此想象历史上由元至明清二代泰山周边孙悟空崇祀之俗如何盛大,更无理由据以研究《西游记》成书与泰山的关系,但是,历史事实本属客观的存在,相关报道有其自在的价值与意义,不必合于发现者预拟的特定目的。从而六处所谓孙悟空崇祀遗迹的真真假假,并不是发现者的遗憾;反而可证清代泰山周边孙悟空崇祀之俗的事实,使泰山文化在这一方面有与福建、浙江等多省份自古及

---

① 杜贵晨:《古今载论中的孙悟空崇祀之俗》,《济宁学院学报》2010年第1期。

今都有的齐天大圣信仰之俗有了呼应的联系，成为全国性"孙悟空崇祀"或曰"齐天大圣信仰"研究的一个部分。这在某些学者所提倡建立的"泰山学"来说又是一个新的增量和加强，是"泰山学"中一个涉及古代文学、宗教、民俗等多学科研究的新课题。有关研究将进一步推动中国古代文学研究引入"考古"或曰"田野调查"方法的实践。因此，我们有理由对此一课题的研究抱有更多的期待，而周郢教授等学者和诸多记者筚路蓝缕，功亦大焉！

[原载《山东师范大学学报》（人文社会科学版）2014 年第 4 期]

《西游记》写猴与《聊斋志异》写狐之"尾巴"的功能

——兼及"人身难得"的文化意义

　　据说人类的祖先——类人猿因为上蹿下跳中需要保持身体的平衡，也是有尾巴的。但在由猿到人进化的过程中，尾巴因为用处越来越小而逐渐退化，久而久之人便成了没有尾巴的动物，进而产生以没尾巴为荣和以有尾巴为耻的观念，甚至推之于人以外的其他动物，颇有以为除了孔雀等少数之外，动物的尾巴大都是没有用的，更不值得人类关心。老一辈的人大概都还记得，"文化大革命"后期的一部电影《决裂》的一段情节，就特别讽刺了大学教授坚持讲"马尾巴的功能"而不给正在耕地的牛看病。虽然那部电影并没有具体说到马尾巴有没有功能和有什么样的功能，但它给观众的印象是研究"马尾巴的功能"是没有用的。其实，在这个问题上真正可以说"存在即合理"。对马稍有认识者都可以总结出现实中至少三个"马尾巴的功能"：一是打扫落在身上的苍蝇、牛虻、尘土等，二是在狂奔中摇动以保持平衡，三是无论闲暇或奔跑中都使马的姿态显得优雅和美丽。至于从学术研究的角度看，本人于动物学是个外行，但外行也能够看得出来"马尾巴"是马区别于人的一个特点。这个区别移之于其他动物也是一样的，并因此启发了古代小说中关于动物"尾巴"描写的艺术。例如《西游记》写孙悟空的猴尾与《聊斋志异》中有多篇写及狐尾，除了各有其艺术上的奥妙之外，二者后先的联系也值得一说，其先后共显的意义也并没有因其为关于动物尾巴这最后一个部位的描写而缺乏前卫的人类精神。

一 《西游记》写孙悟空的"猴尾"

《西游记》写孙悟空由猴子而"初世为人"①（第七回），尚不能不有尾巴。从而尾巴成为孙悟空形象的鲜明特征之一，对人物塑造、情节设计都起有不少作用。有关故事中的孙悟空可说成也尾巴、败也尾巴，而总体看来得利时较少，为害处颇多。

孙悟空的尾巴唯一的用处是尾毛能够变化。对此，书中多有描写，如第七十三回写孙悟空灭除七个蜘蛛精：

> 行者却到黄花观外，将尾巴上毛抒下七十根，吹口仙气，叫"变！"即变做七十个小行者；又将金箍棒吹口仙气，叫"变！"即变做七十个双角叉儿棒。每一个小行者，与他一根。他自家使一根，站在外边，将叉儿搅那丝绳，一齐着力，打个号子，把那丝绳都搅断，各搅了有十余斤。里面拖出七个蜘蛛，足有巴斗大的身躯。一个个攒着手脚，索着头，只叫："饶命！饶命！"此时七十个小行者，按住七个蜘蛛，那里肯放。

待消灭了蜘蛛精，悟空"却又将尾巴摇了两摇，收了毫毛，单身轮棒，赶入里边来打道士"。又第七十四回写孙悟空用尾巴上的毛变为巡山小妖的金漆牌儿，又自身变为那小妖：

> 即转身，插下手，将尾巴梢儿的小毫毛拔下一根，捻他把，叫："变！"即变做个金漆牌儿，也穿上个绿绒绳儿，上书三个真字，乃"总钻风"，拿出来，递与他看了。小妖大惊道："我们都叫做个小钻风，偏你又叫做个什么总钻风！"

如此去哄骗众妖，也几乎成功：

> 行者到边前，把尾巴掬一掬，跳上去坐在峰尖儿上，叫道："钻

---

① （明）吴承恩：《西游记》，（明）李卓吾、黄周星评，山东文艺出版社1996年版。本文引《西游记》原文及评语均出此书，说明或括注回数。

风,都过来!"

但是,《西游记》写孙悟空因为尾巴而计谋成功只有一次,吃亏却有三次。

第一次是第六回写孙悟空与杨二郎斗法,变成一座土地庙:

> 那大圣趁着机会,滚下山崖,伏在那里又变,变一座土地庙儿:大张着口,似个庙门;牙齿变做门扇,舌头变做菩萨,眼睛变做窗棂。只有尾巴不好收拾,竖在后面,变做一根旗竿。

但是,就因为这"旗竿竖在后面",被二郎真君识破,悟空只好"扑的一个虎跳,又冒在空中不见"。

第二次是第三十四回写孙悟空变作妖魔的母亲骗妖魔,正好被妖魔所擒的八戒、沙僧在场识破:

> 八戒笑道:"弼马温来了。"沙僧道:"你怎么认得是他?"八戒道:"弯倒腰,叫'我儿起来',那后面就掬起猴尾巴子。我比你吊得高,所以看得明也。"沙僧道:"且不要言语,听他说甚么话。"八戒道:"正是,正是。"

结果就因为悟空要捉弄八戒,当着八戒的面向老魔开玩笑,说把"猪八戒的耳朵……割将下来整治整治我下酒",引起八戒恐慌,透露了真相,使悟空这一次解救师父的努力功亏一篑。这次失败,固然有作者故为趣笔所写悟空的轻率和八戒不知趣的原因,但根本说来,还是孙悟空的猴子尾巴藏不住而没能瞒住八戒所造成的。

第三次就是上述第七十四回写他变作魔王的母亲,去哄骗魔王几乎成功的那一次了。结果先是因他"一笑笑出原嘴脸……露出个雷公嘴来",被第三个妖魔发现,虽然当时老魔还是不肯相信眼前这个自称是"小钻风"的部下是孙悟空变的,但是待"三怪把行者扳翻倒,四马攒蹄捆住;揭起衣裳看时,足足是个弼马温",孙悟空的计谋也就彻底败露了。

至第三次吃亏,书中揭出悟空屡因尾巴而致败的真实原因:"原来行者有七十二般变化，若是变飞禽、走兽、花木、器皿、昆虫之类，却就连身子滚去了；但变人物，却只是头脸变了，身子变不过来。果然一身黄毛，两块红股，一条尾巴。"所以他变的"小钻风"，"老妖看着道：'是孙行者的身子，小钻风的脸皮。是他了！'"

二 《聊斋志异》中的狐尾

《聊斋志异》的作者蒲松龄一生居住乡下，熟悉各种当地的动物，故其小说写动物和动物幻化为人的故事颇多，并多有及于动物尾巴的描写。如《促织》写蟋蟀"巨身修尾，青项金翅"，"俄见小虫跃起，张尾伸须，直龁敌领"[①]云云，即于描写对象的尾巴关注有加。而尤以写狐尾为佳。如卷三《狐妾》云：

> 莱芜刘洞九，官汾州，独坐署中……一日年长者来，谓刘曰："舍妹与君有缘，愿无弃菲菲。"刘漫应之，女遂去。俄偕一婢，拥垂髫儿来，俾与刘并肩坐……刘谛视，光艳无俦，遂与燕好。诘其行踪，女曰："妾固非人，而实人也。妾，前官之女，蛊于狐，奄忽以死，空园内，众狐以术生我，遂飘然若狐。"刘因以手探尻际，女觉之，笑曰："君将无谓狐有尾耶？"转身云："请试扪之。"自此，遂留不去，每行坐与小婢俱。家人俱尊以小君礼。

虽然此篇尚未真正写及狐尾，但是以有无尾巴验其是为狐还是为人，已是虚写实至。而且试想上引一段叙事若无"刘……探尻际"一笔，岂不成平铺直叙，一览无遗了吗？

《聊斋志异》写狐多，写狐女多，又多及其尾巴。如《董生》写狐女云："竟为姝丽，韶颜稚齿，神仙不殊。戏探下体，则毛尾修然。"但是书中以写狐之尾巴构造情节的佳作当推卷一《贾儿》，节略如下：

> 楚某翁，贾于外。妇独居，梦与人交……知为狐……入暮邀庖

[①] （清）蒲松龄：《聊斋志异》，任笃行辑校，齐鲁书社2000年版。本文引此书均据此本。

媪伴焉。有子十岁，素别榻卧，亦招与俱。夜既深，媪、儿皆寐，狐复来……儿执火遍烛之……儿宵分隐刀于怀……欻有一物，如狸，突奔门隙。急击之，仅断其尾，约二寸许，湿血犹滴……儿薄暮潜入何氏园，伏莽中，将以探狐所在……见二人来饮，一长鬣奴捧壶……顷之，俱去，惟长鬣独留，脱衣卧庭石上。审顾之，四肢皆如人，但尾垂后部……儿乃归……适从父入市，见帽肆挂狐尾，乞翁市之……沽白酒……隐以药置酒中……自是日游廛肆间。一日，见长鬣人亦杂侪中。儿审之确……便诘姓氏。儿曰："我胡氏子。曾在何处见君从两郎，顾忘之耶？"其人熟审之，若信若疑。儿微启下裳，少少露其假尾，曰："我辈混迹人中，但此物犹在，为可恨耳。"其人问："在市欲何为？"儿曰："父遣我沽。"其人亦以沽告。儿问："沽未？"曰："吾侪多贫，故常窃时多。"儿曰："此役亦良苦，耽惊忧。"其人曰："受主人遣，不得不尔。"因问："主人伊谁？"曰："即曩所见两郎兄弟也。一私北郭王氏妇，一宿东村某翁家。翁家儿大恶，被断尾，十日始瘥，今复往矣。"言已，欲别……（儿）取酒授之，乃归。至夜母竟安寝……告父，同往验之，则两狐毙于亭上，一狐死于草中，喙津津尚有血出。酒瓶犹在，持而摇之，未尽也。

上引文字虽然仍有嫌冗繁，但是毕竟原文比较概述其事能够更生动地显示《贾儿》中有关狐尾的描写，特别是贾儿"假尾"之计，于人物性格、故事情节描写所起的作用，真可以说是"拔一毛而利天下"，或"牵一发而动全身"。若无此狐之一被"断尾"、一在酒后不慎"尾垂后部"和贾儿之"露其假尾"等，则贾儿不足以成杀狐报仇之事，更难得如此曲折动人，涉笔成趣。由此可知，虽然如古人云"传神写照，正在阿堵中"（《世说新语·巧艺》），诚为写人的妙法，但在大手笔为之，却可能无施而不妙，即使在如"马尾巴的功能"之类的似无可为力处，也不见得就一定无可发挥。这里起决定作用的不仅是被描写对象的特质，更是作家的识度与才情，即是否能够在题材、素材的处理上因事制宜和最大限度地做到物尽其用，甚至变废为宝，化腐朽为神奇。如《西游记》写猴之尾巴和《聊斋志异》写狐之尾巴而能使人物性格跃然纸上、故事情节横生波澜者，岂非作者大才工夺造化，意趣天成！

三 《西游记》《聊斋志异》尾巴描写的异同及承衍

以上《西游记》写猴的尾巴与《聊斋志异》写狐的尾巴显然有异，一是姿态不同。《西游记》中孙悟空的猴尾总是"掬起"的，似契合于孙悟空高傲的性格；《聊斋志异·贾儿》中狐尾则是拖垂的，与其狡黠低调的性格若相符合。二是孙悟空的猴尾尚且还有毛可以变化，所以不完全是起负面作用的累赘，但《聊斋志异·贾儿》中狐尾除了使其容易败露之外，还如贾儿所代言，使其深感羞恼。三是《西游记》写孙悟空"但变人物，却只是头脸变了，身子变不过来。果然一身黄毛，两块红股，一条尾巴"，尾巴仅是其"身子变不过来"的部位之一；而《聊斋》中的狐却是"四肢皆如人，但尾垂后部"，只有尾巴不能变化而已。

从以上三点差异，特别是从第三点差异之大，可知两书各自的描写，尤其是《聊斋志异》虽然后出，却并没有简单地偷套前人，而几乎与《西游记》表现出同样戛戛独造的鲜明特点。从而向来未见有读者把这两部书中猴尾与狐尾的描写联系起来考量，以为若风马牛不相及者，也就没有什么好奇怪的了。

但是，《西游记》写猴的尾巴与《聊斋志异》写狐的尾巴既然同为写动物的尾巴，二者在艺术的表现上也就容易有某些相同、相通、相似的特点。一是二者都是写动物幻化为人的情况下尾巴未变，成为它们变化后留下的非人的破绽，并终于由此被识破，遭受挫折甚至灭顶之灾。二是虽然孙悟空尾巴的毛可以变化的特点曾经帮助他战胜妖魔，孙悟空自己也不曾有以此为遗憾的表示，但是他因此而更多吃亏的事实，客观上证明了尾巴变不过来是他"初世为人"（第七回）未及于完备的一个缺陷。孙悟空的不以为耻是他高傲的性格使然，但从其"为人"的目标看总是一个遗憾。这在《聊斋志异·贾儿》中就是贾儿伪为狐怪所说："我辈混迹人中，但此物犹存，为可恨耳。"三是二者的描写共同显示了"人身难得"等远比尾巴于其自身更为重要的思想的意义。

两书写尾巴的这些相同、相通、相似之点，当然可以是不期而遇或不约而同，但也容易使人想到二者可能有后先的承衍。《西游记》成书于明中叶以后，蒲松龄是清初人，《聊斋志异》有《齐天大圣》篇，写闽俗崇祀孙悟空，并提及"孙悟空乃丘翁之寓言"。由此可知蒲松龄读过《西游记》，尚且相信《西游记》是长春真人丘处机所作的误传。那么进而可以推想如上之同应该与蒲松龄读过《西游记》并受后者的影响有关，或其上述有关狐尾的描写曾借鉴《西游记》写孙悟空的猴子尾巴。如果是这样，那么对于鲁迅先生所评"《聊斋志异》独于详尽之外，示以平常，使花妖狐魅，多具人情，忘为异类，而又偶露鹘突，知复非人"[1] 特点的形成，《西游记》就有了一定的导夫先路之功。

四 《西游记》《聊斋志异》尾巴描写与"人身难得"

《西游记》《聊斋志异》的尾巴描写虽似游戏笔墨，但内涵却比较重大而严肃，那就是集中体现了"人身难得"，凸显了人类的高贵与尊严。

《西游记》写孙悟空以异类修仙，拥有七十二般变化尚且"身子变不过来。果然一身黄毛，两块红股，一条尾巴"，集中体现了一个道理即"人身难得"。这是《西游记》中一个重要的观念，时时处处，多有表现。如爱惜"人身"，第五十七回写菩萨责备悟空道：

> ……草寇虽是不良，到底是个人身，不该打死。比那妖禽怪兽、鬼魅精魔不同。那个打死，是你的功绩；这人身打死，还是你的不仁。但祛退散，自然救了你师父。据我公论，还是你的不善。

因此许多情况下，即使已获人身妖魔的或做了坏事的人，取经人也往往会看在其为"人身"的面上给予饶恕。第五十三回写沙僧打伤了阻挠取水的道人又骂道：

> 我要打杀你这孽畜，怎奈你是个人身！我还怜你，饶你去罢！让我打水！

第六十一回写孙悟空制伏了罗刹女，把扇子还了她。又道：

---

[1] 鲁迅：《中国小说史略》，人民文学出版社1973年版，第179页。

老孙若不与你，恐人说我言而无信。你将扇子回山，再休生事。看你得了人身，饶你去罢！

更典型的当然是第四十九回写唐僧谢老鼋驮渡八百里通天河之恩，老鼋道：

"不劳师父赐谢。我闻得西天佛祖无灭无生，能知过去未来之事。我在此间，整修行了一千三百余年；虽然延寿身轻，会说人语，只是难脱本壳。万望老师父到西天与我问佛祖一声，看我几时得脱本壳，可得一个人身。"三藏响允道："我问，我问。"

虽然后来唐僧因遗忘失信于老鼋，致生通天河湿经之难，但是由此可见老鼋对脱壳"得一个人身"是何等的渴望。

此外书中还多有相关的议论，如第四十六回中有诗云"人身难得果然难"；第六十四回写唐僧对众言有曰："夫人身难得，中土难生，正法难遇：全此三者，幸莫大焉。"当然最典型的还是上述写孙悟空变物"摇身一变"即成，而若变人则"身子变不过来。果然一身黄毛，两块红股，一条尾巴"。这就如老鼋"难脱本壳"一样，孙悟空作为石猴，虽为"天地精华所生"，但毕竟为"下方之物"（第一回），不是"人"，从而也是"人身难得"。如此等等，可见《西游记》是把"人身难得"作为一个极为重要的观念，而人类的高贵与尊严也由此得到强烈的凸显。

《聊斋志异》写狐尾也体现了几乎同样的思想。除了如上贾儿伪为狐以自惭曰"我辈混迹人中，但此物犹存，为可恨耳"云云，他如上举《狐妾》篇写刘洞九"因以手探尻际。女觉之，笑曰：'君将无谓狐有尾耶？'"又《莲香》写鬼、狐为得人身，不惜死而生，生而死，最后异史氏曰："嗟乎！死者而求其生，生者又求其死，天下所难得者，非人身哉？"如此等等，无非以动物之能成精作仙者尚且不得人身，以凸显人类的高贵与尊严。

"人身难得"首先是佛教的观念。《百喻经》云："人身难得，譬如盲龟值浮木孔。"① 又《四十二章经》："佛言：人离恶道，得为人难；既得

---

① 吴学琴注译：《百喻经》，安徽人民出版社1998年版，第55页。

为人，去女即男难……"① 因此，它首先是一个佛教义理。按《西游记》第九十八回黄周星评曰："《西游》，一成佛之书也。"② 佛教观念是《西游记》立意根基之一。而佛教以地狱、饿鬼、畜生、阿修罗、人间、天上为"六道"。认为人行善入天道，作恶下地狱，报应循环，轮回升沉于"六道"之中。而天道、地狱之间，能得为人身，居于世间，是除了"天上"之外最大的幸运，当然也就极为难得。因此，如上《西游记》写猴之尾巴、《聊斋志异》写狐之尾巴所秉承的"人身难得"之理，首先就是佛教的这一观念。

"人身难得"同时是道教的观念。《太上玄灵北斗本命诞生经》曰："太上是时告天师曰：'人身难得，中土难生……'"③ 又《悟真篇·自序》云："嗟夫！人身难得，光景易迁，罔测短修，安逃业报。"④ 虽然道教有此说可能是受到了佛教的影响，但是唐宋以下"三教合一"，《西游记》讲"三教归一"（第四十七回），"人身难得"成为释、道二教的共同教义也证明了此一观念的普世价值和深入人心的程度。

值得注意的是，释、道二教关于"人身难得"的共识暗合于儒家之说。《孔子家语·六本》载：

> 孔子游于泰山，见荣声期（声宜为启，或曰荣益期也）行乎郕之野，鹿裘带索，瑟瑟而歌。孔子问曰："先生所以为乐者，何也？"期对曰："吾乐甚多，而至者三。天生万物，唯人为贵，吾既得为人，是一乐也；男女之别，男尊女卑，故人以男为贵，吾既得为男，是二乐也；人生有不见日月，不免襁褓者，吾既以行年九十五矣，是三乐也。贫者，士之常；死者，人之终。处常得终，当何忧哉。"孔子曰："善哉！能自宽者也。"（得宜为待。）⑤

---

① 尚荣译注：《四十二章经》，中华书局2010年版，第70页。
② （明）吴承恩：《西游记》，（明）李卓吾、黄周星评，山东文艺出版社1996年版，第1167页。
③ 佚名：《太上玄灵北斗本命延生经》，王新英辑校《全金石刻文辑校》，吉林文史出版社2012年版，第338页。
④ （宋）张伯端撰，王沐浅解：《悟真篇浅解》，中华书局1990年版，第1页。
⑤ （三国·魏）王肃注：《孔子家语》，上海古籍出版社1990年版，第43页上。

这一记载又见于《说苑》《新序》《孔子集语》等，并流为俗语云"天地之间人为贵"。却又为道教所接受，《太平经》云："夫天地之性人为贵。"① 《云笈七签》曰："天生万物，以人为贵。"② 又曰："夫禀气含灵，惟人为贵。"③ 佛典中亦偶见引用，如《牟子理惑论》云："孔子曰：'天地之性，以人为贵。'"④ 而《论语·颜渊》载："樊迟问仁。子曰：'爱人。'"《孝经》载孔子教孝曰："身体发肤，受之父母，不敢毁伤，孝之始也。"（《开宗明义章第一》）亦即爱惜人身之义。由此可见，在"人为贵"的意义上，释、道、儒三家的认识确有很大程度的交集。因此，如上《西游记》写猴之尾巴、《聊斋志异》写狐之尾巴所集中体现之"人身难得"观念，以之为正出于佛教可，以之为并出于三教亦无不可。然则"人身难得"或"天生万物，唯人为贵"岂不就是中华传统文化的重要思想之一吗？而于《西游记》写猴之尾巴、《聊斋志异》写狐之尾巴的研究得之，则可见"尾巴之功能"亦大矣哉！

（原载《南都学坛》2014 年第 5 期）

---

① 龙晦等译注：《太平经全译》，贵州人民出版社 2000 年版，第 759 页。
② （宋）张君房辑：《云笈七签》，齐鲁书社 1988 年版，第 505 页。
③ （宋）张君房辑：《云笈七签》，齐鲁书社 1988 年版，第 182 页。
④ （东汉）牟子博：《牟子理惑论》，载（梁）僧祐编撰《弘明集》，刘立夫等译注，中华书局 2011 年版，第 67 页。

《西游记》写孙悟空对妖精习称"外公"说之辨误与新解

《西游记》写孙悟空与妖精斗口,多自称是妖精的"外公"①,在11回书中共计有15次之多,分别作"外公"(第二十一、三十四、三十五、五十二、七十一回)、"孙外公"(第十六、二十一、五十、五十二、七十六、八十六回)、"老外公"(第十七、五十一回)、"外公老爷"(第八十六回)等。这一现象在中国古典小说中罕见。《西游记》中除写猪八戒偶一为之(第三十二回)之外,也仅是写孙悟空对妖精如此自称。对此,由苏铁戈整理的生前持《西游记》作者吴承恩说甚力的苏兴先生遗作《〈西游记〉中孙悟空对妖精自称"外公"试析》②(以下或简称《试析》)一文较早发现并提出讨论,为《西游记》研究平添了一个兼具学术价值和鉴赏趣味的话题,是值得欢迎和感谢的,而《试析》的某些见解,如论"'外公'一词是《西游记》中人物高人、压人的习称"等,也较为平实可信,是有益的贡献。但是,正如许多学术问题并不一定能够由提出者彻底解决,所以《试析》虽就《西游记》写孙悟空对妖精多自称"外公"现象有发现、提出问题之功,但它在对孙悟空为什么对妖精多自称"外公"原因的探讨上,除正确指出是为了高人、压人的一般判断之外,其进一步的"考察",则无论立论的根据还是论证的方法,都有根本性的失误,具体分析论证也多不合于情理和《西游记》描写的实际,其所得出的结论自然也

---

① (明)吴承恩:《西游记》,(明)李卓吾、黄周星评,山东文艺出版社1996年版。本文引《西游记》原文及评语均出此书,说明或括注回数。
② 苏兴:《〈西游记〉中孙悟空对妖精自称"外公"试析》,《古籍整理研究学刊》1999年第1期。

就不能令人信服。但是，这样一篇总体上持论极为不妥、逻辑很是混乱的文章，却有年轻学者肯定其"做了有益的探考……可以'自圆其说'"①。这就使对《试析》谬误的批评成为《西游记》研究中一个迫切的现实要求。乃有所辨正，并试为新解如下。

一 《试析》的根本失误

《试析》认为，"惟孙悟空偏自称为'外公'，而少说'祖宗'、'爷爷'、'爹爹（老子）'，厥为特异。究其缘故，大概可以从两个方面考察"：

> 第一，作者（吴承恩）所处彼时（明代正嘉隆万时）彼地（江苏淮安及其更小范围的附近地区），人们习惯称外祖父为"外公"、"老爷"。而且一般市民、农民和人争口时要称"我是你外公（老爷）"，以占上峰（风），等等。这一点，找文献资料以证成是或否，不大可能。

笔者完全同意《试析》的这一判断，所以这里也不再作讨论，而把讨论的重点放在《试析》所作第二个方面的考察：

> 第二，孙悟空既是现实社会的人，又不是现实社会的人，作者可以把他的某种特定生活情况下的习惯用语，合乎人物性格特点的运用，也可以以作者自身的特殊感受、爱好，把自己的某一习惯用语硬性派给人物。基于后者，我以为孙悟空之所以对妖精们自称外公（老爷），是作者吴承恩个人的生活环境、特定心理状态造成的。

为此，《试析》就以上"基于后者"所得出的结论进一步论证说：

> 吴承恩的祖父在父亲四岁（三周岁）时便去世了，他自然对祖父

---

① 唐永喜：《孙悟空自称"外公"的民俗学解析》，《温州大学学报》（社会科学版）2008年第2期。

一称很淡薄；父亲吴锐去世，吴承恩唯一的一子吴凤毛未生，他在家庭生活的中年时代，没听到过喊"爷爷"的声音；凤毛夭折，他自己又没有孙子，一直到老年，"爷爷"之呼声仍在家庭中寂然。因此，他中年作《西游记》时，加给书中主要人物孙悟空的自称，不做"孙爷爷"，因"爷爷"一词对作者无兴致。爹爹呢？他当然称呼过近三十年（其父于嘉靖十一年春逝世），但他的独生子吴凤毛早夭，年岁不清，很可能还不怎么会叫"爹爹"的婴幼年便离开人世了吧。也许他写作《西游记》时凤毛尚未生，所以"爹爹"一词在其观念中不十分深。但是，"外公"一词就不同了。吴承恩有两位外公，一为徐外公，一为张外公，童幼时或许呼外公不离口。姐姐吴承嘉于明正德十年（1515）生丘度的母亲丘沈氏；吴承嘉还有子，孙名沈森，吴承嘉子（沈森父）不知是丘度母的兄或弟，说他生于明嘉靖元年（1522）左右也是不过分的吧。那么，吴承恩父亲去世前，当至少有一外孙女和一外孙在十岁以上或十岁左右，他们常常跑来大喊"外公"，从而又给吴承恩青年时期以深刻的感念。"外公"！"外公"！尊贵的字眼，耳际常响，比"爷爷"、"爹爹"更多接触的亲切字眼，不免要转赠给孙悟空的了。这也许正是孙悟空对妖精总自称"外公"的奥秘吧！

我个人比较倾向是作者把自己的特定心理加给孙悟空这一点，是孙悟空所以总自称"外公（老爷）"也。观音禅院和车迟国智渊寺、祭赛国金光寺的僧人们对孙悟空等，由于恐惧或者恭敬，随口混叫"爷爷"、"老爷"，作者顺笔也让孙悟空在万圣老龙处自称一次"孙爷爷"（第六十三回）。如果我这种推断有道理的话，也可以为《西游记》确是吴承恩所著添一小小的佐证。又，前面我说"老爷"一词约即"外公"一词的另一种俗称，而不是特指对官府长官的称谓，这于《西游记》第九十七回寇洪还魂后，屡称铜台府、地灵县的官员们为"老爷"，也似能说明此一问题。

以上就是《试析》对《西游记》中孙悟空对妖精自称"外公"原因的论证。这些论证看似"知人论世"，无懈可击，实则在立论的根基、出发点与论证的方法上都有很大的失误。

一是以《西游记》作者为吴承恩作为立论的根基和出发点即是一大失

误。我们知道任何立论的根据即证据本身一定要确凿无疑，否则便没有证明力，由此得出的结论就不能取信于人，从而这种所谓的"证据"也就不是真正的证据。对于《试析》要讨论的问题来说，以《西游记》作者为吴承恩正就是不能作为证据的"证据"。海内外有众多质疑或否定《西游记》为吴承恩所作的论著为证，不难查阅[①]，兹不具论。因此，虽然《试析》的作者有权坚持其《西游记》作者为吴承恩的观点，但在对此质疑甚多的情况下，如果所讨论的不是《西游记》著作权问题本身，那么笔者以为他最好不要拿吴承恩说事，尤其不宜以《西游记》作者为吴承恩说为讨论的基础和出发点。因为如果是那样，或者《试析》的论证不被认真看待而成为自说自话；或者讨论虽然还可以展开，但是势必还要回到《西游记》是否为吴承恩所作的疑案上来，而统归于当前的无解即根本无法达成共识。

二是《试析》认为从吴承恩为《西游记》作者的立场出发论证得出的如上结论，"也可以为《西游记》确是吴承恩所著添一小小的佐证"，其实是陷入了"循环论证"的怪圈，即由论据得出的结论，又被作为论据真实性的证明，是一种没有任何证明效果的话语游戏。

三是上引《试析》的论证除几个与吴承恩相关的人名之外，可说多想象之辞，附会之说，而极少确切的事实。如曰"他自然""他当然""很可能""也许""或许""当至少""这也许"……一路下来，无非猜测想象之辞，外加"他们常常跑来大喊'外公'"之类的演义等，使《试析》虽取学术论文的形式，但给读者的感觉却是缺乏学术论证应有的严谨和实事求是的作风，进而它得出的结论也就难以令人信服。

二　《试析》之不合情理与实际

《试析》除以上在论证的立场、出发点与逻辑上的根本失误之外，其具体分析论证中的不合情理与实际之误也需要进一步辨正。这自然是要在姑且承认《西游记》为吴承恩所作的前提之下才最为方便。但是，也正是

[①] 否定《西游记》作者是吴承恩的主要论著目录，可参见袁行霈主编《中国文学史》（第四卷），高等教育出版社 2005 年版，第 140 页注 [10]。另可参见石昌渝主编《中国古代小说总目》（白话卷）中日本学者矶部彰撰"《西游记》"条，山西教育出版社 2004 年版，第 411—412 页。近年来国内学者有李安纲、沈承庆等亦有提出质疑或否定的论文或专著。

这些附会于吴承恩家世生平的分析既有悖于人情事理，又不合于《西游记》描写的实际，试分说之。

首先，《试析》之具体分析有悖人情事理者有五。

一是《试析》以吴承恩的祖父去世早而认为吴承恩对"爷爷"一词"无兴致"，虽然一般来看不无一定的道理，但是除了毕竟是猜测之外，也还太过于绝对化，从而其"无兴致"的结论总体难以令人信服。具体说来，这是因为一方面吴承恩即使"一直到老年，'爷爷'之呼声仍在家庭中寂然"，但他既然不是独居深山，则邻居亲友之间，多有祖孙相接者，称呼"爷爷"之声也当不时入于吴承恩之耳。同时，吴承恩与旁门外姓之间称人或被称呼为"爷爷"的情况也未免有之，从而其"爷爷"的观念也就不一定十分淡薄和绝无"兴致"。另一方面，吴承恩的祖父去世虽早，但古人"慎终追远"，年节祭祀，"祭如在，祭神如神在"（《论语·八佾》），岂有做孙子的年年祭祀其爷爷而不念其有爷爷的吗？而且《试析》既以吴承恩为《西游记》作者，那么以《试析》作者的逻辑，《西游记》中大量"爷爷""老爷爷"的称呼络绎不绝，不是从吴承恩对"爷爷"一词的"兴致"而来，并证明其对"爷爷"一词有"兴致"吗？

二是按《试析》所说，吴承恩既与其父共同生活又称呼"爹爹……近三十年"，又读经应试，当知"父兮生我，母兮鞠我……欲报之德，昊天罔极"（《诗经·小雅·蓼莪》），又怎么能在他"中年作《西游记》时"，仅仅因为自己有儿早夭，就使"'爹爹'一词在其观念中不十分深"了呢？又《试析》的作者如果以为小说家用词是此等感情用事而《西游记》的作者又一定是吴承恩的话，那么《西游记》中"爹爹""老爹"等称络绎不绝，就不是来自吴承恩的"观念"吗？

三是《试析》说吴承恩有两个"外公"，"童幼时或许呼外公不离口"，又在"吴承恩父亲去世前，当至少有一外孙女和一外孙在十岁以上或十岁左右，他们常常跑来大喊'外公'，从而又给吴承恩青年时期以深刻的感念"，此说犹不可解。因为很明显，这除了多有想象的成分之外，极为不合情理的是，为什么只说吴承恩"童幼时或许呼外公不离口"，却不说吴承恩"童幼时"肯定更是"呼爹爹不离口"呢？既然吴承恩"童幼时"更多呼不离口的"'爹爹'一词在其观念中不十分深"了，那么还可能独有"外公"一词"在其观念中……十分深"吗？

四是按《试析》所说，吴承恩自己喊"爹爹"三十年，而听其姐姐之子女喊自己父亲"外公"，不过十年中外甥（女）来探亲时偶尔有之，能够"比'爷爷'、'爹爹'更多接触"而更为"亲切"吗？

五是根据《试析》所说，吴承恩自己喊"爹爹"近三十年尚且"'爹爹'一词在其观念中不十分深"，那么为什么一个只可能是偶来探望的外甥（女）喊自己父亲"外公"，就能"给吴承恩青年时期以深刻的感念"呢？难道一个做舅舅的因为有外甥（女）十年中偶尔一至"大喊"自己的父亲为"外公"，就会销蚀其喊了三十年"爹爹"的观念，变得更习惯"外公"这一称谓了？这里笔者很抱歉地一问：如果吴承恩因此而"'爹爹'一词在其观念中不十分深"了是人之常情，那么他那"常常跑来大喊'外公'"的外甥（女）的观念中，还会有"爷爷"和"爹爹"的位置吗？

其次，《试析》之具体分析不合于《西游记》描写实际者有六。

一是《试析》所举《西游记》中"随口混叫'爷爷'、'老爷'"，所指并非"外公"。例如第二回写孙悟空见菩提祖师，"悟空道：'师父昨日坛前对众相允，教弟子三更时候，从后门里传我道理，故此大胆径拜老爷榻下。'祖师听说，十分欢喜"；第三十六回写僧官称孙悟空"爷爷"，而称"唐僧老爷爷"；第五十三回写一婆子称猪八戒"老爷爷"；等等。从被尊称者都毫不迟疑地接受看，这些"爷爷"或"老爷"所指的肯定都不是"外公"，而《试析》所谓"'老爷'一词约即'外公'一词的另一种俗称"之说，并不合于《西游记》描写的实际。

二是《试析》举"外公老爷"之称也不表明"'老爷'一词约即'外公'一词的另一种俗称"，而恰恰相反。这里我们首先要指出的是，这既是《西游记》中唯一之例，是一个孤证，又因《试析》作者对此已有"约即"的犹疑，似就不便再有进一步的推论。其次，细读第八十六回写孙悟空曾偶一对妖魔自称"外公老爷"的情节，不过是以"外公"为"老爷"即"爷爷"。其所以如此，是因为"外公"与"老爷"乃内、外有分的祖父辈，从而把"外公"比同"老爷"，以示"外公"同"老爷"一样尊贵，并非以"外公"就是"老爷"或可以称之为"老爷"。否则，就径直称"老爷"罢了，何必再冠以"外公"？我以为"外公老爷"之义相当于清中叶以后北方俗称"外公"为"姥爷"，即母亲的父亲、姥姥（外祖母）的丈夫。大约《西游记》成书之时社会上尚无"姥爷"之说，所以在

"外公"与"爷爷"同尊的意义上有《西游记》中偶尔一现之"外公老爷"的称呼。总之,《西游记》中"爷爷"与"老爷"同义,都是指直系的祖父,有时用以称呼权势人物。而"老爷爷"是爷爷的父亲即曾祖父,实际上又经常与"爷爷""老爷"混称;"外公"与"外公老爷"都是指外公,而"老爷"与"外公"除了同为祖父辈之外并无混淆,所以不相替代,至少在《西游记》中是如此。这也就是说,《西游记》中的"随口混叫'爷爷'、'老爷'",只是把称呼自己祖父的"爷爷"与社会上称呼官长等有权势者的"老爷"有所混用,并没有把"外公"也"混叫"进去。即使第四十四回与第六十三回中孙悟空被称或自称"齐天大圣孙爷爷""孙爷爷"等,"孙爷爷"也绝不就是"孙外公"。

三是《试析》以为吴承恩个人感情上,"外公"是"比'爷爷'、'爹爹'更多接触的亲切字眼,不免要转赠给孙悟空的了"。此说亦与书中描写不合。因为很明显,小说家虽然不免甚至很难不把自己的感情投射到作品中,但是,因为现实生活中爱某个人而及于个人对某个人的称呼,把这一称呼"移赠"给自己所喜欢的小说人物,这样的例子实在罕见!而且倘若视以为《西游记》作者的独创,则在孙悟空对妖精习惯自称"外公"的定式中,岂非不知不觉间便把自己置于了妖精血统的地位?而"外公"与外甥间势不两立的气氛,也不像是出于一个对"外公"一词有特别"感念"的作者之手吧!

四是虽然如《试析》所说现实生活中"外公"为"尊贵的字眼",但《西游记》"外公"一词有时却明显被戏谑化使用。例如,第十七回写孙悟空骂黑风山熊黑怪,刚说完"是你也认不得你老外公哩!你老外公乃大唐上国驾前御弟三藏法师之徒弟,姓孙,名悟空",接下又"笑道:'我儿子,你站稳着,仔细听之!'"还有第五十一回写孙悟空骂妖精道:"这儿子反说了哩!不知是我送命,是你送命!走过来,吃老外公一拳!"都是既以妖精为"儿子"(等于自封是妖精的爹爹),又自称是妖精的"老外公"(妖精成了他的外孙子)。这样对同一个妖精,一句从正面说自称"外公",一句从背后说隐然自称"爹爹",看似无理,实是小说家妙写人物骂詈中口不择言的常情。但如此一来,妖精被骂为"儿子"和"外甥"固然没有脸面,客观上孙悟空明里暗里所据妖精"爹爹"和"外公"的身份,岂不也被戏谑化而失去了应有的郑重与尊严了吗?在这种情况下,孙悟空自称的"外公"一词还可能是从作者对于自己外公的"感念"中"移赠"来的"尊贵字眼"吗？显然不大可能了。

五是《试析》以为吴承恩个人感情上"外公"是"比'爷爷'、'爹爹'更多接触的亲切字眼，不免要转赠给孙悟空的了"的认识基础，大体上应该是作者尊孙悟空为完全正面的形象，方配得上"外公"这"尊贵的字眼"。这也不符合《西游记》描写的实际。以今人视《西游记》中孙悟空几乎为完全正面的形象看，《西游记》中当然只有孙悟空最配得上"外公"这"尊贵的字眼"。但是，倘若如此，那么第三十二回写猪八戒也曾说自己被妖精称为"猪外公"，则又是怎么一回事，该作如何解释呢？再说与今人多以孙悟空为完全正面的形象不同，《西游记》作者除了对孙悟空"大闹天宫"不以为然，而不止一次写悟空忏悔自己犯了"诳上"之罪（第十四回、第十五回）外，还数十上百次写他被佛祖、菩萨、玉帝、天神等斥为"乖猴""泼猴""妖猴"等。从而虽然后来终至于成为"斗战胜佛"，却毕竟其原本非人而为异类，又是犯有"欺天诳上"（第十四回）之"前科"的戴罪立功改过自新的典型，与儒家理想中学行终始如一为"修齐治平"的"君子""贤人"迥非一路。因此，倘使确系吴承恩作《西游记》而他又以"外公"为比较"爷爷"和"爹爹"还更亲切的"尊贵字眼"，那恐怕避之还唯恐不及，怎么会以"外公"之称"移赠"孙悟空，又后来还让猪八戒偶一称之呢？

六是承上要单独一说的是，《试析》以《西游记》中写孙悟空对妖精自称的"外公"为吴承恩所"感念"的"尊贵的字眼"，尤其不合于第七十一回写小妖误报"外公"是来者孙悟空之名，引起妖王诧异后的一段议论描写：

> 妖王道："这来者称为'外公'，我想着《百家姓》上，更无个姓外的。娘娘赋性聪明，出身高贵，居皇宫之中，必多览书籍。记得那本书上有此姓也？"娘娘道："止《千字文》上有句'外受傅训'，想必就是此矣。"妖王喜道："定是！定是！"即起身辞了娘娘，到剥皮亭上，结束整齐，点出妖兵，开了门，直至外面，手持一柄宣花钺斧，厉声高叫道："那个是朱紫国来的'外公'？"行者把金箍棒揝在右手，将左手指定道："贤甥，叫我怎的？"那妖王见了，心中大怒……行者笑道：

"你这个诳上欺君的泼怪，原来没眼！想我五百年前大闹天官时，九天神将见了我，无一个'老'字，不敢称呼；你叫我声'外公'，那里亏了你！"

上引文字通过妖王与其娘娘完全不知"外公"为何物的描写调侃了悟空自称"外公"的标新立异，同时也就透露了作者虽然写孙悟空对妖精喜欢自称"外公"，但其心目中亦不以自称"外公"为常事常情。甚至作者正是因为现实中人自称"外公"的情况少见，或者偶尔见于市井斗口的骂詈之中，觉得有趣，才将之"移赠"于他所喜欢的孙悟空这个幽默风趣的形象。这也就是说，《西游记》写孙悟空喜自称"外公"很大程度上只是游戏之笔。即使游戏之中暗藏秘谛正是《西游记》的特色，读者似也不必并且一般也不便往作者由于身世的原因有对"外公"一词的"特定心理"的方面去想，而只认其为化生活而为艺术的创造也就罢了。只有笃信于《西游记》作者吴承恩说并坚持以为小说家动辄会向自己的作品中塞点这类私货的读者，才会疑心生暗鬼，而有如上引的想入非非。

综合以上辨正可以认为，即使如苏兴先生等以吴承恩果为《西游记》的作者，其写孙悟空"习称"妖精的"外公"与其家庭和亲戚关系也不一定有什么瓜葛。必要联系吴氏家世生平等进行论证，则不免牵强附会，甚至自相矛盾。

三　试为新解

然而《试析》所提出的"惟孙悟空偏自称为'外公'，而少说'祖宗'、'爷爷'、'爹爹（老子）'，厥为特异"，到底该如何看待和解释呢？

首先，正如《试析》所说："'外公'一词是《西游记》中人物高人、压人的习称。"但是也还要进一步说明的，一是除猪八戒也曾偶一为之以外，这只是孙悟空一个人物的"习称"；二是《西游记》写孙悟空的自称甚多，如"老孙""老爷""孙爷爷""孙老爷"等，甚至蔑称妖精为"我儿子"而实际自居了妖精之"爹爹"的地位。所以，大约与猪八戒对妖精习称"猪祖宗"而偶一自称"猪外公"相类似，"外公"作为孙悟空自我对妖精的"习称"，只是其多种高人、压人的自称之一。虽然出现次数较多，但也只在一定程度上可以算作所谓的"习称"。

其次，由上所述可进一步认为，《西游记》中孙悟空对妖精自称"外公"的描写总体不是很突出的文学现象，不如《三国演义》写关羽自称"关某"、《水浒传》写鲁智深自称"洒家"那样像"专利"一般成为人物声口突出的标志。事实上，《西游记》所写的孙悟空的诸多自称中，用得最多又能给读者留下最深印象的应该是"老孙"，而不是"外公"或"孙外公"。这一描写无论从全书还是从孙悟空形象总体未能一以贯之的情况看，它在《西游记》中的出现应该如写孙悟空说如来佛是"妖精的外甥"（第七十七回）一样，乃作者运笔兴会淋漓之际的一种不时而发的凸显，不像是有什么寄托深隐的安排。只是《西游记》写孙悟空与妖精斗口极多，此种兴会不时而至，书中出现孙悟空对妖精自称"外公"的描写就比说如来佛是"妖精的外甥"多了一些罢了。因此，读者不必过于深求作者的用心，包括不必往作者与其外祖父关系的亲密上去想。我们看上引第七十一回写小妖误报"外公"是来者孙悟空之名引起妖王诧异后的一段对话，由连挨骂的"妖精"尚且不明孙悟空自称"外公"之义，就可以知道这一描写除了能使笔墨之趣翻进一层之外，言外之意是提点读者明白，以自称"外公"行骂詈是社会上不经见不常有之现象，因为连挨骂的妖精都还不知道自己是哪里"中枪"了呢！

总之，《西游记》写孙悟空对妖精习称"外公"乃神来之笔，读者专家可欣赏其骂詈语花样翻新的艺术，但倘若由此推断《西游记》的作者是吴承恩，那就是深求而失诸伪了。

尽管如此，作者写孙悟空即使对妖精也自称"老爷""孙爷爷""孙老爷"等，但更多自称"外公"，也一定是意识到了给孙悟空托为"外公"的身份对于贬低妖精的效果与自称"老爷"等同中有异，有自称"老爷"等不可能有的效果。否则，把通常好用并对方更容易明白的"老爷"等称呼随口改变为连大小妖精都不能明白的"外公"还有什么意义？又有什么幽默风趣之处？笔者以为这后一点才是我们关注和讨论《西游记》写孙悟空喜对妖精自称"外公"的要义，试为一解。

笔者以为比较自称"老爷""孙老爷"等，孙悟空对妖精自称"外公"虽然未必有更大的实质性高压，却在表达惩处之意上是一个不同寻常的角度，从而也就有了异乎寻常的效应。具体有四。

· 480 ·

其一是《西游记》中也很在意的亲属有"父党""母党"之分（第七十七回），"外公"作为"母党"中的最亲最尊者，虽然不比"父党"中的"爷爷"有所过之，但是男权制度下"父党"对"母党"应有的礼貌与客气，却能够加强"外公"对外甥在管教上的威权。这威权即使只是即时和表面上的，但在骂詈的当下却比"爷爷"和"老爷"多了一些威慑之力。

其二是骂詈作为攻击对象的手段，花样翻新才会有更大的效果。如上所论及，《西游记》作者创作的彼时彼地，以自称高人、压人的诸说法中，"外公"一定是少见而能够使听者更受刺激的一种，从而进入《西游记》并成为书中"一号人物"孙悟空与妖精骂战时自报身份的"习称"。

其三是我国古代为人子者，除了受直系父祖的抚养管教之外，亦受到"外家"即外祖父母和舅父的辅导管教亦受到。尤其子弟一旦在其家中失教，外祖父或舅父的管教责任便格外突出起来。清中叶李绿园所著章回小说《歧路灯》第四回写谭绍闻的母亲王氏转达其舅舅的话说"俺姐夫闲事难管"[①]，就曲折透露出他这位舅舅自觉有为姐姐家管事的责任和义务。而《歧路灯》第十三回也正是写了一个叫乜守礼的破落子弟的种种不端，被他的女人"一五一十告诉了他舅。他舅恼了，把乜守礼狠打一顿，还要到县里告他不孝。乜守礼再三央人，磕头礼拜，他舅恨极，发誓再不上他的门"[②]。虽然乜守礼"他舅"到底不曾使他悔过自新，但是由此可见，一旦居于"外家"祖父或舅父的身份，其对外甥就有了天经地义的管教权。而且舅氏对外甥之威权绝非其他亲戚之可比。这恐怕就是《西游记》写孙悟空对妖精习自称"外公"的社会学渊源，也就是孙悟空对妖精习自称"外公"的又一原因了吧。

其四即最后和根本的理由，大概可以从其他书中也很少见的同类描写推论而来。如署名罗贯中而实际已由明末冯梦龙增补的四十回本《北宋三遂平妖传》第八回《慈长老单求大士签，蛋和尚一盗袁公法》，写慈长老送给了朱大伯一个鹅蛋，在鸡窠里孵出一个小孩，十分"著恼"：

[①] （清）李绿园：《歧路灯》（上），栾星校注，中州书画社1980年版，第32页。
[②] （清）李绿园：《歧路灯》（上），栾星校注，中州书画社1980年版，第142页。

朱大伯道："告诉你也话长哩。去年冬下，这慈长老拿个鹅蛋儿到我家来，趁我母鸡抱卵，也放做一窠儿抱著。谁知蛋里抱出一个六七寸长的小孩子。"邻舍道："有这等事！"朱大伯道："便是。说也不信，抱出了小孩子，还不打紧，这母鸡也死了。这一窠鸡卵也都没用了。我去叫那长老来看，长老道：'不要说起，是我连累著你，明年麦熟时，把些麦子赔你罢。'把这小怪物连窠儿掇去。我想道不是抛在水里，便是埋在土里。后来听得刘狗儿抚养着一个小厮，我疑心是那话儿。今日拿这叉袋去寺里借些麦种，顺便瞧一瞧那小厮，是什么模样。——你不与我瞧也罢了，怎般发恶道：'干你屁事！'又道：'认做你家孙儿去罢！'常言道：树高千丈，叶落归根。这小厮怕养不大，若还长大了，少不得寻根问蒂，怕不认我做外公么？"①

比较"爷爷"所代表之居于人生前台的"父党"一系的长辈，"外公"代表了居于其人生后台的"母党"一系的长辈。前者显而易见，后者却需要"寻根问蒂"才知。从而比较"爷爷"等，"外公"对于外甥（女）的威权就带有了一定的神秘性。《西游记》作者或即有见于此类描写而信手拈来，妙笔生花，才有了孙悟空对妖精自高身份为"外公"的所谓"习称"。

最后还要说明的是，上论《试析》之误倘若成立，其原因大概是在这一问题的探讨上，除了因作者过执于《西游记》作者吴承恩说而未能采取全面客观的学术立场之外，还有可能因为《试析》是其生前未完之稿，而遗稿整理者无力或不便过多加工。倘或如此，就更是一个遗憾。然而诚如《西游记》中所说"天地不全"（第九十九回），人间事更不可能完美。

（原载《河北学刊》2015 年第 2 期，有修订）

---

① （明）罗贯中：《北宋三遂平妖传》，侯忠义主编《明代小说辑刊》（第二辑之③），巴蜀书社 1993 年版，第 614—615 页。

"孙悟空"名义解

《西游记》孙悟空的形象来源，有外来、本土等诸说，均从中国或外国古代猴子故事演变的层面立论，而很少注意到《西游记》的这只猴子已不只是神通广大，更被赋予了古今中外一切猴子所从未有过的思想意义，并通过命名"孙悟空"规定和体现出来。因此，学者们不妨继续考证是中外哪一只猴子演变成了美猴王，而笔者却愿意对"孙悟空"名义的内涵与渊源略做索解和探讨。

"孙悟空"命名之义应从全书有关描写中得到说明，但最重要的是第一回写须菩提祖师为石猴命名的一段文字：

> 祖师笑道："你身躯虽是鄙陋，却像个食松果的猢狲。我与你就身上取个姓氏，意思教你姓'猢'。猢字去了个兽旁，乃是个古月。古者老也，月者阴也。老阴不能化育，教你姓'狲'倒好。狲字去了兽旁，乃是个子系。子者，儿男也；系者，婴细也。正合婴儿之本论；教你姓'孙'罢。"猴王听说，满心欢喜，朝上叩头道："好，好，好！今日方知姓也。万望师父慈悲，既然有姓，再乞赐个名字，却好呼唤。"祖师道："我门中有十二个字，分派起名，到你乃第十辈之小徒矣。"猴王道："那十二个字？"祖师道："乃广、大、智、慧、真、如、性、海、颖、悟、圆、觉十二字。排到你，正当'悟'字。与你起个法名叫做'孙悟空'，好么？"猴王笑道："好，好，好！自今就叫做孙悟空也！"正是：鸿蒙初辟原无姓，打破顽空须悟空。①

---

① （明）吴承恩：《西游记》，（明）李卓吾、黄周星评，山东文艺出版社1996年版。本文引《西游记》原文及评语均出此书，说明或括注回数。

这里祖师的话杂糅释、道，又联系接下第二回写这位祖师"静坐讲《黄庭》"，"说一会道，讲一会禅，三家配合本如然"，似乎其为石猴命名之义，并不主一家，其实不然。

按须菩提祖师是佛祖十大弟子之一。《西游记》中多次提及的佛教禅宗最为推崇的《金刚经》一书，全部文本就是佛与须菩提的对话。因此，《西游记》所写孙悟空的这第一位师傅根本是佛教中人。书中有关这一人物住洞天福地、念《黄庭》、传法（道）术等描写，不能不使读者感觉其扑朔迷离，道释难辨，但是，从全书对两家关系的处理看，总不过是表现"仙不能离佛""佛不能离仙"（第一回），修仙为成佛之"本路"（第九十八回）。换言之，作者之意并不以仙、佛为无别，而是仙为佛阶，以道济佛，"归一"（第四十七回）于佛。这集中表现为上引须菩提为石猴命名取义，根本就从禅宗顿教义理而来。

首先，是命名的原则。须菩提祖师为石猴"就身上取个姓氏"，似乎只是极自然之笔，恰到好处而已，其实最具禅意。按此"就身上取个姓氏"之义，即是以"自性"为姓，定义悟空为"自性"的象征。而"自性"是禅宗教理的基础，是指一切众生自作、自成、自有、自在、不变之本性。袾宏《弥陀疏钞》卷一云："此之自性，盖有多名：亦名本心，亦名本觉，亦名真知，亦名真识，亦名真如，种种无尽。统而言之，即当人灵知、灵觉本具之一心也。"从而祖师为石猴"就身上取个姓氏"命名之意，实是入手就教以禅宗"见性"的功夫，"见性成佛"[①]。而猴王叩头曰"今日方知姓也"，就是回应祖师"见性"之教。

其次，是所赐之姓。祖师从"猢狲"之"狲"，说到为其赐姓"孙"；又因"孙（孫）"为"子系"而牵合"婴儿之本论"。"婴儿"之论本出《老子》，而《孟子》"赤子之心"也庶几近之。与《西游记》关系甚大的宋代张伯端《悟真篇》其十四也说："三家相见结婴儿，婴儿是一含真气。十月胎圆入圣基。"但是，须菩提祖师说"正合婴儿之本论"，却是沿唐宋以降"三教一理"之论，用为佛教禅宗的比喻。《五灯会元》卷五《石室善道禅师》云：

---

① （唐）惠能著，郭朋校释：《坛经校释》，中华书局1983年版，第53页。

汝不见小儿出胎时，可道我解看教、不解看教？当恁么时，亦不知有佛性义、无佛性义。及至长大，便学种种知解出来，便道我能我解，不知总是客尘烦恼。十六行中，婴儿行为最哆哆和和时，喻学道之人离分别取舍心，故赞叹婴儿，可况喻取之。若谓婴儿是道，今时人错会。①

可知"婴儿之本论"实是况"喻学道之人离分别取舍心"，也就是禅以"无念为宗"② 之"心"，又谓之"禅定"③。所以，如同第五十八回中诗说"禅门须学无心诀，静养婴儿结圣胎"，这里为石猴赐姓"孙"而"合婴儿之本论"者，也是以"婴儿"喻心，即以"孙"为"心"明点"心"字，以勉其"见性"又"识自本心"④ 始。

从而孙悟空又有别号"心猿"。"心猿"曾见于道教典籍，如宋代张伯端《悟真篇》中卷第六十："了了心猿方寸机，三千功行与天齐。自然有鼎烹龙虎，争奈担家恋子妻。"宋代石泰《还原篇》第十五章："意马归神室，心猿守洞房。精神魂魄意，化作紫金霜。"但是，二书均晚于三国吴支谦即已汉译之印传佛典《维摩诘所说经》："以难化之人，心如猿猴。故以若干种法，制御其心，乃可调伏。"这一譬喻后世多为禅宗典籍《祖堂集》《五灯会元》《古尊宿语录》等所称引。因此，上引《维摩诘所说经》的几句话，特别是禅宗的称引，才是孙悟空别名"心猿"真正的出处！

《西游记》至少有三十三次称"心猿"，仅出现于回目中就有十四次之多；另有称其为"心主""心神"者非止一处。可见其对于孙悟空作为"心"之象征的高度关注！因此，"心"才是这一猴子形象最本质的意义！

最后，是取名字。先排行取"悟"辈。祖师称其门有"广大智慧真如性海颖悟圆觉"十二字，各为派别，虽系杜撰，但是，"广大智慧""真如""性海""颖""悟""圆""觉"等作为哲学概念，基本上只是佛教专用或最先使用、用得最多，并且多为佛教禅宗语。而尤以"悟"字为禅

---

① （宋）普济：《五灯会元》，中华书局1984年版，第285页。
② （唐）惠能著，郭朋校释：《坛经校释》，中华书局1983年版，第31页。
③ （唐）惠能著，郭朋校释：《坛经校释》，中华书局1983年版，第37页。
④ （宋）普济：《五灯会元》，中华书局1984年版，第60页。

宗修行"最上乘"① 法，所谓"前念迷即凡，后念悟即佛"②，"一悟即知佛也"③。祖师说："到你乃第十辈之小徒矣。"又说："排到你，正当'悟'字。"即佛门"十二字"中，"悟"字当"第十"。这一位次也是有意义的。《易·屯》："十年乃字。"孔颖达注曰："十者，数之极。"因此，把"悟"排为"第十辈"，实是作者以此"极"数，体现禅宗顿门以"顿悟"为"最上乘"之义。后取字，即"空"。"空"是佛教多数派别最基本的观念，但各派对"空"的看法的层面与程度有差别，而以禅宗最为彻底。在禅宗来看，不仅宇宙万物，而且"恶法善法，天堂地狱，尽在空中，世人性空，亦复如是"④，即无一物实在。须菩提为石猴取名字为"悟空"，"空"就是这种至于极端的彻底的"空"。其意就是勉其"识自本心"，不仅"心"知万相为空，而且"本心"亦空。

综上所论，可知《西游记》写须菩提为石猴命名"孙悟空"，并以之贯穿全书，实是特笔点明此书之旨为"心悟空"，是以禅宗顿教"无念为宗"的一部"无心诀"而已。

"悟空"之名字似最早见于《佛说十力经》"从安西来无名僧悟空"，至唐宋禅宗僧人多用之，如《五灯会元》卷八有《升州清凉院休复悟空禅师》，卷十四有《襄州谷隐智静悟空禅师》，《景德传灯录》卷二十有《潭州龙兴寺悟空大师》等篇，传主均名"悟空"，又均为禅宗顿门僧人。可知《西游记》以"悟空"命名石猴，实是取了佛教→禅宗最流行的概念，从而对于当时的读者来说，也就是传达了禅宗最普通的教义，是认识这一文学形象进而全书思想倾向最重要的标志。

但是，对于石猴来说，以"悟空"命名仍然有特殊的意义。禅宗典籍《月灯三昧经》卷二云："有或系属魔，悟空无忿怒。"又卷五云："若能悟空者，是则知寂灭。"可知"悟空"之重要一义在使"无忿怒"即制怒，而归根于"寂灭"即"涅槃"。从全书描写看，石猴最突出的性格缺陷正就是"躁"，因此，祖师为石猴命名"悟空"，既寓言禅宗"无念为宗"之最高诉求，又具体针对石猴之性"躁"，可谓妙合无垠。

---

① （宋）普济：《五灯会元》，中华书局1984年版，第88页。
② （宋）普济：《五灯会元》，中华书局1984年版，第51页。
③ （宋）普济：《五灯会元》，中华书局1984年版，第60页。
④ （宋）普济：《五灯会元》，中华书局1984年版，第49页。

然而，即使禅宗内部，"悟空"之途也有顿、渐之分。渐教即以五祖弘忍的大弟子神秀为代表之北宗，主打坐参禅、念佛诵经，由渐而顿，渐悟成佛；顿教为神秀的同学六祖惠能所创之南宗。惠能不识字，所以不乐渐悟，而主"不假文字"，"以心传心"，"直指本心"，顿悟成佛。比较而言，顿教唯求本心，看似至难，其实以无法为法，最为简易快速，合乎人不愿受任何束缚的本性，所以唐宋以降，最为流行。《西游记》写须菩提祖师为石猴命名"悟空"之义，正是这种禅宗顿教的"悟空"，上引所谓"打破顽空须悟空"者，就是顿教那种"空"至于极致的"悟空"。

以须菩提祖师为石猴命名为中心，《西游记》全书前后有关孙悟空的描写多有点明并突出此"心悟空"之义。

首先，第一回祖师命名之前，已写石猴是"心"的象征。如写其所从出之仙石尺寸并有"九窍八孔"，李卓吾评曰："此说心之始也，勿认说猴。"又写此石"内育仙胞，一日迸裂，产一石卵，似圆球样大"，黄周星评曰："此是心之形状。"又接写其"因见风，化作一个石猴"，黄周星又评曰："心字出现。"都极有见地。更进一步，须菩提所居仙山洞府即石猴学道之地，为"灵台方寸山"，李卓吾评曰："灵台方寸，心也。"为"斜月三星洞"，李卓吾评曰："斜月象一勾，三星象三点，也是心。言学仙不远，只在此心。"黄周星评略同，都正确指出了美猴王为"心"之意象。其姓"孙"为"心"之喻，不过是这三复象征性暗示之后的进一步影写罢了。

其次，第二回写孙悟空本自有"悟"性，所以于"道""流""静""动"各门的俗学都不感兴趣，因此为祖师所知，而有得道之机云：

> 祖师闻言，咄的一声，跳下高台，手持戒尺，指定悟空道："你这猢狲，这般不学，那般不学，却待怎么？"走上前，将悟空头上打了三下，倒背着手，走入里面，将中门关了，撇下大众而去。唬得那一班听讲的，人人惊惧，皆怨悟空……悟空一些儿也不恼，只是满脸陪笑。原来那猴王已打破盘中之谜，暗暗在心。所以不与众人争竞，只是忍耐无言。祖师打他三下者，教他三更时分存心；倒背着手走入里面，将中门关上者，教他从后门进步，秘处传他道也。

而《五灯会元》卷一《五祖弘忍大满禅师》载禅宗五祖弘忍向惠能传法：

> 逮夜，（五）祖潜诣碓坊，问曰："米白也未？"卢曰："白也，未有筛。"祖于碓以杖三击之。卢即以三鼓入室。祖告曰……①

虽然这类"打三下""三击之"的哑谜，在各种禅宗典籍中并不少见，而且以上两节引文，前繁后简，似乎差别很大。但是，就基本情节而言，二者实为一辙，并在叙事中都具关键的意义，且显然前者从后者脱化而来。由此可知，孙悟空形象其初实略有六祖惠能的影子，与"孙悟空"之名体禅宗顿教之义密相关合。

再次，书中写孙悟空"顿悟"，以第十七回所写最为点睛之笔：

> 行者看道："妙啊，妙啊！还是妖精菩萨，还是菩萨妖精？"菩萨笑道："悟空，菩萨、妖精，总是一念。若论本来，皆属无有。"行者心下顿悟，转身却就变做一粒仙丹。

上引写悟空之"顿悟"，比较写唐僧等其他一切形象，全然不及于此，可知《西游记》"五众"以及其他神魔中，能"顿悟"的只有孙悟空一人。尽管其"顿悟"亦不尽合于禅宗顿教之义，但是，作为小说家言，至少表明作者有意以此点出孙悟空之"悟"即"顿悟"，乃禅宗顿教之"悟"。

最后，书中一再通过他者确认写孙悟空能"顿悟"。第十九回写乌巢禅师说："多年老石猴（按指孙悟空）……他知西天路。"第九十三回写唐僧道："悟能、悟净，休要乱说。悟空解得是无言语文字，乃是真解。"

总之，全面来看，悟空有的是猴气、神气、妖气、道气，乃至呵佛骂祖的狂禅之气，但是，其基本的方面，或说作者着意突出的悟空思想特征本质的方面，是一个以"无念为宗""顿悟成佛"的禅僧。

然而，正如历史上顿教虽以"自性"为空，却还是要"见性"；虽称"顿悟"，却还是要"心行"，《西游记》的"心悟空"也并不是"一悟即

---

① （宋）普济：《五灯会元》，中华书局1984年版，第52页。

知佛也"。唐僧等不必说了，即使孙悟空只任"心行"而"不假文字"和坐禅念经等，但是，全书卷末写孙悟空为"斗战胜佛"，说明作者也不得不以他毕竟仍要有一个"斗战"的过程。

这一过程就是从须菩提祖师门下出来，离开"灵台方寸山，斜月三星洞"，回到花果山，自"放下心"（第三回）开始，中经"大闹天宫""八十一难"等，到取经回东，返于西天。在这一过程中，孙悟空完成由魔而道、而佛的转变，关键在"弃道从释"（第二十六回），或曰"弃道从僧用"（第三十五回）、"弃道归佛"（第九十回），又关键在"西游"，即第九十八回孙悟空对唐僧所说"借门路修功"（第九十八回）是也。

可知《西游记》的"心悟空"，虽高自标榜"最上乘"法之"顿悟"，却终于不能无所凭借地"一悟即知佛"。而且果然"不假文字""一悟即知"的话，一切经典都可以没有，而《西游记》也可以不作。然而，毕竟要"西天取经"，有此一部《西游记》，实是因为如佛祖所说，"东土众生，愚迷不悟"，不识"无字真经"，只可"以此（有字真经）传之耳"。这固然是作书的由头，却同时表达了作者之意，是以如我辈读者还不配读"无字真经"，而不得不写一部《西游记》，假象见义，使知有唐僧辈不得不西天取"有字真经"之事，也使知有"悟空解得是无言语文字，乃是真解"之"心悟空"即顿悟成佛的道理，以共赴西天之孙悟空与唐僧的对照，显示"法即一种，见有迟疾，见迟即渐，见疾即顿"[1]。所以，《西游记》只能是一部写唐僧历经"八十一难"取经成佛的"渐门"之书。即使孙悟空有"顿悟"之资，却还是要"借门路修功"，才能终成"正果"。

虽然如此，作者却始终关注那个不需任何凭借和过程"一悟即知佛"的"顿悟"。如唐僧弟子有"三悟"——悟空、悟能、悟净，而以悟空为首。第八十回沙僧对八戒道："莫胡谈！只管跟着大哥走。只把工夫捱他，终须有个到之之日。"而全书后半多写悟空谈禅，也是"智人与愚人说法，令彼愚者悟解心解"[2]。这些地方所显示虽非禅宗顿悟的正义，却分明体现了作者对顿悟之法的推崇与向往，是《西游记》一书所执"最上乘"的宗旨。

又如，孙悟空"一筋斗就有十万八千里"，正好是东土去西天的路程。

---

[1] （唐）惠能著，郭朋校释：《坛经校释》，中华书局1983年版，第76页。
[2] （宋）普济：《五灯会元》，中华书局1984年版，第58页。

而《五灯会元》卷九《韶州灵瑞和尚》载："僧问：'如何是西来意。'师曰：'十万八千里。'"[1] 类似的话在诸禅宗典籍中屡见不鲜。可知孙悟空的"筋斗云"乃从"西来意"化出，为"一悟知佛也"的象征。

再如"八十一难"后写唐僧等取回东土的虽然只能是"有字真经"，但是，当传经之际，仍由佛祖说："白本者，乃无字真经，倒也是好的！"以不足为俗人道的口吻表示了推重"无字真经"之意。而"无字真经"又显然是"不假文字""直指本心"之顿教的象征！

所以，"心悟空"才是"孙悟空"名义的正解。而《西游记》"三教归一"归于佛，"万法……归一"（第八十四回）归于禅，又以禅宗"顿悟"之教为"最上乘"法，以"悟空"为一书终极之旨，即黄周星评云："又要即心即佛，又要无佛无心，所以心猿法名悟空。"（第十四回）

这里还要顺便说到，孙悟空别号"心猿"出自印传《维摩诘所说经》，所以，即使不论其神通变化等行为方面的特征，仅从其思想内涵来看，孙悟空的"血统"也不免带有印度佛教文化的成分。但是，"心猿"之说传入中土后，不仅如上所引及，佛、道的典籍多有采用，而且早在《西游记》之前，就已有小说家推衍其义，以为故事。如《太平广记》卷四四五《畜犬》十二《杨叟》，叙乾元初，会稽民有杨叟病心，"盖以财产既多，其心为利所运，故心已离去其身。非食生人心，不可以补之"。其子宗素至孝，既闻之，乃求之于浮图氏法。一日，遇一胡僧，"貌甚老而枯瘠，衣褐毛缕成袈裟，踞于磐石上"。问之，僧曰："吾本是袁氏，祖世居巴山。其后子孙，或在弋阳，散游诸山谷中，尽能绍修祖业。为林泉逸士，极得吟啸。人好为诗者，多称其善吟啸，于是稍闻于天下。有孙氏，亦族也，则多游豪贵之门，亦以善谈谑，故又以之游于市肆间。每一戏，能使人获其利焉。独吾好浮图氏……常慕歌利王割截身体，及菩提投崖以饲饿虎……恨未有虎狼噬吾，吾亦甘受之。"宗素因告以故，曰："愿得生人心，以疗吾父疾。"僧曰："檀越所愿者，吾已许焉。今欲先说《金刚经》之奥义，且闻乎？"宗素曰："某素尚浮图氏，今日获遇吾师，安敢不听乎？"僧曰："《金刚经》云，过去心不可得，现在心不可得，未来心不可得，檀越若要取吾心，亦不可得矣。"言已，忽跳跃大呼，化为一猿而去。宗素惊异，

---

[1] （宋）普济：《五灯会元》，中华书局1984年版，第559页。

惶骇而归。(出《宣室志》)

　　这是一个有关佛教"心法"的故事,所以明代陆楫《古今说海》改题为《求心录》。故事值得注意的是,胡僧既"本是袁氏,祖世居巴山",末又"化为一猿而去",可知其本质为"猿"无疑;还值得注意的是,胡僧即使能舍身饲虎,也答应了宗素"愿得生人心"的要求,却又引《金刚经》之奥义,明告其"心……不可得",然后化猿而去,可知这只"猿"正是《维摩诘所说经》所说的"心猿";更值得注意的是,胡僧自称为"袁氏"的同时,又提及"有孙氏,亦族也",实即关于"心猿"姓"孙"具体的说明。因此,可以认为,这一故事是佛经"心猿"说进入小说并中国化的开端,《西游记》写悟空为"心猿"、姓"孙"等,则是在这一故事基础上的发展。而一如禅宗是中国化了的佛教,孙悟空这只猴子的"心悟空",也应该说是地道的"中国制造"了。

（原载杜贵晨《数理批评与小说考论》,齐鲁书社2006年版）

唐僧的"紫金钵盂"

《西游记》写唐僧先从观音菩萨处得佛祖所赐三宝，即锦襕袈裟一领，九环锡杖一根，金、禁、紧三箍并咒语三篇；后又从唐太宗处受通关文牒一通、紫金钵盂一个，后者供"途中化斋而用"。这些都是唐僧取经上路必需的宝贝，第五十六回甚至说"通关文牒、锦襕袈裟、紫金钵盂，俱是佛门至宝"。最后金、禁、紧三箍依次各派了用场，锦襕袈裟、九环锡杖在唐僧成佛后仍服、用如故，通关文牒在唐僧取经回东土后仍交还于唐王。唯是紫金钵盂被作为取经的"人事"，送给了阿傩、迦叶，等于被佛祖没收了。此书问世以来，读者几无不注意此一情节，而很少人不以这个紫金钵盂作为"人事"的故事，为对西天佛国也贪求财贿的讽刺，此实为误会。

按佛教东来，僧侣本有托钵乞食的传统。因此，《西游记》写唐僧将取经上路，唐王赠紫金钵盂，即送一个饭碗，是合情合理之事。而唐僧于路饥餐渴饮，也实在少不了它。唯是《西游记》妙笔生花，摇曳生姿，紫金钵盂由一个饭碗，最后成了"人事"绝妙的象征，以其被佛祖索要，在讽刺"人事"的同时，表达了禅宗顿教"本来无一物"（《六祖坛经·自序品》）之义。

这要从《西游记》写佛祖造经说起。按书中所写，佛祖造真经三藏，分"白本""有字"两种。"白本"即"无字真经"，因是"空本"之故，可以"空取"即不须"人事"。唐僧等第一次所取，即是此种本子。虽然唐僧等以为"似这般无字的空本，取去何用"，并指"阿傩、迦叶等揽财不遂，通同作弊，故意将无字的白纸本儿教我们拿去"，但那是他们尚未"九九归真"时残存的"迷人"之见，或其高明终不如佛祖处。而佛祖说

"白本者,乃无字真经,倒也是好的"云云,似轻描淡写,其实最堪玩味,是此书"悟空"的正义。然而,佛祖同时说"他两个(按指阿傩、迦叶)问你要人事之情,我已知矣。但只是经不可轻传,亦不可以空取",并举了为赵长者家念经一遍"只讨得他三斗三升米粒黄金回来,我还说他们忒卖贱了"之例,明告唐僧等非送"人事"不可以传经,并且后来也确实是唐僧送了紫金钵盂后才准其"换经"。这就不仅使向来读者惶惑,认为佛祖也贪财好货,而且把他说"无字真经,倒也是好的",也看作哄人的话,其实是被作者哄了。

《西游记》"三教归一",大旨是一部写取经成佛的书。其于佛中主禅,而按传统的说法,唐以降禅分南、北宗即顿、渐二教。北宗渐教为释神秀所创立,主张通过念佛诵经、打坐参禅以体认佛性,渐修以成佛;南宗顿教为神秀的同学慧能所创立,其说以《坛经》为代表,认为渐修不可能成佛,主张"不假文字","直指人心","顿悟"以"见性成佛"(《六祖坛经·般若品》),当然就用不着"有字的"经,而念经也就只成了愚人的事,所谓"迷人口说,智者心行"(《六祖坛经·般若品》)。《西游记》正是本南宗顿教之义,以孙悟空为顿悟的代表,一则写他听了菩萨说"悟空,菩萨,妖精,总是一念;若论本来,皆属无有"的话,即"心下顿悟"(第十七回);二则写唐僧也道:"悟能、悟净,休要乱说。悟空解得是无言语文字,乃是真解。"(第九十三回)暗示"无言语文字"即"无字真经",才是上乘大法、诸佛妙理的所在。终至于由佛祖说出"白本者……倒也是好的",貌似轻忽,其实是以当时对唐僧等人不足以语妙,而真意却是说"无字真经"才是最好的。与对悟空"真解"的点染相比照,可知更推重"无字真经"才是《西游记》作者的本意。

至于"有字真经",乃专为"迷人"而设。《六祖坛经》云:"一切经书,及诸文字,小大二乘,十二部经,皆因人置。……一切经书皆因人有。"(《般若品》)这些"人"就是佛祖所说"东土众生,愚迷不悟"之人。而所谓"愚迷不悟",根本也只在不悟"三世诸佛,十二部经,亦在人性中本自具有",所以打坐参禅、诵经礼佛,唯"执外修"(《六祖坛经·般若品》),从而"有字真经"是"迷人"学佛几乎唯一的凭借。佛祖无奈,"只可以此传之耳"。此乃因缘生法,随俗设教,不得已而为。作者以此显示其对世俗学佛只在文字中打搅,而不重"心行"(第十一、八十六、九十九回）风气的轻蔑之意。也就因此，唐僧回东土交付经卷已毕，"长老捧几卷登台，方欲讽诵"，就有"八大金刚现身高叫道：'诵经的，放下经卷，跟我回西去也。'"不早不晚，刚好在"方欲讽诵"时打断，就是明示唐僧既已"心行"，又"何须努力看经"（第十一回）！"诵经"之事，就由"东土众生"尽其蠢钝而好自为之吧。

"有字真经"既为"迷人"而设，则其授受也应当循"迷人"世界之法即市井之道，以钱物进行交易，自然以金为贵，"换经"的价格也必高昂。因此，佛祖说为赵长者诵经一遍，"只讨得他三斗三升米粒黄金回来，我还说他们忒卖贱了"，乃对"人"说"人"话，并非佛祖真的爱钱和西天缺钱，正如黄周星评所说："岂佛祖真将经卖钱耶，不过设词以示珍重耳。"因此，乃有阿傩索要"人事"、唐僧以紫金钵盂"换经"之事。其不曰"礼物"而称"人事"，应是点明此"事"虽在西天，却拟自"人"为，是佛祖以其人之道，还治其人之身的"人事"。换言之，正如"东土众生"只识"有字真经"，如果"有字真经"可以"空取"而不必换，又如果"换经"而"忒卖贱了"，那么以其"愚迷不悟"之性，就连"真经"也会看轻，甚至于以为"无用"了。总之，取经要"人事"以及诵经讨黄金之事，不是一般文学的写实，而是写佛祖传经的一桩公案。其意在表明，世俗唯知以钱论重轻之俗牢不可破，连佛祖也只好因势利导、以金钱劝诱为功了。这显然不是对佛祖西天，而是对东土"人事"的讽刺了。

然而，唐僧送"人事"何以正是紫金钵盂而不是其他？这一则由于唐僧西游，所携除佛祖所赐予之外，只有此钵盂系唐王所送世俗之物，可以当得起"人事"；另是由于一件佛教的公案，需稍为详说。

按《六祖坛经》载六祖慧能对神秀禅机有偈云："菩提本无树，明镜亦非台。佛性常清净，何处有尘埃！"其中"佛性常清净"一句，后来各本都窜改为"本来无一物"，流传甚广。而又据《五灯会元》卷一《五祖弘忍大满禅师》载，慧能说如上偈语毕，仍请别驾张日用书之于壁。这就与其所主张的"诸佛妙理，不关文字"相矛盾了。同卷《六祖慧能大鉴禅师》又载五祖弘忍历述前代祖师传法，只凭衣即袈裟为信，而嘱六祖慧能，以后并袈裟亦不传，唯"以心印心"，更不关乎钵盂。但是，同篇却载慧能说法，得唐中宗所赐"磨衲袈裟、绢五百匹、宝钵一口"，这就又与"本来无一物"相矛盾了。以致宋代禅僧黄龙悟新误信"本来无一物"

是慧能偈语原文，作诗讽刺云："六祖当年不丈夫，倩人书壁自涂糊。明明有偈言无物，却受他人一钵盂。"①

《西游记》写唐僧受唐太宗所赐紫金钵盂，正由慧能受中宗"宝钵一口"事脱化而来；而结末写唐僧所携这唯一俗世的宝贝，作为"人事"献给了佛祖，则是推衍悟新诗意，显示唐僧一路走来，终能"心行"，见其"本来无一物"之真面目。而佛祖假传经以设公案，收取了唐僧的紫金钵盂，也在对"东土众生"因俗设教的同时，为"心行"将尽的唐僧消除了这最后的滞碍，使之达到"本来无一物"的境界，以最后成佛。试想，如果唐僧成佛之后，还托着唐王赐予的紫金钵盂，将成何"佛性"的体统？

至于书中写代佛祖收受"人事"即紫金钵盂的一定是阿傩，则很可能因为另一桩公案，《五灯会元》卷一《释迦牟尼佛》载：

世尊一日敕阿难（傩）："食时将至，汝当入城持钵。"世尊曰："汝既持钵，须依过去七佛仪式。"阿难便问："如何是过去七佛仪式？"世尊召阿难，阿难应诺。世尊曰："持钵去！"

引文中阿难即阿傩。世尊使阿傩"持钵去"，犹言"拿钵盂去吧"。就字面义而言，这一则故事也许就是《西游记》一定是写阿傩代佛祖收受了唐僧紫金钵盂的根据。

总之，《西游记》写唐僧紫金钵盂一事渊源于佛学，既是南宗"绕路说禅"的公案，又是对人间"权钱交易"等送"人事"陋俗的讽刺，是融禅宗哲理、淑世之情于物象描写的高妙艺术象征。读《西游记》，不知此一事来历，则不知佛祖收取唐僧紫金钵盂，实为禅宗因缘生法"公案"之机；而不明其为艺术的象征，则不知此一"公案"，佯为讽佛，而实以刺世，并彰显禅宗顿教"本来无一物"，也就是"佛性常清静"的"性空"之义。

（原载《光明日报》2005年3月25日）

---

① （唐）慧能著，郭朋校释：《坛经校释》，中华书局1983年版，序言，第7页。

《儒林外史》考论

试说《儒林外史》为"儒林""写实"小说

——兼及对鲁迅"讽刺之书"说的思考

20世纪初,《儒林外史》较早被称为"吾国社会小说之开山"①,但是大约由于"社会小说"所指太过宽泛的缘故,所以行之不久,即因鲁迅先生《中国小说史略》等论著大力的提倡而被称为"讽刺之书"②,近百年来学者少有异辞。有关的研究虽然并未局限于此,但若说没有受到它的任何局限,大概也不是事实。所以,有必要对其题材风格做更进一步确切的说明。这样的说明在前人与时贤研究中或有所涉及,但据笔者阅读所知,尚无专门的讨论,乃试说如下。

一 《儒林外史》为"儒林"小说

无论自然或人文科学学术史的经验都充分表明,学术研究始于分类。没有类的适当划分,就不可能明确研究的范围,形成适当的概念,进行有效的论证,得出正确的结论。而正确分类的关键是标准,标准的依据是特征,同征同类,异征异类。以同一特征为类标准,研究对象之类才能有效建立并互相区而别之。中国古代小说研究也不能不是如此。

因此我们看到,作为中国古代小说研究奠基之作的鲁迅《中国小说史略》,其述史之架构一是纵贯的演进,二是横断的铺展。而无论纵贯的还是横断的叙述,一涉实际,则首先分类,从而《中国小说史略》在中国古

---

① 朱一玄、刘毓忱编:《儒林外史资料汇编》,南开大学出版社1998年版,第461页。
② 《鲁迅全集》(第九卷),人民文学出版社1981年版,第220页。

代小说分类学上做出了奠基性贡献。但在笔者看来,《中国小说史略》的小说分类实有个别微误。其一即涉及章回小说的分类未能贯彻统一的标准,而是在按题材分为"讲史""神魔""人情""狎邪""见才学""侠义""公案"等七类之后,不做任何说明地突转为按手法或风格分出"讽刺"与"谴责"两类。虽然无论从哪一种角度分类都不可能有完全概括一书特征的唯一的类名,这两种分类的标准单独看各有其合理性和应用价值,但问题在于《中国小说史略》同时执行的应该只是一个标准,似不可以先以题材为标准,而后又以风格为标准,造成所分类名的异质,使研究不能一以贯之。其结果是,从被归类为"讽刺之书"的《儒林外史》和被归类为"谴责小说"的《官场现形记》等书的研究来说,一是它们被忽略了从题材角度进行说明,二是有关它们的研究在《中国小说史略》中成为相对孤立的系统,不便与以题材分类的诸小说进行参照比较,而从《中国小说史略》章回小说分类研究的系统性来说,也造成了前后不一的微误。

《中国小说史略》避免或纠正这一微误的方法也很简单,即把"讲史""神魔""人情"等以题材为特征的分类标准坚持到底,至《儒林外史》而据实称名,顺理成章,归为"儒林",至《官场现形记》则归入"官场"一类,就与前此"讲史"等分类原则和系统一脉相承,始终贯穿了。

以《儒林外史》为"儒林"题材小说,本顾名思义可得。《论语·子路》载,孔子说:"必也正名乎!"又说:"名不正则言不顺,言不顺则事不成……故君子名之必可言也,言之必可行也。君子于其言,无所苟而已矣。"因此,后世学者文人著书,大都极重立题。又陆机《文赋》曰:"立片言而居要,乃一篇之警策。"因此,古代作家鲜有不于作品名义上再三斟酌,以用少总多,遂其寄托者,其结果就是给了后人阅读以顾名思义之便。《儒林外史》的作者吴敬梓,字敏轩,号文木老人,一生于个人名、字、号等,都极有讲究。又晚年好治经,为小说最尚"真儒"。由此推论他所作《儒林外史》书名非由苟立,是可以肯定的。而其书名"儒林外史"的意义也并非深隐,不过是说"儒林"之"外史","儒林"即其立名之本,称名之主,以之为"儒林"小说,当是切合作者之本意。刘咸炘说"书中备载杂流而独名《儒林外史》,乃深责儒者"[①],实获作者深心。

---

① 朱一玄、刘毓忱编:《儒林外史资料汇编》,南开大学出版社1998年版,第483页。

所以，《儒林外史》的"儒林"题材本是显而易见的，以之为"儒林"小说本当顺理成章。但是，也许《中国小说史略》看轻了继续贯彻题材分类对全书研究的必要性，而又为他所感受到的《儒林外史》的"讽刺"艺术所吸引，乃致产生偏爱，遂旁逸斜出，舍此就彼，于一直以题材分类的史述中突转而以风格命名，列《儒林外史》为"讽刺之书"，并进一步以《官场现形记》等为"谴责小说"了。其结果是孤立来看，"讽刺""谴责"这两大类名的提出自有其学术贡献，但置之全书则造成对《儒林外史》题材方面特点的忽略或遮蔽，并使《中国小说史略》的小说研究因标准未能一以贯之而分类不精。这不能不说是一个缺憾。

二 《儒林外史》是"写实"之书

《儒林外史》为"讽刺之书"说主要始于《中国小说史略》专立《清之讽刺小说》一篇，其中有说：

> 迨吴敬梓《儒林外史》出，乃秉持公心，指摘时弊，机锋所向，尤在士林；其文又感而能谐，婉而多讽，于是说部中乃始有足称讽刺之书。[①]

但在笔者看来，"讽刺小说"或"讽刺之书"既非作者的初衷，也不是鲁迅完整的本意，更不足以概括《儒林外史》的整体风格。

首先，《儒林外史》作者既名其书曰"史"，则一般说应该"写实"，而不应该意主"讽刺"或专为"讽刺"。按《儒林外史》为小说，固然不同于"正史"。但这"小说"既然标榜曰"史"，一般来说，作者写作上的考量，也应与"正史"不无关联。如《女仙外史》大量写神仙的内容，但其基本的框架却是明初"靖难之役"。所以，古代"小说"别称甚多，如"外史"之外通俗小说之称就有"演义""志传""词话"等名；堪与"外史"相并立或相表里者，也有"外传""内传"等称。但吴敬梓小说独标"外史"，而非其他，其无疑也有在内容与风格上与"正史"相表里

[①] 鲁迅：《中国小说史略》，人民文学出版社1973年版，第189页。

的用心，从而形成仿效史笔的艺术风格。

《儒林外史》的仿效史笔集中体现于书末自道把"江左烟霞，淮南耆旧，写入残编"，而据学者研究，《儒林外史》所写确乎"大都实有其人"。所以清代评点家说《儒林外史》"作者以史、汉才，作为稗官"①，也正是指出此书有迹近"实录"（班固《汉书·司马迁传》）的史笔风格。这决定了《儒林外史》总体向"写实"风格努力，从而不可能仅是"讽刺"。黄安谨《儒林外史评序》说：

> 《儒林外史》一书……所记大抵日用常情，无虚无缥缈之谈；所指之人，盖都可得之，似是而非，似非而或是，故爱之者几百读不厌。然亦有以为今古皆然，何须饶舌；又有以为形容刻薄，非忠厚之道；又有藏之枕中，为不龟手之药者；此由受性不同，不必相訾相笑。其实作者之意为醒世计，非为骂世也。②

这段话包含两个方面的内容，一是《儒林外史》所记事乃"今古皆然"的"日用常情"，所写之人也大都有原型可考，但经过艺术的"陌生化"处理，变得与现实有了一定距离，"似是而非，似非而是"了。这就成了小说创作上无"实事"而有"实情"的"写实"，从而排除了作者主观上有意"讽刺"的可能；二是读者对《儒林外史》的态度，有"百读不厌"者，有以为"饶舌"者，有以为"形容刻薄"者等，种种不同，皆"由受性不同"。

这里所谓的"受性"，是黄氏对我国传统接受美学概念的一大发明。其义当指决定了读者有不同阅读期待与感受的个性，与鲁迅所说读《红楼梦》"单是命意，就因读者的眼光而有种种：经学家看见《易》，道学家看见淫，才子看见缠绵，革命家看见排满，流言家看见宫闱秘事"③的情况实为一辙。这就是说，从"受性"看，《儒林外史》为何等书虽为客观的存在，但"因读者的眼光而有种种"，所以有"讽刺之书"说出现。但"讽刺之书"说实亦不过鲁迅作为"讽刺"家看到"讽刺"，乃其特殊

---

① 朱一玄、刘毓忱编：《儒林外史资料汇编》，南开大学出版社1998年版，第256页。
② 朱一玄、刘毓忱编：《儒林外史资料汇编》，南开大学出版社1998年版，第431页。
③ 《鲁迅全集》（第八卷），人民文学出版社1981年版，第149页。

"受性"所致的个人见解而已,并不证明《儒林外史》在客观上就是或只是一部"讽刺之书",甚至鲁迅论及《儒林外史》处颇多,也未见得鲁迅仅仅以《儒林外史》为"讽刺之书"。

其次,事实上"讽刺之书"是鲁迅对《儒林外史》艺术效果的感观,而不是对其整体风格的概括,鲁迅的本意是以《儒林外史》为"写实"之书。鲁迅在《论讽刺》一文中说:

> 我们常不免有一种先入之见,看见讽刺作品,就觉得这不是文学上的正路,因为我们先就以为讽刺并不是美德。但我们走到交际场中去,就往往可以看见这样的事实……若写在小说里,人们可就会另眼相看了,恐怕大概要被算作讽刺。有好些直写事实的作者,就这样的被蒙上了"讽刺家"——很难说是好是坏——的头衔……其实,现在的所谓讽刺作品,大抵倒是写实。非写实决不能成为所谓"讽刺";非写实的讽刺,即使能有这样的东西,也不过是造谣和诬蔑而已。①

由此可见,鲁迅于文学并不赞成有意的即"非写实的讽刺"。所以虽然他于他人倡言《儒林外史》为"社会小说"之际,最早别立新说,以《儒林外史》为"足称讽刺之书",但同时也清楚表明了《儒林外史》的"讽刺"并非作者有意为之,而是作者意在"写实",却因所写生活本身的荒诞可笑而导致在读者看来是"讽刺"。就《儒林外史》本身说,不是因为"讽刺"而有了"写实",而是由于"写实"才有了"讽刺",其作为"讽刺之书"的前提是"写实"的风格,而"讽刺"是其"写实"艺术的一个效果,至多是其诸多艺术特点中突出的一个,而不是它唯一或全部的特点,所以难言的是它的风格。关于《儒林外史》由"写实"的风格而产生"讽刺"的效果,鲁迅还特举书中写范进的故事作为说明:

> 还有《儒林外史》写范举人因为守孝,连象牙筷也不肯用,但吃饭时,他却"在燕窝碗里拣了一个大虾圆子送在嘴里",和这相似的情形是现在还可以遇见的……这分明是事实,而且是很广泛的事实,

---

① 《鲁迅全集》(第六卷),人民文学出版社1981年版,第277—279页。

◆◆◆《儒林外史》考论

但我们皆谓之讽刺。①

这里分明说吴敬梓写的是"事实,但我们皆谓之讽刺"!也就是说在鲁迅看来,以作者初衷而论,《儒林外史》是"写实"之书,以"我们"或说鲁迅一类学者文人的阅读研究的"受性"所得,则是"讽刺之书"!"讽刺之书"是读者"受性"所得,而作者自觉的追求则是"写实","写实"才是《儒林外史》整体的艺术风格。

这就是说,《儒林外史》蒙以"足称讽刺之书"之故,一在于它的刻画"烛幽索隐,物无遁形……使彼世相,如在目前"②的"写实"艺术的成功。因"写实"之故,使"彼世相"自身所具的荒诞可笑格外地凸显出来,而产生的"动人"的效果就是"讽刺",书亦遂"足称讽刺之书"。但这在作者吴敬梓却非有意为之并始料未及。二在于鲁迅一类学者文人作为"讽刺"者看见的,只有或首先是"讽刺",乃这些人的"受性"所得,却与作者之本意和书之整体的风格并不完全相合和真正相关。至于后人也有这样认为的,则除了也是其"受性"所致者之外,大概就是盲目附和鲁迅的人云亦云了。

最后,"讽刺之书"不足以概括《儒林外史》的总体风格。上引鲁迅说"所谓讽刺作品,大抵倒是写实。非写实决不能成为所谓'讽刺'",固然是极深刻的见解。但鲁迅没有说,也似不能说"写实"只产生"讽刺",或主要产生"讽刺"。人类生活千变万化,"写实"的文学在理论上也一定与生活本身的变化一样丰富多彩,或有"讽刺",但也会有劝勉,有褒扬,有怜悯,有同情……却一般不会只是"讽刺",也不一定主要是"讽刺",甚至并不总是产生"讽刺"。《儒林外史》的实际也正是如此。如书中范进吃大虾圆子之类因"写实"而被"谓之讽刺",诚然是鲜明的事实,但《儒林外史》中同为"写实"的,如有关王冕、吴王、杜少卿、庄绍光、迟衡山、匡老爹、卜老爹、祁太公、鲍文卿、虞博士、四个市井奇人等人物的描写,就肯定不是"讽刺"。乃至写马二先生虽有迂腐的行为,但也有其古道热肠的一面,主要仍不是"讽刺"。如果对《儒林外史》一书所

---

① 《鲁迅全集》(第六卷),人民文学出版社1981年版,第277—278页。
② 鲁迅:《中国小说史略》,人民文学出版社1973年版,第190页。

写人物做一个大略的估计，能真正称得上"讽刺"性和堪称正面人物的，以及二者中间性的人物，恐怕各占三分之一左右，正是由于现实中"儒林"良莠不齐、人心不同、各如其面的"日用常情"。唯是文学"画鬼容易画人难"，"讽刺"的成分更容易"动人"，特别是经过近百年来持"讽刺之书"说的批评家们偏重的渲染，如给予了特写镜头，使"讽刺"在《儒林外史》中显得最为突出，相形之下书中所写"日用常情"的或褒或贬、或憎或怜的其他方面，反而被遮蔽了，遂使《儒林外史》看起来只是一部"讽刺之书"。但这是一个错觉，而非《儒林外史》的本来面目，即使从全书的架构看，也绝非如此。笔者在《齐鲁文化与明清小说》中曾经论及：

> 这从全书首重"名流"，中标"名贤"，末述"四客"，最重"真儒"的布局看，就可以知道作者之主意，实为立品矫俗，而《儒林外史》首先是一部为"儒林"立品的正面文章，其次才是一部矫俗的"讽刺之书"。①

笔者当下仍然坚持这一看法。有可补充的是，从书末作者感慨曰："看官，难道自今以后，就没一个贤人君子可以入得《儒林外史》的么？"可知《儒林外史》之道，作者之心，实秉于"夫子之道，忠恕而已矣"（《论语·里仁》），于书中人物，大体上都能以厚道待之，并不曾有太多偏到有意"讽刺"一路上去。而读者倘能也以"忠恕"待之，则如胡屠户、鲁小姐等为功名富贵所牵之人，又如何能够仅仅以"讽刺"概括之！

总之，单纯以《外史》为"讽刺之书"，实不合于吴敬梓创作的本意，也不是鲁迅完整的看法，不足以概括此书真实的全貌，更不合于《儒林外史》自觉攀附"正史"的对"写实"风格的追求。《儒林外史》是一部文学"写实"之书，虽然它因"写实"而有了"足称讽刺"的特点，但"写实"给它带来的不仅是"讽刺"，还有对"真儒"、贤人及普通百姓的歌颂与赞美。这虽然并不排斥因"读者受性不同"而生的诸如"社会小说""讽刺之书"等种种"命意"，但这些"命意"产生的基础却是《儒

---

① 杜贵晨：《齐鲁文化与明清小说》，齐鲁书社2008年版，第447页。

林外史》文本的"写实"。因此,若对《儒林外史》的风格做一个概括,"讽刺之书"不足以当之,只有"写实"才是对《儒林外史》一书总体艺术风格最恰当的说明。

三 "'儒林'题材'写实'风格"说的意义

在《儒林外史》研究中,本文所提出的《儒林外史》为"儒林"题材"写实"风格说的具体内容,似新而旧,但作为对《儒林外史》总体内容与艺术风格的全面判断,则似旧而新,并至少具有以下三个方面的意义。

首先,是对《儒林外史》题材与风格实事求是的说明。《儒林外史》写古代"读书人"即明清科举中人的事,传统上即"儒林"之人与事,因题材内容而论其类,许之以"儒林"小说,乃天经地义,为最恰当的做法。因此而使《儒林外史》在古代小说研究中,既能与其他小说并立于诸题材小说之林,又能与其他小说鲜明区别开来,自有面目,并彰显其承上启下,独开"儒林小说"一派的意义,其价值似亦不在"讽刺之书"以下,不可小觑。至于以"写实"概括《儒林外史》的艺术整体风格,则一方面使《儒林外史》因鲁迅的深刻揭示,其"写实"而成"讽刺"的开创性贡献自在其中,沿此以论其"足称讽刺之书",仍不无方便;另一方面也便于深入考察《儒林外史》在"写实"风格之下,除"讽刺"之外,尚有"史笔"影响下作者所自觉遵循的最重要艺术手段如"白描"等。事实上《儒林外史》绝不是由于"讽刺",而是因为"白描"的成功,才获得了"烛幽索隐,物无遁形,凡官师,儒者,名士,山人,间亦有市井细民,皆现身纸上,声态并作,使彼世相,如在目前"[①]的艺术效果,使文本所透溢的思想意义与感情色彩如生活中一般丰富多样。虽然"白描"作为《儒林外史》"写实"的重要手段,不仅仅产生了"讽刺",但《儒林外史》式"讽刺"的基础却一定是"白描"。只要把《儒林外史》与有"新《儒林外史》"之称的钱锺书《围城》做一对照,就可以知道二者的区别或高下,似只在能否做到和谁更好地达到了"无一贬词,而情伪毕

---

① 鲁迅:《中国小说史略》,人民文学出版社1973年版,第190页。

露"① 的地步。

其次,把《儒林外史》研究纳入《中国小说史略》所开创的通俗小说题材分类研究的主流中来,便于做一贯的观照。古代小说变迁的标志,除语言、篇制等因素之外,最重要的当是题材与风格。以题材论,如上所述及,《中国小说史略》既已分立"讲史""神魔""人情"等类,则在《儒林外史》来说,分明把"儒林"这一特定人群作为描写对象也就是题材的类名了,只需如实认可下来,更进一步在处理所谓"谴责小说"时也认可其以"官场"为题材的类特征,则《中国小说史略》所主要遵循的通俗小说题材分类原则,就一以贯之了。其于研究的便利不言而喻。至于风格的判断,"写实"与"讽刺"虽然不属同一谱系的概念,但传统上"写实"之说是相对于"讲史""神魔"等题材小说的夸张虚诞,以言如《金瓶梅》至《儒林外史》一脉小说"所记大抵日用常情,无虚无缥缈之谈"的"人情"小说风格,比较"讽刺"主要是文学手法之一种,似为更高层级上的理论判断。因此,关注《儒林外史》的"写实"成就,也就关注到了这部书在中国小说发展史上的地位。清乾隆以降特别是"五四"时期的学者们,就大都重在从"写实"或"实写"的角度来肯定这部书的,如钱玄同、陈独秀为1920年上海亚东版《儒林外史》所作的序和胡适的《文学改良刍议》等。

最后,由以上两点可以推想来的,一是近百年来的小说研究,已经有了许多以题材分类的小说史,应主要是由于有了《儒林外史》为"讽刺之书"说的支持,也早就有了中国讽刺小说史,都是重要的成就。因此我们一旦认定《儒林外史》为"儒林"小说,则必将提升对"儒林"题材小说的关注,做此类小说贯通的研究,并且因为纳入了题材分类研究的体系,而更方便于横向比较参照的探讨。二是以《儒林外史》的基本艺术风格为"写实",可以促使学者在中国小说"写实"艺术的发展上,更加注重此书成功的经验,实起到了中国近、现代小说前驱的带动作用,而促进学者做古今贯通的研究。这是一个大课题,即使与《金瓶梅》《红楼梦》相比,《儒林外史》以其绝无淫秽内容和神话色彩的清新现实画面,在古代小说"写实"传统的发展上也占有更特殊的地位。

---

① 鲁迅:《中国小说史略》,人民文学出版社1973年版,第193页。

综上所论,《儒林外史》在题材上是一部写明代以及于清代的"儒林小说",它源于史家"实录"精神的高度"写实"的文学成就,虽使其有"足称讽刺之书"之誉,但"讽刺"仅为其"写实"效果的一面,又系读者"受性"自得,而非作者有意为之。《儒林外史》的总体艺术风格是"写实",而非"讽刺"。《儒林外史》是我国古代最优秀、最纯粹的"儒林"题材"写实"风格的长篇小说。

(原载《求是学刊》2012年第3期)

传统文化与《儒林外史》人物考论

清代同治八年（1869），金和作《儒林外史跋》考"书中杜少卿乃作者自况"，并断言此书"或象形谐声，或廋词隐语，全书载笔，言皆有物，绝无凿空而谈者；若以雍乾间诸家文集细绎而参稽之，往往十得八九"[1]。至1923年鲁迅著《中国小说史略》，引申此论说："《儒林外史》所传人物，大都实有其人。"[2] 1946年又有钱钟书先生作《小说识小续》，也以为"吾国旧小说巨构中，《儒林外史》蹈袭依傍处最多"[3]。并做有考证若干。终至于1957年何泽翰先生著《儒林外史人物本事考略》，周谷城先生为之序，誉为"考证精确，材料丰富，是一部对《儒林外史》的研究很有贡献的书"[4]。前后将近百年，才有了关于此书人物原型、情节本事的集中清理，其于《儒林外史》研究意义之大，自不待言。但是，自金和以降，诸先生的考证都重在"以雍乾间诸家文集细绎而参稽之"，虽间及于明清笔记，但是比较吴敬梓"行年五十仍书痴"[5]（金兆燕《寄吴文木先生》）的阅读储材之富，已有考证的视野总嫌太窄。如吴敬梓视为"人生立命处"[6]（程晋芳《文木先生传》）的儒家经典，通俗小说家必然要借鉴的前代小说特别是明代"四大奇书"的传统，无疑都应该是锥探考量这部书人物原型、情节本事的重要方面，而诸先生几乎完全没有注意到。虽然近年偶尔

---

[1] 朱一玄、刘毓忱编：《儒林外史资料汇编》，南开大学出版社1998年版，第280页。
[2] 鲁迅：《中国小说史略》，人民文学出版社1973年版，第191页。
[3] 钱钟书：《钱钟书精品集》，人民文学出版社2007年版，第300页。
[4] 何泽翰：《儒林外史人物本事考略》，上海古籍出版社1985年版，第1页。
[5] 朱一玄、刘毓忱编：《儒林外史资料汇编》，南开大学出版社1998年版，第136页。
[6] 朱一玄、刘毓忱编：《〈儒林外史〉资料汇编》，南开大学出版社1998年版，第133页。

❖❖❖《儒林外史》考论

可见研究者如李汉秋先生提出有价值的看法①,但是相对于这部书受儒家经典与前代小说影响之深,笔者仍以为这方面的探索还大有可为。故为此文,以儒家经典为主,兼及于前代小说,考察《儒林外史》所受传统文化的影响,以期对其"伟大也要有人懂"② 之接受困境的改善,能有微小的帮助。

一 蘧景玉

蘧景玉是南昌太守蘧佑的独生子,自第七回出场有关描写不多,却是作者着意歌颂的正面人物。这不仅表现在第八回写他"翩然俊雅,举动不群",还在其人"仙游"以后不时写及。如在蘧公孙资助逃犯王惠以后,写"蘧太守不胜欢喜道:'你真可谓汝父之肖子。'"又如"娄三公子道:'表兄天才磊落英多,谁想享年不永……'"乃至第十回写数年之后牛布衣还对蘧公孙说起:"范学台幕中查一个童生卷子,尊公说出何景明的一段话,真乃'谈言微中,名士风流'!"③ 均颂扬备至。总之,蘧景玉在书中虽然出场甚少,但不像胡屠户、二严等人,甚至也不像王冕,是所谓"事与其来俱起,亦与其去俱讫"④ 之人,而是作者心中念念不置,笔下时有提及的一个重要人物。

那么,在这个人物身上,作者有些什么寄托或寓意呢?这自然要从有关他不多的描写来看。《儒林外史》写蘧景玉只做了两件事:一是第七回写他在山东对王太守道:"如此更加可敬了。"范学道(进)幕中为客,范进受恩师周进之托照顾荀玫,却到发榜前还找不到荀玫的卷子一段:

> 一会同幕客们吃酒,心里只将这件事委决不下。众幕宾也替疑猜不定。内中一个少年幕客蘧景玉说道:"老先生,这件事倒合了一件故事。数年前,有一位老先生点了四川学差,在何景明先生寓处吃

---

① 参见李汉秋《〈儒林外史〉与传统文化》,《文学遗产》1989 年第 5 期。
② 《叶紫作〈丰收〉序》,载鲁迅《且介亭杂文二集》,人民文学出版社 1973 年版。
③ 按朱一玄《儒林外史故事编年》(见《儒林外史资料汇编》),荀玫考取秀才在第 10 年,牛布衣追忆此事在第 16 年。
④ 鲁迅:《中国小说史略》,人民文学出版社 1973 年版,第 190 页。

酒。景明先生醉后大声道：'四川如苏轼的文章，是该考六等的了。'这位老先生记在心里。到后典了三年学差回来，再会见何老先生，说：'学生在四川三年，到处细查，并不见苏轼来考。想是临场规避了。'"说罢，将袖子掩了口笑。又道："不知这荀玫是贵老师怎么样向老先生说的？"范学道是个老实人，也不晓得他说的是笑话，只愁着眉道："苏轼既文章不好，查不着也罢了。这荀玫是老师要提拔的人，查不着，不好意思的。"[①]

读者从这段描写所看出的，一般只是对范进的讽刺。然而，作为与范进迂腐浅陋的对照，其实也写了那位说"笑话"者即蘧景玉的为人，显示他不仅有冷眼观世、鄙视庸俗的内质，而且有后来牛布衣所称道的"谈言微中，名士风流"。

按"谈言微中"语出《史记·滑稽列传序》，是说出语若不经意，不相关，实则切中肯綮，密合事理。但在《史记》本句的后面，紧跟了一句"亦可以解纷"，这就使"谈言微中"，不仅是运用语言的技巧，而且是原本于"滑稽"之人谈笑讽谏的一种为主者释疑解惑的能力。但在《儒林外史》中，蘧景玉的"笑话"却只是讥讽，真为范进"解纷"的，反而是牛布衣就事论事的指点。从而蘧景玉的"谈言微中"，就有别于《史记》"滑稽"的为主者"解纷"，而只是成了对惑者范进正面的揶揄与婉曲的讽刺。这正面的揶揄即蘧景玉曰"老先生这件事，倒合了一件故事"云云，其意是说你老师莫不是像当年何景明老先生那样，是要你找一个"如苏轼"的人，你却误以为就是"苏轼"其人，而实际上根本就没有这么一个人，是在办一件糊涂事！这讽刺的婉曲，使范进不仅没有听出其中的揶揄之意，反而信以为真，蠢相尽露，又说出"苏轼既文章不好"云云的傻话来，显示他也与那位学差同样，既不懂"如苏轼"语的所指，更不知苏轼为何人。从而范进头脑的冬烘与学识的浅陋，尽现纸上，而蘧景玉鄙薄范进，显示了他与吴敬梓"独嫉时文士如仇"[②]（程晋芳《文木先生传》）一般的性格，也就同时并作，如画如见。

---

① （清）吴敬梓：《儒林外史》，人民文学出版社1977年版，第90—91页。本文以下引此书均据此本，说明或括注回次。

② 朱一玄、刘毓忱编：《儒林外史资料汇编》，南开大学出版社1998年版，第133页。

◆◆◆《儒林外史》考论

《儒林外史》写蘧景玉做的另一件事，是第八回代父亲向王太守（惠）"交盘"：

> 王太守道："尊大人精神正旺，何以就这般急流勇退了？"蘧公子道："家君常说：'宦海风波，实难久恋。'……而今却可赋《遂初》了。"王太守道："自古道：'休官莫问子。'看老世台这等襟怀高旷，尊大人所以得畅然挂冠。"笑着说道："将来，不日高科鼎甲，老先生正好做封翁享福了。"蘧公子道："老先生，人生贤不肖，倒也不在科名。晚生只愿家君早归田里，得以菽水承欢，这是人生至乐之事。"……说到交代一事，王太守着实作难。蘧公子道："老先生不必过费清心。家君在此数年，布衣蔬食，不过仍旧是儒生行径，历年所积俸余，约有二千余金。如此地仓谷、马匹、杂项之类，有甚么缺少不敷处，悉将此项送与老先生任意填补。家君知道老先生数任京官，宦囊清苦，决不有累。"王太守见他说得大方爽快，满心欢喜。
>
> 须臾，摆上酒来，奉席坐下。王太守慢慢问道："地方人情，可还有甚么出产？词讼里，可也略有些甚么通融？"……蘧公子见他问的都是些鄙陋不过的话，因又说起："家君在这里无他好处，只落得个讼简刑清。所以这些幕宾先生在衙门里，都也吟啸自若。还记得前任臬司向家君说道：'闻得贵府衙门里，有三样声息。'"王太守道："是那三样？"蘧公子道："是吟诗声、下棋声、唱曲声。"王太守大笑道："这三样声息却也有趣的紧。"蘧公子道："将来老先生一番振作，只怕要换三样声息。"王太守道："是那三样？"蘧公子道："是戥子声、算盘声、板子声。"王太守并不知这话是讥诮他，正容答道："而今你我替朝廷办事，只怕也不得不如此认真。"

读者从这里看到的也许只是对王太守的讽刺，至多还有对前任蘧太守的称颂，却忽略了蘧景玉此来，既是为了代父履行向后任官员交代的公事，也是践行了儒家的教义，即《论语》载：

> 子张问曰："令尹子文三仕为令尹，无喜色；三已之，无愠色。旧令尹之政，必以告新令尹。何如？"子曰："忠矣。"曰："仁矣乎？"曰：

"未知，焉得仁？"（《公冶长》）

以此显示蘧氏父子忠于职守，恪遵儒训，然后才是对王惠的讽刺。而且在讽刺王惠的同时，也突出了蘧景玉正是与"鄙陋不过"之王惠相对的一位"襟怀高旷"的贤者。

具体来说，以上一段文字写蘧景玉，虽是称扬乃父，鄙薄王惠，却在从他眼中看人的同时，也写了他本人一如其父亲，"仍旧是儒生行径"。乃至有所过之，即他的父亲虽然能够淡泊，却毕竟科举出仕，官至知府。而即使官做得确实很好，却也终于未能免俗，所以有后来蘧景玉早逝，蘧太守便说了"细想来，只怕还是做官的报应"（第八回）的话。这个话似乎落了佛教因果报应的俗套，但根本上却是在把儿子蘧景玉之死作为对自己做官惩罚的同时，也作为了"天下无道"的一个象征。

据诸家考证，这一写范进拔士的情节，自钱谦益《列朝诗集小传·汪侍郎道昆》载翰林姜宝遗事化出。作者写讲故事的人为蘧景玉，大概首先是从汪道昆字"伯玉"想起，而"伯玉"却是取自上古蘧姓贤人蘧伯玉。蘧伯玉名瑗，春秋卫大夫，与孔子同时代并有过交往。《论语》载："蘧伯玉使人于孔子，孔子与之坐而问焉，曰：'夫子何为？'对曰：'夫子欲寡其过而未能也。'"（《宪问》）又载："子曰：'……君子哉蘧伯玉！邦有道则仕，邦无道则可卷而怀之。'"（《卫灵公》）《儒林外史》写南昌前任贤太守蘧佑，其姓氏取定溯源应即《论语》"君子哉蘧伯玉"。而蘧佑父子形象就都分别与蘧伯玉有"血缘"联系。蘧太守的形象主要是模自蘧伯玉"邦有道则仕"即为官的一面，而蘧公子名景玉，却是取自蘧伯玉"邦无道则可卷而怀之"的一面，后者无疑更合于《儒林外史》"终以辞却功名富贵，品第最上一层，为中流砥柱"①的题旨。但他却早早死了，固然不会是如其父所说"做官的报应"，却应该如《楔子》写王冕的闻征召而逃入深山一样，是生当"邦无道"之时代，贤人"卷而怀之"②亦不可能，就只有死路一条。从中就可以看出吴敬梓不满意于现实，对他所处的时代

---

① （清）闲斋老人：《儒林外史序》，载朱一玄、刘毓忱编《儒林外史资料汇编》，南开大学出版社1998年版，第255页。

② 《论语注疏》："包曰：'卷而怀，谓不与时政柔顺，不忤于人。'"《十三经注疏》，中华书局1980年缩印本，第2517页。

心怀愤慨。

蘧景玉之早死作为"邦无道"意义的象征之所以可信,就在于书中写蘧门蘧佑、景玉、公孙(来旬)到公孙的儿子祖孙共四代人,其中蘧佑做过官,而公孙后来是名士,公孙的儿子应是被他的母亲鲁小姐教成了八股时文之士。只有他虽为生员,却似已如王冕的母亲"看见这些做官的都不得有甚好收场",坚执"人生贤不肖,倒也不在科名。晚生只愿家君早归田里,得以菽水承欢,这是人生至乐之事"的道理,淡泊纯孝,是真正《论语》所谓"守死善道"(《泰伯》)的典型。其一定被写作是"本无宦情",却因做了官而后悔的蘧太守的儿子,并早早"仙游"去了,实在只是作者拿他做了《论语》孔子所谓"守死善道"一句的"过硬"的注脚。

二 周进、范进与王冕

清闲斋老人序《儒林外史》谓"有《水浒》《金瓶梅》之笔之才"[1],张文虎评也说:"《外史》用笔,实不离《水浒》《金瓶梅》。"[2]但都语焉未详。这里仅从人物形象塑造略考其所受《水浒传》的影响。

从人物形象的塑造看,《水浒传》写江湖,《儒林外史》写儒林,所关注社会层面迥异。但是,两书写人物之间关系,却有一惊人的相似点,即除萍水相逢者之外,最多是同胞兄弟。如在《水浒传》有武大、武二,宋江、宋清,解珍、解宝,孙新、孙立,穆弘、穆春,李逵、李达,孔明、孔亮,张横、张顺,童威、童猛,朱仝、朱贵……以及阮氏三雄、祝家三虎,等等。在《儒林外史》则有二严(贡生、监生),二王(德、仁),二娄(三、四),二余(特、持),二唐(二棒椎、三痰),二匡(大、二),二汤(由、实),以至三汤(奉、奏、六爷),等等。这种主要是"哥俩"的人物组合模式,在明清其他小说中都无如此之多。因此可以认为,在这一点上,《儒林外史》受有《水浒传》的影响。当然也有变化,即《儒林外史》与"哥俩"的组合相辅,还多"爷(娘)俩"的组合,如王冕母子、范进母子、杨执中父子、匡超人父子、倪霜峰父子、陈礼父

---

[1] 朱一玄、刘毓忱编:《儒林外史资料汇编》,南开大学出版社1998年版,第255页。
[2] 朱一玄、刘毓忱编:《儒林外史资料汇编》,南开大学出版社1998年版,第293页。

子、王惠父子、晋爵父子，等等。此外还有一家数代人如蘧门四代人，翁婿如胡屠户与范进、鲁编修与蘧公孙，等等组合。这些组合相互交织，直逼"儒林"社会的真实。

然而在人物的塑造方面，《儒林外史》最见"《水浒》……之笔之才"，"用笔实不离《水浒》"者，首推还应是对周进、范进即"二进"的描写。这两个人物，从命名、出场与后来相互的关系等方面看，都明显自《水浒传》所写王进与史进——亦是"二进"而来。其次从第一回即"楔子"中王冕的形象，我们还可以看到《水浒传》王进的影子。

首先，读者一旦注意于此，便不难看出两个"二进"的描写有诸多相似之处：1. 各自都取名为"进"；2. 各自见于正文的开篇，都有领起正文的意义；3. 都是先后出场，由前一个"进"教导并提携了后一个"进"，形成师生关系；4. 都是前一个"进"在收后一个"进"为门生并把他提携起来之后，就不再被提及，或不再出现。这四个方面的几乎一致表明，《儒林外史》写"二进"的格局，一如上论"哥俩"的模式，也是追摹《水浒传》而来，可谓亦步亦趋。唯是二书题材有异，所写人物阶层、身份、职业、性情相去悬远，同时二书人物的人生取向，一个要"一刀一枪，博得个封妻荫子，久后青史上留得一个好名"（《水浒传》第三十二回），一个"不过说功名富贵是身外之物"（《儒林外史》第一回），几乎南辕北辙，从而读者难得对照联系来看，也就察不及此。结果就有如胡适先生那种只看到《儒林外史》"开一种新体"①，《官场现形记》等"诸书，皆为《儒林外史》之产儿"②的片面的深刻，却忽略了这一"新体"恰又是更早于它的《水浒传》的"产儿"，自然是我们后来的人应该补充完善的。

其次，《水浒传》的"二进"不仅启发了《儒林外史》的"二进"，而且《水浒传》的写王进，还直接影响了《儒林外史》对王冕原型的改造；《儒林外史》范进的形象，也带有《水浒传》写史进形象的特征。

先说王进与王冕。这两个人物的相似点，一是大致都出现在全书开篇

---

① 胡适：《五十年来中国之文学》，载《胡适古典文学研究论集》，上海古籍出版社1988年版，第146页。

② 胡适：《再寄陈独秀答钱玄同》，载《胡适古典文学研究论集》，上海古籍出版社1988年版，第719页。

的部分，一如金圣叹评王进是所谓"开书第一筹人物"，吴敬梓也以王冕为"隐括全文"的"名流"，都是作者精心塑造、寄托甚深的形象，却又都在一回书之后"神龙无尾"①，再未出现；二是这两个人物的完成即其退场的原因，都是为境遇所迫，避世或者避地，远走他方。这两点基本的相似、相近，使我们有理由推测二者具后先相承的联系。

进一步考察可见，这种联系具体表现为《水浒传》写王进"却无妻子，只有一个老母"（第二回），其为避高太尉夜走延安府，是奉母而行，"盖孝子也"②。而据文献记载可知，王冕有母或早卒，所以他避世是"携妻孥隐于九里山"③。但是，吴敬梓弃史实而不取，《儒林外史》中所写王冕竟也如《水浒传》中的王进，成了"却无妻子，只有一个老母"，并且他同样地"善体亲心，是谓孝子"④。这一改造的结果，就是除了王冕是在母亲死后隐居而王进是奉母夜遁这两个情节不同之外，其他与《水浒传》所写王进的情形就几乎完全一样了。结合上述《儒林外史》自觉追摹《水浒传》的表现看，《儒林外史》写王冕明弃史籍的记载，而更接近《水浒传》王进的情形，表明吴敬梓是参照了《水浒传》的王进，对历史上的王冕做了改造，从而《儒林外史》中的王冕带有了《水浒传》王进形象的影子。

后说史进与范进。这两个人物的相似点也非常明显，即《水浒传》写史进有父（史太公），《儒林外史》写范进有母；但《水浒传》写史太公告诉王进有这样的话："老汉的儿子从小不负农业，只爱刺枪使棒；母亲说他不得，一气死了。"（第一回）而《儒林外史》写范母因儿子中举发迹变泰，喜极而死！这样史、范"二进"的母亲均因儿子而死，虽然一为气死，一为喜死，却只是死法不同。这就是说，范进一如史进，都因自己的行为致母亲暴亡，是同样极端的不孝。放到《儒林外史》追摹《水浒传》的艺术背景来看，《儒林外史》以范母之死写范进不孝的情节，应该正是

---

① 陈曦钟、侯忠义、鲁玉川辑校：《水浒传会评本》，北京大学出版社1981年版，第60页。
② 陈曦钟、侯忠义、鲁玉川辑校：《水浒传会评本》，北京大学出版社1981年版，第54页。
③ （清）钱谦益：《列朝诗集小传》（节录），载朱一玄、刘毓忱编《〈儒林外史〉资料汇编》，南开大学出版社1998年版，第3页。
④ （清）张文虎：《儒林外史评》，载朱一玄、刘毓忱编《儒林外史资料汇编》，南开大学出版社1998年版，第294页。

从《水浒传》写史太公追述史进气死其母的话中受到了启发。

自然，我们绝不会因为前贤与本文如上求同的考证，就认为《儒林外史》是一部模拟形似的作品，更不会因此否认《儒林外史》的"伟大"。因为事实上，即使如上所考论《儒林外史》"二进"等追摹《水浒传》的表现，也并未停留在模拟的阶段，而是脱胎换骨，灭迹刮痕，以故为新。从而读者唯觉其新，而不知其有故，诚小说家移花接木，或借体还魂，化腐朽为神奇之妙。

三　马二先生与匡超人

《儒林外史》写这两个人物命名有相关之处，所以放在一块说。又书中写马二先生先出场，由他引出匡超人来，所以先说马二先生。

按《儒林外史》写马二先生字纯上，金和《儒林外史跋》揭其原型云："马纯上者冯萃中。"① 鲁迅同意金和的见解，并议论说"此马二先生字纯上，处州人"② 云云，几乎把意思说尽了。但仍有可补充者：一是"马二"拆"冯"字而成，是一般都容易看得出来的，但作者既以拆字法化原型为小说人物，又使这人物热心帮助一个拆字的人，也就不一定是偶然，而很可能有思维的某种逻辑起了作用。第十五回：

> 马二先生送殡回来，依旧到城隍山吃茶，忽见茶室旁边添了一张小桌子，一个少年坐着拆字……

虽然小说写这少年不妨就是拆字的人，也可以不因为他是一个拆字的就一定有什么特别，但他毕竟被小说作者写为一个拆字的人，而不是做其他的营生，就不能不使我们感到，这里面有作者从原型之姓"冯"拆字得"马二"先生名号的思维惯性的作用，进一步匡二即匡超人的得名，就又从他受马二先生之教的经历而来。但其中奥妙，非细心寻绎，不容易明白。

这个"坐着拆字"的少年就是匡超人，而马二先生给匡超人的第一个

---

① 朱一玄、刘毓忱编：《儒林外史资料汇编》，南开大学出版社1998年版，第280页。
② 鲁迅：《中国小说史略》，人民文学出版社1973年版，第191页。

教诲也不离"拆字",说:"这拆字到晚也有限了,长兄何不收了,同我到下处谈谈?"谈谈的开篇就是马二先生那篇著名的讲演:"贤弟,你听我说。你如今回去,奉事父母,总以文章举业为主。人生世上,除了这事,就没有第二件可以出头。不要说算命、拆字是下等,就是教馆、作幕,都不是个了局……"结果就是马二先生慷慨解囊助学,匡超人从此改志,不再做拆字的下等营生,一心专注做人世上第一件可以出头的事——举业。却因此由一个孝顺纯朴的青年,一步步蜕变堕落为庸俗势利的小人。这个变化中就有了匡二的命名,一是结果可谓"迥"异与前,二是导致这一结果的则是马二先生的"匡",结果便是使之成了"超人"。但这个"超人"却不是如今褒义的"超人",而是讥其堕落为"不当人子"。总之,匡二姓"匡"、名"迥"、字"超人"的命义,就从他因马二先生的诱导而走上弄八股堕落之途的种种情节抽象而来,对于刻画这一人物,可谓"名正言顺",尽象传神。

这里值得注意的是,马纯上是"马二",匡超人是"匡二",匡二受教于马二之年,正当二十二岁。这诸多的"二"也不是偶然无义的,而都是在"二"即"贰",即不"一"的意义上,寄寓了某种针砭的意义。即在马二先生来说,他作为"一定要'处片'"① 的"处州"人,却对不起他出生之地名中的"处"字,没能坚守"处"为真儒的立场,而一味心艳功名富贵,做出与"纯上"不相符的事来;在匡超人而言,则是讥其没有能够保持原本纯孝朴实的品质,因马二先生的教唆,改志入了功名利禄之途,堕落为一个无耻的小人。这些都是"二"即"贰",即不"一"的结果,是古代数理在《儒林外史》人物命名上的表现。虽然书中并非凡排行第"二"之人物的命名都一定有这样一层意义,但是,对于"马二"与"匡二"来说,我们可以相信作者的命名之意,确实包含了这一用心。

四 王惠、王德、王仁、王蕴

《儒林外史》写王惠与王德、王仁两兄弟在书中先后出现,这三个人物姓"王",当谐音"亡"。"亡"通"无",则三人命名意义,分别即无

---

① 《鲁迅全集》(第六卷),人民文学出版社1981年版,第131页。

"惠"、无"德"、无"仁",是无疑的;而作为儒林人物,这"惠""德""仁"均取义于儒家的经典,也是无疑的。但是,作者将三人分别命名为"惠""德""仁"的具体用心,还可以稍加分别。

根据考据,"惠""德""仁"集中见于《论语》,分别为"惠"字15次,"德"字40次,"仁"字出现更多达一百一十次,都是儒家道德的基本概念。王举人名"惠",当是因其后来为官,取《论语》"其养民也惠"(《公冶长》)之义,讥其以"惠"为名,假"养民"之名为南昌太守,却苛剥百姓,打得"合城的人……睡梦里也是怕的",是一个十足"亡惠"的官员,名实相悖,造成强烈的讽刺。至于王德、王仁兄弟,为秀才当作乡里表率,所以分别取名"德"和"仁"字,书中还写王仁"拍着桌子道:'我们念书人,全在纲常上做功夫……'"(第五回),但实际做出来的,却是根本不顾姐弟同胞之亲,见利忘义,各得了一百两银子,就在其姐尚在之际,答应甚至急不可待地催促严监生扶正了赵氏。这就与其名为"德"、为"仁"之义恰好相反,是"亡德""亡仁"之人,乃实不称名、言不顾行、行不顾言的"小人儒"。

王蕴作为书中人物更广为人知的是他字"玉辉"。如今有以其为"伪君子"者,[1] 有以其为"古君子"者,[2] 各都是据书中具体描写立论,也似各有道理。但是,《儒林外史》这部书也如大多数古代写世情的小说一样,人物命名取义实已隐括了作者对他的态度。若不结合作者为之命名取义的实际来看,只根据言行举止的具体描写做概括,有时便不容易得到要领。以王蕴字玉辉而言,书中固然描写了他"良心与礼教之冲突"[3],但是,这样一个人物,你说他天良未泯或者后来还自我发现了也罢,说他受了礼教的害而不自觉地仍然信奉礼教也罢,都说不上好还是不好,也就是说不上作者是完全的褒还是完全的贬。从而无论说他是"伪君子"还是"古君子"都有一定的道理,却又不易定于一是。然而作者的态度,却也不是模棱两可的,而是很分明的,何以见得?就寄寓在他的命名之中了。

按这一人物姓"王"仍然是谐音"亡",通"无"之义;而"古者,名以正体,字以表德"(《颜氏家训·风操第六》),"体"通"礼"。王蕴

---

[1] 参见陈美林《〈儒林外史〉人物论》,中华书局1998年版,第219页。
[2] 参见李汉秋《王玉辉的悲剧世界》,《文学遗产》2000年第6期。
[3] 鲁迅:《中国小说史略》,人民文学出版社1973年版,第224页。

名"蕴"、字"玉辉"的取义,应是说"礼"的根本,正如玉之光辉,贵在内蕴充实,不在于外表发见。以这个标准看王玉辉,作者为之命名"蕴"之义,应是以他先劝女儿殉夫,"仰天大笑"称赞女儿"死得好!死得好!"(第四十八回)后又"转觉心伤",辞了不肯参加旌表女儿入祠的仪式,为"王(亡)蕴",太过张扬,不合于"玉者,君子比德焉。温润而泽,仁也……《诗》曰:'言念君子,温其如玉。'"(《荀子·法行》)徒有"玉辉"之表字而已。

这也就是说,吴敬梓对王蕴迂执古礼同意女儿殉夫的"呆",并无真正的反对,他反对的只是王蕴即使在女儿的死这样一件事上,也首先想到并且作为唯一理由的,是"青史上留名的事",如作八股文一般,是个寻死的"好题目"(第四十八回)。这就并非真正内蕴礼教精神的"呆子",而是以"迂拙"面目出现的理学的"乖子""巧人"了。总之,这个人物的命名取字,一如上述的三王,都是借以点出其性格的缺陷,正在于姓"王"之谐音"亡",即失去了儒家道德的真义,走向了各自名与字的反面,成为实不称名或名实相悖的人。

综上所考论可知,一是尽管本文得之甚少,但已足证《儒林外史》人物塑造的取资,除可以从"雍乾间诸家文集细绎而参稽之"之外,还大有可以从作者所熟知的各种文献,特别是从儒家经典中探赜索隐,以求新解的余地;二是这些看似琐碎的考证,既是对该书创作文化渊源的具体发现,又往往能够成为理解书中相关人物、情节乃至某一方面意义的有所启发的参考,所以值得下些功夫;三是任何一部小说,除作者的阅历之外,都还至少是作者所读过的书、所接触过的文化传统的产物,研究者"知人论世",就不仅要从作者身世、生平、著作等方面看问题,更要顾及他读过的和可能读过的书,接触过和可能接触过的文化,在尽可能广大的文化背景上考量,然后才可能有更多的收获。

[原载《山东师范大学学报》(人文社会科学版)2007年第1期]

"功名富贵为一篇之骨"

——论《儒林外史》的结构主线

关于《儒林外史》的长篇艺术结构,"五四"以来,我国的研究者鲜有比较充分的肯定,甚至有胡适那种"没有结构"①的全盘否定的看法流行一时。对此,美国学者林顺夫《〈儒林外史〉的礼及其叙事体结构》②一文,基于对中西哲学和文学思想的比较,指出胡适等人的偏见乃是"由于西方思想的框框和西方小说完整的情节结构影响",忽略了"在《儒林外史》中发现的那样特殊的结构典型",认为《儒林外史》作者所设计的小说结构的"条理性和完整性,决不比非常出色的西方小说作者逊色"。这是一位外国学者客观地观察研究中国古典小说所取得的重要成果,值得我们重视。

但是,林先生认为"吴敬梓把'礼'的原理作为贯穿他的小说整个情节的原则",却是我们所不敢苟同的。他说:"礼仪在《儒林外史》中,基本上有两个结构功能:第一,它将一连串分散的插曲构成一个较大的集中的部分;第二,它又将这些较大的部分,组成一部优秀的完整的书……因此,吴敬梓用礼仪(实质上是一种公开的仪式表现)当作主题是非常合适的。"

---

① 胡适:《五十年来中国之文学》,载朱一玄、刘毓忱编《儒林外史资料汇编》,南开大学出版社1998年版,第460页。

② [美]林顺夫:《〈儒林外史〉的礼及其叙事体结构》,《文献》(第十二辑),书目文献出版社1982年版。

◆◆◆《儒林外史》考论

　　首先应该说明,"礼仪"作为一种封建礼教的"公开的仪式表现"① 并非《儒林外史》的主题。一部《儒林外史》描写了大大小小的许多聚会,除祭泰伯祠是儒家礼乐大典之外,其他虽也或多或少地带点礼仪的色彩,但究其实不过是当时知识分子的诗文酒会或封建家庭的婚丧嫁娶而已。它们虽然在作品中起到了连缀故事的作用,但都是作者所描绘的生活中合理发生的普遍而典型的生活事件,而非作者所着意宣扬的"礼仪"。譬如第一回中三个不知名的贡士一边野餐一边谈论着名誉与财富的情节;第十二回中在莺脰湖组织了一次出游;第十八回四名"名士"和四位"考查范文"的选家在西湖上举行"诗会",等等。这些显然是不能看作礼教的"公开的仪式表现"的。倘若这是"礼仪",是作者用以贯串全书主题的结构原则,那么,如林先生所说"当传统的中国方式和思想方法受到现代中国知识分子彻底挑战的关键时刻(提醒读者注意:'礼教'在当时是像吴虞和胡适这样的激进作家严厉抨击的目标之一),并没有发生对《儒林外史》结构进行一场具体的围攻",这事实本身就很难解释了。当年胡适那样的"激进作家"不从"吴敬梓把'礼'的原理作为贯穿他的小说的整个情节的原则"方面否定《儒林外史》的结构,却说此书是"没有结构的",恰恰证明林先生的这个"原则"在作品中是不存在的。不然"胡适具有渊博的知识和现代文学上的成就",何以看不出这是一部以"礼仪"为主题并结构全书的长篇小说呢?

　　当然,林先生说:"应用文人聚会当作一种结构设计(像我们在《儒林外史》中看到的那样),正如张心沧在解释'宴会式小说'时所论述的,那就是《水浒传》中曾经运用的宴会形式。"这个类比有一定道理,能给人以启发。但是,如果说《儒林外史》中的"文人聚会"与《水浒传》中的"宴会形式"有相通之处,那么《儒林外史》中的"文人聚会"与中国古代的"礼仪"就没有什么必然联系了。林先生文中表现出的其在中国文化研究斋的造诣,笔者是深为佩服的,但在这一点上,却小有失误,从而使他对《儒林外史》结构所做的高度的评价建立在对全书主题和主线的误解上,不能不说是一个大的疏忽。

---

① (清)吴敬梓:《儒林外史》,人民文学出版社1977年版。本文以下引此书均据此本,说明或括注回次。

那么《儒林外史》的主题和结构主线是什么呢？闲斋老人序《儒林外史》说：

> 其书以功名富贵为一篇之骨。有心艳功名富贵而媚人下人者；有倚仗功名富贵而骄人傲人者；有假托无意功名富贵，自以为高，被人看破耻笑者；终乃以辞却功名富贵品地最上一乘为中流砥柱。

此《序》有人疑为吴敬梓本人所作，尚待考实。但可以看出，《序》作者对吴敬梓其人知之颇深，并对当时儒林和社会的风习有切身的感受。知其人兼知其世而序其书，方能出语中肯，提纲挈领，洞幽烛微，成为研究此书的不刊之论。有的论著引"功名富贵为一篇之骨"以说明《儒林外史》的主题，是合理的。

但是，在论及《儒林外史》的结构时，人们却往往忽视其中"功名富贵为一篇之骨"一语。其实它不仅道出此书主题所在，更点明了此书结构的主线——吴敬梓正是以对功名富贵的态度安排人物、布局全书的。作品的主线与主题之不可分割本是很浅显易见的道理，《儒林外史》以对待功名富贵的态度褒贬人物也是显而易见的事实。只要我们不囿于西方小说多以一个中心人物或事件为结构主线的观念，承认长篇小说结构的灵活性和多样性，得出《儒林外史》以"功名富贵"为结构主线的结论是不困难的。然而林顺夫先生从"宴会形式"想到"文人聚会"，进而把这种聚会与祭泰伯祠并举，视"礼仪"贯穿全书，反倒深求而失诸伪了。

"功名富贵"为《儒林外史》结构的主线还可以从开篇《蝶恋花》词后作者所做的解释中看出。他说：

> 这一首词，也是个老生常谈。不过说人生富贵功名，是身外之物；但世人一见了功名，便舍着性命去求他，乃至到手之后，味同嚼蜡，自古及今，那一个是看得破的！

这一番话要人们看破功名富贵，实际上是为全书"敷陈大义"。而"尾声"《沁园春》词下阕云：

《儒林外史》考论

无聊且酌霞觞,唤几个新知醉一场。共百年易过,底须愁闷;千秋事大,也费商量。江左烟霞,淮南耆旧,写入残编总断肠!从今后,伴药炉经卷,自礼空王。

这种视"千秋事大,也费商量"的遁世态度,"伴药炉经卷,自礼空王"的最后声明,不正是作者从他的时代得出,并通过全书的描写以显示的看破红尘、否定功名富贵的结论吗?

如果说上述开头结尾的这种照应表现为作家主观的议论和抒情,那么"楔子"中"隐括全文"的王冕的形象和"尾声"中四个市井奇人的形象,则可以进一步说明作者布局的意图。王冕是作者心目中的理想人物,他有种种在那个朝代值得称道的优良品质,但这些品质中最突出也是书中描写得最多的,正是不慕功名富贵的高风和辞却功名富贵的亮节。作品写他最用力的几笔,除学画外,就是避不与时知县、危素等官僚结交;见了吴王"也不曾说就是吴王,只说是军中一个将官,向来在山东相识的,故此来看我一看";"天下一统"之后辞却朝廷征聘,隐居并终老会稽山中。这几件事所表现的王冕正是"辞却功名富贵品地最上一乘为中流砥柱"的人物。四个市井奇人中,季遐年每日写字所得笔资,除维持自家生活外,剩下的钱送给穷人。施御史叫他写字,他"迎着脸大骂道:'你是何等之人,敢来叫我写字!我又不贪你的钱,又不慕你的势,又不借你的光,你敢叫我写起字来!'"王太下棋,赢了那位有"天下的大国手"的盛名且很自负的马先生,大笑道:"天下那里还有个快活似杀矢棋的事!我杀过矢棋,心里快活极了,那里还吃的下酒!"盖宽的"亲戚本家都是些有钱人的,他嫌这些人俗气",不与亲近,后来自己日子穷了,更不向人求帮,只安贫乐道,为泰伯祠的破败荒凉而兴叹。荆元"每日寻得六七分银子,吃饱了饭,要弹琴,要写字,诸事都由得我;又不贪人的富贵,又不伺候人的眼色,天不收,地不管,倒不快活?"这四个人职业行为各异,但有一个共同的特点,即不慕势利富贵,这与王冕是相通的。王冕是元末明初上层知识分子的优秀代表,四个奇人是二百年后的"万历二十三年"儒林堕落后的市井细民,所属社会阶层虽不同,但这种"礼失而求诸野"的形象描写,正显示了作者对儒林中人终于未能看破功名富贵的怨叹之情。显然,这些内容是"礼仪"或"反科举"主线说无法贯串概括的。

"功名富贵为一篇之骨"

以对待功名富贵的态度为结构主线，书中主体部分的所有重要人物的安排都可以得到合理的说明。例如书中主要描写了五种人：一种是周进、范进、马二先生之类科举迷；一种是王惠、汤奉、严贡生之类的恶俗势力；一种是娄琫、娄瓒、蘧公孙、匡超人、牛浦郎之类的名士；一种是杜少卿、虞博士、庄绍光、迟衡山之类的真儒、贤士；一种是向知县、萧云仙之类敬重斯文提倡礼乐兵农的文武官吏。从对功名富贵的态度来看，第一种人中，马二先生信那举业文字能治病，为了功名想着求签，但人品尚未堕落；而周进、范进则纯乎"心艳功名富贵而媚人下人者"。第二种人，王惠、汤奉、严贡生等，显系"倚仗功名富贵而骄人傲人者"。第三种人多是"科名蹭蹬"之后，视科举为畏途，"假托无意功名富贵，自以为高"的名士，他们在书中的下场一个个都是"被人看破耻笑者"。第四、五两种人是作者程度不同地予以肯定的正面人物。其中杜少卿是个辞却征辟以后，"乡试也不应，科岁也不考，逍遥自在，做些自己的事"的人；迟衡山轻视举业，专一地提倡制礼作乐；庄绍光进京朝见皇帝之后，仍请准辞官归田；虞博士也是位辞征辟的人物。杜、庄、虞三人都是"遇高官而不受"者，其原因，用杜少卿的话说，是"正为走出去做不出什么事业，徒惹高人一笑，所以宁可不出去的好"（第三十三回）。而向知县身在功名中却原是个也做过"曲子"的"大才子、大名士"，几乎因"相与做诗文的人"等事被参罢官；萧云仙是军中的一位千总，在青枫城修水利，劝农桑，兴学校，几乎把礼、乐、兵、农的事都做了，但到头来落得被追赔修城的费用；汤奏平苗打了大胜仗，却奉上谕："汤奏办理金狗洞匪苗一案，率意轻进，糜费钱粮，着降三级调用，以为好事贪功者戒。"这三位文武官员的形象，可看作杜少卿"正为走出去做不出什么事业，徒惹高人一笑"的注脚。萧、汤两人的立功被贬，客观上虽体现了作者礼乐兵社会理想的破灭，直接意义则是为贪功名者戒。这样，作者就从正反两个方面肯定了"辞却功名富贵品地最上一乘"的人格。这里附带要说明的是，萧、汤二人已超出儒林的范围，以反科举作全书的主线，则只好认为这是游离于主题之外的形象，或者干脆以为这两个人的故事是后人窜入的章节。至于林先生以"礼仪"为全书结构主线，不仅祭泰伯祠以后的内容"零乱冗长"不好解释，而且这两个重要人物也就没了着落。这可能是他避而不谈的原因所在罢。然而捉住"功名富贵"这条主线，这些问题都可以得到合

· 525 ·

理的解释，它们都是全书有机的组成部分。

当然，以"礼仪"或"反科举"作结构主线也不无一定的理由。例如祭泰伯祠的礼仪确是作者为全书所安排的高潮，书中所描写的主要人物的确多数都表明了对科举制的态度。但如上所说，这些理由还不够充分，缺漏太多。即祭泰伯祠的仪式突然出现在第三十三回至三十六回的描写中，无论从仪式本身或提倡礼乐的社会理想方面考察，我们都很难相信它能起到结构全书的功能，因为在这前后的大量内容描写几乎都与它毫不相干。其主要意义并不在于书中所说："借此，大家习学礼乐，成就出一些人才，也可以助一助政教。"而在于"我们这南京，古今第一个贤人是吴泰伯，却不曾有个专祠。那文昌殿、关帝庙，到处都有"。我们知道，吴泰伯是因为让王位而被儒家尊为贤人的，文昌殿、关帝庙则是士子们祈求功名富贵的场所。吴敬梓要为他的正面人物"盖一所泰伯祠，春秋两仲，用古礼古乐致祭"，正表示了对主持文运、诱人以功名富贵的"文昌""关帝"的不满，对于"辞却功名富贵"的高度赞许。这才是这一"礼仪"的实质，是全书贯串渗透的否定功名富贵的思想情感的集中表现。

祭泰伯祠的盛典不能用"反科举"加以贯穿和解释是不言而喻的。即使那些可以用对科举制的态度加以区分的人物，也不如用"功名富贵"更能区分出他们不同的个性。从理论上说，科举是手段，功名富贵才是目的。所以，热衷科举的，一定热衷功名富贵。但热衷功名富贵的人，却可以不考科举而走做名士的路子。所以，就有名士景兰江那种社会心理："可知道赵爷虽不曾中进士，外边诗选上刻着他的诗几十处，行遍天下，那个不晓得有个赵雪斋先生？只怕比进士享名多着哩！"作品描写这样的人物，与反对科举制也许并非绝无关系，但显然与揭露他们"假托无意功名富贵，自以为高"的联系更为直接和明确。至于鲍文卿这个人物，更与科举制无缘。但他不贪图不义之财，认定"须是自己骨头里挣出来的钱才做得肉"。所以书中也着力地描写他，并借向知县的口夸"他虽生意是贱业，倒颇多君子之行"。书中大量出现的这些科举之外乃至儒林之外的人物，显然不能用"反科举"的线索一一贯穿。但以"功名富贵为一篇之骨"，这些形象就无一不能被看作全书中有机的存在。

总之，否定功名富贵，不仅是《儒林外史》的主题，也是它艺术结构的主线。这条主线在书中不是人或事的实体的存在，而是思想线索的贯穿。诚如托尔斯泰在回答一位批评家指责《安娜·卡列尼娜》的两个主题缺乏联系时所说：

> 相反，我以建筑自豪——拱顶镶合得那样好，简直看不出嵌接的地方在哪里。我在这方面费力也最多。结构上的联系既不在情节，也不在人物间的关系（交往），而在内部的联系。①

《儒林外史》也正是这样。它通过种种人对待功名富贵的不同态度的对照，在作品内部建立起有机的联系，它使"楔子"、主体和"尾声"三大部分"镶合的那样好"，以致粗心的人们由于"看不出嵌接的地方在哪里"而误以为没有嵌接起来；它使全书中各色各类杂乱纷繁的人和事，构成一幅意象单纯而又鲜明的画面，加上书中主体部分章回之间的情节和人物的安排，借鉴了《水浒传》前半部的写法，形成"连环短篇"（吴组缃先生语）的外部结构样式，可以说全书的结构一意贯穿、通体血脉相连，没有任何大的游离的成分。这种结构样式是独特的，一部描写二百年间"儒林"之"外史"内容的作品使用这种结构是合乎艺术规律的。其所取得的成就，并不亚于中外任何优秀的古典长篇小说。这是吴敬梓对我国和世界长篇小说艺术的一个杰出贡献。

（原载《齐鲁学刊》1986年第1期）

---

① 段宝林编：《西方古典作家谈文艺创作》，春风文艺出版社1980年版，第548页。

《儒林外史》"假托明代"论

《儒林外史》[1]以明代社会为背景，实际描写和反映的主要是清代的社会生活。这种情况向来被视为"假托"，并被认为作者所以如此，一是要与现实保持一定距离，以避开文字狱的迫害和其他可能的干扰；二是其时尚有明季遗风，托明事以写当代也最为方便。总之，这是个表现手法问题，作品对所托的明代并无认真的反思和深入的表现。因此，很少有人把《儒林外史》与明史联系起来加以考察。研究者对此书内容和思想倾向的认识，除一般地说到"对明、清科举制度的批判"云云之外，绝少涉及作品写及明代历史的意义，以为那只不过是形式而已。

这是《儒林外史》研究长期存在的一个误区。因为，从理论上说，《儒林外史》的假托明代不可能只是一种形式，而必然包含相应的内容，即它托明写清的地方正就是明、清共有或可能共有的。读者若单认它写了清朝，而以作品之描写与明朝并无关系，就未免深求而失诸伪了；而且《儒林外史》的假托明代也不仅是借用朝代的名号，而是在给全书一个几乎是明代全史的框架的同时，也进行了关于明代人物事件的具体描写和议论，这是绝不可以忽略的。因此，即使不从它写清即是写明的辩证效应去看，而单论其有关明史的实际描写，也是全面考量和正确判断该书思想价值的应有之义，为之试论如下。

清代康、雍、乾三朝文祸连绵，小说家下笔多忌讳，反映世情往往托古，但托古的方式每有不同。一类假借其朝代岁月、人物姓名，而故事并无根据，如《绿野仙踪》的"点缀以历史"[2]，《红楼梦》甚至"并无朝代

---

[1] （清）吴敬梓著，李汉秋辑校：《儒林外史（会校会评本）》，上海古籍出版社1984年版。本文引此书原文及评语均据此本，说明或括注回次。

[2] 鲁迅：《小说旧闻钞》，齐鲁书社1997年版，第121页。

纪可考"（第一回），等等，对所托之"古"并无认真具体的描写，从而没能形成真正的思想意义。另一类假借其朝代岁月，同时穿插描写了某些历史人物和事件，显示了作者褒贬爱憎的倾向，表现了作者对所托时代历史过程的一定的认识。这部分内容虽然最终配合作品表现当代的中心，但自身有一定独立的意义，构成作品内容的一个方面，如《女仙外史》写唐赛儿起义和燕王"靖难之役"、《歧路灯》中有关明嘉靖间朝政的描写议论等都是如此。①《儒林外史》假托明代就属于这后一种情况，而且典型地代表了考据之风方兴之际的清中叶知识分子对明史特有的关怀和认识，委婉含蓄地表达了一定的民族主义思想感情。

　　作家是创作的主体。作者的身世、经历、学养、兴趣能够从根本上决定作品的面貌。吴敬梓出身科举世家，自幼笃好经史。吴檠的诗说他"何物少年志卓荦，涉猎群经诸史函"②。金榘赠他的诗中也说："见尔素衣入家塾，穿穴文史窥秘函。"③ 据平步青《霞外捃屑》记载，吴敬梓曾撰有"《史汉纪疑》未成书"④，可见他生平对《史记》《汉书》是下过功夫的。这影响到《儒林外史》的创作，卧闲草堂本第一回评说"作者以史、汉才，作为稗官"，第二回评说："非深于《史记》笔法者，未易办此。"第三十三回评说："想作者学太史公读书，遍历天下名山大川，然后具此种胸襟，能写出此种情况也。"第三十五回又评说："作者以龙门妙笔，旁见侧出以写之。"第五十六回回末总评又照应说："一上谕，一奏疏，一祭文，三篇鼎峙，以结全部大书。缀以词句，如太史公自序。"天僇生《中国历代小说史论》也说《儒林外史》"源出太史公诸传"⑤。虽然动辄以《史记》《汉书》相标榜为明清小说评点家之习，但是，联系吴氏生平学问

---

① 参见杜贵晨《〈女仙外史〉的显与晦》，《文学遗产》1995年第2期；杜贵晨《关于〈歧路灯〉的几个问题》，《文学论丛》第4期，黄河文艺出版社1985年版。
② （清）吴檠：《为敏轩三十初度作》，载李汉秋编《儒林外史研究资料》，上海古籍出版社1984年版，第3页。
③ （清）金榘：《次半园（吴檠）韵为敏轩三十初度同仲弟两铭作》，载李汉秋编《儒林外史研究资料》，上海古籍出版社1984年版，第4页。
④ （清）平步青：《霞外捃屑》，载朱一玄、刘毓忱编《儒林外史资料汇编》，南开大学出版社1998年版，第432页。
⑤ 也不乏说《儒林外史》"篇法仿《水浒传》"（黄小田《〈儒林外史〉评》），或说"《外史》用笔实不离《水浒传》《金瓶梅》"（张文虎《〈儒林外史〉评》）者，但关于《水浒传》《金瓶梅》的评点也往往要说到仿《史记》《汉书》笔法，与上引诸说并无根本的不同。

素养，上引诸多议论应是反映了他写作《儒林外史》的实际。

《儒林外史》文本正有着取法《史记》《汉书》羽翼正史的特点。首先，此书名标"儒林"，取自《史记》《汉书》的《儒林传》；第一回《说楔子敷陈大义，借名流隐括全文》，明显有"儒林传序"的性质。而全书主体叙事系统也是"纪传性结构"①。其次，自金和《〈儒林外史〉跋》，至何泽翰《〈儒林外史〉人物本事考略》及后来多家研究成果的相继出现，也不断加强证明本书非同一般的纪实性风格，正如鲁迅所说，"《儒林外史》所传人物，大都实有其人"②。这显然不是作者缺乏想象力所致，而是其有意把"江左烟霞，淮南耆旧，写入残编"（第五十六回），借小说以传人。故卧本闲斋老人《序》说："夫曰《外史》，原不自居于正史之列也；曰'儒林'，迥异于元（玄）虚荒渺之谈也。"这种"纪传体"和"纪实性"，表现了作者平生耽于经史而养成的小说创作的史家态度和思路，它必然贯串体现于《儒林外史》"假托明代"的总体构思和具体描写之中，从而读者有理由认为它的"假托"可能是有深意的。

另外，吴敬梓治史留意历代治乱兴衰的经验教训，而各种因素使他尤为关注明代史事。这既是他写《儒林外史》假托明代的部分原因，也是他的"假托"所要表现的部分真实内容。吴敬梓的时代，由顾炎武重开端绪的汉学方兴。但是，由于环境的压迫，当时的学人大都效顾氏考据之法，而遗其经世致用的精神。吴敬梓则似乎不然。他没有史著留存下来，但仅存的一些有关史事的诗文，都不徒为考据，而是借历史事实发为关怀社会人生的浩叹。《金陵景物图诗》中《冶城》有句云："庾亮清谈日，苏峻称兵时。"慨叹西晋的清谈误国；《青溪》有句云："筑城断淮流，怅然思李升。"缅怀南唐李升改筑金陵的业绩；《天印山》诗序据南史考证"方山在六朝时，亦为用兵设险之地"。如此等等，都确考时地，究论兴废。顾炎武勉徐元文曰："必有体国经野之心，而后可以登山临水；必有济世安民之略，而后可以考证古今。"吴敬梓咏史的态度正体现了这种经世致用的精神。《金陵景物图诗》虽写于《儒林外史》之后，但其中治史以究兴废的学风文心却非一朝一夕之渐，不可能不早就体现于《儒林

---

① 张锦池：《〈儒林外史〉的纪传性结构形态》，《文学遗产》1998年第5期。
② 鲁迅：《中国小说史略》，人民文学出版社1973年版，第191页。

外史》的创作。

值得注意的是，吴敬梓《金陵景物图诗》涉及史事最多的是六朝和明代。这当然因为金陵是六朝古都，又是明朝开基立国的所在，更因为作者长期生活在这里。但是，涉及史事中明代的又多于六朝，却可能是作者对明代史事有更多的关心所致。而作者并不掩饰他对金陵作为明初都城的特殊感情。且看他写"这南京乃是太祖皇帝建都的所在"（第二十四回）一段文字，竟是充满自豪，无疑是恋怀故明感情的流露。而作者对明史的思考也可以从他最为人称道的《老伶行》一诗中窥见消息。这首诗写康熙南巡说"驻跸金陵佳丽地，旧京凭吊思明季"，固然主要是纪事，但是，康熙"思明季"干作者何事？因吴敬梓对康熙"旧京凭吊思明季"的注意，而推想其本人之并未忘却甚至常常思考明亡之教训，应当是顺理成章的。当然，在清朝文字狱钳制之下，到了乾隆初，明史早就是汉族知识分子论议的禁区①。其时又入清已久，吴敬梓一代人生为清朝的臣民，对前明没有旧国旧君之义，自然不会有明遗民那样激烈的反清情绪。但是，他作为一位深受儒家思想熏陶的汉族知识分子，又遭受困厄，也绝不会忘记清朝是所谓异族的统治。并且清初是"前明遗老支配学界"②的时代，生当其后的吴敬梓从前明遗老处接受某些关于明史的认识，表现于他"假托明代"叙事跨越二百余年历史过程的小说中，也是很自然的事情，从而使作品带有了对明史的反思和民族主义的思想情绪。20世纪50年代以来，姚雪垠、吴组缃先生先后提出《儒林外史》的民族主义思想的问题，指出了正确的方向，但苦于没有具体的说明，迄今未得到学术界广泛的认可。窃以为从此一路做深入的探讨，有可能找到较有说服力的根据。

明朝灭亡之后，学者们痛定思痛，除了恨"闯贼"和那班阉党降臣之外，很自然地就想到朝廷三百年养士，何以颠危之际没出几个力挽狂澜的干城之才？前明的遗老们几乎都归咎于科举制度的实行。顾炎武《生员论》（中）曰：

> 时文之出，每科一变。五尺童子，能诵数十篇而小变其文，即

---

① 参见姜胜利《清人明史学探研》，南开大学出版社1997年版，第15—17页。
② 梁启超：《中国近三百年学术史》，《梁启超论清学史二种》，朱维铮校注，复旦大学出版社1985年版，第109页。

可以取功名，而钝者至白首而不得遇。老成之士，既以有用之岁月，销磨于场屋之中，而少年捷得之者，又易视天下国家之事，以为人生之所以取功名者，唯此而已。故败坏天下之人材，而至于士不成士，官不成官，将不成将，夫然后寇贼奸宄得而乘之，敌国外侮得而胜之。①

朱舜水《答林春信问》也说：

明朝以时文取士。此物既为尘羹土饭，而讲道学者又迂腐不近人情。……讲正心诚意，大资非笑，于是分门标榜，遂成水火，而国家被其祸。②

清初这样的议论甚多，综合起来即是说八股文和理学相表里，诱困读书人于功名利禄之途，使学非所用，人才匮乏，"当明季世，朝庙无一可倚之臣"③。至于有"断送江山八股文"之说。这些议论虽不无偏颇，却也不失为对明代弊政的深刻的批评。二百多年后，梁启超作《中国近三百年学术史》，还说导致明朝亡国的是"一群下流无耻的八股先生"和与他们相反对的"上流无用的八股先生"。吴敬梓生当这些前明遗民的著作逐渐流布的时期，受到它们的影响乃是很自然的。《儒林外史》所写的正就是这两种八股先生。在某种意义上，吴敬梓是把读书人的命运、八股取士制度和明王朝的兴亡联系起来做文学的思考，用《儒林外史》的巨幅画卷形象地总结了明朝以八股亡国的历史教训。

首先，这可以从《儒林外史》的总体布局得到一定的说明。笔者以全书原本为五十六回，由三大部分组成：第一回"楔子""敷陈大义""隐括全文"；第二回至第五十五回是全书正文；第五十六回"幽榜"为全书结尾。这三大部分叙事流年几乎跨越整个明朝："楔子"从元末至明洪武初，其时八股取士制度确立，作者借王冕之口论定"这个法却定得不好"，"一代文人有厄"；正文从第二回开始于成化末至第五十五回结于万历二十三

---

① （清）顾贤武：《顾亭林诗文集》，华忱之点校，中华书局1983年版，第23页。
② 转引自《梁启超论清学史二种》，朱维铮校注，复旦大学出版社1985年版，第95—96页。
③ （清）李塨：《恕谷集·与方灵皋书》，《颜氏学记》卷六，清同治冶城山馆刻本。

年，其时八股盛行已久，人才日至于败坏，初还有虞育德、庄绍光那样的"真儒"，杜少卿那样的"豪杰"，而终于在万历二十年前后，"那南京的名士都已渐渐消磨尽了"；结尾第五十六回终于万历四十四年（1616），这年满洲努尔哈赤统一女真各部称汗为后金天命元年，成了明王朝后来的克星。这一年份的相值应当不是无谓的巧合。而第五十六回开篇曰：

> 话说万历四十三年，天下承平已久，天子整年不与群臣接见。各省水旱遍灾，流民载道，督抚虽然题了进去，不知那龙目可曾观看。

这番话的情调如《三国演义》的开篇，预示了大乱将作。然后是结局"幽榜"的故事，最后缀以"词曰"一首。论者认为《儒林外史》的叙事编年是经过精心考虑的，很有见地。① 若进一步指出作者精心的用意，则好像正应该从这三大部分的时间跨度上做些考虑。

明代科举取士可上溯到吴元年（1367），至洪武三年（1370）正式定科举制度、"制义"格式，洪武十七年颁科举取士式（即八股），后乃逐步完备和近于僵化。近人商衍鎏《清代科举考试述录》一书，论及八股取士制度的变迁，以为"定于明初，完备于成化，泛滥于有清"。其实科举弊端泛滥之势早在明末已经形成。而明朝政治的变迁，洪武至宣德间为开国和鼎盛之期；正统至嘉靖间为中叶转衰的时期，一切弊政大端始于此期成化一朝②；万历至崇祯末为后期，但论者谓"明不亡于崇祯，而亡于万历"③。这个说法无论是否一定正确，却是吴敬梓时代一个很时髦的见解。把这两件事的时序相对照，洪武—成化—万历三朝，既是八股取士制度确定—完备—泛滥的三个关键时期，又是明王朝兴盛—衰落—灭亡的三个具有决定意义的时期。《儒林外史》以这三个时期分别为全书起—中—结三部分叙事的中心，特别是结束于后金立国努尔哈赤称帝的万历四十四年，其叙事编年的用心大约就有"断送江山八股文"之意。这应该就是它书名为"史"又叙事做如此大跨度安排的用意。因此，我们不能认为，《儒林外史》对八股取士科举制度的反映仅仅是对文化的批

---

① 参见章培恒《〈儒林外史〉原貌初探》，《学术月刊》1982年第7期。
② 参见孟森《明清史讲义》（上册），中华书局1981年版，第155—167页。
③ （清）赵翼：《二十二史札记·万历中矿税之害》，清嘉庆五年湛贻堂刻本。

判，而应看到它进而深入到对政治的历史的批判，即对明代兴亡历史教训的总结和反思。

其次，更进一步，《儒林外史》在它叙事编年的范围内穿插描写评论了明史中的若干重要人物和重大事件，在对明史做总体考量的前提下，也表现了对明史的具体看法和一般历史的观念。一是关于明太祖朱元璋的描写，第一回"楔子"从他"起兵滁阳，得了金陵，立为吴王，乃是王者之师"叙起，写他入浙后戎马倥偬之中，亲临茅舍，问治道于王冕；后来得了天下，诏请王冕入朝为官，颇具明王圣君的气象。第九回还借邹吉甫的口称赞"在洪武爷手里过日子，各样都好"，"怎得天可怜见，让我们孩子们再过几年洪武爷的日子就好了"。这反映了明清一般民众的看法。但是作为一位文人、思想家，吴敬梓更借王冕之口着重指出明太祖八股取士制度"这个法却定的不好"，从此"一代文人有厄"；又借迟衡山之口评议"我朝太祖定了天下，大功不差似汤、武，却全然不曾制礼作乐"。一部大书的主旨和叙事就是从批判朱元璋制八股、薄礼乐推演而来。虽然这一批判不免也可以看作是指向了作者的当世，但是明朝的史实显然不能只是被看作清朝社会的影子，作者首要表明的是对一代明史严肃的看法，仍然是"断送江山八股文"。

二是有关高启文祸的描写，实际也包含了对朱元璋迫害文人的针砭。第三十五回卢信侯私藏《高青邱集》一案，金和跋说："《高青邱集》即当时戴名世诗案中事。"胡适则认为是指清雍正间刘著私藏顾祖禹《方舆纪要》一事，也许是对的。但是，书中第八回写枕箱的案件，早就有了蘧公孙冒名刊刻箱中《高青邱诗话》骤享大名的描写。这两件事应当联系起来看，不排除影射当世文祸的成分，但是，认为这仅仅是影射当世而与明初诗人高启之祸没有任何实际的联系，是说不通的。因为高启毕竟是历史人物，他被明太祖枉杀，著作在后世不禁而禁，是人所共知的事实；而且高启才华横溢，作为有明一代诗人之冠，他的死为千古痛惜，说到明诗便不能不说到高启，而且因此不难想到明朝自朱元璋发难，文祸也曾是空前的严重。所以，写高启直接的意义首先还应当是这一冤狱本身，是对高启之死的同情和对"洪武爷"大搞文字狱的针砭。正是他制八股轻诗文，摧残了明初的文坛，造成"一代文人有厄"，满清统治者只是袭其衣钵变本加厉而已。因此，有关高启文祸的描写首先不是托明以写清，而是写明以讽清，不可误会。

值得注意的是，《儒林外史》作者有关高启文祸的描写，用心似不仅在于揭露和影射，还在于教人防范自保。蘧太守说："须是收藏好了，不可轻易被人看见。"庄绍光说："青邱文字，虽其中并无毁谤朝廷的言语，既然太祖恶其为人，且现在又是禁书，先生就不看他的著作也罢。"李汉秋先生说这是宣扬无伤而隐的主题[①]，自全书大处观之，是完全正确的。但大祸临头，要想"无伤"，作者亦深知不能不有所作为。所以他写上述两案中当事和有关联的人各都能团结起来，与告讦者斗争，与官府周旋，或者化解无事，或者"反把那出首的人问了罪"。作品称赞为蘧公孙解释困厄的马二先生为"斯文骨肉的朋友，有意气！有肝胆"；写庄绍光面对缇骑为卢信侯担保，"遍托朝中大老……把卢信侯放了"；卢信侯则临危不惧，自称"硬汉"，不肯带累他人。作者的意思似要写出各类与文祸作斗争的榜样，这在朝廷日以杀人焚书为事的清中叶是有现实政治意义的，而对于明代文祸就是总结历史的教训，二者不可分割。

三是关于"宁王之乱"和朱棣"靖难之役"的评论，主要有以下文字：

（娄）四公子道："据小侄看来，宁王此番举动，也与成祖差不多。只是成祖运气好，到而今称圣称神；宁王运气低，就落得个为贼为虏，也要算一件不平的事。"……每常只说："自从永乐篡位之后，明朝就不成个天下！"（第八回）

邹吉甫道："小老还是听我死鬼父亲说：在洪武爷手里过日子各样都好。二斗米做酒足有二十斤酒娘子。后来永乐爷掌了江山，不知怎样的，事事都改变了，二斗米只做的出十五六斤酒来。"……"我听见人说：'本朝的天下要同孔夫子的周朝一样好的，就为出了个永乐爷就弄坏了。'"（第九回）

杜慎卿道："列位先生，这'夷十族'的话是没有的。……永乐皇帝也不如此惨毒。本朝若不是永乐振作一番，信着建文软弱，久已

---

① 参见李汉秋《儒林外史研究纵览》，天津教育出版社1992年版，第169页。

弄成个齐梁世界了！"萧金铉道："先生，据你说，方先生何如？"杜慎卿道："方先生迂而无当。天下多少大事，讲那皋门、雉门怎么？这人朝服斩于市，不为冤枉的。"（第二十九回）

"宁王之乱"和"靖难之役"是明史大事。作者借人物之口发为评论，虽小说家言，但此等大事，出自一位严肃作家之手，却不可能是纯然的游戏笔墨，而是包含对明史一代政治所做的认真思考。这些出自各种人物之口的话看似矛盾，其实互文见义。大致说来，作者以为皇帝无所谓正统僭闰，不过胜者王侯败者贼，论定皇帝的功过，一在于他是否使百姓过上了好日子，二在于他是否使政治一统，国力强盛。永乐没能做到前一点，所以不如"洪武爷"；但是他做到了后一点，所以比起"建文软弱"来总还是好的。在永乐还是建文谁做皇帝这类问题上，做臣子的可以完全不去管它，只论天下"大事"。方孝孺"讲那皋门、雉门"，"迂而无当"，正就是梁启超所说"上流无用的八股先生"一类人，明朝的天下就断送在他们手里。这既是对明史的直接评判，也有抨击道学八股的意义。

综上所述，《儒林外史》的假托明代并不只是一个手法问题。鲁迅说"时距明亡未百年，士流盖尚有明季遗风"[①]，固然带来假托的方便。但是，吴敬梓却在创作的形式和内容上均恰当地利用了这一方便，上下求索，探讨了八股取士制度与明朝一代兴亡的关系，以小说对明亡的历史教训做了深刻的反思。这虽然不是作品的中心，显示的史识也无多卓越之处，但是一个客观的存在，研究者不应忽略。

如前所述，假小说以做这类反思探讨的还有与《儒林外史》先后成书的《女仙外史》《歧路灯》，说明清中叶屈辱于满清统治的汉族知识分子不忘前明历史教训，仍是较为普遍的现象。这对于业已消沉的反清复明的斗争也许已经没有了实际的意义，但是，无论如何还是那一斗争在人们意识深处的余响。而吴敬梓作为一个汉族知识分子，在满清的民族压迫最为奏效而士气最为低落的时期，还能想到汉官威仪的明朝，用他的小说引起人们对前明的追悼与怀念——"怎得天可怜见，让他们孩子们再过几年洪武爷的日子就好了！"（第九回）——不能不说是民族感情和气节的表现。然

[①] 鲁迅：《中国小说史略》，人民文学出版社1973年版，第190页。

而，艺术使思想变得隐蔽，关于历史的思想更随着历史远去的背影由浓而淡，生当二百多年后的今天的读者，对《儒林外史》假托明代在当时委婉曲折的社会意义，也就不很容易清楚了。

(原载《中国人民大学学报》2000年第1期)

《红楼梦》等"家庭小说"研究

《红楼梦》的"新神话"观照

一 《红楼梦》是一个"新神话"

《红楼梦》的解读，20世纪初发生并延续至今最大的一个失误，就是只拿所谓"宝、黛爱情悲剧""贾府盛衰"等现实描写的部分说事，以偏概全去下判断，从而得出的认识远离了作品的实际。

其实，《红楼梦》作为一个整体，不只是所谓"宝、黛爱情悲剧"和"贾府盛衰"，而是包括两个基本层面的描写：一个是现实的，一个是神话的。现实部分即包括所谓"宝、黛爱情悲剧"和"贾府盛衰"等在内的一切人世生活的描写，神话部分则包括着石头——神瑛与一干"风流冤孽"在警幻仙子主持、一僧一道襄助下"造劫历世"①（第一回）的故事。

这两个层面的描写，从文字看自然是现实的多，神话的少；又比较神话，现实部分的描写直面人生，更易于引起读者的注重并由此得出关于《红楼梦》主要是写"宝、黛爱情悲剧"和"贾府盛衰"的印象，似乎也是正常合理的。其实不然。《红楼梦》中这两个层面的描写一方面是并不可以分割开来看，另一方面也不能以神话描写部分的文字少和偶然一现而以其为不重要。因为，"在任何既定情境里，一种因素的本质就其本身而言是没有意义的，它的意义事实上由它和既定情境中的其他因素之间的关系所决定"②。而如果读者能够始终不忘这是一个神话故事，如实承认《红

---

① （清）曹雪芹、高鹗：《红楼梦》，脂砚斋评，山东文艺出版社1993年版。本文以下引此书均据此本，说明或括注回数。
② ［英］特伦斯·霍克斯：《结构主义和符号学》，瞿铁鹏译，上海译文出版社1987年版，第8—9页。

楼梦》的主角"通灵宝玉"与"贾宝玉",其实是前世的"石头"与"神瑛侍者",而钗、黛、晴、袭等诸钗的前世,也都是"放春山遣香洞太虚幻境警幻仙姑"管辖"薄命司"中在册的"一干风流冤家";"通灵宝玉"与"贾宝玉"乃至所有诸钗,都一贯地有"一僧一道"暗中监察随护,最后这所有人物又都回复其"大荒山无稽崖"或"太虚幻境"的本位,是始于神话,终于神话,那么,就很容易明白,其现实描写的部分无论如何大量与精彩,都只是这一神话在人间的演出,是其现实形式的延伸。换言之,即如果说《红楼梦》故事是现实的,那也只在表面上看似如此,其根本和实质乃是一个从天上延伸到人间的神话。

有的学者把《红楼梦》神话描写的部分仅仅视为书中基于迷信观念的一种叙事手法,甚至只是为了躲避文字狱的"障眼法",从而以为是理所当然不必特别注意的部分,这是完全错误的。须知《红楼梦》中作为一书框架的神话,虽有未能免俗的原因和不排除为了远嫌避害的考量,但更是作者在他所处历史条件下处理题材即把握所写内容的一种方式,体现着作者对作品主旨的理解,非轻易为之,而是有深意存焉!简单说即在作者的创作意图中,作为一个整体的《红楼梦》,其神话部分绝非现实描写的伪装或点缀,而是其叙事逻辑的根源与归宿。

这也就是说,作者在《红楼梦》中对生活的表现,与其在现实中观察生活所实际遵循的较为真实的原则相反,不是现实支配神话,而是神话支配着现实。从而《红楼梦》一书的成功,虽然也由于近年流行的一句名言曰"细节决定成败",但更是由于结构决定故事的性质与意义。对《红楼梦》故事性质与意义的判断,不决定于表象上神话与现实描写二者的量的多少,而决定于结构上谁居于支配的地位。这个居支配地位的方面无疑是"石头"——"神瑛侍者"与"一干风流冤家""造劫历世"的神话。因此,作为对《红楼梦》主旨的理解与把握,只看它是一个现实的故事不仅是不够的,还是极为偏颇的;而应该看到包括现实部分的描写在内,《红楼梦》是曹雪芹创造的一个从天上延伸到人间的新神话。①

---

① 托于神话的形式描写现实,使对现实的描写被镶嵌在神话的框架中,是古代章回小说普遍的形式,至少《水浒传》《西游记》《封神演义》等书都可以被看作这样的。笔者把这种处理题材的方式称为"新神话"未必十分准确,但似有利于强调古代章回小说总体构思的这一突出特点。

按《红楼梦》第一回所写,这一"新神话"包括三方面的内容:一是"石头"的故事,二是"神瑛下凡"与"绛珠还泪"之"造历幻缘"的故事,三是"一干风流冤家……造劫历世"的故事。三者的关系是,第二个故事"勾出"第三个故事,而第一个故事被"夹带"于第二和第三个故事中,所以贾宝玉衔玉而生,三者合一为"石头记"。"石头记"以"石头"为主,"石头"为女娲炼石补天所遗,从而"石头"进而"石头记"全部故事,实为女娲补天神话的续篇,故曰"新神话"。

二 "新神话"是对人间"乐事"的考验

《红楼梦》第一回写一僧一道对"凡心已炽"急求入世的"石头"说:

"善哉,善哉!那红尘中却有些乐事,但不能永远依恃;况又有'美中不足,好事多魔'八个字紧相连属,瞬息间则又乐极悲生,人非物换,究竟是到头一梦,万境归空,倒不如不去的好。"(第一回)

但是:

这石凡心已炽,那里听得进这话去,乃复苦求再四。二仙知不可强制,乃叹道:"此亦静极思动,无中生有之数也。既如此,我们便携你去受享受享,只是到不得意时,切莫后悔。"

这一描写表明,"石头"的故事虽然缘于"无中生有之数",但在"石头"与"二仙"之间,却曾经是一个有争议的问题。问题的核心是"红尘"即人世中是否有真正的"乐事"?是否值得追求?

对此,"二仙"是明确否定的。甲戌本侧批于"二仙"所说"瞬息间"以下四句后批道:"四句乃一部之总纲。"这也就是作者和《红楼梦》全书对人生所下的断语了。

但是,由于"石头"不肯听从之故,这一断语成了有待证明的结论。从而"石头""枉入红尘若干年"的经历,亦即"石头记"的故事,客观上成了对"二仙"之断语的"考验"。

虽然"考验"的结果必然是应了"二仙"所说"瞬息间"云云的话，但"考验"的过程必不能免，而且愈充分愈好，于是便有了《红楼梦》"历尽离合悲欢炎凉世态的一段故事"。

以《红楼梦》全部故事的结局，结合于第五回末把贾宝玉梦游太虚幻境醒来即再入人世之处命名为"迷津"，而称人世为"迷人圈子"①，称人身为"臭皮囊"（第八回），等等，则《红楼梦》对"红尘……乐事"的看法，显然是否定的。其基本的倾向，显然是出世的。《红楼梦》深重的厌世情调、悲观意识，就都由此看法与倾向而来。这不能不使我们想到，王国维对《红楼梦》著名的评论和他终于投水而死的"解脱之道"之间，是否有某种内在的联系！

三 "考验"的中心是"情"

作为"新神话"，《红楼梦》"考验"人间"乐事"的中心是"情"。书中多有明示。如第一回即揭出"其中大旨谈情"。又第五回写警幻仙子曰：

> ……宁荣二公之灵，嘱吾云："吾家自国朝定鼎以来，功名奕世，富贵传流，虽历百年，奈运终数尽，不可挽回者。故遗之子孙虽多，竟无一个可以继业。其中惟嫡孙宝玉一人，禀性乖张，生情怪谲，虽聪明灵慧，略可望成，无奈吾家运数合终，恐无人规引入正。幸仙姑偶来，万望先以情欲声色等事警其痴顽，或能使彼跳出迷人圈子，然后入于正路，亦吾兄弟之幸矣。"如此嘱吾，故发慈心，引彼至此。先以彼家上、中、下三等女子之终身册籍，令彼熟玩，尚未觉悟。故引彼再至此处，令其再历饮馔声色之幻，或冀将来一悟，亦未可知也。

其中"先以情欲声色"云云，也以"情"字打头。而蒙府本第三十五回回末总批有云："此回是以情说法，警醒世人。"虽就"此回"作评，但

---

① 把人世比作"迷人的圈子"是佛教语，《西游记》中也涉及了有这个比喻，如第五十三回："行者道：'不瞒师父说。只因你不信我的圈子，却教你受别人的圈子。多少苦楚，可叹！可叹！'"

移用于全书，也同样精当。

《红楼梦》的这一"大旨"，书中描写也频作提点，时予关注，如曰"青（情）埂"，曰"秦（情）可卿（情）"，曰"晴（情）雯（文）"，曰"情哥哥""情小妹"，曰"情痴情种""孽海情天"，等等，总是得便重提，更四面围攻般搜剔刻画，使《红楼梦》一书本质上不啻是"情"之一字的演义。特别是写空空道人看完《石头记》后，即"因空见色，由色生情，传情入色，自色悟空"，就明确了《红楼梦》叙事"空—色—情—色—空"的逻辑结构，而在"空—色"与"色—空"的两端之间，"情"正是其情节逻辑即全书叙事的中心。

《红楼梦》写"情"的中心在男女，男女之情的中心在"儿女之真情"。体现于贾宝玉，他的"情"只在没有出嫁、不曾"染了男人的气味"（第七十七回）的"女儿"。他说："女儿是水作的骨肉，男人是泥作的骨肉。我见了女儿，我便清爽；见了男子，便觉浊臭逼人。"（第二回）从而"懒与士大夫诸男人接谈，又最厌峨冠礼服贺吊往还等事"（第三十六回），"最喜在内帏厮混"（第三回）。这既是他的"奇怪""好笑"（第二回）处，包括其"懒于读书"（第五回）、不乐科举等，今之读者未必不可以向反封建上作想，但主要应是作者故为"以情说法"腾出笔墨，以集中写他在"清净女儿之境"（第五回）造化所做的设计。若不然，读书做官等一应旧时士人修、齐、治、平的事务都上来了，还能有什么"大旨谈情"？所以《红楼梦》写贾宝玉的世界，既尽可能不是男人的世界，又尽可能不是已婚女人的世界，因此写他几乎只在大观园，徜徉于"女儿之境"，以最大限度"受享"堪称"天上人间"之"大观"的最纯美之"情"。从而《红楼梦》作为"情"的演义，也就达到了"大旨谈情"的极致。进一步的发展读者悉知，便是那"四句乃一部之总纲"所指示的"乐极悲生，人非物换"的过程与"到头一梦，万境皆空"的结局了。

这一结局宣示了"情"进而"红尘……乐事"的"不可永远依恃"，即戚序本第十三回后评所说：

> 借可卿之死，又写出情之变态，上下大小男女老少，无非情感而生情。且又藉凤姐之梦，更化就幻空中一片贴切之情，所谓寂然不动，感而遂通。所感之象，所动之萌，深浅诚伪，随种必报，所谓幻

者此也,情者亦此也。何非幻,何非情?情即是幻,幻即是情,明眼者自见。

而早在第一回即有提示说:"此回中凡用'梦'用'幻'等字,是提醒阅者眼目,亦是此书立意本旨。"但这一提示不过是"其中大旨谈情"的别样说法而已。

所以,一如《金瓶梅》以"淫"止"淫"是"性"的演义,《红楼梦》"以情悟道"(甲戌本第五回)则是"情"的演义。唯是它的结论,并非今天读者所谓对爱情的肯定与歌颂,而是对包括男女之情在内一切人间"乐事"之"到头一梦,万境归空"的怀疑甚至否定。

四 "考验"的所在为"幻境"

作为"考验","新神话"全部情节大略只能是为证明"二仙"之预言而设的"假语村言",即假设一处为"红尘"中有无上"乐事"的地方,使"石头"至此"受享几年",看是否"倒不如不去的好"罢了。

因此之故,"新神话"叙事中除直写的仙境、梦境等"幻境"之外,其他所谓现实环境虽往往具细节的真实,但自大处观之,也无非"幻境"。

首先,一僧一道许诺"石头"进而"神瑛侍者"与绛珠仙子等"一干风流冤家"去到人间的地方,是所谓的"昌明隆盛之邦,诗礼簪缨之族,花柳繁华地,温柔富贵乡"(第一回)。据脂批,这个地方就是后来贾宝玉与诸钗共同生活的"长安大都""荣国府""大观园""紫芸轩"。读者如果把这些地方尤其是大观园当作一般文学的"现实描写"看,那就大错特错了。因为毫无疑问,对有关描写文义做自上而下的研读,便知其显然是作者顺接"一僧一道"所说之意绪,为"石头"所设的"到人间去享一享这荣华富贵"的乌托邦!故曰"贾(假)府"。

其次,"大观园"尤属"幻境"。第十八回称大观园说"天上人间诸景备",虽曰形容,但实在也是说其作为"红尘中……乐事"之所的典型代表,乃必须而且只能是对应"一僧一道"向"石头"所许诺的地方。这地方虽不会凭空虚构出来,但绝不会仅是根据现实中的某处,而只能是作者基于生活的经验,更就故事中"天上人间"的考量虚构出来的,故曰"芳名应赐大观园"（第十八回）。

"大观"一词出《周易·观卦》"大观在上"，徐志锐《周易大传新注》曰："犹如说大者在上很可观，不能轻视。"①《红楼梦》用为园名，表明其作为艺术环境之为幻设虚构，正如甄士隐的岳父封肃的本贯"大如州"，乃脂批所谓"托言大概如此"之意，哪里会是什么实指？有学者竟然去考证大观园的所在，恐是枉费心机。这"天上人间诸景备"的所在，只能是作者的理念中。

大观园的使用也透露其为"幻境"的实质。元妃省亲后，在大观园的入住人员中，男子只一人即宝玉。试想古代男女七岁不同席，以一男而与诸女共处一园，不必是"诗礼簪缨之族"，普通士人家庭恐也不会如此。对此，作者似也有所顾忌，所以既写在"贾（假）府"中了，又祭出贾元春的谕旨为贾宝玉入园居住的理由。书中写道：

> 如今且说贾元春，因在宫中自编大观园题咏之后，忽想起那大观园中景致，自己幸过之后，贾政必定敬谨封锁，不敢使人进去骚扰，岂不寥落。况家中现有几个能诗会赋的姊妹，何不命他们进去居住，也不使佳人落魄，花柳无颜。却又想到宝玉自幼在姊妹丛中长大，不比别的兄弟，若不命他进去，只怕他冷清了，一时不大畅快，未免贾母、王夫人愁虑，须得也命他进园居住方妙。想毕，遂命太监夏守忠到荣国府来下一道谕，命宝钗等只管在园中居住，不可禁约封锢，命宝玉仍随进去读书。（第二十三回）

其实这种种的理由，都不过为起用"大观园"作贾宝玉身入"花柳繁华地，温柔富贵乡"以行"考验"的借口，岂有他哉！

五 "考验"中人为"幻形"

《红楼梦》"大旨谈情"（第一回），而真正的"情痴情种""风流冤孽"，只有贾宝玉和诸钗中的"女儿"们。"女儿"中又以林黛玉、薛宝

---

① 徐志锐：《周易大传新注》，齐鲁书社1989年版，第133页。

钗、晴雯、袭人、史湘云、妙玉六位为最①，是贾宝玉经历"情"之"考验"的重要对象，其中为主的当然又非林黛玉、薛宝钗莫属。因此，我们于《红楼梦》"考验"中人物的鉴识，只从宝玉、宝钗、黛玉三人形象就可以见其大概了。

对此，笔者总的看法是，这些人物均非合于现实主义要求的"真的人物"②，而是为"谈情"特制出来的"情"之"幻形"（第一回）。分说如下。

首先，通灵宝玉与贾宝玉作为"情"之"考验"的中心，是"石头"与"神瑛侍者"的"幻形"。这是书中写明了的，由此决定了其后身之一的贾宝玉的性格，即因其前身是"赤瑕宫神瑛侍者"之故，诚如甲戌本于其名下侧批曰："点'红'字'玉'字二。"又眉批曰："按'瑕'字本注：'玉小赤也，又玉有病也。'以此命名恰极。"我们可以认为，贾宝玉作为"玉"之有"赤瑕"者，爱"红"即一心放在"女儿"上是一种与生俱来的"病"，书中所谓"天生一段痴情，吾辈推之为'意淫'"，以致称其"乃天下古今第一淫人"（第五回）。进而试想作者既就其出身如此为贾宝玉定性，那么对这一形象的塑造，还会不一意在这"病"上做文章吗？还会心猿意马地写到诸如仕途经济之类旧时士人的常规生活道路上去吗？所以，《红楼梦》写贾宝玉之诸多与世俗格格不入处，恐怕主要都是为了排除对其作为文学形象在"现实性"上某些不必要的"社会关系"③的描写，以使笔墨集中于"谈情"，而未必尽是作者在政治上有意去反对什么。

贾宝玉作为神仙转世的"幻形"，除性格是一出场就固定了的之外，还不时感觉到前世的影响。如第三回写初见黛玉，"宝玉看罢，因笑道：'这个妹妹我曾见过的。'"第十七回写宝玉在大观园见"现出一座玉石牌坊来……宝玉见了这个所在，心中忽有所动，寻思起来，倒像在那里曾见

---

① 参见杜贵晨《齐鲁文化与明清小说》，齐鲁书社2008年版，第406—407页。
② 鲁迅：《中国小说的历史的变迁》，载《鲁迅全集》（第九卷），人民文学出版社1981年版，第338页。
③ ［德］马克思：《关于费尔巴哈的提纲》，载《马克思恩格斯选集》（第一卷），人民出版社1972年版，第18页。

过的一般"等，都使人有"偶见鹘突，知复非人"① 之感，进而乃知其并非"真的人物"了。

作为"幻形"延伸的，是对贾宝玉在贾府中特殊身份与地位的安排，即他虽然在西府也并非长子长孙，但他却是西府中贾母最喜欢的儿子贾政的第二个儿子；又虽然他非父母的长子，但偏又因长子贾珠早亡，贾政夫妇只剩了他这一个儿子，当然更会爱如珍宝；还特别重要的是，在西府儿孙中，唯有宝玉长得像他爷爷。第二十九回中写道：

> 张道士……又叹道："我看见哥儿的这个形容身段，言谈举动，怎么就同当日国公爷一个稿子！"说着两眼流下泪来。贾母听说，也由不得满脸泪痕，说道："正是呢，我养这些儿子、孙子，也没一个像他爷爷的，就只这玉儿像他爷爷。"

这无疑加强了作为贾政夫妇宠儿的贾宝玉又为贾母宠孙的地位。影响所致，元妃也"想到宝玉自幼在姊妹丛中长大，不比别的兄弟"，特安排他进住大观园。这一切特别的安排，都不能不说是作者有意为集中笔墨写贾宝玉之为"情"铺路架桥、鸣锣开道。试想如书中写有贾珠在世，嫡孙中居长，宝二爷还会有多少"自幼在姊妹丛中长大"之"考验""儿女真情"的可能呢？

其次，如同贾宝玉为神瑛侍者下凡，林黛玉是绛珠仙草转世的"幻形"。按书中所写，她是追随神瑛下凡"还泪"来的，有关她的故事书中概括为"还泪之说"，并谓"这一段故事，比历来风月故事更加琐碎细腻了"。因此，"还泪之说"实可以作"这一段故事"即《红楼梦》中"木石前盟"的别题，而林黛玉形象即专为"还泪"而设。

因是专为"还泪"而设，林黛玉下世为人的遭遇、性格等就处处受"还泪"的约束而与诸钗迥然独别。例如第二回写她生为林如海的独生女，甲戌本侧批释"林如海"曰："盖云'学海文林'也。总是暗写黛玉。"其实很可能只说对了一半。另一半当是"如海"照应她下世前的"渴则饮灌愁海水为汤"，意谓虽然来到了人世，但其作为"如海"之女

---

① 鲁迅：《中国小说史略》，载《鲁迅全集》（第九卷），人民文学出版社1981年版，第209页。

儿，仍为"情"所困，一如其先前渴饮灌愁海之时也。相应地，她出生后的遭遇，就是六岁死了母亲，又"本自怯弱多病"。第三回写黛玉对贾母诸人说道：

> 我自来是如此，从会吃饮食时便吃药，到今日未断，请了多少名医修方配药，皆不见效。那一年我三岁时，听得说来了一个癞头和尚，说要化我去出家，我父母固是不从。他又说："既舍不得他，只怕他的病一生也不能好的了。若要好时，除非从此以后总不许见哭声，除父母之外，凡有外姓亲友之人，一概不见，方可平安了此一世。"疯疯癫癫，说了这些不经之谈，也没人理他。如今还是吃人参养荣丸。

以黛玉所说对照她初入贾府前后的处境：一是她只可以见父母，却母亲早死，父亲无力照管，并不能留她在身边，则父母都见不成了；二是"凡有外姓亲友之人，一概不见"，却又是万不得已，只能来至贾府，成了无日不见"外姓亲友之人"，可说处处与癞头和尚所嘱相对。这就是作者为黛玉安排的身世处境。在这样的情况下，她如何不是"想眼中能有多少泪珠儿，怎经得秋流到冬尽，春流到夏"，从而不仅是"只怕他的病一生也不能好的了"，还雪上加霜到"还泪"速死之"情"小姐的地步了。

顺便说到，林黛玉这样一个只为"还泪"而来至贾府的人物，"素习猜忌，好弄小性儿的"（第二十七回），动辄把自己尚不知为谁的男性骂为"臭男人"，与周围的人几乎都格格不入，也是很自然的。在这样的地方，读者固然可以其为有反封建的意识，但更要看到她为"还泪"而生的命运所使，固当如此。若不然，她用心在如薛宝钗那样使贾府上下人人喜欢上，其命定下世"还泪"的夙愿岂不落空，而故事还能够是"红楼梦"吗？

最后，薛宝钗前世无疑为"一干风流冤家"中的人物，虽于"二玉"为陪衬，但其重要性显居于其他诸钗之上。作为与黛玉等同为"薄命司"中人和下世的"风流冤孽"之一，薛宝钗在现实中的形象本该与林黛玉没有什么根本的不同。事实上书中写薛宝钗幼时也曾"偷背"着大人读《西厢记》《牡丹亭》之类的"杂书"（第四十二回），更与黛玉几无差别的是，她也自幼有病，曾自说道：

> 再不要提吃药，为这病请大夫吃药，也不知白花了多少银子钱呢。凭你什么名医仙药，从不见一点儿效。后来还亏了一个秃头和尚，说专治无名之症，因请他看了。他说我这是从胎里带来的一股热毒，幸而先天壮，还不相干。若吃寻常药，是不中用的。他就说了一个海上方，又给了一包药末子作引子，异香异气的。不知是那里弄了来的。他说发了时吃一丸就好。倒也奇怪，吃他的药倒效验些。（第七回）

这里写宝钗亦自幼患有"不足之症"，不同的是"先天壮"，得病为"热毒"。但为宝钗设方的"秃头和尚"，应与为黛玉诊病的"癞头和尚"为同一个和尚。至于"热毒"为何？甲戌侧批曰："凡心偶炽，是以孽火齐攻。"所以秃头和尚给她"海上方"所做的药丸，即名为"冷香丸"。"冷香丸"者，甲戌本夹批曰："卿不知从那里弄来，余则深知是从放春山采来，以灌愁海水和成，烦广寒玉兔捣碎，在太虚幻境空灵殿上炮制配合者也。"恐怕太扯远了。其实，只需明白这个"冷"应是第六十六回题目中所谓"冷二郎一冷入空门"之第二个"冷"字，当作动词解，而"冷香丸"真正的名义只就其字面解为以"冷"制"香"即抑制"孽火"的药丸就可以了。这是理解宝钗性格的一大关键。明乎此，则知宝钗这一人物形象所患之病，与黛玉所患"风流冤孽"之"病"本无不同，只是黛玉没有得到有效治疗，而宝钗得有秃头和尚设方的"冷香丸"服用罢了。

由此可知，宝钗是作者为与"二玉"相参特制的一个"冷美人"，并因此命她姓"薛（雪）"。其用心就是与日服"人参养荣丸"以滋补的林黛玉形成对立或对照，以其最终得为"宝二奶奶"，作为全书写"无儿女之情，故有夫人之份"（第一回甲戌本侧批）的强力证明！（至于其最后因宝玉出家而独守空闺，则是另外一回事。）在这个意义上，他们对"以情悟道"的诠释，是"情"之"幻"体现于男女婚配，恰与《西厢记》"愿天下有情的都成了眷属"的理想相反，是凡有情的都成不了眷属。"情"之"不可永远依恃"一至于如此，岂非人生最大的遗憾！

总之，《红楼梦》中由贾宝玉、林黛玉而至薛宝钗，乃至其他所有男女,都是从这样那样的角度为"谈情"而设的"幻形"。虽然因为"谈情"之需,这些人物能各有其角色命运,各有其遭际性情,但至少主要人物,都因其有"天上人间"的双重身份,而各自的命运性情等都是出场即由作者为之固定了的。从而《红楼梦》人物之真,大约只体现于生活细节的描写,与性情之不再单一的"好人不完全是好,坏人不完全是坏"①;若就其人物角色及其彼此间关系之设定与人物性格之基本内涵的形成而言,却都可以说是理念化、道具化和模式化的。这不在于作者写人的才情,而只在于作者的艺术理念。曹雪芹的创作理念,有表现,也有再现。其总体构思重表现,具体描写重再现。

综上所论述,《红楼梦》叙事有神话与现实两个层面,但当作为整体看。整体看《红楼梦》是女娲炼石神话的续篇,一部从天上延伸到人间的"新神话"。"新神话"是对人间"乐事"的考验,"考验"的中心是"情",结论是人生如梦,情缘皆幻。为行此"考验",《红楼梦》中除仙人、仙事、仙境的直写之外,其人间描写的环境也属"幻境",人事的描写也"偶见鹘突",人物的设计也属"幻形",非如读者通常认为的"真的人物",而是为"谈情"所"特制"的,是理念化、道具化和模式化的人物,所以不可以仅从现实主义的角度理解把握这部作品。虽然仅是注重从现实描写的成分去解读《红楼梦》有可以谅解的历史的原因,但是,把《红楼梦》作为艺术看,过去以《红楼梦》所写为"宝、黛爱情悲剧"与"贾府兴衰"的几乎公认的看法很可能不够全面和深入。将《红楼梦》看作是一部"新神话"的立场与方法,应有助于对这部书进行全面和更加深入的理解与把握。

(原载《广东技术师范学院学报》2011年第2期)

---

① 鲁迅:《中国小说的历史的变迁》,载《鲁迅全集》(第九卷),人民文学出版社1981年版,第338页。

《红楼梦》"大旨谈情"论

《红楼梦》是一部谜一般的奇书。它的主题众说纷纭，其中不乏有价值的见解。但相比之下，我更愿意相信雪芹自道"其中大旨谈情"，是立题本意。

欲知《红楼梦》"大旨"，自然要从其大处着眼。作为一部长篇巨著，《红楼梦》的大处在于总体的构思，包括主要的故事、故事的主要环境设计、情节发展和人物配置安排等。这诸多方面有机结合的整体的风神气韵，应是它煌煌大旨的集中表现。当然，今见曹雪芹《红楼梦》是一部未完成的著作，后面的部分我们只能根据前八十回的暗示、伏笔和脂批的某些透露有一定的了解，这不能不影响到研究结果的精确性。但是，神龙见首不见尾无碍于人知其神。现有的脂本大半部《红楼梦》，已够我们确认其"大旨"的基本需要了。

《红楼梦》的故事起始于两件事：一件是女娲补天所弃的一块顽石通灵思凡，由一僧一道幻缩为美玉携历红尘，去"那富贵场中，温柔乡里享受几年"；一件是"西方灵河岸上三生石畔有绛珠仙草一株"，久得"赤瑕宫神瑛侍者日以甘露灌溉"，修成女体，思报灌溉之德。适神瑛侍者"欲下凡造历幻缘"，绛珠仙子便随他下世"还泪"，以偿"甘露之惠"，从而"勾出多少风流冤家来，陪他们去了结此案"[①]。这后一件事是全书故事的主体，早期批书人称"通部情案"（第四十六回），就是指此。

这两件事又值同时发生，由警幻仙子统一挂号发放，一僧一道把那称

---

① （清）曹雪芹、高鹗：《红楼梦》，脂砚斋评，山东文艺出版社1993年版，第8页。本文以下引《红楼梦》原文及评语无特别说明均据此本，说明或括注回次。

之为"蠢物"的美玉"夹带"于下世的风流冤家中,"使他去经历经历"。于是二事合一,贾宝玉衔玉而生,黛玉及诸钗先后异地而生,展转因缘,聚首于长安大都贾府大观园。"石头"有结构上的意义,甲戌本《凡例》云:"是自譬石头所记之事也。""所记之事"即"通部情案";"石头"又有象征的意义,它幻为美玉挂在贾宝玉项间历世,"失去幽灵真境界,幻来亲就臭皮囊"(第八回),与贾宝玉一而二、二而一,表示"石皆能迷"(第二十五回),和贾宝玉本有宿慧。

但是,就在贾宝玉衔玉而生入世仅数年之际,贾府宁、荣二公在天之灵念百年望族,而今"子孙虽多,竟无一可以继业",请警幻仙子规引宝玉,"先以情欲声色等事警其痴顽,或能使彼跳出迷人圈子,然后入于正路"。警幻仙子乃"发慈心",使宝玉梦游"太虚幻境","先以彼家上、中、下三等女子之终身册籍,令彼熟玩之","再历饮馔声色之幻""密授以云雨之事",最后引至"迷津",指点说法。不料迷津中"有一夜叉般怪物窜出直扑而来",使宝玉惊醒,仍归为世间"红尘"中人,才真正开始"演出这怀金悼玉的红楼梦"(第五回)。

全书的主体,就是石头(玉)、神瑛侍者(贾宝玉)及册籍中女子(诸钗)"不是冤家不聚首"的历世过程。结末各依分定,"石归山下无灵气",宝玉"悬崖撒手"弃家为僧,黛玉泪枯夭亡……"到头一梦,万境归空","好一似食尽鸟投林,落了片白茫茫大地真干净"。而所有"风流冤家"都归位太虚幻境警幻仙子前销号对册,幻出"情榜"①,结束全书。

这个作为全书框架的故事虽甚荒唐,意义却非常严肃,只是研究者向来对这一框架不曾有足够的重视。它其实表明一部大书构思的哲学基础。在作者看来,世界生人,乃"静极思动,无中生有之数"(第一回),有人生便有欲望,有欲望便有烦恼痛苦,亦即二仙师对石头所说:"那红尘中有却有些乐事,但不能永远依恃,况又有'美中不足,好事多魔'八个字紧相连属,瞬息间则又乐极悲生,人非物换……"宁、荣二公之灵所谓"迷人圈子",警幻所示之"迷津",就都指人欲和人世而言。

不过,《红楼梦》中的"欲"被称作"情"。中国古代哲学中,"情"

---

① 今本《红楼梦》并未写及"情榜",但第八、九、十八、十九回脂评分别提及"警幻情榜""回末警幻情榜"。因知原作当有"情榜",故云。

是比"欲"更高级的意念，但"欲"亦是一种"情"，不过低级下作而已。因此，跳出"迷津"的解脱之道，就是体认世间万相一切皆"幻"，并"我"亦"幻"。而体认的途径便是警幻所谓"以情悟道"，即断离"情根"，使悟"情"即是"幻"，身如槁木，心如死灰，也就是乘上"木居士掌柁，灰侍者撑篙"的木筏，才能出离"红尘"，跳出"迷津"，重返太虚寂无之境。"筏"喻本《金刚般若经》，指佛法可超度众生，使登彼岸。黛玉续宝玉偈云："无立足境，是方干净。"宝钗赞曰："实在这方彻悟。"（第二十二回）所以一部大书，起之于"空"，结之于"空"，中间都从一个"情"字结撰而来。空空道人"因空见色，由色生情，传情入色，自色悟空"而易名"情僧"，改《石头记》为《情僧录》。这一小小关目，既揭示了全书构思以"情"之生灭为中心的线索，又表明作者欲读者明白"情"即是"幻"的道理。

"情僧"，论者多以为是"僧"而有"情"者，其实是被作书人、批书人瞒蔽了。这里，"僧"还是那个空空道人，"情僧"就是"情空"；《情僧录》亦即"情空录"，表明是一部"以情说法"（第三十五回）的书。"情即是幻，幻即是情。"（第十三回）所以书中作者一面说"其中大旨谈情"，一面又说"此回中凡用'梦'用'幻'等字，是提醒阅者眼目，亦是此书立意本旨"。戚序本第一回后评云："出口神奇，幻中不幻。文势跳跃，情里生情。借幻说法，而幻中更自多情；因情捉笔，而情里偏生痴幻。试问君家识得否？色空、空色两无干。"（第一回）"两无干"就是"色空空色"中间大书了一个"情"字为转换，使知"情"自"空色"而来，复归"色空"而去。"情"既非真，更不可"永远依恃"。

配合全书叙事，《红楼梦》基本环境设计处处点明突出一个"情"字。开篇石头被弃之处为"青埂峰下"，"青埂"谐"情根"，"谓落堕情根"（第一回）；甄士隐住姑苏城阊门外"十里街仁清巷"，"十里"谐"势利"，乃言势利之情；"仁清"谐"人情"。"太虚幻境"在"离恨天之上灌愁海之中"的"放春山遣香洞"，"灌愁""放春""遣香"都着意于"情"；入了"太虚幻境"，"转过牌坊，便是一座宫门，也横书四个大字道是'孽海情天'，又有一副对联大书云：'厚地高天堪叹古今情不尽，痴男怨女可怜风月债难偿。'"贮放册籍的地方为"薄命司"，门口亦有对联云："春恨秋悲皆自惹，花容月貌为谁妍。"宝玉览册籍后，随警幻仙子去的第一个去处是"清静女儿之境",所谓"幽微灵秀地,无可奈何天"。在那里闻"群芳髓"之香,饮"千红一窟(谐'哭'字)"之茶、"万艳同杯(谐'悲'字)"之酒。然后来至"迷津",这是入"迷"亦即堕入"红尘"的关口。宝玉于此被夜叉直扑惊醒,未能"悟道",仍归"富贵场中,温柔乡里"。(第一回)

石头、神瑛侍者并一干风流冤家下世聚首的地方,是"昌明隆盛之邦,诗礼簪缨之族,花柳繁华之地,温柔富贵之乡",脂批依次注隐"长安大都""荣国府""大观园""紫云轩",所以"长安大都"——"贾府"——"大观园"实际是"太虚幻境"——"孽海情天宫"——"薄命司"在人间的投影。这一点脂批有所揭示,第五回中太虚幻境一处所在的描写,批书人说:"已为省亲别墅画下图式矣。"第十七回至第十八回"大观园试才题对额",写宝玉见一玉石牌坊,"心中忽有所动,寻思起来,倒像在那里见过的一般"。这个牌坊就是他梦游"太虚幻境"所见牌坊的世间形象,故而题"天仙宝境",后被元妃改题"省亲别墅"。"太虚幻境"是作者为"警情"(第五回)而设,但它注定不能奏效,所以必要宝玉还归贾府大观园造劫历幻。长安大都——贾府——大观园就是依照定数为完成"太虚幻境""警情"未了之事而构造的人间世界。脂批云:"大观园系玉兄与十二钗之太虚幻境,岂可草率?"(第十六回)又云:"仍归葫芦一梦之太虚幻境。"(第十七回)就点明此事。当然,大观园在人间,但其脉系天上之太虚幻境,故云"天上人间诸景备,芳名应赐大观园"。从"警幻"的观点来看,它是"迷津"深处;在"石头"——"神瑛侍者"来说,它是理想的温柔富贵之乡。但"石头"——"神瑛侍者"是"有缘者","沉酣一梦终须醒",会有"木居士掌柁,灰侍者撑篙"的木筏来度他,所以宝玉说:"'富贵'二字,不料遭我荼毒了。"(第七回)不时想到化烟化灰。这固然是由于宿慧,但作者更多地写到了环境的造化,春恨秋悲死亡破败相随,"悲凉之雾,遍被华林,然呼吸而领会之者,独宝玉而已"[①]。宝玉就在这日甚一日的悲凉中"悟道"了。大观园是作者心造的红尘富贵、世间繁华的典型场所,以它的兴衰生灭体现"瞬息间则又乐极悲生,人非物换"的思想,所谓"眼看他起高楼,眼看他宴宾客,

---

[①] 鲁迅:《中国小说史略》,人民文学出版社1973年版,第201页。

眼看他楼塌了"①。而个中人红尘富贵繁华亦当随之生灭,归于无何有之乡。所以,《好了歌》为一书总论,甄士隐一家故事为一书总喻,贾府大观园兴衰为一书主体,"古今情""风月债"就都在其中了。

脂批说大观园是"太虚幻境",研究者也多如是说,但"太虚幻境"中有"孽海情天宫",还有"空灵殿"(第十二回),"孽海情天宫"中有"痴情司""结怨司""朝啼司""夜怨司""春感司""秋悲司"。宝玉入的是"薄命司",在那里看了诸钗册籍。所以,我很疑心"玉石牌坊"的暗示与全部天上人间的描写并不一致,"太虚幻境"对应的应是"昌明隆盛之邦",即"长安大都"所代表的整个人世;"孽海情天宫"对应的应是"诗礼簪缨之族",即贾府;"薄命司"对应的应是"花柳繁华地",即大观园。游"太虚幻境",宝玉在"薄命司"阅诸钗册籍;现实中,宝玉是唯一的男人住在大观园,他是"绛洞花王",园中"诸艳之贯(冠)"(第十七回),他的居处怡红院"总一园之看(首)"(第十七回)。这种情况不能不使我们想到,"薄命司"与"大观园"才是合乎逻辑的对应,在这里演出天上人间"古今情""风月债"中红颜薄命的重头戏。当然,大观园是"薄命司"的投影,诸钗应都在里边,但王熙凤因系有夫之妇没有住进去,而她自认是大观园中人。第四十五回兴办诗社,王熙凤说:"我不入社花几个钱,不成了大观园的反叛了?"

大观园中怡红院"总一园之看(首)",诸钗居住布置方位都依与宝玉感情之深浅而设。余英时先生曾经分析过大观园中房屋的配置,于黛玉所居之潇湘馆离怡红院近而小,宝钗所居之蘅芜苑离怡红院远而大评论说:"木石虽近而金玉齐大,正是脂砚斋所谓'钗颦对峙也'②。"这是一个很有见地的发明。但是,潇湘馆、蘅芜苑距怡红院的近远大小所显示的对峙,不仅是世俗地位的差异,也有感情的差异。第二十一回"一时宝玉来了,宝钗方出去"下,庚辰夹批中曾论及宝玉、宝钗"二人之远,实相近之至也。至颦儿于宝玉实近之至矣,却远之至也"。又说:"钗与玉远中近,颦与玉近中远,是要紧两大股,不可粗心看过。"(第二十一回)可见宝钗、黛玉与宝玉居住的距离也显示了感情上的对峙。

---

① (清)孔尚任:《桃花扇》,人民文学出版社1959年版,第267页。
② [美]余英时:《〈红楼梦〉的两个世界》,《香港大学学报》1974年第2期。

大观园中的葬花冢很有寓意。有葬花方有花冢,因此有《葬花吟》。脂批云:"至此方完大观园工程公案……余则谓若许笔墨,却只为一个葬花冢。"(第十八回)又云:"埋香冢乃诸艳归源;葬花吟又系诸艳一偈也。"(第二十七回)花是女孩子的象征,落红成阵,象征红颜薄命。女孩子最好的结局,也就是红褪香销时葬入花冢,即黛玉所谓"质本洁来还洁去,强于污淖陷渠沟"(第二十七回)。

《红楼梦》中的器物饮馔也多有关"大旨谈情"。举二事以概观之。风月宝鉴"出自太虚幻境空灵殿上,警幻仙子所制",后来到了贾瑞手中,因他贪看正面而淫丧夭亡,这是此书又名《风月宝鉴》的点题,"是戒妄动风月之情"。宝钗有冷香丸,是癞头和尚给的,能治她"从胎里带来的一股热毒",脂批说:"凡心偶炽,是以孽火齐攻。"(第七回)看来冷香丸也是针对情孽而设的。总之,《红楼梦》细节的设置,无论大处小处,都着意于突出"大旨谈情"。

我们再来看看全书的中心线索。《红楼梦》"全部之主唯二玉二人也"(第一回)。黛玉是绛珠仙子随神瑛侍者下世并向他"还泪"的,所以宝玉、黛玉"木石前盟"唯尽其缠绵,而绝无结合的可能。黛玉"情情",独钟于宝玉一人,泪枯债了而亡,是不能到头的;宝玉"情不情",虽然对黛玉用情最深,但到底不为黛玉一人。所以,第三十四回题曰"情中情因情感妹妹",宝玉对前来安慰问候他的黛玉说:"你放心,别说这样话,就便为这些人死了,也是情愿的。"黛玉为宝玉一人之情而生,为宝玉一人之情而死;宝玉却是"爱博而心劳"[1],为"这些人"无可奈何出家。宝玉关心的不仅是爱情,还是包括爱情在内的一切情,用《红楼梦》的话说,就是"古今情""风月债"。黛玉之死,无疑是宝玉"以情悟道"的关键;但在宝玉、黛玉"诉肺腑"之前,宝玉续《庄子》、悟禅机,已是"二次翻身不出"(第二十二回)了。所以全书以二玉为主,二玉以宝玉为主,《红楼梦》情节线索中心的中心是宝玉"以情悟道"的过程。作品写他从天上到人间,一步步陷溺下去,才堕落,又觉悟;才觉悟,又堕落……最后打破"情"关,"悬崖撒手"(第二十一回),是大翻身,大彻悟。贾府、大观园的盛衰就合着宝玉"情"悟的过

---

[1] 鲁迅:《中国小说史略》,人民文学出版社1973年版,第199页。

程展开。宝玉未能梦游"太虚幻境"而悟"幻即是情"进而"入于正路",却经过红尘中瞬息间"乐极悲生,人非物换"而悟"情即是幻"遁入空门,所以贾府终还是"运终数尽,不可挽回"。宝玉"痴迷"时,还被视为"略可望成";一旦悟道,则并人出家而去。其时贾府也已死亡破败相继,"落了片白茫茫大地真干净"。宝玉的"迷"与贾府的"盛",宝玉的"悟"与贾府的"败",是同步并互为因果的,而迷悟盛衰关键只在一个"情"字。脂批云:"可知除'情'字,俱非宝玉正文。"(第十六回)"宝玉正文"即一部书所系的中心,故曰"其中大旨谈情"。

《红楼梦》写贾宝玉"以情悟道"的过程,黛玉为宾,宝钗次之,其他人物因此过程配置,也都围绕突出一个"情"字。贾宝玉为"情种";另有个江南甄宝玉也是"情种",后来改悔了,为贾宝玉所不齿(依高本);宝玉的腻友秦钟(谐"情种")也是"情种"。同是"情种"而品类不一的,是贾瑞、蒋玉函、柳湘莲、潘又安一干人。贾珍、贾琏、贾蓉之辈,是皮肤滥淫之蠢物,为贾赦一流。贾母、贾政、王夫人,有宠孙爱子、安富尊荣之情;凤姐辣、贪、好胜,史湘云英豪阔大、醉卧花裀;元、迎、探、惜之"三春去后"惜春为尼;妙玉之槛外孤洁之癖;尤氏姊妹、刘姥姥,乃至小丫头坠儿、鲍二媳妇、张金哥、金钏、鸳鸯等,邪邪正正,无不是被情累、被情误者,均"迷津"中人。戚序本第十四回回后脂批云:"借可卿之死,又写出情之变态,上下大小,男女老少,无非情感而生情。"甲戌本第八回"他父亲秦业"下夹批云:"妙名。业者,孽也,盖云情因孽而生也。"接下"现任营缮郎",夹批云:"官职更妙,设云因情孽而缮此一书之意。"戚序本第五十七回回前批云:"作者发无量愿,欲演出真情种,性地圆光,遍示三千,遂滴泪为墨,研血成字,画一幅大慈大悲图。"这些话都点明了《红楼梦》写人物以"大旨谈情"的用心。

《红楼梦》写人以"大旨谈情",集中体现于宝玉、宝钗、黛玉三者关系上。这绝不是今天所谓"三角恋爱"关系,而是作者对儿女之情看法的演义。按宝钗、黛玉均太虚幻境"薄命司"十二钗籍中人,"来自情天",而环肥燕瘦,性格迥异,成"钗、颦对峙"。这种对立,根本原因无他,只在于宝钗有癞头和尚给她"冷香丸"(从所拟名看,当属中医发散之药)服用,把从胎里带来的"热毒"抑住了,所以关键时能"羞笼红麝串",

成一无"情"的"冷美人"。而黛玉却无幸得授灵丹妙药，而是由着俗医服用"人参养荣丸"（第三回）、"天王补心凡"（第二十八回）之类补药，不仅不能抑制其如宝钗同样的"热毒"，反而越补越热，更增其天赋的"情情"（第十九回）一任其"情情"。贾宝玉居宝钗、黛玉之间。宝钗有"仙姿"，黛玉擅"灵窍"，色不及情，所以宝玉终与黛玉为近。但是，宝玉乃"天下古今第一淫人"，是"既悦其色，复恋其情"的，所以处宝钗、黛玉之间时复彷徨。他有一回见了宝钗"雪白一段酥臂"，便动了羡慕之心，觉得宝钗"比林黛玉另具一种妩媚风流"。宝玉的真正的理想是"钗、黛合一"，而现实中只是"钗、颦对峙"，二者不可兼得。况且"钗、黛合一"了，宝玉得之也未必满足。梦游"太虚幻境"，警幻密授以云雨之事，秦可卿乳名"兼美"，就是"钗、黛合一"的象征，宝玉与之"春风一度"，仍未能悟。何况现实中再无"兼美"之人？所以，现实中宝玉于"钗、颦对峙"之间，只能择一近者，那就是"情情"的黛玉。但现实的原则恰与"情种"的愿望相违背，并非"愿天下有情人都成眷属"的。第一回娇杏将嫁贾雨村，脂批云："是无儿女之情，故有夫人之分。"正道出宝玉、宝钗、黛玉间现实关系的特征。宝钗得了癞头和尚送的冷香丸，制住了"热毒"，同时也有了金锁去配那玉，成金玉姻缘，正是"无儿女之情，故有夫人之分"。黛玉的命运则相反。"情"之不可恃，一至于此。所以"黛死钗嫁"，贾宝玉"空对着山中高士晶莹雪，终不望世外仙姝寂寞林，叹人间美中不足今方信，纵然齐眉举案，到底意难平"。"意难平"因"寂寞林"而起，但不排斥"晶莹雪"。对着"晶莹雪"还是"美"的，唯"不足"而已。所以《红楼梦》为"怀金悼玉"，于"金""玉"并无特别地轩轾。脂批云："怀金悼玉，大有深意。"（第五回）某些研究者捧杀黛玉，骂死宝钗，大非雪芹本意。

但是，宝玉的"情悟"却不仅从那一个"意难平"上来，也不仅从他与一干风流冤家的"风月债难偿"上来。他爱一切的女孩子，曾发誓"就便为这些人死了，也是情愿的"。但他后来知道了龄官划"蔷"的深意，"识分定悟梨香院"，终于明白女孩子的眼泪"我竟不能全得了，从此后只是各人得各人眼泪罢了"，"自此深悟人生情缘，各有分定，只是每每暗无天日伤'不知将来葬我洒泪者为谁？'"但这一"悟"并没有持续多久，接下来第三十九回《村姥姥是信口开合，情哥哥偏寻根究底》，宝玉又去找那无何有之乡的茗玉小姐去了。他的爱真正永无休止、无比广大，由爱人而及于爱物、爱大自然。终其一生，只发恨摔碎了一只茶杯，而临风洒泪，举步惜花，对月伤怀，体贴入微地思考着人生和他依托的这个世界。第二十八回写他听黛玉《葬花吟》之后：

> 不觉恸倒山坡之上，怀里兜的落花撒了一地。试想林黛玉的花颜月貌，将来亦到无可寻觅之时，宁不心碎肠断！黛玉终归无可寻觅之时，推之他人，如宝钗、香菱、袭人等，亦可到无可寻觅之时矣。宝钗等终归无可寻觅之时，则自己又安在哉？且自己尚不知何在何往，则斯处、斯园、斯花、斯柳，又不知当属谁姓矣……

由"风月债"到"古今情"，这就是宝玉"情悟"的全部内容。他不胜儿女风月之情，更不胜天地古今之情，因而有"情极之毒"。第二十一回庚辰夹批云："宝玉之情，今古无人可比固矣。然宝玉有情极之毒，亦世人莫忍为者。……宝玉有此世人莫忍为之毒，故后文方有'悬崖撒手'一回。若他人得宝钗之妻、麝月之婢，岂能弃而为僧哉？玉一生偏僻处。""玉一生偏僻处"下，蒙府本批曰："此是宝玉大智慧大力量处。"的确，宝玉作为"古今第一淫人"，其"意淫"本质上乃是对整个人生宇宙的爱恋，对完美境界的追求。他即使不得不失败，也绝不与世浮沉，而是以出家保持其人格精神的独立。他的出家，在形式上是消极的，本质上却是悲壮的；他的出家，对抗的不仅是庸俗的家庭、黑暗的社会，而且是瞬息间使"人非物换"的自然。

《红楼梦》"大旨谈情""以情悟道"，深蒙佛、道思想的影响。书中虽然多次写到宝玉毁僧谤道，说"和尚道士的话如何信的"，但那是作者所谓的宝玉"痴迷"的表现。一旦读《庄子》、听曲文，便有觉悟，诚如宝钗所说的，"那些道书禅机最能移性"。一僧一道时隐时现，点化痴迷，最后宝玉便随他们出家去了。今天看来，这种"色空"思想实在不算高明，但在18世纪，作者处理这样一个关乎人生终极意义的故事，求助于"色空"的观念，也是一件无可奈何的事。

"色空"是佛教的观念，各家说法不一。但讲"色空"又讲"情"的，似乎以释慧远《沙门不敬王者论》最为显豁。他说："有灵则有情于化，无灵则无情于化。无情于化，化毕而生尽；生不由情，故形朽而化灭。有情于化，感物而动，动必以情，故其生不绝。其生不绝，则其化弥广而形弥积，情弥滞而累弥深。其为患也，焉可胜言哉！"①

《红楼梦》起始于石头通灵思凡，后来与神瑛侍者即贾宝玉一而二、二而一地历世，就是"有灵则有情于化……动必以情，故其生不绝"。但是，他们到底是有宿慧的，又得一僧一道随时呵护点化，所以终能幡然醒悟，"无情于化，化毕而生尽"。一个"石归山下无灵气"，一个"悬崖撒手"而去。这一思想的框架自然使全书蒙上了宿命的色彩，但也促进了作者的描写在"动必以情"上下功夫。"以情悟道，守理衷情"，大约就由此而来。以致这部书"比历来风月事故更加琐碎细腻"，却几乎没有什么秽笔，成了极高明而垂永久的艺术瑰宝。

当然，正如有些研究者指出的，《红楼梦》"大旨谈情"也受了明中叶以来汤显祖、冯梦龙、洪昇等进步文学家的影响。但也只是在重视写"情"这一点上，《红楼梦》对那些前辈作家的作品有所继承和借鉴，而所写"情"的内容和作家的价值判断，却有很大的或根本的不同。大致说来，汤显祖、冯梦龙、洪昇等人主要是写了爱情，《红楼梦》则写了从性爱到对古今盛衰沧桑之变的种种感受；汤显祖、冯梦龙、洪昇等人肯定、歌颂"情"，写"情"战胜"理"甚至超越生死，因而总是悲喜剧，不是真正的悲剧，《红楼梦》则以无限留恋和感伤惋惜的心情否定、弃绝"情"，写"情"本身的痴幻、脆弱及其在现实打击下必然毁灭的过程；汤显祖、冯梦龙、洪昇等人的写"情"代表了明中叶以来兴起的个性解放初期狂飙突起的精神，《红楼梦》写"情"则体现了这一精神在发展过程中遭受挫折后的迷惘与彷徨——梦醒了无路可走的痛苦。书中屡次出现的"无可奈何"一语，准确道出了这一痛苦的特征。虽然"无可奈何"并不表示实际的进步，但它是孕育新生的必然阶段。曹雪芹和他的贾宝玉未能新生并跨进近代思想变革的门，但《红楼梦》沉重的叹息、无尽的哀伤，无疑标志了漫漫长夜即将在最黑暗的一刻结束。

《红楼梦》写"情"的成功，不仅在于作者主观的态度，而且在于作

---

① （东晋）释慧远：《沙门不敬王者论》，载（梁）僧祐编撰《弘明集》，刘立夫、胡勇译注，中华书局2011年版，第323页。

家敢于直面惨淡的人生，写出人生而不能自由的悲剧意味。因此，它是真正的悲剧，关于个人不得实现其生的理想和活的价值的悲剧。它所提出的"解脱之道"肯定是虚妄的，而惟其虚妄才成其为"彻头彻尾的悲剧"。在这一点上，王国维半个多世纪以前的结论有一半是对的。

（原载《齐鲁学刊》1993 年第 6 期）

《红楼梦》"通灵宝玉"的本事或原型新说

《红楼梦》本名《石头记》。顾名思义，一块"石头"能跻身一部大书之名题，其意象在本书当然是极重要的。从而进一步可以说，《红楼梦》研究既称"红学"，那么以其原名《石头记》，岂不又可以称曰"石学"？尽管因有了"红学"已不必多此一举，但是由此可知有关《红楼梦》即《石头记》之"石头"的研究，比较书中一般的意象，更应该受到重视。事实上"红学"中已有很多关于这块"石头"的研究。有关这块"石头"之本事或原型众说纷纭，学者或以为渊源于上古"石文化"或"玉文化"，或直接认为"石头"的原型就是南京的雨花石等，笔者以为或嫌浮泛而未至于确当，或风马牛而不相及，兹不具论其非，谨试献新说如下。

《红楼梦》写"石头"入世后的正名是"通灵宝玉"，其来历叙写主要在第一回中，大体说它是"女娲氏炼石补天之时，于大荒山无稽崖炼成高经十二丈，方经二十四丈顽石三万六千五百零一块。娲皇氏只用了三万六千五百块，只单单剩了一块未用，便弃在此山青埂峰下"的一块灵石，由一僧一道中的"那僧便念咒书符，大展幻术，将一块大石登时变成一块鲜明莹洁的美玉，且又缩成扇坠大小的可佩可拿。那僧托于掌上，笑道：'形体倒也是个宝物了！还只没有实在的好处，须得再镌上数字，使人一见便知是奇物方妙。'"此后"一僧一道"曾使此石得甄士隐一见，"取出递与士隐。士隐接了看时，原来是块鲜明美玉，上面字迹分明，镌着'通灵宝玉'四字，后面还有几行小字"；再后来此石被"一僧一道"携"到警幻仙子宫中，将蠢物交割清楚"，被安排随绛珠仙子、神瑛侍者及"一干风流孽鬼下世"。于是下文便有贾府生子"一落胎胞，嘴里便衔下一块五彩晶莹的玉来，上面还有许多字迹，就取名叫作宝玉"，即书中所谓贾宝玉"衔玉而诞"。而"通灵宝玉"也便成为神瑛侍者——贾宝玉"造劫历世"的见证与书记者，故"此石坠落之乡，投胎之处，亲自经历的一段陈迹故事"便题名曰"石头记"，并在通部书中，此"通灵宝玉"成为贾宝玉的"命根子"，日夜随身，有之则清醒，无之便痴狂。①

以上《红楼梦》有关"通灵宝玉"故事的描写，除"女娲炼石补天"的框架为众所周知者，"通灵宝玉"的其他基本特征有五。

一是他人（"一僧一道"）给的。

二是"扇坠大小的可佩可拿"。

三是表面有"镌上数字"。

四是其虽主要作为贾宝玉项上挂饰之物被描写，但其本来由贾宝玉"衔玉而诞"在书中显世，曾为宝玉口中之物。

五是其为决定贾宝玉"聪明"或"糊涂"的"命根子"。

那么，这样一块"通灵宝玉"的形象是《红楼梦》作者向壁虚构出来的吗？非也！请看《西京杂记》卷一《弘成子文石》：

> 五鹿充宗受学于宏成子。成子少时，尝有人过之，授以文石，大如燕卵。成子吞之，遂大明悟为天下通儒。成子后病，吐出此石，以授充宗，充宗又为硕学也。②

五鹿充宗，氏五鹿，名充宗，卫之五鹿人，以地为氏。西汉汉元帝的宠臣，先为尚书令，后来官至少府。著名的儒家学者，受学于弘成子。这个故事写使弘成子"大明悟"和五鹿充宗亦受益之"文石"的特征，亦可归结为五个。

一是他人即过访人给的。

二是其形"大如燕卵"。

三是其称名曰"文石"。

四是弘成子先曾"吞之"，病终之际又"吐出此石，以授充宗"吞之。

---

① 参见（清）曹雪芹、高鹗《红楼梦》，中国艺术研究院红楼梦研究所校注，人民文学出版社1982年版。

② （晋）葛洪辑，成林、程章灿译注：《西京杂记全译》，贵州人民出版社1993年版，第23页。

❖❖❖《红楼梦》等"家庭小说"研究

五是弘成子和五鹿充宗先后因吞此石而成为大学问家。

以此《西京杂记》"文石"的五个特点与《红楼梦》"通灵宝玉"的五个特点相对照,可说无一不符契相合。如果说还有一点似乎较大的区别,那就是《红楼梦》之"通灵宝玉"上刻有字,而《西京杂记》的"文石"之"文"通"纹",乃花纹而非字。但是,毕竟后世人一看"文石"之称,也很容易向刻有字的石头方面去想。所以若说《西京杂记》所写的这块"文石",像极后世《红楼梦》中的"通灵宝玉",也就是《红楼梦》作者对"通灵宝玉"形象的构想,很有可能受到《西京杂记》中"弘成子文石"的启发,是从后者模拟变化来的,应该不是牵强附会吧!

这个道理还在于《西京杂记》是一部流行甚广而为《红楼梦》作者在书中一再引用的书。成林、程章灿译注葛洪《西京杂记》的《前言》开篇说:"《西京杂记》是一部很有趣、也很奇怪的书。在中国文史学界,它的知名度和使用率都很高……"这一现象的发生与存在当然不始自近今,而是早自唐宋以来世代如此。《红楼梦》的作者生当清代汉学盛时,博览群书,杂学旁收,亦颇熟悉并习用此书。例如第一回有提到"卓文君"即其与司马相如的风情故事,第六十四回有提及"(王)昭君""(毛)延寿""汉(元)帝"故事,等等,就都出自《西京杂记》或以《西京杂记》中的记载流行最广。这无疑加强了以上《红楼梦》"通灵宝玉"拟自《西京杂记》中的"文石",也就是说《红楼梦》中"通灵宝玉"本事或原型是《西京杂记》所载"文石"的推断,并可以认为是这一问题的结论了。

写下以上文字后,我又因何红梅博士的提示,读到刘相雨、朱祥竟两位学者发表于2003年的《〈红楼梦〉与中国古代灵石意象》一文(以下或简称"该文")。乃知这一结论,早在十余年前就应该得出了。即该文曾就上引《西京杂记》卷一"弘成子文石"条论析说:

> 这儿,弘成子和五鹿充宗都因为吞食"文石"(不是普通的石头),而"大明悟",成为"通儒""硕学"。"通灵宝玉"也有"五色花纹缠护",宝玉的聪明也为人公认,即使动辄对之严厉训斥的贾政也认为他"空灵娟逸""天性聪敏"(第七十八回)。在后四十回中,宝玉失去"通灵宝玉"后,也变得"像个傻子似的",任人摆弄。宝玉的"通灵宝玉"与五鹿充宗、弘成子吞食的"文石"大小、外观、

· 566 ·

功能均相似；只不过前者只是挂在脖子上，后者却要吞放在肚子里。

但是，该文以此节论析所证明的仅是"石头能增长智慧"。同时该文还引《西京杂记》卷四：

  元后在家，尝有白燕衔白石，大如指，堕后绩筐中。后取之，石自剖为二，其中有文曰"母天地"。后乃合之，遂复还合，乃宝录焉。后为皇后，常并置玺笥中，谓为天玺也。

而议论曰：

  汉元帝的皇后因幼年得到一块有"母天地"三字的白石，后来果然成了皇后；"通灵宝玉"正反面的文字也都具有预言作用。二者的区别在于，元后石上的文字来历不明，具有超验的神秘色彩；"通灵宝玉"上的文字，则为和尚特意镌刻上去的。①

从而证明"至于石头上有文字，并具有预言功能，这种记载亦不乏其例"。这些都是很切实的见解，某些内容还可以补笔者比较考述之疏。所以，虽然该文还有其他相关"灵石"的探讨也很有意思，且文章意在以《红楼梦》之前中国文献中"灵石意象"与"通灵宝玉"的多方面比较，综合证明其《摘要》所说："石头意象在《红楼梦》中占有重要地位，曹雪芹借鉴、改造和吸收了中国古代文学中灵石意象的描述，既清除了其神秘主义的色彩，又保留了其空灵飘逸的风格。"自有其学术价值，但它没有重点指明，也可能不认为其中"弘成子文石"故事，其实很大程度上已可认为是"通灵宝玉"的本事或原型了。所以，早在十几年前，该文就可以得出本文以上的"结论"了，却失之交臂。从而本文"结论"以上的部分，虽在读该文之前撰成，笔者也完全赞成该文关于《红楼梦》"通灵宝玉"起于古代灵石意象传统的观念，但笔者认为，本文的核心观念与论述

---

① 刘相雨、朱祥竟：《〈红楼梦〉与中国古代灵石意象》，《阜阳师范学院学报》（社会科学版）2003年第4期。

径向，仍是一个必需的"新说"。

在肯定《红楼梦》"通灵宝玉"起于古代灵石意象传统的前提下，本文仍自谓是一个必须的"新说"的道理，简单地说在于吾人可以想象《红楼梦》的作者胸中积蓄有历史上诸多故事中的"灵石"意象，成为"通灵宝玉"产生的知识背景，但不可以想象其在神思运笔之际乃综合那诸多"灵石"意象的特点而瞬间形成"通灵宝玉"的形象。换言之，《红楼梦》"通灵宝玉"形象的形成，必由历史传统上某一个"灵石"意象的引发为主，然后有或多或少其他"灵石"意象的特征凑泊而来，进而融会、熔铸以成。从而说《红楼梦》"通灵宝玉"的知识或文化背景是古代"灵石"意象的传统固然是对的，也有一定意义。但是，一如说"牛郎织女"故事源于古代放牛和织布的耕织传统一样，不免嫌于空泛，而不如指出到底哪一个"灵石"的意象引发"通灵宝玉"的产生，也就是"通灵宝玉"故事的真正本事或原型，才更近于《红楼梦》创作的实际，也更契合于读者的关心。本文正是在这个意义上才自诩为"新说"，盼读者批评指正。

（原载《江苏第二师范学院学报》2017 年第 1 期）

论武大郎之死

　　武大郎名植,是武二郎——武松的兄长,潘金莲的丈夫;忠厚朴实,但是这美德在他几乎成了无用的别名。虽然有句俗语说"武大郎开店",形容嫉贤妒能的人,乃冤枉了他,但是由此可见武大郎窝囊废名声之大,正如武松的力能打虎、潘金莲的淫能杀夫,家喻户晓,妇孺皆知。而且说到他令弟、内助的场合,往往也要说到他武大郎:可惜了一个老实人。

　　武大郎出身贫寒。"自从与兄弟(武松)分居之后,因时遭荒馑,搬移在清河县紫石街,赁房居住。人见他为人懦弱,模样猥衰,起了他个浑名,叫做'三寸丁、谷树皮'。俗语言其身上粗躁、头脸狭窄故也。以此人见他这般软弱朴实,多欺负他。武大并无生气,常时回避便了。"①(第一回)武大这番光景虽然不值得恭维,但任何有良知的人都会不吝给他以对弱者的同情,更不用说他无论如何不该因捉奸而死于非命。

　　所以,潘金莲十恶不赦。多数的人,读《水浒传》武松杀嫂祭兄,已觉大快人心;《金瓶梅》中她更加淫荡无耻、作恶多端的形象,就越发使人厌恶。吾乡旧时戏班子串乡演出大约是当地的小戏《潘金莲拾麦》,潘姓人家居多的村子均拒绝其入庄。可见这位虚构的潘女士名声之劣,使好好一个"潘"字都仿佛蒙了羞耻。而小说家为人物取名,可不慎哉!

　　可是,潘金莲何以要杀武大郎?武大郎何以不曾如"常时回避了",必捉奸不成而遭踢打和毒死?这个问题,要专家做法律的裁判并不难。可是,在"文学是人学"的意义上,这并不是一个简单的是非,甚至不是一

---

① (明)兰陵笑笑生:《金瓶梅词话》,人民文学出版社1985年版。本文引此书均据此本,括注回次。

个明白的善恶。套用一句现成话,它也应该被看作"人性的证明"。

读者周知,武大郎得潘金莲为妻实属偶然。他是个"把浑家故了"的人,带着十二岁的女儿迎儿做生意过活,"那消半年光景,又消折了资本,移在大街坊张大户家临街房居住"(第一回)。因为人"本分",又对张宅家下人"无不奉承",所以大户"收用"潘金莲后,又不得已"倒陪妆奁"为她"寻嫁得一个相应人家"时,"大户家下人都说武大忠厚……堪可与他";而"这大户早晚还要看觑此女,因此不要武大一文钱,白白的嫁与他为妻"(第一回)。这大概是武大做梦也未曾想到的。

可是,张大户此举却是别有用心,所以武大郎能成为潘金莲的丈夫,又实在是必然。一则张宅家下人为之美言"武大忠厚",二则如上引张大户就近"早晚还要看觑此女"(第一回)。"看觑"者何?明遣暗留,借武大之名别筑金屋以藏娇也。这里武大的"忠厚"与张大户包养情妇的需要正相投合。于是我们看到,"这武大自从娶的金莲来家,大户甚是看顾他。若武大没本钱做炊饼,大户私与银伍两,与他做本钱",真是"恩"重如山。但是,天上不会掉馅饼——"武大若挑担儿出去,大户候无人,便趑入房中与金莲厮会。武大虽一时撞见,亦不敢声言。朝来暮往,如此也有几时"(第一回)。

所以,张大户把潘金莲"白白的嫁与他为妻",实不过是把明着的小妾翻牌为他暗中的情妇;而武大郎挂名潘金莲的"丈夫",则不过是张大户包养情妇蒙他那主家婆的一块招牌。但是,名义上武大当然已是潘金莲的丈夫,潘金莲是武大的老婆;张大户之"趑入房中与金莲厮会"已经属于偷情,从而武大早在西门庆出场前就已经戴稳了"绿帽子",用郓哥戏谑他的话是成了吃"麦稃"长肥的"鹅鸭"(第五回)。但此时的武大对于妻子的不贞,"虽一时撞见,亦不敢声言"。这"不敢"二字中有武大对张大户"成也萧何、败也萧何"的为难和酸楚。他在这件事上的"并无生气,常时回避便了",实际是对张大户把潘金莲"白白的嫁与他为妻"的"分期付款"。这里,他的"忠厚"和"朴实"因为染了小商贩交换的意识变成了窝囊废的别名。加以他的懦弱,如果张大户不死,大约总不过"挂靠"大户为潘金莲的名义丈夫而已。

然而,即使如此,潘金莲也早就痛苦于所嫁非人了:"原来金莲自从嫁武大,见他一味老实,人物猥衰,甚是憎嫌,常与他合气。报怨大户:

论武大郎之死

'普天世界断生了男子,何故将奴嫁与这样个货……'"(第一回)她被大户玩于掌中,却也还蒙在鼓里,竟不知唯其如此,才遂了大户"还要看觑"她之心。这样,她只有埋怨"奴端的那世里悔气,却嫁了他!是好苦也!"这一点,即使作者一心要把潘金莲写成该死的淫妇的典型,也不能不承认是一个不幸。书中评论说:"但凡世上妇女,若自己有些颜色,所禀伶俐,配个好男子,便罢了。若是武大这般,虽好杀也未免有几分憎嫌。自古佳人才子相凑着的少,买金撞不着卖金的。"(第一回)而当后来张大户"呜呼哀哉死了,主家婆察知其事,怒令家童将金莲、武大即时赶出,不容在房子里住",武大来紫石街赁房子,"依旧卖炊饼",才可以说与潘金莲有了自己的夫妻生活。这时,一班浮浪子弟往来嘲戏,唱叫:"这一块好羊肉,如何落在狗口里。"(第一回)虽是刻薄的话,但是说这婚姻的不近人情,也算是到家了。

《金瓶梅》作者的议论并不总是陈腐的。他说:"参透风流二字禅,好姻缘是恶姻缘。"这个话至少对于武大郎是如此。以他"三寸丁谷树皮"的粗蠢,得"虎中美女"潘金莲为妻,真说不定是福气还是凶险。但在武大感觉中似乎正是一桩"好姻缘",殊不知此"好姻缘是恶姻缘"。这里,不但潘金莲的自觉"甚是憎嫌"是武大的不幸,而且对这一"好羊肉掉在狗口里"似的婚姻的可能恶果没有充分估计,是武大更大的不幸。因此,他绝不想到如何消除这潜伏的危机的根源,尽其所能以一个丈夫的关爱化解金莲对他的"憎嫌"。而是竭其驽钝,一味蠢笨地阻止金莲的偷汉向外之心。"紫石街住不牢,又要往别处搬移……搬到县西街来,照旧卖炊饼"(第一回),试图在"孟母三迁"似的游动中零售他从"围城"之外感到的危险。殊不知根本的危险却在内里,在于潘金莲自己要冲出这"恶姻缘"的"围城"。"潘金莲嫌夫卖风月"(第一回),首先是她与武大夫妻间的内搏,这场没有硝烟的战争的最好的结果是和平地分手。但是,依当时的法律,这种分手只能是武大休妻,而绝不能是潘金莲弃夫。所以,潘金莲气急也只是提出"你与了我一纸休书",并不敢想到其他;而武大虽然"那里再敢开口",但是不"开口"已经是很彻底的否决。人道是潘金莲"一块好羊肉",既"白白"掉在他口里,就绝不会再吐出来。他不开口,她就没有办法!

潘金莲与武大口角,曾随口说武大"日头在半天里,便把牢门关了。

也吃邻舍家笑话，说我家怎生禁鬼"。"牢门"与"禁鬼"，把金莲对这个"家"的感觉和自我的感觉形容得透彻。对于她来说，这个"家"就是变相的牢狱，而武大把她变成不得见天日的活鬼。如武大所希望的，潘金莲能身如枯槁、心如死灰，委曲求全、从一而终，也就罢了。无奈她之性欲强烈、风流多情逾于寻常，那种连笑笑生都以为"虽好杀也未免有几分憎嫌"之人，潘金莲更绝难承受。如以今人的观点，诚如恩格斯在《家庭、私有制和国家的起源》一书中所说："不以相互性爱和夫妻真正自由同意为基础的任何婚姻都是不道德的。"① 更不会有任何一个读者认为潘金莲应当忍受精神和肉体的煎熬，维持这样一个不幸的婚姻；况且他们又无子女之累，不会给社会带来另外的麻烦。读者或说她可以"嫌夫"而不该"卖风月"。但是，正如恩格斯所说："一个人只有在他握有意志的完全自由去行动时，他才能对他的这些行为负完全的责任。"② 对于一个至多能"在帘子下嗑瓜子"行"勾引"之道的没有人身自由的女子来说，这个放荡的责任也不应该完全推给她自己。而且在她饥不择食般地寻求自己"另一半"的背后存在着的，并不乏"现代性爱……在古代充其量只在通奸场合才会发生"③ 的合理性。读者或又说李瓶儿可以甩了蒋竹山嫁给西门庆，她何必一定走到杀夫的极端？但是，古代"只有寡妇才享有经济独立地位"④。李瓶儿对蒋竹山有坐产招夫的优越，潘金莲则不仅无"产"可"坐"，而且自身就是被张大户作为一份动产赐给武大郎的。依照法律和习俗，她除了生命以外，是他可以全权处理的附属物。社会通过张大户把她交给了他，如果不是他死而她成了寡妇以"再嫁由身"，则除了厮守和服从他别无选择。

因此，全部问题的关键不在于潘金莲该不该"卖风月"，而在于她是不是能够以和平的手段，摆脱这强加于她的没有任何存在理由的婚姻。她做不到，唯一的也是最大的障碍就是武大。武大不仅不给她这一自由，还因为她所表现出的日益强烈的争取这一自由的努力而愈加防范；后来听了

---

① 《马克思恩格斯选集》第四卷，人民出版社1972年版，第77页。
② 《马克思恩格斯选集》第四卷，人民出版社1972年版，第76页。
③ 《马克思恩格斯选集》第四卷，人民出版社1972年版，第73页。
④ [法]西蒙娜·德·波伏娃：《第二性》（全译本），陶铁柱译，中国书籍出版社1998年版，第489页。

武松的"金石之语",这防范就更加严密。但是,这正应了傅立叶说过的一句话:"禁令和走私是不可分的,在爱情当中和在贸易当中都是如此。"①当西门庆作为"第三者"出现而潘金莲认定"这段姻缘却在他身上"以后,"围城"中内搏的形势就到了你死我活的地步——不是鱼死就是网破。需要特别指出的是,潘金莲这种争取自由的努力,并不因为其好像仅仅是属于"性"的就丧失其进步的意义;其实,在古代世界的任何地方,婚姻问题上妇女对旧传统的反抗总是从性意识的觉醒开始的。恩格斯说:"中世纪是从具有性爱萌芽的古代世界停止的时候开始的,即是从通奸开始的。"②那种以为潘金莲"卖风月"为纯粹淫荡的观点,其实是以她与武大的婚姻为参照的看法;而这一参照物本身却是反人性、不道德的。

因此,武大之死,并非死于他的懦弱,更非死于他的善良。人们为他的死一洒同情之泪,至少某种程度上是一个误会!他诚然"懦弱",但更加"猥衰"和唯利是图,在婚姻上尤其如此。当他"想做奴隶而不得"之际,为了从张大户手中稳取潘金莲为妻,戴了绿帽子"亦不敢声言";"三迁"式的搬移之后,自以为有了"丈夫"的全权,就千方百计把潘金莲关在"牢门"中,其专横竟异乎寻常,并一时把潘金莲迫到只有屈从。书中写道:

> 原来武松去后,武大每日只是晏出早归,到家便关门。那妇人气生气死,和他合了几场气。落后闹惯了,自此妇人约莫武大归来时分,先自去收帘子,关上大门。武大见了,心里自也暗喜,寻思道:"怎的却不好!"(第二回)

但是,这也正如作者诗云:"慎事关门并早归,眼前恩爱隔崔嵬。春心一点如丝乱,空锁牢笼总是虚。"所以武大见了"自也暗喜"之妇人"先自去收了帘子"的事体,竟成了"西门庆帘下遇金莲"的伏笔!而武大种种心计手段,其结果正如宋元话本的一句套话:"牛羊走来屠宰家,一脚脚来寻死地。"

---

① 转引自〔法〕西蒙娜·德·波伏娃《第二性》(全译本),陶铁柱译,中国书籍出版社1998年版,第694页。
② 《马克思恩格斯选集》第四卷,人民出版社1972年版,第73页。

显然，如能一如既往，任着他自觉"夫权"不牢的小商贩苟且心理行事，武大未必会死，书中后来写有韩道国的"榜样"。然而，在张大户死后，他自以为取得了对潘金莲的全权，更力图把这一权力发挥到淋漓尽致。如同一切夫权主义者都一样会认为的，在他看来，潘金莲不过是他"忠厚"之报的一个赐物；他以"忠厚"得来的东西，完全不必以"忠厚"对待。如果说西门庆大多数情况下，只是把潘金莲视为一个惬意的性具，而损害了她作为女人的社会学基础，以书中的描写，武大甚至连这一点也很少去想，则就进一步损害了她作为女人的动物学基础。潘金莲是炊饼之外他作为男人的又一证明：炊饼证明着他的职业，潘金莲则证明他有"家"。他对潘金莲的最大的关怀和期望，就是教她成为自己的需要而不能有任何个人的意志，尤其是不要玷污了这个"家"的"忠厚"。这是何等霸道和违背人性！

在这种情况下，"女人不接受为她们制定的准则是正常的，因为男人在制定时没有同她们商量，所以，阴谋和冲突此起彼伏也就不足为奇了"[①]。因此，以世俗之见，武大以丈夫的权利"捉奸"天经地义，潘金莲、西门庆婚外的私通为非法害理。但是，武大靠了张大户阴谋所赐"婚姻"对潘金莲的霸占，其实是合法名义下的强奸。而潘金莲对西门庆的一见倾心，却不能不说有性爱的性质。武大以变相强奸者的妄自尊大，蔑视至少是基于体貌风流相互爱慕的两厢情愿的偷情，而企图扫荡之，岂非不度德、不量力乎！

因此，虽然武大之死，死于王婆、潘金莲、西门庆的共谋，潘金莲是实行者，罪不容赦，但在深层的意义上，武大其实是死于他要顽固坚持的夫权。这个权是当时的封建制度给的。那个时代处处等级森严，但是，对于男人而言，好像只有这个权是人人平等的。不仅中国，古代全世界所有的男人，甚至某些沾了"男人气"的女性，无不认为这种男性对女性的"专政"是天经地义的。但是，真正的女人从来都看得明白，而且早就揭发了这种实质是占世界人口一半的奴隶制的虚伪。我国南朝虞通之《妒记》记谢安之妻刘夫人云，《诗经》讲所谓不妒的"后妃之德"，乃因是周

---

① [法] 西蒙娜·德·波伏娃：《第二性》（全译本），陶铁柱译，中国书籍出版社1998年版，作者《序》第18页引蒙田语。

公所撰，"周公是男子，乃相为尔。若使周姥撰诗，当无此语也"①。又，"在十七世纪，有个不出名的女权主义者叫普兰·德·拉·巴雷，她这样指出：'男人写的所有有关女人的书都值得怀疑，因为他们既是法官，又是诉讼当事人。'……还这样说：'制定和编纂法律的人都是男人，他们袒护男人，而法理学家把这些法律上升为原则。'"② 这真是百世不刊的精辟之论。因此，武大诚不该死；但是，作为男性偏见和夫权蛊惑的结果，他的死并不值得同情。在我们看来，任何对武大之死的不加分析的同情，都不免有男性偏见和夫权主义的嫌疑。

武大之死，不仅由于他迷信夫权而敢以鸡毛当令箭，还由于他企图靠兄弟手足促成他与潘金莲的捆绑夫妻。武氏兄弟的亲情诚然是美好的，但是其中夹杂了共同对付潘金莲的怪味，就不免令人生疑。这不但由于潘金莲饥不择食般滥用了她的情欲，从而引起武松的反感和注意，所以百般嘱咐他的哥哥应如何如何；而且由于武大信从他兄弟生硬的处理方法，绝不肯向潘氏行任何方式的"招安"。当潘金莲怀着复杂的心情反对过早关大门时，武大一口一个"我兄弟说的是好话""我兄弟说的是金玉之语"（第二回），从而使可能有的一点"夫妇之爱"，这种恩格斯所称的古代"婚姻的附加物"③，也被"我兄弟"的情感冲刷净尽了。这在武大似乎也天经地义。他未必懂得，却在不自觉奉行的是《三国演义》中刘备那种视兄弟为"手足"，以妻子为"衣服"，所谓"衣服破，尚可缝；手足断，不可续"的封建教条，以"兄弟"之义蔑视甚至排斥"夫妻"之情。这虽曾一时奏效，但是长远上却是加剧了"围城"的内搏。

武松真爱他的哥哥。有人信口开河，说他不接受潘金莲的调戏为不近人情，这简直不把武二当人。但是，武二如果在处理这样一类事情上是一个真正通情达理细心精明的人，应知"捆绑不成夫妻"；即使他有打虎的手段，也奈何不得。但是，武二毕竟是武二，他临行一席话本是要震住潘金莲的，不想她当时发作，给吃了没趣。后来"武大自从兄弟武松说了去，整日乞那婆娘骂了三四日"。而武大又毕竟是武大，在兄弟走后，贯

---

① 鲁迅：《古小说钩沉》，齐鲁书社1997年版，第230页。
② ［法］西蒙娜·德·波伏娃：《第二性》（全译本），陶铁柱译，中国书籍出版社1998年版，作者《序》第17页。
③ 《马克思恩格斯选集》第四卷，人民出版社1972年版，第73页。

彻其"篱牢犬不入"(第二回)的"妙计"不走样。《金瓶梅》一部书"乃虎中美女"(第一回),"打虎还是亲兄弟",武氏兄弟配合默契,以伏虎之法术势,必欲使潘金莲永陷"牢门"不得出头,是何其可憎也!

武松这位打虎英雄是出了名的。他也以打虎的手段对付他水性杨花的嫂嫂,说:"嫂嫂休要这般不识羞耻,为此等的勾当。倘有些风吹草动,我武二眼里认的嫂嫂,拳头却不认的嫂嫂。"(第一回)潘金莲深知这话的分量。后来武大捉奸,被潘金莲挑唆西门庆踢了重病在床,又重提武二道:"我死自不妨,和你们争执不得了。我兄弟武二,你须知他性格,倘或早晚归来,他肯干休?……你若不看顾我时,待他归来,却和你们说话!"(第五回)潘金莲把这话一五一十给王婆、西门庆说了,连西门庆都大叫"苦也……怎生得好?却是苦也!"(第五回)此时潘金莲、西门庆悬崖勒马与铤而走险几乎是同样的困难,而自认是"狗娘养下的"(第三回)撮合山王婆却惯于不怕事情弄大,献了投毒杀人以图瞒过武二的毒计。读者不难看出,当武大病中以武二回来如何如何相威胁的时候,潘金莲、西门庆等于接到了武氏兄弟的"最后通牒",加以王婆的挑拨,遂激成杀心。而武二以资保护自己忠厚无用的哥哥的打虎英雄的神威,竟事与愿违地加速了武大之死。所以,武大之死,死于他顽固坚持的夫权,也死于武松从兄弟之伦对武大夫权的极力维护。

因此,作为文学形象的整体,武大郎是一个矮子,一个贫民,一个小贩,一个弱者……可怜的人。但是,在与潘金莲、西门庆的对立中,他却主要是一个大权在握专横跋扈的丈夫。当时他捉奸打上王婆的房门,连西门大官人都便"仆入床下去躲",是何等气概!何尝因为"三寸丁谷树皮"的矮陋有丝毫怯懦。与对待张大户相比之前后判若两人,原因无他,是此时他已无所顾忌,又背靠了法律与习俗的力量,和他打虎兄弟武二的有言在先为他壮胆。这不是武大的光荣。他要维护自己的夫权而与潘氏、王婆和西门的财、色联盟所作的抗争,性质极为复杂,但整体上最好不过是以一种恶去抵制另一种恶;包括武松的临行前的造势助阵,这一场混战中的每一个人,都无特别可同情之处。但是,这场混战中,那以女人为性具、为生殖者、为附属物的夫权的封建性质,决定了武大之死不是一个悲剧,而是一个喜剧。他很容易使我们想到俄国契诃夫小说《套中人》中主人公之死,代表的是一种旧的势力的没落。就其个体而言,武大所遭受的虽然是罪过的惩罚，但是，惩罚的不当并不证明被惩罚者的正当。从旧制度的灭亡起见，他的死激起的还应当是"哈哈哈"①的笑声。

这并不掩盖潘金莲等杀人犯的罪恶。一点也不，武大的生命与潘氏所向往的个人（就其合理的方面而言）的自由一样，都是宝贵的。不过，"作为一个私人（a private individual），他拥有实现欲望和快活的权利"②。法律上武大绝无罪恶，但作为一个人，在封建夫权意识的毒害之下，他的不可救药的错误，是把自己的欲望和快活建立在他人的痛苦甚至牺牲之上，而视为当然。潘金莲与西门庆的通奸，纵然与真正的爱情相去甚远，却至少是两厢情愿，在性爱道德上有情理可原，但是，潘金莲因此杀夫却为任何法律所难容。不过，也应当看到，在由男人制定和解释法律的世界里，当时法律整体上对她的不公迫她以不得已的地步，从而堕入杀人为恶的深渊。

因此，与武大之死相联系却性质完全相反的是，潘金莲堕落为杀人犯是一个悲剧，一个直接造成武大郎之死的罪恶所铸成的社会的和个人的悲剧，一朵"恶之花"。她杀死了武大，武大之死使她成为一个"再嫁由身"的寡妇，而成全了这朵"恶之花"震撼人心的美。无论故事后来的发展如何，武大之死的喜剧和潘金莲堕落的悲剧都可以说是"人性的证明"，一个从反面，一个从正面，永远显示着两性关系的"人"的性质。这正如马克思所说："人和人之间的最直接的、自然的、必然的关系是男女之间的关系。……从这种关系的性质就可以看出，人在何种程度上成为并把自己理解为类存在物、人；男女之间的关系是人和人之间的最自然的关系。因此，这种关系表明人的自然行为在何种程度上成了人的行为，或人的本质在何种程度上对他来说成了自然。"③

（原载杜贵晨《传统文化与古典小说》，河北大学出版社 2001 年版）

---

① 参见［俄］契诃夫《套中人》，汝龙译，载《外国短篇小说》（下册），上海文艺出版社 1978 年版，第 300 页。
② ［法］西蒙娜·德·波伏娃：《第二性》（全译本），陶铁柱译，中国书籍出版社 1998 年版，第 691 页。
③ ［德］马克思：《1844 年经济学哲学手稿》，人民出版社 1985 年版，第 76 页。

《歧路灯》简论

李绿园（1707—1790），名海观，字孔堂，河南宝丰人，生历康、雍、乾三朝，几与18世纪共始终。李绿园性"沉潜好学，读书有得，及凡所阅历，辄录记成帙。每以明趋向，重交游，训诫子弟"①。《歧路灯》② 就是他一生所学所得和阅世经验在文学上的结晶，也是他留给世人的一部诫子弟书，从思想到艺术都具有显著的个人和时代特色，在文学史上是应该有一定地位的。

据校注《歧路灯》的栾星同志考证，《歧路灯》开笔在《儒林外史》即将脱稿，而比《红楼梦》早6年的1748年。此间，前距清朝立国、后距鸦片战争都约一百年，正是清朝统治由盛而衰的转折时期。一方面，清朝贵族经过近百年的武力与政治征服，在恢复和发展生产的基础上使政权得到巩固，史称"康乾盛世"；另一方面，两千多年停滞僵化的中国封建社会已经腐朽不堪，濒于消亡。后者是前者这个社会现象的本质，而这种现象和本质的矛盾已经给当时人们的心理投下了浓重的阴影。乾隆八年（1743），沈阳问安使赵显命答朝鲜王李昑问及清朝政治说：

外似升平，内实蛊坏。以臣所见，不出数十年，天下必有大乱。盖

---

① 董作宾：《李绿园传略》，载栾星编著《〈歧路灯〉研究资料》，中州书画社1982年版，第127页。

② （清）李绿园：《歧路灯》，栾星校注，中州书画社1980年版。本文引此书均据此本，仅说明或括注回次。

政命皆出要誉，臣下专事谀说，大臣庸碌，而廷臣轻佻，甚可忧也。①

赵显命对乾隆初时局的这一观察未必不有偏颇，但后世所谓"康乾盛世"至乾隆朝中期衰落的事实表明，其对满清王朝的忧虑有一定先见之明，是对封建末日的预感。甚至这种忧虑和预感至18世纪中叶以后的中国也逐渐传染形成一种普遍的现象，使当时文学成为这种忧虑和苦闷的象征。《儒林外史》《红楼梦》《歧路灯》，就都是当时的人们努力从封建末世所造成的巨大社会人生的苦闷中挣脱出来的产物。

为前途苦闷是共同的，出离苦闷的追求却因人而异。吴敬梓、曹雪芹都从大富大贵的家庭落到一贫如洗，受尽了世态炎凉，看遍了人间丑恶，关心着社会，爱恋着人生，却又找不到切实的出路。于无可奈何之际，吴敬梓在《儒林外史》中写下对"礼乐兵农"的古代的向往；曹雪芹在《红楼梦》里造了一个"太虚幻境"，让一僧一道挟着宝玉出世去了。一个寄希望于不可复返的过去，一个憧憬佛道神仙世界的幸福——现实只堪痛苦，他们就诅咒它、否定它、厌弃它，用心造的幻象来代替它。那么，还有没有人寄希望于现实，企图为这个封建末世设计一条社会和人生的出路呢？有，那就是李绿园和他的《歧路灯》。

李绿园出身寒微，祖父和父亲都是农村穷读书人，与功名富贵从未沾过边。因此，他不会有吴敬梓、曹雪芹那种因怀旧而产生的人生的虚幻感；他又是把一个普通农村读书人提高到中上层地主阶级的创业者。虽然自己一生科名并不如意，只在晚年做过短短一任边远地区的知县，但到他写《歧路灯》后半部时，儿子李蘧已经中了进士，并做了吏部的主事，家庭地位骤然提高。因此，他又不会有吴敬梓、曹雪芹那种因家穷无计而对现实绝望的情绪；相反，作为踏着现实的台阶步步登高的封建家庭创业者，面对"天下必有大乱"的局面，他是一定要在现实中为这个封建家庭寻找出路的。一方面，他由自己的阅历和奋斗，深感家道"成立之难如登天，覆败之易如燎毛"，为保住家业而处心积虑，所谓"遗安煞是费精神"；另一方面，他深知这个家庭的命运与封建制度的存亡息息相关，封

---

① 《李朝英祖实录》（英祖十九年十月丙子），载《康雍乾时期城乡人民反抗斗争资料》，中华书局1979年版，第3页。

建秩序的解体，伦理纲常的败坏，必然危及这个家庭的前途。所以他留恋这个行将就木的制度，千方百计企图疗救这个内部窳败的"盛世"。《歧路灯》中谭孝移的形象在许多方面可以看作李绿园自身的写照。为家计，他痛恨那些走上歧路的败家子；为封建制度计，他痛恨吏治的腐败，封建伦理道德的沦丧。而解决这些问题，为封建家庭和社会，为濒于消亡的地主阶级寻一条出路，以他大半生是一个教书先生可能做到的，不过是"以明趋向，重交游，训诫子弟"和以诗文"道性情，裨名教"[1]而已。这就产生了《歧路灯》的主题——"用心读书，亲近正人"；也就产生了《歧路灯》的创作意图——使"善者可以感发人之善心，恶者可以惩创人之逸志"[2]。显然，这样一位作家不可能像吴敬梓、曹雪芹那样对现实持彻底的否定态度，也不可能像他们那样怀着绝望的痛苦造出出离现世的幻象。他是18世纪中国封建营垒中那种"以道德思想来鼓励自己"[3]的保守派。《歧路灯》的题目就是作者所谓彝常伦理间的发明，它取法佛家典籍，以"灯"喻劝诫之义，标志了这是一部旨在宣扬封建伦理道德，企图为封建末世照亮前途的作品。它出自李绿园之手，成书于宋明以来即为"理学名区"的中州，绝不是一个偶然的现象。

作者这样一种卫道的创作意图，极大限制和损害了《歧路灯》的思想和艺术。首先，它促使作者虚构了一个地主阶级的"败子回头"的故事。这在当时的社会里也许并非绝无仅有，但是从封建末世这样一个大的社会环境看来，肯定是不真实、不典型的。作者热心于对这样一个故事的描绘，体现了他支持延续封建统治的强烈愿望。他又把谭绍闻的"败"归结为个人的"面嫩心软"、不近经书；把谭绍闻的"回头"说成是家庭有"根柢"和父执中一帮"正人"，从而掩盖了腐朽的封建制度这个导致一般地主阶级子弟堕落的社会根源，宣扬了恪守封建伦常的地主家庭终能富贵长久的神话，这就从根本上削弱了作品批判现实的力量。其次，这样一种创作意图，这样一种对地主阶级前途的强烈希望和信心，也使作者不能专心于对生活图画的描绘，不时用抽象的说教代替生动的叙述，影响了艺术形象的完整、鲜明与和谐，使作品带有封建修身教科书的气味，一些章节

---

[1] 《绿园诗钞自序》，载栾星编著《〈歧路灯〉研究资料》，中州书画社1982年版，第93页。
[2] 《〈歧路灯〉自序》，载栾星编著《〈歧路灯〉研究资料》，中州书画社1982年版，第95页。
[3] [德] 马克思：《鸦片贸易》，载《马克思恩格斯论中国》，人民出版社1950年版，第95页。

如第一、二、三、四回等令人不堪卒读；在故事构思上，则使《歧路灯》沿袭了"凡是历史上不团圆的，在小说里往往给它团圆"①的俗套。这些，都有力地说明了作家的落后思想对创作的局限。

但是，作家的创作意图并非作家思想的全部，而作家思想是一个矛盾的整体，不可能是绝对落后或反动的。特别是李绿园出身寒微，阅历丰富而又"沉潜好学"，思想上也自然会有一些来自社会生活实际和受当时进步思想影响的成分——在这样一部容量巨大的作品中，它是一定要被表现出来的。读《歧路灯》，这是不可忽视的一个方面。另外，从文学欣赏的实际来看，"倘要完全的书，天下可读的书怕要绝无"②。《歧路灯》尽管有这样那样严重的缺陷，算不得"完全的书"，在思想上和艺术上都是一个"烂苹果"，但是，认真地"剜"过，还是可"吃"的。同时，我们应当看到，作者虽然标榜"道性情，裨名教"，但文学创作到底还是要靠形象思维。《歧路灯》较一般优秀之作说教成分稍多，但就它自身而言，仍还是以叙述和描绘为主，以塑造人物形象为主，整体上不失为一幅形象的图画。而形象往往大于思想，所以马克思说："把某个作者实际上提供的东西和只是他自认为提供的东西区分开来，是十分必要的。"③ 我们读《歧路灯》，就不仅要读出作者的创作意图来，而且要读出形象在客观上所显示的超越了作家主观意图的那部分思想意义来，读出这个区别来。

李绿园创作《歧路灯》的意图虽是卫道的，但他的创作态度却是相当严肃的。这就是他在《〈歧路灯〉自序》中，通过诋毁《三国演义》《西游记》等所表露的那种刻板的写实主张。这种否认文学想象和幻想的刻板的创作态度，固然使《歧路灯》未能成为浪漫主义的奇葩，然而却促使它成为一部比较广泛而深刻地描写了现实的书。《歧路灯》未践明末清初一般戏曲小说敷陈帝王将相、才子佳人、神怪传奇的窠臼，直接取材于现实社会普通人的日常生活，以一幅幅生动的画面多方面地触及了封建末世日益尖锐的社会矛盾，表现了一个封建时代的严肃的文学家关心和正视现实

---

① 鲁迅：《中国小说的历史的变迁》，载《鲁迅全集》（第九卷），人民文学出版社1981年版，第316页。
② 鲁迅：《〈思想·山水·人物〉题记》，载《鲁迅全集》（第十卷），人民文学出版社1981年版，第273页。
③ 《马克思恩格斯全集》（第34卷），人民出版社1972年版，第343页。

的勇气。《歧路灯》如《儒林外史》一样假托明事,实际上写的却是康、雍、乾时期的社会生活。由《歧路灯》,我们可以看到在这样一个特定的历史时期,地主与农民、地主与新兴的市民和高利贷者,以及地主阶级内部两代人之间、主奴之间、妻妾之间等诸方面的矛盾和斗争;可以看到地主阶级浮浪子弟的骄奢淫逸给人民带来的痛苦和引起的社会风气的堕落;可以看到八股取士的科举制造成的鄙陋学风和学术文化的荒芜,乃至赌场的浸淫,戏剧的滥觞,风俗的沿革,东南海疆的战事,都在作者所描绘的艺术画面中得到了相当生动的表现。显然,没有对社会现实矛盾的深切关心和了解,没有形象地把握和表现各种生活侧面的能力,是很难这样广阔地反映当时的社会现实的。特别值得注意的是,作者在表现这些社会矛盾时,一定程度上揭露和谴责了地主阶级的罪恶,倾注了某些进步的同情人民的思想感情。

《歧路灯》写的是地主阶级的"败子回头"。从主题和题材看,它不得不在写这些浮浪子弟的"败"上多用笔墨。从作品的实际看,作者也是比较自觉地大量暴露了他们的罪恶。这样,在作者的描绘中就必然触及地主与农民这对封建社会的基本矛盾。书中多次写王中到乡下催租,显示了谭绍闻的吃喝嫖赌本是建立在对农民的经济剥削之上的;第五十三回写邓三变挨家催租,扬言一日不交,即拿帖子送入官府,暴露了地主阶级对农民经济剥削原是与对农民的政治压迫相结合的;第六十四回,作者以大半的篇幅写管贻安霸占民妇雷妮,逼死其公公刘春荣,表现了当时地主与农民这个封建社会的基本矛盾相当尖锐。当然,作者表现这些矛盾的出发点根本上在于惋惜旧家的没落,但有些地方流露了对人民痛苦的同情。例如边公审管贻安逼死人命案一段描写:

> 边公吩咐:"传雷氏到案。"左右一声喊道:"传雷氏!"管贻谋慌了,紧到家中,见了雷妮,说道:"好奶奶!只要你说好话,不中说的休要说。"管家妇人一齐说道:"一向不曾错待你,只要你的良心,休血口喷人。"雷妮哭道:"您家有良心,俺公公也不得吊死在您门楼上。"

作者这样细致地描绘应不仅是为了颂扬边公的德政,也是为了表示对管家罪恶的不满和愤怒，其中渗透了对雷妮一家命运的同情和对她反抗精神的赞扬。

作者写《歧路灯》的中间约有 20 年"舟车海内"，并做过知县，对当时地方吏治的状况是相当熟悉的，以致他对贪官污吏的描绘十分精湛，常能寥寥几笔勾画出他们卑污的灵魂。第四十六回写祥符县主簿董守廉因能得到张绳祖一百两银子的贿赂，不问青红皂白，当即答应要拿谭绍闻问罪。书中写道：

> 董守廉心中动了欲火，连声道："这还了得！这还了得！只叫令表侄，等我上衙门去，补个字儿就是。这还了得！"

然而，这样一个"裤带拴银柜——原是钱上取齐的官"，居然升任祥符正堂，在另一案件中，又因为受了谭绍闻通过邓三变送去的厚礼，毫不犹豫地为案犯谭绍闻开脱。书中写同案犯钱可仰刚供出谭绍闻的话头：

> 董公猛然想起邓三变送礼的情节，喝道："打嘴！"打了十几个耳刮子，钱可仰就不敢再说了。

同一个董守廉在前后两个案子中，对案犯谭绍闻的态度判若两人，这种变化无非是由于金钱的妙用。作者在这里揭露了当时吏治的腐败，显示了金钱对封建政治的腐蚀和冲击。而且，这种揭露和批判是贯穿全书的。第一百零五回，作者借盛希瑗之口说："即如今日做官的，动说某处是美缺，某处是丑缺，某处是明缺，某处是暗缺；不说冲、繁、疲、难，单讲美、丑、明、暗。一心是钱，天下还得有个好官么？"这即使不能看作对整个封建政治的否定，也显然是对吏治黑暗腐败的愤激的抗议。在那个"文字狱"盛行的时代，即使是曹雪芹也要以"非伤时骂世""毫无干涉时世"[①] 为自己的作品加一层保护色，而李绿园却持这种激烈的批判态度，没有一点"敢于如实描写"[②] 的勇气是不行的。

[①] （清）曹雪芹、高鹗：《红楼梦》，人民文学出版社 1982 年版，第 6 页。
[②] 鲁迅：《中国小说的历史的变迁》，载《鲁迅全集》（第九卷），人民文学出版社 1981 年版，第 338 页。

如果说作者对一些贪官污吏的暴露与批判是符合人民愿望的，那么，他对一些"清官""经济良臣"的歌颂也侧重他们爱民的品质，一定程度上体现了人民的要求。周恩来同志说："不要以为只有描写了劳动人民才有人民性。历史上的统治阶级中也有一些比较进步的人物。人民在那个环境中没有办法摆脱困难，有时就把希望寄托在这些人物身上。"①《歧路灯》所描写的娄潜斋、边公、谭绍衣等就是这样一些一定程度上寄托了当时人民希望的人物。谭绍衣曲全几十家白莲教教徒的性命，保护和支持开仓赈民的季刺史，对减轻当时人民的痛苦有一定意义，而他自己却要冒着丢掉官职甚至生命的危险。李绿园歌颂这种行为，表现了一定同情人民的倾向。虽然，他这种对人民的关心和同情一般地尚未超出儒家"仁政"思想的局限，然而，对这样一个时代的作家，我们还能有什么更高的要求呢？

《歧路灯》的作者是一位教书先生，中过举，曾是科举中人。然而，在《歧路灯》中他却处处鄙薄八股制艺，对当时的科举制进行了深入地揭露和批判，这是耐人寻味的。粗粗读来，《歧路灯》为地主阶级后代指出的正路不过是"读书—科举—做官"，谭绍闻改邪归正、复兴家业正是走的这样一条道路。这与《儒林外史》否定功名富贵、批判科举的思想倾向是背道而驰的。然而，细细考察，我们却可以发现，在"读书—科举—做官"的表面文章下，正蕴含着作者对八股取士科举制度的不满与否定，在许多主要之点上与吴敬梓在《儒林外史》中所表现的思想有惊人的相似之处。首先，他像吴敬梓一样，以艺术的形象揭露了八股取士科举制的种种弊端。在他的笔下，凡是专弄八股过来的人，都是不学无术、胸无点墨的人。祥符县副学陈乔龄因为自己是个"时文学问"（亦即八股学问），不敢拟匾额；张类村是个优等秀才，却不会撰写屏文。然而，他们人还老实，受了八股文的害知道痛心。他们的自愧，实际上是对八股制艺摧残人才、窒息文化的罪恶的控诉。侯冠玉一类无行文人就不然了。他们把八股文当作敲门砖，一心里想着功名利禄，全不管什么品行道德、真才实学。侯冠玉对谭绍闻说："……总之，学生读书，只要得功名，不利于功名，不如不读。若说求经史、摹大家，更是诬人……你只把我新购这两部时文，千遍熟读，学套，不愁不得功名……"（第八回）然后是一番查八字、看命

---

① 周恩来：《关于昆剧〈十五贯〉的两次讲话》，《文艺研究》1980年第1期。

相的混账话。在侯冠玉这个形象上，作者揭露了八股取士的科举制如何诱使封建时代知识分子丧失了为人和治学的起码的道德，堕落为功名利禄之徒。作者"从三十岁到四十岁共三逢会试，他可能不止一次去北京应考，然终未博春官一第"①。凑巧《歧路灯》中也就集中写了三次会试。第一次是娄潜斋，因为试策中有影射皇帝信方士崇道教的句子而落第；第二次是娄潜斋的儿子娄朴，也因为卷中有"关节""阎罗"的字样几乎被主考官"奉屈"了，还是由于娄潜斋做官"所积阴骘"才中了进士；第三次是谭绍闻的儿子谭篑初，中进士也是由于鬼魂护佑。通过这些描绘，作者揭示了当时的科举制度不过是要搜罗一批阿君媚圣的奴才和庸才，对真正的"经济良臣"反倒是个障碍。其中鬼使神差的情节固然荒诞，但是，我以为作者是在表示，纵然一二有才具者侥幸中了，也不是由于八股取士这个办法好，而是他们祖上有德于民，该做官了。作者是这样地鄙薄八股文和科举制，却没有像吴敬梓那样在他的小说中直截了当地宣布"这个法却定得不好"（《儒林外史》第一回），而是借娄潜斋之口说："前代以选举取士，这是学者进身正途"，委婉地表示了对科举制的否定。因此，《歧路灯》对科举制的态度不如《儒林外史》彻底，但二者反科举的倾向在根本上是一致的。

其次，《歧路灯》与《儒林外史》反科举的思想基础也是基本相同的。《歧路灯》所谓读书，是指"穷经"。谭孝移说："穷经所以致用，不仅为功名而设；即令为功名起见，目不识经，也就言无根柢。"又说："……如此读去，做秀才时便是端方醇儒；做到官时，自是经济良臣，最次的也还得个博雅文士。"这里的"穷经""致用"都是明末清初顾炎武、黄宗羲等进步思想家的主张。他们早就批判了八股取士制度。李绿园继承了顾、黄的这一思想，讲求经史，以和八股文相对抗，这与吴敬梓从治经是"人生立命处"②出发反对八股制艺是完全一致的。而进则可以为"经济良臣"，退则可以是"博雅文士"的目标，与吴敬梓讲究"文行出处"——"处则不失为真儒，出则可以为王佐"的要求也是相同的，都是儒家"用之则

---

① 栾星：《〈歧路灯〉校本序》，载（清）李绿园《歧路灯》，栾星校注，中州书画社1980年版，第7页。
② （清）程晋芳：《文木先生传》，载《勉行堂文集》（卷五），清嘉庆二十五年冀阑泰吴鸣捷刻本。

行，舍之则藏"的立身行事标准的具体化。但是李绿园的生活道路比吴敬梓要顺利得多，又入世思想较重，因而更侧重"出"和"用"，就是要做官、得功名，不甘心"最次做个博雅文士"。而要做"经济良臣"，在当时是非通过科举不行的，所以他尽管把八股取士制度的弊病看得很透，仍还是要让他书中的正面人物一个个地去应试，并借以完成了《歧路灯》的大团圆。总之，以作者的见识，是否定科举制的，但作者的势利之心和救世济时的政治抱负又使他向科举制妥协，这就造成了《歧路灯》对待科举制的矛盾态度：食之无味，弃之可惜。虽然不如吴敬梓坚决彻底，但是在那个"学士又以四书文义相矜尚……士不工四书文（即时文，亦即八股文——引者注）不得为通"[①]的时代，李绿园写出《歧路灯》，承顾炎武、黄宗羲之余绪，与《儒林外史》《红楼梦》前后呼应，一反流俗，抨击八股取士的科举制，也不失为文学上的一个壮举。

《歧路灯》还通过一些人物形象和细节讽刺了封建知识分子的迂腐，揭露了假道学的虚伪。第四回，作者借程嵩淑之口批评娄潜斋等人"满口掉文，惹人肉麻"；第六回，作者写道："从来读书人性情，拿主意的甚少，旁人有一言而决者，大家都有了主意。"这些批评对于封建知识分子由于脱离群众、脱离实际而产生的腐酸气都是很中肯的。相反，作者却极力赞扬劳动人民的质朴和纯真。第九回他借柏公之口说：

> 这俗字全与农夫、匠役不相干。那"语言无味，面目可憎"八个字，黄涪翁专为读书人说。若犁地的农夫，抡锤的铁匠，拉锯的木作，卖饭的店家，请问老先生，曾见他们有什么肉麻处么？

在那个"万般皆下品，唯有读书高"，"劳心者治人，劳力者治于人"的时代，李绿园这样从总体上批判封建知识分子的劣根性，肯定劳动人民的高尚品质，可以说是对几千年旧传统观念的一个大胆的挑战。而这种进步认识是以他"正经理学"，"不过是布帛菽粟之言""饮食教诲之气"的哲学观为基础的，它实际上是对王艮、李贽等"百姓日用即道"的哲学理论在新形势下的继承和发展，带有近代民主主义的色彩。由此，还产生了

[①] （清）章学诚：《答沈枫墀论学》，载《文史通义》（外篇三），民国嘉业堂章氏遗书本。

他对假道学的嫌恶和抨击。《歧路灯》写绰号"圣人"的惠人也顺着妻子哄骗忠厚老实的哥哥，揭露了那些满口"诚意正心"的道学家，却往往是只会说不会做、甚至言行相悖的伪君子。相反，只要能做点对社会人生有益的事，即使朝廷特别鄙视的"商家"，他也视为"资生之要"的"正务"。这里又可以看到黄宗羲工商"皆本"[①]思想的影响。至于在婚丧嫁娶、庆贺寿诞等方面反对陈规陋习，主张保存文化典籍，等等，在当时亦有一定进步意义。总之，《歧路灯》的主观思想倾向就主导的方面说是落后或是反动的，但是在表现社会矛盾中作者所流露的某些同情人民的思想感情，在对某些重大社会现象的评价上所体现的一些进步的社会认识，也是不可忽视的。因为在当时的历史条件下，这并不是每一个知识分子都能够做到的。

当然，《歧路灯》的不朽就思想意义说来，更在于其艺术形象本身所包含的作家未曾意识到的那部分历史内容，也就是形象超出或违背了作家主观意愿所显示出来的东西。

从《歧路灯》的题目和构思来看，作者所要表现的是地主阶级对封建末世的希望和信心。他以正统儒者的诚挚和天真赋予《歧路灯》一种廉价的乐观情调，这是与所谓"盛世"的表象相一致的。然而，作者的描绘中所流露的常常是地主阶级对前途的失望和恐惧，客观上显示了18世纪中国封建社会那种不可救药的没落的本质。这样，作为一部形象和作家的主观思想（指其主导方面而非全部）相矛盾的作品，恰恰成了那个封建制度回光返照的时代的影子。在一丝苦笑掩盖下的，是对即将到来的社会大变动的预感，是对封建制度"无可奈何花落去"的沉重悲哀。

谭孝移是一个世宦之家的主人，虽不是一方巨富，但政治上有地位，经济上每年有近两千两银子的进项，三口之家，"不亦乐乎"？然而，他却终日忧心忡忡以至郁闷成疾而亡，且有死不瞑目之憾。我以为，这绝非一般的居安思危，而是那个时代在他心灵上造成的创伤。他说：

> 兄在北门僻巷里住。我在这大街里住，眼见的，耳听的，亲阅历有许多火焰生光人家，霎时便弄的灯消火灭，所以我心里只是一个怕

[①] （清）黄宗羲：《明夷待访录·财计三》，清指海本。

字。(第三回)

谭孝移这个痛苦的人生经验，正蕴含了他对封建家庭以至整个封建制度难免"灯消火灭"的朦胧的预感。这是由当时一般中下层地主家庭的社会处境造成的。史载清康熙中叶以后，随着农业的发展，产生了剧烈的土地兼并；由于商业资本和高利贷资本的参与，这种兼并集中表现为频繁的地权转移：土地"屡易其位，耕种不时"，"人之贫富不定，则田之来去无常"，"地亩之授受不常""田时易主"。① 这种地权的"无常""不常"，不仅标志了自耕农的加速破产，显然也标志了地主阶级中下层家庭地位的不稳定。由此产生谭孝移那种危若累卵的担心和恐惧是很自然的。这正是一种大雷雨到来之前的苦闷的象征，然而这苦闷是消极的，它不会导向新生而只会带来毁灭。谭孝移被这苦闷窒息而死了，临终遗嘱谭绍闻暂不要殡葬，死后还要待在家里伴儿子守业，那情景是很惨的。它使我们想到清初纳兰性德词中那种"不知何事萦情抱，醒也无聊，醉也无聊"(《采桑子》)② 的烦恼，和"甚天公、不肯惜愁人，添憔悴"(《满江红》)③ 的痛感。这谭孝移的死正是清初即已产生，百年来日益沉重的那种时代"忧郁症"的一个绝妙的象征，地主阶级下行到18世纪终于精神崩溃的一个生动写照。

谭孝移含恨死去了。他给儿子留下了财产地位，却没有给他留下支撑这个旧宦门户的坚强性格。他那种"有一点缝丝儿，还要用纸条糊一糊"的保守教育，把谭绍闻养成了一个"面嫩心软"的娇公子，以致根本禁不住盛希侨、夏逢若等人的引诱，亦步亦趋地走向堕落。从谭绍闻身上，我们可以看到地主阶级的教育除野蛮地剥夺其儿孙们的天性要求之外，已经不能赋予他们任何自立的能力，只会造成《红楼梦》中贾母所说的"如今的儿孙，竟一代不如一代了"④ 的败相。因此在这个封建社会解体的时候，出现夏逢若、管贻安、张绳祖、王紫泥这一帮"匪类"是必然的现象。在中国文学史上，他们是高衙内、西门庆的"后裔"，只是18世纪中叶的社

---

① 辽宁《清史简编》编写组编：《清史简编》(上编)，辽宁人民出版社1980年版，第308页。
② (清) 纳兰性德：《饮水词》，广东人民出版社1984年版，第35页。
③ (清) 纳兰性德：《饮水词》，广东人民出版社1984年版，第169页。
④ (清) 曹雪芹、高鹗：《红楼梦》，人民文学出版社1982年版，第27页。

会环境又在其遗传的无赖气中复加了一种没落感。张绳祖是一个祖上"两任宦囊是全全的"旧家子弟。他说到自己嗜赌:"……一日胆大似一日,便大弄起来。渐次输得多了,少不得当古董去顶补。岂没赢的时候?都飞撒了。到如今少不得圈套上几个膏粱子弟,好过光阴。粗糙茶饭我是不能吃的,烂缕衣服我是不能穿的,你说不干这事该怎的……"(第四十二回)王紫泥的馋瘾、赌瘾、酒瘾竟是出奇得大,眼睛疼得"七八分要瞎的样子",还舍不得那骰子、酒盅子,带了儿子作替身,自己"依旧掩着眼听盆"(第四十三回)。这两个"匪类"无可奈何的告白,不能自拔的沉沦,以及对堕落生活的麻木,都反映了当时一班浮浪子弟普遍的精神状态。很明显,如果说高衙内还有一种天生富贵、莫可如何的自负,西门庆还多一些强梁霸气,那么张绳祖、王紫泥等人则连这一点"余勇"也没有了。这些丧家的和未丧家的地主阶级犬子的性格和命运,同样标志了地主阶级的穷途末路。《歧路灯》未能使人看到行路人前途的光明,这自然是违背了作者的创作意图的。但是,文学以形象的真实诉诸读者。《歧路灯》的作者无论怎样企图使人们相信地主阶级的"败子"可以"回头",可以家业复兴,但是,这个硬造的光明的尾巴总是给人以虚假的感觉。所以,《歧路灯》大团圆的结局掩饰不了它所描写的地主阶级终将"灯消火灭"的命运,因为前者是虚假的,后者却是生动真实的文学形象。作者自道《歧路灯》的写作"前半笔意绵密,中以舟车海内,辍笔者二十年;后半笔意不逮前茅,识者谅我桑榆可也"[①]。可见,作者对此亦是有觉察的。然而原因应不仅是"辍笔二十年",主要的还是前半的创作以"亲阅历"为源泉,而后半则是作者生造来安慰和鼓励自己的幻想,是作者主观愿望的图解。

围绕谭绍闻的倾家荡产,《歧路灯》描写了工商业者、高利贷者和地主阶级三者之间的矛盾和斗争,以空前的文学画面,在客观上显示了18世纪中国日渐发展的资本主义萌芽对封建制度的冲击,彼此间力量的消长,具有很高的历史真实性。

关于资本主义萌芽的产生和发展,在明代小说如《金瓶梅》、"三言""二拍"中都多少有所反映。但是,比较深入全面细致地显示这种社会发展新动向的古典长篇小说,当属《歧路灯》。在《歧路灯》中,仅出现的

[①] 《〈歧路灯〉自序》,载栾星编著《〈歧路灯〉研究资料》,中州书画社1982年版,第95页。

工商业者的形象就有王春宇、宋云岫、王经千、孟嵩龄、邓吉士、巫凤山、窦丛等一二十人，他们都是大商人，有的兼营高利贷；书中涉及的工商业活动就有布匹、绸缎、煤炭、海味等多种，足见当时工商业和高利贷活动之盛。这种状况，造成对内部已经失调的地主经济的严重威胁。第四十八回写谭绍闻卖了三顷地、一处宅院得银三千两，还不够商人兼高利贷者王经千原银一千五百两的生息债。谭宅这个地主经济的细胞的溃疡根本上在于自身的腐朽，但是，新兴工商业者兼营的高利贷和典当对它的腐蚀和蚕食也确实是致命的打击。王中苦劝谭绍闻弃产还债的心理，就很能反映地主经济对这种外部打击的恐慌；而王经千对谭绍闻放债"如数奉上"，索债咄咄逼人的情节，则一方面显示了这些满身铜臭的暴发户唯利是图的本性，另一方面也是他们各自所属的两种社会力量之间殊死斗争的缩影。

这种斗争必然发展为市民阶层对自己政治地位的要求，《歧路灯》以生动的形象真实地反映了当时历史发展的这种新动向。王春宇经商致富，却时时为自己门第低微而自卑，表现了他们提高自己政治地位的强烈愿望；而在王经千那里愿望则变成了行动，他用从地主谭绍闻手里攫取的银子为儿子买省祭官，带有早期市民阶级用经济力量谋取政治地位的一般特点。这种谋取还常常通过联姻的手段实现。商人巫凤山之女巫翠姐之所以长到20岁不嫁，后来却"甘做填房者，不过热恋谭宅是个旧家，且是富户"。而封建世宦之家的女主人王氏看中巫翠姐做儿媳，倒是由于羡慕巫家是财主，图着好陪嫁。他们一拍即合，促成了以戏文作生活准则的巫翠姐，取代恪守封建闺范而死去的孔慧娘，成了谭宅的少主妇。这个结合本质上是封建地主与市民暴发户之间的相互利用和渗透，又是这两种社会势力之间的妥协，是它们在当时社会历史条件下矛盾的特殊形态。《歧路灯》对中国18世纪社会特点的描绘，无疑是对于人类现实关系的深刻评述，具有无可辩驳的历史价值。

正如《歧路灯》思想内容上的糟粕与艺术形式上的一定概念化倾向和修身教科书气的缺陷相联系一样，它思想内容上的精华又总与艺术上的一些独特造诣分不开。而且与其思想深度相比较，其艺术形式上更具有独创性，对中国古典长篇小说艺术形式的发展有一定贡献。

首先，它目前是我国第一部，也是唯一的以教育为题材的古典长篇小说。它的成书，与法国启蒙思想家、文学家卢梭的教育小说《爱弥儿——

论教育》几乎同时。尽管它的教育思想在许多方面是陈腐的《三字经》的翻版，但是反对父母溺爱子女，重视和探讨青少年教育中家庭、学校、社会诸方面的影响和作用，在这一题材的开掘上取得了成功的进展。

其次，它和《红楼梦》一样，是我国古典小说中最完整意义上的个人创作的长篇。我国长篇小说的个人创作起于《金瓶梅》，但它从《水浒传》第二十回至第二十六回的情节敷衍而来，仍有依傍的痕迹；《儒林外史》是一部完整的个人创作，"唯全书无干"，"虽云长篇，颇同短制"[1]，在长篇小说形式的发展上，似应作别论。而《歧路灯》的创作，正如作者自己所说的，是"空中楼阁，毫无依傍"[2]，在我国小说史乃至整个文学史上，其独创性是值得重视的。

当然，这并不否定《歧路灯》曾借鉴以前的作品。很明显，它以一个家庭之盛衰写社会生活是借鉴于作者所极力诋毁的《金瓶梅》的。但《歧路灯》视野更为广阔，其在广泛地取材于现实、以个人和家庭命运为焦点来反映某些社会侧面方面则更加严肃自觉，艺术上更为成熟。

黑格尔说："性格就是理想艺术表现的真正中心。"[3]《歧路灯》正是以谭绍闻、王氏、王中等几个主要人物的性格命运为中心展开描写的，因而它具有我国古典小说艺术成熟的基本特点。同时它的结构大而严谨，还带有《红楼梦》打破过去小说"叙好人完全是好，坏人完全是坏"[4]的旧传统的特点，在一定程度上写出了人物性格的发展变化及其复杂性。如谭绍闻的变坏和变好，王氏的爱子和糊涂，巫翠姐的势利和聪明泼辣等。可以看出作者在创作实践中，主要还是从生活出发，突出人物性格描写。至于它在细节真实生动，运用方言古语娴熟和对人物心理刻画等方面的成功之处，也斑斑可见。

然而，《歧路灯》终于未如《红楼梦》流传广泛、影响深远，也未如《儒林外史》为现代读者所熟知和津津乐道，即使在一般文学研究者看来，也还算"出土文物"。这就暴露了《歧路灯》自身有较大的局限性。但从

---

[1] 鲁迅：《中国小说史略》，人民文学出版社1973年版，第190页。
[2] 《〈歧路灯〉自序》，载栾星编著《〈歧路灯〉研究资料》，中州书画社1982年版，第95页。
[3] ［德］黑格尔：《美学》（第一卷），朱光潜译，商务印书馆1981年版，第300页。
[4] 鲁迅：《中国小说的历史的变迁》，《鲁迅全集》（第九卷），人民文学出版社1981年版，第338页。

客观角度而言，我以为《歧路灯》所以流传不广，一方面是由于"市井俗人喜看理治之书甚少，爱适趣闲文者特多"①，李绿园这部小说，笼罩了浓厚的说"理"气息，终于被人冷落；另一方面，此书问世以后，特别是五四运动以来，"批孔"、反封建成为社会思潮的主流，读者一眼看见"念先泽千里伸孝思"的回目，少不得要把它扔到一边去，这就必然会影响对它做全面而慎重的评价。正如泼脏水连同盆里的婴儿一起泼掉了，《歧路灯》差不多被当成了近代封建制度消亡的殉葬品。但是，历史毕竟是公正的，书有它自己的命运。在封建制度已经成了历史的陈迹，反封建的任务已基本完成的今天，当我们能够更加科学地运用马克思主义的观点发掘和整理古代文学遗产的时候，《歧路灯》以它内在的价值重新引起人们的注意是理所当然的；而那种对古代作品求全责备的观点，以为"埋没"了就让它永远埋没下去的观点却是不公正的，何况是对《歧路灯》这样一部在思想和艺术上都有着多方面价值的鸿篇巨制呢？

[原载《文学遗产》1983年第1期，浙江文艺出版社编《全国大学生毕业论文选编》1985年版、中州古籍出版社编《〈歧路灯〉论丛》（二）1984年版收录]

---

① （清）曹雪芹、高鹗：《红楼梦》，人民文学出版社1982年版，第5页。

李绿园《歧路灯》的佛缘与"谭（谈）"风

——作者、书题与主人公名义考论

清乾隆间李绿园著白话长篇小说《歧路灯》一书问世百余年间，曾若存若亡，几近埋没。自20世纪80年代初经栾星先生整理出版，才引起较多学者的关注，至本文首次发表时的30年间，形成并积累了一定数量的研究论著。但是，这项研究毕竟为时尚短，长期专心者不多，相对于"四大奇书"、《红楼梦》等的研读，显然切磋琢磨不够。从而仍有些本是显山露水的问题，也还被熟视无睹，亟待揭出和探讨。这里仅就此书之作者、书题与主人公三者名义所标示或含蕴的与佛教的缘分和"谈说"风格等，试为考论如下。

一 "李海观"之"海"与"观"

李绿园，名海观，字孔堂。号绿园。《颜氏家训》云："古者，名以正体，字以表德。"[1] 李绿园字孔堂，当取《论语·先进》："子曰：'由也升堂矣，未入于室也。'"表明其有志儒学的人生期待，应无疑。这从《歧路灯》中人物论学首重《五经》和推崇"端方醇儒"[2]（第十一回）等也可以得到旁证。号绿园，当取自杜甫《陪郑广文游何将军山林十首》诗其一"名园依绿水"句。至于李绿园名"海观"，《歧路灯》的整理校注者栾星

---

[1] （北齐）颜之推：《颜氏家训·风操》，文渊阁四库全书影印本。

[2] （清）李绿园：《歧路灯》，栾星校注，中州书画社1980年版。本文以下引此书只说明或括注回数。

先生曾据李绿园《宦途有感寄风穴上人二首》之二的自注数语说："原来他的学名海观,与佛赐法名妙海有关。"① 其说甚是。但进一步推敲起来,却是只揭出了他学名"海观"之"海"字的由来,那"观"字还是没有着落,需要再寻出处。

这个问题经台湾学者吴秀玉教授考证,发现李海观之"观"字,是由于李绿园的祖父"玉琳卜居宋寨后,为答谢河沿李李姓的美意,遂与之联宗,除绿园的父亲李申辈,出生于新安,用新安'田'字部首排行命名……外,自绿园这一代出生于宋寨开始,皆采用河沿李李姓的世次命名,如绿园取名海观,'观'字即是"②。吴教授的这个结论也是可信的。

至此,合栾星与吴秀玉二先生的考证,李绿园学名"海观"的出处大概已明。然而李绿园得有此名,是否还有什么更深层的意义?笔者以为有,并且是值得讨论的。而为着讨论的方便,仍录李绿园《宦途有感寄风穴上人二首》如下,其一曰:

竹筇扶步叩禅关,峰岭千层水一湾。祸不可撄聊远害(余以运铅之役,缺匮部项,几频于险),盗何妨作只偷闲。犹夸循吏频摇首,但号诗僧亦赧颜。易地皆然唐贾岛,两人踪迹一般般。

其二:

自在庵中自在身,法名妙海忆前因(余生弥月,先贝也赠公抱之寺,师泠公和尚赐名妙海,实苦萨座下法派也)。菜根咬断疏荤酒,藤蔓芟除绝喜嗔。向日繁华均长物,此时聋聩亦陈人。福田但得便宜讨,僧腊还能度几春(时年六十有七)。③

上引诗中括号内文字为作者自注。另外原诗题下也有作者自注云:"乾隆癸巳暮春印江署中作。"栾星编著《〈歧路灯〉研究资料》中的《年谱》据此诗注系此诗于乾隆三十(1773)年绿园六十七岁之"夏秋间辞官

---

① 栾星编著:《〈歧路灯〉研究资料》,中州书画社1982年版,第22页。
② 吴秀玉:《李绿园与其〈歧路灯〉研究》,台湾师大发行有限公司1996年版,第13页。
③ 栾星编著:《〈歧路灯〉研究资料》,中州书画社1982年版,第89页。

他去"①之前所作，是可信的。但根据这两首诗所能够知道的，除了栾先生从第二首首联末句自注得出"海观"之"海"字的出处之外，尚有以下三点。

首先，从第一首诗中"余以运铅之役，缺匮部项，几频于险"的自注看，作者虽当时侥幸免祸，但至此仍心有余悸，因生退意，是其诗题"宦途有感"内容的核心。由此引发对以往宦途的反思，自觉能有"循吏"之誉，"诗僧"之号，平生"踪迹"有似于唐代先是为僧后又为官的贾岛，也值得欣慰了。这里提到"诗僧"，或因为诗是寄僧人的，不免有为了切题而牵合僧人的意思，但即使如此，也不一定非牵合于僧人才可以作诗，尤其不会为了一首诗写得真切的缘故，而硬是把自己与"诗僧"联系起来。所以，读这首诗，正如对于李绿园的自谦为"循吏"，我们由其一生行状不能不承认他真的是一位"循吏"一样，对他的赧颜为"诗僧"，我们也不应认为仅是一个辞藻，而应当看作是李绿园对自己平生与佛教密切关系的郑重确认。他这种一身为"循吏"而兼"诗僧"的品格，恰与其字"孔堂"而名"海观"，以及所作《歧路灯》一面讲儒家的"三纲五常"，一面又侈谈儒、佛相济的因果报应，是高度一致的。

其次，从第二首诗，我们在栾先生考据的基础上，还可以就"绿园与浮屠的这桩因缘"在其一生中的影响做进一步的思考。即一方面是，李绿园诗注以自己"生弥月"即寄名佛寺非为偶然，而是命定为"菩萨座下法派"即佛弟子。这样的说法虽然因出现于诗中而似不必太当真，但诗注的直陈略不同于诗句意义的婉道，基本上还应该视为作者正式的声明而予以重视；二是也不应忽略的是，第三、四句承上说自幼寄名佛寺的诗与注，实是追忆自己幼年在风穴寺的一段佛弟子生活。我们除了由此知道李绿园一生"疏荤酒"的生活习性，可以补李绿园传记一个方面的细节之外，还可以知道这习性正如其名"海观"之"海"，也来自于"绿园与浮屠的这桩因缘"，而佛教对李绿园一生的影响之大，实不亚于当时儒学所注重的"文行出处"等方面的教养，在于对其淡泊心境的塑造；三是诗之尾联末句自注"时年六十有七"，不能单纯看作是为诗纪年，而应当看到是照应着首联末句自注"余生弥月"云云的佛缘，以垂老自念感慨系之。因此，

---

① 栾星编著：《〈歧路灯〉研究资料》，中州书画社1982年版，第58页。

这一诗注所传达的讯息，应是他自"生弥月"而寄名僧寺，名中的这个"海"字，就时时提醒他为佛门弟子，至今垂老犹未忘此"前因"也。这实是李绿园在以事实向风穴上人诉说己身所受浮屠影响之大之深。这在当时恐怕也鲜为人知，至今李绿园与《歧路灯》的研究中也未见人道及，但显然是此一研究中不应忽略的一个重要事实。

最后，从李绿园本诗为年届七旬时所作，尚且感慨自注幼年即得有法名"妙海"来看，他对于后来自己俗名"海观"之"海"的意义，应不仅是作自然地理风光来看的，而肯定念念不忘其为佛门之"海"。佛门之"海"虽亦取譬自然之海，但多用作比喻人世之苦为难以自拔之境，曰"苦海"，乃佛法诸喻中之"海喻"之一。丁福保《佛学大辞典》曰：

> 苦无际限，譬之以海也。《法华经·寿量品》曰："我见诸众生，没在于苦海。"《楞严经·四》曰："引诸沉冥，出于苦海。"《心地观经·二》曰："常于生死苦海中，作大船师济群生。"《千手陀罗尼经》曰："南无大悲观世音，愿我早得超苦海。"《止观·四上》曰："苦海悠深，船筏安寄。"①

即至今仍流行俗语"苦海无边，回头是岸"也是在以人世为"苦海"的意义上用"海"字。李绿园得于僧人所赐法名"妙海"之"海"，即当作如是观。而"妙"字在佛典中多形容佛法高明。如《法华经》全称《妙法莲华经》即是。李绿园法名"妙海"之"妙"亦即此义。如此说来，李绿园法名"妙海"之义，当即"妙法"行于"苦海"，乃佛菩萨所谓"苦海慈航"之意。正是因此，李绿园自认"实菩萨座下法派也"。

综上可知，李绿园自幼得僧人赐"妙海"之法名，俗名仍沿用此"海"字，确曾使其念念不忘"菩萨座下法派"的"前因"。因此之故，我们不能不怀疑其名"海观"之与"海"组名的"观"字，虽因于河沿李姓的辈分，但既已组为名词，也就可以并且应该与"海"字联系起来看。从而"海观"之义，就有可能成为表达与李绿园"前因"相一致的以人世为"苦海"的佛教观念，即人世如"苦海"，当作如是"观"也！

---

① 丁福保编：《佛学大辞典》，上海书店出版社1991年影印本，第1567页。

如上考证倘得成立，则我们便多了一个角度即从佛教影响的角度来解读李绿园及其《歧路灯》。

首先，佛教给李绿园以"苦"观人世而作小说以救世的创作心态。《歧路灯》写谭孝移那种对家庭前景似乎无端而至之莫名的忧虑，他那种"心里只是一个怕字"的悲观情绪，"把一个孩子，只想锁在箱子里，有一点缝丝儿，还用纸条糊一糊"的教子方法，虽然明是说得自"眼见的，耳听的，亲阅历有许多火焰生光人家，霎时便弄的灯消火灭"的阅历，但子夏有云："死生有命，富贵在天。"（《论语·颜渊》）同是李绿园笔下的儒者的娄潜斋对谭孝移的担忧也能不以为然道："人为儿孙远虑，怕的不错。但这兴败之故，上关祖宗之培植，下关子孙之福泽，实有非人力所能为者，不过只尽当下所当为者而已。"（第三回）可知谭孝移即作者的"怕"字，并非纯粹儒者所必有，而是谭孝移即作者李绿园思想个性上的某种特殊因素使然。这个使李绿园对家庭前景极度忧虑的特殊因素，应主要就是他自幼所受佛教以人世为"苦海"的把人间视为充满危机苦厄世界的"海观"观念的影响。若不然，他写一个五世乡宦广有田产年仅三十一岁的拔贡生谭孝移，有什么理由不能做到寒门学子娄潜斋尚且能够有的"达观"呢？

当然，这里也要说明的是，谭孝移与娄潜斋都是李绿园创造的人物，如上把谭孝移的"怕"字主要归结到李绿园所受佛教影响之"海观"的个性特点，而认为同是作者所写人物娄潜斋的"达观"性情却较少是李绿园所有，原因无它，即这部小说立题就在于那么一个"怕"字之上。李绿园对他笔下的人物，固然推许娄潜斋的"达观"，但显然更倾向于与谭孝移共有一个一味谨慎对人生的近乎悲观的"怕"字。因此，我们认为促使李绿园有《歧路灯》一书的这一个"怕"字，并不能仅从其一般居安思危的预后心理进行解释，而更多应该是他名"海观"所标志的思想上受佛教观念的影响所致。若不然，他也许就不会写这"满天下子弟八字小学"（第九十五回）的小说，或者写谭孝移即使"怕"也不至于有"午睡，做下儿子树上跌死一梦，心中添出一点微恙"（第十回），并终于因此而死的那种近乎夸张性的描写了。这也就是说，李绿园受佛教思想影响的"海观"人世的心态，部分地成为他作《歧路灯》小说以救世的基础。

其次，佛教成为《歧路灯》描写主人公谭绍闻命运转变的关键。与以上李绿园以人世为"苦海"之"海观"的意义相联系，并作为对自己幼年曾寄名风穴寺的一段出家生活深刻印象与怀念之情的反映，《歧路灯》在写谭绍闻出走的第四十四回《鼎兴店书生遭困苦，度厄寺高僧指迷途》中，特别命名收留并给他以帮助的佛寺为"度厄寺"，并对寺僧尤其是"小和尚念经"的日常生活有较为细致的描绘。虽然这一回书中有关度厄寺具体描写的文字不多，也并无高僧给谭绍闻切实的教诲，但回目仍把谭绍闻能够脱却这一段流浪之苦的原因归结到"高僧指迷途"，更可见其用心在于突出佛教的这一"度厄寺"，以彰显佛教对谭绍闻迷途知返所起的作用。无独有偶，书中第一百零四回《谭贡士筹兵烟火架，王都堂破敌普陀山》写谭绍闻为平倭立了大功的火箭，是他"住在海口集市约有五百户人家一个定海寺内"密制的。书中不仅把谭绍闻所住的地名设为"海口"，把寺院的名称设为"定海"，而且接下来写奏凯报功还特别把"定海寺"写进表章，以彰显"定海寺"在谭绍闻平倭立功中所起的作用。

  还值得注意的是，这两处关于佛寺与僧人的描写，前者在谭绍闻"迷途"知返、浪子回头之时，后者是谭绍闻为重振家业而立功边陲之地，皆其命运发生重大或根本性转变的关键。[①] 所以，虽然《歧路灯》也写有地藏庵范尼姑之流不守戒规的僧尼，但李绿园作为儒者，不把其主人公谭绍闻改过向善并以边功起家之人生关键的描写，安排在书中所多有的所谓"满院都是些饮食教诲之气"（第三十九回）之类"正人"聚集的场合，而置于佛门的"度厄寺"与"定海寺"中，高调宣示"高僧指迷途"的作用，仍不能不说其有在明确以人世为"困苦"的同时，宣扬对佛法广大、救世度人之信心的用意。而由此可见，李绿园名"海观"绝非虚有其名，而实已成为其思想上受佛教影响的一个明确的标志。而李绿园名"海观"的佛教渊源与上述《歧路灯》叙事写谭绍闻命运先后以佛寺为转折之地的设计，实骑驿暗通，血脉相连。

  最后，是影响到《歧路灯》有较多因果报应的描写。《歧路灯》虽以"用心读书，亲近正人"的"满天下子弟的八字小学"，以"端方醇儒""贤良方正"为立身之楷模，但具体描写中真正成就这类儒家"正人"与"子弟"之事业的关键，却也与上论谭绍闻命运转折一样，不仅在于儒，

[①] 参见潘民中《浅证李绿园的佛缘》，载张清廉主编《首届〈歧路灯〉海峡两岸学术研讨会论文集》，中州古籍出版社2013年版，第141—143页。

而更在于佛教,具体说即不仅在于"圣贤书"或关键不在于"圣贤书",而在于佛教的因果报应。如第一百零二回《书经房冤鬼拾卷,国子监胞兄送金》写与主人公谭绍闻少年时形成对照的贤子弟娄朴参加会试,阅卷中三复被黜,但因"冤鬼拾卷",感通考官取其为第一百九十二名进士,"嗣娄朴谒见房师,邵肩齐说及前事,娄朴茫然不解。或言这是济南郡守娄公,在前青州府任内,雪释冤狱,所积阴骘";又,第一百零八回《薛全淑洞房花烛,谭篑初金榜题名》写谭绍闻的儿子篑初中进士,也是靠祖德得到了阴助。学者多以这类情节是作者手法拙俗的表现,诚然是对的;但俗套多有,舍彼取此,毕竟还是他思想上认同佛教因果报应之"海观"意识的真实体现。研究者不当仅以其为落了那时小说家的俗套,而应该深一步看到其背后李绿园与《歧路灯》的佛缘。

二 《歧路灯》之"歧路"与"灯"

李绿园《歧路灯》的佛缘还体现于《歧路灯》书名组词之"歧路"与"灯",也是从佛教典籍借用来的。

先说"灯"字。三十年前(本文首次发表时间为2013年,以这一时间计。——编者按),我在北京读书做大学毕业论文《〈歧路灯〉简论》,投稿有幸得到时任《文学遗产》副主编的卢兴基先生指教。他给我的一个重要点拨是,《歧路灯》一书名"灯",是从《五灯会元》的"灯"即佛教的"灯喻"来的,希望我把它写到论文中去。但当时就业忙碌,顾不上深入查考,不便也就没有把自己还不甚明白的这一认识写到论文中去,遂使这一并非深藏的出处及其意义,似乎至今未见有学者揭出。如今结合了上论李海观"海"字的由来及其意义,便深切感到卢先生的指教,实是对此书顾名思义,探讨其所受佛教影响的一大灼见,试为广说之。

拙见以为,我国古代小说在《歧路灯》之前,固然已经有了《剪灯新话》之类标题含"灯"字的小说,但那"灯"字明显是从李商隐"何当共剪西窗烛"(《夜雨寄北》)之类涉"灯"文句来的。《歧路灯》之"灯"则不然,是从《五灯会元》之灯,即佛教的"灯喻"来的。宽忍编《佛学辞典》释"灯喻"云:

谓灯因膏油而焰烧无穷，以譬喻众生妄识，依贪爱诸种境界而生生不绝也。论云：譬如灯光，识亦如是，依止贪爱诸法住故。①

佛典中"灯喻"文例甚多，如《维摩诘经》上卷《菩萨品第四》：

于是诸女问维摩诘："我等云何止于魔宫。"维摩诘言："诸姊，有法门名无尽灯，汝等当学。无尽灯者，譬如一灯然百千灯，冥者皆明，明终不尽……"②

又，隋代章安顶法师撰《大般涅槃经疏》卷第二十六《师子吼品》之三有云：

佛前言灯喻众生，油喻烦恼。今难此语有两解：一云灯览众法，明、油、器等共成一灯。明名灯明，器名灯器。二云明与油异，正取明为灯。灯是火性，油是湿性，正取后意为难。灯之与油二性各异，众生烦恼本来不异。③

又，释智圆述《佛说阿弥陀经疏》云：

日、月、灯喻三智。故名闻光者，名称普闻如光遍照。大焰肩者，肩表二智，焰表照理。须弥灯者，须弥云妙高。妙则三智圆融，高则超过因位。灯则喻三智之遍照也，难沮者。④

王楠《五灯会元序》云：

---

① 宽忍主编：《佛学辞典》，中国国际广播出版社、香港华文国际出版公司1993年版，第813页。
② 《维摩诘经》，赖永海、高永旺译注，中华书局2012年版，第69页。
③ （隋）章安顶法师：《大般涅槃经疏》，载（清）雍正敕修《乾隆大藏经71·诸宗部此土著述5影印本》，中国书店2010年版，第1273—1274页。
④ 释智圆述：《佛说阿弥陀经疏》，载李森主编《中国净土宗大全》，长春出版社1996年版，第412页。

李绿园《歧路灯》的佛缘与"谭(谈)"风

佛法昭明,历几千劫,阐扬宗风源源相继……自景德中有《传灯录》行于世,继而有《广灯》《联灯》《续灯》《普灯》。灯灯相续,派别枝分,同归一揆。是知灯者,破愚暗以明斯道。①

释廷俊《重刊五灯会元序》云:

昔王介甫、吕吉甫同在译经院,介甫曰:"所谓日月灯明佛为何义?"吉甫曰:"日月迭相为明,而不能并明。其能并日月之明,而破诸幽暗者,惟灯为然。"介甫击节称善。吾宗以传灯喻诸心法而相授受者,其有旨哉。②

又,《古尊宿语录》卷二十四《潭州神鼎山第一代洪諲禅师语录》云:

僧问石门:"如何是和尚家风?"门云:"解接无根树,能挑海底灯。"后其僧入室问:"学人不解挑灯意,请师方便接无根。"门云:"贾岛笔头挑古韵,下笔之处阿谁分。"又云:"难觅知音。"③

由上举诸例之议论可知:一是佛教"灯喻"自古印度传入,源远流长,至中国佛教禅宗"以传灯喻诸心法而相授受","灯"即成为了佛教禅宗"心法"的象征;二是"灯喻"在佛教诸喻中比"日""月"之喻为更高一境,即从时间的延续上说,超越日月之不能"并明",而"一灯燃百千灯……明终不尽",是所谓"无尽灯";从空间之照顾上说为无所不至,所谓"灯则喻三智之遍照也,难沮者";三是"灯喻"之"灯"的价值在"明",所谓"取明为灯"者,乃因"灯"燃"油"而明,"油喻烦恼","灯"之"明"乃"油"即"烦恼"消除的结果。这犹之乎油耗而灯明,世人烦恼的逐渐祛除,也就是禅宗所修行"明心见性"的过程。因此,"灯喻"是禅宗"心法"最好的说明。此喻为儒、道诸家之论所未有,佛门中也为禅宗所独有。从而《歧路灯》之"灯",不仅从作者李绿园名

---

① (宋)普济:《五灯会元》,苏渊雷点校,中华书局1994年版,《王序》第2页。
② 惟明法师编选:《圆明文集·禅宗篇》,台北和裕出版社2000年版,第167页。
③ (宋)赜藏主编集:《古尊宿语录》(上),中华书局1994年版,第461页。

"海观"的角度说竟似偶合了上引"海底灯"之喻,当来源于佛教,而且从清中叶以前儒、释、道三家学说史上看,也只是佛门禅宗的传统。以致王夫之《读四书大全说》卷一《大学》论"格物"讥佛教空虚之论为"翠竹黄花、灯笼露柱,索觅神通,为寂灭无实之异端"①。其所讥"灯笼"即佛教禅宗"灯喻"中的内容,而王夫之斥之为"异端"。可见李绿园《歧路灯》之"灯",虽实际写来是主弘扬儒家的教化,而非尽禅宗"灯喻"之正义,但至少是假佛家之"灯喻"以行儒家之道,其做派也就不是什么完全"正经理学"(第三十九回)的"真儒者"(第三十八回),而是儒佛互补、以佛济儒的儒佛合一了。这是我们把握《歧路灯》一书思想时应该注意的一个特点。

应是与《歧路灯》以"灯"名书不无联系,此书中除大量涉"灯"的描写之外,还较多运用了涉"灯"的比喻。如第三回写谭孝移说"霎时便弄的灯消火灭",第十回写柏永龄说"将来必有个灯消火灭之时",第七十九回议论道"这正是灯将灭而放横焰,树已倒而发强芽",等等。尽管这些用法与佛教"灯喻"之义不同,但也可以看出作者对"灯"之意象的执着,进而想到海观先生隐以佛教的"灯喻"命名其书,即使不从"必也正名"(《论语·子路》)的方向上做推考,也应该认为《歧路灯》的"灯"字不仅是一个辞藻的偶用,而必然对其叙事写人有某种实质性的影响。如上所述论书中有关度厄寺与定海寺的描写,正就是表明了佛教"灯喻"之义不仅嵌设在了是书题名之中,而且深化成为故事的肌理与灵魂,似未曾实用,而实已大用了。

后说"歧路"。《歧路灯》书名"歧路"之称,今见文献中亦先秦儒家所不道,诸子所罕言,而应出于被认为是伪书的《列子》卷第八《说符篇》:

> 杨子之邻人亡羊,既率其党,又请杨子之竖追之。杨子曰:"嘻!亡一羊何追者之众?"邻人曰:"多歧路。"既反,问:"获羊乎?"曰:"亡之矣。"曰:"奚亡之?"曰:"歧路之中又有歧焉,吾不知所之,所以反也。"杨子戚然变容,不言者移时,不笑者竟日。门人怪之,

---

① (清)王夫之:《读四书大全说》卷一《大学》,载《船山遗书》同治本。

请曰:"羊,贱畜;又非夫子之有,而损言笑者,何哉?"杨子不答。门人不获所命。弟子孟孙阳出以告心都子。心都子他日与孟孙阳偕入,而问曰:"昔有昆弟三人,游齐、鲁之间,同师而学,进仁义之道而归。其父曰:'仁义之道若何?'伯曰:'仁义使我爱身而后名。'仲曰:'仁义使我杀身以成名。'叔曰:'仁义使我身名并全。'彼三术相反,而同出于儒。孰是孰非邪?"杨子曰:"人有滨河而居者,习于水,勇于泅,操舟鬻渡,利供百口。裹粮就学者成徒,而溺死者几半。本学泅,不学溺,而利害如此。若以为孰是孰非?"心都子嘿然而出。孟孙阳让之曰:"何吾子问之迂,夫子答之僻?吾惑愈甚。"心都子曰:"大道以多歧亡羊,学者以多方丧生。学非本不同,非本不一,而末异若是。唯归同反一,为亡得丧。子长先生之门,习先生之道,而不达先生之况也,哀哉!"①

这就是著名的"杨朱歧路"或曰"歧路亡羊"故事。其义在讽刺儒家之学,自诩为"大道",而从之者议论纷纷,各执一端,不得其本,结果于人于己都没有好处。救治之道,"唯归同反一,为亡得丧"。这一思想取向,显然与孔子等先秦儒家力倡的"学道"(《论语·阳货》)、"兼善"(《孟子·尽心上》)不同,而与《庄子》"绝圣弃智,大盗乃止"(《胠箧》)取向一致,是道家"清静""无为""抱一"等思想的流衍。

《列子》此说,后世学人虽儒、道互补,但正统儒者也较少道及。有之,隋唐间文中子(王通)《中说》卷九《立命篇》载:"子曰:'以性制情者鲜矣。我未见处歧路而不迟回者。《易》曰:直、方、大,不习,无不利。则不疑其所行也。'"② 其言"歧路"似用上引《列子》语义,但仍归于按儒家"六经之首"的《易》说实践则可以"不疑"。又明代王阳明《传习录》卷上载阳明先生之言:

> 天理终不自见,私欲亦终不自见。如人走路一般。走得一段,方认得一段。走到歧路处,有疑便问,问了又走,方渐能到得欲到

---

① 严北溟、严捷译注:《列子译注》,上海古籍出版社1986年版,第215—216页。
② (隋)王通:《中说》,文渊阁四库全书影印本。

之处。①

　　这里阳明"歧路"之喻，虽不免也与上引《列子》有瓜葛之嫌，但毕竟他说"问了又走"云云，仍是儒家学道求进的取向。《歧路灯》则不然，它写人当"歧路"彷徨之际，尽管不似杨朱的止于"戚然变容"，也主张要选择前行，却与阳明所主张的由行路人即学者"有疑便问，问了又走……渐能到得欲到之处"的自强不息有异，而是要由"正人"给他一盏"灯"以照引正途。这虽然不免是李绿园作小说的由头，但是何以想到要给"歧路"挑出一盏"灯"来？拙见以为，这个念头的根源就是上论海观先生"菩萨座下法派"的"前因"；而进一步考察可知把一盏"灯"置于"歧路"的书名"歧路灯"之总体构想，也同样有佛典的渊源。

　　按据慧琳撰《一切经音义》卷第四十八引玄应撰《瑜伽师地论》、卷第六十七引《阿毗昙毗婆沙论》第一卷、卷第七十五引《禅法要解》上卷、卷第九十三引《续高僧传》，均唐代高僧玄应撰，而均用"歧路"一词；又赜藏主编集《古尊宿语录》卷第三《黄檗希运断际禅师宛陵录》云："若无歧路心，一切取舍心，心如木石，始有学道分。"②《五灯会元》卷第十八《南岳下十三世下·道场居慧禅师》有偈云："百尺竿头弄影戏，不唯瞒你又瞒天。自笑平生歧路上，投老归来没一钱。"③如此等等，可说与在儒典中的少见和用意不同，"歧路"一词早自唐宋以降已经成为了佛典常用概念，堂上说法的寻常辞藻。④

　　由上所述论可知，中国典籍中"歧路"一词虽出《列子》，但后为汉译佛典引为法相之称，用以指修行中使智性不明的疑惑之心，即"歧路心"。由此结合上引《佛学辞典》"灯喻""谓灯因膏油而焰焰无穷"云云，可知"歧路"与"灯"之关系，亦如"膏油"之于"灯"，"灯"因"膏油"而有光之明，也因"歧路"而有了存在的价值，并反过来照亮在

---

① （明）王守仁：《阳明传习录》，与陆九渊《象山语录》合订本，上海古籍出版社2000年版，第188页。
② （宋）赜藏主编集：《古尊宿语录》（上册），中华书局1994年版，第41页。
③ （宋）普济编：《五灯会元》，中华书局1984年版，第1214页。
④ 诗文中用到"歧路"一词的，最著莫如王勃《送杜少府之任蜀州》诗中名句"无为在歧路，儿女共沾巾"，但多用其本义，故不论及。

"歧路"之人。从而"歧路灯"即佛教禅宗的"心灯",《禅宗语录辑要》引《虚堂和尚语录》云:

> 元宵上堂:世间之灯,莫若心灯最明。心灯一举,则毫芒刹海,光明如昼。①

《歧路灯》之作,在作者就是"心灯一举"。这也就是为什么《歧路灯》的结局必然是谭绍闻能够回头向善、家道复兴。同时也就是作者在故事的开篇就感慨"多亏他……改志换骨,结果也还得到了好处。要之,也把贫苦熬煎受够了"(第一回)的原因。这里海观先生说谭绍闻"歧路"上所受贫苦拮用"熬煎"一词尤可玩味,即不由使人想到佛教"灯喻"中"油"与灯光即"明"的关系,用日常说法不过就是点灯熬油的"熬煎"而已。以此说"歧路灯",其全面的名义不正是佛教"灯喻"的一个变相吗?而《歧路灯》一书作为小说中的一部教子弟书,用笔多从反面写其受"熬煎"的过程的叙事写人特点,似也与其题含佛教"灯喻"之旨有一定的关系。

三 "这人姓谭"之"谭"

李绿园《歧路灯》虽称"空中楼阁,毫无依傍……绝非影射"②,但它成书在"四大奇书"之后,承前代小说家的传统,于人物设姓、命名、择字,都颇有讲究。如"王中""惠人也""智周万""侯冠玉""钱万里"之类,皆有所谓,不必细论。这里但说书中所写这一"极有根柢人家"何以姓"谭",并由此探讨李绿园作此小说有些什么用心与特点。

《歧路灯》开篇入题说"这话出于何处?出于河南省开封府祥符县萧墙街。这人姓谭,祖上原是江南丹徒人。宣德年间有个进士,叫谭永言,做了河南灵宝知县,不幸卒于官署,公子幼小,不能扶柩归里"云云,似只在引出正传。但读罢全书,回头来看,便不觉恍然有悟,其

---

① 上海古籍出版社编:《禅宗语录辑要》,上海古籍出版社1992年版,第509页。
② 栾星编著:《〈歧路灯〉研究资料》,中州书画社1982年版,第95页。

"谭永言"之谓，实含有对此书体裁之提示，是其创作追求"谈说"风格的宣言。

按古代"谭"通"谈"，"永言"出《尚书·舜典》"诗言志，歌永言"，即长言——长言诗人之"志"也。李绿园博古通经，于小说开篇给他的主人公著籍之祖以"谭永言"的大名，岂不是比附"歌永言"以寓说其欲追本《尚书》所称诗人之志，以所作小说为"永言"即一篇长"谭（谈）"吗？答案应是肯定的。事实上作者也曾于书中作有"此地无银三百两"式的提示：

> 王少湖心有照应，道："谈班长，尊姓是那个字？"皂役道："我自幼读过半年书，还记得是言字旁一个炎字。"少湖没再说话。姚皂役接道："是谭相公一家子。"谈皂役道："我可不敢仰攀。"姚皂役道："何用谦虚。王大哥，夏大哥，咱举盅叫他二人认成一家子罢。"谈皂役道："你年轻，不知事。这是胡来不得的。"姚皂役道："一姓即一家。谭相公意下何如？休嫌弃俺这衙门头子。"谭绍闻见今日用军之地，既难当面分别良贱，又不好说"谭""谈"不是一个字，只得随口答应了一个好。（第三十回）

这里借谭绍闻之口说作为姓氏的"谭""谈"不是一个字自然是对的。但"谭"字多义，有的义项上却正与"谈"相通，为同一个字的不同写法。《辞源》释"谭"字义项："说。同谈。《庄子·则阳》：'彭阳见王果曰：夫子何不谭我于王？'《释文》：'音谈，本亦作谈，李云，说也。'"[1]即可以为证。而"谈"即"谈说"，《史记》载："太史公曰：鲁连其指意虽不合大义，然余多其在布衣之位，荡然肆志，不诎于诸侯，谈说于当世，折卿相之权。"[2] 因此，"谈说"本是称先秦游士以口舌取名位的一种手段。后世泛指，义近乎闲话。古代几乎为小说或近乎小说类杂书题名所专用，如唐代有胡璩撰《谭宾录》，明代有洪应明《菜根谭》，近代有许承尧《歙事闲谭》，等等，都是在"说"的义项上以"谭"为"谈"的显

---

[1] 《辞源》，商务印书馆1983年修订第1版，第2918页左。
[2] （西汉）司马迁：《史记》，中华书局1998年缩印本，第874页下。

例。李绿园绝非不知"谭"字通"谈"有"说"字义，反而可能是他太清楚这个意思了，而作小说又需要曲径通幽，所以写书至第三十回思路已畅之际，借写一个皂役顺笔设作"谈班长"，把主人公姓"谭"与谈班长之"谈"略一牵缠，给书中主角"这人姓谭"之"谭"通"谈"之义做一提点，以期读者会心，恍悟其"谭永言"即"谈永言"，乃长篇之"谈说"也！此乃小说家的一点狡狯而已。

《歧路灯》以主人公"这人姓谭"之"谭"来宣示创作风格为"谈（说）"的寓意，还可以从李绿园曾著有戏曲《四谈集》（包括《谈大学》《谈中庸》《谈论语》《谈孟子》四种）剧本①的事实得到旁证。但那是以戏曲的形式"谈"学问，而在《歧路灯》来说，就是一本"谭（谈）永言"即长篇小说了。对于这部长篇小说来说，这个"谭（谈）"字作为创作内容与风格上自律的一个原则，李绿园在《〈歧路灯〉自序》中有所说明：

> 填词家……藉科诨排场间，写出忠孝节烈，而善者自卓千古，丑者难保一身，使人读之为轩然笑，为潸然泪，即樵夫牧子厨妇爨婢，皆感动不容已……仿此意为撰《歧路灯》一册，田父所乐观，闺阁所愿闻。②

由此看出李绿园作《歧路灯》在内容上的用心明确是教忠教孝，惩恶扬善；在形式上所追求的则是"田父所乐观，闺阁所愿闻"，即"谈说"的风格。把这两点合起来的，恰好就是《歧路灯》中两代主人公的名字即"谭孝移"、"谭绍闻"和"谭绍衣"的寓意，以及全书叙事最突出的特点。

按《歧路灯》写谭孝移字忠弼，"孝移"即移孝作忠之义，"忠弼"即为君之辅弼的忠臣。因此，谭家这老主人名"孝移"字"忠弼"的意思，合起来就是《孝经》所谓"君子之事亲孝，故忠可移于君"之近乎全面的表达。古代所谓"求忠臣于孝子之门"，依据的正是儒家看来"孝移"

---

① 参见马聚申、刘宗立《李绿园执教鱼陵山》，载张清廉编《首届〈歧路灯〉海峡两岸学术研讨会论文集》，中州古籍出版社2013年版，第269—271页。
② 栾星编著：《〈歧路灯〉研究资料》，中州书画社1982年版，第95页。

与"忠弼"间的必然逻辑。按照这一逻辑，书中写谭家这位老主人就该移孝作忠、舍家为国了。再说他也早没有了父母，"孝"的事体已了，更应该一心在"忠弼"上做事业了。然而不然，谭孝移尽管并非没有做官行政一展其能进而为辅弼大臣的机会，却临场自动退却了。这是什么原因呢？书中第九、十两回写得清楚，一是天下无道，时机不利，只好学柏公识时务"奉身而退"（第十回）；二是退而求其次，不能出为"忠弼"了，仍回来做祖宗的孝子也是好的。这在全书叙事来说，固然是为了使这个人物尽快淡出读者的视野，以迅速转入写他儿子谭绍闻失教的叙事中心的需要，但如此一来，客观上岂不是作者命他名"孝移"字"忠弼"的安排就成虚设了吗？其实不然！关键就在那个"谭"字！作者以谭孝移字忠弼者，不过借这个人物"谭（谈）"一下"孝移"与"忠弼"，即"移孝作忠"的事理罢了，何至于一定是他真的移孝作忠了呢！书中第九、十两回中写柏永龄与谭孝移议论朝廷时局与士人出处的描写，正就是这位老主人公名字为"谭（谈）孝移"即"谭（谈）忠弼"的形象注脚。其意若曰，"孝移""忠弼"的事一"谭（谈）"而过，这位为作者写出"忠孝"而设的老主人公形象也就完成任务该退场了。因此，《歧路灯》写谭孝移这个"纯儒"形象虽着实不令人喜欢，特别是写其进京面君的部分甚至显得枝蔓而有些沉闷，但从作者欲"谭（谈）"忠"谭（谈）"孝的立意来说，正是不可少的，恐怕还是他自以为得意之笔呢！读者于此，也当对作者之心有所体谅也。

　　以此类推，"谭绍闻"和他的族兄"谭绍衣"取名自《尚书·康诰》，上下有关文字作："王曰：'呜呼！封，汝念哉！今民将在祗遹乃文考，绍闻衣德言。往敷求于殷先哲王，用保乂民。'"《康诰》是成王命康叔就国告诫之辞。① "绍闻衣德言"，孔《传》以为是对有"文德之父"，"继其所闻，服行其德，言以为政教"②。《歧路灯》开篇即道"只因有一家极有根柢人家，祖、父都是老成典型，生出了一个极聪明的子弟。他家家教真是严密齐备，偏是这位公郎，只少了遵守两个字"（第一回），前说祖、父皆为"老成典型"，后说"这位公郎，只少了遵守两个字"，照应起来就是

---

① 《尚书·康诰》："成王既伐管叔、蔡叔，以殷余民，封康叔，作《康诰》《酒诰》《梓材》。"
② （汉）孔（安国）氏传，（唐）孔颖达疏：《尚书正义》，《十三经注疏》（上册），中华书局1980年影印本，第203页中。

"这位公郎"名为"绍闻",却没有好好"绍闻"。全部书的中心人物是"谭绍闻",也就是"谈'绍闻'"。所以今之学者大都认可《歧路灯》是一部教育小说,无疑是对的。因为"谭绍闻"之为"谈'绍闻'","谭绍衣"为"谈'绍衣'",本来的意思也就是"谈"如何造就一个好子弟,和如何做一个好子弟。这从作者的主观上来说是为世家子弟指出一条"绍闻衣德言"的正路,在客观上说就是教育。这一教育的中心则是接续了谭孝移教子尽孝的遗愿,做到《礼记·中庸》所谓"夫孝者,善继人之志,善述人之事者也"。所谓"绍闻""绍衣"者,其意义即在于此。只是谭绍闻为失足歧路而又浪子回头的典型,而谭绍衣却一直受到良好的教育又个人修持不失正路,因而能"善继""善述","服行其德",出仕后更能够"言以为政教",是一个顺利成长的典型。所以有关谭绍衣的"谈"即笔墨虽然不多,但都是正面描写,只成"谈'绍闻'"的陪衬。这一结果就是使《歧路灯》虽可以称之为"教育小说",却与西方教育小说从正面描写教育的内容与过程不同,多是写反面的教训,而少有正面的经验,终于只是清中叶一位教书先生所作挽救失足青年的形象的教科书。倘非谭绍闻后来改过迁善和有谭绍衣正面形象的对照,这部书简直就成了彼时教育的反面教材。因此,书中谭绍衣的形象虽然着墨不多,却无论是作为提携谭绍闻的援手或作为谭绍闻的对照,都是不可或缺的人物。这一人物的明里暗里贯穿全书,实与谭绍闻的人生命运形成平行对照而又交叉互见的双线结构。这一人物的存在形态及其在结构上的地位与作用,与同时代的《红楼梦》中有甄宝玉如出一辙;而在外国文学中,后来可见的俄国托尔斯泰的《安娜·卡列尼娜》中,作为与安娜夫妇对照的列文与吉提,则与此有些相似。

从形式上看,"谭"即"谈"本是我国古代小说悠久的传统。先秦至汉魏盛行的"谈"与"谈说"的风俗,曾是产生于"街谈巷语,道听途说"的古代小说的重要源头之一。例如战国齐人"驺衍谈空"(《史记·孟子荀卿列传》司马贞《索隐》),而有"谈天衍"(《史记·孟子荀卿列传》)之称,其所称海外九州,开道教小说"十洲三岛"描写之先河。唐宋以降,士人中"谈"风渐息,但以"谈"字题名笔记小说者如《谈林》《谈录》《谈苑》《谈薮》等,指不胜屈,都是"谈"字通于小说的明证。李绿园于《歧路灯》标举"谭"即"谈"的用意,即在表明其欲直承上古"谈"即"谈说"的小说传统。为此,他虽然在力诋"四大奇书",尤视《金瓶梅》为洪水猛兽的同时大量模拟借鉴"奇书"手法,但也确实在一定程度上脱出了"奇书文体"①的牢笼与羁绊,而形成了明清小说中独特的"谭(谈)"的风格,本文简称曰"谭(谈)风",并以为《歧路灯》的"谭(谈)风"固然有使其行文议论多而陈腐的毛病,但也至少促使其有了以下两个长处。

一是自觉地为人生而写作,全面完整地描写一个人物一生的命运。《歧路灯》之前的小说自然也是以这样那样的方式写人生的。虽然比较《三国演义》《水浒传》《西游记》的离现实人生较远,《金瓶梅》写西门庆一生命运,已是更加贴近人生的主题,但《金瓶梅》于人生"单说着情色二字"(词话本第一回)。因"单说"之故,《金瓶梅》只从西门庆成家立业以后写起,重笔在其纵欲以至暴死的经历。所以《金瓶梅》作为我国第一部描写最贴近人生的长篇小说,却主要只是写了以性为中心的成人生活的一面。《歧路灯》则不然,作者李绿园于全书开篇即云:"话说人生在世,不过是成立覆败两端,而成立覆败之由,全在少年时候分路。"又说:"这话出于何处?出于河南省开封府祥符县萧墙街……"具体则是"这人姓谭(谈)"。这就等于说全书"话说人生在世"内容的中心就是"谭(谈)"的"这个人",他是"一家极有根柢人家"(第一回)的令郎,其五世曾祖为"谭(谈)永言"。可知作者下笔伊始,就明确其所写为"人生在世……成立覆败两端",故从"少年时候分路"写起,以至其壮年和迟暮。这就比较包括《金瓶梅》在内的"四大奇书"有了一个明显的不同,即其所写的是一个现实生活中的人物全面的人生故事,是一部以一位世家子弟自幼至老起伏跌宕命运为中心的大开大合的长篇小说。这就构成了《歧路灯》结构的创新意义,正如20世纪30年代郭绍虞先生称赞此书与《红楼梦》一样,"书中都有一个中心人物,由此中心人物点缀铺排……实是一个进步"②。虽然郭先生未做深论,但现在我们可以说,这在《歧路灯》而言,是与其作者专为"话说人生在世",而"谭(谈)""这个人"和这"一家极有根柢人家"的"谭(谈)"旨,是分不开的。

---

① [美]浦安迪:《中国叙事学》,北京大学出版社1996年版,第22页。
② 郭绍虞:《介绍〈歧路灯〉》,载中州书画社编《〈歧路灯〉论丛》(一),中州书画社1982年版,第1页。

二是刻意追求理趣、雅趣，平中见奇，风格凯切。《歧路灯》的理学气甚重是不争的事实。但是，除了某些陈腐的议论之外，其理学气主要是在欲以理服人的"谭（谈）"即所谓"布帛菽粟之言……饮食教诲之气"中显现出来。却又要"田父所乐观，闺阁所愿闻"，这就不得不努力甚至刻意追求通俗的风格，结果形成某种理趣、雅趣，郭绍虞先生评为"能于常谈中述至理，竟能于述至理中使人不觉是常谈。意清而语不陈，语不陈则意亦不觉得是清庸了。这实是他的难能处，也即是他的成功处。这种成功，全由于他精锐的思路与隽爽的笔性，足以驾驭这沉闷的题材。所以愈磨研愈刻画而愈透脱而愈空超。粗粗读去足以为之轩然笑而潸然泪；细细想来又足以使人惕然惊悚然惧。这是何等动人的力量！老死在语录文字中间者，几曾梦想得来"①。笔者也曾引黄山谷跋陶渊明诗卷曰："血气方刚时，读此诗如嚼枯木；及绵历世事，如决定无所用智。"② 认为"《歧路灯》大概即小说中之陶诗"③。其意境在"四大奇书"的"奇"趣与《红楼梦》的"情"趣之外，似与《儒林外史》同属鲁迅所感慨的"伟大也要有人懂"④ 一类以"理趣"见长的小说或曰学者小说相近。唯是《儒林外史》意主刺世，故婉而多讽，清新峻峭；《歧路灯》意主劝世，故"谭"言娓娓，醇厚凯切。

综合以上考论，一向被认为深蒙儒学影响的李绿园《歧路灯》除因果报应的俗套之外，似无更多佛教的影响，但从人们往往熟视无睹的作者、书题的名义并结合文本的实际看，李绿园与佛教的"前因"对是书创作影响的深重，远过于我们粗读此书后一般的感受。由此可见《歧路灯》思想具有外儒内佛、以佛济儒和儒佛合一的特点；而是书命名主人公姓"谭"和设主要人物为"谭孝移""谭绍闻""谭绍衣"之意，既表明了是书创作以教忠教孝为旨的用心，也自定了"谈（说）"的风格，在"四大奇书"之后，《红楼梦》之外，别具一格。倘本文的考论大致能够成立，则

---

① 郭绍虞：《介绍〈歧路灯〉》，载中州书画社编《〈歧路灯〉论丛》（一），中州书画社1982年版，第2—3页。

② （清）葛立方：《韵语阳秋》，载何文焕辑《历代诗话》（下），中华书局1981年版，第507页。

③ 杜贵晨：《数理批评与小说考论》，齐鲁书社2006年版，第400页。

④ 鲁迅：《叶紫作〈丰收〉序》，载《且介亭杂文二集》，人民文学出版社1973年版。

知《歧路灯》一书，虽无如《红楼梦》有"索隐""揭谜"的必要与可能，但其创作用心与手法的精微，也非浅尝所容易明白，有时便需要一点考据的功夫。

(原载《明清小说研究》2013年第1期)

关于《歧路灯》的几个问题

恩格斯说："我所指的现实主义甚至可以违背作者的见解而表露出来。"[①]高尔基说，文学形象几乎永远大于思想。鲁迅先生说《三国演义》的"文章和主意不能符合——这就是说作者所表现的和作者所想象的，不能一致"[②]。如此等等，都指出了文学创作和作品中存在着复杂的矛盾。这种状况，要求文学批评，特别是评论古代的作品，应取细致地分析态度，切忌粗枝大叶，望文生义。目前，关于《歧路灯》的研究，似乎更应认真提倡一下这种审慎的、实事求是的学风。李绿园似乎早有预见，他在《鱼齿山头远望》诗中说：

不知古人书，精凿寄糟粕；所当识其微，无事徒摽掠。[③]

试以这种态度，对有关《歧路灯》的几个问题谈点不成熟的看法。

一 对嘉靖皇帝面谀心诽，旁敲侧击地进行了批判

粗读《歧路灯》[④]，看它颂扬嘉靖皇帝一心崇隆本生，加献皇帝以睿宗

[①] ［德］恩格斯：《致玛·哈克纳斯》，载北京大学中文系文艺理论教研室编《马克思恩格斯列宁斯大林论文艺》，人民文学出版社1980年版，第136页。
[②] 鲁迅：《中国小说史略》，人民文学出版社1973年版，第291页。
[③] 栾星编著：《〈歧路灯〉研究资料》，中州书画社1982年版，第67页。
[④] （清）李绿园：《歧路灯》，栾星校注，中州书画社1980年版。本文以下引此书均据此本，说明或括注回次。

称号，以孝治天下，给予臣民多样的覃恩，很容易认为此书是美化嘉靖皇帝的。然而，对全书细加品味，则可明显地感到《歧路灯》实际上对嘉靖皇帝做了多方面的揭露和批判，歌功颂德之辞不过是作者伦理观念的一个表现，或者是不得已而为之。

首先，李绿园是生活在绝对君权统治下的封建知识分子，无论主观上愿不愿意，客观上在写小说时也很难公开反对皇帝，哪怕是对前朝皇帝有所指责，也不合臣子不得擅言君父之过的封建礼法。所以《儒林外史》第十四回写马二先生游西湖，见了宋朝仁宗皇帝的御书，也"吓了一跳……扬尘舞蹈，拜了五拜"①。《红楼梦》第一回即赶紧声明："及至君仁臣良，父慈子孝，眷眷无穷，实非别书之可比。"②那么，《歧路灯》有几句颂扬嘉靖皇帝的话就不足为怪了。退一步说，我们也不应厚此薄彼，单认为《歧路灯》是不可饶恕的。正确的做法，应是分析和探讨这种颂扬的内容和用意。

显然，《歧路灯》是从"孝"的方面肯定嘉靖皇帝，在所谓"大礼议"一案中站在嘉靖皇帝一边，而对"哭阙"的诸臣有所批评。李绿园《读史二十四首》之第二十二首表达了对"大礼狱"的看法：

嘉靖大礼狱，狱起承天府。藩臣不可跻其君，天子必当尊其父。天性之际安可诬，礼反所生岂虚语？哭声震阙用劫谏，满腔愤怼毋乃卤。③

可知"孝"是李绿园肯定嘉靖皇帝的理论根据。我们知道，李绿园一门是世代以孝相踵的，他写作《歧路灯》，宣扬孝道，并因此对崇隆本生的明世宗有所颂扬，是很自然的。换句话说，并非因为嘉靖皇帝是皇帝才颂扬其孝，而是因为嘉靖皇帝的行为符合了李绿园所执的伦理观念，所以才对其进行颂扬，这与蓄意美化封建皇帝是有区别的。

李绿园之所谓"孝"，与最高封建统治者的需要不是完全一致的。从封建皇帝的利益看，劝孝是为了鼓励臣子尽忠，故《孝经》说，"君子事

---

① （清）吴敬梓：《儒林外史》，人民文学出版社1977年版，第180—181页。
② （清）曹雪芹、高鹗：《红楼梦》（上），人民文学出版社1982年版，第6页。
③ 栾星编著：《〈歧路灯〉研究资料》，中州书画社1982年版，第80页。

亲孝，故忠可移于君"，"夫惟孝者，必贵于忠"，"故君子行其孝必先以忠"，等等，是把"忠"作为最高的伦理观念的。李绿园熟读经书，不难明白这个道理。他于《歧路灯》第一回为谭乡绅命名"忠弼"，表字"孝移"，就表示了"移孝作忠"的愿望。但是，在书中实际描写的过程里，作者却以赞赏的笔调刻画了谭孝移置"将来在上之人（指皇帝——引者注），必至大受其祸"（第十回）于不顾，"奉身而退"，回家去做那延师教子的"极不得已"之事，这就是舍忠取孝了。联系到书中人物批判"文死谏"的话，我们可以认为，李绿园的本意固然是要忠君的，但他的忠君是有条件的，即不得屈膝于阉寺损了清名，不得受廷杖之辱折了人格，否则，宁可不做官，回家教子读书，尽孝的责任。这就否定了"君子行其孝，必先以忠"的为封建皇帝利益着想的教条。李绿园展现于《歧路灯》的这个"忠"与"孝"的矛盾，显示了那一时代如他一类的知识分子忠君观念的动摇，是封建社会后期君主专制渐至物极必反的产物。而李绿园抬出嘉靖皇帝以提高孝的观念的地位，更为这种与皇帝离心的明哲保身的处世态度披上了合理合法的外衣，暗地里以孝代替乃至否定了忠。从这个意义上说，李绿园在《歧路灯》中对嘉靖皇帝是既媚之又负之的。

其次，颂扬嘉靖皇帝的文字并非此书涉及嘉靖皇帝的描写的全部，当然也就不能反映作者对这个前朝皇帝的整个态度。从其他几处涉及明世宗的描写看，作者是自觉地予以多方面揭露和批判的。

一是揭露了嘉靖皇帝宠用宦官，使"品卓行方"如谭孝移、刚介忠直如柏永龄等人不能侧身朝廷，尽忠国家。宦官擅权害政是封建统治的痼疾。明初朱元璋鉴前代之失，初置宦者不及百人，并镌铁牌置宫门曰："内臣不得干预政事，预者斩！"[①] 但永乐皇帝即位以后，念及夺取皇位得力于宦官甚多，遂一改洪武之制，对宦官多所委任，使此后宦官在明代政治生活中，一直具有很重要的地位和作用。王振、汪直、刘瑾、魏忠贤等，都是一时权势显赫、为害酷烈的阉宦，"朝廷之纪纲，贤士大夫之进退，悉颠倒于其手"[②]，内阁形同虚设，而一些无耻士大夫更依附阉寺，为虎作伥。正是针对这样一种情况，《歧路灯》第十回借柏永龄之口说："我

---

① （清）张廷玉等：《明史》（第二十六册），中华书局 1974 年版，第 7765 页。
② （清）张廷玉等：《明史》（第六册），中华书局 1974 年版，第 1730 页。

若有冯妇本领,就把虎一拳打死,岂不痛快?只因他有可负之隅,又有许多伥鬼跟着,只有奉身而退,何必定要叫老虎吃了呢?"所谓"伥鬼"是指那些依附阉宦的无耻士大夫,而所谓"可负之隅",当然就是指包括嘉靖皇帝在内的明中叶诸昏君。这样,由揭露宦官擅权的罪恶和无耻士大夫的为虎作伥,进而指出皇帝是造成这种腐败政治的总根源。这种历史的眼光,是有一定深刻性的。

二是揭露了嘉靖皇帝滥用威权,"廷杖之法,损士气而伤国体",使君子之人"损之又损",一般知识分子视出仕为畏途。明代自朱元璋首创廷杖之法,其子孙"殿陛廷杖",习为故事。据《明史·刑法志》记载,从成化至万历百余年间,公卿大臣被廷杖者多达三百余人,"毙于杖下者"有二十九人。嘉靖一朝就杖杀蓟州巡抚朱方、大同巡抚陈耀、太仆卿杨最等。廷杖未死者,"杖毕,趣治事,公卿之辱,前此未有"。以至朝官大都碌碌充位,对皇帝唯唯诺诺,一般正直的知识分子也就视出仕为畏途了。《歧路灯》对明代这一弊政的揭露,在中国小说中是仅见的。

三是揭露了嘉靖皇帝事鬼不事人,饵丹药,崇方士,贻误天下。孟森《明清史讲义》指出:

> 嘉靖一朝,始终以祀事为害政之枢纽……帝于大祀群祀,无所不用其创制之意,而尤于事天变为奉道,因而信用方士,急政养奸,以青词任用宰相,委政顺旨之邪佞。笃志玄修……正人受祸不知凡几,其影响皆由帝癖好神祇符瑞之事来也。①

据《明史·袁炜传》记载,嘉靖时先后为相的李春芳、严讷、郭朴、袁炜等,都被时人称为"青词宰相"。严嵩因工于草青词受到嘉靖皇帝宠信,擅权长达二十年之久,而海瑞则因为谏阻"焚修"被下诏狱,"昼夜榜掠"。所以,当时不工草青词不能为官,批评草青词更可能招祸。《歧路灯》正反映了这种情况。第七回写翰林院"如今添出草青词,这馆课大半是成仙入道的事"。第十回写娄潜斋策试,因有"汉武帝之崇方士,唐宪宗之饵丹药"的句子而被弃置不取。这些都是对嘉靖皇帝这种谬妄

---

① 孟森:《明清史讲义》,中华书局1981年版,第215—216页。

行为的讽刺和批判。

总之，李绿园在《歧路灯》中对嘉靖皇帝虽难免有谀辞，但更多的是讽刺和批判，绝非一意美化。究其实，乃是面谀心诽。批判的手法则是"皮里春秋"（《晋书·褚裒传》），注彼写此，旁敲侧击。虽锋芒稍弱，但所及议大礼、宠阉宦、廷杖之法、笃事玄修等事，几乎全面批判了嘉靖一朝政治。其见解虽不出清代封建史家的范围，但以小说直接总结亡明教训他却是第一个。这种用世之心与当时许多进步知识分子是相同或相通的。许多具体意见，也可资今之治明史者借鉴。

二 写清官不是美化封建吏治

《歧路灯》写了抚台以下各种官僚吏役，对官场现实做了较为充分的反映。然而，他写的县令以上的封建大吏几乎全是清官，县令以下的卑官末职，几乎全是污吏。这是否以污吏衬托清官，进而肯定整个封建吏治的清明呢？我以为不然。那既不是作者的本意，也不合于作品的实际。

《歧路灯》除写了一个后来升任县主的董主簿是贪官外，所揭露的污吏几乎全是书办、衙役等。衙役是封建官府的爪牙，是直接给人民造成危害的凶手，揭露他们，无论如何也是对封建吏治的一种批判；书办虽不是官，但它是清代幕府制度的产物，在官府中，"他们和幕主的关系是宾主关系，是平等的，没有上下级隶属关系……幕宾与幕宾之间，也是平等的，不因各人的年龄、行辈、学识、地位而有高下"[1]，却对地方行政事务的办理，起很大作用，绝非封建统治机构中无足轻重的人物。正如稍后郑观应《盛世危言》所总结的："自大学士、尚书、侍郎及百司尹唯诺成风，皆听命于书吏。"[2] 他们身居要津，搜刮发财，为非作歹，有的实不下于正式官。《歧路灯》第五回写这保举贤良方正"也是很花钱的营生"，"上下审详文移，是要钱打点的，芝麻大一个破绽儿，文书就驳"。谭孝移保举贤良方正，就是王中向抚台以下各衙礼房、书办送过银子才办成的；第一○五回写谭绍闻得了军功要面见皇帝，也是盛希瑗暗垫了二百四十两银子

---

[1] 郑天挺：《清代的幕府》，《中国社会科学》1980年第6期。
[2] （清）郑观应著，夏冬元编：《郑观应集》，上海人民出版社1982年版，第445页。

给兵部的书办，才得引见。这些揭露，一方面不可谓不是对封建吏治的批判；另一方面，也是研究清代幕府制度的极好的材料。我国的小说，还没有哪一部能像《歧路灯》这样从幕府制度揭露清代吏治的腐败，这是一个值得注意的现象。

李绿园所以较多地揭露了书办一类人物，乃是由于他长期浮沉于封建统治的基层，发达时也只是边远地区的小小知县，熟悉地方吏治，交通上司时也可能较多地与钱万里似的书办打交道，怕也吃过这些人的苦头，所以写起来往往不惜笔墨，且很生动，而对更高一层官府的黑暗，则很难展开具体的描写。当然，也不排除他有不以小说犯上的原因，但说他写县以下吏治黑暗是为了衬托整个封建吏治严明，这就太冤枉了。文学史上似乎还未有用意如此曲折的作家，何况他是那样浓墨重彩，而且让贪官董主簿高升了。

《歧路灯》写了几个清官大吏，从作者对整个吏治状况的评价来看，这主要是体现作者理想的形象。第六十八回作者借满相公之口说：

> 天下无论院司府道，州县佐贰，书办衙役，有一千人，就有九百九十个要钱作弊的。

第一〇五回借盛希瑗之口道：

> 即如今日作官的，动说某处是美缺，某处是丑缺，某处是明缺，某处是暗缺；不说冲、繁、疲、难，单讲美、丑、明、暗，一心是钱，天下还得有个好官么？

这应该是作者对整个吏治的评价吧！然而并没有特别划出县令以上全是清官。当然，这样的揭露比不上塑造一个贪虐的巡抚或道台更为有力，但至少说明作者写清官之意并非美化封建吏治。而且，第九十四回他还借郑州老民之口说：

> 俺们这郑州，有句俗语："郑州城，圆周周，自来好官不到头。"

可见《歧路灯》虽然写了不少清官，但作者深知现实中清官不多，而且往往做"不到头"。所以，《歧路灯》中的清官形象乃是作者心目中理想政治的体现，是作者用以与黑暗现实相对照的贤人政治的榜样。

《歧路灯》中体现作者理想的清官，根本上仍是为封建制度服务的。但是，像文学史上的许多清官形象那样，作者赋予了他们特别突出的爱民品质。谭绍衣曲全白莲教徒性命、季刺史午夜筹荒政等，都是很精彩的描写。有的学者认为，前者体现了儒家"为政焉用杀"的思想，后者寓有"吏为民役"的主张，是十分正确的。但是，我以为它的更重要的意义是在一定程度上顺应和反映了身处苦难之中的中国人民，要求改良政治、减轻压迫的善良愿望。尽管这在当时是不可能实现的，但是有理想方能有追求，作家表现人民的这种正当愿望，以同黑暗的现实相抗衡，是与历史的要求相一致的。长期以来，人民喜爱清官戏，也就证明了这种文学描写的合理性。

当然，我们并不认为《歧路灯》描写清官是完全成功的。如果它能塑造一个贪官的形象与之鲜明的对立起来，或者展开"自来好官不到头"的描写，可能会具有更高的历史和审美的价值。但是，我们既不能为古人捉刀代笔，亦不能以现代的标准要求古人，而只能对历史的现象做出实事求是的评价。

三 "束身名教之内，而能心有依违"

鲁迅先生在《中国小说史略》中评吴敬梓道："作者生清初，又束身名教之内，而能心有依违。"① 这一方面是对吴敬梓思想的高度评价，另一方面，也指出了封建时代具有某些进步思想意识的知识分子的一般特征。李绿园"束身名教"的程度可能比吴敬梓深得多，但具体地分析其对理学、礼教、科举制等的态度，可知他也是"心有依违"的，并非那种"非朱子之义不敢传"的腐儒。

李绿园生当 18 世纪，前有王艮、李贽、顾炎武、黄宗羲、王夫之、唐甄、颜元等以各种不同面目反对理学的进步思想家，同时代则有戴震对理

---

① 鲁迅：《中国小说史略》，人民文学出版社 1973 年版，第 93—94 页。

学"以理杀人"的揭露和批判。理学与反理学的斗争已经过了长期深入的发展，已日益表面化。思想界的这种斗争必然影响到主张读书"识其微"的李绿园，使之不能不加思考地全盘接受作为官方哲学的程朱理学；他又是一个如王艮、李贽一样出身寒微的人，曾目睹稼穑之苦，身受持家之难，深感"不知治生，必至贫而丧其守"①。至于二十年"舟车海内"，更使他对黑暗现实有广泛的了解。这些都促使他从实际生活的需要接受和改造前人的思想，特别是当时占统治地位的程朱理学，从而有限度地走向唯物主义。

例如，程朱理学的最高观念是"太极"，朱熹说："太极者，如屋之有极，天之有极，到这里更没去处，理之极至者也。""总天地万物之理，便是太极。"②对这个极端唯心主义的命题，李绿园并不欣赏。他写惠人也教书："……坐的师位，一定要南面，像开大讲堂一般。谭绍闻执业请教，讲了理学源头，先做那洒扫应对功夫；理学告成，要做到井田封建地位。但洒扫应对原是初学所当有事，至于井田封建，早把绍闻讲的像一个寸虾入了大海，紧紧泅了七八年，还不曾傍着海边儿。"（第三十八回）这里的"理学源头"就是所谓"太极之义"。他把"理学源头"，与"井田封建"并举，显然认为也是无须妄说的老古董了。至于《歧路灯》中惠人也刚讲到"其实与太极之理隔着好些哩"，孔耘轩就赶忙打断："……后会尚多，徐为就正，何如？"（第三十八回）惠人也给子侄辈起名字为一元（即太极）、两仪、三才、四象等，作者虽意在讽刺惠人也的迂腐，却也表露了对这种唯心观念不以为然的态度。

又如，程朱理学认为世界不是统一于物质的"气"，而是统一于精神的"天理"，万事万物是"理一分殊"③的结果。李绿园却认为："天无心而有气，这气乃浑灏流转，原不曾有祥戾之分。"（第九十七回）这就与朱熹"有理，便有气流行发育万物"④的理在气先说不同，而更接近于王夫

---

① （清）李绿园：《家训谆言》，载栾星编《〈歧路灯〉研究资料》，中州书画社1982年版，第148页。
② （宋）黎靖德编：《朱子语类》（六），中华书局1986年版，第2374—2375页。
③ （宋）黎靖德编：《朱子语类》（一），中华书局1986年版，第2页。
④ （宋）黎靖德编：《朱子语类》（一），中华书局1986年版，第1页。

之"气原是有理底,尽天下之间无不是气"① 之理在气中的古代唯物主义命题了。所以,不仅他嘲弄惠人也迂执"太极之理"是不奇怪的,而且他能更进一步走向对客观规律的认识。他接着说:"但气与气相感,遂分为祥戾两样。如人家读书务农,勤奋笃实,那天上气到他家,便是瑞气;如人家窝娼聚赌,行奸弄巧,那天上气到他家,便是乖气。"(第九十七回)这"气与气相感",实际就是指人的行为与社会环境的相互作用。不是冥冥中有一个"天理"决定人的命运,而是人的行为是否适应环境决定祸福。所以,他认为人不应事鬼神,亦不应空谈"诚意正心",而应走自求多福之道,"认真读书,亲近正人",甚至"子弟宁可不读书,不可一日近匪人"。比起"穷理"来,他更重视环境对人的影响,这是他教育思想的基础。正是这种认识,指导和推动他较为现实地描写了谭绍闻倾家荡产的堕落过程。

又正是从"气与气相感"的认识出发,他批判了惠人也那种在《诚意章》里打搅,靠一旦顿悟,过"人鬼关"的空疏无用甚至口是心非的假道学,而肯定娄潜斋"布帛菽粟之言""饮食教诲之气"的"正经理学"。这与王艮、李贽等"穿衣吃饭即是人伦物理"② 的反理学命题,是一脉相承的。

总之,李绿园所崇奉的理学。已不纯是程朱或陆王的那一套,而带有一定唯物主义的倾向。不仅本身具有某些开明进步的成分,而且成为他现实地观察和描写生活的思想基础。其思想上的这点进步因素与其文学成就的联系是不容否认的。一言以蔽之曰"崇奉理学",而予以全盘否定,不是实事求是的做法。

毋庸置疑,宣扬封建礼教是《歧路灯》最大的糟粕之所在。如许多学者所正确指出的,其颂扬韩节妇殉夫等,是极落后而令人厌恶的。但是,对封建礼教,作者也并非全然信之不疑。例如,他批评《二十四孝图》"令人可怖、可厌……使人心怵",就与封建礼教所提倡的愚孝有很大不同;妇女再嫁,为明清礼教所不容,但《歧路灯》第七十回写再醮妇女姜氏全无轻薄之笔,对谭绍闻与姜氏几次会面的描写,饱含缠绵未尽之情,

---

① (清)王夫之:《读四书大全说·孟子三》,中华书局1975年版,第666页。
② (明)李贽:《答邓石阳》,载李贽《焚书·续焚书》,岳麓书社1990年版,第4页。

令人如游《红楼梦》之中:

> 马九方回复内眷,便说客(指谭绍闻——引者注)住下了。这姜氏喜不自胜,洗手,剔甲,办晚上碟酌,把腌的鹌鹑速煮上。心下想道:"只凭这几个盘碟精洁,默寄我的柔肠衷曲罢。"
>
> 谁知未及上烛……这马九方回后院对姜氏道:"客走了。"姜氏正在切肉、撕鹌鹑之时,听得一句,茫然如有所失。口中半晌不言。有两个猫儿,绕着厨桌乱叫,姜氏将鹌鹑丢在地下,只说了一句道:"给你吃了罢。"马九方道:"咳,可惜了,可惜了。"姜氏道:"一个客也留不住,你就恁不中用!"

还有:

> 厨房单单撇下姜氏、绍闻二人。绍闻低声道:"后悔死我!"姜氏叹道:"算是我福薄。"只刚刚说了两句话,夏鼎两口一齐进来。这绍闻本是极难为情。那姜氏低头不语,不像从前笑容,只是弄火箸画地。

可惜作者未能在这样一些表现人物正常感情的地方更多地倾注才力,否则这部大书定然有更高的成就。

然而他对于礼教的态度,我们于此可略窥一二。从礼教着想,李绿园甚至认为这样的描写是"自亵笔墨",谭绍闻与姜氏的邂逅是不正当的。所以忍不住要形诸笔墨者,乃是由于他觉察到这种"株林从夏南"的非礼行为,是由"娶妻未协齐姜愿"的"缘故"造成的,是婚姻不美满、不理想的结果。由此可见,作者对封建婚姻制度的不合理还是有所认识的。此外,他在第一〇三回还借盛希瑗之口说:"择妇者,择其贤也。大家闺秀也有不贤的。大家姑娘若不贤起来,更是没法可使。"又借谭绍闻之口说:"小户人家也有好的。"虽然所执贤与不贤的标准仍是封建一套,但不完全以门第取人,婚姻不讲门当户对,还是可取的。这都不是下一个简单的宣扬封建礼教的裁决就能说清的问题。

关于《歧路灯》对科举制的态度,拙文《〈歧路灯〉简论》中曾指出，是"食之无味，弃之可惜"①。这是由作者的人生态度和名利观念所决定的。现在来看，还须进一步明确指出，《歧路灯》所反对的是以八股文为考试内容的科举制，并非一般地主张废止科举。这与吴敬梓也是相同的。吴敬梓在《儒林外史》中说"这个法却定的不好！"②也是指用"五经""四书"八股文取士的科举制，而不是一般地主张废止科举。倒是李绿园在《歧路灯》第十回中说："前代以选举取士，这是学者进身正途。"有以选举替代科举的意向。当然这只可说是意向，作为地主阶级功利主义者的李绿园，看到当时的科举制是不可以从根本上改变的，便想到从内容上进行改良，即"首重经术"，用经世致用之学代替八股为学问正宗，或者退一步，读经兼弄八股。以此认为李绿园对八股取士的科举制的反对不彻底是对的，但说他根本不反科举则不符合实际。即使人所公认的反科举最力的吴敬梓，在他理想的礼乐兵农事业中，萧云仙"开了十个学堂，把百姓家略聪明的孩子都养在学堂里读书，读到两年多，沈先生就教他做些破题，破承，起讲"③，仍是要弄八股的。所以，李绿园不能让他的主人公们扔掉八股的敲门砖，绝不单纯是个人的局限，而是时代尚未有废止科举的可能。袁枚《答袁蕙缵孝廉书》说：

> 时文之病天下久矣！欲焚之者岂独吾子哉？虽然，如仆者焚之可耳，吾子固不可也。仆科第早，又无鉴衡之任，能决弃之，幸也！足下未成进士，不可弃时文；有亲在，不可不成进士……士之低首降心，知其不可而为之者，势也。④

如果我们能考虑到历史的这样一种实际情况，恐怕就不会因《歧路灯》中人物仍弄八股，而认定其不反科举了。相反，倒会觉得他那些批评八股时文的见解是很值得重视的。

---

① 杜贵晨：《〈歧路灯〉简论》，《文学遗产》1983年第1期。
② （清）吴敬梓：《儒林外史》，人民文学出版社1977年版，第15页。
③ （清）吴敬梓：《儒林外史》，人民文学出版社1977年版，第464页。
④ （清）袁枚：《小仓山房诗文集》（下），周本淳标校，上海古籍出版社1988年版，第1510—1511页。

四　艺术就是克服困难

关于《歧路灯》的文学价值，人们的看法可分为截然相反的两种意见。我是主张给予较高评价的。这里仅对此书文学价值的特殊性略申拙见。

一部作品的文学价值，不能脱离其思想价值而存在，形式的完美是相对于内容的表现而言的。所以，离开特定的思想内容，论定《歧路灯》艺术的优劣，不是科学的研究方法。

《歧路灯》是我国古代唯一以教育为题材的长篇小说。它写一个败子回头的故事，诚如郭绍虞先生在《介绍〈歧路灯〉》一文中所说，是"沉闷的题材"。内容不外饮食起居、读书、交游，既难以产生《三国演义》《水浒传》那种英雄传奇惊心动魄的效果，又不宜如《红楼梦》那样写得缠绵悱恻，哀艳动人，或如《儒林外史》那样嬉笑怒骂皆成文章。除却这些，它要写得生动活泼、感人肺腑也就更难了。何况，它的结局须是回头向善的大团圆，全书的情节、人物都要向这个结局发展，整体上是一篇正面文章，不仅立意难于翻新，而且情节也不便出奇制胜，要写得生动活泼，感人肺腑也就更难了。所以，古今中外，有脍炙人口的爱情小说、战争小说、侠义小说、侦探小说等，却未见写得同样成功的教育小说，并且以教育为题材写小说的作家就极少。有之，西方自卢梭始，中国古代也仅李氏一人。然而，卢梭大概深知以教育为小说题材是很难的，所以他的《爱弥儿》有一个副题《论教育》，表示了与一般小说的区别。李绿园没有这样做，但我们理应把它与一般小说区分开来，承认《歧路灯》作为教育小说的特殊性，不单单以读者的多寡、"票房价值"的大小论成败。

从《歧路灯》自身考察，它的艺术形式是很好地服务于内容的。"败子回头"的结局，要求它开篇就埋下谭绍闻日后转变的伏线：生在有"根柢"的人家，有一帮正派父执。所以，此书第一回至第四回是不可少的。而为着写"败"，则必须写出人物环境的改变。谭孝移的进京和死去，使谭绍闻终于失去严父的管教，只与溺爱他的糊涂母亲王氏相依为命，从而造成侯冠玉、惠人也给予他不良师教的机会，进而夏逢若等人拉谭绍闻下水……所以，第五回至第十一回的过渡也是必不可少的。而第八十六回以后，照应开篇，全面展开对谭绍闻回头向善的描写，也正是题中应有之义。然而，恰恰是这些从结构看必不可少之处，是全书最缺乏艺术感染力的地方。就是说，开篇它不能一下攫住读者的心灵，结尾又不留给人以深思回味的余地，这就很难"叫座"。朱自清先生说："我初读此书，翻阅第一回，觉得没味，便掠在一旁。"① 这大概是多数读者的共同感觉。但要论文，显然要顾及全书。所以，朱自清先生又说："隔了多日，偶然再翻第二回，却觉得渐入佳境，后来竟至不能释手。"他的结论是："若让我估量本书的总价值，我以为只逊于《红楼梦》一筹，与《儒林外史》是可以并驾齐驱的。"② 那么，开头和结尾那令人"觉得没味"的章节，在全书也只是各部分之间艺术成就不平衡的表现了。而这种不平衡，几乎在无论哪一部作品中都是可以发现的，单以此贬低《歧路灯》是没有道理的。

郭绍虞先生在《介绍〈歧路灯〉》一文中还论及此书在艺术上兼《红楼梦》《儒林外史》二者之长，并说：

> 兼此二长，已不大易，何况：（1）写豪奢的家庭易，写平常的家庭难；写情易，写理难！则在《红楼梦》可以放手为之游刃有余者，在《歧路灯》则不免有所顾忌而搁笔。（2）写冷语易，写热肠难；写讥讽易，写劝戒难；反写易，正写难！则在《儒林外史》得以文思泉涌、提笔即来者，在《歧路灯》便不免须加以推敲而踌躇。而李绿园竟能于常谈中述至理，竟能于述至理中使人不觉是常谈。意清而语不陈，语不陈则意亦不觉得是清庸了。这实是他的难能处，也即是他的成功处。③

---

① 朱自清：《歧路灯》，中州书画社编《〈歧路灯〉论丛》（一），中州书画社1982年版，第11页。
② 朱自清：《歧路灯》，中州书画社编《〈歧路灯〉论丛》（一），中州书画社1982年版，第12页。
③ 郭绍虞：《介绍〈歧路灯〉》，中州书画社编《〈歧路灯〉论丛》（一），中州书画社1982年版，第2—3页。

这是郭先生五十年前的见解，至今来看还是很深刻的。然而我以为《歧路灯》的最大成功之处，不仅在于"写平常的家庭"、"写理"、"写热肠"、"写劝戒"和"正写"，更在于从"平常家庭"中写豪奢，与"理"相对写悖理，于"热肠"中出冷语，为着"劝戒"写讥讽。总之，在于"反写"，在于写出了谭家败落的过程，即第四回特别是第十二回以后至第八十回之间的描写。这是全书的主体部分，其中最精彩的画面，是婚丧的豪奢，赌局的污秽，道学家的虚伪，浮浪子弟的无恶不作，庸医、相士、风水先生、江湖术士的欺诈，官绅、豪吏、书办的贪婪，等等，是那些揭露了社会黑暗，批判了现实的部分。在这些地方，作者笔墨间也是充满感情的。所以，作为一个坚持正统儒家思想的知识分子，李绿园的难能处更在于他"有所顾忌"和"推敲而踌躇"之后，仍然做了大量的"反写"。尽管作者或是不情愿的，时常站出来发些理学的议论，有碍于"反写"风格的统一，但总的来说，这个主体部分还是成功的。特别是几个浮浪子弟的形象，大都栩栩如生，不仅盛希侨、夏逢若、张绳祖等给人以深刻的印象，而且管贻安、貂皮鼠等次要人物也使人过目难忘。相比之下，那些正面人物未免苍白些，而在古典小说中，这也不是个别的现象，如《三国演义》中的刘备，《水浒传》中的宋江，都因完美高大而失去了鲜明的个性特征，这其中也是有规律可循的吧！

总之，艺术贵在创新，而创新则要克服困难。李绿园对文学的最大贡献，正在于他的《歧路灯》以教育为题材，开创了我国小说描写的新领域。而在对这一"沉闷的题材"的处理上，他实际上提供了"反写"的成功经验，这在文学史上是前无古人的一件大事。

综上所述，《歧路灯》是一部思想内容丰富复杂，艺术上自有特色的作品。它的得失，我们应当而且可以通过具体的分析，从作者和它所处的时代加以说明，好处说好，给予实事求是的科学评价。简单地肯定或否定都不是对待这份文学遗产的正确态度。应当说明的是，这篇文章是受了一些学者过分指责这部作品的启发和推动写成的，未免较多地谈论了它的成就。其实笔者既不认为这部书是没有缺陷的，也不认为对这些缺陷的批判已经很充分了。我只是认为，当我们指出这些缺陷的时候，要十分爱惜和保护那些健康的部位和成分。而且，正是为了继承和利用这些健康的东西，我们才有那么大的兴趣和必要去分析它。不然，像历史上的许多缺乏价值的作品那样，是不必为之灾梨祸枣的。而这样做的前提，就是必须把《歧路灯》从思想到艺术都如实地看作一个"精凿寄糟粕"的充满矛盾的世界，以细致分析的态度对待之。

（原载河南省文学学会编《文学论丛》第 4 期，黄河文艺出版社 1985 年版，有修订）